河南大学文学院学术出版基金资助

《文选》研究书系

现代《文选》学史

王立群 著

中原出版传媒集团
大地传媒
大象出版社
·郑州·

图书在版编目(CIP)数据

现代《文选》学史 / 王立群著.— 郑州 : 大象出版社, 2014. 8
(《文选》研究书系)
ISBN 978-7-5347-8177-3

Ⅰ. ①现… Ⅱ. ①王… Ⅲ. ①《文选》—文学批评史 Ⅳ. ①I206. 2

中国版本图书馆 CIP 数据核字(2014)第 202243 号

《文选》研究书系
现代《文选》学史
王立群 著

出 版 人 王刘纯
特约编辑 谢景和
责任编辑 卢海山
责任校对 安德华 裴红燕 牛志远
书籍设计 王莉娟

出版发行 大象出版社(郑州市开元路 16 号 邮政编码 450044)
发行科 0371-63863551 总编室 0371-65597936
网 址 www.daxiang.cn
印 刷 河南省瑞光印务股份有限公司
经 销 各地新华书店经销
开 本 787mm×1092mm 1/16
印 张 28.75
字 数 421 千字
版 次 2014 年 8 月第 1 版 2014 年 8 月第 1 次印刷
定 价 68.00 元
若发现印、装质量问题,影响阅读,请与承印厂联系调换。
印厂地址 郑州市二环支路 35 号
邮政编码 450012 电话 0371-63956290

自 序

梁昭明太子萧统主编的《文选》是中国现存最早的诗赋文总集，它汇集了东周至南朝梁代的七百馀篇作品，历来被视为总集之首，文章渊薮，对中国古代文学、近代文学的影响均至深至巨。《文选》的研究始于隋代萧该《文选音义》，隋唐之际的曹宪始创《文选》学，至清代传统《文选》学蔚为大国。但是，《文选》学史的研究却始于二十世纪。

二十世纪的现代《文选》学研究经历了一个颇为令人深思的演变过程。自五四新文学运动首倡挞伐“桐城谬种，选学妖孽”以来，虽有黄侃、高步瀛、周贞亮、骆鸿凯诸学者承继清代传统《文选》学，但是，作为一种学术研究，较之清儒已相当萎缩了。据笔者统计，自五四新文学运动至中华人民共和国诞生，中国大陆学者的《文选》学研究论文约四十篇，在传统国学研究中尚有一席之地；自中华人民共和国诞生至1977年，大陆学者的《文选》学研究论文降至六篇，此期的《文选》学研究几乎中断；1978年以来，中国大陆的现代《文选》学研究重新升温，研究论文达数百篇。现代《文选》学研究的复苏，首先得力于学术研究的拨乱反正。同时被五四新文学运动挞伐的“桐城谬种”的桐城派已堂而皇之地登上了学术研究的殿堂，被称为“选学妖孽”

的《文选》学亦应给予合理的定位。其次，在中国大陆《文选》学研究极度萎缩之际，海外《文选》学研究却取得了突出成就。尤其是日本汉学界对《文选》的研究盛极一时，号称“新《文选》学”。这一学术动态，激发了国内学术界对《文选》学研究价值的再发现。长春师范学院、郑州大学、“中国《文选》学研究会”与镇江市先后主办了五届国际《文选》学研讨会，极大地推动了大陆《文选》学研究的启动与深入。特别是长春师范学院，率先筹办了两届国际《文选》学学术研讨会，为中国大陆现代《文选》学研究步入新的学术上升期贡献不菲。《文学遗产》以其在中国古代文学研究界的权威地位，发表了一批独具特色的《文选》学研究论文，极大地提高了《文选》学研究的学术品位，对现代《文选》学的振兴贡献极大。全国性“《文选》学研究会”的成立，更为广泛地调动了国际国内学术研究界对《文选》学研究的关注。韩国影印出版奎章阁本《文选》，台湾影印出版的宋刊五臣注单注本陈八郎本《文选》，日本影印的足利学校明州本《文选》，使《文选》学研究界重睹宋刊诸本真貌。饶宗颐辑《敦煌吐鲁番本文选》与周勋初辑唐写本《文选集注》的出版，使写本《文选》成为继刻本《文选》之后版本研究的新热点。这些因素共同造就了现代《文选》学研究的复苏。总结现代《文选》学史的发展历程，为二十一世纪的现代《文选》学研究探寻突破点，已成为现代《文选》学研究的重要内容之一，本书的撰写希望有助于推动现代《文选》学在新的学术上升周期中取得更大的成绩。

本书按专题大致分为五部分，第一部分是讨论现代《文选》学的建立，含《清代传统〈文选〉学对现代〈文选〉学的影响》《现代〈文选〉学对传统〈文选〉学的继承与发展》《周贞亮〈文选学〉与骆鸿凯〈文选学〉》三章。第二部分是对《文选》的编纂者萧统及萧统文学思想的研究，含《〈萧统年谱〉研究》与《〈文选序〉研究》两章。第三部分是《文选》成书研究，含《〈文选〉成书研究》与《〈文选〉与刘勰〈文心雕龙〉、钟嵘〈诗品〉、江淹〈杂体诗三十首〉、任昉〈文章始〉的相互关系》两章。第四部分为《文选》本体研究，含《〈文选〉版本研究》《〈文选〉注释研究》《〈文选〉分体研究》《〈文选〉文本研究》四章。第五部分为附论，含《现代〈文选〉学文献述略》

《现代〈文选〉学家流派与现代〈文选〉学研究分期》两章。

现代《文选》学的产生，是中国传统国学与现代文艺学结合的产物。其中，清代传统《文选》学对现代《文选》学的产生至关重要。汪师韩《文选理学权舆》与《文选》学整体研究的发端，阮元《文选序》研究与现代《文选》学史上的《文选序》研究，朱彝尊与《文选》成书过程的研究，清代孙梅《四六丛话》与现代《文选》学中的《文选》、《文心雕龙》相互关系的研究，张云璈《选学胶言》、钱泰吉《曝书杂记》“注例说”与《李善注文选》体例研究，清儒《文选》李善注研究与现代《文选》学中的《文选》注释研究均有着极为密切的关系。中国现代《文选》学并非舶来品，它的重要基础是清代传统《文选》学。本书第一、二两章分别从两个不同的角度论述这一重要问题。首章重在讨论清代传统《文选》学对现代《文选》学的影响，次章重在研究现代《文选》学对清代传统《文选》学的继承与发展。就现代《文选》学对清代传统《文选》学的继承与发展而言，二十世纪前期的黄侃、高步瀛、周贞亮、骆鸿凯、屈守元均贡献不菲，二十世纪后期的曹道衡、王运熙、周勋初、饶宗颐、穆克宏、俞绍初、游志诚、傅刚、罗国威、胡大雷、邱棨鐊、王礼卿亦贡献颇丰。日本汉学界历来有《文选》研究的传统，斯波六郎、冈村繁、小尾郊一、森野繁夫、清水凯夫、富永一登亦为现代《文选》学研究作出了杰出的贡献。

现代《文选》学的诞生当以周贞亮《文选学》与骆鸿凯《文选学》的问世为标志，故研究周贞亮《文选学》与骆鸿凯《文选学》实即研究二十世纪现代《文选》学的诞生。笔者认为，周、骆二氏的《文选学》实为《文选》概论，《文选》概论的出现是确立现代《文选》学诞生的标志。但是，周贞亮及其《文选学》向为学界忽略。本书第三章《周贞亮〈文选学〉与骆鸿凯〈文选学〉》，以今河南大学图书馆馆藏周氏《文选学》为基础，将周氏《文选学》与骆氏《文选学》进行比较，对不为学界稔知的周贞亮《文选学》进行了剖析。该书不仅为现代《文选》学史研究提供了另一重要著作，也使学林在熟知骆鸿凯《文选学》之时，对骆氏《文选学》的产生是时代的产物有一清醒的认识。与周贞亮《文选学》并称为现代《文选》学两大奠基之作的尚有骆鸿凯《文选学》。骆氏《文选学》在现代《文选》学史上具有重要地位，它是在二十世纪前期传统国学向现代国学演进这一学术背景下诞生的《文选》学重要概论之一，对现代《文选》学研究影响极大。但是，由于目前对现代《文选》学缺乏必要的界定，学界对骆鸿凯《文选学》的认识仍限于旧知，故此章从现代《文选》学这一新角度对骆氏《文选学》的价值进行了重新评估。

萧统研究是本书的第二个重要组成部分，包含了《萧统年谱》研究与萧统文学思想研究。《萧统年谱》研究是现代《文选》学的一大亮点，知人论世向为中国传统文化的重要组成部分。现代《文选》学史上出现了五种《萧统年谱》，即周贞亮的《昭明太子年谱》、胡宗楙的《萧统年谱》、俞绍初的《昭明太子萧统年谱》、穆克宏的《萧统年谱》与胡德怀的《四萧年谱》。诸谱或同或异，或详或略，重点非一。本书第四章将专章讨论诸家萧统年谱之贡献。何融的《萧统年表》虽非萧统年谱，且其所论重点亦非年谱，但因其与《萧统年谱》研究关系至密，故附论于该章之中。

现代《文选》学史中的《文选序》研究本质上是萧统文学思想的研究，同时亦兼及从批评史的角度研究《文选》，因为《文选》的选录标准、选录范围和萧统的文学思想，均为魏晋南北朝文学批评史上的重要问题。第五章将对这一极为重要的问题进行探讨。因为《文选序》涉及《文选》问题颇多，故对《文选序》研究史的回顾，可以涵盖现代《文选》学研究的诸多方面。

《文选》成书研究是现代《文选》学研究中最为引人关注的问题。这一课题包括《文选》编纂者研究，《文选》成书过程研究，《文选》成书时间研究，《文选》与刘勰《文心雕龙》、锺嵘《诗品》、江淹《杂体诗三十首》、任昉《文章始》等相互关系研究四个方面。清世之前，《文选》之成书向无人关注。清代朱彝尊率先提出《文选》成书两阶段论，对《文选》成书研究影响极大。何融的《〈文选〉编撰时期及编者考略》首次在现代《文选》学史上考察了昭明太子诸学士与《文选》成书这一影响极大的课题。二十世纪后期，日本学者清水凯夫提出了影响巨大的《文选》成书于刘孝绰之手说。本书第六章介绍了日本著名学者清水凯夫及其刘孝绰中心说的有关论点、论据，并对其在中国大陆《文选》学界产生的巨大影响进行了分析。《文选》成书不仅仅有刘孝绰实操编务之说，尚有流传甚广的“昭明太子十学士”编纂《文选》说。亦有学者不赞成刘孝绰实操《文选》编务之说，此即曹道衡的《文选》成书系继承魏晋南北朝文学传统说。此说以大量史料证明《文选》的选编实际上是魏晋以来文学名作的荟萃，并非一人之见、一家所为。此说晚出，但确有创见。日本著名学者冈村繁关于《文选》为再选本说亦非常值得重视。中国学者许逸民关于《文选》成书于《类文》说，为《文选》成书研究提供了一种新的思路。

《文选》与刘勰《文心雕龙》、锺嵘《诗品》的相互关系历来为《文选》研究的重点，其实质是探讨《文选》成书与《文心雕龙》《诗品》的关系。但是，由于这一问题影响较大，故从《文选》成书研究中单列出来，专章论述。《文选》与《文心雕龙》的相互关系，清人孙梅已有专论，黄侃、骆鸿凯继承孙氏的观点并加以发展，使《文选》深受《文心雕龙》重大说影响几成定论。但是，中国台湾学者齐益寿、日本学者清水凯夫却一反成说，力主二者并无联系，遂使《文选》与《文心雕龙》的关系备受关注。除了《文选》与《文心雕龙》的相互关系外，现代《文选》学尚提出了《文选》与《诗品》、《文选》与江淹《杂体诗三十首》、《文选》与《类文》的相互关系等。本书第七章将专章研究这一问题。

《文选》本体研究始终应当是《文选》研究的主体。现代《文选》学的《文选》本体研究取得了骄人的成绩，在《文选》版本研究、注释研究、分体研究、文本研究诸方面均创获非凡。本书第八章、第九章、第十章、第十一章将就这一系列重大课题的研究进行总结。

现代《文选》学研究的一大创获为《文选》新版本的发现与《文选》版本系统的研究。版本研究是以文献研究为主要模式的传统《文选》学研究的重镇。但是，传统《文选》学研究中重视《文选》版本研究者唯有清儒，而清儒《文选》版本研究又有其与生俱来的缺陷，即版本的匮乏。以胡克家《文选考异》[①]为例，是书专门考证尤刻本《文选》文字的是非。但胡氏《考异》用作参校本者唯有明袁褧复广都裴氏本（即袁本）与元茶陵陈仁子古迂书院刻本（即茶陵本），不唯没有宋刻五臣注单注本与宋刻李善注单注本，连宋刻秀州州学本的覆刻本奎章阁本、明州本、赣州本、建州本亦未获见。叶德辉《书林清话》卷六“宋刻书著名之宝”条记：“宋板书自来为人珍贵者，一《两汉书》，一《文选》，一《杜诗》，均为元赵文敏松雪斋故物。”[②]可见，宋版《文选》自来为明清藏书家视为宝藏，极力罗致庋藏。一旦获宝，秘不示人。此固为《文选》之幸事，以其有助于《文选》版本之存传，但亦为《文选》研究之灾难。此种藏书观，导致《文选》宋元版本在清代极不易见，故《文选》的版本研究在清代亦陷入了极大的困境。胡克家《文选考异》的诸多错误诚与版本匮乏相关。传统《文选》学研究由于缺乏版本与版本系统研究的整体观，使《文选》版本研究始终停留在某一版本之上，未能将理清《文选》版本系统视为《文选》版本研究的首要任务。现代《文选》学研究中最为亮丽的风景就是《文选》版本研究取得巨大收获。敦煌吐鲁番本《文选》的发现为唐写本《文选》增添了重要内容，唐写本《文选集注》的发现又使在中国早已失传的《文选钞》《文选音决》与陆善经注等《文选》旧注为学林所见。珍藏于日本的各种《文选》古抄本陆续显露学林，更为写本时代的《文选》版本研究提供了极为珍贵的资料。北宋天圣监本残卷《李善注文选》在北京国家图书馆与台湾“故宫博物院”的珍藏使宋刊李善注单注本得以重见，珍藏于台湾的南宋建阳陈八郎本《五臣注文选》的影印出版，使五臣注单注本显露学林。庋藏于韩国汉城大学的奎章阁本《文选六家注》又使历史上第一部秀州州学刊本《六臣注文选》的翻刻本呈现于学林。日本足利学校藏《文选》使宋刊明州本为《文选》学界稔知，北京国家图书馆藏赣州本《文选》与台湾藏南宋广都本《文选》的发现，使诸宋刻《文选》版本相继出现，这就为现代《文选》学的版本研究奠定了令清儒无法比拟的客观条件，亦使得现代《文

① 《文选考异》实为顾千里所撰，详见李庆《胡刻文选考异为顾千里所作考》，载《文献》第22辑，1984年。

② 叶德辉：《书林清话》，上海书店1983年版，第314页；《民国丛书》第二编。

选》学的版本研究成为其中最为丰硕的成果。本书第八章《〈文选〉版本研究》即为此而作。

《文选》注释极为复杂。今传《文选》注释厘分为写本与刻本两大系列，写本有李善注、五臣注、《钞》、陆善经、綦毋邃与无名氏注等，刻本有李善注、五臣注、六臣注（又可细分为六家注与六臣注）。写本与刻本之李善注、五臣注差异颇多，刻本时代之李善注、五臣注、六臣注亦多有不同。李善注、五臣注、六臣注为《文选》注释中的主流，陆善经注、《钞》、綦毋邃注等则为《文选》注释中的非主流。现代《文选》学在继承传统《文选》学的基础之上，对《文选》注释进行了整体评价，不仅充分肯定了李善注，而且对五臣注亦采取了认真对待的态度。关于《文选》的具体注释，现代《文选》学不仅继承清儒，对《文选》具体注释研究取得了一些成果，而且对整个《文选》注释进行了整体研究。本书第九章《〈文选〉注释研究》将对此展开论述。

《文选》之分体，主要有三十七体、三十八体、三十九体三说。现代《文选》学对此进行了较为详细的分析。由清人陈景云力主的三十八体说率先得到现代《文选》学界的认可。台湾学者游志诚首倡三十九体说，傅刚则结合整个魏晋南北朝文体分类思想的产生与发展，探讨了文体辨析观念与《文选》的分体，并从文献记载、版本依据诸方面进行了深入研究，证成了三十九体说。本书第十章将对此进行总结。

《文选》文本研究是《文选》研究的核心，周贞亮、骆鸿凯、屈守元、曹道衡、王运熙、游志诚、傅刚、胡大雷分别进行了专题研究。此项研究可分为文献学的文本研究、文艺学的文本研究与文体学的文本研究三类。本书第十一章将探讨这一重大课题。该领域尚有为数众多的作家作品研究，有的是纯粹的作家作品研究，有些尚结合《文选》进行论析。由于此类研究与中国古代文学史研究联系较多，加之数量十分巨大，本书无法逐一总结，故将此类作家作品研究割爱。

研究现代《文选》学史的基础是充分掌握现代《文选》学百年研究文献。笔者对此进行了归类与评估，本书第十二章《现代〈文选〉学文献述略》则为这一专题的总结。

关于《文选》学史的分期，现代《文选》学界近年一直流行着一种观点，即将整个《文选》学史划分为传统《文选》学与“新《文选》学”两个阶段。笔者以为，如果将“新《文选》学”之“新”视为时间概念，称二十世纪《文选》学为“新《文选》学”，则后之《文选》学似无从定义。如果视其为学术概念，则“新”之含义似又十分笼统。笔者意将整个《文选》学史划分为传统《文选》学与现代《文选》学两个阶段。现代《文选》学亦可名曰“近代《文选》学”，但笔者以为，称为“现代《文选》学”更为恰切。

本文所用“现代”一词，有其特定含义。第一，本文所谓“现代”，并非单纯的时间概念，故而不全同于文学研究界近代（1840~1919）、现代（1919~1949）、当代（1949 至今）之“现代”，即并非仅指 1919~1949，而是较现代文学之“现代”提前了若干年。但二者之不同，并非仅为时间差异，且具本质区别。现代文学之“现代”，为一纯粹的时间概念，同时亦为一政治概念，其划分标准实以政治为据。笔者所用现代《文选》学之“现代”，实乃一文学概念。传统《文选》学与现代《文选》学的区别，要在批评模式相距甚远。传统《文选》学以文献整理为研究模式，现代《文选》学以文学批评为研究模式；传统《文选》学为单一的文献研究，现代《文选》学熔文献研究与文学研究为一炉，变单一为多元，变局部为整体。故研究模式之别，实为研究方法、研究视野之别。

第二，现代《文选》学特具科学性。尽管传统《文选》学并非全无科学性可言，但其所重为文献整理与文献研究，在系统性、严密性、逻辑性诸方面与现代《文选》学多有差距。

第三，研究视野为整体研究。现代《文选》学区别于传统《文选》学的另一重要特点是整体观。现代《文选》学的整体观具有双重含义，一是指现代《文选》学的研究包容了《文选》的各个方面，是对《文选》进行的整体研究；二是指现代《文选》学诸方面的研究亦着眼于整体性。前者指《文选》研究的范畴不仅是传统《文选》学所重视的李善注研究，它还涵盖了萧统研究、《文选》成书研究、《文选》版本研究、《文选》注释研究、《文选》学史研究、《文选》文本研究等诸多方面；后者则是对某一领域的整体研究。

以《文选》版本研究为例，隶属于现代《文选》学范畴中的版本研究与传统《文选》学中的版本研究有着极大的不同。清儒的版本研究，如《四库全书总目》是就汲古阁本进行的，胡克家的《文选考异》仅是力图恢复李善注本的原貌，重点在于提供一个可靠的李善注本，其研究对象为尤刻本。而现代《文选》学的版本研究，却并非以恢复李善注本原貌为终极目的。且传统《文选》学的版本研究仅仅是对某一版本的校勘，未能将《文选》版本作为一个完整的系统来进行。现代《文选》学的学术视野却是将其所有版本视为一个整体进行研究，如斯波六郎、傅刚在现代《文选》版本学史的贡献之一即其独到的整体观。故现代《文选》学的版本研究，是将一个个写本、刻本置于《文选》写本与版本流传的流程中，来探讨各种写本、版本在《文选》整个版本系统中的地位的。这种研究显然与清儒的《文选》版本研究有着本质的区别。它不再是《文选》校勘的附属品，而是独立于《文选》研究中的一大部类——《文选》版本学。再如对《文选》注释的研究，冈村繁、森野繁夫、富永一登的独特贡献即将《文选》注释视为一个整体研究其发展变化，而非单纯考校某一版本、某一注释的文字正误。

《文选》学诞生于唐代，得名于曹宪。在传统国学中，它是一门相当古老的学科。自唐至清，传统《文选》学的研究范围如骆鸿凯《文选学》所言，概分五途：一曰注释，二曰辞章，三曰广续，四曰雠校，五曰评论。[①]但抉择翰藻以助科举的辞章一脉，掇拾遗珠以竞尚标新的广续一脉，虽在现代《文选》学研究中仍应有一席之地，但是，其学术价值不及注释、雠校、评论三家。此三家自研究模式观之，注释与雠校皆为文献整理，评论则已跨入文学研究的范畴。

现代《文选》学研究的基本模式为文学研究。但是，现代《文选》学的内涵又不仅仅为文学研究，尚包括文献研究。这是传统《文选》学现代化的必然选择，亦是整个传统国学现代化的现实选择。传统国学在二十世纪步向现代科学的进程中，在由传统国学演变为现代学科之时，并非仅以文学研究

① 骆鸿凯：《文选学》，中华书局1989年版，第42页。

为唯一模式，传统的文献研究亦为现代国学的一翼。融文学研究与文献研究为一体是国学现代化的总体趋势。学林或以为文献研究为前文学研究，甚或视之为非文学研究，从而将文献研究排除于现代国学研究范围之外的认识，绝不可取。

传统《文选》学与现代《文选》学的主要区别是研究模式发生了变化。传统《文选》学以文献研究为主，现代《文选》学以文学研究为主兼及文献研究。同时，研究模式亦是划分现代《文选》学流派的唯一标准。本书第十三章《现代〈文选〉学家流派与现代〈文选〉学研究分期》提出以研究模式为区分传统《文选》学与现代《文选》学的标准，并以此对现代《文选》学流派与研究分期进行了划分。因为，以研究模式为区分研究流派与研究分期的唯一标准具有普遍性，它不仅适用于现代《文选》学研究，亦适用于其他各种国学研究。因此，它为研究现代国学的流派与分期提出了一种具有普遍性的标准。

现代《文选》学的研究范围并不局限于本书所列诸课题之中，尚有其他诸项课题，如《文选》与中国古代文学批评研究，穆克宏曾以宏文论列，极为精彩，但由于研究者较少，难以单独成章，故本书暂不论列。

学术史如能给研究者以启示，它就具有了形而上的意义，而不是简单的综述。尽管现代《文选》学史经历了近百年的发展，并在诸多问题上取得了丰硕成果。但是，由于现代《文选》学涉及的问题相当复杂，由于研究者的精力往往专注于某一方面而较少统览全局，由于现代《文选》学在国际汉学界的显赫地位，故衡定现代《文选》学研究的得失，力避重复性研究，将现代《文选》学研究推向新的发展，迫切需要对近百年的现代《文选》学史进行总结与评估。

纵观现代《文选》学史有三种主要模式：第一，以专题为主的专题研究；第二，以时间分期为标准的分期研究；第三，专题研究与分期研究相结合的综合研究。专题研究可从某一特定角度入手，深入探讨某一专题的研究史；分期研究则以广阔的视野描述与透视《文选》研究的社会、文化背景；专题研究与分期研究相结合则可兼具二者之长。本书主要采用专题研究的模式，力图使我们对现代《文选》学史上的诸多重要专题有一个历时性的了解，使我们对现代《文选》学的研究历史与研究现状有一个明晰的认识，无论这种研究是成功还是存有某种遗憾。

本书将力图描述百年现代《文选》学研究的轨迹，并力图对它作出笔者个人的学术评价。从事此项研究，绝非笔者个人对《文选》学史上的诸多研究课题俱有精到的见解，而是鉴于诸多研究者在不同时期，从不同角度对现代《文选》学的精湛研究，即使将其作一最简单的排比，亦可使读者感知到现代《文选》学研究成果的丰硕。比较，是人类认知客体与主体的重要方式之一。本书分专题罗列现代《文选》学研究者在各个专题研究中的成果，并作出学术评价，个人局限在所避免；但是，笔者相信，通过对各个专题研究的材料罗列，亦可使现代《文选》学研究者从中得出自己的结论，并通过对比洞悉现代《文选》学研究的贡献与局限，进而推动现代《文选》学研究的深入。

为了展示诸多研究者在现代《文选》学研究史上的贡献，笔者不得不在行文之中不厌其详地罗列诸多材料。因为只有如此，才可以使读者在罗列的材料中理解诸说的根据，辨清诸说的正误。由于现代《文选》学史涉及的问题相当广泛，多数现代《文选》学研究者难以逐一深究，罗列诸说的各种材料可使读者在笔者误判的情况下仍能得出自己正确的结论。笔者在撰写过程中深感了解学术信息、了解国内外研究状况的重要性。不少研究者花费巨大精力进行的学术研究，其实在学术史上并无太大的建树，因为，有些研究者已对此进行了卓有成效的研究。笔者排比大量的研究资料，可使现代《文选》学研究者对历时近百年的现代《文选》学研究有一清醒的认识，从而避开因资料匮乏而无法达到共识的论题，集中力量研究那些已经可以进行深入探讨的课题，并以此作出无愧于时代的学术贡献。当然，由于现代《文选》学是国际汉学界的一大热点，囿于条件限制，日本学者、台湾学者的某些研究成果，笔者尚无法一睹全貌。因此，尽管笔者在搜集现代《文选》学史料时已付出了极大的努力，仍有不少专题挂一漏万，而且确实存在诸多缺憾。

王立群

2002年10月于开封河南大学

目　录

第一章
清代传统《文选》学与现代《文选》学

中国现代学术的建立始于二十世纪，中国现代《文选》学的建立亦始于二十世纪。作为现代《文选》学确立的标志是周贞亮《文选学》[①]与骆鸿凯《文选学》[②]的问世。但是，作为现代国学之一的现代《文选》学并非空穴来风，它与清代传统《文选》学的关系十分密切。这可以概分为两个方面，一是清代传统《文选》学已涉足现代《文选》学的某些课题，二是构建现代《文选》学的材料多由传统《文选》学所提供。本章将首先探讨清代传统《文选》学所涉足的现代《文选》学的某些课题。

清代学术由宋明“尊德性”转为“道问学”，经典考据，蔚然成风。在此学术氛围之中，以注释、雠校《文选》为主的文献研究得到极大发展，成为中国古代《文选》学史上与唐代并列的第二个研究高峰。但从研究模式、方法、范围观之，尽管清代《文选》学成果硕硕，但大都未出传统《文选》

① 见国立武汉大学1931年版。

② 笔者曾在《文学遗产》2001年第3期发表《周贞亮〈文选学〉与骆鸿凯〈文选学〉》时据周著（中华书局1989年版）马积高《后记》所说，骆鸿凯《文选学》1936年由中华书局出版。2001年春，广西师范大学力之来函示教：骆氏《文选学》无1936年版；后经笔者目及，仅见1937年版之《文选学》。

学之窠臼。

可是，汪师韩《文选理学权舆》对李善注的整体研究，阮元对《文选序》的研究，朱彝尊的《文选》成书过程研究，孙梅《四六丛话》关于《文选》《文心雕龙》相互关系的研究，《选学胶言》《曝书杂记》的“注例说”研究，皆已旁逸传统《文选》学，而涉足现代《文选》学畛域。这种“前现代化”[①]现象，并非仅仅关涉《文选》学一家，自传统国学演变为现代国学的进程中亦多存此类“前现代化”现象[②]。

一、汪师韩《文选理学权舆》与现代《文选》学的整体研究

清儒《文选》学论著，大要为二。一类如余萧客《文选音义》《文选纪闻》，许巽行《文选笔记》，孙志祖《文选考异》《文选李注补正》，胡克家《文选考异》，张云璈《选学胶言》，梁章钜《文选旁证》，朱珔《文选集释》，胡绍煐《文选笺证》等，皆以考证、雠校为主。另一类则如胡克家整理印行李善注《文选》，重在《文选》版本整理流传。二者皆属文献研究与整理。这一研究思路，实即为清代学术“取证经书”“回向原典”的套路，是为乾嘉之后清代学术史、思想史发展的大趋势。

与上述两类清代传统《文选》学论著相比，汪师韩的《文选理学权舆》（下简称《理学权舆》）显得十分独特，开全面研究《文选》之先河。

整体研究为现代国学与传统国学的重要区别之一。游国恩《楚辞概论序言》（1926）曾有一段发人深思之语：此书最大的特点，是把楚辞当作一个有机体，不但研究它本身，还研究它的来源和去路。游氏《楚辞概论》为现

① 本书所谓“前现代化”，系指传统国学在尚未步入现代国学之前，已经在某些领域涉足现代国学研究的命题与框架。

② 传统国学中的“前现代化”现象，并非《文选》学一家，清代《楚辞》学中此现象亦十分突出，详见毛庆《论清代楚辞研究》，载《深圳大学学报》1998 年第 4 期。该文自心理、社会文化、地理等角度总结清儒《楚辞》研究；并提出戴震、夏大霖、胡濬源、贺宜荪等皆将《楚辞》作为一整体进行研究，将《楚辞》作为一整体研究者并非始自游国恩《楚辞概论》。

代楚辞学的奠基作，此段话道出了传统《楚辞》学与现代《楚辞》学的重大区别就是现代《楚辞》学将《楚辞》视为一个整体进行全面研究。汪师韩《理学权舆》八卷，实分四类：《撰人》统计作者，《注引群书目录》查考李注引书，《选注订误》《选注辨论》《选注未详》《选注质疑》探讨《文选》李善注，《前贤评论》集各家评论。汪氏此作与清儒其他《文选》学著作存有很大差异：汪氏对《文选》的作者、李善注、“前贤评论”等，均予探讨。如李善注，即厘分为引书、订误、辨论、质异、未详等项进行分类研究。虽其筚路蓝缕，未臻完美，清人孙志祖撰《文选理学权舆补》一卷，对汪著《前贤评论》补七十二条，但在中国传统《文选》学史上已为一特例。学界对汪著全面研究这一特点似未多关注。刘跃进《中古文学文献学》述及此书时曾有一极为中肯之评：“实际是一部《文选概论》。”[①]此评关键为“概论”二字。“概论”一词，原为一概而论。作为某一学科通论之作的名称，出现于二十世纪西方科学思想进入中国之后。刘跃进用“概论”一词点出了汪著在清代传统《文选》学史中的独特地位。

《文选理学权舆·自序》曰：“李注精博，学者萃毕生之力，寻绎无尽。宋士子有云：‘《文选》烂，秀才半。’此苏易简《双字类要》，王若《选腴》等书所由作也。余尝取选注，以类别为八门，末则缀以鄙说。八门者，一曰《撰人》。唐常宝鼎撰《文选著作人名》，其书不可得见。顾其名字爵里及著作之意，《文选》学已详。”此段《自序》，透露出汪氏写作《文选理学权舆》之原委。

汪氏《自序》论及苏易简《双字类要》，王若《选腴》与常宝鼎《文选名氏类目》。苏易简《双字类要》全名为《文选双字类要》，见《直斋书录解题》《四库全书总目·类书类存目一》。王若《选腴》见《直斋书录解题》，常宝鼎《文选名氏类目》见《宋史·艺文志》八。

三书内容如下：苏易简《文选双字类要》，据《直斋书录解题》，为“摘取双字，以类编集”[②]。《四库全书总目·类书类存目一》则曰：“是编取《文

① 刘跃进：《中古文学文献学》，江苏古籍出版社1997年版，第15页。
② 陈振孙：《直斋书录解题》卷十四，中华书局1985年版，第408页。

选》中藻丽之语，分类纂辑。”[①]王若《选腴》，据《直斋书录解题》载，则为“以五声韵编辑《文选》中字”[②]。唯常宝鼎《文选名氏类目》一书，《宋志》未予说明，具体内容未详。

上述三书，其共同特点当为对《文选》进行分类。无论“摘取双字，以类编集”，抑或按“五声韵编辑《文选》中字”，均以分类为纲。常宝鼎《文选名氏类目》虽未见说明，顾其书名，当为分类研究《文选》作者之作。

汪氏为《文选》学独辟一途的重要渊源为中国古代传统国学分类思想。汪师韩《文选理学权舆》正是从古代学术分类思想中汲取精华，达到了传统《文选》学所能达到的历史高度，并接近现代《文选》学领域的边缘。

由于对《文选》进行分类的学术思想支配着汪氏，方有“余尝取选注以类别为八门，末则缀以鄙说”。汪氏对《文选注》进行分类，意味着作者必将《文选》注作为一整体进行全面研究。

汪著深受前贤分类思想启示，成为现代《文选》学诞生之前最接近现代《文选》学规范的专著。汪氏《自序》曰：“八门者，一曰《撰人》。唐常宝鼎撰《文选著作人名》，其书不可得见。顾其名字爵里及著作之意，《文选》学已详；所未悉者，史岑、王康琚二人耳。”可见，《撰人》一章，受惠于常宝鼎《文选名氏类目》。

第二，汪氏著述对高步瀛《选学举要》、周贞亮《文选学》、骆鸿凯《文选学》影响巨大。

首先，汪著开整体研究《文选》李善注之端，故汪氏《理学权舆》具有某种现代学术“典范”（paradigm）的意味。此作开启新途径，尝试新方法，亦留下了大量待研究的新领域。后来者可继承它，可批判它，更可超越它，却无法漠视它的存在。它在现代《文选》学史上的意义，并非因其具体论述的完美无瑕，而在于它所提供的全面整体研究《文选》的范示。

---

① （清）永瑢：《四库全书总目下》卷一三七子部四七，中华书局 1965 年版，第 1160 页。
② 陈振孙：《直斋书录解题》卷十四，中华书局 1985 年版，第 408 页。

高步瀛《选学举要》[①]与周贞亮、骆鸿凯二氏《文选学》承继汪氏，并在汪著的基础之上，以现代《文选》学观念研究《文选》，成为现代《文选》学史上三部具有现代意义的学术史专著。

传统国学在二十世纪相继转型为现代国学的历史昭示，传统国学演进为现代国学的必备条件有三：研究模式、研究方法与研究视野。传统国学最感兴趣的是版本考证、训诂注释等文献研究。将传统国学改造为现代学科，并非一概舍弃版本考证与训诂注释，而是将此视为现代国学的重要分支，而非全部。同时，从哲学、文艺学、历史学、社会学、民俗学、文化学、考古学、天文学、心理学等多方位对传统学科进行全面透视。此种研究与单一的文献学研究差别极大。这正是传统国学与现代国学区别之所在。不唯《文选》学如是，自传统国学步入现代学科的中国古代文学、中国古代历史学、中国古代哲学等各分支学科概莫能外。

锺嵘《诗品》与萧统《文选》、刘勰《文心雕龙》同出南朝，历来被视为鼎足而三的魏晋南北朝文学文献的代表。《诗品》研究亦为传统国学的重要学科之一。1926年张陈卿《锺嵘〈诗品〉研究》出版。张书厘分七章，依次为《绪论》《锺嵘传记》《诗品考》《诗品评诗的标准》《诗品内容的分析》《前人对于诗品的批语及分析》与《结论》。此书与此前陈衍《诗品平议》、黄侃《诗品讲疏》相较，其最显著的特色是全面研究。读此书章目，最引人注目者为此书提供的对《诗品》进行全面研究的框架，而非其具体内容的正确与否。张氏《锺嵘〈诗品〉研究》、高步瀛《选学举要》与周、骆二氏《文选学》，均产生于二十世纪前期的二三十年代，这一时期正是传统国学演进为现代国学的重要转型期。

高步瀛《选学举要》共分七卷。

第一卷：《文选之作》《文选学之由来》《李善文选注》《五臣文选注》，附诸家评李注及五臣注之优绌，《文选诸家注》（前已见者不复录），《文选》

① 萃升书院讲义，一函四册，凡七卷，铅印线装。第一册含卷一至卷三；卷一、卷二由辽宁城内华兴纸庄代印，卷三为辽宁作新书局印。第二册含卷四和卷五，由辽宁同昌印刷局印。第三册为卷六，第四册为卷七，皆由辽宁作新印刷局印。

学书目，附录郑文宝、陶岳、陆游论《文选》。

第二卷：《文选序》讲疏，李善《上文选注表》讲疏，李注略例。

第三卷至第七卷：《文选》诸篇讲析。凡析《两都赋序》《西都赋》《东都赋》《甘泉赋》《子虚赋》《上林赋》六篇。

综上可知，高步瀛《选学举要》虽非以“文选学”命名，但细审其章节安排，实为一简明“文选学”。高氏此书首卷为总论，次卷讲析《文选序》《上文选注表》，卷三至卷七讲疏两汉名赋。与周贞亮、骆鸿凯《文选学》相较，高著亦大体符合整体研究的现代《文选》学研究模式。唯总论部分的第一卷过简，远不及周、骆二氏对《文选》的总论周详全面。

周贞亮《文选学》分上下两编：上编凡十章，首列《导言》，第一章《文选学之起源》，第二章《文选之意义》，第三章《文选之封域》，第四章《文选之篇题》，第五章《文选之纂次》，第六章《文选作者之时代与地域》，第七章《文选学之成立》，第八章《自隋讫明研究文选学者之成就》，第九章《清代文选学者对于文选之贡献》，第十章《文选之刊刻及评骘》（附《文选》学书目，新定《文选》目录并附）。下编凡三章，第一章《读文选之豫备》，第二章《文选之观察法》，第三章《文选之读法》。阅此目录，可以清楚地看出周氏《文选学》完全是从整体上研究《文选》的通论之作。

周氏《文选学》下编第二章《文选之观察法》下属九节：1. 从文学流变上观察《文选》；2. 从文章体式上观察《文选》；3. 从文家体性上观察《文选》；4. 从时代风格上观察《文选》；5. 从南北派别上观察《文选》；6. 从骈体文成立之趋势及修辞通则上观察《文选》；7. 从《文心・通变》之说观察《文选》所载文体之流变；8. 从《文心・才略》之说观察《文选》所载文家之优绌；9. 从《文心・程器》及《颜氏家训・文章篇》之说观察《文选》所载文人疵累。仅就此章九节而言，亦可见出周氏从各个角度将《文选》视为一个整体进行研究的总体思路。

骆鸿凯《文选学》一书分为十章：

纂集第一。论述总集产生之因，钩稽《文选》诞生前今存诸总集之片断材料。叙述昭明太子的生平著述及《文选》之纂集，驳正“高斋十学士”编纂《文选》说。

义例第二。讨论《文选序》所体现的《文选》的选录标准及《文选》的封域、分体、去取、编次诸问题。

源流第三。叙述《文选》学发展流变史，特别详述唐代《文选》学史与清代传统《文选》学史。

体式第四。征引《文心雕龙》文体论诸文字辨析《文选》所录诸体。

撰人第五。此章以汪师韩《文选理学权舆》之《撰人》一章为基础，将《文选》诸家以时代论列，并附其作品。对有争议之作品，汇集诸说，断以己意。

撰人事迹生卒著述考第六。对《文选》所选诸家，按各家先后，详列其生平、仕履。

征故第七。厘分赋、诗、文三类辑录“时流品藻”“史臣论断”“艺苑珍谈”“选楼故实”，俾读者阅读作品时有所帮助。

评骘第八。汇集张惠言、谭献、王闿运、李详诸人评论，分列《文选》诸家名下。

读选导言第九。分列十六类，具体论述研读《文选》的方法。

馀论第十。分为“征史”“指瑕”“广选”三门，分论有关《文选》诸问题。“征史”力驳《文选》“不根艺实”之言，列举《文选》载于正史之百廿篇。“指瑕”分为“体瑕”“事瑕”“语瑕”“对偶之瑕”“用字之瑕”五类，详列前代评论《文选》所选诸篇之瑕。“广选”评论后代广续之作。

附编一《〈文选〉分体研究举例》例解“论”体诸篇，附编二《文选专家研究举例》专论陆士衡入《文选》诸作，附编三《选学书著录》著录《文选》诸传世之作。

综上可知，骆鸿凯《文选学》的总体框架亦是从整体上进行研究，这正是汪师韩《文选理学权舆》从整体上研究李善注的发展。周贞亮在《文选学》第九章中论述汪师韩《文选理学权舆》时云：“（汪氏）用解剖法研究《文选》学，开后人无限法门，实自此书始。命曰‘权舆’，洵可为究《文选》

理，通《文选》学之权舆矣。”[1]从中正可窥见周、骆二氏《文选学》实即汪师韩《文选理学权舆》的继承与发展。周氏自汪书中所得到的是将《文选》作为一个整体进行解剖式研究的启迪。[2]但是，周贞亮与骆鸿凯的《文选学》并未简单重复汪师韩之作。

第一，虽然周、骆《文选学》遵循汪师韩《文选理学权舆》的研究思路，从整体上对《文选》进行多角度、全方位的研究，但是，周、骆二氏著作毕竟是现代《文选》学的产物，它们不同于汪师韩之作仅仅围绕《文选》李善注展开而未及其他，而是更全面地剖析了《文选》的各个方面。

第二，周、骆《文选学》带有鲜明时代特色。周贞亮《文选学》的时代特色较骆鸿凯《文选学》更为突出。从全书标题而言，骆氏《纂集第一》《义例第二》之类的章标题仍带有浓厚的传统典籍色彩，周贞亮《文选学》的《文选学之起源》《文选之意义》《文选之封域》《文选之篇题》等章标题更带有现代学术的况味。

周著下编第二章《文选之观察法》所属九节的标题亦清楚地表明了其时代特征。它们不仅论及《文选》的体式、风格、流变，尚深入论述了《文选》所录诸家的才性、缺点等。其中，“文学流变”“文章体式”“时代风格”“修辞通则”等语汇，绝非以文献研究为唯一范式的传统《文选》学家所能道出。唯有经过西方文艺学洗礼的现代《文选》学家方可由此立论，并运用这些概念进行研究。

骆鸿凯《文选学》与之内容相同或相类的是《导言第九》所属诸节，但该章诸节的标题却是《导言一》《导言二》直至《导言十五》《导言十六》。笔者并非专注于字词的使用，但这毕竟反映了作者的学术观念。现代学术观念是周、骆二氏《文选学》迥然不同于清儒汪师韩《文选理学权舆》的核心。周、骆二氏《文选学》正是清儒整体研究的新思路与现代学术观念结合的产物，也即传统《文选》学与现代学术观念相互作用的结果。

---

① 周贞亮：《文选学》，国立武汉大学 1931 年版，第 101 页。

② （清）汪师韩：《文选理学权舆》，中华书局 1991 年版，《丛书集成初编》本。

其次，汪氏《文选理学权舆》对周、骆《文选学》二书诸多章节的具体论述影响甚巨。

汪著对骆著《文选学》影响的具体表现为：

1. 骆鸿凯《文选学·源流第三》详列李善注例时曰："至以李氏之浩博，而《选》中用事，时亦多所未详，李氏皆一一标出，不似后人之强以臆说解之也，其类凡百有十四。"下注曰："俱载汪师韩《文选理学权舆》。"[①]论及唐人《文选》学著述时曰："此外唐人著书论《选》及注者，有颜师古之《匡谬正俗》。"下注曰："载孙志祖《理学权舆补》，凡十三条。"[②]论述明代《文选》学文献时曰："末造之方密之，撰《通雅》，得《文选》七十八条。"下注曰："并载《理学权舆》。"[③]同页又有："晚有大儒顾亭林氏，著《日知录》，考证经史，旁综艺文。其中涉《文选》者五十六条。"下注曰："亦载《理学权舆》。"

2.《文选理学权舆》第二章《注引群书目录》曾以巨幅详载《文选》注征引的古籍，此在《文选》学史上为一大创造。传统《文选》学从未有研究《文选》注所征引的古籍者，汪师韩《文选理学权舆》首开其端。详其原委，大要为清儒重辑佚考订，《李善注文选》征引了大量今已失传之古籍，且赖其片言只字，保存了诸多亡佚古籍的概貌，故《李善注文选》为清儒辑佚之重要资料库。承续清代传统《文选》学，对《李善注文选》征引古籍的研究遂成为二十世纪《文选》学研究的一项专题，日本学者小尾郊一《文选李善注引书考证》[④]一书专项研究李注引书，成为二十世纪该种研究的力作。骆氏《文选学》以汪氏《文选理学权舆》与孙志祖《文选理学权舆补》二书为据，具列《文选》所引古籍[⑤]。并于正文之下注曰："目载汪氏《理学权舆》，孙志祖重加订正，武昌徐行可先生又就其目为补遗订误，最精审可据。沈家本有《文选李善注

---

① 骆鸿凯：《文选学》，中华书局 1989 年版，第 61 页。

② 骆鸿凯：《文选学》，中华书局 1989 年版，第 72 页。

③ 骆鸿凯：《文选学》，中华书局 1989 年版，第 86 页。

④ [日] 小尾郊一：《文选李善注引书考证》，日本研文出版社 1990~1992 年版。

⑤ 骆鸿凯：《文选学》，中华书局 1989 年版，第 62 页。

书目》六卷，未刊。”[1]此条注释极为重要，骆氏不仅罗列了清代著名《文选》学家汪师韩、孙志祖所开列的《文选》引征古籍数目，且提及徐行可、沈家本二氏对李注引书的考订。徐氏考订姑存不论，而沈家本《文选李善注书目》是二十世纪继清儒汪师韩《文选理学权舆》之后，另一位对李注引书书目具有精深研究的著作。应当说，骆氏于二十世纪三十年代对沈家本《文选李善注书目》的介绍为《文选》学界拓宽了视野，使学界注意到了沈家本的研究，唯一遗憾者为沈氏《书目》未曾为多数学者寓目。直至刘奉文《两部重要的李注引用书目研究》[2]一文出现，学界方对骆氏六十年前提及的沈家本《书目》予以重视。

3.《文选理学权舆》卷一《撰人》，与骆氏《文选学》第五章《撰人》前后相承。开篇即曰："汪氏《理学权舆》胪举撰人百三十家，于各家之下，分隶所撰篇目，最便检观。而先后叙次之间，不无舛误。今为粗加订正；凡撰人失其姓名，或真伪难明者，并附辨证，备考览焉。"[3]骆著该章的基本内容即为《文选理学权舆》一书《撰人》卷的补充与修改。其相异者唯于胪列历代作家及其作品之后，又对《文选》中伪托之作，如司马相如《长门赋》，李陵《与苏武诗》及《苏武诗》，李陵《答苏武书》，孔安国《尚书序》，赵至《与嵇茂齐书》诸篇一一辨析，并得出"然以文论，固宜存也"[4]的结论。二书的承传关系相当明晰。

4. 骆氏《文选学》之一大贡献是勾勒了中国古代《文选》学史的基本线索。此固得力于骆氏生活的时代史学概念已深入学界。这在骆氏《文选学》一书中可见其踪迹。如《征故第七》一章序言中曰："晋宋以来，总集繁兴，而《文章志》《文士传》诸书亦缘之而作。详其体例，大都人各为传，具载所著文若干，见存若干。而凡撰文之由，与著作之意，亦必详哉言之。此即古代文学史也。"[5]

---

① 骆鸿凯：《文选学》，中华书局 1989 年版，第 63 页。
② 赵福海主编：《文选学论集》，时代文艺出版社 1992 年版。
③ 骆鸿凯：《文选学》，中华书局 1989 年版，第 154 页。
④ 骆鸿凯：《文选学》，中华书局 1989 年版，第 167 页。
⑤ 骆鸿凯：《文选学》，中华书局 1989 年版，第 192 页。

作者于此明言“古代文学史”一词，当非偶然。不过，无可否认，汪氏《文选理学权舆》一书已在《前贤评论》中以其述及的相关资料为骆氏写作《文选》学史做了必要的铺垫。再如骆氏《文选学·源流第三》述及宋代《文选》学著作时曰：“迄乎南渡，则有洪景庐著《容斋随笔》《续笔》，考证《文选》至数十条。”作者在此数语之下特加注释曰：“详载《理学权舆》。”①下文又云：“迨于末叶，王氏《困学纪闻》作。应麟博洽多闻，在宋代罕有伦比。书中涉及《文选》凡数十条，考证尤多精凿。”骆氏在此条下亦注曰：“亦载《理学权舆》。”②虽然骆氏广搜资料，但汪氏《文选理学权舆》在资料搜求上的贡献，于骆氏启迪多多亦显而易见。正是汪氏提供的这些《文选》学史料，为骆氏勾勒传统《文选》学史提供了极大的方便。

汪师韩《文选理学权舆》对周氏《文选学》的影响具体表现为：

1. 周贞亮《文选学》上编第七章《文选学之成立》论及李善注时曰：“书中又有以注订误者，李氏每以注订行文之误，又因文以订他书之误，或《文选》自误及别本之误者，其类凡四十有七。以注补阙者，《文选》内脱落之句，删节之文，互异之本，经李氏注补者，其类凡五。以注辨论者，史有不载之事，文有率成之篇，一事而说有数端，两说而义可并存，李氏皆一一辨其得失，其类凡四十有三。至以李氏之浩博，而《文选》中用事，时亦多所未详，李氏皆一一标出，不似后人之强以臆说解之也，其类凡百有十四。”此文之下，周氏注曰：“俱载汪师韩《文选理学权舆》。”③

2. 周贞亮《文选学》上编第七章《文选学之成立》论及《李善注文选》征引群书时，详列李注引书“二十三类，一千六百八十九种，其引旧注二十九种，尚不在内”，并在此数句之后注曰：“目载《理学权舆》。”④

3. 周贞亮《文选学》上编第八章《自隋迄明研究文选学者之成绩》曰：“其在李善之前，虽不以《文选》学著名，而研究《文选》，确有心得者，又有

① 骆鸿凯：《文选学》，中华书局1989年版，第74页。
② 骆鸿凯：《文选学》，中华书局1989年版，第75页。
③ 周贞亮：《文选学》上编，国立武汉大学1931年版，第79页。
④ 周贞亮：《文选学》上编，国立武汉大学1931年版，第81页。

颜师古氏。……著《匡谬正俗》八篇，于《文选》学发明甚多。惟其人在李善之先，故其考正《文选》各条，但以《文选》文及他书证《文选》，而无一语及善注。”周氏在此后注曰：“详载《理学权舆》。”①

4. 周氏《文选学》下编第一章《读文选之豫备》“十一通佛典”曰：“汪师韩谓郭璞《游仙诗》，引用《太一玉英》《列仙传》《抱朴子》《十洲记》。孙绰、许询诗无入《文选》者。观绰《游天台山赋》，用《法华经》《维摩经》《百法论》《大智度论》及江淹拟《许征君自序》诗，可概见矣。”下注：“《理学权舆》。”②

二、阮元的《文选序》研究与现代《文选》学中的《文选序》研究

《文选序》研究在现代《文选》学研究史上占有非常独特的地位，旁涉现代《文选》学研究的诸多方面，其实质是萧统思想研究。如萧统的文学思想，《文选》的选录标准与选录范围，等等。故百年来现代《文选》学围绕这一热点，展开了长期的研究与论争。

《文选序》的研究发端于清代阮元。阮元在《与友人论文书》一文中提出：“昭明《选序》，体例甚明。后人读之，苦不加意。《选序》之法，于经、子、史三家不加甄录，为其以‘立意’‘纪事’为本，非‘沉思’‘翰藻’之比也。”③在《书梁昭明太子文选序后》一文中又说：“昭明所选，名之曰‘文’。盖必文而后选也，非文则不选也。经也，子也，史也，不可专名之为文也。故昭明《文选序》后三段特明其不选之故。必‘沉思’‘翰藻’，始名为‘文’，始以入选也。”④

阮氏二文首次在《文选》学史上提出了一个极为关键的问题，即昭明太

① 周贞亮：《文选学》上编，国立武汉大学 1931 年版，第 85 页。

② 周贞亮：《文选学》上编，国立武汉大学 1931 年版，第 7 页。

③ 阮元：《揅经室集下》三集卷二，中华书局 1993 年版，第 610 页。

④ 阮元：《揅经室集下》三集卷二，中华书局 1993 年版，第 608 页。

子萧统选录《文选》的标准，此课题成为现代《文选》学史上不可回避的重大问题之一。当然，阮元提出这一问题有其特殊的背景，直接原因是清代的骈散之争。清代桐城派大力提倡散文，并以明人归有光上承唐宋，彻底否定魏晋南北朝文学，尤其是六朝骈文。阮氏为给骈文争一正统地位，必须肯定六朝文学，特别要肯定骈文。故集中代表六朝骈文成就的萧统《文选》就进入了阮氏褒扬的视野。阮元正是出于这一独特的学术背景，对《文选序》进行提炼概括，得出必“沉思”“翰藻”方能称之为“文”，方能入选《文选》的结论。阮氏主观上是为骈文寻找“文统”，为骈文的生存寻找理论根据，并非为研究《文选》而撰文，旁涉《文选》是因为其中骈文特夥，便于阮氏对清代骈文寻找历史根据。

阮元概括《文选》的选录标准，除现实学术之争的需求外，另一重要原因乃其具备良好的“学术感觉”，且这种“学术感觉”在清代骈文家中相当普遍。清代骈文家与清代古文家相比，更重视文章的艺术性，故这种艺术的唯美倾向使他们较古文家更具备良好的“学术感觉”。阮元以其个人的学术造诣与创作倾向概括《文选序》的选录标准相当从容，他提出“沉思”“翰藻”方能为“文”的标准，方能入选《文选》的结论，就《文选序》本身而言相当准确。今人拓宽眼界，从更广阔的学术视野考察《文选》的选录标准，较之阮元是一大进步。但阮氏的概括，仍然是《文选序》这一文本所提供的有关《文选》选录标准的最佳结论之一。

二十世纪前期的现代《文选》学研究者普遍接受了阮元的这一观点。如徐英《〈文选〉类例正失》[①]曰：“以为事出沉思，义归翰藻，则《文选》所载。”许世瑛《文选学考》[②]开篇即云：“梁昭明太子萧统以‘事出于沉思，义归乎翰藻’为标准，选周代至梁名文集成《文选》一书。”周贞亮《文选学》上编第三章《〈文选〉之封域》曰：“而于史之赞论序述等，有辞采文华可取者，仍采集之，而总其大略曰：‘事出于沉思，义归乎翰藻。’申明大旨，

---

① 徐英：《〈文选〉类例正失》，《安徽大学月刊》第2卷第5期，1935年3月。
② 许世瑛：《文选学考》，1937年3月15日，《国闻周报》第14卷第10期。

独取别裁，百代选家，奉为圭臬。”[①]骆鸿凯《文选学·义例第二》曰：“‘事出于沉思，义归乎翰藻。’此昭明自明入选之准的，亦即其自定文辞之封域也。”[②]“阮氏此篇（《书文选序后》——笔者）推阐昭明沉思翰藻之旨与不选经史子之故，可谓明畅。”[③]

朱自清的《〈文选序〉“事出于沉思”“义归乎翰藻”说》[④]一文继承阮元对《文选》选录标准的基本判断，同时亦继承了二十世纪前期诸多研究者对阮元“沉思”“翰藻”说的认同，认为这两句概括了《文选》选录作品的标准。朱自清虽与阮元持有基本一致的学术观点，但是，二者的差别甚多。第一，阮元仅在论及“文”的含义时偶及《文选序》，其出发点并非研究《文选》。朱自清《〈文选序〉“事出于沉思”“义归乎翰藻”说》则是专门针对《文选序》而发。第二，阮元之文及其观点，只能认为是二十世纪现代《文选》学诞生前的一种“前现代化”研究。朱文则不同，此文出现于二十世纪《文选》学现代化历史进程之中，是《文选》学现代化进程中的重要一环。二者出发点迥异。虽然朱自清本身也许并未明确意识到此文是推进现代《文选》学历史进程的重要文献，但是，朱文客观上对现代《文选》学的发展起到了极大的推动作用，拓展了现代《文选》学研究的一个重要领域。阮元与朱自清代表的并非仅仅是两位学者个人的学术观点，而是代表了传统《文选》学与现代《文选》学在同一问题上的两种方向。阮文意味着传统《文选》学已无法禁锢《文选》学家仅仅在校勘、考据等领域中进行传统《文选》学的文献研究，亦预示着传统《文选》学的母体已滋生着现代《文选》学的萌芽，传统《文选》学的裂变已无可避免。朱文则意味着脱离了传统《文选》学旧有的文献研究领域学术方向的变革正在大步前进着，这一历史大趋势已无法改变。前者是“旧学新知”的产物，后者为“西学东渐”的归宿。

---

① 周贞亮：《文选学》上编，国立武汉大学1931年版，第30页。

② 骆鸿凯：《文选学》，中华书局1989年版，第16页。

③ 骆鸿凯：《文选学》，中华书局1989年版，第18页。

④ 朱自清：《〈文选序〉“事出于沉思”“义归乎翰藻”说》，《北大国学月刊》第6卷第4期，1946年。

客观地讲，朱自清只是二十世纪前期以现代学术眼光研究《文选序》的代表，对这一问题进行探讨者远非朱氏一人。1926 年 8 月，《国学丛刊》第 3 卷第 1 期发表王锡睿《萧梁文选及古文辞类纂编例之比观》[①]一文，其第二部分已明确辨析《文选》的选录范围及标准。这篇文章从未为二十世纪现代《文选》学研究者所提及，其实极有见地。萧统《文选》与姚鼐《古文辞类纂》是中国古代文学史上影响最著的两部文章选本。作者以萧《选》与姚《纂》作为研究对象进行比较研究的本身，已说明现代学术观之深入人心。因为只有具备现代学术观的学者，方能从诸方面对二书进行比较研究。王氏认为："萧氏选文惟一之标准，彼自谓'其赞论之综缉辞采，序述之错比文华。事出于沉思，义归乎翰藻，故与夫篇什，杂而集之'。是其重视辞藻声情，亦既昭然明著。故于赋、诗、箴、颂、戒、论、铭、诔、赞诸体，与夫诏诰、教令、表奏、笺记、书誓、符檄之制，吊祭悲哀之作，答客指事之篇及碑碣志状之类，均譬为'陶匏异器，并为入耳之娱；黼黻不同，俱为悦目之玩'。是以悉加采择，用备一体。可知萧氏选文之目的，乃全在欣赏其美，而欲与世共之。故其去取之标准，即悉本乎此矣。"[②]这段表述，与阮元、朱自清之论如出一辙。阮氏、朱氏俱以"事出于沉思，义归乎翰藻"作为萧氏选文的唯一标准，王氏则以为萧氏选文的标准是辞藻声情。不同处是王氏于选文标准之外，尚论及萧氏选文之目的，在于"欣赏其美"。关于萧氏选文的目的，姑且存而不论，这里仅就选录标准而言。王锡睿之文亦相当明确，尽管王文并非专论《文选》的选录标准。

三、朱彝尊与《文选》成书过程研究

《昭明文选》的成书过程，旁涉《文选》的编者，故为现代《文选》学研究者所重视。但《梁书》《南史》及隋唐典籍于此一无记载。唐代《文选》

① 见《国学丛刊》1926 年第 1 期。
② 见《国学丛刊》1926 年第 1 期，第 76 页。

学鼎盛，传《文选》注《文选》者众，却无人论及。即广博如崇贤，于此亦未置一词。宋元明三代《文选》学衰微，更无人提及。最早涉及这一问题者为清人朱彝尊。朱氏《书〈玉台新咏〉后》曰：

> 昭明《文选》初成，闻有千卷，既而略其芜秽，集其清英，存三十卷。[①]

朱氏之言的前二句与末一句，出自宋人吴棫《韵补·书目》："《类文》此书本千卷，或云梁昭明太子作《文选》时所集，今所存止三十卷。本朝陶内穀所编。"[②]中间二句"略其芜秽，集其清英"出自昭明《文选序》，本与《韵补》所言毫无联系，但经朱氏贯通相联，罗致因果，则表明了其先撰资料长编，再行删选定稿即为《文选》的成书过程。

《文选》编纂涉及《文选》的成书过程，论者若忽视《文选》成书过程之考辨，则极难讲清《文选》的编者问题。

《昭明文选》的成书过程，《梁书》《南史》无载，唐人李善、五臣、陆善经、《音决》、《文选钞》等《文选》注亦未涉及。[日]释空海《文镜秘府论》与宋王应麟《玉海》卷五十四引《中兴书目》语涉刘孝绰与何逊，但并未涉及《文选》的成书过程。

朱氏此说，干系甚大。若此说成立，则千卷长编，必假手于人而绝非昭明一人可成。故先成长编，再行删选之《文选》成书两阶段说的面世，为《文选》成书于昭明诸学士之手制造了证据[③]。后之论《文选》编辑成于诸学士之手者无不征此为据。《文选》作为一部自周秦至齐梁，选录作品达七百馀篇的选集，若真如朱氏所论先成长编，再成选集，则其非昭明一人之力可成，几乎可不加论证而成立。故《文选》的成书过程与《文选》的编者关系极大。

---

① 《曝书亭集》卷五二，《四部丛刊初编集部》本，第410页。

② 吴棫：《韵补·书目》中华书局1987年版，第5页。

③ 《文选》成书与梁代学士的关系，详见笔者《"昭明太子十学士"与〈文选〉编纂》一节（见王立群《先唐学士考》，载《中国典籍与文化论丛》第七辑，北京大学出版社2002年版）。

现代《文选》的某些研究者正是从成书过程论证《文选》的编者问题的，故论及《文选》的编者问题绝不可忽略对《文选》成书过程的考辨。

朱彝尊之《文选》成书两阶段说，启动了现代《文选》学史将《文选》成书过程作为一项重要命题的研究。

四、孙梅《四六丛话》与现代《文选》学中的《文选》《文心雕龙》相互关系研究

清人孙梅《四六丛话》卷三十一“作家类”论刘勰曰：“彦和则探幽索隐，穷形尽状。五十篇之内，百代之精华备矣。其时昭明太子纂辑《文选》，为词宗标准。彦和此书，实总括大凡，妙抉其心。二书宜相辅而行者也。”孙梅认为刘勰《文心雕龙》（下简称《文心》）对《文选》而言，实已总括其大概，妙抉其用心，二人的文学观及选文尺度非常接近。

此说为现代《文选》家黄侃发挥：“读《文选》者，必须于《文心雕龙》所说能信受奉行，持观此书，乃有真解。若以后世时文家法律论之，无以异于算《春秋》历用杜预长编，行乡饮仪于晋朝学校，必不合矣。开宗明义，吾党省焉。”[①]学界今多以为黄侃为《文选》与《文心》相互关系研究的发端者，而黄氏此说实本于清人孙梅的《四六丛话》。

黄门学者骆鸿凯《文选学·纂集第一》云：“刘勰传载其兼东宫通事舍人，深被昭明爱接；《雕龙》论文之言，又若为《文选》印证，笙磬同音。是岂不谋而合，抑尝共讨论，故宗旨如一耶？”[②]《体式第四》又云：“《文选》分体三十有八，七代文体，甄录略备。而持校《文心》，篇目虽小有出入，大体实适相符合。《文心》榷论文体，凡有四义：一曰原始以表末，二曰释名以章义，三曰选文以定篇，四曰敷理以举统（见《序志篇》）。体制区分，源流昭晰。熟精《选》理，津逮在斯。书中选文定篇，去取之情，复与昭明同其藻镜。”[③]

① 黄侃：《文选平点》，上海古籍出版社 1985 年版，第 1 页。
② 骆鸿凯：《文选学》，中华书局 1989 年版，第 10 页。
③ 骆鸿凯：《文选学》，中华书局 1989 年版，第 124 页。

骆鸿凯认为：《文心雕龙》实为“熟精《选》理”的“津逮”所在，这与孙梅所说的“二书宜相辅以行”如出一辙。且骆氏更明白地说出《文心雕龙》的选文定篇与《文选》的入选之作，虽然篇目小有出入，但大体实相符合。故刘勰、萧统评价作品的标准（“去取之情”）实相一致（“同其藻镜”）。

骆鸿凯《文选学·体式第四》论述赋、诗、骚、七等诸体时，大量引用《文心雕龙》的论述，视为的论。并于《评骘第八》曰：“《文选》篇章，彦和批判已备，片言只字，拱璧同珍。”[①]其《读选导言第九》引用刘勰之言尤多。

《导言二》“乙析观”全取彦和《文心》一书，诸如《练字》《事类》《才略》《丽辞》《物色》《比兴》诸篇莫不备录。

《导言三》曰：“文体莫备于六朝，亦莫严于六朝。萧氏选文，别裁伪体，妙简雅裁，凡分体三十有八，可谓明备。《文心》一书，本与《文选》相辅，今宜据彦和所述四义，以观《文选》纂录之篇，用资证明。四义者：一曰原始以表末，则述一体文章之缘起与其流变也。二曰释名以章义，则诠明一体文辞之义界，所以区别同异也。三曰选文以定篇，则平章众制，列举佳篇，以为楷模也。四曰敷理以举统，则敷陈一体文章之真谛，所以禁邪止放也。”[②]

《导言四》曰：“彦和论文，标举体性。体斥文章体格，性即文家材性。缘材性之殊，而发之于文，体格异状。《体性篇》区别文章之体格曰：‘总其归途，数穷八体。一曰典雅，镕式经诰，方轨儒门者也。二曰远奥，馥采典文，经理玄宗者也。三曰精约，核字省句，剖析毫厘者也。四曰显附，辞直义畅，切理厌心者也。五曰繁缛，博喻酿采，炜烨枝派者也。六曰壮丽，高论宏裁，卓跞异采者也。七曰新奇，摈古竞今，危侧趣诡者也。八曰轻靡，浮文弱植，缥缈附俗者也。’《文选》网罗文家凡百三十馀，文章体格之歧异可谓能尽大观矣。今举所载文辞，以证彦和八体之说。”[③]

《导言五》论文章风格，骆氏特举魏文为例，并以《文心雕龙》之《时序》

① 骆鸿凯：《文选学》，中华书局1989年版，第257页。
② 骆鸿凯：《文选学》，中华书局1989年版，第302页。
③ 骆鸿凯：《文选学》，中华书局1989年版，第304页。

《明诗》二篇论述魏文风格。“《文心·时序篇》论建安文学曰：‘观其时文，雅好慷慨。良由世积乱离，风衰俗怨，并志深而笔长，故慷而多气也。’”“《文心·明诗篇》论建安诗曰：‘暨建安之初，五言腾踊。文帝、陈思纵辔以骋节，王徐应刘望路而争驱，并怜风月，狎池苑，述恩荣，叙酣宴，慷慨以任气，磊落以使才，造怀指事，不求纤密之巧，驱辞逐貌，惟取昭晰之能。此其所同也。’”①

《导言六》论骈文演进，骆氏纯以《文选》诸篇为例：“骈体之源，肇于《书》《易》，彦和论之详矣。就入《文选》之文而论，子夏《诗序》一篇，上规《易·系》，语比声和，阮伯元氏以为即骈文之初祖，然尚未开设喻隶事之风也。设喻隶事，始自李斯之上书，邹阳继之，俨然成一种俪习，而骈体之经脉始有可寻。然尚未整句调、敷色采也。自王子渊出而骈始多，曹子建出而骈始工，陆士衡出而四六始昌，颜延年出而代语始繁，沈约、王融诸人声律论出，而用字始避拘忌，骈文之体于焉成立。今举《文选》数首以观其演进之序。”②在此总论之后，骆氏举《文选》中李斯《上秦始皇书》、邹阳《狱中上书自明》、王子渊《圣主得贤臣颂》、曹植《七启》、陆机《豪士赋序》、颜延之《三月三日曲水诗序》、王融《三月三日曲水诗序》、沈约《齐安陆昭王碑文》诸篇为例，详述骈文演进历程。

《导言七》评《文选》诸家才思，骆氏全用刘勰《文心·才略》之评语：“《文心·才略篇》于六代文人咸有品藻，以别其才思之优绌。今录篇中所举诸家见《文选》者，而以彦和品藻之语系其下。”③此节骆氏品藻之文士有屈原、宋玉、李斯、贾谊、枚乘、邹阳、司马迁、司马相如、王褒、扬雄、刘歆、班彪、班固、傅毅、马融、王延寿、张衡、蔡邕、孔融、祢衡、潘勖、曹丕、曹植、王粲、陈琳、阮瑀、刘桢、应玚、杨修、何晏、应璩、应贞、嵇康、阮籍、张华、左思、潘岳、陆机、陆云、孙楚、傅玄、傅咸、成公绥、夏侯湛、曹摅、张载、张翰、张协、刘琨、卢谌、郭璞、庾亮、干宝、袁宏、

① 骆鸿凯：《文选学》，中华书局1989年版，第309页。
② 骆鸿凯：《文选学》，中华书局1989年版，第310页。
③ 骆鸿凯：《文选学》，中华书局1989年版，第312页。

孙绰、殷仲文、谢混等五十七人。并在罗列刘勰评论诸家后，特予总结曰：“右列六代入文选文家五十七人，约得萧《选》所载之半。宋齐才士，世近易明，不复甄序。观其品藻，字字珠玑。所举篇章，亦大率载于《文选》。详加研覈，可以明《文选》诸家之优绌矣。”①

《导言八》引刘勰《文心·程器》论《文选》所录诸家瑕累、世路坎坷，语涉司马相如、扬雄、班固、马融、孔融、祢衡、王粲、陈琳、潘岳、陆机、傅玄、孙楚诸家。

《导言九》讲文章参伍相变、因革为功。骆氏此节首引刘勰《文心雕龙·通变》之言：“楚之骚，矩式周人。汉之赋颂，影写楚世。魏之策制，顾慕汉风。晋之辞章，瞻望魏采。”②总言历代文体递相祖述。然后又详引彦和《通变篇》所论，发明汉代佳篇，递相因袭的事实。再以《文选》诸篇“题之相祖”“体之相祖”“句之相祖”与“意之相祖”证明刘勰所论之正确。此节其实是以《文选》诸篇证明彦和通变之论的正确。

《导言十》专论五言古诗之流变，骆氏所选评论之言仅《文心·明诗》与钟嵘《诗品》、章太炎《诗辨》。详其所论，韦孟、李陵、苏武、班婕妤、古诗、张衡、建安体、正始体、太康体、康嘉体、元嘉体皆选录《文心·明诗》所论。

综上可知，骆氏深会其业师黄侃承袭清人孙梅之论，对于《文选》与《文心》之关系，笃相不疑。故在《导言》一章中，从各个方面充分论述了二书的相互关系。

周贞亮《文选学》上编第三章《文选之封域》亦曰：“《刘勰传》独载其为东宫通事舍人，深被昭明太子爱接，是《文心雕龙》一书，必为太子深所契赏。昭明选文，必与彦和共相讨论，即彦和亦必代为搜讨，此可推想而知者也。”③“《雕龙·序志篇》曰：‘选文以定篇’，此明书中所举各体

---

① 骆鸿凯：《文选学》，中华书局 1989 年版，第 315 页。

② 骆鸿凯：《文选学》，中华书局 1989 年版，第 318~319 页。

③ 周贞亮：《文选学》上编，国立武汉大学 1931 年版，第 30~31 页。

之文，即彦和所定选文之目。今观《明诗》以下至《书记篇》，所胪各家之文，昭明虽不尽入选，而大旨不出其范围。”[①]周贞亮《文选学》上编第四章《文选之篇体》论述赋、诗、骚、七等诸体时，亦大量引用《文心》的论述，视为的论。

周贞亮《文选学》下编第二章《文选之观察法》引用《文心》论述最夥。笔者举证如下：

1. 从文学流变上观察《文选》

甲“统观”：作者引用《文心》之《通变》《时序》二篇有关论述，特别对《时序》引用特夥。

乙“析观”：作者谈及“用字”，特引《文心·练字》之论述；论及“隶事”，仅引《文心·事类》有关论述；论及写景，只引《文心·物色》相关论述；言及“比兴”，所引唯《文心·比兴》的论述。

2. 从文章体式上观察《文选》

周氏此节与骆氏《导言三》大类。此节言：“昭明选文，别裁伪体，妙简正宗，凡分体三十有七，可谓明备。而衡其体式，要莫备于《文心》。盖《文心》之言文章体式也，有下四种之叙述法：（1）叙各体发源之先后；（2）明各体发展之程序；（3）表各体特殊之性质；（4）举各体代表之作家。此《文心》叙述文章体式之要也。而以观《文选》之所录，其体即本《文心》之意趣。”[②]下文历叙《文心》与《文选》各体文章之对应关系。

3. 从文家体性上观察《文选》

周氏此节与骆氏《导言四》大类。周氏曰：“总其归途，则数穷八体。一曰典雅，镕式（原文作“或”，误——笔者）经诰，方轨儒门者也。二曰远奥，馥采典文，经理玄宗者也。三曰精约，核字省句，剖析毫厘者也。四曰显附，辞直义畅，切理厌心者也。五曰繁缛，博喻酿采，炜烨枝派者也。六曰壮丽，高论宏裁，卓跞异采者也。七曰新奇，摈古竞今，危侧趣诡者也。八曰轻靡，

① 周贞亮：《文选学》上编，国立武汉大学1931年版，第31页。
② 周贞亮：《文选学》上编，国立武汉大学1931年版，第13页。

浮文弱植，缥缈附俗者也。《文选》网罗文家凡百三十馀，文章体格之异，可谓能尽其变矣。今举所载文辞，以证彦和八体之说。”①

4. 从时代风格上观察《文选》

周氏此节与骆氏《导言五》大类，专论文章风格。周氏言“今举魏代文章风格为例”，详其原文，实论建安风格。周氏举刘勰《文心雕龙》之《时序》《风骨》《明诗》三篇论述魏文风格。周氏云：“《文心·时序篇》论建安文学曰：‘观其时文，雅好慷慨。良由世积乱离，风衰俗怨，并志深而笔长，故慷而多气也。’《风骨篇》曰：‘故魏文称文以气为主，气之清浊有体，不可力强而致。故其论孔融，则云体气高妙。论徐干，则云时有齐气。论刘桢，则云时有逸气。公干亦云，孔氏卓卓，信含异气，笔墨之性，殆不可胜，并重气之旨也。’”②周氏又云：“《文心·明诗篇》论建安诗曰：‘暨建安之初，五言腾踊。文帝、陈思，纵辔以骋节；王徐应刘，望路而争驱。并怜风月，狎池苑，述恩荣，叙酣宴，慷慨以任气，磊落以使才。造怀指事，不求纤密之巧，驱辞逐貌，惟取昭晰之能。此其所同也。”③

5. 从骈体文成立之趋势及修辞通则上观察《文选》

周氏此节论述骈文演进，与骆氏《导言六》大类。周氏曰：“骈体之源，肇于《书》《易》，前人论之详矣。就入《文选》之文而论，子夏《诗序》一篇，上规《易·系》，冲融动宕，语比声和，是即俪文初祖，然尚未开设喻隶事之风也。设喻隶事，始自李斯之上书，邹阳继之，俨成一种俪习，而骈体之经，始有可寻。然尚未整句调、敷色泽也。自王子渊出而骈始多，曹子建出而骈始工，陆士衡出而四六始昌，沈约诸人出而近代骈文之体始开。今举《文选》文数首，以观其成立之趋势。”④在此总论之后，周氏举李斯《上秦始皇书》、邹阳《狱中上书自明》、王子渊《圣主得贤臣颂》、曹植《七启》、陆机《豪士赋序》、颜延之《三月三日曲水诗序》、王融《三月三日曲水诗序》、沈

① 周贞亮：《文选学》上编，国立武汉大学1931年版，第14页。
② 周贞亮：《文选学》上编，国立武汉大学1931年版，第16页。
③ 周贞亮：《文选学》上编，国立武汉大学1931年版，第17页。
④ 周贞亮：《文选学》上编，国立武汉大学1931年版，第23页。

约《齐安陆昭王碑文》诸篇为例，详述骈文演进历程。

6. 从《文心·通变》之说观察《文选》所载文体之流变

周氏此节与骆氏《导言九》大类，讲文章参伍相变、因革为功。周氏此节首引刘勰《文心·通变》之言，发明汉代佳篇，递相因袭的事实。再以《文选》诸篇“题之相祖”“体之相祖”“句之相祖”与“意之相祖”证明刘勰所论之正确。此节其实是以《文选》诸篇证明彦和通变之论的正确。

7. 从《文心·才略》之说观察《文选》所载文家之优绌

周氏此节评《文选》诸文家才思，大类骆氏《导言七》。周氏云：“《文心·才略篇》于六代文家咸有品藻，以别其才思之优绌。今录篇中所举诸家见于《文选》者，而以彦和品藻之语系（周氏《文选学》作“繁”，误——笔者）其下。”[①]此节周氏品藻之文士有屈原、宋玉、李斯、贾谊、枚乘、邹阳、司马迁、司马相如、王褒、扬雄、刘歆、班彪、班固、傅毅、马融、王延寿、张衡、蔡邕、孔融、祢衡、潘勖、曹丕、曹植、王粲、陈琳、阮瑀、徐干、刘桢、应玚、何晏、应璩、应贞、嵇康、阮籍、张华、左思、潘岳、陆机、陆云、孙楚、傅玄、傅咸、成公绥、夏侯湛、曹摅、张载、张翰、张协、刘琨、卢谌、郭（原作“廓”，误——笔者）璞、庾亮、干宝、袁宏、孙绰、殷仲文、谢混等五十七人。并在罗列刘勰评论诸家后，特予总结曰：“右所列六代入《文选》文家五十七人，约得《文选》所载之半。齐梁二代，去世稍近，则不录焉。观其品藻，语语精核。所举篇章，亦大率为《文选》所有。详加观察，可以得《文选》所载文家之优绌矣。”[②]

8. 从《文心·程器》之说观察《文选》所载文人之疵累

周氏此节与骆氏《导言八》大类，专论《文选》入载作家之疵累。周氏详举《文心·程器》有关论述，品评历代作家，语涉司马相如、扬雄、班固、马融、孔融、祢衡、王粲、陈琳、潘岳、陆机、傅玄、孙楚诸家。

周贞亮与黄侃为友，周氏《文选学》下编对刘勰《文心雕龙》的如此笃信，虽有受时人（如黄侃）影响的一面，但受清人孙梅影响的一面当不可忽视。

① 周贞亮：《文选学》上编，国立武汉大学1931年版，第25页。
② 周贞亮：《文选学》上编，国立武汉大学1931年版，第26~27页。

周贞亮《文选学》与骆鸿凯《文选学》是现代《文选》学的代表之作与奠基之作。二书对《文选》与《文心雕龙》相互关系的认同极大地推动了现代《文选》学中一个极为突出的课题开展，即《文选》与《文心雕龙》相互关系的研究，使之成为现代《文选》学中一个重要分支。二十世纪六十年代中国大陆曾经发表了四篇有关《文选》研究的论文，成为1949年至1961年中断了十几年后该领域第一次较为集中的研讨。其中王运熙的《萧统的文学思想和〈文选〉》[①]从《文选》与《文心雕龙》的相同处入手，为1949年后《文选》在大陆学界受到冷遇鸣不平。郭绍虞的答难之文《〈文选〉的选录标准和它与〈文心雕龙〉的关系》[②]亦将《文选》与《文心雕龙》的比较作为研究的重心。这是中国大陆继黄侃、骆鸿凯等学者之后，另一批学者将《文选》与《文心》二书联系起来进行研究的典范之作。

莫励锋《从〈文心雕龙〉与〈文选〉之比较看萧统的文学思想》[③]，吴林伯《〈文心雕龙〉与〈文选〉》[④]，马积高《〈文心雕龙〉与〈昭明文选〉中对“文”的看法的比较》[⑤]，李晖《〈昭明文选〉与〈文心雕龙〉》[⑥]，齐益寿《〈文心雕龙〉与〈文选〉在选文定篇及评文标准上的比较》[⑦]，[日]清水凯夫《〈文心雕龙〉对〈文选〉的影响——关于散文的研讨》[⑧]等，均将《文选》与《文心雕龙》的比较研究作为重点。尽管上述论文的主旨并非一律，有些尚相差甚远，但将《文选》与《文心雕龙》相互关系研究作为现代《文选》学研究的一个重要分支，却是清人孙梅开题于先，周、骆二氏宣扬于后的。

---

① 见1961年8月27日《光明日报》。
② 见1961年11月5日《光明日报》。
③ 见《古代文学理论研究》第10辑，上海古籍出版社1985年版。
④ 见《武汉大学学报》1986年第5期。
⑤ 收《〈昭明文选〉研究论文集》，吉林文史出版社1988年版。
⑥ 收《〈昭明文选〉研究论文集》，吉林文史出版社1988年版。
⑦ 见《古典文学》第3期，1981年12月。
⑧ 收《六朝文学论文集》，重庆出版社1989年版。

五、张云璈《选学胶言》、钱泰吉《曝书杂记》“注例说”与现代《文选》学中的李善注“注例”研究

清儒《文选》学研究开善注体例研究之专题，实源于对李善注整理的需求。清儒认为，要辨明李善注与五臣注之混淆，不仅需要不同版本之比勘，而且要对李善注的体例进行清理。因为，掌握了李善注的体例，即可使《李善注文选》的整理有章可循。

张云璈《选学胶言》卷一“注例说”条首开《文选》学研究李善注体例之先河。张氏《选学胶言》曰：

> 李氏之注《文选》，自有其例。不明其例，则李注之次第不可得而知也。凡五臣注之阑入李氏者，不可得而知也。其非五臣注而阑入李氏者，更不可得而知也。例者如何。诸引文证，皆举先以明后，以示作者必有所祖述也。或引后以明前，示不敢专也。又如同卷再见者，云已见某篇，务从省也。旧注并于题首题其姓名，有乖缪乃具释，必称善以别之，不攘以为己有也。其引《诗》如自引则称《毛诗》，若旧注所引，则止云《诗》。盖刘渊林、张孟阳诸人之注所引《诗》未必是《毛诗》，观《魏都赋》牒牒坰野注可见也。引《汉书》如《太子报桓荣书》之在《荣传》，谷永《与王谭书》之在《永传》之类，初不称班范二史也。音释多在注末，而不在正文下。凡音之在正文下者，皆非李氏旧也。称然则必单用然字，此通注中悉如此。其有则字者，后人误增也。

《胶言》于此总结李注体例八条。另，卷一“然字单用”，卷二“李注不避庙讳”“渊字不避”“薛综注”“王逸楚辞注”“刘逵《魏都赋》注例”，卷六“《毛诗》《郑笺》李注不分”等，亦总结李注体例若干。

张氏以为善注《文选》“自有其例”，实为的言。虽此八条注例，距善注体例之全貌相距甚远，然作为《文选》李注研究之分支，又增一新途。但是，

张云璈《选学胶言》“注例说”并未为现代《文选》学界广泛注目，周贞亮《文选学》、骆鸿凯《文选学》论及善注义例时均未言及，唯高步瀛《选学举要》卷二《李注略例》开篇即云：“张云璈《选学胶言》‘注例说’曰：李氏注《文选》，自有其例，不明其例，则李注之次第不可得而知也，凡五臣之阑入李氏者不可得而知也，且非五臣而阑入李氏者更不可得而知也。”[①]

钱泰吉《曝书杂记》卷下“《文选》注义例”条曰：李氏《文选注》自明注例，散见各篇，录之以为注释古书之法。可见，钱泰吉搜寻善注义例，并不仅仅着眼于整理《李善注文选》，而是立此为法，为古籍注释服务的。钱氏所列李注义例如下：

1. 诸引文证，皆举先赞以明后，以示作者必有所祖述也。他皆类此。[②]

2. 言能发起遗文以光大业也。《论语》子曰：“兴灭国，继绝世。”然文虽出彼而意微殊，不可以文害意。他皆类此。[③]

3. 诸释义或引后以明前，示臣之任不敢专。他皆类此。[④]

4. 引《汉书注》：云《音义》者，皆失其姓名，故云《音义》而已。[⑤]

5. 石渠已见上文，然同卷再见者，并云已见上文，务从省也。他皆类此。[⑥]

6. 娄敬已见上文。凡人姓名，皆不重见。馀皆类此。[⑦]

7. 诸夏已见《西都赋》，其异篇再见者，并云已见某篇。佗（他）皆类此。[⑧]

8. 旧注是者，因而留之，并于篇首题其姓名。其有乖谬，臣乃具释，并称臣善以别之。他皆类此。[⑨]

---

① 高步瀛，《选学举要》，第 19 页，萃升书院讲义。

② 见《两都赋序》，载（梁）萧统：《文选》，中华书局 1977 年影印本，第 21 页。

③ 见《两都赋序》，载（梁）萧统：《文选》，中华书局 1977 年影印本，第 21 页。

④ 见《两都赋序》“朝廷无事”注，载（梁）萧统：《文选》，中华书局 1977 年影印本，第 22 页。

⑤ 见《西都赋》，载（梁）萧统：《文选》，中华书局 1977 年影印本，第 25 页。

⑥ 见《西都赋》，载（梁）萧统：《文选》，中华书局 1977 年影印本，第 26 页。

⑦ 见《东都赋》，载（梁）萧统：《文选》，中华书局 1977 年影印本，第 30 页。

⑧ 见《东都赋》，载（梁）萧统：《文选》，中华书局 1977 年影印本，第 32 页。

⑨ 见《西京赋》，载（梁）萧统：《文选》，中华书局 1977 年影印本，第 36 页。

9. 栾大已见《西都赋》。凡人姓名及事易知而别卷重见者，云见某篇，亦从省也。他皆类此。①

10. 鸹鸨已见《西都赋》。凡鱼鸟草木，皆不重见。他皆类此。②

11. 旧有集注者，并篇内具列其姓名，亦称臣善以相别。他皆类此。③

12.《藉田》《西征》，咸有旧注，以其释文肤浅，引证疏略，故并不取焉。④

13. 班婕妤《捣素赋》："伫风轩而结睇，对愁云之浮沉。"然疑此赋非婕妤之文，行来已久，故兼引之。⑤

14. 未详注者姓名。挚虞《流别》题曰衡注，详其义训，其多疏略，而注又称愚以为，疑非衡明矣。但行来已久，故不去。⑥

15. 引应及傅者，明古有此曲，转以相证耳。非嵇康之言出于此也。他皆类此。⑦

16. 此解阿义与《子虚》不同，各依其说而留之。旧注既少，不足称臣以别之。他皆类此。⑧

17. 昭明删此文太略，故详引之，令与弹相应也。⑨

上述钱泰吉《曝书杂记》所摘《李善注文选》义例十七条，在清代学人中当属成绩最为卓著者。高步瀛《选学举要》卷二《李注略例》全引钱泰吉《曝书杂记》卷下《李注略例》条之十七条。

周贞亮《文选学》第七章《文选学之成立》曰："至欲观《文选》注之详，当先明《文选》注之例。此则善于注中已自详之，都十八条，汇录于左。"⑩

① 见《西京赋》，载（梁）萧统：《文选》，中华书局 1977 年影印本，第 42 页。
② 见《西京赋》，载（梁）萧统：《文选》，中华书局 1977 年影印本，第 44 页。
③ 见《甘泉赋》，载（梁）萧统：《文选》，中华书局 1977 年影印本，第 111 页。
④ 见《藉田赋》，载（梁）萧统：《文选》，中华书局 1977 年影印本，第 115 页。
⑤ 见《雪赋》，载（梁）萧统：《文选》，中华书局 1977 年影印本，第 194 页。
⑥ 见《思玄赋》旧注，载（梁）萧统：《文选》，中华书局 1977 年影印本，第 213 页。
⑦ 见《琴赋》，载（梁）萧统：《文选》，中华书局 1977 年影印本，第 258 页。
⑧ 见李斯《上逐客书》，载（梁）萧统：《文选》，中华书局 1977 年影印本，第 545 页。
⑨ 见《奏弹刘整》，载（梁）萧统：《文选》，中华书局 1977 年影印本，第 561 页。
⑩ 周贞亮：《文选学》，国立武汉大学 1931 年版，第 78 页。

计周氏发明善注义例凡十八条。与钱泰吉《曝书杂记》所列善注义例相比，略有差异，但周氏对张云璈《选学胶言》“注例说”并未明示。

骆鸿凯《文选学·源流第三》之《隋唐间文选学之起源及唐代文选学家考》一节曰：“昭明选文，著其例于序内。李善辑注，则散其记于注中。此盖本左氏作传，立凡五十，散在各篇，以发明《春秋》之例，可谓于古有征矣。今刺取而汇辑之。”[①]计骆氏发明善注义例凡二十二条。笔者将钱泰吉所列善注义例与骆鸿凯《文选学·源流第三》所列善注义例二十二条相较，缺一条多六条，馀皆相同。骆氏详引张云璈《选学胶言》“注例说”，在《文选学·源流第三》评价张氏《选学胶言》：“其注例说云：‘李氏之注《文选》，自有其例。不明其例，则李注之次第不可得而知也……’凡此皆李注一定之例。”[②]

高步瀛《选学举要》与周、骆二氏《文选学》将李注义例列入现代《文选》学研究视野，实为现代《文选》学洞开一阒。崇贤之注，自唐写本时代已与五臣之注相淆。宋儒合刻五臣之注为六臣注，二者混淆更甚。判明李善注，为整理出版李善注《文选》之前提。但骆氏之作，仅引高步瀛《李注略例》而未及清儒之作，不无遗憾。特别值得关注的是，骆氏《文选学》以资料详备闻名学林，但钱泰吉《曝书杂记》关于善注义例之说未见说明。周贞亮《文选学》于善注义例，亦未及张云璈《选学胶言》与钱泰吉《曝书杂记》。相比之下，高步瀛《选学举要》对张云璈《选学胶言》、钱泰吉《曝书杂记》的贡献一一标明，当更符合现代学术规范。

普暄《胡克家〈文选考异〉叙例》[③]虽为论述胡克家《考异》义例，但第一部分专论《善注义例》，且分类明晰，他将善注义例厘分为八类，而据普氏所列，实为 11 类：1. 李注音释存于注中例；2. 注中音释有所增例；3. 善注用字有特式例；4. 引旧注多非全文例；5. 引书但取意同不拘语倒例；6. 引书注字，字不必相同例；7. 引书各随其用而不划一例；8. 引书取大义不取一

① 骆鸿凯：《文选学》，中华书局 1989 年版，第 56 页。

② 骆鸿凯：《文选学》，中华书局 1989 年版，第 100~101 页。

③ 普暄：《胡克家〈文选考异〉叙例》，《女师学院期刊》第 3 卷第 2 期，1935 年。另见《中华学者文选学论集》上册，中华书局 1998 年版，第 20~24 页。

字例；9. 采取《汉书》注而不称《汉书》例；10. 引书可节其字句例；11. 善本文句不必同于他书例。

李详（审言）《李善文选注例》[①]一文曰："古人注书例即见于注中。李善《文选注》首举赋甲，存其旧式。《两都赋序》以下继之，皆例也。钱警石《曝书杂记》曾揭善注之例，而惜其未备，今广钱氏之采，加以案语，庶几备《文选》学之一称云。己巳（1929 年——笔者）十月，齳叟李详。"李详此文共发明善注义例凡二十一条，远较清儒为备。但其分类不明，尚属草创阶段。

《李善注文选》义例研究自二十世纪三十年代得到学界广为注目后，研究者后出转精，日臻完备。利瓦伊棻《〈文选〉李注纂例》[②]将善注义例厘分为四大类：第一，自明作注之例；第二，释义用语之例；第三，文字变易之例；第四，辨正得失之例。每大类之下再分若干小类，每小类之下再分子项。如"辨正得失之例"下分为六小类：第一，辨识本文正误之例；第二，订正作者失考之例；第三，订正《文选》编者之例；第四，订正各家旧注之例；第五，兼考他籍得失之例；第六，众说取舍论断之例。"辨识本文正误之例"下再分三个子项：甲，存其异文者；乙，辨明有误者；丙，疑其有误者。利瓦伊棻此文将善注义例分为三个层次，大类、小类、子项，相互隶属关系相当明晰。与二十世纪前期学者同类之作相较，更深入更细致亦更有条理。

王礼卿《〈选〉注释例》[③]一文，将善注义例厘分为五十五类：1. 存卷旧式例；2. 解题例；3. 释用事例；4. 释文义例；5. 证词原例；6. 明音训例；7. 举先以明后例；8. 反证例；9. 案语用然例；10. 句末加也字例；11. 引《论语》冠子曰例；12. 文同义殊例；13. 通用字引证例；14. 以意缀引例；15. 已见者不复引例；16. 引诗分著《韩》《毛》例；17. 引后明前例；18. 摘训以释例；19. 引书约举例；20. 异文例；21. 明或字得失例；22. 重轻详略例；23. 约义自注例；24. 引《汉书音义》例；25. 辨各说得失例；26. 同卷再见从省例；27. 因释义而重注例；28. 引文不引训例；29. 易文取训例；30. 未详例；

① 李详：《李善文选注例》，《制言》月刊第 50 期，1939 年。
② [日] 利瓦伊棻：《〈文选〉李注纂例》，《大陆杂志》第 12 卷第 7 期，1956 年 4 月。
③ 王礼卿：《〈选〉注释例》，《幼狮学报》第 7 卷第 2 期，1968 年 4 月。

31. 引注径称其书例；32. 节引例；33. 依文与义引书例；34. 善本不避庙讳例；35. 同卷姓名不重见例；36. 注义复注文例；37. 订误例；38. 异篇再见从渻例；39. 重申同卷再见从渻例；40. 采用旧注例；41. 申补旧注例；42. 与旧注异解并存例；43. 异卷再见从渻例；44. 自注两义并存例；45. 以后解申前解例；46. 异卷姓名不重见例；47. 两说并存例；48. 鱼鸟草木不重见例；49. 改书以就文义例；50. 明正旧注乖谬例；51. 缀合诸书例；52. 合引例；53. 参引例；54. 注详下文例；55. 惟引本文所有例。此文在现代《文选》学史上可谓总结善注义例最为完备的论文之一，但与利瓦伊棻之文相较，唯分类稍嫌琐细。

台湾学者黄永武《〈昭明文选〉李善注摘例》[①]一文将善注义例分为五大类九十一种：第一，自明作注之例（含十二种）；第二，善注释题之例（含八种）；第三，校定篇次之例（含二种）；第四，介绍作者之例（含三种）；第五，释字审音之例（含六十六种）。此文将善注义例归纳得既详备又分明，亦为现代《文选》学史上总结善注义例最为完备的论文之一。

六、清代《文选》李善注研究与现代《文选》学中的注释研究

《文选》注释研究是清代传统《文选》学研究中最为重要的内容，汪师韩《文选理学权舆》的主体即对《文选》李善注的研究，孙志祖的《文选理学权舆补》与《李注补正》皆同之。余萧客的《文选音义》、叶树藩《文选补注》、王煦《文选李注拾遗》、张云璈《选学胶言》、梁章钜《文选旁证》、朱珔《文选集释》、胡绍煐《文选笺证》等，无不以之为主。但是，清代传统《文选》学中的《文选》注释研究主要是针对李善注的，或补正，或订误，要之，不离恢复李善原貌之宗旨。

现代《文选》学中的《文选》注释研究得益于清代传统《文选》学者甚多，故其中所占比重极大者仍是对《文选》李善注的研究。不过，对《文选》

① 见《中山学术文化集刊》，又载《中外学者文选学论集》，中华书局 1989 年版。

李善注及五臣注、六臣注研究等主流注释的研究只是现代《文选》学注释研究的一部分，对《文选》非主流注释的研究尚占有一席之地。

在主流注释研究中，训诂学研究一如清代传统《文选》学仍占有主导地位。刘盼遂、李详、刘文典、段凌辰、祝廉先等均是以训诂学研究《文选》注释并取得重要成就的研究者。

刘盼遂的《文选》研究主要为《〈文选〉校笺》，此文要在纠《文选》注释之失。《文选》李善注自唐末以来，受到学林普遍赞誉，而五臣注受到诸多非难；但是，李善注与五臣注俱非完璧，其谬误均在所不免。刘盼遂此文针对二注之误进行纠谬，创获不少。

李详是现代《文选》学史少有的深通《文选》的研究者，他对李善注研究集中表现于《选学拾沉》[①]一文。李详的《文选》注释研究要在补《文选》注释之失与纠《文选》注释之误。其中，补《文选》注释之失又可分为补善注之失、补善注未详、补五臣注之失、补他注之失四类。补善注之失为李详《文选》注释研究的主体，李详于此用功极深。

刘文典的《文选》注释研究见于他的《三馀札记》[②]。此书为刘氏一生校理古籍之结晶，卷三为《读文选杂记》，凡三十八则。刘文典熟悉音韵，其《文选》注释研究得力于声韵训诂者颇多。由于熟悉音韵，故刘氏对《文选》中诸多联绵词独有创见。从音训切入研究《文选》注释，并非舍弃其他研究方法，刘文典对传统的训诂法亦颇为精通，每每能辨其正误。

段凌辰的《文选》注释研究仅限于《文选》注中的旧注研究。他的《文选注引汉书非袭用颜师古注本说》[③]专题研究《文选》注引用《汉书》注释的问题。

现代《文选》学史上最见功力的《文选》六臣注注释研究，当首推祝廉

---

① 见《制言半月刊》第49期，1939年2月。

② 刘文典著、管锡华点校：《三馀札记》，安徽黄山书社1990年版。

③ 见《儒效月刊》第2卷第2~3期，1946年6月。

先（文白）的《〈文选〉六臣注订讹》[①]与《〈文选〉六臣注订讹续编》[②]二文。1954年祝氏又将此二文订补修改为《文选六臣注订讹》发表[③]。是李善而非五臣为传统《文选》学之基本观点，自唐人李济翁的《资暇集》和丘光庭的《兼明书》始，这种观点风行，祝廉先此文却并非如此。祝氏治学态度极为严谨，论定是非并不由传统观点之是非为是非，而是实事求是地考察《文选》李善注与五臣注，平等地看待李善注与五臣注，是者为是，非者为非，不论其为李善或为五臣。

现代《文选》学的《文选》注释研究不仅集中于训诂学研究，而且开创了文义观研究与比较法研究。前者的代表为台湾学者王礼卿，后者的代表为中国大陆学者钱锺书。台湾学者王礼卿的《文选》注释研究代表作是《〈选〉赋考证》[④]一文。王氏擅长从《文选》诸篇的整体文义入手断其是非，纠李注之失，纠清儒之失，纠高步瀛之失。高步瀛的《文选李注义疏》一向被视为现代《文选》学史上研究李善注最具权威的代表，但王礼卿却从实际出发，认真纠正了高步瀛《文选李注义疏》的疏失。

钱锺书的《文选》注释研究集中于《管锥编》，最为突出的特点是其对李善注的比较法研究，这主要是以西方典籍及佛家经卷与《文选》诸作进行比较的。他善于发现西方典籍与佛家经卷与我国文学作品“齐心同声”“会心匪远”的关键，并以前者疏解印证后者。

真正代表现代《文选》学注释研究方向的是对《文选》注释的整体研究。日本学者冈村繁的《〈文选集注〉与宋明版本的李善注》[⑤]《〈文选〉李善

---

① 见《浙江大学文学院集刊》第4集，1944年8月。

② 《学原》第1卷第12期，1948年5月。

③ 见《文史》第1辑，中华书局1962年10月；后载入《中外学者文选学论集》，中华书局1998年版。

④ 见《幼狮学报》第6卷第4期，1976年；又载《中外学者文选学论集》，中华书局1998年版。

⑤ 见《加贺博士退休纪念中国文史哲学论集》，日本讲谈社1978年版；又载赵福海主编：《文选学论集》，时代文艺出版社1992年版；《中外学者文选学论集》，中华书局1998年版。

注的编辑过程——李引用纬书的情形为例》[①]二文与日本学者森野繁夫的《关于〈文选〉李善注——集注本李善注和刊本李善注的关系》[②]，成为现代《文选》学研究的经典之作。冈村繁与森野繁夫的《文选》注释研究与清儒之最大不同，在于冈村繁与森野繁夫并非仅仅局限于《文选》李善注个别注释的研究，而是将抄本李善注与刻本李善注作为一个整体，力图阐释李善注的形成过程。

唐抄《文选集注》发现以来，《文选钞》《音决》及陆善经注等非主流注释研究也得到了《文选》学研究者的关注。署名“重”的《文选钞文选音决》[③]在现代《文选》学史上首次研究了唐抄本《文选集注》所保存的《文选钞》与《文选音决》的作者。邱棨鐊的《〈文选集注〉所引〈文选钞〉研究》[④]则辨清《文选钞》为唐人所作。

① 收《东方学论集》，1987 年 6 月；又载《昭明文选研究论文集》，吉林文史出版社 1988 年版；复载《中外学者文选学论集》，中华书局 1998 年版。

② 见《日本中国学会报》第 38 集，1986 年；又载《中外学者文选学论集》，中华书局 1998 年版。

③ 重：《文选钞文选音决》，《学文》第 1 卷第 1 期，1930 月 11 月。

④ 邱棨鐊：《〈文选集注〉所引〈文选钞〉研究》，《铭传学报》第 13 期，1976 年 3 月；又载《中外学者文选学论集》，中华书局 1998 年版。

第二章 现代《文选》学对清代传统《文选》学的继承与发展

现代《文选》学的诞生既是西方文艺学与中国传统《文选》学结合的产物，又是现代《文选》学家对清代传统《文选》学继承与发展的产物。

一、高步瀛对清代传统《文选》学的继承和发展

高步瀛对清代传统《文选》学的继承与发展首先表现为因创立现代《文选》学所撰写的《选学举要》一书。高步瀛对《文选》李善注的研究因其《文选李注义疏》的出版而广为现代《文选》学界所熟知，但他对现代《文选》学所作出的杰出贡献极少为人提及。这一方面是由于《义疏》的盛名压倒了高氏其他著作的影响，一方面是其《选学举要》（下简称《举要》）较少为人所知。

高步瀛为桐城派吴汝纶的弟子，于辞章、义理、考据皆深有学养。所著《先秦文举要》《两汉文举要》《魏晋文举要》《南北朝文举要》《唐宋文举要》皆享誉学林，《文选李注义疏》更为其生平之代表作。与《义疏》相较，《选学举要》既为“举要”，自然不能将《文选》全书逐一条列，每篇必疏，

其重点在赋，而司马相如《子虚》《上林》，班固《两都》，扬雄《甘泉》，皆为京都、宫殿大赋之名作。高氏以此“举要”，更显其学养不凡。

第一，《选学举要》更类于现代《文选》学通论之作的周贞亮《文选学》与骆鸿凯《文选学》。

《选学举要》撰写在《义疏》之前，为高氏在萃升书院讲学时所撰讲义。此书七卷。卷一含《文选之作》《文选学之由来》《李善文选注》《五臣文选注》《文选诸家注》《附录》六部分。卷二含《文选序》《李善上文选注表》二文的注释章句与李注略例。卷三为班固《两都赋·西都赋》义疏，卷四为《东都赋》义疏，卷五为扬雄《甘泉赋》义疏，卷六为司马相如《子虚赋》义疏，卷七为《上林赋》义疏。

《选学举要》卷一对《文选》的产生、《文选》学之由来、李善注与五臣注之优劣、《文选》书目，俱有论述。这些内容，恰是现代《文选》学通论之作必须面对的重要问题。因此，与浩博的《义疏》相比，《举要》虽文字较少，但其对现代《文选》学的广泛关注使其学术史价值卓然不群，实为二十世纪现代《文选》学的奠基之作。

诚如上章第一节《汪师韩〈文选理学权舆〉与现代〈文选〉学的整体研究》所言，《选学举要》为二十世纪以整体观研究《文选》学的首部著作。虽然从中尚无法看到汪师韩《文选理学权舆》对《选学举要》的直接影响，但高氏从整体上研究《文选》的学术思路显然是对汪著的继承与发展。且高著卷一（含卷二“李注略例”）总论《文选》诸方面，成为周贞亮《文选学》与骆鸿凯《文选学》的先导；卷三至卷七详析《文选》赋篇名作的写作范例，亦是周贞亮《文选学》与骆鸿凯《文选学》关于《文选》作品解析的写作范例。

第二，高著对清代传统《文选》学家及其著作书目的开列。

高氏《选学举要》卷一详列《文选诸家注》，堪称一《文选书目》。所列自[唐]常宝鼎《文选著作人名目》、[唐]康国安《驳文选异义》始，至[清]朱铭《文选拾遗》、李详《文选拾沉》止，凡四十四种。其中，清代传统《文选》学著作二十八种。清代重要《文选》学著作如余萧客《文选音义》《文选纪闻》，方廷珪《文选集成》，汪师韩《文选理学权舆》，孙志祖《文选理学权舆补》

《文选考异》《文选李注补正》，胡克家《文选考异》，张云璈《选学胶言》，于光华《文选集评》，梁章钜《文选旁证》，朱珔《文选集释》，胡绍煐《文选笺证》等，俱在其列。高氏所列书目，与其后周、骆二氏《文选学》所列《文选》书目相较，缺失有二：一是未进行分类著录，二是书目尚未完备。但高氏之前，唯有张之洞《书目答问》所列极为简单的《文选》学书目，与之相比，高氏所开列的《文选》学书目有了长足进展。周氏《文选学》将《文选》学书目分为全注本、删注本、校订补正之属、音韵训诂之属、评文证文之属、摘字之属、《文选》赋之属、《文选》诗之属、楚辞等九类，骆氏《文选学》将《文选》学书目厘为全注本、删注本、校订补正之属、音韵训诂之属、评文之属、摘录之属、《文选》赋《文选》诗之属、补遗广续之属等八类。周、骆二氏之《文选》学书目显然较高氏更为详尽，但高氏开辟之功，当不可没。

除此之外，尚可圈点者为高著所列《文选》学书目含方廷珪《文选集成》与于光华《文选集评》，此二者俱被骆鸿凯《文选学》称为“谬种流传”而大加挞伐之作；屈守元对其亦有尖锐批评。但高步瀛《选学举要》偏偏列入《文选》学书目之中，周贞亮《文选学》承其馀绪，亦不废明清评点之作，可谓开明。高氏《文选李注义疏》虽重在训诂，但绝不废弃章句之学。其所著《先秦文举要》《两汉文举要》《魏晋文举要》《南北朝文举要》《唐宋文举要》亦一如《义疏》，不废章句之学。

第三，高著对萧统《文选序》与李善《上文选注表》进行的注释、章句。

萧统《文选序》李善无注仅有五臣之注，清代阮元组织学海堂诸生曾为之作注。高氏进行注释时，首次吸收了清代学海堂诸生的《文选序注》，并断以己意。后人注《文选序》[①]，均步高氏后尘，既吸收清学海堂诸生注释，又参考高氏注疏。

李善《上文选注表》，为李善本人所作，自然无善注。五臣注本无此文，故亦无注。清儒盛赞善注，但于李善上表亦无注释。高著首为此文作注，后人续作俱参考高氏之注。这又显示出高氏继承并发展清儒《文选》学的贡献。

---

① 屈守元：《文选导读》，巴蜀书社 1993 年版，第 152~164 页。

且高氏二注，均不废章句，颇显开明。

高步瀛对清代传统《文选》学的继承与发展尚表现在他的《文选》学名作《文选李注义疏》(下简称《义疏》)之中。

据高氏《文选李注义疏·叙》所识，高氏此书作于“民国十八年八月”（1929），初版于北平文化学社，1934年重印。1985年中华书局再版了曹道衡、沈玉成点校本。曹、沈点校本以北平文化学社1934年版为底本，成为今日高氏《义疏》的通行本。另，北平和平印书局1929年8月曾出版高氏《笺注》第一册，1934年将其再版，1935年1月至1937年5月出版了第二至八册。1940年高步瀛逝世，《义疏》遂成未完之稿。

二十世纪的现代《文选》学研究是在继承自唐至清《文选》学研究的基础上发展起来的。二十世纪的二三十年代，经历了五四新文化运动之后，《文选》学研究在传统国学研究中仍占据颇为重要的一席，《文选》校笺、注考等文献研究模式仍相当盛行。刘盼遂《文选校笺》与《文选篇题考误》、程仁卿《文选李注引经考叙例》、罗根泽《文选校笺》、黄子高《文选注考》、刘文兴《北宋本李善注文选校记》、蒋镜寰《文选书录述要》、徐英《文选类例正失》、董憨《文选李注引说文笺》等，成为孕育高步瀛《义疏》的学术基础。高步瀛的《文选李注义疏》与黄侃的《文选平点》成为这一时期《文选》文献学研究的典范之作。

清儒重视李善注，研究李善注，是高氏《义疏》产生的又一学术基础。汪师韩《文选理学权舆》卷三《选注订误》所列“殷宗”四十三条已开清代传统《文选》学家研究李注之先河。汪书《选注辨论》《选注未详》两部分亦为研究李注之专章。孙志祖《文选考异》为补汪师韩未睹何焯、潘耒、钱陆灿校本之缺，故其收集何、潘、钱三家校记颇详。三家校语乃清儒校勘《李善注文选》的顶尖之作，开清儒校勘《李善注文选》之先河。孙志祖《文选李注补正》亦为李注补阙拾遗之作，虽其成就不高，但代表了清代传统《文选》学研究以善注研究为重点的倾向。许巽行《文选笔记》专注于文字训诂，与余萧客不谋而合，为清儒以朴学治《文选》的先驱。胡克家《文选考异》更以洋洋十万言校语成为治《文选》者必读之书。张云璈以《选学胶言》一书而成为乾嘉时期以朴学治《文选》之代表人物之一。朱珔《文选集释》于地理、名物，考订极详，亦为清儒以朴学治《文选》学之佼佼者。梁章钜《文选旁证》大量征引何焯、陈景云、余萧客、段玉裁诸人之说，由此可窥知清儒用力最勤者正是对《文选》本文、注文的校订考证。胡绍煐《文选笺证》乃取法段玉裁、王念孙音韵训诂之学，其朴学家风不言自明。

屈守元《选学椎轮初集·台湾版序》中曾有一段名言："窃谓崇贤绝笔之本，远迈许魏公孙。一千年来，所谓'《文选》学'者，其主流当即围绕《李善注文选》而研究《李善注文选》之学。论其派别，约有三端。伯厚掇庄生'鹊起'之文，石臞订淮南'万殊'之字：此以《文选》学补正群书者也。茝林《旁证》，偶校引文；阆仙《义疏》，遂征全注：此以群书核对《选注》者也。二王之业，接轨儒林；梁高所为，跫然空谷。此《文选李注》之文献学，其流一也。萧该创始，兼治《汉书》；曹宪作音，通于《博雅》。李氏源出两家，其业益显。仲林撰为《音义》，子韵推之《古通》。金坛遗墨，偶睹畸零；蕲春之书，出于辑录。此《文选李注》之小学，其流二也。《鹦鹉》'寄意申情'，发正平之深旨；《七哀》'馀光未没'，解子建之妙词。'忘意'之诮，景文厚诬；'末学'之谤，延祚轻言。握玩斯文，无取乎辞费；不谬蹊径，固恃于良书。此《文选李注》之文论学，其流三也。"①这一观点，仍然是以朴学家的视野观照《文选》学，显然未能概括现代《文选》学的全部内涵。同时也反映出现代《文选》学家中亦不乏将《文选》李善注视为研究主攻方向者。笔者以为，二十世纪现代《文选》学的特点就是文艺学与文献学两种研究模式的有机融合，二者相互促进，相互依存。若仅将传统《文选》学的李善注研究视为唯一之途，势必将《文选》学研究囿于一狭小天地之中。应当承认，传统《文选》学中的李善注研究占有极大的比重，一方面为李善注自身的学术价值所决定，另一方面亦为清代朴学昌明的学术氛围所决定，但这决非将李注研究视为现代《文选》学研究唯一正途的理由。事实上，李善注研究决不可能独列于整个《文选》注释研究的范围之外，五臣注

① 屈守元：《文选导读》，巴蜀书社1983年版，第172页。

与李善注相互融合已成为历史，这一现象在唐写本时代已经产生。自唐写本至宋刻本，《文选》李善注与五臣注又发生了新的变化，故今存各种版刻《李善注文选》与《五臣注文选》实有不解之缘。若不理清五臣注，崇贤之注亦无法理清。清儒一方面痛斥五臣，但其辨明善注之时，又不得不研究五臣注，胡克家《考异》即是如此。胡氏痛恨五臣，溢于言表，动辄挥写“五臣乱善”。但胡氏亦不得不在某些行文之时，承认五臣本亦渊源有自。如《西京赋》考异曰：“凡善、五臣之异，不必其字不可通也。各还所本来，而同字亦较然分明矣。全书例如此。”①

高氏《文选李注义疏》正是二十世纪现代《文选》学家继承清儒传统，重视《文选》李善注而深入研究的必然产物。但是，与清儒相较，高氏《义疏》可谓远胜前贤。《文选序》曰：“若夫椎轮为大辂之始，大辂宁有椎轮之质。增冰为积水所成，积水曾微增冰之凛。何哉？盖踵其事而增华，变其本而加厉。”高氏此作，正所谓“大辂”“增冰”之作。其对《李善注文选》的全面整理，可谓“踵事增华”“变本加厉”。唯其如此，更弥足珍贵。将其置于二十世纪现代《文选》学史中，更可见其巍巍丰功。笔者以为，虽然高氏于《李善注文选》六十卷仅完成八卷，但是高作对《文选》李善注的综合整理，不仅代表了二十世纪现代《文选》学踵继清儒，远超前贤的前进步伐，尚为现代《文选》学界，为整个中国古代文学界留下了一笔丰厚的文学遗产。其成就，其地位，并不能以其未成全帙而有所贬抑。

现代《文选》学史对高氏《义疏》并未给予应有的重视，除了曹道衡、沈玉成为《义疏》所作《前言》高度评价了高氏的贡献之外，其他则极少濡笔。笔者现将高作置于现代《文选》学史的链条中进行观照，以期全面评价高氏《义疏》对清代传统《文选》学的继承和发展。

高氏《义疏》是清儒整理、研究《文选》李善注的集大成之作。

屈守元谓：“阆仙《义疏》，遂征全注。此以群书核对《选注》者也。”并推许为“此《文选李注》之文献学”，非无道理。但高步瀛（阆仙）的《义

① （梁）萧统：《文选》，中华书局1977年影印本，第845页。

疏》具有浓厚的《文选李注》汇考性质，即带有鲜明的总结性。这既是他个人对《文选》李善注的研究，又是现代《文选》学界总结清儒、继承前贤，对《文选》李善注大规模整理与汇总的具体表现。这一特色，乃是时代所赋。因为清儒由朴学治《文选》，功绩赫赫。但是，他们并未对有清一代的《文选》学成就进行全面、认真的清理，因此，这一历史的必然自然落到现代《文选》学家的肩上。高氏以其丰厚的学术功底，严肃认真的科学态度，部分地完成了这一历史重任。

第一，《义疏》对《文选》版本校勘的贡献。

清儒对《文选》版本的校勘，首推何焯；其弟子陈景云，亦贡献不菲。何、陈二氏的校勘成果，大都为胡克家《文选考异》所吸收。另外，钱陆灿对《文选》校勘亦有贡献。

据《义疏》内文而知，高氏校勘所用版本与清儒相较，增加了日本古抄本与敦煌唐写本。

屈守元对高氏所用古抄本的情况做了分析："高阆仙的《文选李注义疏》只完成了八卷。这个书的卷一和卷二，即日本古抄本的第一卷。八卷中只有这两卷有古抄本可校，阆仙也取校了。1929 年的初印本并没有交代古抄本的来源。1934 年的重印本，有所增订，始云：'《文选》古抄本今存故宫博物馆。'"①

故高氏《义疏》与清儒相较，在版本校勘上有重大突破。其对《文选》传世之本的使用，以今之资料看来，仍有不足之处。今存敦煌吐鲁番唐写本、唐写《文选集注》本、北宋天圣监本残卷、奎章阁本、朝鲜五臣注本、台湾陈八郎本、赣州本、广都本等，高氏生前均未寓目。即以敦煌写本而言，高氏所见者亦大大少于今传世残卷。高步瀛受其生活时代之囿，唯见到 1917 年罗振玉《鸣沙石室古籍丛残》所收录的四件《文选》残卷。

笔者认为，虽然高氏承传清代朴学传统，对《五臣注文选》多有鄙视，但是，高氏《义疏》并未完全排斥五臣注，凡可使用《文选》五臣注者几乎无一例外地予以使用。不过，高氏所用之五臣注为《六臣注文选》与《文选六家注》

① （梁）萧统：《文选》，中华书局 1977 年影印本，第 126 页。

中的五臣注。因合刻、删削等各种原因，无论六臣注本，抑或六家注本，均不可能完全保存善注与五臣注原貌。故而，全面整理崇贤原注，李善本、五臣本均应在校勘家的视野之中。高氏写作时因未睹《李善注文选》与《五臣注文选》的单注本，未能充分使用现今存世的一切版本，无疑是一大遗憾。

在现代《文选》学史上利用日本古抄本进行《文选》版本校勘者，唯高步瀛与黄侃。高氏利用《文选》古抄本进行校勘，是二十世纪现代《文选》学家在《文选》版本校勘上继承清儒朴学传统的必然，但在文献价值上又是对清儒朴学传统的重要发展。

高氏利用日本古抄本校勘《文选》并非始自《义疏》，他的《选学举要》已开利用日本古抄本进行校勘的先河。

高氏利用日本古抄本校勘《文选》者，为《文选序》《唐李崇贤上文选注表》及正文之卷一、卷二。据笔者统计，《义疏》中《文选序》用古抄本校勘者，凡十条。以《选学举要》与《文选李注义疏》相比，其中有八条完全相同。《唐李崇贤上文选注表》用古抄本校勘者，凡七条，笔者将高氏《文选李注义疏》中李善《上文选注表》与《选学举要》中李善《上文选注表》细加比勘，二者完全相同。高氏《义疏》卷一用古抄本校勘者凡五十一条，其中班孟坚《两都赋·西都赋》凡十九条，《两都赋·东都赋》凡三十二条。

除此之外，高氏并对敦煌发现的唐写本亦予以充分重视。高氏对唐写本的处理大要可分为三途：

一是出于对唐写本高度信任，高氏有时据唐写本径改今本："薛注各本'熊虎'上有'《尔雅》曰'三字，唐写无，今据删。"①"尤本'栎'作'轹'，误。毛本同。今依唐写及六臣本正。"②"各本注引《十洲记》下无'曰'字，今依唐写增。"③"此注各本皆错乱，今依唐写正之。"④

① （梁）萧统：《文选》，中华书局1977年影印本，第325页。
② （梁）萧统：《文选》，中华书局1977年影印本，第325页。
③ （梁）萧统：《文选》，中华书局1977年影印本，第329页。
④ （梁）萧统：《文选》，中华书局1977年影印本，第346页。

二是纠正唐写本之误。高氏并非一任唐写本残卷，而是据理以辨之。如《西京赋》疏曰："各本引《楚辞》作'屑琼蕊以为粮'，误。唐写'精琼靡以为粮'，'粮'字亦误。又各本引王逸注又作'靡'。今并依《离骚》订。"[①]此处即非沿用唐写本之误，而是据《离骚》原文以订正唐写本。既重视唐写本残卷，又不完全拘泥于唐写本残卷，实事求是，客观公正，此高氏《义疏》大胜清儒的又一缘由。"惟唐写'贩脂'作'败脂'，'马医'作'为医'亦误，故不从也。"[②]此亦不从唐写之例。《西京赋》"五军六师，千列百重"句疏曰："唐写本'列'作'里'，非是。"[③]亦为此例。再如《西京赋》"发引和，校鸣葭，奏淮南，度阳阿"句，高氏疏曰："唐写'和'作'龢'，非是。《说文》：龢，调也。咊，相应也。今字作'和'，此赋乃唱和之'和'，不应作'龢'。"此更力驳唐写之误。

三是唐写本与今本并存，不据此改彼，亦不据彼改此，两存之以各从其本也。如："唐写无李注。"[④]高氏于此并非因唐写无李注而删李注，相反，高氏仅以出校方式予以标明，既不苛责唐写本，又不据唐写本以删李注，两存之而各从其本。再如"唐写本无薛注'泱漭'以下七字"[⑤]亦为此例。"各本'为麓'作'曰麓'。唐写本作'为'，与《穀梁》合，今从之。又唐写本及六臣本无'注曰'以下六字。"[⑥]此例最具代表性。此例所举"为"字，因与《穀梁传》相合，故高氏采用之；而"注曰"以下六字无，虽有六臣本为佐证，但作者仍未采用，而两从之。仅标明其异，而未校其是非。作者灵活运用校异同与校是非两种校勘方法，或用此，或用彼，要者皆以实事求是为终极目的。高氏撰写《义疏》之时，对敦煌唐写本（如永隆本《西京赋》）的研究尚处于草创阶段，世人尚未知永隆本并非李善注本，而是永隆寺僧合

① 高步瀛：《文选李注义疏》，中华书局 1985 年版，第 334 页。
② 高步瀛：《文选李注义疏》，中华书局 1985 年版，第 345 页。
③ 高步瀛：《文选李注义疏》，中华书局 1985 年版，第 430 页。
④ 高步瀛：《文选李注义疏》，中华书局 1985 年版，第 356 页，第 359 页。
⑤ 高步瀛：《文选李注义疏》，中华书局 1985 年版，第 372 页。
⑥ 高步瀛：《文选李注义疏》，中华书局 1985 年版，第 360 页。

成的《西京赋》注本[①]。

总之，高氏《义疏》在《文选》校勘上的成就代表了二十世纪《文选》校勘的最高成就。其校勘成就能远超清儒，原因颇多：高氏充分利用清儒《文选》校勘的成就，并予以总结辨析；高氏善于利用清儒未曾见到亦未曾用过的日本古抄本、唐写本敦煌残卷，学术视野大为洞开；高氏还承继了清代朴学谨严求实的学风，并将其发挥到极致。故其既重视日本古抄本、敦煌唐写本，却又不完全拘泥于此，而是实事求是、客观公正地对待各珍本、善本；高氏《文选李注义疏》采用了带有总结性质的汇校法。李注原文引书，必据今书以核之，李注正误必考之，对今日学界之校勘仍具有示范效用。

据笔者粗略统计，高氏所用清儒校勘成果有余萧客《文选纪闻》，汪师韩《文选理学权舆》，孙志祖《文选李注补正》，许巽行《文选笔记》，梁章钜《文选旁证》，张云璈《选学胶言》，孙星衍、朱铭《文选拾遗》，朱珔《文选集释》，叶树藩《文选附注》，胡绍煐《文选笺证》，胡承珙《义证》，孙诒让《札迻》，段玉裁《段氏校文选》，王念孙《广雅疏证》《读书志馀》，薛传君《文选古字通疏证》，钱大昕《十驾斋养新录》《养新续录》，洪颐煊《读书杂志》，顾广圻《文选考异》，桂馥《札朴》，李详《选学拾沉》，沈涛《说文古本考》，翟灏《四书考异》，沈钦韩《左传地名补注》，郝懿行《山海经笺疏》《尔雅义疏》，吕锦文《文选古字通补训》，姚振宗《汉书艺文志条理》，玄应《大般若经音义》《善见律音义》，任大椿《小学钩陈》，朱骏声《说文通训定声》，徐位《竹书纪年统笺》等。

高氏于清儒所言，并非有说必录，而是有所甄别。如《西京赋》义疏纠正张云璈说，曰："汪师韩曰：凡旧作注者二十三人，及不知名者所注，赋十四，诗十七，楚词十七，设论、符命各一，连珠五十。李氏皆标明某注，不以后人之攘为己有也。若《藉田》《西征》则虽有旧注，不取。而亦有无注者二篇，则《尚书》《左传》之序是也。案二十三人，张云璈引作二十四人。以汪氏所列计之，薛综、刘逵、刘成、殷仲文、张载、曹毗、皇甫谧、张揖、

① 傅刚：《〈文选〉版本研究》，北京大学出版社2000年版，第240~249页。

司马彪、晋灼、郭璞、韦昭、服虔、张晏、孟康、徐爰、曹大家、项岱、颜延之、沈约、王逸、蔡邕、刘峻，则二十三是也。”[①]再如纠正胡克家说：“步瀛案：李注已引《广雅》释‘隘’字，不必再引《说文》。胡氏说亦未确也。梁章钜、许巽行但纠与今《说文》异，不立他说。”[②]

但是，高氏囿于资料局限，校勘亦有偶失。如《西京赋》“集隼归凫，沸卉軿訇”句，胡克家《文选考异》曰：“袁本作‘集’。校语曰：善作‘奋’。茶陵本校语云：五臣作‘集’。案：各本所见皆非也。薛自作‘集’。‘集隼’与‘归凫’对文，承上四句而言。犹扬子云以‘雁集’与‘凫飞’对文。善必与薛同。则与五臣亦无异。传写讹‘奋’耳。二本校语但据所见而为之。”胡克家此段考异失误有二：一是断善本与薛综本正文必同，二是断“奋”为传写之讹。袁本校语曰“善作奋”，亦非。其实，此处善本与五臣注本皆作“集”。今奎章阁本、陈八郎本正文均作“集隼归凫”。奎章阁本正文为“平昌孟氏”五臣注本，陈八郎本为南宋绍兴三十一年五臣注本，二者并非出自一系，但正文全同。且奎章阁本“集隼归凫”下秀州州学并未出校，可见秀州州学合刻六家本《文选》所据北宋监本《李善注文选》正文亦作“集”。真正作“奋隼归凫”者唯有薛综注本，此永隆本《西京赋》可证。高氏案语曰：“步瀛案：胡氏说是也。薛注‘奋迅声也’。注下‘沸卉軿訇’四字。传写者遂误以‘奋’字相乱。若以‘迅声’释‘奋’字，则不辞矣。古抄本、唐写本皆作‘集’，六臣本正合。今据改。”[③]因高氏不明永隆本并非尽出李善本，而是永隆寺僧合成的注本。此处正文薛综本作“奋隼归凫”，故注释为“奋迅声也”；李善本此处正文作“集隼归凫”，故注文引《周易》“射集隼高塘之上”。胡克家未见到永隆本，故判断失误。高步瀛虽见到，但不明永隆本非尽出李善本，故亦判断失误。其实，朱珔《文选集释》所言倒极有见地。朱珔《文选集释》曰：“薛注奋迅声也，则正文作‘奋’不作‘集’。‘奋隼’与‘归凫’正对，一‘奋’一‘归’，与扬子云以‘集’对‘飞’相合。

① 高步瀛：《文选李注义疏》，中华书局1985年版，第246页。
② 高步瀛：《文选李注义疏》，中华书局1985年版，第258页。
③ 高步瀛：《文选李注义疏》，中华书局1985年版，第382页。

六臣本非。”

第二，高氏《义疏》极重章句之学，创立用韵说明之例。

高氏《义疏》详征博引，易令读者入迷雾之中，辅之以传统章句之学，则可聊补一二。《义疏》每篇皆有章句之解，如《西京赋》曰：“以上地势”“以上宫室”“以上官署宿卫”“以上后宫”“以上离宫苑囿及求仙之事”“以上城郭宅第”“以上市肆”“以上郊畿”“以上昆明池”“以上水戏”等。

古书韵部研究始自明末，但大有创获则为清世。高氏《义疏》重视用韵说明，各篇皆有此类说明文字。如《西京赋》曰：“入、汁、邑，古音缉部。谋、时，古音之部。通转为韵。议，古音歌部。祇，古音支部。通转为韵。汉人用韵最宽，亦最杂，且亦不似后来词赋用韵有常格也。”①

第三，高氏《义疏》集清代朴学之大成，广征博引，不厌其详。

高著虽源于清儒，但又远超清儒。曹道衡、沈玉成为高氏《义疏》重版本所作《前言》已明确指出此点，并特意点明关于《西京赋》“命般尔之巧匠”句的“鲁般”条，考证所用材料极为丰富。此条高氏所引资料有《礼记·檀弓》、《墨子·公输篇》、《列子·汤问篇》、《尸子》、《宋策》、《吕氏春秋·爱类篇》、《孟子·离娄篇》、《荀子·法行篇》、《汉书·人表》、《扬雄传·甘泉赋》颜注、《叙传·答宾戏》颜注、《乐府诗集》、唐上官昭仪《游长宁公主杯池》、吴仁杰《两汉书刊误补遗》、孙诒让《墨子闲诂》、梁玉绳《人表考》、《酉阳杂俎续集》、《朝野佥载》、《论衡·儒增篇》、《西京杂记》等。

高氏《义疏》将古籍诸书有关公输般之记载，悉数收录，辨其真伪，得出“其殆为巧人之通名也”的结论。应当说，这一结论是可取的。这种竭泽而渔式的注书方法，实为清代朴学的集大成。虽然高氏这种著述方法有堆砌材料之嫌，但这种穷根探源的态度，事实求是的方法，对二十世纪现代《文选》学的文献研究来说，其贡献之大，莫有过之者。

《文选李注义疏》卷二《西京赋》“于是蚩尤秉钺，奋鬣被般”句，详考蚩尤，亦属此例。高氏此注引用典籍计有《周书·尝麦篇》《御览·兵部》

① 高步瀛：《文选李注义疏》，中华书局1985年版，第273页。

引《世本》《庄子·盗跖篇》《管子·五行篇》《越绝书·计倪内经》,《史记·高祖本纪》中《集解》引应劭《汉书注》、《汉书·高纪》注和《周礼·肆师》疏引《五经正义》《孔子三朝记》《大戴礼·用兵篇》《史记·五帝本纪》,《索隐》引刘向《别录》《尚书·吕刑》《吕氏春秋·荡兵篇》《秦策》高诱注、《吕刑》《楚语》《后汉书·张衡传》《诗谶》,《路史后纪》引《阴经遁甲》《周书·尝麦解》《艺文类聚·地部》,《御览·地部》二十并引《帝王世纪》《大戴礼·用兵篇》《史记·五帝本纪》,《正义》引《龙鱼河图》《管子·地数篇》,《御览》引《世本》《史记·高祖本纪》《封禅书》《天官书》《汉书·高帝纪》《郊祀志》《天文志》《考古录》等。[①]

二、周贞亮、骆鸿凯对清代传统《文选》学的继承与发展

（一）骆鸿凯

骆鸿凯（1892~1955）《文选学》是《文选》学现代化进程的丰碑之一。谈及现代《文选》学对清代《文选》学的总结、继承，则不能不首谈此书。《文选学·源流第三》为骆书论述《文选》学源流的专章，分别考察了唐代《文选》学、宋元明《文选》学与清代《文选》学。清代传统《文选》学，骆氏辟专章论述，可见作者对清代传统《文选》学家的重视。骆氏此章，且为二十世纪后期论述清代传统《文选》学者所祖述。台湾学者林聪明、大陆学者屈守元俱有类似之作。[②]

首先，骆氏详列清代诸家及其著述。

计有：1. 何焯（纪瞻）《义门读书记·文选》五卷、《校文选》若干卷；附潘耒（稼堂）校本、钱陆灿（园沙）阅本、陈景云《文选举正》六卷。2. 余萧客（仲林）《文选音义》八卷，《文选纪闻》三十卷。3. 汪师韩（韩门）

---

① 高步瀛：《文选李注义疏》，中华书局 1985 年版，第 402 页。

② 林聪明：《昭明文选研究》第六章《清代之文选学》，台湾文史哲出版社 1986 年版；屈守元：《文选导读》第四章《清儒〈文选〉学著述举要》，巴蜀书社 1993 年版。

《文选理学权舆》八卷。4. 叶树藩（星卫）《文选补注》。5. 王煦（汾原）《文选李注拾遗》二卷，《文选剩言》一卷（稿本）。6. 周春（芚兮）《选材录》一卷。7. 胡克家（果言）《文选考异》十卷。8. 张云璈（仲雅）《选学胶言》二十卷。9. 梁章钜《文选旁证》四十六卷；附段玉裁《校文选》，林茂春（畅园）《文选补注》。10. 朱珔（兰坡）《文选集释》一十四卷。11. 陈仅（馀山）《读选意签》一卷。12. 徐攀凤（侗果）《选注规李》一卷，《选学纠何》一卷。13. 赵晋（魏斋）《文选敏音》一卷。14. 薛传均（子韵）《文选古字疏证》六卷，附吕锦文（寿棠）《文选古字通补训》四卷、《拾遗》一卷，杜宗玉（午丞）《文选通假字会》四卷。15. 胡绍煐（枕泉）《文选笺证》三十卷。16. 朱铭（元諆）《文选拾遗》八卷。17. 许巽行（密斋）《文选笔记》八卷。18. 程甲先（一夔）《选雅》二十卷。19. 李详（审言）《文选拾沉》二卷。20. 洪若皋（虞邻）《昭明文选越裁》十一卷。21. 顾施桢（适园）《文选六臣注疏解》十九卷。22. 方廷珪（伯海）《文选集成》六十卷。23. 于光华（晴川）《文选集评》十五卷。24. 钟驾鳌（海六）《选诗偶笺》八卷。25. 傅上瀛《文选珠船》五卷（字未详）。26. 杭世骏（大宗）《文选课虚》四卷。27. 石韫玉《文选编珠》一卷。28. 何松（峡青）《文选类隽》十四卷。

骆氏《文选学・源流第三》不仅详列了上述有著述传世的二十八家，尚列有未见传世之作的三家：《复堂日记》载《集解》五十卷，《清史列传》载薛寿《续文选古字通》二十卷，《清史列传》载刘庠《文选小学》。

对某些著作中设专卷考订《文选》者，骆氏亦予以介绍：如王念孙《读书志馀》中《文选》半卷，宋翔凤《过庭录》中《文选》一卷，姚范《援鹑堂笔记》中《文选》一卷。另有“无专卷而著书中间涉《文选》者”，有洪颐煊《读书丛录》，徐鼒《读书杂释》，姚鼐《惜抱轩笔记》，桂馥《札朴》，钱泰吉《曝书杂记》等。

开列清代传统《文选》学诸家的工作，始于光绪二年（1876）张之洞的《书目答问》，此书附二为《清代著述家姓名总目》，其中所列十四类中的第六类即《文选》学家。作者并在《文选》学家下注曰：“国朝汉学、小学、骈文家皆深《文选》学，此举有论著校勘者。”所列《文选》家十五人：钱陆灿（圆沙，常熟），潘耒，何焯（义门，长洲），陈景云，余萧客，汪师韩，严长明，孙志祖，叶树藩（涵峰，长洲），彭兆荪（甘亭，镇洋），张云璈（仲雅，钱塘），张惠言，陈寿祺，朱珔，薛传均。可见，远在骆氏此书问世前半个世纪，已有学人总结过清代传统《文选》学诸家。但张之洞的《书目答问》开列清代传统《文选》学专家十五人，毕竟过于简单。因为仅具《文选》学家之尊名，尚无法正确总结清代传统《文选》学的巨大成就；何况张氏所列非全，不少重要《文选》学家竟为忽略。如校勘《文选》李善注本的功臣胡克家（果泉），张氏竟付阙如。梁章钜《文选旁证》，引用典籍一千三百馀种，张之洞对这部集大成之作竟只字未提。

但骆氏《文选学》罗列清儒《文选》学家之广，空前绝后。骆著问世半个世纪之后，屈守元《昭明文选杂述及选讲》[①]与《文选导读》[②]二书再次对清代传统《文选》学家进行总结，屈氏所列重在择要而非求全，故其对清代传统《文选》学家颇多筛选，所列清代《文选》学家仅有余萧客、汪师韩、孙志祖、许巽行、胡克家、张云璈、朱珔、梁章钜、胡绍煐九人。但俱未出骆氏三十年代所开列的清代传统《文选》学家之外，骆氏之卓识由此可见一斑。

董理清儒治《文选》诸家是整理、研究清代传统《文选》学的基础。此中不仅需要广博的学识，更须远见卓识。

其次，骆氏对清代传统《文选》学家的成就予以扼要评述。

骆氏开列清代传统《文选》学家凡三十人，并非如张之洞徒具其名，而是征引各书序言，详述各书大旨，并予简评。其卓识远见实蕴于字数不多的简评之中。

如其评何焯《义门读书记》《校文选》，潘耒校本，钱陆灿阅本，陈景云《文选举正》曰："清初校《文选》者，莫先如潘、钱两家，《书目答问》列为《文选》学家之首者也。然稼堂校本，仅就当时通行之本，审核文字，而于《文选》学无所发明。圆沙本亦然。逮康熙末叶，长洲何义门出，始博采众本，以汲古为善。晚年评定，多所折衷，其考定《文选》事，时有可取。""今

---

① 屈守元：《昭明文选杂述及选讲》，天津古籍出版社 1988 年版。

② 屈守元：《文选导读》，巴蜀书社 1993 年版。

案《读书记》中《文选》编为五卷，悉评文之言，而校注之语，缺焉不录，未免买椟还珠。幸余仲林、孙颐谷、胡果泉、梁茝林诸家称引尚详，最见精思所在。本师黄氏有云：'清代为《文选》学者，简要精核，未有超于何氏。'洵不诬也。少章少从义门游，精史学，所著《文道十书》，中有《文选举正》六卷，绍其师说，多所发明，而惜无传本。胡果泉《文选考异》时引其校语，可搜辑成卷。"

再如评汪师韩《文选理学权舆》："以今观之，是书发挥《文选》注，缕举最详，俾世之为《文选》学者得门而入，裨益匪浅。"

评胡克家《文选考异》："此书成于嘉庆十四年，胡氏实延顾君广圻与彭君兆荪同撰。二氏皆精于校勘，辨析颇详。又详列何屺瞻、陈少章校语，亦多辨正是非。校核《文选》，以此书为最懿矣。"

评张云璈《选学胶言》："按张氏是书名曰《胶言》，胶之训欺，以欺自名，吾师尝诮其失。其书成于嘉庆壬午，自言从事几三十年，自经说史评，山图水志，以及名物象数，声音训诂，罔不旁搜博引，以助多闻。又颇采胡氏《考异》之说，间加驳正。""则是书考正《文选》注，亦云细心矣。"

评梁章钜《文选旁证》："盖以博采见长。其评校于何、陈、余三家外，兼引段懋堂之说，而根据胡氏《考异》者为尤多。此外征引所及，若同时林茂春之《补注》，及翁方纲、纪昀、阮元、顾千里、孙义均、朱绶、钮树玉、朱珔、姜皋诸家之说，皆多有之。自言所采书籍凡一千三百馀种。阮元序其书'沉博美富，可为《文选》学之渊海'。而朱氏珔序亦以集大成许之。"

评李详《文选拾沉》："审言熟《文选》理，涉笔渊懿，不愧作者。是书虽非巨帙，而引据精核，兼能搜讨古人文字从出之原，随在见其博涉。"

对清人《文选》学著作进行如此全面评述者，骆氏之前仅有周贞亮。虽然骆著《文选学》至今已历半个多世纪，但其论述仍为大多数《文选》学研究者所认可，殊非易事。

但对清代评点派诸家之作，骆氏不屑一顾。在作者列入另册的清人《文选》学著作中，有于光华《文选集评》一类评文之作，骆氏对其评判过低。其实，于光华《文选集评》一类评文之作，确有文章赏析之真知灼见，未可一笔抹煞。熟悉周贞亮《文选学》与骆鸿凯《文选学》者均可发现周、骆二氏对文章评点并非一味排突。周氏《文选学》下编详析《文选》多篇，骆氏《文选学》附编一《文选分体研究举例》三《文选论体文诸篇析观》对《王命论》《运命论》诸篇俱有评析。附编二《文选专家研究举例》亦对《演连珠五十首》《豪士赋序》等文进行评析。特别是周贞亮《文选学》下编评析《文选》名作之时，常引用孙月峰等评论文字。此较骆氏之排诋评文之作，迥异其趣。

周贞亮与骆鸿凯对清代传统《文选》学诸作的继承，主要是罗列各书之序，对各书的内容、贡献、局限等并未进行认真的研究。直至今日，对清代传统《文选》学的研究仍处于起步阶段，总结与继承这笔丰厚的遗产尚有待时日。

又次，对清代传统《文选》学昌盛原因的探讨。

作为一部具有现代科学意义的学术史著作，骆书亦不乏对清代传统《文选》学昌明原因的探讨。他认为，有清一代《文选》学之所以如此昌明，原因有二：一是群经子史小学校勘在有清一代获得了长足的进展；二是《文选》于集部最古，且有浩博的李注吸引了不少学者的注意。前者注意到了清代传统《文选》学昌明的原因之一是学术氛围浓厚，经史诸子的研究有了极大发展，小学校勘的发达，为从文献学角度研究《文选》提供了极为有利的条件。这一观点，无疑是正确的。后者从《文选》本身入手，研究《文选》在集部中的独特地位，研究李善注的学术地位，从而得出《文选》吸引清代学者的原因。这些探讨既弥足珍贵，又发人深省。但从整体上看，作者的用力并非在此。这一论述只是作为介绍整个清代传统《文选》学史的一个背景，略加点染，而非全方位探讨。因此，骆书对清代传统《文选》学昌盛的原因只是有所接触，有所注意，尚未达到全面、深入进行研究的程度。但作者的视角、表述，在现代《文选》学史上皆发前人所未发，应予充分肯定。

（二）周贞亮

周贞亮《文选学》是二十世纪现代《文选》学史上的另一部重要著作（详见本书第三章）。周氏《文选学》上编第九章《清代〈文选〉学者对于〈文选〉之贡献》对清代传统《文选》学家及其贡献进行专章研究，虽其内容与骆氏论述无大异，但其标题远较骆书醒目。

周氏此章对清代传统《文选》学的总结有三：

第一，论述清代传统《文选》学诸家的贡献与承传。

与骆鸿凯《文选学·源流第三》以清代传统《文选》学家姓名、著述为序的论述方法不同，周贞亮《文选学》上编第三章《清代〈文选〉学者对于〈文选〉之贡献》以时间为序论述清代传统《文选》学家的贡献。其序自顾炎武始，下继何焯、陈景云、余萧客、汪师韩、孙志祖、胡克家、张云璈、梁章钜、朱珔、薛传君、吕锦文、杜宗玉、胡绍煐、程甲先、许巽行、王煦、朱铭、张仲雅等，历叙诸家《文选》学著述及其贡献。对于一些学者的某部著作中设有专卷考证《文选》者，周氏亦一一胪列。其内容与骆著大体相类。

第二，为清代传统《文选》学家分类。

周氏以为："昔张文襄撰《书目答问》，特著《文选》学家之目，所举诸家，大概以有论著校勘者为断，而实有未尽，今分类更定如左。一评文家：钱陆灿，潘耒，俞玚，李光地，邵长蘅，段玉裁，徐攀凤。二订正家：汪师韩，孙志祖，叶树藩，彭兆荪，梁章钜，朱珔，许巽行。三评校兼订正家：何焯，陈景云。四音训家：余萧客，薛传均，胡绍煐。五订正兼音训家：程甲先。六摘录家：杭世骏，何松，石韫玉。七订正兼摘录家：张云璈。八文著家：张惠言，董佑诚，董士锡，王闿运，邓辅纶，宋育仁，李详。"[①]周贞亮的分类，较之张之洞更全面。特别是将"文著家"列入清代传统《文选》学诸家名单，周氏为首创。因周氏注重写作《选》文、《选》诗，故在清代传统《文选》学家分类之后，特将张皋文《黄山赋》全文录入。

第三，对清代传统《文选》学家的评论。

周氏对清代传统《文选》学家的总结一如骆氏，亦有评论。如对汪师韩评曰："其（指汪氏——笔者）于《文选》学，所得未深。而用解剖法研究《文选》学，开后人无限法门，实自此书始。"[②]骆氏评此书曰："是书发挥《文选》注，

① 周贞亮：《文选学》上编，国立武汉大学1931年版，第111~112页。
② 周贞亮：《文选学》上编，国立武汉大学1931年版，第101页。

缕举最详。俾世之传《文选》学者得门而入，裨益匪浅。”对比周、骆二氏之评，周氏从汪师韩《文选理学权舆》中悟出解剖研究法，深得汪氏整体研究之三昧，周氏《文选学》之结撰，亦深得汪氏著述之文心。骆氏从“发挥《文选》注”立论，着眼点只在“缕举”《文选》注之上。二者相较，周贞亮受汪师韩多角度整体研究的启迪远较骆氏更明切。周氏《文选学·导言》曰：“窃尝泛览群书，详审体制，以为此学（《文选学》——笔者）讲授，有两种法：一为具体的讲授法，一为抽象的讲授法。以具体的为讲授者，详训诂，明音义，审异同，补阙失，以《文选笺证》《文选纪闻》诸书为代表，其为学也详而赡。以抽象的为讲授者，考源流，分派别，审条目，究义例，以《文选理学权舆》《文选理学权舆补》诸书为代表，其为学也约而赅。二者皆属之《文选》学，皆为讲《文选》学者所有事。而欲于最短之时间，与学者讲明此学之概要，斟酌二者之中，则有不能不舍具体的讲授法，而用抽象的讲授法者。”[①]可见，周氏《文选学》正用汪师韩《文选理学权舆》之抽象讲授法、解剖法研究《文选》学，更说明汪师韩治《文选》的方法影响周氏甚巨。

三、屈守元对清代传统《文选》学的继承与发展

周贞亮《文选学》与骆鸿凯《文选学》对清代传统《文选》学的研究，在二十世纪现代《文选》学史上开风气之先。但是，继之者却寥寥可数。直至1988年天津古籍出版社出版了中国大陆著名《文选》学家屈守元《昭明文选杂述及选讲》一书，才有所改观。但是，屈氏此书出版已在周、骆二氏《文选学》出版后半个世纪了。学术史研究的这种中断，令人扼腕。

屈氏此作出版于1988年，而据其《跋》则脱稿于1985年。能在停滞三十年的《文选》研究之后，出版屈氏此书，既有作者的慧眼，亦不乏出版家的勇气。毕竟从1949年至1988年这近四十年间，中国大陆的《文选》学始终处于一种几无人问津的境地。屈氏此作出版，在二十世纪现代《文选》

① 周贞亮：《文选学》上编，国立武汉大学1931年版，第2页。

学史上，特别是在大陆学人之中，开《文选》学研究风气之先。

对有清一代的《文选》学史，屈氏此作论述颇简，但亦极其可贵。屈氏于上编《文选杂述》三《文选学概略》中有专段介绍清代传统《文选》学研究。其对有清一代的《文选》学研究的继承与发展，主要集中于四点：

第一，对清代传统《文选》学进行分类。

屈氏认为：清代传统《文选》学家大要分为三类。一类为“剔除五臣，以尊李善”者，如胡克家之《考异》、许巽行之《笔记》。二类为“通于小学，以究音训”者，如余萧客之《音义》、胡绍煐之《笺证》。三类为“条理李注，以校存佚”者，张云璈之《胶言》、梁章钜之《旁证》，始有萌芽。

第二，介绍清代主要《文选》学家及其著作。

主要分为两种类型。第一种类型，为无传世之本，仅据余萧客、许巽行、孙志祖、胡克家、梁章钜诸家征引者，计有四家：即潘耒（次耕，稼堂）《文选》校本；钱陆灿（湘灵，圆沙）《文选》校本；何焯（屺瞻，义门）《文选》校本；陈景云（少章）《文选》校本。第二种类型，有著作传世者，计有九家：余萧客《文选音义》八卷，《文选纪闻》三十卷；许巽行《文选笔记》八卷；汪师韩《文选理学权舆》八卷；孙志祖《文选理学权舆补》一卷，《文选考异》四卷，《文选李注补正》四卷；胡克家《文选考异》十卷；张云璈《选学胶言》二十卷；梁章钜《文选旁证》四十六卷；朱珔《文选集释》十四卷；胡绍煐《文选笺证》三十卷。

第三，研讨清代传统《文选》学兴盛之因。

屈守元认为：清人尚征实之学，而《文选》一书，乃隋唐以上篇章之玄圃；李注敷洽，尤为古佚之邓林。故博雅之士，莫不究心。

第四，详细介绍九位清代传统《文选》学家《文选》学著作的版本。

周、骆二氏在《文选学》中，介绍了清代的数十位《文选》学家及其著作之版本。屈氏此作，详列各种版本，包括周、骆二氏《文选学》问世之后的新版本，对初学者帮助甚夥，亦是研究清代传统《文选》学家及其著作的必备之书。

与周、骆二氏《文选学》相较，屈氏贡献不菲。周、骆二氏之长在博，屈氏之长在精；周、骆二氏重在开拓，屈氏重在发展。

1993年，在中国大陆的现代《文选》学研究重新升温之后，屈守元出版了他的新著《文选导读》[①]。他分别在此书第三章《文选学史略述》中第十节《近世文选学的复兴及其展望》和第四章《清儒文选学著述举要》中论及清代传统《文选》学。与作者的《昭明文选杂述及选讲》一书相较，屈氏此作对清代传统《文选》学研究的拓展主要是对清代重要《文选》学家及其著作的介绍。屈氏在《昭明文选杂述及选讲》中仅将清代传统《文选》学家分为无传世之作的校勘家与有传世之作的著述家，前者介绍四人，后者介绍九人。而在《文选导读》中，作者详介了九十二种。《导读》与《杂述》对比，大大增加了对清代传统《文选》学家著作的介绍。《杂述》仅仅开具其名单，并未对其作的内容及学术地位做任何说明，而《导读》则予详细介绍、评价。

从现代《文选》学史的角度而言，屈氏对清代传统《文选》学著作的评价最具学术价值。屈氏评余萧客《文选音义》为清代传统《文选》学专著第一书，评余萧客《文选纪闻》与《文选音义》同为清代传统《文选》学家创业之作，评汪师韩《文选理学权舆》是张大《文选》学对后世有重大影响之作。评孙志祖《文选考异》为首载潘耒、何焯、钱陆灿三家校本之书，评许巽行《文选笔记》长于文字训诂，以朴学治《文选》，列汪师韩、孙志祖之先。对胡克家《文选考异》，屈氏亦评价甚高："胡氏刊刻此书，问题虽多，然而清代传统《文选》学，从此大振，比之往时只据汲古阁本者，实有天渊之别。"评张云璈《选学胶言》为乾嘉时期以朴学方法治《文选》的代表性著作。对于朱珔《文选集释》，屈氏之评与骆鸿凯之评大相径庭。二者相较，屈氏之论似更稳妥。他认为朱珔通经博学，《集释》重征实之学，于地理、名物，考订甚详，是清代传统《文选》学的佳作。评梁章钜《文选旁证》为集大成之作。

屈守元在历评清代传统《文选》学诸家及其著作之后，特撰总评一段，虽其评论旁逸有清一代，但亦不无关系；且屈氏之见，与笔者下文尚多牵连，

① 巴蜀书社1993年版。

特予摘出："上举书十二部，可以为清儒治《文选》之代表。至于薛传经《文选古字通疏证》、吕锦文《文选古字通补训》、杜宗玉《文选通假字会》，假《文选》学以明小学，虽上承曹李，不失为《文选》学之一途，初学治《文选》，仍非急务。晚有高步瀛《文选李注义疏》，堪称巨著，惟全书只成八卷，尚有待续补。骆鸿凯《文选学》，欲上系汪韩之书，则颇伤冗杂，窜入评点，非《文选》学之正途。今为举要，咸从删略。日人斯波六郎撰《文选索引》，目的在使异国之人为《文选》学者检索原书，谓之专著，殊不相称。"①

笔者以为，高步瀛《文选李注义疏》，骆鸿凯《文选学》，皆为现代《文选》学史上的皇皇巨著，值得在总结现代《文选》学史时予以特别重视。日本学者的《文选》研究为现代《文选》学史研究中的一道亮丽的风景线，亦应予以珍视。屈守元对《文选》评点派的批评，似欠公允。

周贞亮《文选学》与骆鸿凯《文选学》方轨并驾，且在《文选》版本研究方面独步当时，但屈守元竟无一语述及，似亦偶疏。

① 屈守元：《文选导读》，巴蜀书社 1993 年版，第 121 页。

第三章
周贞亮《文选学》与骆鸿凯《文选学》

现代《文选》学史上对周贞亮《文选学》与骆鸿凯《文选学》的研究，实质是对现代《文选》学形成的研究。传统《文选》学自唐代始，至清代蔚为大国。虽然在传统《文选》学母体之上已经蕴含着现代《文选》学的萌芽，但是，却并不会必然地生长成为现代《文选》学。在二十世纪国学全面现代化的大背景下，经过现代《文选》学诸多研究者的共同努力，最终诞生了以周贞亮《文选学》与骆鸿凯《文选学》为代表的现代《文选》学。所以，探讨现代《文选》学的产生，周、骆的《文选学》自然成为现代《文选》学史上的必论之题。

一、周贞亮及其《文选学》

述及《文选》学史，学界无不称举骆鸿凯《文选学》[①]；而于周贞亮《文选学》[②]，无论中国大陆，抑或台湾、日本《文选》学界，均绝无提及。笔

① 骆鸿凯：《文选学》，天津古籍出版社 1988 年版。
② 周贞亮：《文选学》，巴蜀书社 1993 年版。

者所见周氏《文选学》为今河南大学藏本，一函二册，书名题署《文选学讲义》。因其版心为《文选学》，且《安雅月刊》第3期曾发表该《讲义》之《导言》及第一章《文选学之起源》大部，署题为《文选学》，故本文简称周贞亮《文选学讲义》为周氏《文选学》。

周贞亮（1876~1933），又名之桢（中进士名），字子乾，号止盦、退舟，室名晚庐。湖北汉阳（今武汉汉阳）人。光绪三十年（1904）进士①。日本国法政大学毕业。早年从政，1917年后，历任国立师范大学、南开大学、北平大学第一师范学院、辅仁大学教授。1931年返鄂，任武汉大学教授，讲授《文选学》与《目录学》，1933年病逝于武汉大学寓所。周氏平生喜藏书，居京师历年，集珍贵书籍数万卷。著述颇丰，有《文选学讲义》《书目举要》《古代散文选读》《各体文选》《中国近世史》《通鉴论》《五百家骈体文萃》《晚喜庐随笔》《联隽》《中国通史》《丛书举要》《鸿藻集》《六朝诗三百首》《退舟文集》《退舟诗草》等。《书目举要》系周氏与南城李之鼎合编，为两汉至清末各种书目汇编，分部编目，补志题跋，考订校核，引书刻版及未刊稿，成书后即为近代目录学家所引用，故周氏以目录学显世②。周氏尚有《匪载录》一书，汇集古今藏书家书室之名称，下注姓名、字、号与籍贯，名称不一者则附录之，尚收录有书目、题跋及作志记者，亦为名作。

周氏《文选学》分上下两编：上编十章，首列《导言》，第一章《文选学之起原》，第二章《文选之意义》，第三章《文选之封域》，第四章《文

① 周贞亮，顾廷龙主编之《清代朱卷集成》，台湾成文出版有限公司1992年版，第91册谓："周之祯，光绪甲辰（1904年）恩科，会试中式第一百五十七名贡士。谱名名鸿，字子乾，号止盦，别号顾堂，行一又行四，光绪丙子（1876）年二月十六日吉时生。"《汉阳县志·人物》，武汉出版社1989年版，第522页，陈玉堂《中国近现代人物名号大辞典》，浙江古籍出版社1993年版，第598页，皆定其生卒为1867~1933年。陈玉堂尚定其1931年返鄂任教武汉大学。周谷城主编《民国名人大辞典》与今武汉大学档案馆皆谓其生年为1874年，周谷城主编之《民国名人大辞典》谓其卒年不详，武汉大学档案馆谓其卒于1932年。《文教资料简报》1991年第5期黄镇伟《〈中国目录学家辞典〉补订》谓周氏生卒为1875~？二十世纪三十年代任武汉大学中国文学系教授。本文定周氏生年从《清代朱卷集成》，卒年从《汉阳县志》、陈说。生平、著述以《汉阳县志》、陈说为主，综合诸说。

② 申畅等编《中国目录学辞典》，河南人民出版社1988年版，载周贞亮《书目举要》，署名与李之鼎合编。但于周氏生卒则曰不详。

选之篇体》，第五章《文选之纂次》，第六章《文选作者之时代与地域》，第七章《文选学之成立》，第八章《自隋讫明研究文选学者之成就》，第九章《清代文选学者对于文选之贡献》，第十章《文选之刊刻及评骘》（附选学书目，新定文选目录并附）。下编三章，第一章《读文选之豫备》，第二章《文选之观察法》，第三章《文选之读法》。

二、周贞亮《文选学》与骆鸿凯《文选学》之异同

周氏《文选学》与骆氏《文选学》颇多相同相似之处，笔者首先据二书章目内容列一对应简表如次：

周氏《文选学》	**骆氏《文选学》**
上编	
第一章《文选学之起原》	《纂集第一》
第二章《文选之意义》	《义例第二》
第三章《文选之封域》	《义例第二》
第四章《文选之篇体》	《体式第四》
第五章《文选之纂次》	《义例第二》
第六章《文选之作者时代与地域》	《撰人第五》
	《撰人事迹生卒著述考第六》
第七章《文选学之成立》	《源流第三》
第八章《自隋迄明研究文选学者之成绩》	《源流第三》
第九章《清代文选学者对于文选之贡献》	《源流第三》
第十章《文选之刊刻及评骘》	无
（附）《选学书目》	（附）《选学书著录》
《新定文选目录》	无
无	《征故第七》
无	《评骘第八》
无	《馀论第十》

下编	
第一章《读文选之豫备》	《读选导言第九》
第二章《文选之观察法》	《读选导言第九》
第三章《文选之读法》	附编一《文选分体研究举例》
	附编二《文选专家研究举例》

统观二表，周贞亮、骆鸿凯《文选学》之纲目及内容，读者自可明了。为进一步说明二氏《文选学》之异同，拟再从各章内容上细加分析。主要对第一章详加比勘，其他各章则从略焉。

周氏《文选学》上编第一章《文选学之起原》与骆氏《纂集第一》的内容大体相类：一述《文选》学产生之背景，二述昭明太子之生平。所异者在周氏《文选学》述萧统生平后又记"埋鹅"一事，附载王筠所撰哀策文，刘孝绰《昭明太子集序》，简文帝《太子集序》（历陈太子十四德事一段），清乾隆《重修梁昭明太子祠碑文》，而骆氏则无。骆氏此章殿以高阆仙《文选李注义疏》辨驳杨慎"高斋十学士"条，周氏则于第三章《文选之封域》中述及"高斋十学士"事，并注明"杨慎《丹铅录》以此事属之昭明太子误"。

周氏以为："其有选集列代之文以成一书者，当自杜预之集《善文》始。"此观点与骆氏全同。唯周氏以为："《隋志》载杜预《善文》五十卷，其书今已不传，诸书亦无引及，不知其义例若何。"[1]骆氏则据《史记·李斯列传》集解引辩士隐姓名《遗章邯书》与《圣贤群辅录》、章怀太子《后汉书·皇后纪》注，断其搜采颇广与颇涉作者生平。二氏皆以李充《翰林论》为继《善文》者，并据严可均《全晋文》罗列李充《翰林论》佚文[2]，唯骆氏所列佚文较之严氏多出三条，此三条皆出《文选》注。周氏在引用李充《翰林论》后，论曰："综上数条而观，可知充书所选之文，即以沉思翰藻为主。"[3]骆氏在据引李充《翰林论》后亦曰："依上所列，可知充书所选之文，盖以沉思翰藻为主。"[4]

① 周贞亮：《文选学》上编，国立武汉大学1931年版，第3页。
② 实皆严可均《全晋文》所辑。
③ 周贞亮：《文选学》上编，国立武汉大学1931年版，第4页。
④ 骆鸿凯：《文选学》，中华书局1989年版，第3页。

周、骆二氏在其《文选学》第一章各自上列论述之后并讥《隋志》列挚虞《文章流别》为总集之始，是为“忘其祖矣”（周氏语），“数典忘祖”（骆氏语）。二氏并详引挚虞《文章流别》之佚文。唯骆氏明言：“惜其书至隋已残，严氏辑《全文》仅得论十许条，今亦沾补一二，并录如下。”①并注曰：“载《全晋文》五十七。”据笔者所核，“五”当为“七”之讹。比较二氏所引挚虞《文章流别》，周氏所引与严氏《全晋文》全同，骆氏则较《全晋文》多二条，并注明出自“《金楼子·立言篇》引”与“《古文苑》注八引”。②

比较《文章流别》与《文选》之后，骆氏曰：“以上叙论各体，原流粲然。《文选》一书，若诗，若颂，若七，若箴，若铭，若诔，若哀辞，若哀策，若设论，若碑，各体有之。赋如《幽通》《思玄》，诗如王粲与蔡子笃、文叔良、士孙文始，设论如《解嘲》《宾戏》，《文选》亦并入录。《选序》所陈之义，又与《流别论》大恉宛尔符合，则虞氏是书，真可为《文选》之前导矣。”③周氏曰：“然即所举若诗，若颂，若赋，若七，若箴，若铭，若诔，若哀辞哀策，若设论，若碑，《文选》一书，即各体有之。其书既梁代尚存，昭明宜所取则，矧观《选序》所陈之义，俨然与《流别论》相发明，则列之为《文选》学之起源，固其宜矣。”④

可见，二氏均以为《隋志》所载《文章流别集》与此期《隋志》记载各种总集的大量出现，是《文选》产生的背景。

周氏第二章《文选之意义》，论述何者为《文选》所称之“文”。周氏引刘天惠、梁国珍、侯康、梁光钊诸人文笔之辨，得出“必别于笔，又必有韵”方可称之为“文”的结论。并引阮元《文言说略》《文韵说》，李兆洛《答庄卿珊书》，阐明“有韵有偶”始得称“文”。

周氏第三章《文选之封域》，以为《文选序》定一书之封域，并参酌学海堂诸生张杓等十人注释，为《文选序》章句，并缀以阮元《书文选序后》

① 骆鸿凯：《文选学》，中华书局1989年版，第3页。
② 骆鸿凯：《文选学》，中华书局1989年版，第6页。
③ 骆鸿凯：《文选学》，中华书局1989年版，第6页。
④ 周贞亮：《文选学》上编，国立武汉大学1931年版，第6页。

一文，辨《文选序》定封域之成效，并总结入选之作尚需二义：一不录生存，二详近略远。

骆氏《文选学·义例第二》内容大要有四：一为《文选序》章句，并加双行小注曰："节录学海堂诸生张杓等十人注，间加补正。"《序》后总结曰："'事出于沉思，义归乎翰藻。'此昭明自明入选之准的，亦即其自定文辞之封域也。"[①]下引阮元《书文选序后》《文言说》《文韵说》和章学诚《文学总论》予以研讨。二论《文选》之分体，三论《文选》之去取，四论《文选》之编次。故骆氏此章实涵盖周氏第二、三两章有馀。骆氏此章所述《文选》之编次，周氏则单列第五章《文选之纂次》论之。

周氏《文选学》第四章《文选之篇题》，详述《文选》所分三十七体。此章内容正为骆氏《体式第四》所述。不过，骆氏述之特详，周氏述之较简。周氏《文选学》第四章末附《文心雕龙》与《文选》二书分类比较表[②]，现引述如下：

《文心雕龙》	《文选》
辨骚	骚卷三十二三十三辞卷四十五
明诗、乐府	诗乐府卷十九至三十一
诠赋	赋卷一至十九
颂赞	颂、赞卷四十七史述赞附
祝盟	无
铭箴	箴、铭卷五十六
诔碑	诔卷五十六、五十七碑文卷五十八、五十九墓志附
哀悼	哀文哀策卷五十七、五十八吊文、祭文卷六十
杂文	七卷三十四、三十五对问、设论卷四十五连珠卷五十五
封禅	符命卷四十八

① 骆鸿凯：《文选学》，中华书局1989年版，第16页。
② 周贞亮：《文选学》上编，国立武汉大学1931年版，第40页。

谐隐	无

右文之属为有韵之文

史传	无
诸子	无
论说	论卷五十二至五十五史论卷四十九、五十
诏策	诏、册、令教、策文（原误为“问”）卷三十六
章表	表卷三十七、三十八
奏启	上书、启卷三十九弹事卷四十
书记	笺、奏记卷四十书卷四十一至四十三
檄移	移卷四十三檄卷四十四
	序卷四十五、四十六互见《文心·论说》
	行状卷六十互见《文心·书记》
议对	无

右笔之属为无韵之文

无独有偶，骆鸿凯《文选学·读选导言第九》亦载有《文选》《文心雕龙》二书分体对照表。详观二表，大体相类。现将骆氏此表[①]引述如下：

《文心雕龙》	《文选》
辨骚	骚第三十二卷至第三十三卷辞第四十五卷
明诗、乐府	诗乐府第十九至第三十一
诠赋	赋第一至十九
颂赞	颂赞第四十七卷史述赞附
祝盟	哀策第五十八卷祭文第六十卷
铭箴	铭箴五十六卷
诔碑	诔五十六至五十七碑文五十八至五十九附墓志

① 骆鸿凯：《文选学》，中华书局 1989 年版，第 302~304 页。

哀悼	哀五十七吊文六十
杂文	七三十四至三十五对问、设论并四十五连珠五十五
封禅	符命四十八卷
谐隐	无
右一类文之属	
史传	无
诸子	无
论说	论第五十二卷至五十五史论四十九至五十说互见上书类
诏策	诏、册并三十五令、教、策文并三十六
章表	表三十七至三十八
奏启	上书、启三十九弹事四十
书记	笺、奏记并四十书四十一至四十三
檄移	移四十三檄四十四
	序四十五至四十六互见《文心·论说》
	行状六十互见《文心·书记》
议对	无
右一类笔之属	

周、骆二表之不同有三：1.周表《文心雕龙》“祝盟”下《文选》对应者无，骆表“祝盟”下对应者为“哀策”“祭文”；2.周表《文心雕龙》“哀悼”下对应《文选》之“哀文哀策”“吊文”“祭文”三类，骆表唯对应“哀”“吊文”二类；3.周表《文心雕龙》“论说”类下置“论”“史论”，骆表下另增一类“说”，但《文选》实无“说”类。除上述三点者外，二表几无区别。

周氏《文选学》第五章《文选之纂次》，辨析《文选》去取之失者八：1.选文之旨难以成立者；2.入选之文有分类不当者；3.入选之文有出于伪作者；4.入选之文有事与文不足录取者；5.未选之文有宜取者；6.入选之文有缺篇者；7.未选之文从而为之辞者；8.入选之文家取数篇有未足见当时风致与其本色者。论述《文选》编次之失者七：1.《文选》于古人之文有增删者；2.《文选》有割裂古人之文代造题目者；3.《文选》有易置古人作书标题者之法者；4.《文选》有误析赋首或摘史辞为序者；5.《文选》于各文有显见标题之误者；6.《文选》有标题不误而文中叙名实误者；7.《文选》中有显为叙次之失者。周氏此章内容略存骆氏《义例第二》之中。而骆氏论《文选》去取之失者六：1. 入选之文有为赝品者；2. 入选之文有事与人不足录者；3. 入选之文道理事理文理俱无者；4. 入选之文失于滑泽者；5. 未选之文有宜取者；6. 未选之文从而为之词者。论《文选》编次之失者五：1. 增删古人之文；2. 割裂古人之文代造题目；3. 误析赋首或摘史辞为序；4. 标题之误；5. 叙次之失。

周氏《文选学》第六章《文选作者之时代与地域》，详列《文选》作者之时代、名字、生平及出处、地域。骆氏《文选学·撰人第五》则据汪韩门《文选理学权舆》，列各代作家及其入《文选》作品之名称。周氏特重作家地处之南北，并详辨南北地域、文风对作家之重大影响；骆氏《文选学·撰人事迹生卒著述考第六》，则胪列各代作家生平、出处、著述。故周氏此章实涵盖骆氏第五、六两章。

周氏《文选学》第七章《文选学之成立》，第八章《自隋迄明研究文选学者之成绩》，第九章《清代选学者对于文选之贡献》，皆述传统《文选》学之历史。此三章内容恰为骆氏《文选学·源流第三》一章所述。骆氏此章将自唐至清之《文选》学分为三期：隋唐间《文选》学之起源及唐代《文选》学家考，宋元明《文选》学，清代传统《文选》学家述略。二书相较，周氏将骆氏一章内容厘分为三章述之，骆氏则将周氏三章内容以一章统之。

周、骆二氏虽均述及《文选》学史，内容亦多有相同，但相异之处亦颇不少。仅以周、骆二氏论述《文选》学源流而言，如：1. 骆氏述隋唐《文选》学自萧该《文选音义》始，以曹宪、许淹、李善、李邕、公孙罗继之，逐一述之。周氏则除上述数家外，特为颜师古《匡谬正俗》发明甚多，并称他为“李注之先导”[1]。2. 周氏对唐代文章家王子安、张燕公深受《文选》影响，阐述颇详，骆氏则无一语及之。3. 周氏以为唐宋类书，如虞世南《北堂书钞》、欧阳询《艺

① 周贞亮：《文选学》上编，国立武汉大学 1931 年，第 85 页。

文类聚》、徐坚《初学记》、白居易《六帖》，皆为“《文选》之佐使”[①]，骆氏则无此论。4. 周氏除节录阮元《扬州隋文选楼记》外，另录阮氏门人乌程张鉴《隋文选楼铭》，并详考李善家世，骆氏亦无此项内容。5. 周氏述及李注体例仅十八条，骆氏则总结为二十二条等。

若以周氏上编内容与骆氏相较而言，周氏《文选学》第十章《文选之刊刻及评骘》论述历代《文选》版本刊刻，其中亦论及绍兴建阳陈八郎本五臣注[②]，弥足可贵。骆氏《文选学》尽管内容宏博，于此历代版刻独蚀，可谓憾事。反之，骆氏《文选学·征故第七》《评骘第八》《馀论第十》三章，周氏缺而不言，亦为憾事。

周氏《文选学》下编第一章《读文选之豫备》列其预备知识有十一项：一明训诂，二晓声韵，三达名物，四通句读，五晓文律，六详史实，七知地理，八辨文体，九明文史，十晓玄学，十一通佛典。骆氏《读选导言第九》之《导言一》备列读《文选》预备知识有十项：一曰训诂，二曰声韵，三曰名物，四曰句读，五曰文律，六曰史实，七曰地理，八曰文体，九曰文史，十曰玄学与内典。二者相较，唯骆氏将周氏第十项、第十一项合二为一，或曰周氏将骆氏第十项一分为二，馀者全同。不仅如此，仅以训诂而言，周、骆二氏皆举“方”字为例，并分本义、引申义、通借义三项细加说明。

周氏《文选学》下编第二章《文选之观察法》，分为八类：1. 从文学流变上观察《文选》，2. 从文章体式上观察《文选》，3. 从文家体性上观察《文选》，4. 从时代风格上观察《文选》，5. 从南北派别上观察《文选》，6. 从骈体文成立之趋势及修辞通则上观察《文选》，7. 从《文心·通变》之说观察《文选》所载文体之流变，8. 从《文心·程器》及《颜氏家训·文章篇》之说观察《文选》所载文人之疵累。

骆氏《文选学·导言第九》实即涵盖周氏《文选学》下册第一、二两章之内容。

---

① 周贞亮：《文选学》上编，国立武汉大学 1931 年版，第 86 页。
② 周贞亮：《文选学》上编，国立武汉大学 1931 年版，第 120 页。

周氏《文选学》下册，第三章《文选之读法》，分为七类：1.《文选》入手读法，2.《文选》单篇读法，3.《文选》连篇读法，4.《文选》专家读法，5.《文选》两家比较读法，6.《文选》分体读法，7.《文选》两体比较读法。此章内容与骆氏《文选学》附编一《文选分体研究举例》，附编二《文选专家研究举例》大体相类。中华书局1989年版骆氏《文选学》又由骆氏弟子马积高补充分体研究与专家研究两项。虽二书例举之作家、篇目未必全同，但其内容框架与研究方法并无二致。

三、周贞亮《文选学》与骆鸿凯《文选学》之关系

（一）周贞亮《文选学》与骆鸿凯《文选学》的撰写时间

关于周氏《文选学》的出版时间，笔者举证如次：

1. 周氏《文选学》上编第72页曰“近高氏步瀛谓《四库书目》从李济翁说”云云，末注“《文选李注义疏》”。上编第73页注李善《上文选注表》曰：“案此表旧有俞犀月注，何义门评，顾适园疏解，余仲林音义，都不甚详。近高氏《义疏》所注较详，今合采之藉以明义不复分列。”周氏《文选学》上下编引用高氏《义疏》者尚有多处。考高氏《文选李注义疏》初版于1929年北平文化学社，1934年北平文化学社又将其重印。周氏卒于1933年，不可能引用北平文化学社1934年再版之作，故必为1929年初版之高氏《义疏》，则其《文选学》撰述当在1929年当年或其后。

2. 周氏另撰有《梁昭明太子年谱》附《昭明太子世系表》，发表于武汉大学《文哲季刊》第2卷第1号（1931年）。考周氏《文选学》第一章《文选学之起原》仅载有昭明太子本传，未列世系表，故此表当于《文选学》杀青后所作，否则依周氏《文选学》著述繁征博引之通例，必不能不载入。故周氏《文选学》最迟不晚于1931年付梓。

综上所述，周氏《文选学》当出版于1929~1931年。而据陈玉堂之说，周氏返鄂任武汉大学教授为1931年，前此尚未执教武汉大学，故其《文选学》

当为1931年出版。其具体写作时间今已无考。周氏《文选学·导言》曰："我校当局，惧颓流之日下，审国粹之宜存，特以此学，列为一科。仰师资于百代，系一发于千钧。文学复兴，于斯焉赖，而以讲事，谬推鄙人。"[①]其中，未有一字明己已有《文选学》之成稿。故笔者以为，武汉大学交托周氏讲授《文选》，必已知周氏于《文选》学养有素。即使周氏此前未有《文选学》之成稿，以其功力学识，尤以其目录学之深厚学养，与其业师谭复堂精于《文选》学之传授，亦必能较快成稿。

关于骆氏《文选学》的撰写时间，笔者亦举证如次：

1. 北平中国大学《国学丛编》第1期第2册载有骆鸿凯《文选学·自叙》一文，经笔者检校，此文即骆氏《文选学·叙》。此期《国学丛编》出版于1931年7月，此时骆氏《文选学》一书之《叙》已成稿。其《叙》文曰："今之所述，首叙《文选》之义例，以及往昔治斯学者之途辙，明《文选》学之源流也。末篇所述，则以文史、文体、文术诸方，析观斯集，为研习《文选》者导之津梁也。"观此可知，此时骆氏《文选学》已大体成书。今据笔者所睹骆鸿凯执教湖南大学所撰《文选学讲义》[②]观之，其时已成六章：《文选纂集第一》，《文选义例第二》，《选学源流第三》，《文选文体第四》，《文选撰人第五》与《读选导言第六》。与中华书局1937年出版的骆氏《文选学》相较，独缺四章：《撰人事迹生卒著述考第六》，《征故第七》，《评骘第八》与《馀论第十》。湖南大学铅印的骆氏《文选学讲义》前亦有《叙》，经笔者目验，与今中华书局版《文选学》之《叙》几乎全同，唯个别句子略有差异。笔者上引一段，湖南大学的讲义与中华书局出版的专著全同。故仅据《文选学·叙》尚不能断定骆氏《文选学》已由湖南大学讲义的六章扩展为中华书局出版的十章，但全书的基本框架已备则无疑义。

2.《学术世界》载骆氏《读选导言》一文，前有小序曰："戊辰己巳间，教授武 汉大学。主者以《文选》设科，凯承其乏，乃为诸生讲述《文选》纂集、

① 周贞亮：《文选学》上编，国立武汉大学1931年版，第1页。
② 骆鸿凯：《文选学讲义》，湖南大学铅印，一函二册。刊印时间未详。

义例，及前代研治《文选》学者之成绩，殿以《文选读法》十六事，其有未备，别详附篇。全稿都三百馀纸，今裁出《读法》一篇，意在学子熟精《文选》理，识兹涂径。”[①]此文经笔者核验，即今骆氏《文选学·导言第九》一章。骆氏言及的“纂集、义例”，窃以为此即今骆氏《文选学》之《纂集第一》与《义例第二》两章。所谓“前代研治《文选》学者之成绩”，当为《源流第三》一章。此文末所附《选学书目》经笔者校验，与骆氏于《制言半月刊》第 11 期所发表之《文选学书著录》[②]全同。

3. 骆氏于《选学源流》一文之首曰：“戊辰己巳间，教授武汉大学，有《文选讲疏》之作。”经笔者校核，此篇长文即为《文选学·源流第三》一章，唯有个别字句与今本《文选学》稍异。骆氏所言之“戊辰己巳间”，为 1928~1929 年，此时骆氏已有《文选讲疏》。窃以为《文选讲疏》即今学林稔知的中华书局版骆鸿凯《文选学》之前身，当为骆氏执教湖南大学之六章讲义。骆氏《选学源流》一文载《制言半月刊》第 8、9、10 期，考《制言半月刊》第 8 期出版于 1936 年 1 月 1 日，第 9 期出版于 1936 年 1 月 16 日，第 10 期出版于 1936 年 2 月 1 日。

4.《制言半月刊》第 11 期又载骆氏《文选指瑕》一文，此文经笔者校核，即今骆氏《文选学·馀论第十》之第二部分《指瑕》一节。同期《制言半月刊》尚载骆氏《文选书目著录》，本期《制言半月刊》出版于 1936 年 2 月 16 日。中华书局出版骆氏《文选学》为 1937 年，故此文与《选学源流》一文当发表于此书出版之前。

综合上文所言，骆氏执教武汉大学（1928~1929）之时，已有《文选学》一书的基本框架，即骆鸿凯执教湖南大学时所撰《文选学讲义》六章。全书《自叙》发表于 1931 年，第九章《导言》发表于 1935 年 12 月，第十章第二节《指瑕》发表于 1936 年 2 月，第三章《源流》发表于 1936 年 1 月 1 日至 2 月 1 日，第一章《纂集》、第二章《义例》当亦在湖南大学任教时业已成稿。

---

① 骆鸿凯：《读选导言》，《学术世界》第 1 卷第 7 期，1935 年 12 月。

② 1936 年 2 月。

骆氏《文选学》一书部分章节于 1935 年 12 月至 1936 年 7 月初始集中发表，当非偶然。笔者臆测，此当为中华书局决定出版骆氏《文选学》一书之际。在这半年左右集中发表《文选学》部分章节之前，骆氏公开发表的《文选》学论文唯有《文选学・自叙》[①]。此时，骆氏已离开武汉大学，执教北平。故知，骆氏虽讲授《文选》学经年，但《文选学》主要章节的集中发表，皆在 1935 年底至 1936 年上半年，即中华书局 1937 年出版《文选学》之前。

据陈玉堂《中国近现代人物名号大辞典》所载，周氏 1931 年返鄂执教武汉大学之时，骆氏离开武汉大学已两年。民国年间武汉大学有开设《文选》一课之习，约请周氏继骆氏开设《文选学》后，遂有周氏《文选学》问世。

关于周贞亮《文选学》与骆鸿凯《文选学》的雷同之处，颇难论定。周贞亮《文选学》下编论曰："连珠文式，大率先立理以为基，继援事以为证。近吾友骆鸿凯论之，谓有合于印度之因明，远西之逻辑。详加玩味，语实不诬。选中全录陆文五十首，本编例不全述。今玩其结体方式之不同，约可分为六类。"[②]湖南大学出版的骆鸿凯《文选学讲义》下册论及连珠体式时曰："连珠之体，大率先立理以为基，继援事以为证。近世论之者，谓有合于印度之因明，与远西之逻辑。"[③]据周氏此段自述，周贞亮写作《文选学》时，已参阅过其友骆鸿凯的《文选学讲义》。考周氏《文选学》系国立武汉大学 1931 年出版，中华书局出版的骆氏《文选学》，据马积高于中华书局 1989 年版《文选学》的《后记》，初版于 1936 年。但笔者疏陋，未见 1936 年版《文选学》。承友人力之函告，笔者亲睹之最早版本，当为 1937 年版者。故周贞亮"近吾友骆鸿凯论之"云云，绝非中华书局 1937 年出版之《文选学》，当是骆氏在湖南大学讲授《文选学》的讲义，由湖南大学铅印出版。笔者于郑州大学曾睹骆鸿凯亲笔书赠武汉徐行可之《文选学讲义》。骆鸿凯于此《讲义》之上，圈点改正之处颇多。

湖南大学出版的骆氏《文选学讲义》，据书首《选学叙目》，仅有六章。

---

① 骆鸿凯：《文选学・自叙》，北平中国大学《国学丛编》第 1 期第 2 册，1931 年 7 月。

② 周贞亮：《文选学》下编，国立武汉大学 1931 年版，第 31 页。

③ 骆鸿凯：《文选学讲义》下编，湖南大学，第 88 页。

与中华书局1937年版的《文选学》相较，缺少四章。据笔者亲核原卷，知书前所列总目《文选文体第四》，而湖南大学出版的骆鸿凯《文选学讲义》上册第82页为《文选分体第四》，二者相较，当以《文选文体第四》为宜。此章实即中华书局1937年版《文选学》的《文选分体第四》，唯文字、论述不如后来中华书局版更为精粹。

湖南大学出版的骆鸿凯《文选学讲义》，下编《文选学附编》有《文选分体读法纲领》与《文选专家读法纲领》。《文选分体读法纲领》的主要内容是一别一体所赅之时代与撰人，二辨一体中所赅众篇之体性，三统观众篇之作法，四析观众篇之作法，五比观众篇作法之异同，六鉴一体中《文选》未收之篇。后附以《分体》，含论、书笺、对问设论三体。《文选专家读法纲领》有六：一考史传以明其生平，二征遗文以识其作品，三辑文评以识其概略，四溯其渊源所自并究其影响所及，五考其文体之因与创作所专长，六核其文之作法（谋篇造句练字诸端）。后附《专家》，论陆士衡、颜延年、任彦升三家。

湖南大学出版的骆鸿凯《文选学讲义》，显然是中华书局1937年出版的骆鸿凯《文选学》的前身。读者倘能将湖南大学《文选学讲义》与中华书局1937年出版的《文选学》作一比较，即可见出二者的承继关系。

（二）周贞亮与骆鸿凯的《文选》学素养

周氏、骆氏于民国年间公开发表的《文选》学论文据笔者所知，约有如下数篇：

周贞亮：

1.《梁昭明太子年谱》，（武汉大学）《文哲季刊》第2卷第1期（1931年1月）。

2.《文选学》，武昌本刊社《安雅月刊》第1卷第3期（1935年4月1日）。

骆鸿凯：

1.《〈文选〉学·自叙》，北平中国大学《国学丛编》第1期第2册，1931年7月。

2.《读选导言》，《学术世界》第 1 卷第 7 期，1935 年 12 月。

3.《文选学源流》，苏州章氏国学讲习会，《制言半月刊》（第 8 期，1936 年 1 月 1 日；第 9 期，1936 年 1 月 16 日；第 10 期，1936 年 2 月 1 日）。

4.《文选学书著录》，苏州章氏国学讲习会《制言半月刊》（第 11 期，1936 年 2 月 16 日）。

5.《文选指瑕》，苏州章氏国学讲习会《制言半月刊》（第 11 期，1936 年 2 月 16 日）。

6.《广选》，苏州章氏国学讲习会《制言半月刊》（第 20 期，1936 年 7 月 1 日）。

由以上公开发表的论文可知，周、骆二氏皆为学养有素的《文选》学专家。但是，大陆学术界对周氏《文选》学的成就似乎并未给予应有的重视，迄今为止，中国大陆各种《文选》学论文集、《文选》学史论文均未提及周氏。与大陆《文选》学界相左，港台学者对周氏的《文选》学成就相当重视。台湾学生书局 1971 年 10 月出版的《昭明太子和他的文选》论文集，收录论文六篇，其中即有周氏《梁昭明太子年谱》。1975 年台湾木铎出版社出版陈维新、于大成主编的《国学论文荟编》第一编《昭明文选论文集》，收录论文二十四篇，内中亦有周氏《梁昭明太子年谱》一文。1981 年台湾“商务印书馆”《新编中国名人年谱集成》[①]亦有周氏《梁昭明太子年谱》。香港中文大学饶宗颐《读文选序》[②]开篇即提及周氏《梁昭明太子年谱》。港台学者对周氏《年谱》的重视由此可见一斑。周氏《昭明太子年谱》实为《萧统年谱》的第一谱，其开拓之功为人所重亦属必然。

周氏《文选学》第七章《文选学之成立》论及《李善注文选》引书时注曰：“目载《理学权舆》，余有《选注引用书目存佚表》，别见。”[③]虽此“存佚表”未见刊载，但周氏于《文选》学研究有素亦可窥见一斑。

① 《新编中国名人年谱集成》第 14 辑，台湾“商务印书馆”1981 年版。
② 收《昭明文选研究论文集》，吉林文史出版社 1988 年版。
③ 周贞亮：《文选学》上编，国立武汉大学 1931 年版，第 79 页。

（三）周贞亮与骆鸿凯的《文选》学渊源

周、骆二氏皆学有渊源，功底深厚。周氏为光绪三十年进士，国学功底非常人可比；又曾赴日留学，可能接受了由西方传入日本的现代文艺学思想，具备了从事现代《文选》学研究的知识结构。骆氏 1918 年毕业于北京大学国文学门，为黄侃高足之一，且尝问学于章太炎。

二氏各从名师。周氏师从谭献、张之洞，骆氏师从黄侃，且黄侃、周贞亮二人为友，为同辈人，骆鸿凯较周贞亮为晚辈。

周氏于《文选学》一书中屡屡自述师从谭献（字复堂）、张之洞（字文襄）。《文选学》第九章《清代文选学者对于文选之贡献》曰："吾师仁和谭为之序曰"，"杜君著此书时，与余同肄业经心书院，故谭为之序"。[①]故周氏曾于谭献应张之洞之邀主讲经心书院时受业于谭氏。第十章《文选之刊刻及评骘》曰："若欲详读《文选》学及为《文选》注作疏之法，则有吾张、谭两师之遗说在，今更介绍于左，而以《文选》学书目附后终此编焉。""吾师张文襄公之言曰"，"吾师谭复堂之言曰"[②]，并于谭氏之言后注明《复堂日记》。上编第 107 页云："吾师仁和谭序曰。"周贞亮与黄侃为友，周氏《文选学》第三章《文选之封域》曰："此篇吾友黄君有评，极有精识，未录入卷，可以参观。"[③]此类自述，比比皆是，不遑备录。

谭献（1832~1901），初名廷献，字仲修，号复堂，仁和（今浙江杭州）人。同治六年（1867）举人。历官安徽歙、全椒、合肥知县。晚年告归，被张之洞延主湖北经心书院。治学倾向今文学派。谭氏工词、骈文，词论继承并发展了常州学派。有目录学著作《复堂日记》八卷等。谭氏精于《文选》学，骆鸿凯《文选学·评骘第八》去取极严，所取者仅有张惠言、谭献、王闿运、李详诸人。其自称曰："今兹所录，甄择颇严。诠赋惟取于茗柯，明诗折衷

---

① 周贞亮：《文选学》上编，国立武汉大学 1931 年版，第 107 页。
② 周贞亮：《文选学》上编，国立武汉大学 1931 年版，第 124 页。
③ 周贞亮：《文选学》上编，国立武汉大学 1931 年版，第 30 页。

夫湘绮，杂文已下，兼采李、谭，其它一切粪除，以归清谧。张摹汉赋，王擅《文选》诗，申耆文法中郎，尚存矩矱，盖皆怀区区之独照，屏流俗之谰言。复堂究心李钞，淹历廿稔。简眉牍尾，朱墨纷纶，自谓有益于文章机杼。”故其《文选学》[①]第275~289页多录谭氏评文之语。

谭氏本人精于《文选》学，并曾有为李注作疏之志，惜乎未得成稿。周氏《文选学·导言》曰：“往者先师仁和谭复堂，欲为李注作疏，已作略例，未及成书。鄙昔尝受其法，欲续成之。搜集《文选》材，至数十种。人事匆迫，握椠未遑。欲俱长编，迄今未就。”[②]可见，周氏不仅深受其业师谭复堂影响，且早具承继师业之志，后有《文选学》问世亦属自然。谭复堂所欲撰述之李注义疏，后由高步瀛完成，即今传高氏《文选李注义疏》。今武汉出版社新编《汉阳县志》载：“（周贞亮）著有《文选学注疏》，是国内名著，底稿在武汉沦陷时被日本人强行收买。”[③]陈玉堂《中国近现代人物名号大辞典》亦谓周氏有《文选学注疏》一书，此说未知何出；若其言有据，周氏《文选》学成就则非可小觑。因《文选学注疏》绝非笔者所见之《文选学》，当为承继其业师谭氏《文选李注义疏》之作，未知其稿今日是否尚在人世矣。

张之洞（1837~1909），晚清洋务派领袖，因其目录学著作《书目答问》广为流布而为学林所谂。

骆氏及其业师黄侃的《文选》学研究享誉学界，早有定评，毋庸详述。

（四）周贞亮与骆鸿凯的现代《文选》学意识

周氏《文选学·导言》开篇即曰：“窃尝泛览群书，详审体制，以谓此学讲授，有两种法。一为具体的讲授法，一为抽象的讲授法。以具体的为讲授者，详训故，明音义，审异同，补阙失，以《文选笺证》《文选记闻》诸书为代表，其为学也详而赡。以抽象的为讲授者，考源流，分派别，审条目，究义例，以《文选理学权舆》《文选理学权舆补》诸书为代表，其为学也约

① 骆鸿凯：《文选学》，中华书局1989年版。
② 周贞亮：《文选学》上编，国立武汉大学1931年版，第1页。
③ 《汉阳县志》，武汉出版社1989年版，第522~523页。

而赅。二者皆属之《文选》学，皆为讲《文选》学者所有事。”[①]这是一段极为精辟的论述。周氏将《文选》学厘分为抽象与具体两类，其抽象类实即为现代《文选》学的前身，具体类实即为传统《文选》学。虽然周氏并未明确提出现代《文选》学与传统《文选》学之概念，但周氏对清代传统《文选》学的认识显然极为准确，他所承继者是清代的“抽象”《文选》学，亦即开启现代《文选》学的汪师韩《文选理学权舆》的整体研究法。诚如周氏所自述：“故今日之讲授法，惟用抽象的，不述全文，但详大体，不胪众说，惟挈总纲。”[②]骆氏《文选学·自叙》论及《文选》学分类，则有征实、课虚二类。前者为考据家之所事，后者乃词章家之所事。这一分类，因仍清儒之说，远不及周氏抽象、具体之分更具现代《文选》学意识。故周氏以现代学术思想诠释《文选》，撰成《文选学》一书，当为顺理成章之事。

（五）周贞亮《文选学》与骆鸿凯《文选学》的出版

就周、骆二氏执教武汉大学，讲授《文选学》而言，骆氏在先，周氏在后。就二氏《文选学》刊印而言，周氏因1931年返鄂而执教武汉大学，旋有《文选学》之讲授，且其卒于1933年，故周氏《文选学》刊印于1931年。骆氏《文选学》为中华书局1937年出版，故周氏《文选学》较骆氏《文选学》刊印为先。唯周氏之作非中华书局出版，而是武汉大学刊印的《讲义》，影响远不及骆氏。中华书局向以出版高水平学术著作而蜚声学林，骆氏之作于1937年出版，1989年又由（北京）中华书局再版，故其影响之大非周氏之作所及。原创价值固然重要，但传播价值之重亦不可小视。周贞亮《文选学》与骆鸿凯《文选学》内容大体相类，但一为武汉大学出版，一为中华书局出版；前者默默无闻于学林达七十年，后者延誉学林近七十年，传播媒介之重要可见一斑。尚须着重补充者为骆氏执教武汉大学之前，即骆鸿凯执教湖南大学时已有湖南大学出版的《文选学讲义》，虽其仅有六章，距中华书局1937年正式出版、为今世学者熟知的《文选学》尚缺四章，但骆氏《文选学》一书的大框架已

① 周贞亮：《文选学》上编，国立武汉大学1931年版，第1页。
② 周贞亮：《文选学》上编，国立武汉大学1931年版，第1页。

由该《讲义》奠定。骆鸿凯于湖南大学撰写的《文选学讲义》当出版于周贞亮于武汉大学撰写的《文选学讲义》之前。

（六）周贞亮之治学品格

周氏《文选学》第七章《文选学之成立》论及五臣注时曰："依上两家之言而观，则五臣此注，既剿李氏弃馀之本，又多今注重复之文。依李氏之门，而转以攻李氏之失，真所谓入室操戈，盗伤事主者矣。"[①]同章尚曰："盖唐人若（当为"苦"之误——笔者）李注之繁，相率而用五臣，得济翁一言，而五臣剽窃之覆尽发。世乃知李氏绝笔之本，可以悬诸日月焉，洵可称崇贤之功臣，亦不愧《文选》学之巨子矣。"[②]周氏如此抨击五臣抄袭李注，其为人为学之品格亦清晰可见。至于五臣注与李善注的相互关系，非本章所述，从略。

且周氏《文选学》第一章《文选学之起源》曾于《安雅月刊》第一卷第三期以《文选学》为名刊出。经笔者检校，《安雅月刊》所刊者为自第一章开首至周氏《文选学》第 11 页简文帝历陈太子十四德之"有悦皇心"句，即第一章之结尾。考《安雅月刊》第三期之出版时间为 1935 年 4 月 1 日，此时周氏业已谢世。周氏《文选学》第一章之主要内容在周氏下世之后尚为学术杂志刊载，学界承认其为周氏本人所作必无疑义。此时，骆氏《文选学》之主要章节尚未集中发表，故周氏《文选学》当视为本人结撰。

（七）关于周、骆二氏《文选学》内容之相同相似

笔者以为，周氏《文选学》与骆氏《文选学》虽多有相同相通之处，但未可遽言相互影响之言，更未可轻言其他。笔者以为：周、骆二氏《文选学》同出于二十世纪三十年代，乃时代使然。二十世纪二十至三十年代正是传统国学走向现代国学的重要时期。1926 年游国恩《楚辞概论》刊行，这是《楚辞》学中第一部将《楚辞》作为一个整体进行研究的著作。1928 年商务印书馆出

① 周贞亮：《文选学》上编，国立武汉大学 1931 年版，第 81 页。
② 周贞亮：《文选学》上编，国立武汉大学 1931 年版，第 86 页。

版了胡朴安的《诗经学》，1936年中华书局出版了徐澄宇的《诗经学纂要》、骆鸿凯的《文选学》。它们的相继问世，为传统国学于二十世纪迈向现代化之必然。

二十世纪前期单篇学术史研究论文的大量涌现，也为学术史专著的撰写奠定了坚实的基础。现以《文选》为例，略述如次。

周、骆二氏《文选学》俱有《文选》学史撰写的专章，但此期撰写《文选》学史者尚有徐英《文选类例正失》[①]、李庆富《文选解题及其读法》[②]。关于《文选》的分类，李庆富《文选解题及其读法》主三十七体之说，王锡睿《萧梁文选及古文辞类纂编例之比较》[③]与陈冠一《萧选姚纂曾钞在文学上之分析》[④]主三十九体之说。关于《文选》学源流，许世瑛《文选学考》[⑤]专文论述隋唐及宋元明清《文选》学史。关于善注体例，普暄《胡克家文选考异叙例》[⑥]，李详《李善文选注例》[⑦]均专文论及善注体例。关于《文选》学书目，蒋镜寰《文选书录述要》[⑧]与普暄《文选书目》[⑨]均在周贞亮、骆鸿凯之外专文撰有《文选》学书目。关于《文选》的选录标准，杨鸿烈《为萧统的文学呼冤》[⑩]，王锡睿《萧梁文选及古文辞类纂编例之比观》[⑪]，徐英《文选类例正失》[⑫]，李庆富《文选解题及其读法》[⑬]，许世瑛《我对昭明选文的一点意见》[⑭]，朱自清的《文选序"事出于沉思，义归乎翰藻"说》[⑮]等均有论述。

---

① 见《安徽大学月刊》第5期，1935年3月。
② 见《学风》第7卷第4期，1937年5月。
③ 收《国学丛刊》第3卷第1期，1926年8月。
④ 见《北平半月刊》第1~3期，1934年。
⑤ 见《国闻周报》第14卷第10期，1937年3月。
⑥ 见《女师学院期刊》第3卷第2期，1935年6月。
⑦ 见《制言月刊》第50期，1939年3月。
⑧ 见《江苏省立苏州图书馆刊》第3号，1932年4月。
⑨ 见《女师学院期刊》第2卷第2期，1934年7月。
⑩ 见1924年12月21日《京报副刊》。
⑪ 收《国学丛刊》第3卷第1期，1926年8月。
⑫ 见《安徽大学学报》，1935年3月。
⑬ 见《学风》第7卷第4期，1937年5月。
⑭ 见《艺文杂志》第2卷第7~8期，1944年8月。
⑮ 收《国学季刊》第6卷第4期，1946年。

上述诸项，皆周、骆二氏《文选学》所论的重要问题。可见，二十世纪前期，在传统国学全面走向现代国学的背景下，传统《文选》学亦在迈向现代《文选》学。现代《文选》学所涉及的诸多重大课题，在众多学者的各类专题学术史论文中已得到较为充分的论述，这就为周贞亮与骆鸿凯完成各自既具共性又具个性的《文选学》奠定了基础。

四、周贞亮《文选学》对《文选》版本研究的独特贡献

周贞亮《文选学》与骆鸿凯《文选学》的重要区别，在于周氏《文选学》上编第十章的《〈文选〉之刊刻及评骘》。专论历代《文选》版刻，且为骆氏《文选学》所无。《文选》版本研究是全部《文选》研究的基石，故周氏《文选》版本研究的得失均极具学术史价值。日本学者斯波六郎的《文选诸本的研究》[①]，名闻学林，而周贞亮的《文选》版本研究却鲜为人知。这主要是由于周氏《文选学》系国立武汉大学出版，流播未广；且周著在研究《文选》版本的方法、内容诸方面均远逊于斯波六郎的《文选》版本研究，故周氏《文选学》中的版本研究亦鲜为人知。

（一）周贞亮的《六臣注文选》研究

1. 明州本

清代藏书家张金吾《爱日精庐藏书志》著录：“《文选》六十卷，北宋刊本。明句容县官署。”张氏《藏书志》尚载此本题跋：

> 右《文选》版，岁久漫漶殆甚，绍兴二十八年冬十月，直阁赵公来镇是邦，下车之初，以儒雅饰吏事。首加修正，字画为之一新，俾学者开卷，免鲁鱼亥豕之讹。且欲垂斯文于无穷云，右迪功郎明州司户参军兼监卢钦谨书。

---

① ［日］斯波六郎编：《文选索引》，日本京都大学人文科学研究所1959年版；又载李庆译：《文选索引》，上海古籍出版社1998年版；复载《中外学者文选学论集》，中华书局1998年版。

据此题跋可知，此即南宋绍兴二十八年补修的明州本，并非张金吾所题北宋刊本。明州刊本今存全帙者为日本足利学校遗迹图书馆藏本。今北京国家图书馆与台湾“故宫博物院”均有残本。明州本刊刻年代不详，今存者皆宋绍兴二十八年递修本，末附卢钦跋，唯日本足利学校藏本无卢跋。周贞亮曰：“是为明州刻本，其书修版于绍兴二十八年，实出北宋所刻。而已为六臣注本，则二本之合之始于北宋可知矣。”[①]周氏据明州本推断六臣本合于北宋，极是。但周氏未明六臣注之第一刻为秀州州学本，而非明州本，明州本当依秀州州学本刊刻。

2. 赣州本

《天禄琳琅书目》著录四部宋本《六臣注文选》。其第一种，二函二十册本。《天禄琳琅书目》称：“是书不载刊刻年月，而大小字皆有颜平原法。按明董其昌跋颜真卿书送刘太冲序后有‘宋四家书派皆宗鲁公’之语，则知北宋人竞习颜体，故摹刻者亦以此相尚。其镌手于整齐之中寓流动之致，洵能不负佳书。至于纸质如玉，墨光如漆，无不各臻其妙，在北宋刊印中亦为上品。”此本据杜信孚、漆身起《江西历代刻书》[②]云刻于南宋绍兴三十二年（1162）。傅刚《〈文选〉版本研究》考证，《天禄目》著录，赵子昂收藏者，实为南宋赣州本，而非明州本[③]。此书当刻版于北宋，印于南宋，是为赣州本。周贞亮云此本与张金吾《爱日精庐藏书志》“另是一本，当非同版”，甚是，但周氏并未考证出此本已非明州本而是赣州本。

但周氏之失，仅在于他未能辨明《天禄琳琅书目》记载之赵子昂收藏者为赣州本，对赣州本的认识仍属正确：

> 其有宋刻《六臣文选》，不著刊书时地，而可定为北宋本者，则有赣州刻本。陆氏《仪顾堂集》宋版《文选》跋，载《文选》六十卷，每

---

① 周贞亮：《文选学》上编，国立武汉大学 1931 年版，第 118 页。

② 杜信孚、漆身起：《江西历代刻书》，江西人民出版社 1994 年版。

③ 傅刚：《〈文选〉版本研究》，北京大学出版社 2000 年版，第 14 页。

> 叶十八行，行十五字，小（原为“分”，误——笔者）注每行二十字，版心有刻工姓名，宋讳……皆阙笔。每卷末校对校勘覆勘诸人姓名，卷各不同，皆赣州僚属，断为赣州刻本。书载《皕宋楼藏书志》，《天禄琳琅续编》亦载此本，称通部阙笔嫌名半字，俱极清晰。每卷末列校对校勘覆勘衔名，或三人或四人，其覆勘张之纲官赣州州学教授，李盛官赣州司户参军，萧倬官赣州石城县尉，邹敦礼官赣州观察推官。是此本赣州郡斋开雕者，流传颇少云云。此书不著刊刻年月，而嫌名阙玉仁宗朝止，是亦北宋刊本矣（旧京师图书馆有残宋本三部）。[①]

赣州本《文选》为六臣本，每卷末记校对、校勘、覆校者姓名。清陆心源撰《皕宋楼藏书志》著录《文选》六十卷，宋赣州州学刊本。周氏对赣州本的介绍无误。

3. 广都裴氏本

广都裴氏刻本，为六家本。朱彝尊《曝书亭集》卷五十二《宋本六家注文选跋》曰：“《六家注文选》六十卷，宋崇宁五年镂版，至政和元年毕工，墨工如漆，纸质坚致，全书完好。序尾识云：见在广都县北门裴宅印卖。盖宋时蜀笺若是也。”[②]据此可知，北宋广都本刻于1106~1111年。此本即袁褧刻本的祖本。

《天禄琳琅书目》曾著录《六家文选》一部，六函六十一册。《解题》云：“此书与前四部别为一版，亦未载刊刻年月，惟昭明序后有‘此集精加校勘，绝无舛误，见在广都北门裴宅印卖’木记。”书末刻记：“河东裴氏考订诸大家善本，命工锲于宋开庆辛酉季夏至咸淳甲戌仲春工毕。把总镌手曹仁。”开庆为宋理宗年号，仅有一年，时当己未（1259），辛酉（1261）是景定二年，不当称“开庆辛酉”。此本为南宋末年所刻，与朱彝尊所言镌刻于北宋徽宗时的广都裴氏刻本，恐非一本。傅增湘《藏园群书经眼录》卷十七“《六家文选》六十卷”条，记录傅氏于故宫昭仁殿目见宋刊大字本《文选》：“考

---

① 周贞亮：《文选学》上编，国立武汉大学1931年版，第118页。

② 朱彝尊：《曝书亭集》，《四部丛刊》初编本。

其行格与明袁褧嘉趣堂翻广都裴氏本同，当为裴氏原刻本。”但此本实为南宋开庆咸淳本，而非朱彝尊所言北宋广都本。今台湾“故宫博物院”广都裴氏刻本识曰：“河东裴氏考订诸大家善本，命工锲于宋开庆辛酉季夏，至咸淳甲戌仲春工毕。”此与周贞亮所言当为同刻。台湾学者吴哲夫《故宫善本书志》曰：“细审此本避南宋帝讳至孝宗止，则其付梓年代必不早于高宗，竹垞审之未谛也。”

周贞亮所言《天禄琳琅书目》著录的广都裴氏本当非袁褧刻本的祖本，显然是南宋广都本，而非北宋广都本。周氏与他人同样误判《天禄琳琅书目》所著录的裴氏本为北宋朱彝尊所言广都裴氏本。

周贞亮所言《天禄琳琅续编》著录的“别有一本，今印入《四部丛刊》”者，当是张元济、傅增湘所藏南宋建州本六臣注。《四部丛刊》本《六臣注文选》1919年由商务印书馆影印出版，周贞亮写作《文选学》一书时当可见到《四部丛刊》本，却不知此本即建州本。

4. 袁褧刻本

周贞亮曰：

> 六臣本宋刻，得《四部丛刊》景宋印本，已可尝鼎一脔矣。其在明嘉靖朝，有覆刊宋本，雕印精绝，几可乱真者，则有吴郡袁褧景刊宋广都县裴氏刻本，题《六家文选》（案此本五臣注居前李注居后，与他本不同），序后标山集精加校正等语，系为宋椠本所有，此存其旧。第三十卷后，有“皇明嘉靖壬寅四月立夏日，吴郡袁氏，两庚草堂善本重雕”两行。第四十卷后，有“此蜀郡广都县裴氏善本，今重雕于吴郡袁氏之嘉趣堂，嘉靖丙午春日”，“国朝改广都县为双流县，属成都府”四行。第五十二卷后，有“毋昭裔贫时尝借《文选》不得云云出《挥麈录》”三行，“麈”讹作“庆”。第六十卷末叶有“吴郡袁氏善本翻雕”隶书木记，则皆袁褧所自标也。末叶有识语云：“余家藏书百年，见购鬻宋刻本《昭明文选》，有五臣，六臣，李善本，巾箱本，白文，小字，大字，殆数十种。家有此本，甚称精善，而注释本以六臣为优，因命工翻雕，

> 匡廓字体，未少改易，刻始于嘉靖甲午岁，成于己酉，计十六载而完，用费浩繁，梓人难集，今摸榻传播海内，览兹册者，毋曰开卷快然也，皇明嘉靖己酉春正月十六日吴郡汝南袁生褧题于嘉趣堂。”其馀各卷末，间有刻工题字，不备载。其书椠印精工，书肆得之，往往割去题识，以赝宋本，故以绝佳之书，而完全者转不易得，天禄琳琅收十许部，无虑皆被翦割者，可谓精本之一厄。然其本之可以乱宋，亦从可想已。①

周贞亮对明代袁褧嘉趣堂本翻刻宋广都裴氏本所作的认识大体无失，所失者仍在作者对袁本的祖本未明。周氏仅言广都裴氏刻本，但广都裴氏刻本有二：一北宋本，一南宋本。袁本的祖本当为北宋本而非南宋本，此为周氏未详。

5. 陈仁子本

陈仁子本，即茶陵本。周氏对陈仁子本的认识无差：

> 其在元代，则有茶陵陈仁子刊本，题《增补六臣注文选》。首有“诸儒议论”一卷，凡十三条，大德己亥冬茶陵陈仁子识云：“《文选》一编，皆纂辑秦汉魏晋文墨，中间去取，或不免涉诸君子议论，谨录卷首。因广其意，收拾遗漏者，亦起秦汉，迄昭明所选之时，得四十卷刊行，名曰《文选补遗》”云。后有“茶陵东山陈氏古迂书院刊行”木记。此陈氏合《文选补遗》一书刊行于大德中者，至明复翻刻其书，椠印极精，亦为艺林所重，所谓茶陵陈氏本也。②

6. 洪楩本

周氏在《文选学》一书中曾专论明洪楩《增补六臣注文选》。周氏述明洪楩翻刻元茶陵本尚有值得说明之处。钱塘田汝成所作洪本序称：“钱塘洪君子美，得宋本而重锓之，校雠精致，逾于他刻。”陈仁子为南宋度宗咸淳

① 周贞亮：《文选学》上编，国立武汉大学1931年版，第119页。
② 周贞亮：《文选学》上编，国立武汉大学1931年版，第119页。

十年（1274）漕试第一，宋亡后入元，誓不入仕，故后人著录茶陵本，常题为宋本。明洪楩翻雕茶陵本时，田汝成序即称洪氏得“宋本”而重锓之，实当为元本。斯波六郎《文选诸本的研究》称“是本远逊茶陵本，而田序所谓‘雠校精致，逾于他刻’亦为不实之言”。斯波六郎对洪氏重雕本的评价值得学林重视。周氏对洪本并未深究，所言仅据田汝成之序，故言之未确。

> 至嘉靖二十八年，复有钱塘洪梗（原作“梗”，误——笔者）翻雕茶陵陈氏本。钱塘田汝成序云：“梁太子萧（原作“箫”，误——笔者）统招徕才彦，元览前载，芟秽披珍，分门萃类，为书三十卷，题曰《文选》。唐时李善始为笺释，吕延祚病其未备，乃集吕延济、刘良、张铣、吕向、李周翰五人重加疏解。后人并善注而传之，名曰《六臣注》，凡六十卷。盖皆奏进于玄宗者，故称臣焉。钱塘洪君子美得宋本而重锓之，校雠精致，逾于他刻”云云。其书椠印甚精，盖与茶陵陈刻，同为明代翻宋六臣《文选》最著名之本也。[①]

7. 崔孔昕本、徐成位本、二潘本

周贞亮对明代其他六臣本的研究主要有崔孔昕本、徐成位本和二潘本。

崔孔昕《六臣注文选》本，卷首有汪道昆撰刻《文选序》。此本据斯波六郎研究，属茶陵本系统，且据茶陵本翻雕而成。但其价值远低于茶陵本。万历六年徐成位本是对万历二年崔孔昕本的重校本。行款、字句皆据崔本，但往往加以校改。

周氏所言“田汝成刊三十卷本”，笔者疑为明万卷堂刊本六臣注。田汝成曾为洪楩本作过序，项氏万卷堂本《六臣注文选》田汝成亦作有序。周贞亮此处所言“田汝成刊三十卷”当为六十卷之误。因周氏在此专论《六臣注文选》诸本，六臣注诸本皆为六十卷本，未闻有三十卷本名世。据斯波六郎研究，万卷堂本当是洪楩本之重雕本。

---

① 周贞亮：《文选学》上编，国立武汉大学1931年版，第119页。

二潘本（潘维时、潘维德），斯波六郎以为当据崔孔昕本重雕。

8. 明清俗本

《文选》版本研究一向集中于具有较高学术价值的宋刻诸本之中。明清以来的《文选》俗本，学林一向鄙之，故亦无人论及。间或在《文选》学书目偶一提及，亦随加挞伐。周贞亮的《文选》版本研究颇具开放的学术视野，他并未将明清《文选》俗本研究排斥在《文选》版本研究之外，并辟专段予以介绍，尚言“徐俟访求”。与之相对，骆鸿凯《文选学·源流第三》谈及明代俗本时曰：“有明承宋元之后，定制以诗文取士，《文选》学益废。著述之家或辑注释，或施评点，或摘腴词，其书类不足观。”[①]述及清代俗本时曰：“此外沿明人积习以著书者，亦有数家。或删原本，或削旧注，或辑评点，或摘辞藻。其书庸陋无足称。”[②]现代《文选》学的两位奠基者对俗本的态度极为分明。周氏著录的明清俗本：“有闵齐华《文选瀹注》三十卷，张凤翼《文选纂注》十二卷，陈与郊《文选章句》二十八卷，王象乾《文选删注》十二卷，邹思明《文选尤》十四卷，皆明刻删节《文选》注之表者也。其在清代继明人而为删注之业者，则有洪若皋之《文选越裁》，方廷珪之《文选集成》，顾施桢之《选赋汇注疏解》，皆有刊本。其待刊者，有邓晸之《文选集解》，虽尚未见传本，亦可徐俟访求也。”[③]

（二）周贞亮的《五臣注文选》研究

1. 周贞亮对毋昭裔蜀刻《文选》的认识

《文选》之第一刻为五代毋昭裔蜀刻。关于毋昭裔蜀刻《文选》，今可知之文献有：宋王明清《挥麈录馀话》，《宋史》卷四百七十九《西蜀孟氏世家》之《毋昭裔传》[④]。王明清《挥麈录馀话》所载毋昭裔蜀刻《文选》的有关记载，诸《六家本文选》皆有记载，如袁褧本。周氏曰：

---

① 骆鸿凯：《文选学》，中华书局1989年版，第80页。
② 骆鸿凯：《文选学》，中华书局1989年版，第116页。
③ 周贞亮：《文选学》上编，国立武汉大学1931年版，第120页。
④ 《宋史》，中华书局1977年版，第13894页。

> 刻版之风，莫盛于孟蜀，而孟蜀之有刊版，实以《文选》为第一部。宋王明清《挥麈馀话》云：毋昭裔（原作毋丘俭，误——笔者）贫贱时，尝借《文选》于交游间，其人有难色，发愤异日若贵，当版以镂之遗学者。后仕蜀至为宰，遂践其言刊之。印行书籍，创见于此。载陶岳《五代史补》（案：今通行汲古阁本《五代史补》无此文，王氏所见当是原本），据此则刊版始于蜀。而蜀之刊版，即从《文选》始也。《宋史·毋守素传》云：毋昭裔"在成都，令门人勾中正、孙逢吉书《文选》《初学记》《白氏六帖》镂版。守素赍至中朝，行于世"。[①]

《宋史·毋昭裔传》载毋守素父毋昭裔为"蜀宰相，太子太师致仕"，"昭裔性好藏书，在成都令门人勾中正、孙逢吉书《文选》《初学记》《白氏六帖》镂版。守素赍至中朝，行于世。大中祥符九年，子克勤上其板，补三班奉职"。蜀刻《文选》从此得以在中州流传。王明清《挥麈录馀话》二载："毋丘俭贫时借《文选》于交游间，其人有难色。发愤异日若贵，当板以镂之遗学者，后仕蜀为宰，遂践其言刊之。印行书籍，创见于此。"其中，"毋昭裔"误为"毋丘俭"，毋丘俭乃三国魏人。周氏论毋氏版刻经过甚详，所引诸文献亦颇备。故此文在现代《文选》学史上首次据史料记载论述了《文选》的版刻经过，其学术史地位当予肯定。

毋昭裔蜀刻《文选》为何本，史无明载。周氏以为："《文选》一书，有李注，有五臣注，当其初刻，果李注乎？抑五臣注乎？此亦所当研究者也。"[②]阮元以为毋昭裔蜀刻当为六臣注本[③]，显误。胡克家《重刊宋淳熙本文选序》谓"其所刻何本，不可考也"。周氏以为阮元所言"未知所据"，胡克家所言虽"得其实"，"然孟蜀时所刻何本，虽不可考，而合五臣于李善，则实

① 周贞亮：《文选学》上编，国立武汉大学1931年版，第116页。

② 周贞亮：《文选学》上编，国立武汉大学1931年版，第118页。

③ 《文选旁证序》，见（清）梁章钜撰、穆克宏点校：《文选旁证》，福建人民出版社2000年版，第9页。

自北宋人为之”。周氏对阮元、胡克家的批评是正确的，但周氏并未真正弄清毋昭裔蜀刻为何，亦为一憾。

今据奎章阁本可知，第一部六家本乃北宋秀州州学所为，后世六臣注诸本均自此本出。周氏当年虽未见韩国奎章阁本，但据张金吾《爱日精舍藏书志》宋明州本卢钦跋已知明州本雕版于北宋，故推论孟蜀未必有六臣注本，极是。但周氏囿于资料，似有误以为明州本即合注本第一刻之嫌。

周氏据《天禄琳琅书目续编》所载，已知《李善注文选》的《国子监准敕节文》，惜其未就《节文》进行推断。因《国子监准敕节文》明言：“《五臣注文选》，传行已久，窃见《李善文选》，援引赅赡，典故分明。若许雕印，必大段流布。”[①]故《五臣注文选》刊刻于前，《李善注文选》刊刻于后，毋昭裔蜀刻《文选》必五臣注本无疑。

2. 周氏对《五臣注文选》版本记录的了解

周氏曰：“窃念自宋以来，《文选》一书，专尚五臣，善注几废。而诸家说部，未有论及五臣注之刊版者，惟田况《儒林公议》载有一条云：‘孙奭敦守儒学，判国子监。库旧有《五臣注文选》镂版，奭建白内于三馆，崇本抑末多此类。’论宋代《五臣注文选》刊版者，仅见于此。”[②]

3. 周氏对目录学记载宋刊《五臣注文选》的掌握

今传世各目录学著作记载宋刊《五臣注文选》并非周氏所言仅晁公武《郡斋读书志》、钱遵王《读书敏求记》二书。今可知著录者尚有：元脱脱《宋史·艺文志》，明焦竑《国史经籍志》，宋王尧臣、王洙、欧阳修等撰《崇文总目》，尤袤《遂初堂书目》，明朱睦㮮《万卷堂书目》，李盛铎《木樨轩藏书题记及书录》等，故周氏掌握的目录学记载尚有欠缺。

4. 陈八郎本《五臣注文选》

周氏在其专章论述《文选》版刻之文中记载了王颂蔚（芾卿）《古书经眼录》载绍兴三十一年建阳崇化书坊陈八郎宅本。此本为今传世《五臣注文

① 此《节文》（清）彭元瑞《知圣道斋读书跋》卷二与奎章阁本、广都本、明州本等俱载。

② 周贞亮：《文选学》上编，国立武汉大学1931年版，第121页。

选》唯一一部全帙，今藏台湾“中央图书馆”。著录此书者尚有近人蒋镜寰《文选书录述要》①。周氏当年慨叹：“绍兴三十一年建阳崇化书坊陈八郎宅刊本，最为希见，虽经藏书家著录，今已不可求矣。”②但周氏未知此本尚在人寰，且为完帙。

（三）周贞亮的《李善注文选》研究

1. 北宋监本《文选》

北宋监本《文选》为宋刻《李善注文选》的第一刻，但周贞亮据《国子监准敕节文》却作了误判：

> 《五臣注文选》，传行已久。窃见《李善文选》，援引赅赡，典故分明。若许雕印，必大段流布。欲乞差国子监官员校定净本后，钞写版本，更切对读后上版，就三馆雕造。候敕旨。奉敕：宜依所奏施行。

但周贞亮出现的不应有误读是：

> 据此知宋时通行，惟五臣本，以李善合于五臣，乃出当时国子监之所奏请，三馆之所雕造，并非私人创为之事。③

周氏谓六臣注本为国子监奏请，三馆雕造，大谬。从上引《节文》可清楚看出，《节文》准印者乃北宋监本《李善注文选》，绝非《六臣注文选》。

2. 清世《李善注文选》传本

周贞亮以为，清代传世李善注单注本仅有两本：“李注宋本，元明以来诸家皆不著录，至清叶乃发见两本。一为阮文达所藏，以镇隋《文选》楼之本；一即胡果泉所得，以之覆刻于金陵之本，皆南宋尤刊本也。”④此论不

---

① 蒋镜寰：《文选书录述要》，《江苏省立苏州图书馆馆刊》第3号，1932年4月。
② 周贞亮：《文选学》上编，国立武汉大学1931年版，第121页。
③ 周贞亮：《文选学》上编，国立武汉大学1931年版，第118页。
④ 周贞亮：《文选学》上编，国立武汉大学1931年版，第121页。

确。从书目著录考之，钱谦益《绛云楼书目》著录有《李善注文选》六十卷；钱曾《述古堂书目》著录有《李善注文选》六十卷，钱曾《也是园书目》亦著录此本；管庭芬原辑、章钰补辑《读书敏求记校证》著录《李善注文选》六十卷；季振宜《季沧苇书目》著录宋版《李善文选》六十卷，三十一本；徐乾学《传是楼宋元本书目》著录宋本《文选》六十卷，六十本，又三十本，又三十一本，皆为李善注本。以今传世版本考之，清代所存李善注单注本至少尚有北宋天圣监本（残卷）与南宋尢袤刻本，但周氏未知。周氏曰："据邵氏《四库简明目录标注》所载，则谓常熟张芙川有北宋刊本，是李注北宋已有刊者，惜今不可见耳。"邵懿臣《四库全书简明目录标注》载："常熟张芙川有北宋刊本。"[①]但邵氏未明此北宋本为何，若常熟张氏果有北宋刊本，疑其必为天圣监本。

3. 张伯颜本

周氏于张伯颜本论之颇详，特别对张氏仕履、张本优绌，论述均属正确。周氏曰：

尤本既行，在元代遂有张伯颜翻刻本，前有《序》云："梁昭明享池祀，夫岂徒哉。如有所为者，知其有《文选》也。必永其传，则神寿其享矣。惟大德九祀，余以二郡是承，以坠典是询，父老具曰：伯都司宪新《文选》之梓于烬告厥成，因相与乐之。越十有三载，予时备遣皇华，谘诹炎服还，有以梓蹈灾辙而告厥废者，乃相与叹之。明年即池故处，吾归老焉。聿感逮兹，徒念罔济，吾既不果宪斯道，又不复政斯郡，末如之何矣。几将来者岂不有我心之同然者乎？未几同知府事张正卿来，思惠而为政，将桓复斯集，俾邑学吴梓，校补遗缪。遂命金五十以自率，群属靡不从化，心之身之，度之成之，播之扬之，歌之咏之，四方则之，多士德之，伊谁为之，何日忘之，宜有识之。嘉议大夫前海北海南海道肃政廉访使余琏序。"此元代刻于池州本，即仿淳熙辛丑尤延之旧刻，而琏序曾未

① 邵懿臣：《四库全书简明目录标注》，上海古籍出版社 1979 年版，第 876 页。

之及。其称张正卿即张伯颜，为成宗赐名，原名世昌，长洲相城人，由将院判官累任庆元路同知，延祐七年陞池州路同知，后迁漳州路，以平江路总管致仕。其本末如此，见郑元佑《侨吴集》。《天禄琳琅前编》载此书，称题衔为“奉政大夫同知池州路总管府事张伯颜助率重刊”，而谓伯颜无考，可谓考之未详者矣。惟称张氏樵刻此书，颇得宋椠模范，第书中只收李善一人之注，而又录吕延祚《进五臣注表》，未免自淆其例，所见尚为不谬。[①]

4. 明唐藩本、汪谅本

周氏以为，二本均系翻刻元张伯颜本，所论甚是。

5. 晋藩重刊张伯颜本

周贞亮对晋藩本的叙述有误：“至嘉靖四年，复有晋藩重刊张伯颜本。”[②]据斯波六郎《文选诸本的研究》，晋藩本并非直接由张伯颜本翻刻而成，而是翻刻明唐藩本。

6. 汲古阁本

关于汲古阁本，周氏之失有二：

第一，汲古阁本是否为李注单注本。周氏曰：“至崇祯末造，乃有毛子晋汲古阁本，据称以所得宋刻单李注本，为之翻雕。然书本独存善注，而卷首总题六臣，名与书已不相应。且不依原本景刻，而统照汲古阁式，刻法亦不甚佳。又虽属单李善注，复误入向曰、铣曰注十数条，后遂疑毛氏非真得单李注本，殆从六臣本剔出善注而刻之者，其说亦不为无见。至清代义门何氏博考众本，独以汲古为善，学者以其流播广而得之易也，亦莫不家置一本。嗣后翻刻者遂多（有金陵局本、坊翻本），称最佳者为叶氏海录轩本。”[③]

《四库全书总目》“《文选》注六十卷”条下曰：“其书（《李善注文选》——笔者）自南宋以来，皆与五臣注合刊，名曰《六臣注文选》，而善注单行之本，

---

① 周贞亮：《文选学》上编，国立武汉大学 1931 年版，第 121 页。
② 周贞亮：《文选学》上编，国立武汉大学 1931 年版，第 122 页。
③ 周贞亮：《文选学》上编，国立武汉大学 1931 年版，第 122 页。

世遂罕传。此本为毛晋所刻，虽称从宋本校正，今考其第二十五卷陆云《答兄机诗》注中有向曰一条、济曰一条；又《答张士然诗》注中，有翰曰、铣曰、向曰、济曰各一条。殆因六臣之本，削去五臣，独留善注，故刊除不尽，未必真见单行本也。”周氏所谓“复误入向曰、铣曰注十数条”之说当本四库馆臣之说，但四库馆臣亦仅言汲古阁本有六臣注六条，周氏复称作“十数条”，不确。盖周氏依记忆书写，未必核对《四库全书总目》原文。值得注意的是，周氏仅引用了四库馆臣关于汲古阁本掺入五臣注若干条目之言，而未引其否定宋刊李善注单注本的流传之言。

第二，关于汲古阁本的来源。四库馆臣以为汲古阁本出于六臣注本，为删削六臣注之五臣注而成。周贞亮认为“其说亦不为无见”。四库馆臣并进而将此发挥为全部李善注单注本在宋代之后已经失传，此说经二十世纪后期中日学者的批评已为学界所否定。关于汲古阁本存有六臣注诸条，傅刚《〈文选〉版本研究》以为：“惟一的解释是，毛晋刊印李善注，却主要参以五臣注、六臣注校改。”[①]常思春《读北宋本李善注文残卷》一文以为：“检毛氏本卷二十五有五臣注一节，实为采六臣注赣州本补其所据本一缺叶，由起讫处可以清楚看出。”[②]

7. 胡克家本

关于胡刻本，周氏之失亦有二：

第一，胡刻本并不能代表李注宋本全部面貌。周氏以为：“鄱阳胡氏得淳熙辛丑尤延之本，为之覆刻，学者始窥见李注宋本真面。”[③]今传宋本李注有北宋天圣监本残卷与南宋尤刻本两种，二者差异甚夥。笔者目验今北京国家图书馆北宋监本与尤刻本，尤刻本增注颇多。周贞亮写作此章时，未见北宋天圣监本，亦未见南宋刻本，更未对二本进行详细比勘。故周氏误以为，据尤本翻刻的胡刻本即“李注宋本真面”。其实，尤刻本已不能代表宋

---

① 傅刚：《〈文选〉版本研究》，北京大学出版社2000年版，第156页。

② 赵福海、刘琦、吴晓峰主编：《〈昭明文选〉与中国传统文化》，吉林文史出版社2001年版，第112页。

③ 周贞亮：《文选学》上编，国立武汉大学1931年版，第122页。

刊李善注的全部真貌，据尤刻本而来的胡刻本就更不能代表了。

周氏又曰："胡氏覆刻尤本，亦谓注中多杂五臣，非真正显庆勒成李注原本（案尤刊李注，有改正文者，有羼正文者，有删五臣注未尽者，有删改注文者，有增益注文者，有以五臣乱李注者，有羼入后人注者，略见前引胡氏《文选考异序》）盖自宋人合并为六臣注后，李注真本，已湮失不可复考矣。"[①]可见，周氏对尤刻、胡刻为李注真面目之说亦非全信。

第二，李善注单注本的传存。周氏以为："盖自宋人合并为六臣注后，李注真本，已湮失不可复考矣。"对此，笔者前文论汲古阁本时已有论述。今所知宋本李善注之单注本有善注最早刻本的北宋天圣监本与尤袤刻本。二本虽非同一系统，但各自反映了刻本时代宋刊李善注的某些特点。且此两种代表宋刊李善注真面目的宋本今俱存世，此可证李善注单注本一如五臣注单注本在北宋合刻六家注后并未失传，只是颇不易得。不仅海外传本不易得见，即国内传本亦十分难睹。周氏处此情况下，结论偶失，亦非怪事。

（四）周贞亮《文选》版本研究的得失

周贞亮的《文选》版本研究是二十世纪三十至四十年代日本学者斯波六郎《文选诸本的研究》发表之前，关于《文选》版本研究最为重要的著作。斯波六郎的《文选》版本研究共探讨了三十三种版本，周贞亮共探讨了十二种版本，即毋昭裔本、明州本、赣州本、广都本、建州本、袁褧本、陈仁子本、茶陵本、洪楩本、崔孔昕本、徐成位本、二潘本等。周氏尚提及田汝成本，疑即明万卷堂本。周氏研究的《文选》版本虽不如斯波六郎多，但他论及了斯波六郎未能论及的宋刊五臣注单注本陈八郎本，叶氏海录轩本（据毛氏汲古阁本翻刻），尚有大量明清俗本。将俗本研究列入《文选》版本研究之中，在《文选》版本研究史上实属前无古人。

周贞亮的《文选》版本研究将全部版本分为六臣注本、五臣注本与李善注本三大系列，反映了《文选》版本在明清近代流传的实际状况。

周贞亮对部分《文选》版本的递刻状况做了相当准确的叙述。如周氏指

---

① 周贞亮：《文选学》上编，国立武汉大学1931年版，第122页。

出：宋广都裴氏本——明袁褧本，元陈仁子本——明重刻陈氏本（茶陵本）——明洪楩本，明崔孔昕本——明徐成位本，宋尤袤刻本——元张伯颜本——明汪谅本，宋尤袤刻本——清胡克家本，元张伯颜本——明唐藩本。

其缺失是：

其一，周贞亮的《文选》版本研究主要是从文献记载的角度展开的，虽不乏对某些具体版本的目验，但他未能像日本学者斯波六郎那样对现存《文选》各种版本进行相互比勘，故周氏的《文选》版本研究整体上仍停留在对《文选》各种版本的叙述之上，尚处于二十世纪前期的草创阶段，所论多据旧说。

其二，周贞亮未能将《文选》版本研究深入到厘清各种版本相互关系的阶段。

其三，周贞亮未能将六臣本分为六家本（五臣、李善本）与六臣本（李善、五臣本），故其对六家本与六臣本的研究显得笼统而不具体。

其四，周氏对各种版本之间的递刻状况未能一一厘分清晰。如称崔孔昕本为仿宋刻本，而崔本实为明重刻陈仁子本的翻刻本；关于潘维时、潘维德本的来历亦未做交代，而二潘本实为明徐位成本的递刻本。虽然，周氏对某些《文选》版本的递刻状况做了相当准确的说明，但亦有判断失误之处，如称明晋藩本出自元张伯颜本。

周贞亮是二十世纪现代《文选》学版本研究的先行者，他的《文选》版本研究得力于他深厚的治学功底，得力于他作为目录学家对各种目录学中版藏著录的熟悉，如他对邵懿臣《四库全书简明目录标注》等版本目录的使用。

相比之下，骆鸿凯《文选学》蜚声学林，誉满神州，独缺《文选》版本研究，不无遗憾。

周贞亮的《文选》版本研究尽管存有不少失误，但上承清代四库馆臣与胡克家《文选考异》的版本研究成果，下启日本学者斯波六郎的《文选诸本的研究》，在现代《文选》学史上功不可没。只是，学林但见四库馆臣、胡克家与斯波六郎，却未知周贞亮，似亦不公。

五、骆鸿凯《文选学》与现代《文选》学

骆鸿凯《文选学》是现代《文选》学史上一部地位独特的重要著作。《文学遗产》1991 年第 1 期曾发表穆克宏《研习文选之津梁》一文，作者从论述全面、纠正谬误、汇辑体例、追溯源流、诠释文体、考证切实、资料丰富、指导阅读、指导研究等九个方面高度评价了骆鸿凯《文选学》，笔者完全认同。但是，如果转换视角，从现代《文选》学史反观此书，笔者以为，此书不仅是现代《文选》学史上以文学研究为模式对《文选》进行整体研究的专著，且对此后的现代《文选》学研究以极大影响。尽管尚有丁福保《文选类诂》，高步瀛《文选李注义疏》，黄侃《文选平点》，屈守元《昭明文选杂述及选讲》《文选导读》等诸多《文选》学专著，但骆氏的研究模式及其开创性对后世现代《文选》学研究影响至巨。丁福保的《文选类诂》按笔画汇编《文选》李善注，极便查阅，当属文献检索；高步瀛《文选李注义疏》为李善注之集大成之作，其研究模式为典型的文献研究；黄侃《文选平点》虽语涉现代《文选》学诸多论题，但基本模式仍为文献研究；屈守元二书，兼擅文献研究与文学研究，但均出骆氏之后，其基本学术思路深受骆氏影响。故言现代《文选》学，骆氏此作虽非首部，但仍不失为现代《文选》学的奠基之作。

骆氏此书对现代《文选》学的贡献，其主要表现有五：

（一）对《文选》产生背景的探索

这一问题历来为传统《文选》学家所忽略。在传统《文选》学的研究领域中，文献研究为唯一模式，不涉《文选》产生背景理属必然。骆氏写作此书的时代正是二十世纪的前期。伴随着十九世纪后期西方现代文艺思想的传入，诸多欧洲文艺思想的研究介绍之作相继在中国出版。此时，在中国古代文学研究界出现了文学史的概念，并衍生出中国古代文学批评研究及其批评史研究。这些在传统中国古代文学研究中匪夷所思的研究课题与研究领域，均为现代文学思想传入中国后，对传统国学研究领域的开拓。因为，不具备

现代科学思维，不具备现代文学研究思想的传统国学研究者不可能关注在他们的认知结构中从未有过的领域。因此，尽管《文选》学产生于唐代，并历经宋、元、明、清数代，但所有传统《文选》学家的视野均未涉及有关《文选》产生的时代背景这一今人看来理所当然，而古人决非可想的研究领域。

骆氏此书开篇首章《纂集第一》即对《文选》产生的背景加以探讨。骆氏认为:《文选》的产生得力于自西晋至梁代日渐兴盛的编纂总集的文化氛围。据《隋书·经籍志》所载，其时总集尚有谢混、孔宁、刘义庆、沈约、孔道所纂集者。这种以编纂总集为荣的时代风尚，造就了萧统的《文选》。骆氏曰："斯皆承流而作，辉映艺林。虽其书湮没，体例无征，而晋宋齐梁间总集之盛，可概见矣。昭明太子生丁其时，沿时代之风尚，踵昔贤之成规，乃集《文选》，以行于代。"①这是迄今为止有关《文选》产生背景的最早表述。

半个世纪之后屈守元《文选导读》第一章即为《关于〈文选〉产生时代的文化氛围》，其中，不难看出受骆氏《文选学·纂集第一》相关论述的影响。客观地讲，骆氏开《文选》产生时代背景研究的先河，屈氏则是此专题研究的成绩卓著者。

屈守元以为，建安以来文学概念的改变对《文选》的产生影响至巨，此为《文选》产生的第一要素。其次，是总集的出现及体例的完成。骆氏则以总集出现为《文选》产生的唯一背景。

当代学者顾农在《〈文选〉的三重背景》②中对《文选》产生的背景做了更为详尽的探讨。顾农以为，《文选》的产生当具三重背景：第一，建安以来文学作品剧增，为解决"苦览者之劳倦"，带有选集性质的文学总集的出现势在必行；第二，建安以来，文体分类日臻细密，为读者提供各类文体精品范本势在必行；第三，萧梁文坛，复古派、折衷派与新变派并存，编辑《文选》为宣传萧衍的折中派文艺政策——既强调必须坚守儒家思想，亦不废对"丽靡"的追求——服务亦势在必行。

① 骆鸿凯：《文选学》，中华书局 1989 年版，第 7 页。
② 载《文选与文心》，贵州人民出版社 1998 年版，第 1~13 页。

显然，顾农的观点更为全面、深刻。尤其是对萧梁文坛三派对立并存的分析，并由此判断《文选》是为萧衍的折中派文艺思想张目，最得昭明选文之心，但开创此研究领域者，非骆氏莫属。

（二）对《文选》编撰者的介绍

骆氏《文选学·纂集第一》，除详述《文选》的产生背景外，还对《文选》的编纂者萧统生平做了详介。尽管1926年谢康已在《小说月报》17卷号外上发表《萧统评传》，但是，作为现代《文选》学成立之作对此详加研究，仍属重要开拓。骆氏引用了高步瀛《文选李注义疏》对杨慎误"高斋十学士"为"昭明太子十学士"的驳斥，此说亦为屈氏《〈文选〉导读》所引。对二十世纪现代《文选》学而言，时代背景与作者生平皆为绝对不可或缺的研究领域，况且作者生平又旁涉《文选》的编纂者，自然更为研究者注目。

尽管囿于时代之限，骆氏此章尚未涉及刘孝绰在《文选》编纂中的作用问题。但这是二十世纪中叶之后，由日本学者首先提出的，骆氏言未及此，亦在情理之中。

（三）对《文选序》的研究

有关《文选序》的研究，为二十世纪现代《文选》学研究中最为亮丽的风景线。关于此项专题的研究，骆氏《文选学·义例第二》的具体表现为：

1. 对《文选序》的章句分析

《文选序》一文，李善未曾作注，首开其端者为五臣。清代阮元集学海堂诸生十人为之作注，载《学海堂一集》卷七。高步瀛《文选李注义疏》又为之详注与章句。骆氏《文选序》章句，既录学海堂诸生注释与高氏注释，又以己意断之。骆氏对《文选序》的章句分析并非首创者，亦非集大成者，但他于《文选学》中专项讨论《文选序》章句，并对各种驳难详加辨析，则为现代《文选》学史上一件大事。

2. 关于《文选》的选录标准

骆氏于《文选序》章句之后，总括曰："此篇首论文之起源，与文章递变之故。次论赋，次论骚，次论诗，次论各体文，而总之以作者之致，盖云备矣。中叙选文之由，在集古今之清英，便来学之省览。末复述经史子所以不选之意，而于史之赞论序述有词采文华者，仍采录之。而总其大旨曰：‘事出于沉思，义归乎翰藻。’此昭明自明入选之准的，亦即其自定文辞之封域也。”[①]其中，骆氏引用了清人阮元《书文选序后》中摘引的两句话，即“事出于沉思，义归乎翰藻”，标明此二句为萧统《文选》的选文标准。这一观点为二十世纪诸多《文选》学研究者所认可，朱自清并撰写《〈文选序〉“事出于沉思，义归乎翰藻”说》一文特予发明。此说在现代《文选》学史上为一大课题，特别是二十世纪六十年代及八九十年代，更成为现代《文选》学史上热门话题。

骆氏不仅引用并阐明了阮元“事出于沉思，义归乎翰藻”之说，而且在引录章太炎《文学总略》名言“总集者，本括囊别集为书，故不取六艺史传诸子，非曰别集为文其它非文也”后，即认为《文选》不录经史子三部之文，乃总集“体例适然，不足以尽文辞之封域”。此说在数十年后王运熙《〈文选〉选录作品的范围和标准》[②]中得以发挥，可见其影响深远。

骆氏在引用梁元帝萧绎《金楼子·立言篇》“至如文者，惟须绮縠纷披”一句下加注曰：“即昭明所谓义归翰藻。”在“情灵摇荡”句下加注曰：“亦即昭明所谓事出沉思。”此二句注释文字，至二十世纪六十年代学界讨论《文选序》时，为郭绍虞《〈文选〉的选录标准和它与〈文心雕龙〉的关系》[③]一文所引述：“所谓事出沉思，近于《金楼子·立言篇》‘情灵摇荡’之意；而义归翰藻，则又是《立言篇》所说‘绮縠纷披’之文。”从二十世纪三十年代至二十世纪六十年代，甚或八十年代，骆氏此书所立诸说，俱为学界反复征引发明，实在发人深思。

3. 关于《文选》的选录范围

骆氏《文选学·义例第二》尚专题讨论了“《文选》之封域”。关于《文选序》语涉《文选》的选录标准与选录范围，在二十世纪八十年代后的现代《文

---

① 骆鸿凯：《文选学》，中华书局1989年版，第15~16页。

② 见《复旦学报》1988年第6期。

③ 见1961年11月5日《光明日报》。

选》重新升温时，已经成为另一热门话题。其中尤以选录标准与选录范围的区别与关系，争论最为集中，成就亦最卓著。

4. 关于《文选》的分体

骆氏为黄侃门人，故尊其师说，列《文选》为三十八体。黄侃《文选平点》于“书”下列“移”类，并注曰“意补一行”[①]。骆氏则于《文选》次文之体凡三十有八下径列“移”为一类。有关《文选》的分体，学界有三十七类、三十八类、三十九类三说。黄侃、骆鸿凯皆主三十八类之说。二十世纪九十年代，随着台湾陈八郎本五臣注单注本为学界所注目，又因陈八郎本有“难”一类，而出现了三十九类说。无论如何，《文选》分体研究是二十世纪现代《文选》学所注目的热点之一。它集中于两个方面，一是《文选》一书究竟分为多少体，一为《文选》分体思想的学术渊源。

关于前者，骆氏著书时，陈八郎本《五臣注文选》已为某些学者撰文著录，如蒋镜寰《文选书录述要》[②]，而骆氏却未置辞。关于后者，姚鼐以为《文选》分体琐碎，章学诚以为《文选》自列题类，骆氏在《文选学》一书中就此作出评论：“然夷考尔时刘氏《文心》，列体亦繁。世传任昉《文章始》缕举八十五种，杂碎尤甚。任以专书辨析众制，尚复如此，知昭明分体，亦因仍前规耳。”“因仍前规”四字，可谓概括昭明分体之精要。如前所述，二十世纪九十年代现代《文选》学研究者对这一问题的研究，其结论实亦为“因仍前规”四字，只是专文讨论，详加辨析，其周密严谨，有过骆氏，但其结论，尚无大异耳。

5. 关于《文选》的选文去取

作为一文学选本，其入选之作取舍是否恰当，后人多有评议，当在情理之中。骆氏将前人对此问题之议论厘分为六类，详加辨析。其中，语涉《文选》去取的三个重要标准：一为“崇雅黜靡”，二为“不录生存”，三为“近详远略”。关于“崇雅黜靡”，二十世纪九十年代有关《文选》的选录标准讨

① 黄侃：《文选平点》，上海古籍出版社1985年版，第46页。

② 蒋镜寰：《文选书录述要》，《江苏省立图书馆刊》3号，1932年4月。

论时，曹道衡曾著文多加发挥，成为《文选》选文与“事出于沉思，义归乎翰藻”相并列的另一重要入选标准。关于“不录存者”，源于晁公武《郡斋读书志》所引窦常说，经骆氏发明，为现代《文选》学家研究《文选》的成书年代时广泛应用。但是，这一观点亦受到学术界的挑战，如许逸民关于《文选》成书的研究已向这一观点提出了挑战。关于“近详远略”，在研究《文选》作家作品时，已为今之《文选》学界所广泛认同。但这一观点正随着现代《文选》学研究的深入受到了学术界的挑战，因为，《文选》去取如果深入到赋、诗、文三类文体的具体研究之中，泛论全书的某些论断未必适应某一类文体的实际状况。

综上五点，应当说骆氏《文选序》研究涉及现代《文选》学的诸多重大论题。所以，无论我们如何评价骆氏《文选序》研究在《文选》学现代化进程中的重大历史地位，皆不为过。

（四）对《文选》学史的研究

骆氏《文选学·源流第三》专题还进行了《文选》学史的研究，并在材料的宏富，叙述的明晰，评价的得当，线索的清楚上居二十世纪前期诸作之冠。二十世纪后期虽然中国大陆屈守元《昭明文选杂述及选讲》与《文选导读》二书与台湾学者林聪明《昭明文选研究》均有《文选》学史论述，但其基本内容亦未出骆氏其右。

1. 厘分《文选》学流派

骆氏以为，历史上的《文选》学研究大要可分为五派：一曰注释，二曰辞章，三曰广续，四曰雠校，五曰评论。

这是二十世纪前期对传统《文选》学流派的一次较为成功的分类，虽然，此期尚有其他学者的分类。屈守元曾以为：“李善的《文选注》是《文选》学史上无与伦比的权威著作。自从有了此书，《文选》学就应该是《李善注文选》之学。《李善注文选》之学，包括《文选李注》的文献学，《文选李注》的小学（文字、声韵、训诂之学），《文选李注》的文论学。”[①]二者相较，

① 《文选导读》，巴蜀书社 1993 年版，第 58 页。

应当说骆氏的概括更为公允客观，毕竟李善注并未能概括《文选》学的全部内涵。

2. 爬梳《文选》学分期

骆氏将自隋至清的《文选》学历史梳理为三大阶段，即隋唐、宋元明、清代，并以唐代与清代为传统《文选》学的两大高峰。如前所说，二十世纪前期对传统《文选》学进行分期者并非骆氏一人，但骆说当为此期影响较大之说。

屈守元《文选导读》在《文选学述略》一章中，分为十节，其中第二至第八节，俱述唐代《文选》学。唯第一节述隋代萧该与《文选》学开启，第九节述宋以后的《文选》学，第十节述明清《文选》学。从分量上看，屈氏似更重唐代《文选》学，其实，《文选导读》第五章《清儒文选学著述举要》全力论及清《文选》学，实分骆氏《源流第三》一章为两章，详究内容，并无二致。

3. 广搜《文选》学著述

骆氏《文选学》一书的显著特点为材料宏富，这在《源流第三》述及《文选》学史时尤为突出。作者采用竭泽而渔的文献网罗法，将各种文献中的《文选》学著述穷搜广集，几近一网打尽，进而详其内容，辨其价值，评其得失，论其功过。虽然此期对《文选》学著作进行整理者亦非骆氏一人，但骆氏之功仍不可没。

屈守元《文选导读》亦有此项内容。该著第三、四章《〈文选〉学史述略》《清代〈文选〉学著述举要》，标举唐、宋、元、明、清诸代《文选》学著作，皆在骆氏介绍范围之中。可以说，骆氏《文选学》中《源流》一章，完整系统地介绍了自唐至清《文选》学史中的主要著作。虽然此书著于二十世纪三十年代，于今已时隔近八十年，但中国传统《文选》学史的基本线索，仍为骆鸿凯、周贞亮等二十世纪前期《文选》学家所勾勒。

骆氏勾稽爬梳《文选》学著述时，并非一般性地客观叙述，而是多有褒贬。经过半个多世纪的实践检验，证明其确具非凡眼力，所首肯诸书皆为现代《文选》学史尚需认真总结的诸作，所批评诸书业已经实践证明其学术史地位无关宏旨。尤其是关于清儒的《文选》学论著，骆氏评论大都可于屈守元《文选导读》中得以重见，且屈守元总结与征引诸书之《序》以明诸书内容的方法与骆氏如出一辙。唯一不同者为骆氏不厌其详，屈氏则要言不繁。

（五）对《文选》与《文心雕龙》相互关系的研究

《文选》与《文心雕龙》均出现于南朝梁代，史载萧统与刘勰确有交往；而《选》学与《龙》学又是二十世纪魏晋南北朝文学研究中最为抢眼的两大热点。因此，关于《文选》与《文心雕龙》相互关系的研究遂成为现代《文选》学与现代《文心雕龙》学研究的重头戏，特别是二十世纪后期，伴随着现代《文选》学研究新的学术上升周期到来，探讨《文选》与《文心雕龙》相互关系即成为一大热门。黄侃对《文选》与《文心雕龙》相互关系早已述之在先："读《文选》者，必须于《文心雕龙》所说能信受奉行，持观此书，乃有真解。"[①]黄氏说得极为明确，《文选》与《文心》互为表理，互为辅佐。应当说这是黄侃关于《文选》与《文心》相互关系最为明晰的表白，虽略嫌简略，但置于"开宗明义"的位置，可见黄侃对它的重视。真正对此详加发挥者乃黄门高足骆鸿凯，他于此多有发现，主要集中于以下四点：

1. 有关《文选》与《文心雕龙》的文体分类

骆氏《体式第四》开篇即曰："《文选》分体凡三十有八，七代文体，甄录略备，而持校《文心》，篇目虽小有出入，大体实适相符合。《文心》権论文体，凡有四义：一曰原始以表末，二曰释名以章义，三曰选文以定篇，四曰敷理以举统。体制区分，源流昭晰。熟精《文选》理，津逮在斯。书中选文定篇，去取之情，复与昭明同其藻镜。"[②]《读选导言第九》开篇亦曰："文体莫备于六朝，亦莫严于六朝。萧氏选文，别裁伪体，妙简雅裁，凡分体三十有八，可谓明备。《文心》一书，本与《文选》相辅。今宜据彦和所述四义，以观《文选》纂录之篇，用资证明。"[③]这两段总述，论及二书文

① 黄侃：《文选平点》，上海古籍出版社 1985 年版，第 1 页。
② 骆鸿凯：《文选学》，中华书局 1989 年版，第 124 页。
③ 骆鸿凯：《文选学》，中华书局 1989 年版，第 302 页。

体分类存有诸多一致，应当说这是一个事实。二十世纪后期，在现代《文选》学再度复兴的背景下，《文选》与《文心》相互关系的讨论甚为热烈。但论者大多以二书在文体分类上的诸多一致来论定二书的相同。在现代《文选》学史上，采用从二书文体分类的一致上论定二书相互关系这一独特路径，骆氏为首肇其端者之一。这一研究方法几乎与二十世纪相终始！可见骆氏所采用的研究方法对百年现代《文选》学影响至巨。骆氏《读选导言第九》论及《文选》与《文心》二者分体一致时曾列一对照表。当然，在二十世纪前期列表述及《文选》与《文心雕龙》相互关系者尚有周贞亮《文选学》，但是，骆氏此表却因载于中华书局出版的《文选学》一书中而影响最大。

稍稍熟悉现代《文选》学史的研究者，皆不会对此表感到陌生，尤其是对二十世纪后期《文选》学史较为熟悉的研究者，均会从此期的研究文章中看到类似的方法，类似的结论。如殷孟伦《如何理解〈文选〉编选的标准》[①]，徐召勋《评萧统的文体分类思想》[②]，莫砺锋《从〈文心雕龙〉与〈文选〉之比较看萧统的文学思想》[③]等。

2. 以《文选》篇目佐证《文心》“八体”之说

骆氏以为：“《文心》一书，本与《文选》相辅。”[④]所以二书不仅于文体分类上存有诸多一致，即以《文心雕龙·体性》所述文章“八体”为例，《文选》选文亦可证彦和论述的精当。此为骆氏论述二书一致性的又一论证方法。

3. 以《文心》诸家之评明《文选》诸家之文

《文心》评文，《文选》载文，二者又皆出一代，骆氏为阐明二书一致，特于《导言七》摘抄《文心雕龙·才略》评文之言，并附载于《文选》相关作家之名下，并作如下结语：“右列六代入选文家五十七人，约得萧统《文选》所载之半，宋齐才士，世近易明，不复甄序。观其品藻，字字珠玑。所举篇章，亦大率载于《文选》。详加研核，可以明《文选》诸家之优绌矣。”[⑤]

---

① 见《文史哲》1963年第1期。

② 见《安徽大学学报》1984年第4期。

③ 见《古代文学理论研究》第10辑，上海古籍出版社1985年版。

④ 骆鸿凯：《文选学》，中华书局1989年版，第302页。

⑤ 骆鸿凯：《文选学》，中华书局1989年版，第315页。

骆氏行文在于评论《文选》诸家优劣，但其所引评论材料俱出《文心雕龙》一书，二者相关性之强，令人注目。这就从另一方面表现出骆氏对二书一致性的认同度之高。

4. 例举《文心》诸篇论辨《文选》诸体

此为骆氏《文选学》的独创。后之学者，虽在现代《文选》学研究中对骆氏《文选学》多有吸收，唯独对此绝无承继。如屈氏《文选导读》于《文选》的产生背景，《文选》的编者，《文选》学史诸章，俱可看到骆氏《文选学》的相关论述，但对骆氏《文选学·体式第四》一章则无所汲取。在现代《文选》学史上，骆氏《文选学》对现代《文选》学史上的诸多重大问题皆言之在先，唯其《体式》一章的论述似乎为学人所遗忘。其实，《体式》一章为骆氏研究《文选》与《文心雕龙》关系的重要组成部分。其重点在于骆氏分赋、诗、骚、七、诏册令教策文、表上书启弹事、笺奏记书、檄移、对问设论、辞、序史论论、颂、赞、符命、连珠、箴铭、诔哀、碑、墓志、行状、吊文祭文二十一大类分论之。此二十一大类，实涵盖骆氏所主张的《文选》三十八体。虽其论述所征引之文并非仅仅为《文心雕龙》一书，但由于《文心雕龙》“文体论”诸章述及诸多文体，加之骆氏认定二书存有诸多一致，故《体式》一章对其引用特多，远胜对《文章缘起》《文史通义》《匡谬正俗》《史通》《楚辞》《隋志》诸书的征引，此可见作者对《文心雕龙》评价的重视。而《文心雕龙》所评者乃《文选》分类诸体，二者相表里相发明的关系十分明显。骆氏《体式》一章正是从文体分类这一特定角度，阐述了其业师黄侃对二书相互关系的基本观点。

综上所述，骆鸿凯《文选学》是对二十世纪后期的现代《文选》学研究以重大影响的研究著作之一。中国大陆学者屈守元的《昭明文选杂述及选讲》[①]与《文选导读》[②]与台湾学者林聪明的《昭明文选研究》[③]等《文选》概论之作，大要不出骆氏《文选学》之囿。

① 屈守元：《昭明文选杂述及选讲》，天津古籍出版社 1988 年版。

② 屈守元：《文选导读》，巴蜀书社 1993 年版。

③ 林聪明：《昭明文选研究》，台湾文史哲出版社 1986 年版。

由于骆鸿凯《文选学》与周贞亮《文选学》内容雷同之处颇多，故周贞亮《文选学》对现代《文选》学的重大影响兹不详述。

第四章
《萧统年谱》研究

在现代《文选》学史上共有五种《萧统年谱》，依时间先后分别是周贞亮《梁昭明太子年谱》（以下简称周《谱》）、胡宗懋《昭明太子年谱》（以下简称胡《谱》）、穆克宏《萧统年谱》（以下简称穆《谱》）、俞绍初《昭明太子萧统年谱》[①]（以下简称俞《谱》）与胡德怀《四萧年谱》（以下简称《四萧年谱》）。何融《〈文选〉编撰时期及编者考略》一文载有《萧统年表》（以下简称何《表》），此《表》虽非《萧统年谱》，但其既有年谱一类内容，又对后世《萧统年谱》编撰影响至巨，故殿于此章之末。

《萧统年谱》研究实为萧统其人研究。中国传统学术历来重视知人论世，现代《文选》学史继承了传统学术研究的这一惯例，在研究萧统《文选》之时并未放弃对萧统其人的研究。这正是现代《文选》学史辟专章探讨这一问题的原因。

① 俞绍初的《昭明太子萧统年谱》2000 年 3 月发表于《郑州大学学报》第 33 卷第 2 期，后编入作者《昭明太子集校注》（中州古籍出版社 2001 年版）时易名为《萧统年谱》。

一、周贞亮《梁昭明太子年谱》[①]

周《谱》是《萧统年谱》之第一谱。其在中国香港、台湾《文选》学界，颇为知名，但中国大陆《文选》学界却鲜有人知道二十世纪前期尚有一著名现代《文选》学家周贞亮，故对周《谱》亦不甚重视。台湾台北学生书局1971年10月出版《昭明太子和他的文选》论文集，系《近代文史论文类辑》中的一种，收录二十世纪前期现代《文选》学论文名作六篇，其中即有周《谱》。台北木铎出版社1976年出版《国学论文荟编》第一辑的《昭明文选论文集》（陈维新、于大成主编），收录十二家论文十四篇，内中亦有周《谱》。上述台湾仅有的两本二十世纪七十年代编纂的论文集，都不约而同地收录了周《谱》，可以见出台湾学术界对周《谱》的重视。

周《谱》与下文将要述及的胡宗懋《昭明太子年谱》写作时间极为相近，周《谱》发表于1931年，胡《谱》发表于1932年，但是，港台学林重周《谱》而轻胡《谱》（观其不为学林所提可知），当自有其因。

周《谱》作为萧统第一谱，写作极为谨严，记录史实极为翔实。周《谱》从永泰元年（498）始，记载了崔慧景兵败邓城，萧衍全师而还，俄行雍州事的发迹经过。齐明帝下世后，萧衍即秘密准备起兵。周《谱》详细地记述了萧衍任中书监大司马、录尚书、骠骑大将军、都督扬州刺史、封建安郡公的全过程。实为记录了萧衍夺得南齐大权，即将篡位的全过程。周《谱》对齐中兴二年（梁天监元年）记事特详。此年正月萧衍已进位相国，总百揆，封十郡为梁公，备九锡礼，实际已基本完成篡齐的全部准备。二月进梁公为梁王，并以十郡封梁国。三月，齐帝禅位于梁。这段史实，在胡《谱》、穆《谱》、俞《谱》中几乎均未叙述，但在周《谱》中记述得极为翔实清晰。胡德怀的《四萧年谱》因其所记为萧衍、萧统、萧纲、萧绎父子四人，故对萧衍的发迹史有详载。曹道衡、傅刚的《萧统评传》[②]上编第二章《齐梁易代与梁武帝》

① 周贞亮：《梁昭明太子年谱》，武汉大学：《文哲季刊》第2卷第1期，1931年1月。
② 曹道衡、傅刚：《萧统评传》，南京大学出版社2001年版。

之第三节《齐明帝的“佐命之臣”与襄阳起兵代齐建梁》则有更为详细的记载。

周《谱》的另一特点是附有萧氏《世系表》，详述了萧统的后人，这是诸《萧统年谱》皆未及者，唯曹道衡、傅刚《萧统评传》上篇第七章《萧统的后人》有详细说明。七十年前的周贞亮《萧统年谱》即有此《世系表》，使世人俾知萧统身后子息状况，其用心自不待言。

周《谱》天监十四年亦是记载较为详尽之年，因此年萧统加元服。其详细程度仅亚于齐中兴元年、梁天监元年二条。

第一，周《谱》此条将曾在东宫任职的名才硕学集中叙列。如天监中曾为东宫太子詹事、太子庶子、太子洗马、太子右卫率等官的王茂、柳庆远、吕僧珍、柳惔、柳忱、韦叡、范云、沈约、谢览、张稷、张惠绍、冯道根、康绚、宗夬、王峻、王暕、王训、王泰、王份、王锡、张伯绪、王佥、江蒨、长沙王深业、长沙嗣王孝俨、西昌侯藻、衡阳王元简、萧景、萧昌、萧昱、周舍、徐勉、范岫、傅暎、萧琛、陆杲、陆倕、到洽、明山宾、殷钧、陆襄、刘孝绰、王筠、张缅、张缵、萧子范、萧子显、谢举、何敬容、朱异、到溉、王规、王承、褚翔、萧介、萧洽、褚球、刘孺、殷芸、臧盾、到沆、刘苞、庾于陵、刘勰、庾仲容诸人；普通年间曾为太子庶子、太子詹事、太子率更令、东宫通事舍人等官的萧昂、萧子恪、孔休源、谢几卿、刘杳诸人。周《谱》的这种排列固然可以看出天监、普通年间东宫任职者的基本概况，但是，亦表明周《谱》的粗疏，因为，周《谱》尚未能仔细分辨萧统东宫属官任职的具体情况。

第二，周《谱》此条将萧统与诸学士交往诸事集中叙述，导致讹误难免。如周《谱》曰：“太子文章繁富，群才咸欲撰录，太子独使孝绰集而序之。”据刘孝绰的《昭明太子集序》“大梁二十一载”之语，昭明命刘编次文集事，系普通三年之事，周《谱》系于天监十四年显然有误。又曰：“孝绰与到洽不平，尝为书叙十事，其词皆鄙到氏。又写别本封呈东宫，太子命焚之，不开视也。”周《谱》将刘到交恶有关事项系于此年，亦误。据《梁书·到洽传》载，洽于普通六年迁御史中丞。《南史·到洽传》载洽任御史丞后，下车即以名教隐秽罪弹劾刘孝绰。另据《南史·刘孝绰传》载，刘遭洽弹劾免官后，诸弟乃与书共洽不平者十事，其辞皆鄙到氏。又写别本封呈东宫，昭明太子命焚之，不开视。故周《谱》系于天监十四年的此事实为普通六年及其后之事，将其系于天监十四年，显然不当。

此外，周《谱》其他记事亦有疏漏。如“天监十二年”条曰：“太子敬爱耆老，襄母年将八十，与萧琛、傅昭、陆杲，每月常遣存问，加赐珍羞衣服。母卒，襄年已五十，毁顿过礼。太子忧之，日遣使诫喻。”穆《谱》即对此提出反驳：“陆襄卒于太清三年（549），年七十，其五十岁当在中大通元年（529），周《谱》系年有误。”

二、胡宗楙《昭明太子年谱》[①]

胡宗楙，字季樵，浙江金华之永康县（今属浙江）人，胡凤丹之子，生卒不详。光绪间举人，民国间实业家。著有《梦选楼诗钞》二卷、《梦选楼文钞》二卷。[②]

胡氏《金华经籍志·序》曰：“夙承庭训，兼以连年浪游吴楚齐燕，拼胝所得辄以易书。”可见胡氏喜好网罗乡邦文献，尤爱博洽秘钞古刻，藏书处曰“梦选楼”。胡氏著有《梦选楼所藏金华书目》一册，著录共四百一十种。其中，元刊本一种，明刊本四十种，抄本六十八种，四库馆副本十一种。1925年梓刻《金华经籍志》二十四卷八函。“搜耆之富，校雠之精，匪特继承先志，而于文事凋弊之馀，补缀缺遗，网罗邦献，其诣力殆百倍前人。”[③]

胡《谱》刊于1932年，为其“梦选楼”刊本，系周《谱》之后有关萧统的第二个年谱。胡《谱》分为《自叙》《昭明太子年谱》《昭明太子年谱附录》三部分。

---

① 胡宗楙：《昭明太子年谱》，见今上海图书馆馆藏本。

② 郑伟章：《文献家丛书考》，中华书局1999年版。

③ 傅增湘《藏书群书题记》附录二《〈胡氏续金华丛书〉序》，上海古籍出版社1989年版，第1068页。

《自叙》概论萧统为常人所难及者三：第一，德行人所难及；第二，文学人所难及；第三，事迹人所难及。可见，胡氏对萧统感佩至极。

胡《谱》自齐中兴元年（501）萧统一岁至梁中大通三年（531）三十一岁下世，逐年记载了萧统的一生。《附录》收录《册府元龟》《梁书》本传和《普慧大士传录》《梁书·陆襄传》《梁书·王锡传》《梁书·王筠传》《梁书·谢举传》《梁书·刘勰传》，张敦颐《六朝事迹编类·楼台门》《六朝事迹编类·总叙门》《六朝事迹编类·灵异门》《南史·昭明太子传》《南史·邵陵携王纶传》，袁说友《昭明太子集跋》《绛云楼书目》，朱彝尊《经义考》，《四库全书总目》《善本书室藏书志》《广弘明集》《元和郡县志》《舆地纪胜》《古今图书集成》《吴礼部集》《图经》《姑苏志》《金华黄文集》等图籍中有关昭明太子生平、人品、喜尚、官属、著作、遗迹诸事。

三、穆克宏《萧统年谱》[①]

穆《谱》是现代《文选》学史上第一篇较为详尽的《萧统年谱》，前此虽有周贞亮、胡宗楙二氏所作与何融的《萧统年表》，但周《谱》过简，胡《谱》未详，何《表》为研讨《文选》编辑时间、作者而编，故穆《谱》在萧统诸谱中地位独特。其“附记”二曰：“只录历史记载之资料，不作推测。如萧统主编《文选》，《梁书》《南史》本传记录极为简略。并没有述及何人主编，参与者为谁，何时编成。今人认为《文选》编成于普通三年（522）至中大通三年（531）之间，皆推测之辞，概不入录。”故穆《谱》只录确有记载之史实，凡属推断者皆弃而不录，此为穆《谱》一大特点，亦使其成为现代《文选》学史上最具特色的《萧统年谱》之一。穆《谱》虽未能解决《昭明文选》编纂等问题，但正因舍弃了这些推论拟测的成分，读来备感翔实可靠。

穆《谱》还载有《萧统世系表》，此《表》与周《谱》之《世系表》相比，周《谱》之《世系表》重在昭明身后，穆《谱》之《世系表》重在昭明祖系。

① 穆克宏：《萧统年谱》，首载《魏晋南北朝文学论集》，南京大学出版社 1997 年版；又载穆克宏：《昭明文选研究》，人民文学出版社 1998 年版。

穆《谱》之《世系表》虽承继《南齐书》与《梁书》，自汉代萧何起，但穆《谱》谓《南齐书·高帝纪》《梁书·武帝纪》叙萧氏世系自汉代萧何始，有攀援造假之嫌；《南史》之《齐高帝纪》和《梁武帝纪》叙萧氏世系自萧整始，似较切实可信。曹道衡、傅刚之《萧统评传》亦论萧衍祖系自汉萧何始为非[①]。

四、俞绍初《昭明太子萧统年谱》

俞绍初的《昭明太子萧统年谱》[②]初稿成于1996年第三届《文选》学国际学术研讨会，后经修改，2000年发表于《郑州大学学报》，并作为《昭明太子集校注》[③]附录收入该书之末，易名为《萧统年谱》。

俞《谱》研究的重要性有二：一是知人论世，二是研究《文选》成书。现代《文选》学的重点虽不乏对萧统的研究，如萧统的文学思想、萧统的生平、萧统与梁武帝的关系、萧统与刘孝绰诸学士的关系等，但这些研究显然是以《文选》研究为目的展开的。故从这一特定角度而言，俞《谱》研究的核心当是探讨《文选》成书的编纂者，《文选》成书的过程与成书的时间。在众多的《萧统年谱》中，唯有俞《谱》以《文选》成书为中心展开，故在现代《文选》学史上，俞《谱》与穆《谱》一样是最有特色的《萧统年谱》。虽然《文选》成书研究无论何人来做都仅是一种臆测，但这并非无根游谈，如果其说能为学术界普遍认同，则更为不易。《文选》的编纂是现代《文选》学史的重要问题之一，俞《谱》将此列为中心显示了作者的学术勇气。当然，由于俞《谱》涉及了这一重要敏感的学术问题，必然会较其他《萧统年谱》更易引发现代《文选》学界的广泛争论，但是，这种争论是有益的。在诸多学者的共同论辩之中，一种能为学林普遍接受的《文选》成书说必将逐渐成为现代《文选》学界的共识。

1. 俞《谱》将《文选》成书作为年谱研究的重要内容之一，给予特别观照。

---

① 曹道衡、傅刚：《萧统评传》，南京大学出版社2001年版，第4~6页。

② 见《郑州大学学报》第33卷第2期，2000年3月。

③ 俞绍初：《昭明太子集校注》，中州古籍出版社2001年版。

故俞《谱》首先重视东宫学士的设置。

“天监七年戊子”（508）条特标明《梁书·到洽传》：“（天监）七年，迁太子中庶子，与庶子陆倕对掌东宫管记。俄为侍读。侍读省仍置学士二人，洽复充其选。”又《殷钧传》：“殷钧字季和，陈郡长平人也。……高祖与（其父）睿少旧故，以女妻钧，即永兴公主也。……迁给事黄门侍郎，中庶子……东宫置学士，复以钧为之。”按：俞《谱》据《梁书》殷钧、到洽本传曰：“按据上可知，是年置东宫侍读学士二人，由殷钧、到洽充任之。”[①]到洽于天监七年为侍读省学士《梁书》有记载，但殷钧任学士的时间、性质俱未有明载。定殷钧所任学士为天监七年的侍读省二学士之一，尚须进一步论证。

“天监十四年乙未”（515）条，俞《谱》特记《南史·王锡传》曰：“武帝敕锡与秘书郎缵入宫，不限日数，与太子游狎，情兼师友。又敕陆倕、张率、谢举、王规、王筠、刘孝绰、到洽、张缅为学士，十人尽一时之选。锡以戚属，封永安侯。”俞《谱》以为：此十人均为昭明东宫学士。且十人受命为学士既出自梁武帝同一敕书，当在一时，无先后之别，非概而书之。

“天监十五年丙申”（516）条，专论梁武帝设东宫十学士。并引用赵翼《陔馀丛考》卷二十六“学士”条，论列梁代学士侍读与编纂撰述的双重职责。

但是，俞《谱》关于昭明太子十学士之说，尚有未安之处。

第一，《南史·王锡传》仅言“十人尽为一时之选”，并无“十学士”之说。“昭明太子十学士”之说最早见于宋人邵思《姓解》，该书卷二《弓部》“张”字下曰：“张缵、张缅为昭明太子及兰台两处十学士。”《刀部》“刘”字下曰：“刘孝绰为昭明太子十学士。”“到”字下曰：“到洽为昭明太子十学士。”《阜部》“陆”字下曰：“陆倕为梁昭明太子十学士之一。”卷三《一部》“王”字下曰：“王筠为梁昭明太子十学士。”《姓解》言及之“昭明太子十学士”有张缵、张缅、刘孝绰、到洽、陆倕、王筠等六人。

《姓解》尚谓张缵、张缅为“兰台十学士”。《南史·到溉传》曰：“梁天监初，昉出守义兴，要溉、洽之郡，为山泽之游。昉还为御史中丞，后进

---

① 俞绍初:《昭明太子萧统年谱》,《郑州大学学报》第33卷第2期，第68页，2000年3月。

皆宗之。时有彭城刘孝绰、刘苞、刘孺，吴郡陆倕、张率，陈郡殷芸，沛国刘显及溉、洽，车轨日至。号曰兰台聚。”此即《姓解》所谓“兰台十学士”。

从邵思《姓解》“兰台十学士”与“昭明太子十学士”的提法观之，邵思不明梁代“学士”一词有二义：一为文士，一为官员，仅视“学士”为一般文士。《姓解》一书成于宋仁宗景祐二年（1035），此为“昭明太子十学士”之说的首次明确提出。但其所称“昭明太子十学士”是从上文所言“学士”双重含义的第一层意义（文士）立言，《南史·王锡传》却是从“学士”含义的第二层意义（官员）立言，因为《南史·王锡传》的学士为梁武帝敕封，显非一般文士。①

如果仅从《南史·王锡传》而论，其所言学士均为官员，且只有九人，而非十人。《南史·王锡传》所称仅为“十人尽一时之选”，并未称十人为昭明太子十学士。

第二，关于《南史·王锡传》对王锡、张缵入宫与萧统以师友相处，以及敕命陆倕、张率、谢举、王规、王筠、刘孝绰、到洽、张缅为学士的敕命是否为一敕，似亦未安。因《南史·王锡传》所言为“武帝敕……又敕”，今考《南史》一书使用“敕……又敕”之处凡十条，除《王锡传》已见载，《蔡征传》《裴子野传》二文之“又敕”与此用法有异外，馀凡七条：

（1）《南史·王筠传》曰：“后为中书郎，奉敕制《开善寺宝志法师碑》文，辞甚丽逸。又敕撰中书表奏三十卷，及所上赋颂都为一集。”②

（2）《南史·何胤传》曰：“杲之还，以胤意奏闻，有敕给白衣尚书录，胤固辞。又敕山阴库钱月给五万，又不受。乃敕何子朗、孔寿等六人于东山受学。太守衡阳王元简深加礼敬，月中常命驾式闾，谈论终日。”③

（3）《南史·裴子野传》曰：“普通七年，大举北侵，敕子野为《移魏文》，受诏立成。武帝以其事体大，召尚书仆射徐勉、太子詹事周捨、鸿胪卿刘之遴、中书侍郎朱异集寿光殿以观之，时并叹服。武帝目子野曰：‘其形虽弱，

① 详笔者《先唐学士考》，载《中国典籍与文化论丛》第7辑，北京大学出版社2002年版。
② （唐）李延寿：《南史》，中华书局1975年标点本，第610页。
③ （唐）李延寿：《南史》，中华书局1975年标点本，第791页。

其文甚壮。’俄又敕为书喻魏相元叉。其夜受旨，子野谓可待旦方奏，未之为也。及五鼓，敕催令速上，子野徐起操笔，昧爽便就。及奏，武帝深嘉焉。自是诸符檄皆令具草。”①

（4）《南史·荀伯玉传》曰：“时武帝在东宫，自以年长，与高帝同创大业，朝事大小悉皆专断，多违制度。左右张景真偏见任遇，又多僭侈。武帝拜陵还，景真白服乘画舴艋，坐胡床。观者咸疑是太子，内外祗畏，莫敢有言者。骁骑将军陈胤叔先已陈景真及太子前后得失，伯玉因武帝拜陵之后，密启之，上大怒。豫章王嶷素有宠，政以武帝长嫡，又南郡王兄弟并列，故武帝为太子，至是有改易之意。武帝东还，遣文惠太子、闻喜公子良宣敕诘责，并示以景真罪状，使以太子令收景真杀之。胤叔因白武帝，皆言伯玉以闻。武帝忧惧，称疾月馀日。上怒不解，昼卧太阳殿，王敬则直入叩头，启请往东宫以慰太子。高帝无言，敬则因大声宣旨往东宫，命装束。又敕太官设馔，密遣人报武帝，令奉迎。因呼左右索舆，高帝了无动意。敬则索衣以衣高帝，仍牵上舆。遂幸东宫，召诸王宴饮，因游玄圃园。”②

（5）《南史·昭明太子统传》曰：“（普通）七年十一月，贵嫔有疾，太子还永福省，朝夕侍疾，衣不解带。及薨，步从丧还宫，至殡，水浆不入口，每哭辄恸绝。武帝敕中书舍人顾协宣旨曰：‘毁不灭性，圣人之制，不胜丧比于不孝。有我在，那得自毁如此。可即强进饮粥。’太子奉敕，乃进数合，自是至葬，日进麦粥一升。武帝又敕曰：‘闻汝所进过少，转就羸瘦。我比更无馀病，政为汝如此，胸中亦填塞成疾。故应强加饘粥，不俟我恒尔悬心。’虽屡奉敕劝逼，终丧日止一溢，不尝菜果之味。”③

（6）《南史·姚察传》曰：“陈亡入隋，诏授秘书丞，别敕成梁、陈二史。又敕朱华阁长参。文帝知察蔬菲，别日独召入内宫殿，赐果菜，指谓朝臣曰：‘闻姚察学行当今无比，我平陈惟得此一人。’”④

---

① （唐）李延寿：《南史》，中华书局1975年标点本，第866~867页。
② （唐）李延寿：《南史》，中华书局1975年标点本，第1168~1169页。
③ （唐）李延寿：《南史》，中华书局1975年标点本，第1309~1310页。
④ （唐）李延寿：《南史》，中华书局1975年标点本，第1691页。

（7）《南史·文学·王智深传》曰："武帝使太子家令沈约撰《宋书》，疑立袁粲传，以审武帝。帝曰：'袁粲自是宋家忠臣。'约又多载孝武、明帝诸亵黩事，上遣左右语约曰：'孝武事迹不容顿尔。我昔经事宋明帝，卿可思讳恶之义。'于是多所省除。又敕智深撰《宋纪》，召见芙蓉堂，赐衣服给宅。"①

自此七条观之，无一条"又敕"与前"敕"为同一敕，故《南史·王锡传》敕王锡、张缵入宫与萧统以师友相处，与又敕陆倕等九人为学士，当非一敕。故自此观之，昭明太子十学士之"学士"，只能从文士一义上立论方可成立。若以梁武帝敕封的八学士与王锡、张缵同视为敕封的学士，则似未安。

俞《谱》不仅关注东宫学士，亦关注东宫新置学士。"普通四年癸卯"（523）条，据《梁书·明山宾传》，认定明山宾于此年东宫新置学士时曾任东宫学士，且认定新置东宫学士与编纂《文选》有关。因《历代赋》十卷、《正序》十卷、《诗苑英华》二十卷既成，昭明受梁武之命，更欲合赋、诗、文于一编，与新成之类书《华林遍略》相配，故特新置东宫学士以司选文之事。

明山宾为老儒硕学，生平以明经著称。且俞《谱》亦认为明山宾任东宫学士时间甚短，以其为编纂《文选》之新置学士，似亦未安。

要之，俞《谱》是现代《文选》学史上唯一一部关注《文选》成书的《萧统年谱》，虽然所载《文选》成书之说尚有待现代《文选》学界的深入探讨，但是，俞《谱》在此方面的探索仍弥足珍贵。

2. 充分利用萧统的诗文创作为编制《萧统年谱》服务，并为萧统的部分作品系年，此为俞《谱》的一大特色。因俞绍初撰有《昭明太子集校注》②，在现存的诸《萧统年谱》作者中俞氏为唯一一位深谙萧统创作的研究者，故俞《谱》能为萧统部分作品准确系年。如"天监十一年壬辰"（512）条载："昭明作《大言诗》与《细言诗》，殷钧、王锡、张缵、沈约等各应令奉和之。"俞《谱》认为：此诗为昭明幼年仅存之习作。"天监十七年戊戌"（518）

① （唐）李延寿：《南史·文学·王智深传》，中华书局1975年标点本，第1771页。

② 俞绍初：《昭明太子集校注》，中州古籍出版社2001年版。

条载昭明作《玄圃讲诗》《答云法师请开讲书》《又答云法师》《谢敕赍水（按：当据《能改斋漫录》卷二改作“木”）犀如意启》《射敕赍制旨大涅般经讲疏启》《射敕赍制旨大集经讲疏启》。“天监十八年庚子”（520）条载昭明作《和武帝游钟山大爱敬寺诗》。“普通二年辛丑”（521）条载昭明作《开善寺法会诗》《锺山解讲诗》。普通三年作《答湘东王求文集及〈诗苑英华〉书》，普通四年赠诗明山宾，普通五年作《谢敕赍铜造善觉寺塔露盘启》，普通六年作《同泰寺僧正讲诗》，大通三年、中大通元年作《宴阑思旧诗》。

五、胡德怀《四萧年谱》①

《四萧年谱》是萧统年谱中唯一将萧衍、萧统、萧纲、萧绎等父子四人统于一谱之中的。由于胡德怀此谱是“四萧”研究的产物，所以，《四萧年谱》不同于上述四种《萧统年谱》，而具其独特之处。

第一，视野开阔。由于《四萧年谱》谱主为萧衍父子四人，故不同于一般仅将萧统一人列为谱主的《萧统年谱》。该谱从萧衍出世，至梁代灭亡而止，简要精当地勾画了萧梁一代的兴亡史。有关梁朝灭亡的历史与萧统生平关系尚不密切，但萧梁的建国史与萧统生平关系密不可分，上述四种《萧统年谱》中仅周贞亮《梁昭明太子萧统年谱》自从永泰元年（498）始，记载了崔慧景兵败邓城，萧衍全师而还，俄行雍州事的发迹经过，和任中书监大司马、录尚书、骠骑大将军、都督扬州刺史、封建安郡公的全过程，实即萧衍夺得南齐大权，即将篡位的全过程。这段史实，唯曹道衡、傅刚的《萧统评传》记述得最为清晰翔实。周《谱》虽有记述，但不够详尽。《四萧年谱》对此段历史的记述，在五种《萧统年谱》之中，最为清晰。由于萧衍、萧纲、萧绎均为梁代帝王，胡《谱》之编纂又略记政治、经济、文化等方面重大事件，故《四萧年谱》可视为萧梁一代的简史。

---

① 载胡德怀：《齐梁文坛与四萧研究》，南京大学出版社 1997 年版；又载《六朝作家年谱辑要》，黑龙江教育出版社 1999 年版。

第二，资料翔实。《四萧年谱》与穆《谱》一样，未将《文选》成书列为年谱所关注的对象，只录确有历史记载之史实，凡属推断者皆弃而不录。故《四萧年谱》如穆《谱》一样不以探讨《文选》编纂为中心，但正因如此而给人以翔实可靠之感。如“昭明太子十学士”曾是俞《谱》十分关注的问题，因这是俞氏关注的《文选》成书的重要问题，但《四萧年谱》仅据史料记其确有记载者，显得十分稳妥。

第三，文学家小传。《四萧年谱》在“编写说明”申明“同时代的文学作家情况”为该谱编写的主要内容之一，故对梁代重要作家的生平均有简要记载。因此，胡《谱》实可视为齐梁时期重要作家小传的结集。

第四，萧氏三代世系表。《四萧年谱》一如周《谱》、穆《谱》有世系简表。但周《谱》之《世系表》重在昭明身后，穆《谱》之《世系表》重在昭明祖系，《四萧年谱》的《世系表》以萧顺之、萧衍父子二人为中心，详列萧氏三代世系，唯昭明太子萧统尚列出其孙，成为现代《文选》学史上五种《萧统年谱》中唯一涉及萧氏四代世系的简表。

六、何融《萧统年表》

何融的《〈文选〉编撰时期及编者考略》[①]是现代《文选》学史最早研究《文选》成书过程、成书时间及编者的重要文章。此文在论述《文选》编撰时期及编者时，曾作有《萧统年表》。严格来讲，何《表》算不上是萧统年谱，但在现代《文选》学史上对《萧统年谱》研究有重大影响，故附论于本章。

何文首先论述了他对《文选》成书于诸学士之手的基本观点，开篇即曰：“梁昭明太子（萧统）《文选》为一含有双重性的集体作物：就其内容言，系许多不同时代作家之作品集合物；就编辑方面言，又系许多同一时代作家之集体产品。关于前者，凡读《文选》者无不知之；但后者未被一般读者所

---

① 何融：《〈文选〉编撰时期及编者考略》，《国文月刊》第76期，1949年；又载《中外学者文选学论集》，中华书局1998年版，第102~117页。

留意。”在亮明这一重要观点之后，何融引证了三条文献记载，作为《文选》成书于诸学士之手的具体说明。

第一，引用了清人朱彝尊《书〈玉台新咏〉后》的一段名言：“《文选》初成，闻有千卷，既而略其芜秽，集其精英，存三十卷，择之可谓精矣。”[①]又引《文选序》“远自周室，迄于近代，都为三十卷”之言，得出“卷帙如此繁重，年代又如彼绵远，其非一人之力所能完成，自甚明显”的结论。这已为《文选》成书于诸学士之手定下了基调。

第二，转引了《中兴书目》关于《文选》成书的记载：“《文选》，昭明太子与何逊、刘孝绰等选集，三十卷。”何融虽分析了何逊因未曾任职东宫而不可能参与《文选》编纂，但借此文献说明《文选》非昭明太子一人编撰。

第三，引用了清人孙志祖《文选理学权舆补》转述的明人杨慎的“高斋十学士”编纂《文选》说，并进行了批驳，却未引述高步瀛在《文选李注义疏》中对杨慎“高斋十学士”编纂《文选》的批驳。上述三条成为何《表》撰写的前奏。

何《表》的编撰目的是为《文选》成书于诸学士之手提供根据，故对东宫学士特别重视，此为何《表》的一大特点。如普通四年，何《表》载：“东宫新置学士。明山宾、殷钧为东宫学士。”并为此详细列举了《梁书·明山宾传》《梁书·殷钧传》的有关记载。

何《表》之弱项在于其记事过简，甚至昭明太子生平之重大事件亦不记载。如“天监十四年”条，何《表》仅记“始冠”二字。但此年昭明始居监抚，佐理庶事，若此重大事件，何《表》竟付阙如。原因是何《表》并非为萧统结撰年谱，而是通过考察萧统东宫学士的变迁来论定《文选》的成书时间。

何《表》在《文选》成书研究中影响最大者有四：

一是首次提出“昭明太子十学士”之说：“刘孝绰、王筠等与王规、张缅等两群学士年辈虽有早晚之不同，然据《南史·王锡传》载，梁武帝曾敕令王锡、张缵、陆倕、张率、谢举、王规、王筠、刘孝绰、到洽、张缅等十

---

① 《曝书亭集》卷五二，《四部丛刊》初编本。

人为东宫学士，可知此两群年辈不同人物曾共聚于东宫也。”①

二是引用并提出了窦常说。他在研究《文选》成书时间时，引用了宋晁公武《郡斋读书志》“文选”条下的一段名言：“窦常谓统著《文选》，以何逊在世，不录其文，盖其人既往，而后其文克定，然则所录皆前人作也。”这即是现代《文选》学中有关《文选》成书研究中为多数研究者尊奉的窦常的“不录存者”说。

三是使用了据《文选》中收录的梁代作家作品判定《文选》成书时间的研究方法。

四是运用此法，指出《文选》中卒年最晚的作家是陆倕（卒于普通七年），故《文选》的编成当不早于普通七年，但其着手编纂当在普通三年至六年东宫学士最盛之时。

① 何融：《〈文选〉编撰时期及编者考略》，《国文月刊》第76期，1949年。

第五章
《文选序》研究

魏晋南北朝是中国古代文学批评史上一个辉煌的时代。其中，刘勰的《文心雕龙》与钟嵘的《诗品》均为当时产生过重要影响的皇皇巨著。萧统并非理论家，但是，在魏晋南北朝文学批评史上仍然是一位重要人物，这主要得力于他主编了《文选》。

首先，《文选》作为中国最早的诗、赋、文并收的文学总集，在中国古代文学批评史上具有相当重要的地位。而《文选序》与中国古代文学批评的关系表现为两个方面：第一，《文选序》笔涉魏晋南北朝对“文”与非“文”的理解与文体辨析；第二，《文选》选录作品的本身亦具有批评价值，故而研究南朝批评理论，则不能不涉及《文选序》。这正是《文选序》研究在现代《文选》学研究史上历久不衰的重要原因之一。

其次，萧统的文学思想是研究《文选》选编标准的重要参数，《文选序》在一定程度上反映了萧统的文学思想，因而，《文选》研究当然离不开对《文选序》的研究。

一、二十世纪前期的《文选序》研究

唐宋以来，伴随着《文选》的流行，有关《文选》选录作品是否恰当的评论即未曾中断，刘知幾、苏轼等均曾对《文选》的具体选录提出过批评。但是，第一个从全书入手，论及《文选》选录标准的是清人阮元，他在《与友人论文书》[①]中说：

> 昭明《选序》，体例甚明。后人读之，苦不加意。《选序》之法，于经、史、子三家不加甄录，为其以“立意”“纪事”为本，非“沉思”“翰藻”之比也。

在《书梁昭明太子文选序后》[②]一文中又对此加以发挥：

> 昭明所选，名之曰“文”。盖必文而后选也。经也，子也，史也，不可专名之为文也。故昭明《文选序》后三段特明其不选之故。必“沉思”“翰藻”，始名为“文”，始以入选也。

阮元认为：《文选序》中的“事出于沉思，义归乎翰藻”两句话概括了萧统的文学思想与《文选》的选录标准。同时，阮元的论断还涉及引起后人极大兴趣的文学与非文学区别的问题。此为二十世纪前期《文选序》研究的前因。

阮元提倡骈偶，而桐城派古文家则彻底否定六朝文学。为了与桐城派争“文统”，阮元大力提倡骈文。故《文选序》所反映的文学思想成为他的重

---

① （清）阮元：《揅经室三集》卷二。

② （清）阮元：《揅经室三集》卷二。

要依据。阮元认为“文”必须具备两个条件：翰藻与对偶。他倡言孔子的《文言》为奇偶相生，音韵相和，故偶体韵文为文章正宗。否定《文选》及其选录标准，即是否定《文言》。这一主张显然是借孔子之大旗为骈文争正宗地位。这就使《文选》及《文选序》卷入了清代中叶的骈散之争。这场争论，最终是由骈文家（如李兆洛）与古文家（如桐城派曾国藩）的相互调和而结束。因为上述各执一端的争论，不可能得出任何结论。所以，提倡奇偶相生、骈散互用的折中派观点应运而生并获得各方首肯。作为这场论争的副产品，阮元对《文选序》展开的研究却对现代《文选》学的研究产生了积极影响。这场发生在清代的骈散之争，其学术史价值不尽于此。尽管在阮元生活的清代中期，传统《文选》学研究者尚未能看清这一点，但今天的现代《文选》学研究者却可以借助于历史的距离看清这一骈散之争对《文选》研究所产生的重要价值。

二十世纪二三十年代，经历了五四新文化运动之后，《文选》研究发生了重大变化，由单一的文献研究演变为文献研究与文学研究并存兼容的局面。其中的文献研究多集中于《文选》校笺、注考等传统研究范围之中。如刘盼遂《文选篇题考误》①与《文选校笺》②，顾廷龙《读宋椠五臣注〈文选〉记》③，刘文兴《北宋本李善注文选校记》④，蒋镜寰《文选书录述要》⑤，徐英《文选类例正失》⑥，普暄《女师学院期刊》⑦，罗根泽《文选校笺》⑧，董憨《文选李注引说文笺》⑨，周祖谟《论文选音残卷之作者及其音义》⑩等。但是，王锡睿《萧梁文选及古文辞类纂编例之比观》⑪，谢康《萧统评传》⑫，陈冠

① 见《国学论丛》第1卷第4期，1928年10月。
② 见《文哲月刊》第1卷第3期，1935年10月。
③ 见《国立中山大学语言历史研究所周刊》第9集第102期，1929年10月。
④ 见《国立北平图书馆馆刊》第5卷第5号，1931年9~10月。
⑤ 见《江苏省立苏州图书馆馆刊》第3号，1932年4月。
⑥ 见《安徽大学月刊》第2卷第5期，1935年6月。
⑦ 见《女师学院期刊》第3卷第2期，1935年6月。
⑧ 见《文哲月刊》第1卷第3期，1935年10月。
⑨ 见1937年3月12日《天津益世报》（人文周刊）第10期。
⑩ 见《辅仁学志》第8卷第1期，1939年6月。
⑪ 见《国学丛刊》第3卷第1期，1926年8月。
⑫ 见《小说月报》第17卷号外，1927年6月。

一《萧选姚纂曾钞在文学上之分析》[①]，家雁[②]（李嘉言）《昭明文选流传之原因》、汪辟疆《与黄轩祖论文选分类书》[③]，李庆富《文选题解及其读法》[④]诸作相继问世，这些论文与传统《文选》学单一的文献研究迥异其趣，作者尝试以文学研究的方法研究《文选》。这些文章均在行文中谈及阮元自《文选序》中拈出的“沉思”“翰藻”之说。

杨鸿烈《为萧统的〈文选〉呼冤》率先以现代文学意识评论了萧统的文学观。作者以为：“我们根据《文选》一书，就可明瞭在梁昭明太子眼里看来的文学的范围，只是那些‘赞论之综缉辞采，序述之错比文华，事出于沉思，义归乎翰藻’的赋、诗……祭文等。”“他（即萧统——笔者）认为是文学的，必须有两个条件：在内容方面要有情感，在形式方面要美丽。”“这样的文学观念在齐梁时代就有过，这很可以算中国在世界文学史上的一件光荣的事！”杨文以阮元概括的“沉思”“翰藻”说总结了萧统的文学思想，并认识到萧统的文学观与现代文学观极为接近。

王锡睿《萧梁文选及古文辞类纂编例之比观》曰：“萧氏选文唯一之标准，彼自谓‘其赞论之综缉辞采，序述之错比文华，事出于沉思，义归乎翰藻，故与夫篇什，杂而集之’……可知萧氏选文之目的，乃全在欣赏其美而欲与世共之，故其去取之标准，即悉本乎此矣。”

家雁（李嘉言）《昭明文选流传之原因》在论及萧统《文选》流传的第三个原因时曰：“他更明白的将这种主张具体地暴露在他自己的那一篇《文选序》上……‘沉思’即典，‘翰藻’即丽。合乎这两条的，才是文学，才配入选。所以经史子部都在摒弃之列，正因为它不是纯文学的缘故。他的‘事

① 见《北平半月刊》第1~3期，1934年7月。

② 见《清华周刊》第38卷第12期，1933年1月。家雁，李嘉言之笔名。李嘉言，原河南大学中文系教授兼系主任。李嘉言在六朝文学研究中非常重视《文选》研究，他的相关论文除此篇外尚有《〈昭明文选〉流传的原因》（《现代西北》第7卷第1期，1944年7月）、《论〈昭明文选〉》（《河南大学校刊复刊》第19期，1948年3月）、《试论萧统的文学批评》（《文学评论》1961年第2期）等。

③ 见《制言半月刊》第18期，1936年6月。

④ 见《学风》第7卷第4期，1937年5月。

出于沉思，义归乎翰藻’的十个字，就是纯文学的定义。”①

陈君宪《文选问题小论》曰：“其实他有他自己的文艺主张，如他所告诉我们的：‘若其赞论之综缉辞采，序述之错比文华，事出于沉思，义归乎翰藻。故与夫篇什，杂而集之。’又在别一行里[是]说：‘盖踵其事而增华，变其本而加厉，物既有之，文亦宜然（原文作“落”，误——笔者）。随时变革，难以详悉。’‘随时变革’的自由文学，这便是中国文艺批评史上的《三百篇》亦而《楚辞》，《楚辞》亦而汉赋的一种美文论的基础。”②

陈冠一《萧选姚纂曾钞在文学上之分析》转引刘永济所著《文学论》在《文学的体制分类之历史观》一节云：“《文选》不收经史子，惟取综缉辞采，错比文华，事出沉思，义归翰藻，故阮芸台曰：昭明所选，必文而后选也。”③

徐英《〈文选〉类例正失》曰：“以为事出沉思，义归翰藻，则《文选》所载。”④

许世瑛《文选学考》曰：“梁昭明太子萧统以‘事出于沉思，义归乎翰藻’为标准，选周代至梁名文集成《文选》一书。”⑤

李庆富《文选解题及其读法》曰：“《文选》有三不选：一曰经，二曰子，三曰史。……而所取者，在乎‘赞论之综缉辞采，序述之错比文华，事出于沉思，义归乎翰藻’之文。”⑥

周贞亮《文选学》上编第三章《〈文选〉之封域》曰：“末复述经史子所以不选之故，而于史之赞论序述等，有辞采文华可取者，仍采集之，而总其大略曰：‘事出于沉思，义归乎翰藻。’申明大旨，独取别裁，百代选家，奉为圭臬。”⑦

---

① 家雁：《昭明文选流传之原因》，《清华周刊》第38卷第12期，1933年1月。
② 陈君宪：《文选问题小论》，《矛盾月刊》第2卷第4期，1933年12月。
③ 陈冠一：《萧选姚纂曾钞在文学上之分析》，《北平半月刊》第1期，1934年7月。
④ 徐英：《〈文选〉类例正失》，《安徽大学月刊》第2卷第5期，1935年3月。
⑤ 许世瑛：《文选学考》，《国闻周报》第14卷第10期，1937年3月15日。
⑥ 李庆富：《文选解题及其读法》，《学风》第7卷第4期，1937年5月。
⑦ 周贞亮：《文选学》上编，国立武汉大学1931年版，第29页。

骆鸿凯《文选学·义例第二》曰："'事出于沉思，义归乎翰藻。'此昭明自明入选之准的，亦即其自定文辞之封域也。"[①]"阮氏此篇（《书文选序后》——笔者）推阐昭明沉思翰藻之旨与不选经史子之故，可谓明畅。"[②]又《义例第二》引证《金楼子·立言篇》"至如文者，惟须绮縠纷披"二句时注曰："即昭明所谓义归翰藻。"引证"情灵摇荡"句注云："即前所谓吟咏风谣，流连哀思，亦即昭明所谓事出沉思。"[③]

上述诸家皆引用阮元"沉思""翰藻"之说，且皆先于朱自清之文，可见，阮元的"沉思""翰藻"之说深得学林拥戴，屡屡见引。惜现代《文选》学研究诸家虽皆认同阮元"沉思""翰藻"之说，却从未有人认真研究过。朱自清的《〈文选序〉"事出于沉思，义归乎翰藻"说》[④]一文的学术史地位正在于对阮元之说作为《文选》的选录标准进行了认真的研究。学林今日论及阮元"沉思""翰藻"之说，不言他家之言，仅言朱自清，当非偶然。

朱自清认为：阮元拈出《文选序》"事出于沉思，义归乎翰藻"二句中的"沉思""翰藻"作为《文选》选文的标准是正确的。但是，阮氏之说弊端有二：一是阮氏摘出"沉思""翰藻"而忽略了"事""义"二字；二是在"沉思""翰藻"之中又特重"翰藻"而忽略了"沉思"。朱文研究了西晋以来文章中"事""义"的用例，认为："事"，当解作"事义""事类"，专指引事引言，并非泛说。"沉思"即深思。

朱自清这篇有关《文选序》的研究文章，撇开传统《文选》学的李善注研究，从阮元对于《文选序》的研究出发，来探讨《文选》的选录标准，揭开了现代《文选》学中的《文选序》研究序幕，为现代《文选》学研究开辟了一个崭新的领域。

① 骆鸿凯：《文选学》，中华书局1989年版，第16页。

② 骆鸿凯：《文选学》，中华书局1989年版，第18页。

③ 骆鸿凯：《文选学》，中华书局1989年版，第19页。

④ 朱自清：《〈文选序〉"事出于沉思，义归乎翰藻"说》，《北平国学季刊》第6卷第4期，1946年。

二、二十世纪中期的《文选序》研究

二十世纪《文选序》的第二次研究出现在六十年代。1961 年《文学评论》第 2 期发表了李嘉言的《试谈萧统的文学批评》一文，论及萧统的《文选序》。李嘉言（1911~1967），字泽民，又字慎予，笔名有“家雁”“高芒”“景卯”“李常山”等。1934 年清华大学国文系毕业后曾在河北保定育德中学执教一年，1935 年被召回清华大学国文系任教。1937 年抗日战争爆发，随清华大学迁往长沙，转徙至昆明西南联大中文系任教。1942 年回河南省亲，旋至兰州西北师院任教。1947 年春至河南大学中文系任教，1949 年任河南大学中文系教授、系主任，1967 年病逝于河南大学。李嘉言在六朝文学研究中非常重视《文选》研究，早在 1933 年他即以“家雁”笔名在《清华周刊》第 38 卷第 12 期发表了《〈昭明文选〉流传之原因》[①]一文，1948 年 3 月在《河南大学校刊复刊》第 19 期发表《论〈昭明文选〉》一文。李嘉言在 1949 年至 1961 年中国大陆《文选》研究沉寂了二十馀年后率先开《文选》研究之先河，并指出：“有的同志认为萧统这个选文标准完全是形式主义的，值得商榷。”[②]此文在中国大陆现代《文选》学史上具有开拓之功，在“左”倾文艺思潮一直占据主导地位的特殊年代，其学术勇气与学术魄力均值得称道。

王运熙继李嘉言之后，于 1961 年 8 月 27 日在《光明日报》“文学遗产”专栏发表《萧统的文学思想与文选》一文，对新中国成立以来古代文学与古代文学批评史研究界重《文心雕龙》与《诗品》，轻《文选》的倾向提出了批评，并点名批评了郭绍虞在 1949 年后新版的《中国古典文学理论批评史》（上册）对萧统“形式主义” 文学批评观的认定。李嘉言虽率先对中国大陆以“形式主义”否定《文选》的观点提出了批评，但其文比较含蓄，并未指明持此观点的学者，王运熙之文则对这一观点的代表郭绍虞提出质疑。

---

① 《清华周刊》第 38 卷第 12 期，1933 年 1 月。

② 《文学评论》1961 年第 2 期，第 83 页。

同年11月5日，郭绍虞亦在《光明日报》“文学遗产”专栏发表《〈文选〉的选录标准和它与〈文心雕龙〉的关系》一文予以答辩。两年之后，殷孟伦在1963年第2期的《文史哲》杂志上发表《如何理解〈文选〉的编选标准》一文，成为二十世纪六十年代中国大陆这场有关《文选序》讨论的总结。

这一场由李嘉言、王运熙发动，郭绍虞、殷孟伦参与的对《文选序》的研究，实际是1949年中华人民共和国成立之后大陆现代《文选》学研究的一个起点，其重大学术史意义当时连这场学术争论的发起人也没有意识到。但是，将这场学术论争置于整个中国大陆的现代《文选》学史上进行观照，自然为学界所明。

这次前后历时三年有关《文选序》的研究，介入者皆为中国大陆的古代文学与中国古代批评史研究的名家。这一和者甚寡的学术争论，说明了《文选》研究在新中国成立以来的中国古代文学史与中国古代文学批评史上鲜有人问津的事实，同时，亦说明李嘉言、王运熙二文对二十世纪中后期中国大陆现代《文选》学研究的巨大贡献。因为，这两篇文章毕竟是在中华人民共和国诞生以来的中国古代文学史与中国古代文学批评史上为现代《文选》研究首开其端。二十世纪八十年代末中国大陆现代《文选》学研究重新升温，原因颇多，但是，六十年代关于《文选序》的研究为二十世纪后期《文选》学研究奠定了基础亦是不争的事实。

王运熙在这场学术争论中的文章更值得学林关注，因为，此文采取了将《文选》与《文心雕龙》相互比较的方法，以相当大的篇幅论证《文选》与《文心雕龙》的雷同，并从辞赋、诗歌、杂文三个方面做了具体论证。其结论是：萧统的文学思想不仅表现在《文选序》《陶渊明集序》等文章中，更具体地表现在《文选》的编选上。《文选》的选赋与刘勰《文心雕龙·诠赋》中所列举的作品有着相当大的一致性，《文选》的选诗与锺嵘《诗品》的评述亦有相当大的一致性，《文选》的杂文与刘勰肯定的作品有着极大的一致性。

王运熙此文是新中国成立以来第一篇全面肯定《文选》的文章，且此文以《文选》选篇与《文心雕龙》《诗品》列举作品的雷同来首肯《文选》的方法，亦颇具示范效应，并开新中国成立以来《文选》与《文心雕龙》《诗品》

相互关系研究的先河。《文选》与《文心雕龙》《诗品》的成书时间相当接近，对它们之间的比较研究理应是三书研究的一个重要方面。但由于《文选》与《文心雕龙》二书在新中国成立后大陆学界的地位悬殊，故这种比较研究长期以来未得到应有的重视。直至李嘉言、王运熙二文问世，《文选》的地位才有所改善，三书的比较研究才得到学界的重新评估。但是，在研究方法上并无太大的改变，仍然沿用了王运熙在六十年代的举例论证法。

王运熙这篇力作，提及了《文选》与《文心雕龙》文体分类的一致，但未就此展开论证。王文论证的重点是选篇与选人。《文选》是一部文学选本，《文心雕龙》是一部理论著作。《文选》的分体、作家、作品，与《文心雕龙》的文体分类及列举的作家、作品的确存在着某种一致性。因此，这三个方面，即成为王运熙首开其端并成为后来现代《文选》学界所认同的研究《文选》与《文心雕龙》相互关系的重要法门。

王运熙在当时特定的历史背景之下高度肯定《文选》，不仅需要非凡的学术眼力，亦需要非凡的学术勇气。学术研究的贡献，不仅体现在一个正确的结论之上，正确的研究方法同样具有极大的示范效应。一种崭新的研究方法给予人类的启迪，并不亚于一种正确结论所给予人类的启迪。所以，王运熙此文对《文选》的肯定与其研究《文选》的方法，都为中华人民共和国成立之后的现代《文选》学研究注入了巨大的活力。

《文史杂志》1991 年第 3~4 期刊载屈守元的《昭明文选产生的时代文学氛围漫谈》一文。此文第四部分《文选和当时文学理论与批评的关系》中述及《文选》与《文心雕龙》相互关系时，即以刘勰《文心雕龙·诠赋》所举“辞赋之英杰”十家，有九家入选《文选》，锺嵘《诗品序》所举“五言之警策”二十二目，除三家外，皆可在《文选》中读及为例，来说明《文选》深受《文心雕龙》与《诗品》的影响。可见王运熙率先发明的这种论证方法在现代《文选》学研究界的巨大影响，屈守元此文的发表距王运熙彼文的发表已过去了整整三十年！

王运熙对《文选》的首肯采取了与《文心雕龙》相互比较的方法是颇为令人深思的。中华人民共和国成立以来，《文选》与《文心雕龙》二书的遭遇迥异。《文心雕龙》受到了各方的赞美，而《文选》却鲜有人问津，并作为“形式主义”文学的代表而时时遭到非议。

中国大陆的中国古代文学与中国古代文论研究界对《文选》的贬抑与对《文心雕龙》的首肯有着深刻复杂的背景。

首先，《文心雕龙》在文学批评理论上的巨大贡献是中国古代文学批评史上其他著作罕有其匹的，这奠定了《文心雕龙》在中国古代文学批评史上的崇高地位。

其次，《文心雕龙》的基本思想为儒家思想。刘勰本人尽管儒释兼修，但他的《文心雕龙》却表现出鲜明的儒家思想。新中国成立以来的理论批评界，对以儒家思想为主的著作、作家，几无例外地予以肯定。这是《文心雕龙》受到理论批评界首肯的深层原因。因此，中华人民共和国成立五十馀年来，尽管中国古代文学研究与中国古代文学批评研究存在着诸多风风雨雨，但只有在极个别的历史时期，如“评法批儒”之际，《文心雕龙》的崇儒倾向才受到某些文章的呵责。这在五十馀年的历史上，实在是一短暂的瞬间。至少在王运熙发表此文的二十世纪六十年代初，尚未出现呵责《文心雕龙》的现象。因此，以崇儒名世的《文心雕龙》，一直受到学界的青睐与呵护。只要看看汗牛充栋的《文心雕龙》研究文章，再对比一下沉寂五十馀年的《文选》研究，即可清醒地看到这一点。

再次，《文心雕龙》的诸多论述与中华人民共和国成立以后文学批评界有着较大的趋同性。如《文心雕龙》对中国古代文学史上诸多作家与作品的论述与新中国成立以来大陆古代文学研究界的肯定与否定存在着诸多的一致。

王文的另一巨大贡献是提出了一些可以深入讨论的问题。学术史的贡献不仅在于解决问题，更在于能够提出为学界值得关注的重大问题。

第一，萧统《文选》不录经、史、子三部之作，是否即是区分了文学与非文学的界限。王运熙认为：“萧统虽然还没有明确的提出文笔之分的主张，但事实上他已很注意文学作品与非文学作品的区别。”这一观点与李嘉言《试谈萧统的文学批评》一文的视点相同。李嘉言认为：刘勰《文心雕龙》有《宗经》

《史传》《诸子》等篇，说明刘勰视经、史、子为文学之作;《文选》不收经、史、子诸作，是由于他不认为经、史、子是文学作品。刘勰与萧统之说各有局限，因为，经、史、子之作既有以形象反映现实的文学之作，亦有非文学之作，笼统肯定与否定皆不可取。王运熙之文肯定了《文选》不录经、史、子之作是区分文学与非文学的界限，亦着眼于现代文艺学对文学的界定。

时隔二十七年，王运熙在 1988 年《复旦学报》第 6 期发表《〈文选〉选录作品的范围和标准》一文，特意指出："《文选》大抵选录集部的篇章，基本上不选经、史、子三部，是由于当时总集的体例和传统所决定。章太炎《文学总论》云：'总集者，本括囊别集为书，故不取六艺、史传、诸子，非曰别集为文，其它非文也。'这样解释还是中肯的。过去有的同志在评论萧统时，认为《文选》不选经、史、子三部的篇章，是说明编者有意识地把文学作品和学术著作区别开来，表明了当时人们文学观念的明确和进步。我过去也有这种看法。现在看来，这种说法并不确切。"此文尚有一个特别值得注意之处，是王运熙首次提出《文选》的选录范围与选录标准，亦是第一次将二者严格区别开来。在此文的影响下，许逸民《从萧统的目录学思想看〈文选〉的选录标准》[①]亦区分了《文选》的选录范围与选录标准。但该文从南朝目录学思想这一崭新角度研判，认为萧统接受了齐梁目录学的图书分类思想，从已有的四部书目中得到启发，不录经、子、史（"赞论""序述"除外），将《文选》的选录范围主要限定在集部之内。《文选序》按经、子、史顺序行文的方式，及在"子"后插说军书（"谋臣策士之言"）的做法，有四部分类法初起时的痕迹，亦受到王俭《七志》的影响。"萧统的文学思想，属于涂饰了齐梁色彩的儒家体系。他并没有忽视作品的思想。《文选序》的前半，袭用了《诗大序》缘情言志的基本观点，注意到了作品的社会功能，要求它们具有真实的思想感情。同时，他又像孔子一样，在艺术上主张兼重文质。在《答湘东王求文集及〈诗苑英华〉书》中，他说：'夫文典则累野，丽亦伤浮。能丽而不浮，典而不野，文质彬彬，有君子之致，吾尝欲为之，但恨未

① 见"第五届文选学国际学术研讨会"（中国·镇江）论文，稿本。

逮耳。’这可算作‘纲领性’的意见。”[①]许逸民以沈玉成《文选的选录标准》一文的观点作为对《文选》选录标准的确认。

王运熙、杨明在1996年出版的《魏晋南北朝文学批评史》[②]一书中认为：《文选》不录经、史、子部之作，首先是出于沿袭总集编纂体例的关系，萧统在《文选序》的解释正是在这样的前提制约下作出的；其次，萧统的解释尚反映了当时人们将“文章”与经、史、子学明确分开的观点。这一认识使《文选》不录经、史、子部之作的阐释变得更为成熟，更为圆通。因为《文选》不录经、史、子部之作，既是萧梁时期总集编纂的体例所决定的，又是“文章”与经、史、子部分离的产物。

在王运熙此文发表前后学术界写作的一系列文章表明，多数研究者关注《文选》不录经、史、子部之作更是明确了文学与非文学的界限。

王进珊《萧统与〈文选〉——纪念萧统诞辰1480周年、逝世1450周年》曰：“萧统的识见，还表现在他将文学创作与哲理论著及历史记述截然分开来。”“明确了文学创作与非文学作品的区别。这和近代的文学概念已相当接近了。”[③]

沈玉成《文选》曰：“《文选》的选录标准，有它的进步的一面，就是为文学划定了范畴，明确了概念，这是文学发展到一定阶段的结果，反过来又可以推动文学的发展。”[④]

徐绍敏《萧统的文学主张和对文献编纂学的贡献》曰：“萧统大胆地把经、史、子和文学区别开来（经、史、子与文之区别，我们下面将具体论述）。他确定的文学范畴是：‘事出于沉思，义归乎翰藻。’这就是说，只有那些善于用典故成语，富于形容比喻，辞采精巧华丽的文章，才是文学作品，也才是《文选》选材的物件。”“他区别了文学和非文学的界限，提出了经、史、

① 转引自沈玉成：《文选的选录标准》，载《文学遗产》1984年第2期；又载《中外学者文选学论集》，中华书局1998年版。

② 王运熙、杨明：《魏晋南北朝文学批评史》，上海古籍出版社1996年版，第276~278页。

③ 王进珊：《萧统与〈文选〉——纪念萧统诞辰1480周年、逝世1450周年》，《徐州师范学院学报》1981年第4期。

④ 沈玉成：《文选》，《文史知识》1982年第7期。

子不属于文学的选材原则。”“就文学作品内部的取材标准，他注意文质并重。”[①]

徐召勋《评萧统的文体分类思想》曰：“萧统在选录作品时，首先将文学作品和非文学作品加以区分。他收选作品的一个重要原则是：只收文学作品，不收非文学作品。”“在萧统看来，经、子、史都不是文学作品。”[②]

莫砺锋《从〈文心雕龙〉与〈文选〉之比较看萧统的文学思想》一文认定：“萧统《文选》的编成，更是有其特殊的意义，它标志着文学的观念已经相当明晰，标志着文学终于从古代文史哲混合一体的学术中分离出来，从而取得了自己的独立地位，这一历史作用是不可低估的。”[③]

屈守元《〈昭明文选〉产生的时代文学氛围漫谈》一文认为：章太炎《国故论衡·文学总论》关于“总集者，本括囊别集为书，故不取六艺、史传、诸子”的说法，“似乎太武断了”。并认为，经、史、子“三者皆不在选录之列，这就是文学脱离玄素、儒、史而独立的又一次宣言”。[④]

刘树清《集清英以明时义 类范文以刑后昆》一文称：“萧统在《文选序》中把文学界定为‘事出于沉思，义归乎翰藻’，‘以能文为本’的‘篇章’。大凡‘以立意为宗’的子史之文以及‘事异篇章’的贤人美辞、忠臣抗直之言、谋夫辩士之说一类文字，一律拒之于文学大门之外而不予收录。”[⑤]

马正学《从〈文选〉看萧统的文学观》曰：“《文选》反映了萧统想划出文学与非文学的界限的意向。他提出的标准，自然也就含有将文学与哲学、史学区分开来的作用。”[⑥]

上述诸家的评论强调了《文选》区分文学与非文学的贡献，这是对魏晋南北朝文学自觉的关注。这一研究角度无疑是正确的。但是，王运熙、杨明

---

① 徐绍敏：《萧统的文学主张和对文献编纂学的贡献》，《杭州大学学报》1984年第3期。

② 徐召勋：《评萧统的文体分类思想》，《安徽大学学报》1984年第4期。

③ 莫砺锋：《从〈文心雕龙〉与〈文选〉之比较看萧统的文学思想》，《古代文学理论研究》第10辑，上海古籍出版社1985年版。

④ 屈守元：《〈昭明文选〉产生的时代文学氛围漫谈》，《文史杂志》1991年第3~4期。

⑤ 刘树清：《集清英以明时义 类范文以刑后昆》，《广西师范学院学报》1994年第4期。

⑥ 马正学：《从〈文选〉看萧统的文学观》，《西北师范大学学报》1996年第3期。

不仅看到了“文章”与经、史、子的区别，而且看到了文章总集的编纂体例，就《文选序》的研究而言，这一观点显然更为全面。

为了给《文选》争一席之地，王运熙强调了《文选》与《文心雕龙》二书的相同之处，对二书的相异之处则较少濡笔。因为王运熙的行文重点是为《文选》正名，而非纵论二书的异同。《文选》与《文心雕龙》确实既有相同之处，亦有相异之点。故而郭绍虞的文章对两书的相异做了较多的论述，正可全面认识《文选》与《文心雕龙》二者的关系。

王运熙之文论定《文选》与《文心雕龙》的相同，其方法是从二书的分体、作家、作品相互比较入手的，其重点是论证二书在入选作家与入选作品的相同。应当说，《文选》与《文心雕龙》二者在分体、选人、选篇上的确存在着较多的一致；但是，这种一致，既有一方（如《文选》）受一方（《文心雕龙》）影响的一面，亦有二者同受第三方（如时代共论）影响的一面。二者的关系，只存在或然性，而不具备必然性。仅以二书在分体、作家、作品的大都相同断定《文选》必受《文心雕龙》的影响，则有可能陷入虚假因果论的泥淖，其结论难以令人信服。应当特别说明的是，王运熙此文并未强调《文选》受到《文心雕龙》的影响，仅仅是从二书入选作家与入选作品的较大一致为《文选》摘“形式主义”之帽。但这种从文体分类、入选作家、入选作品多方面论证《文选》与《文心雕龙》相互关系的论证方法却为后来的研究者提供了一种思路。后之文章论及二书的相互关系大都由此入手。这种研究方法为王运熙首创，然而《文选》与《文心雕龙》存在诸多一致性这一观点却并非为王运熙首创。清人孙梅《四六丛话》首倡此说，近代国学大家黄侃在《文选平点》承继此说：“读《文选》者，必须于《文心雕龙》所说能信受奉行，持观此书，乃有真解。若以后世时文家法律论之，无异于算《春秋》历用杜预长编，行乡饮仪于晋朝学校，必不合矣。开宗明义，吾党省焉。”[①]

殷孟伦《如何理解〈文选〉的选编标准》[②]一文名副其实地成为这次学

① 黄侃：《文选平点》，上海古籍出版社1985年版，第1页。
② 见《文选哲》1963年第1期。

术争论的总结。殷文的发明颇多，概而言之，有如下三点：

第一，殷文认为，《文选》的分体与入选诸家诸作，一方面受时代共论的影响，另一方面则受《文心雕龙》的巨大影响。

论者常以《文选》分体过于烦细而指斥萧统。殷文独以为，《文选》分体三十有八，乃当时学界共识，而非萧氏私言。挚虞《文章流别论》与李充《翰林论》诸书分体即与萧氏《文选》大体相同。不仅如此，殷文还认为，《文选》诸作大都为历代公认之代表作，而非主编者随心所欲，任意取舍的。

《文选》受《文心雕龙》影响的一面，自黄侃首发其端，颇受现代《文选》学界所重，众口一词，几成定论。但认为《文选》与《文心雕龙》受时代共论影响的一面，则鲜有论者。汪辟疆《与黄轩祖论〈文选〉分类书》[①]一文曾肯定《文选》分体非萧统所创，而受时代共论影响。但是，此类研究文章相当罕见。而考以史实，此说颇有价值。殷氏此说，无疑是《文选》与《文心雕龙》相互关系研究的一大贡献，特别是在中华人民共和国诞生以后关于现代《文选》研究的第一场争论之时，殷氏即提出此说，其意义之大，毋庸赘言。稍感遗憾的是，殷氏尽管认为《文选》与《文心雕龙》于分体、作家、作品上存在较大一致有受时代共论影响的一面，但是，整篇文章行文的重点仍在阐述《文选》受《文心雕龙》影响的一面，这就在一定程度上削弱了殷氏这一颇有贡献的观点。

殷孟伦的另一重要观点是认为《文选》所录多历代名作，这在《文选》成书研究中是一个极为重要的观点。曹道衡《〈文选〉对魏晋以来文学传统的继承和发展》[②]一文对《文选》选录历代名作进行了翔实的论证，为《文选》成书研究作出了重大贡献。殷孟伦在二十世纪六十年代即提出了这一观点，十分可贵，遗憾的是，殷孟伦并未对此进行严肃的学术讨论。即使如此，其贡献亦不容低估。

第二，殷文认为，《文选》之“文”，是“指包括范围较为广泛的书面

---

① 汪辟疆：《与黄轩祖论〈文选〉分类书》，《制言半月刊》第18期，1936年6月。

② 曹道衡：《〈文选〉对魏晋以来文学传统的继承和发展》，《文学遗产》2000年第1期。

语的文章”。《文选》不录经、史、子文，并非萧氏认为它们不是“文”，而是被奉为经典者不能选，太专太深者不宜选，多而繁者不胜选，记事之传记不当选。这一观点，是对王运熙认为《文选》不录经、史、子部诸作为区别文学与非文学的界限观点的修正。这一修正，不尽合理。因为《文选》不录经、史、子部之作有受总集编辑体例影响的一面，亦有区别经、史、子与文之一面。殷孟伦仅强调了其中一个方面，仍存在较大的片面性。

第三，殷孟伦此文还对朱自清的“事出于沉思，义归乎翰藻”二句做了解释。他认为：“事”指写作活动与写成的文章，“义”指文章所表达的思想内容。李嘉言认为：“事出于沉思，义归乎翰藻”二句为一义，即引事证义、义在事中，用事必出于深思熟虑。李嘉言此文的观点仍是朱自清观点的衍生。郭绍虞认为，“所谓事出沉思，近于《金楼子·立言篇》‘情灵摇荡’之意；而义归翰藻，则又是《立言篇》所说‘绮縠纷披’之文。”其论出自骆鸿凯《文选学·义例第二》。故而，在这场事关《文选序》的第二次争论之中，唯殷孟伦一人对“事出于沉思，义归乎翰藻”二句提出了己说。且已成为与朱自清之说并列的一家之言。

二十世纪六十年代中国大陆学者这场有关萧统《文选序》的学术论争，表明研究者对《文选序》的认识和对萧统文学思想的认识都成为现代《文选》学史上的一次飞跃。第一，是对《文选序》本身认识的提高；第二，是对萧统文学思想的认识由《文选序》扩展到萧氏的其他文章，视野的扩大，对萧氏的文学思想也就辨析得更加清晰；第三，由单纯地讨论萧统《文选序》而扩展到对《文选》与《文心雕龙》相互关系的讨论；第四，由单纯的“事”“义”之辨发展为对赋与骈文的评价，但这一问题的讨论由于时代大环境的不利影响而最终未能得到深入展开。

三、二十世纪后期的《文选序》研究

二十世纪八十年代之后，现代《文选》学研究进入一个新的学术上升周期。1978 年以来中国大陆学者众多的现代《文选》学论文中，《文选序》的论争仍具有较大的学术聚集效应。这一方面是由于日本学者清水凯夫提出《文选》的选录标准是《宋书·谢灵运传论》，引发了大陆学者的讨论，另一方面则是由于二十世纪六十年代的那场有关《文选序》的论争为今天的再认识埋下了伏笔。

现代《文选》学史上有关《文选序》第三次论争的主要问题有四：第一，《文选序》与《宋书·谢灵运传论》的关系；第二，《文选》的选录标准与萧统的文学观；第三，《文选》的选录标准；第四，《文选》不录经、史、子之作与文学和非文学的认识。

二十世纪六十年代中国大陆关于《文选序》的研究并未使这一现代《文选》学史上带有根本性的问题画上了一个句号，八十年代后期开始的关于《文选序》的第三次研究又形成了一个新的高潮。不过，这次学术争论其广度与深度俱为此前所不及。这次大规模的《文选》热有着多方面的具体表现，尤其突出的是研究文章的大幅增多。六十年代有关《文选序》的研究参加者仅仅是李嘉言、王运熙、郭绍虞、殷孟伦四位学者，而这次《文选序》研究，参加者之多则达到了二十世纪现代《文选》学研究的巅峰状态。

（一）《宋书·谢灵运传论》与《文选》选录标准问题

这是有关《文选序》的前两次研究均未涉及的。这反映了研究者视野的拓展，因为研究者已不满足于仅据《文选序》来研究《文选》的选录标准。首发其难者为日本学者清水凯夫，他认为《文选》的选录标准不是《文选序》而是《宋书·谢灵运传论》。《文选》是按《传论》所论诗歌发展史的前半部分选择齐梁以前有代表性的文人为支柱，并根据后半部分的声律谐和的创作理论来选择齐梁时代有代表性的文人为中心，不论对于哪一部分文人，在选录具体作品时基本上都是以声律谐和的理论为标准的。[①]这一论点未能得到中国大陆大多数学者的认可，反诘文章大致从四个方面加以辩难。

① ［日］清水凯夫：《〈文选〉编辑的目的和撰录标准》，载《昭明文选研究论文集》，吉林文史出版社1988年版。

其一，从《文选》的实际选目上考察。

如顾农《评清水凯夫“新文选学”》[①]认为：《文选》选诗，“新体”（永明体，讲究声韵者）与“古体”（不讲究声律者）兼收，且以古体为多。如梁代诗人中，江淹选入三十二首，大大超过谢朓二十一首与沈约十三首。且江淹诗所收者多为古体，沈、谢二氏所收者亦多为古体。而永明体另一代表诗人王融之诗竟一首未选。

其二，从萧统与永明体的关系上考察。

如陈庆元《萧统对永明声律说的态度并不积极——〈文选〉登录齐梁诗剖析》一文认为：“在对待声律说的问题上，萧统虽然赞同实践，但不积极，总体上说比较保守。他对古体诗还比较偏爱，而对新体诗态度比较谨慎。”[②]顾农与陈庆元的研究实际上提出了判断《文选》的选录标准的重要问题必须根据《文选》收录作家作品的实际状况来进行研究。这一崭新角度为研究《文选》的选录标准提出了更为深入的新思路，启发了现代《文选》学研究者据赋、诗、文选录的实际状况来探讨三种文体的选录标准，将相关研究进一步引向深入。

其三，从学理进行考察。

如王立群《必然与或然——关于〈文选〉研究的断想》[③]认为:《传论》与《文选》在选目上的某些一致，并不能必然地推导出二书的内在联系。这里既可能有一方受另一方影响的一面，又可能有双方同时受到朝代共论影响的一面。一致，只是一种现象，如仅根据这种现象上的一致来作论断，则有陷入混淆必然与或然之间区别的可能。

其四，取舍标准不一。

穆克宏《昭明文选研究》第七章第四节《〈文选〉的选录标准》提出：以别人的文章作为自己选录作品的标准，在我国文学史上尚无前例。何况萧统在《文选序》中已提出了《文选》的选录标准。曹道衡、傅刚《萧统评传》第十章第三节《〈文选〉的选录标准》认为：研究《文选》的选录标准不能

---

① 顾农：《评清水凯夫“新文选学”》，《齐鲁学刊》1996 年第 3 期。

② 陈文收于《文选学新论》，中州古籍出版社 1997 年版，第 146~157 页。

③ 见《河南大学学报》1997 年第 6 期。

跨出《文选》及其编者的范围之外，而另寻一种与《文选》无直接关系的标准。在不主张跨出《文选》另觅其选录标准这一点上，穆克宏与曹道衡、傅刚的思路完全一致。清水凯夫抛开《文选》，从沈约《宋书·谢灵运传论》中寻觅《文选》选录标准的做法不足取。讨论《文选》的选录标准必须以《文选序》与普通三年萧统的《答湘东王求文集》书为准。至于《文选序》中"事出于沉思，义归乎翰藻"诸句，只是解释《文选》不收录子、史中的赞、论、序、述等文章的原因，而非宣布《文选》的选录标准。萧统所谓"综辑辞采，错比文华，事出于沉思，义归乎韩藻"符合《文选》的选录标准，但并非就是《文选》的选录标准。[①]穆克宏则认为，只有将儒家雅正的文学观与"沉思""翰藻"结合起来，才是萧统的文学观，亦是《文选》的选录标准。至于《文选》选录的作品与沈约《宋书·谢灵运传论》的高度吻合，则因二者举例与选录皆为历代名家名作，不谋而合是自然而然的。

研究者不仅注意到了沈约的《宋书·谢灵运传论》与《文选》选录标准的关系，还有学者注意到江淹《杂体诗三十首》与《文选》的相互关系。陈复兴《江文通〈杂体诗三十首〉与萧统的文学批评》[②]认为：江淹《杂体诗并序》所揭示的要旨，与《文选序》相较，可以发现江序对后者的取舍标准、选录范围及编排义例，曾产生过直接的影响。江淹《杂体诗》所提出的诗歌序列和与之联属的风格流派体目，为刘勰、锺嵘所认同。江淹《杂体诗》所拟三十家，锺嵘皆纳入《诗品》，且除谢庄外，俱为《文选》采录。《文选》录五首诗以上的作者凡十八位，其中十四位在江淹《杂体诗》所拟诗人序列中。故江淹《杂体诗并序》实为《文选》诗类撰集的凡例与导引。傅刚亦注意到江淹《杂体诗三十首》对萧统纂集《文选》辨体思想的影响，因为江淹在《杂体诗》中所确定的有代表性的题材与有代表性的作品，《文选》所录基本与之一致，可见江淹的辨体思想对萧统的影响之大。[③]

陈复兴对江淹《杂体诗并序》与《文选》相互关系的研究极富学术眼光，

---

① 曹道衡、傅刚：《萧统评传》，南京大学出版社 2001 年版，第 235 页。
② 见赵福海主编：《文选学论集》，时代文艺出版社 1992 年版，第 187 页 ~199 页。
③ 见傅刚：《〈昭明文选〉研究》，中国社会科学出版社 2000 年版，第 273~274 页。

可谓为《文选》成书研究提供了一种新的思路。但是，注意到江淹《杂体诗》与《文选》的一致性，并非一定能证明后者受前者影响，其间尚有受时代共论影响的一面。曹道衡《〈文选〉对魏晋以来文学传统的继承和发展》[①]一文，即以江淹《杂体诗》所拟诸诗人与萧统《文选》的大多一致，得出江淹、萧统二人皆接受了南朝以来世人对文学作品的共识的结论。二文相较，曹文显然较陈文更为圆通。但是，陈复兴最早注意到江淹《杂体诗》与萧统《文选》二者的关系，在现代《文选》学史上仍极具学术启迪。

（二）关于《文选》的选录标准与萧统的文学观

前此有关《文选序》的研究，大都默认这样一个前提，即《文选》的选录标准体现了选编者的文学观。直至1978年前后，有关《文选序》的研究仍然在沿袭这一观点。应当说，这一观点原则上是正确的，但在《文选》研究中尚有一些特殊性，即选编者的文学观是否受其他因素的制约。曹道衡的系列文章中首先对此加以辨正。其《南朝文风和〈文选〉》认为："每一种选本，总是体现着编选者的文学主张，而这种主张又并不是完全取决于编者个人的意志和喜爱，它还要受每个时代的历史条件及文学思潮的制约；同时，编选者们又不得不在一定程度上考虑到读者的需要。"[②]在另一篇论文中对此观点亦有称述。他在《关于萧统和〈文选〉的几个问题》提出："《文心雕龙》和《诗品》都是作者个人的著作，可以比较自由地发挥自己的观点。《文选》则多少带有'官书'的性质。它尽管由萧统一人来署名，却成于众手；而且力求平稳，既要体现各个时代文学的特色，又要为当时多数人所能接受，更要适应当时统治集团的要求。萧统作为一个皇太子，由他来主持这一工作，显然不能仅仅体现他自己的看法，而是要代表统治者对当时的文人提出一种文学的方向或模式。"[③]这一段文字更清楚地表明《文选》编纂受到各种现实条件的制约，并非选编者完全按个人意见所为。这一认识较之仅仅认定文

① 见《文学遗产》2000年第1期。
② 见《文学遗产》1995年第5期。
③ 见《社会科学战线》1995年第5期。

学选本皆体现编选者个人文学观的说法无疑更为客观、细致。前者所言，反映了学界对文学选本的一般性观点的认识，后者则反映了学界对《文选》这一文学选本特殊性的认识。这一特殊文学选本《文选》的编选者是皇太子，这一特定的身份向为诸多研究者所忽视，曹文的价值正在于揭示了这一特殊性。因此，这也较之一般性的结论更符合《文选》的价值取向。

在影响《文选》编纂的诸多外在因素中，最为重要者为萧统的身份与时代思潮。前者在一定程度上决定着《文选》的“官书”性质，后者影响到《文选》对文采的重视。对于后者，《文选》的研究者大都比较重视，而对前者却多有忽略。

从具体的作品选录来看，《文选》以诗赋为重点，表现了“永明体”兴起之后，文坛重“文”轻“笔”的倾向。这是梁代中期文学思潮对萧统《文选》的影响。从选录作品的数量来看，《文选》选录之作以西晋与南朝为最，其次为三国、两汉，先秦与东晋之作入选最少。这除了重“文”轻“笔”的文学思潮所致以外，入选之作大都必须经过较长时间流传，经受过历史与读者的双重检验，亦是一重要原因。另外，《文选》的编选原在为“后进英髦”提供一种模拟学习的范文，使“属辞之士，以为覃奥，而取则焉”①。故而各类文体不能不有所选录，这些因素都影响与制约着《文选》的具体编纂。

总之，《文选》的编纂体现了选编者的意愿，这是一个极易为研究者所认同的观点。但是，其中却存在着一个极大的误区，即选编者似乎可以按照自己的意愿随心所欲地选录作品。现代《文选》学史上有关《文选序》的第三次研究对此提出了质疑。时代制约，思潮制约，读者制约，不能不对选编者产生影响，萧统虽为太子，也不能随心所欲。这一观点的提出，表明《文选序》的研究正从一般性的研究向着个性化的研究深入。发生于二十世纪末的有关《文选序》研究，正是在这一点上体现出了相应的进步。

（三）关于《文选》选录标准的研究

从朱自清在现代《文选》学史上首倡有关《文选序》的研究文章到二十

① 《隋书·经籍志（四）》，中华书局 1973 年版，第 1084 页。

世纪六十年代第二次有关《文选序》的研究文章都曾涉及这一问题，且大多以阮元提出的“事出于沉思，义归乎翰藻”二句联系萧统的其他文章概括出《文选》的选录标准。但上述研究与二十世纪八十年代之后的第三次研究相比较，尚有未尽之处。二十世纪之末的这次研究对这一老问题做了更为详尽的剖析。王运熙《从〈文选〉选录史书的赞论序述谈起》[①]一文认为：萧统选文，以富有文采辞藻的篇章为主。《文选序》充分体现了南朝骈文家的艺术标准，即认为作品的艺术性，主要体现在辞藻、对偶、音韵、用典等语言之美方面，这就是所谓的“辞采”“文华”和“翰藻”。总之，“萧统选文的艺术标准，重在骈文家的语言辞藻之美”。刊载于《复旦学报》1988年第6期上王运熙的《〈文选〉选录作品的范围和标准》，再一次明确提出：《文选》的选录范围，是专选集部之文，不录经、史、子部的篇章。它的选录标准，则主要注意作品是否富有或较有文采。这段冠于全篇之首的文字，区别了选录集部之作而不选经、史、子部之作为《文选》的选录范围而非《文选》的选录标准，该文明确了选录范围与选录标准二者的区别，为此后的《文选》研究者廓清了二者的混淆。此文还认为：“在骈体文学昌盛发达的魏晋南北朝时代，这种文采是指骈体诗文语言之美，具体地说，是指对偶、声韵、辞藻、用典等修辞手段。”“注意辞采、翰藻，是《文选》选录作品的一个重要标准，但还不能说是惟一的标准。《文选》选文的另一个重要标准是注意风格的雅正。”

在萧统《文选》选录标准的研究中，沈玉成《〈文选〉的选录标准》[②]一文保持了相当理智的态度。首先，他认为阮元提出的必沉思翰藻“始以入选”的意见并不完全符合实际。这是对二十世纪自周贞亮、骆鸿凯、朱自清以来，诸多《文选》研究者与文学史、文学批评史研究者公认的“沉思”“翰藻”说的重大修正。其次，萧统《文选序》“若夫姬公之籍”一大段议论，是讲“文”与“非文”的界限，而其“文”，又是中国传统的“文章”。经书、子书、史书，或居“文”之上，或在“文”之外，唯赞论序述在“文”之内。而“文”

---

① 见1983年11月11日第4版《光明日报》。

② 见《文学遗产》1984年第2期，又载《中外学者文选学论集》，中华书局1998年版，第239~243页。

又必须是“篇章”“篇翰”“篇什”，即独立成篇的诗文。沈氏这一观点，一方面融合了章太炎《文学总论》关于总集“括囊别集为书”的基本观点，另一方面对《文选序》最富有争议的“若夫姬公之书”一段提出了新的章旨。他认为，此章仅提出了选录的前提而非选录的标准。这与王运熙提出此章章旨为选录范围而非选录标准的观点相当接近。无论是选录前提，抑或选录范围，总之，此段并非选录标准。沈玉成认为，萧统的文学思想属于涂饰了齐梁色彩的儒家体系，因而《文选》并未忽视作品的思想内容。缘情言志与文质彬彬是萧统基本的文学观。沈氏的敏锐并非仅在此，而且他看到萧统的文学思想本身存有矛盾，缘情言志与文质彬彬在《文选》选录的实践中打过相当大的折扣，文与质在萧统的心中并未真正平起平坐，时代风气的影响使萧统仍然特别看重文。《文选》中魏晋以后的大部分作品符合“沉思”“翰藻”的要求即是明证。

曹道衡、傅刚认为：讨论《文选》的选录标准必须据萧统的《文选序》《答湘东王求文集》及《文选》收录作家作品的实际状况而定，绝对不能撇开《文选》另觅他途。萧统于普通三年的《答湘东王求文集》书中提出了“夫文典则累野，丽亦伤浮。能丽而不浮，典而不野，文质彬彬，有君子之致”的文学观。这一经过作者深思熟虑后的文学思想，成为他个人写作及编选作品的指导思想，亦即《文选》的选录标准。从《文选》收录作家作品的实际情况检验，二者亦相符。[①]在现代《文选》学史上讨论《文选》的选录标准，曹道衡、傅刚的观点最为中肯。他们首先确定了研究这一问题的基本文献是《文选序》与萧统于普通三年写作的《答湘东王求文集》书，其次确立了检验这一研究结果的是《文选》收录作品的实际情况。基本文献与检验标准的确立使《文选》选录作品的研究奠基于真实可靠的文献资料之上，故其结论的可信度大大增强。

关于《文选》选录作品的崇雅倾向，最先提出者为骆鸿凯《文选学·义例》“崇雅黜靡，昭然可见”[②]一语。骆氏此论既出，赞同者却非王运熙一人。

① 见曹道衡、傅刚：《萧统评传》，南京大学出版社2001年版，第235页。

② 见骆鸿凯：《文选学》，中华书局1989年版，第32页。

曹道衡《从乐府诗的选录看〈文选〉》[①]在论及鲍照带有民歌色彩的《拟行路难》等诗未能录入《文选》时认为："《文选》选诗比较'典雅'，那些带有民歌色彩的作品，在萧统和他周围的学士看来，未免有'俗'的嫌疑。这从他们对待鲍照作品的态度来看，就比较明显。因为据虞炎《鲍照集序》，就说鲍照之作'乏精典'；《诗品》说他'颇伤清雅之调，故言险俗者，多以附照'；萧子显《南齐书·文学传论》也说鲍诗'发唱惊挺，操调险急，雕藻淫艳，倾炫心魄。亦犹五色之有红紫，八音之有郑、卫'。现在看来，《文选》所收鲍照诗，一般都比较典雅，而他的《拟行路难》以及某些写游子、思妇的诗，反映了比较下层人物的生活和思想，《文选》也都弃而不录。从这个意义上说，骆鸿凯说《文选》'崇雅黜靡'，确有其见地。"

马正学《从〈文选〉看萧统的文学观》云："具体而言，萧统认为文章的内容一要'有助于风教'（《陶渊明集序》），二要典雅。"[②]其文对"风教"与"典雅"作了较为详尽的说明。他认为：萧统推崇陶渊明的诗文，为陶渊明编文集，皆因他认定陶作"有助于风教"，并以《文选》的"连珠""论"与赋体"志"类为例做了具体说明。文章指出：《文选》对乐府诗的忽视，文人创作中近于民歌色彩者不予入选，均说明萧统重雅轻俗。但萧统的重雅轻俗亦非绝对，他虽批评陶渊明的《闲情赋》，但《文选》赋体中尚有"情"类，且录入《高唐》《神女》《登徒子好色》及《洛神赋》诸作。可见，萧统并非一概反对写男女之情，表现女性美，只是反对"俗"，反对过分。况其本人亦写过《三妇艳》《长相思》之类作品。

但曹道衡《从乐府诗的选录看〈文选〉》[③]论及柳恽、何逊、吴均等人的诗篇未能录入《文选》时又对此说加以修正：关于《文选》不收"吴声歌""西曲歌"的原因，是由这部总集本身的编纂宗旨决定的。一般说来，《文选》选录的作品，大抵产生于梁武帝天监十二年（513）以前，只有少数几篇如陆倕、徐悱、刘孝标等人诗文例外。关于这些作品的入选，很可能和刘孝绰在编纂

① 见《文学遗产》1994 年第 4 期。
② 见《西北师范大学学报》1996 年第 3 期。
③ 见《文学遗产》1994 年第 4 期。

本书中的作用有关。对此，曹氏在《有关〈文选〉编纂中几个问题的拟测》[①]一文中已有解释，即萧统后来编纂《文选》，关于诗的部分自然会以原有的《诗苑英华》为基础，但为了审慎起见，基本上只收天监十二年沈约去世以前的作品，对此后去世的诗人之作都基本不取。这个断限，与钟嵘的《诗品》如出一辙。从这个意义上说，萧统可能受到钟嵘的影响。并认为过去自己论到《文选》中不收柳恽、何逊和吴均等人之作，曾比较赞成骆鸿凯所说的"崇雅黜靡"之说，现在看来似不完全这样。因为当时人论文，往往要把评议的断限定在离作者较远的一个时期，这样做是为了更能客观和公允地看待那些过去的诗人，也可以避免一些人事或学说方面的争论。所以和萧统差不多同时的论者，如刘勰《文心雕龙》所论，仅提及东晋以前的人物；钟嵘的《诗品》，只品评到沈约为止；即使像萧子显作《南齐书·文学传论》，本应以谈论南齐一代作家为主，而该文却着重评论了刘宋的"元嘉体"的代表人物谢灵运、鲍照等人。这大约是齐梁时代多数人论文选诗的通例，萧统编选《文选》可能出于某些原因，发展了《诗苑英华》的做法而采用了当时人的惯例。曹道衡在同一篇文章中的两处行文，表现了对骆鸿凯"崇雅黜靡"说的两种态度，反映出他对骆氏此说的适用范围有所选择与保留的实事求是的学风。

有关这一问题的争论未必能在短时间内达到统一。其实，认识的统一与否并非重要，重要的是研究者注意到了以往《文选序》研究中忽视乃至阙略的一些问题。《文选》重翰藻早已成为学界共识，但是，《文选》的崇尚雅正，重视风教，却并未为以往学界所重。在二十世纪之末的那次研究中，这些问题第一次为研究者所重视，同样体现了时代的进步。

（四）关于《文选》不录经、史、子之文与区分文学和非文学界限

关于《文选》不录经、史、子之文一事，早在二十世纪之初，已为接受了现代文学观念的学者所注意。杨鸿烈《为萧统的〈文选〉呼冤》[②]以现代文学意识第一次评论了萧统的文学观。作者以为："我们根据《文选》一书，

① 《昭明文选研究论文集》，吉林文史出版社1988年版，第32~42页。

② 见《京报副刊》1924年12月11日。

就可明瞭在梁昭明太子眼里看来的文学的范围，只是那些‘赞论之综缉辞采，序述之错比文华，事出于沉思，义归乎翰藻’的赋、诗……祭文等。”“他（萧统——笔者）认为是文学的，必须有两个条件：在内容方面要有情感，在形式方面要美丽。”“这样文学观念在齐梁时代就有过，这很可以算中国在世界文学史上的一件光荣的事！”杨鸿烈并据此批判了对萧统《文选》进行错误批评的三派：以史家眼光批评《文选》的章学诚，以小学家眼光批评《文选》的章太炎，以反对旧文学视《文选》为妖孽的钱玄同。

杨鸿烈之文虽未涉及不录经、史、子之文与区别文学、非文学界限这一敏感观点，但是，他认为萧统的《文选》所体现的文学观念与现代文学观念的吻合度甚高。这实际上已论及《文选》所选之文为文学范围之内的课题。

王运熙在有关《文选序》的第二次研究中正面提出了这一研究课题。《复旦学报》1988 年第 6 期王运熙在《〈文选〉选录作品的范围和标准》一文中引用章太炎的观点对此提出了新解，并在《魏晋南北朝文学批评史》中提出了更为圆通的观点。二十世纪末开始的对《文选序》的第三次研究对此多有涉及。

莫砺锋的《从〈文心雕龙〉与〈文选〉之比较看萧统的文学思想》一文认定：《文选》的编成“标志着文学的观念已经相当明晰，标志着文学终于从古代文史哲混合一体的学术中分离出来，从而取得了自己的独立地位”。①

曹道衡《略论〈文选〉与“选学”》认为：《文选序》不录经、史、子三部之作，实际上是将集部与经、史、子三部区而别之。此举虽与今天的“文学作品”仍有不小差异，但毕竟较之前人有了一个更接近今天的文学概念。②马健、吴宏二《昭明太子与〈昭明文选〉》云：“萧统大胆地把他的文学观表达出来，将文学同哲学、史学等分开，使其成为一个独立的系统，开一代之先河。”“萧统在他的《文选序》中所表达的文学观，特别是他的文学‘独立’观就显得难能可贵了。”③

① 见《古代文学理论研究》第 10 辑，上海古籍出版社 1985 年版。

② 见《古典文学知识》，江苏古籍出版社 1995 年第 1 期。

③ 见《齐齐哈尔师范学院学报》1994 年第 6 期。

张廷根《赋的文学特性与〈文选〉列赋为首的原因》[①]对此再加发挥。其文认为：萧统对经、史、子与集部文学作品相区别的认识，使他更清楚地认识到赋的文学特性。故而他不仅在选文篇目上，而且在编文次序上表现出对文学的独特理解，置赋于全集之首，正可使读者在开卷之时即可深悟此意。此文非泛泛之作，作者对此曾有过深入的思考。但是，其立说尚值得深入研究，因为置赋于文集之首者并非仅仅一《文选》，以《文选》置赋类于首而推断萧统认识到赋的文学性，进而在编文次序上表现他对文学的独特理解，尚须认真研究。

但亦有研究者持论相反。顾农《风教与翰藻》一文曰："儒家经典太伟大太神圣了，不宜加以节选，这里根本不涉及什么文学与非文学的区别或纯文学与广义文学的区别这一类问题。"至于不录诸子之作及史传中的大量文字，而只选取史学著作中的论赞，是因为诸子散文的"着力处在于讲清自己的理论，不大考虑如何把文章写得漂亮"[②]。这一观点，实际上是二十世纪六十年代第二次《文选序》研究时殷孟伦思路的延伸。但在一派赞歌声中，顾农的这一不谐和音倒亦可使研究者多一分审慎。

随着研究的深入，有关《文选》选录标准的探讨，已经从《文选》全书的泛论逐步过渡到对赋、诗、文三种文体的具体研究。傅刚《〈昭明文选〉研究》[③]下编第四章《文体论析》专门探讨了赋、诗、文三类文体的具体选录标准。以往的研究者在研判《文选》的选录标准时大都就全书立论，由于《文选》全书的种种复杂性，使这种基于全书的研究失之空泛。傅刚的贡献在于他打破了笼统研究《文选》选录标准而难以概括全书的弊端，对赋、诗、文三体的具体选录标准进行具体的探讨。如该章第三节《文论》中，傅刚将《文选》收录的三十五种文体分为九类进行了具体讨论。第一类诏、册、令、教、文，《文选》坚持"文质彬彬，有君子之致"的要求，同时亦注重文词的丽美，体现了萧统"踵其事而增华"的文学史观。第二类表、上书、启、弹事、笺、奏记，特别是表，反映了萧统对骈体表文的肯定。第三类书、移、檄、

---

① 见《北方论丛》1996年第5期。

② 见《扬州师院学报》1992年第3期。

③ 见北京大学出版社2000年版。

难，第四类对问、设论、辞，第五类序，第六类颂、赞、符命，第七类史论、史述赞、论，第八类连珠，第九类箴、铭，第十类诔、哀、碑文、墓志、行状、吊文、祭文，傅氏亦都做了具体分析与说明。

《文选》与文学理论批评的关系亦在这场论争中得到一定程度的关注。穆克宏《〈文选〉与文学理论批评》[①]一文即为专题论述，此为现代《文选》学史上唯一一篇从《文选》本体研究文学理论批评的文章，特别值得珍视。穆文批评了学界只关注《文选序》的文学理论与文学批评思想，而忽略了《文选》本身体现的文学理论与文学批评思想。该文结合《文选序》深入探讨了《文选》本身体现的文学理论与文学批评思想：第一，《文选》体现了编者的文学发展观。第二，《文选》提出了文体分类的具体主张。第三，《文选》选录作品贯彻了编者提出的选录标准。第四，《文选》对所选作家作出了评价。

穆文使《文选序》研究与文学理论批评研究紧密融为一体。由于作者熟稔《文心雕龙》，处处可以见到作者游刃于二书之间，将《文选序》研究纳入了魏晋南北朝文学理论批评的范畴。如讨论《文选》的分体与引证《文心雕龙》对各种文体的系统论述，讨论《文选》对所选作家的评价与引证《文心雕龙》的相关论述，都表现出作者深厚的学养。

二十世纪之末至二十一世纪之初的这场有关《文选序》的论争，较之前两次讨论，不仅参加者众多，而且讨论的深度与广度都是前两次研究所远远未及的。这场尚未了结的论争，贡献颇多：第一，就《文选序》本身而言，论者大多认识到“事出于沉思，义归乎翰藻”二句尚不足以概括《文选》的选录标准，亦不足以总结萧统的文学思想；第二，萧统的文学思想是风教与翰藻并重，文质并重，崇雅黜靡；第三，《文选》的选录标准受制于萧统的文学思想，同时亦受制于南朝重视语言的形文之美与声文之美的文坛风气，受制于萧统本人太子的身份，受制于相容并蓄、垂范后昆的编纂目的；第四，对《文选》选录标准的研究从泛论已深入到不同文体之中展开具体标准的讨论；第五，对《文选序》的研究与中国古代文学理论批评产生了相互关联。

---

① 见《文学遗产》1998 年第 4 期。

第六章
《文选》成书研究

《文选》成书研究是现代《文选》学中最富挑战性的课题之一。它包括《文选》的编纂者研究，《文选》的成书过程研究，《文选》的成书时间研究，《文选》与刘勰《文心雕龙》、锺嵘《诗品》、江淹《杂体诗三十首》的相互关系研究等。因此，在现代《文选》学史上，它是最为引人注目的课题之一。由于其材料不易措手，多数研究者均采用推论方式进行探讨，这更增加了此项研究所独具的挑战性。

一、《文选》成书与"昭明太子十学士"

"昭明太子十学士"与《文选》成书是现代《文选》学史上有关《文选》成书的第一个重要议题。

早在唐代《文选》盛行之时，就已有学士襄助萧统编纂《文选》之说。[日]释空海《文镜秘府论·南卷·集论》云："或曰：晚代铨文者多矣。至如梁昭明太子萧统与刘孝绰等撰集《文选》，自谓毕乎天地，悬诸日月。然于取舍，非无舛谬。"宋王应麟《玉海》卷五十四引《中兴书目》曰："《文选》，昭明太子萧统集子夏、屈原、宋玉、李斯及汉迄梁文人才士所著赋、诗、骚、七……行状等为三十卷。”文末注曰：“与何逊、刘孝绰等选集。”不论学界是否承认刘孝绰、何逊为《文选》的编纂者，但是，自唐至宋诸学士襄助萧统编纂《文选》一说已在悄然流行。

宋仁宗景祐二年（1035）宋人邵思在《姓解》中率先提出了“昭明太子十学士”说。此书卷二《弓部》“张”字下曰：“张缵、张率、张缅为昭明太子及兰台两处十学士。”《刀部》“刘”字下曰：“刘孝绰为昭明太子十学士。孝绰与刘苞、刘显、刘孺又为兰台十学士。”“到”字下曰：“梁有到溉为兰台十学士，到洽为昭明太子十学士。”《阜部》“陆”字下曰：“陆倕为梁昭明太子十学士之一，又为兰台十学士之一。”卷三《一部》“王”下曰：“王筠为梁昭明太子十学士。”综上所述，《姓解》言及之“昭明太子十学士”有张缵、张率、张缅、刘孝绰、到洽、陆倕、王筠等七人。此为“昭明太子十学士”之说的首次明确提出。

明人杨慎误记“昭明太子十学士”，提出了“高斋十学士”编纂《文选》说。《升庵外集》卷五十二记录萧统聚刘孝威、庾肩吾、徐防、江伯操、孔敬通、惠子悦、徐陵、王囿、孔烁、鲍至十人，谓之“高斋十学士”，撰集《文选》。高步瀛《文选李注义疏》曾据《南史·庾肩吾传》考证“高斋十学士”为简文帝萧纲任雍州刺史时所聚，非“昭明太子十学士”，亦与撰集《文选》无涉。高氏此论，深得现代《文选》学研究者好评，每每称引。笔者以为，杨慎之说固陋，但反映出诸学士撰集《文选》之事至明已流布甚广。今襄阳《文选》楼、杨州《文选》楼，均有诸学士于楼上编纂《文选》之说。王象之《舆地纪胜》载，京西南路襄阳府古迹，有《文选》楼，并引旧《图经》云：梁昭明太子所立，以撰《文选》。

宋人吴棫《韵补》提出《文选》系据千卷《类文》删编而成说。《韵补·书目》：“《类文》此书本千卷，或云梁昭明太子作《文选》时所集，今所存止三十卷。本朝陶内翰穀所编。”[①]吴棫之说，为《文选》成书于诸学士之

① （宋）吴棫：《韵补》，中华书局1987年版。

手提供了理论支持。因为千卷《类文》非昭明太子一人之力可以完成，是无须证明的。

清人朱彝尊《书〈玉台新咏〉后》言："昭明《文选》初成，阅有千卷，既而略其芜秽，集其清英，存三十卷，择之可谓精矣。"[①]朱氏之说与《韵补》之说承传关系相当清楚，但朱说更加重了吴棫《韵补》说的分量，使"昭明太子十学士"说更受学林重视。

上述诸说，仅仅是传统《文选》学史上有关《文选》成书于"昭明太子十学士"说的某些论断，但诸说均未进入现代学术意义之上的学术研究。在现代《文选》学史上认真研究《文选》成于昭明诸学士之手的第一篇力作是何融的《〈文选〉编撰时期及编者考略》[②]。此文首引朱彝尊《书〈玉台新咏〉后》关于《文选》先成千卷长编再编纂成书的重要观点，得出卷帙如此繁重，年代如彼绵远的《文选》必非一人之力可以完成。同时，何融又引《中兴书目》关于《文选》系昭明太子与何逊、刘孝绰等选集之说，作为《文选》并非昭明太子一人编纂之佐证。

何融探求《文选》编纂时期及编者的思路有二：一是考察《文选》收录的梁代作品，二是考察《文选》收录的梁代作家。

通过考察《文选》收录的梁代作品，何融认为：《文选》中时代最晚的作品为梁代刘峻的《辨命论》，而《辨命论》之作不早于天监十五年，故可证《文选》之编纂必在天监十五年之后。其结论显然有失，因为《文选》中刘孝标的作品有《辨命论》《重答刘秣陵沼书》与《广绝交论》三篇。《辨命论》是三篇作品中写得最早的作品，约在天监初至天监七年以前。《重答刘秣陵沼书》作于《辨命论》之后，即天监七年。《广绝交论》最迟应写于天监十年左右。[③]但是，何融通过考察《文选》中收录的梁代作品来确认《文选》成书时间的学术思路对现代《文选》学史研究《文选》成书时间还是具有极大示

---

① 《曝书亭集》卷五十二，《四部丛刊》初编本。

② 何融：《〈文选〉编撰时期及编者考略》，载《国文月刊》第76期，1949年；又载《中外学者文选学论集》，中华书局1988年版。

③ 曹道衡：《关于〈文选〉中六篇作品的写作年代》，载《文学遗产》1996年第2期。

范作用的。

通过考察《文选》收录的梁代作家范云、江淹、丘迟、任昉、沈约、虞羲、刘峻、徐悱、陆倕等九人的生平，可知卒于普通七年的陆倕是《文选》中最后谢世的一位作家。故据窦常所云《文选》不录存者的原则，《文选》的完成当在普通七年之后。

由于何融确认《文选》非昭明一人所完成，故其对东宫学士之多寡盛衰颇为重视。据《梁书》之《刘孝绰传》《王规传》所载，普通三年至普通七年间，东宫名才云集，何融以此认为普通三年至普通七年是东宫学士最为盛集之时，亦为《文选》的编纂时期。他通过研究《文选》中所录梁代作家的生卒年判定《文选》成书时间的学术思路亦为现代《文选》学史上研究《文选》成书做了极具影响的示范。后来的研究者不仅注意到东宫学士的生卒年，亦注意到萧统的状况，如丁贵嫔去世、"腊鹅事件"对萧统的影响，从而使《文选》成书时间的研究日趋缜密，但是开创这一研究领域与研究思路者正是何融。

何融不仅研究了《文选》的成书时间当在普通三年至普通七年之间，而且研究了哪些学士有可能参与《文选》的编纂。

何融的这项研究做得相当细致，他将此期的东宫学士区分为三类，第一类为普通年间确可考证为萧统僚属且于昭明为长辈的学士，此类可能性最大者为刘孝绰与王筠，其他尚有殷芸、到洽、张率。第二类为以才学兼戚属为昭明太子侍从的学士，其中王锡、张缵参与《文选》编纂的可能性尤大，此外尚有王规、殷钧、张缅。第三类有何思澄与陆襄。陆襄在昭明生时既久掌东宫书记，昭明卒后，复为其妃蔡氏所居金华宫家令，与昭明关系特深。何思澄曾预《华林遍略》五编辑人之一，为编辑能手。故参编《文选》之可能性亦极高。

何融有关《文选》成书及编者的研究对现代《文选》学史的发展产生了极为重大的影响。首先是不加论证而默认《文选》为初选本，这是现代《文选》学界关于《文选》成书研究最为重要的前提。何融在使用这一前提时未加任何论证。由此前提出发，既然《文选》为初选本，那么一部时间跨度如此之大、涉及作家如此之多的总集不可能由昭明太子一人编纂而成则必然成为共识。何融的《〈文选〉编撰时期及编者考略》正是基于这一基本认识而做的第一篇研究文章，故何文对后代的《文选》成书研究具有重大影响是可以理解之事。其次，是以追踪东宫学士的聚散为研究《文选》编纂的重要依据。何文附有《萧统年表》，此表并非以编撰“萧统年谱”为准，目的是为了考察东宫学士在东宫聚散的时间，并以东宫学士相对繁盛的三个时期探讨《文选》的编纂时间。所以，何融经过《萧统年表》的考察，将视线集中于天监六、七年、天监十四年与普通三、四年，这三个时期是东宫学士最为繁盛的时期。何融这一考察的思路源于他对《文选》是初选本这一重要前提的默认。但是，他忽略了一个重要问题，《文选》是否为初选本亦是需要论证的。它不可能像几何公理一样，不加论证即可运用。再者，何融考察了《文选》中收录梁代作品的时间。何融认为，根据《文选》中梁代作品的收录时间可以论证《文选》的编辑时间。这里，何融亦默认了一个重要的前提，即窦常提出的《文选》不录存者说。不录存者是魏晋南北朝文章总集编纂的通例，但是魏晋南北朝其他总集的这一编纂体例，是否必然存在于萧统的《文选》之中，亦是一个需要论证之后方能使用的前提。不加论证地使用这一前提，将其作为公理使用同样蕴含着巨大的学术风险。何融不加论证地运用不录存者这一前提来研究《文选》成书时间，对后世的《文选》成书研究同样极具示范效应。

有关“昭明太子十学士”与《文选》成书研究的另一重要文章是俞绍初的《〈文选〉成书过程拟测》[①]，此文成为现代《文选》学史上何融说的重要发展与补充。何融提出了《文选》编纂与东宫学士有关的课题，俞绍初则在此基础之上提出参与编纂《文选》的东宫学士主要是“昭明太子十学士”。俞绍初文中提出了《文选》成书三阶段说：第一阶段是天监十五年（516）设置东宫十学士始，至天监十七年（518）梁武帝《历代赋》加注为止，此为《文选》编纂的准备阶段，主要是收集资料。第二阶段从天监十八年（519）至普通元年（520），为《文选》编纂的前期阶段，主要工作是选文定篇，编成《正序》十卷、《诗苑英华》二十卷，加上梁武帝的《历代赋》十卷，可谓《文选》

① 俞绍初：《〈文选〉成书过程拟测》，《文学遗产》1998 年第 1 期。

编纂的中间环节。第三阶段自普通四年（523）东宫新置学士至大通三年（529）因“腊鹅事件”昭明太子失宠，是为《文选》的实际编纂阶段。

俞绍初为论证此观点提出了如下见解：“《文选》是一部上起周秦，下迄梁代的诗文总集，作为大型总集，其编撰工作大凡包含两个阶段：先必广泛阅览，搜集大量的作品资料；后乃根据一定的选文标准加以甄别删裁，选而成集。”[①]朱彝尊《书〈玉台新咏〉后》一文曰：“《昭明文选》初成，闻有千卷，既而略其芜秽，集其清英，存三十卷。择之可谓精矣。”[②]朱氏之论，恰为俞绍初《文选》成书是先成长编，再行选编的两阶段说提供了根据。

“阅读和搜集上下近千年的作品，无疑是一件旷日费时的工程，不可能凭一己之力在短时间内所能奏功，非依靠群体力量不可。再说有梁一代，凡皇室编撰大型书籍也总是要设立学士，在他们协助下去共同完成的。”俞绍初为证明此点，尚列举《梁书·徐勉传》修五礼而设学士，《沈峻传》载中书舍人贺琛奉敕撰《梁官》亦启奏峻及孔子袪补西省学士助撰录，《南史·刘峻传》梁武帝命诸学士撰《华林遍略》，《沈峻传》载峻子文阿助撰《长春义记》诸例，得出“学士的设置，往往标志着一部大型书籍编撰的开始，总集的情况自不例外”[③]的结论。

作为此说的重要补证，俞绍初在《昭明太子萧统年谱》[④]对这一观点做了详细的论证，其梗概为：

《南史·王锡传》所载王锡、张缵、陆倕、张率、谢举、王规、王筠、刘孝绰、到洽、张缅为“昭明太子十学士”，时间当在天监十四年至十六年间。梁武帝之敕置东宫十学士，盖因昭明选文之业，欲助成其功。昭明选文，初必广事披览，网罗遗佚。十学士时亦受命搜采，并各有分工，不必尽在东宫，而其事可办。故十学士之置乃昭明选文之始。《文选》集昭明选文之大成，其所采集，当自此而始，且昭明之选文与《华林遍略》之撰集实为一时之

① 俞绍初：《〈文选〉成书过程拟测》，《文学遗产》1998年第1期。
② 《曝书亭集》卷五十二，《四部丛刊》初编本。
③ 俞绍初：《〈文选〉成书过程拟测》，《文学遗产》1998年第1期。
④ 见《郑州大学学报》2000年第2期。

盛事。东宫专取其文，华林直书其事，事文并举，盖皆秉承梁武帝意旨而为焉。天监十七年梁武帝命周捨注《历代赋》，则其始撰之时或与昭明选文相同，即在天监十五年左右。是时赋、诗、文三类各有所归，齐头并进，足见当时部署之周密。自天监十五年始，昭明授意十学士分头广采古今诗文，至天监十八年，各将其所得汇为长编。成后，再相与商讨，精选而得三十卷，成《正序》与《文章英华》，此为编纂《文选》的中间环节。普通四年东宫新置学士，以明山宾、王规充之。所谓“东宫新置学士”当相对于“东宫十学士”而言，其所以新置东宫学士，亦与编纂《文选》有关。盖梁武帝《历代赋》十卷，昭明《正序》十卷、《诗苑英华》二十卷撰集既成，昭明受梁武帝之命，更欲合赋、诗、文于一编，与新成之《华林遍略》相匹配。普通五年，昭明因北伐事起，政务繁剧，《文选》之事暂告中止，及至战事稍息，方得续理旧业。大通三年、中大通元年《文选》始成。昭明之撰《文选》，赋有梁武帝《历代赋》十卷作依据，诗有《诗苑英华》二十卷，文有《正序》十卷。因《诗苑英华》“未为精核”，须再精选，故删为十卷，并选四言、七言若干补入其间。《正序》所选为“古今典诰之言”，与《文选序》标榜“综缉辞采”“错比文华”之选文标准颇有出入，须重新辑集，费时最多。刘孝绰被劾免职前后《文选》毛目已具，所收为天监以前之作家。普通七年丁贵嫔薨，其事又以昭明守制而停顿。至大通元年服满，复召刘孝绰为太子仆，欲续成其功。未久，孝绰又以母忧去职。及至大通三年、中大通元年，“腊鹅”事发，昭明遭猜，惭愤交并，惶惶不可终日，且东宫学士亦多相继凋零，自感此后已无力赓续其业，于是即以普通为断，匆匆选刘孝标、徐悱、陆倕三人之作，合原有篇什共三十卷而仓促杀青。

“昭明太子十学士”与《文选》编纂是广为学林所知的重要观点，经俞绍初《昭明太子萧统年谱》与《〈文选〉成书过程拟测》的论证，遂成为《文选》成书研究中足以与清水凯夫的刘孝绰说并肩的另一重要观点，在现代《文选》学史上具有极为重要的地位。

但是，这一观点同样亦存在着巨大的学术风险。

首先是《文选》成书两阶段说能否成立。冈村繁的《文选》为再选本说实对其构成巨大威胁。如果《文选》确为初选本，那么《文选》成书必然先广为搜求成长编，再筛选成三十卷本之说即具有了存在的可能性。如果《文选》为再选本，以梁代大量存在的前代、当代总集为基础进行再选编，那么先成长编再行筛选则无任何必要，“昭明太子十学士”的作用自然亦因无须编辑长编而大打折扣。

其次，魏晋南北朝学士编纂典籍十分普遍，但这种典籍主要是类书，如刘孝标编纂《类苑》，徐勉等编纂《华林遍略》。梁代学士尚有协助他人编纂与修改著述之务，如西省学士沈峻、孔子袪助贺琛撰《梁官》，孔子袪助梁武帝撰《五经讲疏》《孔子正言》，萧子恺与诸学士删改顾野王《玉篇》等。典校书籍、抄录群书与撰史亦为梁代学士的重要职责，《梁书·文学下·刘峻传》《梁书·文学上·袁峻传》《陈书·文学·杜之伟传》《南史·庾肩吾传》《全梁文》卷二十七沈约《上疏论选举》《隋书·百官志上·南朝梁官制》均有详载。但是，梁代学士编纂文章总集尚无记载。虽然梁代学士编纂文章总集未见史籍记载不能必然地推导出“昭明太子十学士”未协助萧统编纂《文选》，但是这种机率较小当无疑义。

再次，俞说存在着环环相扣的系列推论：《文选》作为一部跨度如此之大、收录作家作品如此之多的选本，必然是先成长编再行筛选的；既然先成长编存在着巨大的工作量，以昭明一人之力，必然难以成命，故唯有借助于“昭明太子十学士”之力；既然在《文选》成书之前已经编成了《历代赋》《诗苑英华》《正序》，故在最后成稿之时，必然可以凭借上述诸选本作为依据。这些推论犹如贯珠，一旦脱环，则整个论证必大受影响，其中同样蕴含着学术风险。

二、《文选》成书与刘孝绰

《文选》的编纂者历来均以《梁书》《南史》昭明太子本传为基本依据定为萧统。因此，在传统《文选》学史中，《文选》的编纂一向仅有诸学士助编说，而无刘孝绰实操编务说。刘孝绰实操编务说的提出源于日本学者清水凯夫（以下简称“清水”）。

由于清水提出了《文选》的实际编纂者为刘孝绰这一极富挑战性的研究课题，导致目前现代《文选》学界关于《文选》编纂研究出现了三种学术观点：一曰《文选》编纂者为刘孝绰，二曰《文选》编纂者为萧统，三曰《文选》编纂者为萧统与刘孝绰。在《文选》编纂者为萧统与刘孝绰说中，尚有以萧统为主、刘孝绰为辅与以萧统为辅、刘孝绰为主之别。

（一）《文选》编纂者为刘孝绰

日本学者清水在现代《文选》学史上是一位有着重要影响的研究者，他的系列研究论文在中日现代《文选》学界产生了极为广泛的影响：

1.《〈文选〉编辑的周围》[①]。

2.《〈文选〉中梁代作品的撰（选）录问题》[②]。

3.《〈文选〉撰（选）者考》[③]。

4.《〈文选〉编纂实况研究》[④]。

5.《王羲之〈兰亭序〉不入选问题的研究》[⑤]。

这些文章产生于二十世纪的七十年代、八十年代至九十年代，但中国大陆学界七十年代尚在反对“形式主义”文学的影响而未遑顾及《文选》研究。八十年代末，长春师范学院中文系率先成立“《昭明文选》研究所”，并主办了首届“国际《文选》研讨会”（1988 年）。清水应邀与会，他的学术观点始为中国大陆学人所知。1989 年重庆出版社出版了重庆师范学院韩基国编译的清水著作《六朝文学论文集》，收录其有关六朝文学研究的论文十三篇。

① 见《立命馆文学》第 377~378 期，1976 年 11 月 12 日；又载《清水凯夫六朝文学论文集》，重庆出版社 1989 年版；复载《中外学者文选学论集》，中华书局 1998 年版。

② 见《学林》第 1 期，1983 年 1 月 30 日；又载《清水凯夫六朝文学论文集》，重庆出版社 1989 年版。

③ 见《学林》第 3 期，1984 年 7 月 30 日；又载《清水凯夫六朝文学论文集》，重庆出版社 1989 年版。

④ 见《学林》第 19 期，1993 年 4 月；又载周文海编译《清水凯夫〈诗品〉〈文选〉论文集》，首都师范大学出版社 1995 年版。

⑤ 见《学林》第 20 期，1994 年 2 月。

至此，清水关于《文选》研究的观点引起了中国大陆学者的广泛关注，其学术观点亦得到诸多研究者的认同。1995年首都师范大学出版社出版了《清水凯夫〈诗品〉〈文选〉论文集》，收录论文十一篇，另附有编者周文海的《不朽之盛事（编译者后记）》一文。此论文集收录《诗品》研究论文六篇，《文选》研究论文五篇。

在这两本由中国学者编译的论文集面世前后，他的部分单篇学术论文已由中国大陆一些学术刊物率先刊载：

1.《〈文选〉编辑的周围》中译载《佳木斯师专学报》1989年第3期。

2.《中国1990年以后锺嵘〈诗品〉研究概观》中译载《文学遗产》1993年第4期。

3.《从〈文选〉编纂看文学观——以"颂"、"上书"的选录为中心》中译载《文选学论集》①。

4.《〈文选〉编纂实况研究》中译载《郑州大学学报》1994年第4期。

5.《王羲之〈兰亭序〉不入选问题研究》中译载《河北大学学报》1994年第4期。

1998年1月，中华书局出版了由俞绍初、许逸民主编的《中外学者文选学论集》上下两册，此书是二十世纪现代《文选》学论文集的集大成之作，去取标准相当严谨。该集收录日本学者论文八篇，其中日本《文选》学研究的前辈学者斯波六郎论文一篇、冈村繁论文三篇、森野繁夫论文一篇、清水论文二篇。清水是此论文集入选的四位日本现代《文选》学家中最年轻的。该论文集收录清水《〈文选〉编辑的周围》与《〈文心雕龙〉对〈文选〉的影响——关于散文的研讨》二文。《中外学者文选学论集》一书收录三篇论文者仅有日本学者冈村繁一人，收录论文两篇者有中国大陆学者曹道衡（其中含与沈玉成合作一篇）、台湾学者王礼卿和邱锡鐊与日本学者清水。该论文集为"中国《文选》学研究会"与郑州大学古籍所共同主编，且作为郑州大学《文选学研究集成》十二项选题之第一选题，其在中国大陆现代《文选》

① 《文选论集》，时代文艺出版社1992年版。

学研究界的地位是不言而喻的。如此重要一部论文集给了清水两篇论文的篇幅，这一殊荣自然是对他长期从事现代《文选》研究的合理回报，亦是对其《文选》研究在现代《文选》学史上产生重要影响的充分肯定。该论文集所刊载的两篇论文恰是其《文选》研究中最为重要的文章，一是论定《文选》主要由刘孝绰编定，二是论定《文选》并未受到《文心雕龙》的影响，二者同属《文选》成书研究。

《〈文选〉编辑的周围》一文是清水教授关于《文选》研究系列文章的第一篇，亦是他的《文选》研究中影响最大的一篇。此文除《序》与《结束语》外，正文分别是：1.《梁代的抄书撰述》；2.《〈文选〉编辑时期的亲信》；3.《〈文选〉与〈诗苑英华〉》；4.《收录〈广绝交论〉的理由》；5.《〈文选〉的编辑时期》；6.《刘孝绰以外的撰（选）录者》。

此文第一部分《梁代的抄书撰述》是清水教授为论证刘孝绰为《文选》实际编纂者而撰写的背景论述，最为有力的推理证据是《法宝联璧》三百卷的编纂。《南史·陆罩传》的记载是他论证的最为重要的论据，湘东王萧绎的《梁简文帝法宝联璧序》[①]是清水论证的辅助证据。《梁书·锺嵘传》附《锺屿传》，《梁书·何思澄传》《梁书·刘杳传》所载有关《华林遍略》的编纂则是清水教授的佐证。

《南史·陆罩传》明确记载了陆罩与群贤“抄撰区分者数岁”，至中大通六年始完成《法宝联璧》一书的编纂，还记载了侍中国子祭酒兰陵萧子显等三十人为《法宝联璧》一书的实际编纂者，《广弘明集》卷二十湘东王萧绎的《梁简文帝法宝联璧序》亦记述了萧子显以下三十位文士是该书的实际编纂者。但是，这部由三十位文士编纂的《法宝联璧》在《梁书·简文帝纪》中却明确记载为萧纲所撰。可见，史书记载为撰者的皇帝、王公贵族并不担任实际撰录的任务。清水教授关于署名为皇帝、王公贵族编纂的典籍并非皇帝、王公贵族亲自编纂的观点，具有一定的普遍性。因此，其发现对于论证《文选》的实际纂录者是刘孝绰起了巨大的作用。

---

① 见《广弘明集》卷二十。

清水为了论证这一观点所提出的佐证有：

①遍照金刚（弘法大师）的《文镜秘府论·南卷·集论》曰："或曰，晚代铨文者多矣。至如梁昭明太子萧统与刘孝绰等，撰集《文选》，自谓毕乎天地，悬诸日月。然于取舍，非无舛谬。"

遍照金刚是唐代到中国来的日本僧人，其《文镜秘府论》是唐代传世文献中唯一记载刘孝绰参与《文选》编纂的重要史料，因此，可以为论证刘孝绰是《文选》的实际编纂者提供佐证。

②《华林遍略》的编纂

据《梁书·文学下·何思澄传》："天监十五年，敕太子詹事徐勉举学士入华林撰《遍略》，勉举思澄、顾协、刘杳、王子云、锺屿等五人以应选。"可见，这部大型类书的实际编纂者是锺屿、何思澄、刘杳、顾协、王子云，徐勉为主编。虽然并未署梁武帝之名，但《隋志三》著录《华林遍略》六百二十卷，小注曰："梁绥安令徐僧权等撰。"姚振宗《隋书经籍志考证》曰："《唐日本国见在书目》:《华林遍略》六百廿卷。梁绥安令徐僧权等撰。"《南史·文学·徐伯阳传》曰："父僧权，梁东宫通事舍人，领秘书，以善书知名。"但是，《旧唐志下》类事类："《华林遍略》六百卷（徐勉撰）。"《新唐志三》类书类："徐勉《华林遍略》六百卷。"两《唐志》均作徐勉而非徐僧权。笔者据《梁书》之《何思澄传》《刘杳传》《锺屿传》及两《唐志》，定《华林遍略》作者为徐勉等，不从《隋志》。清水的这一佐证也说明皇帝是不参与大型典籍实际编纂的。

清水此文第一部分《梁代的抄书撰述》点明了中心论点，其他各节均为进一步阐明这一论点而设。

其第二部分《〈文选〉编辑时期的亲信》，意在说明自昭明太子天监十四年（515）至中大通三年（531），萧统身边的主要文人是刘孝绰。

第三部分《〈文选〉与〈诗苑英华〉》论证了两点：第一，据颜之推的《颜氏家训·文章篇》所载，萧统的《诗苑英华》为刘孝绰所编，且在编纂中刘孝绰滥用职权排斥了为文坛所重的何逊，仅收录何逊两首诗。第二，徐悱因是刘孝绰的妹夫，故《文选》收录了他的《古意酬到长史溉登琅玡城诗》。

第四部分《收录〈广绝交论〉的理由》论述了《文选》收录刘孝标《广绝交论》是为了报复到洽弹劾而导致他丢官一事。

第五部分《〈文选〉的编辑时期》论证了《文选》编纂的时间当是刘孝绰任太子仆的大通元年至大通二年（527~528）。

第六部分《刘孝绰以外的撰（选）录者》论证了《文选》的编纂当以刘孝绰、王筠为中心，陆襄、殷钧、殷芸襄助编纂。

《结束语》总结了本文的重要结论：《文选》的实际纂录者不是昭明太子，而是刘孝绰，在《文选》选录的作品中浓厚地反映着他的意志。

清水这一重要观点提出于二十世纪七十年代，八十年代他又撰写了数篇重要文章，对这一基本观点进行了补充论证。其中，《〈文选〉中梁代作品的撰（选）录问题》[①]是一篇颇有分量的重要文章。

这篇在现代《文选》学史上产生过重要影响的文章着重分析了王简栖（巾）的《头陀寺碑文》与任昉的《刘先生夫人墓志》二文，并将其认为可以说明刘孝绰根据个人意志选入《文选》的作品分为六类，开具如下：

1. 根据刘孝绰的伯父刘悛和父亲刘绘与明帝的真挚交情撰录的作品：

（1）谢朓《齐敬皇后哀策文》（明帝皇后刘氏，名惠端，彭城人）

（2）任昉《为齐明帝让宣城郡公第一表》

（3）任昉《启萧太傅固辞夺礼》（萧太傅即明帝萧鸾）

（4）沈约《齐故安陆昭王碑文》（齐安陆昭王即明帝弟萧缅）

2. 根据沈约、任昉、范云、王融等刘孝绰父党[②]交往撰录的作品：

（1）谢朓《新亭渚别范零陵诗》（范零陵即范云）

（2）谢朓《在郡卧病呈沈尚书》（沈尚书即沈约）

（3）范云《古意赠王中书》（王中书即王融）

（4）任昉《出郡传舍哭范仆射》（范仆射即范云）

（5）任昉《为范尚书让吏部封侯第一表》（范尚书即范云）

（6）任昉《为范始兴作求立太宰碑表》（范始兴即范云，太宰即竟陵

---

① 见《学林》第1期，1983年1月30日。

② 见《梁书·刘孝绰传》。

王子良）

（7）沈约《和谢宣城》（谢宣城即谢朓）

除上述作家、作品外，清水认为任昉《竟陵文宣王行状》、谢朓《郡内高斋闲坐答吕法曹（吕僧珍）》、沈约《应诏乐游苑饯吕僧珍》、范云《赠张徐州稷》、沈约《侍宴乐游苑送张徐州（稷）应诏诗》等亦可列入。

3. 根据亲戚或同族关系撰录的作品：

（1）任昉《为萧扬州荐士表》（所推荐人为琅玡的王暕和王僧孺）

（2）任昉《刘先生夫人墓志》（本文所论）

（3）徐悱《古意酬到长史溉登琅玡城》（徐悱即刘孝绰妹婿。参阅清水《〈文选〉编辑的周围》）

4. 刘孝绰作为一种报复措施撰录的作品：

（1）刘峻《广绝交论》（对到洽的报复，清水《〈文选〉编辑的周围》有详述。虽无可靠证据，但大概可以划入此类）

（2）孔稚珪《北山移文》（属刘绘和周颙的关系）

（3）任昉《奏弹曹景宗》

（4）任昉《奏弹刘整》

（5）沈约《奏弹王源》

5. 为赞美梁武帝而撰录的作品：

（1）任昉《宣德皇后令》（劝受梁公令）

（2）任昉《百辟劝进今上表》（劝进百官受梁公笺）

6. 其他因与刘孝绰的关系撰录的作品：

（1）沈约《冬节后至丞相第诣世子车中作》（虽为悼豫章王死诗，但刘孝绰父刘绘为豫章王嶷亲信）

（2）刘峻《辨命论》

（3）《重答刘秣陵沼书》（上述二文均与刘孝绰的狷介性格酷似刘峻并与其所敬爱的刘暄有关）

清水对《头陀寺碑文》入选《文选》的原因尚做了详细的说明：此《碑文》盛赞刘暄的功绩，而刘暄为齐明帝敬皇后之弟，与刘孝绰的伯父刘悛同为明帝逝后的顾命大臣。故以齐王室为中心，刘孝绰与刘暄两家关系亲密。但是，刘暄却是在恶评中被杀的。刘孝绰在《文选》中收录《头陀寺碑文》的真正原因是借此恢复刘瓛的名誉以慰藉其灵魂。作者王巾为琅玡王氏，与刘孝绰之母是同一琅玡王氏。

清水认为《刘先生夫人墓志》入选《文选》的原因是：刘孝绰的父亲刘绘与范缜是刘瓛最亲近的弟子。刘孝绰对父亲所敬爱的老师感到亲切与怀有尊敬的感情为选录此墓志的原因之一。刘瓛的夫人王氏为琅玡望族，与彭城刘氏在齐梁时代结成数对婚姻，保持着牢固的连带关系。对于刘孝绰而言，《南齐书》记载王氏被刘瓛逐出家门，使他十分气愤，无法容忍。任昉的《刘先生夫人墓志》赞扬了夫人王氏的妇德，并记述了她与丈夫的合葬。因此，刘孝绰在选编《文选》时有意采用了这篇并不具备墓志体裁的作品，以期消除《南齐书》的影响，恢复刘瓛及其夫人王氏的名誉。

在清水力主《文选》的实际编纂者是刘孝绰的系列文章中，尚有《〈文选〉撰（选）者考》[①]一文，又将作者1976年《〈文选〉编辑的周围》所提出的刘孝绰为《文选》的实际编纂者之说加以理论化：“一般在史书中，即使有所谓帝、太子、王撰的记载，实际上也是帝、太子、王只下达编辑的命令，而把编辑委任给臣下，完成后或只冠以代表者之名。”[②]清水在此文中补充了如下新的例证：

1. 萧衍《通史》。《梁书·武帝纪（下）》、《隋书·经籍志》（卷三十三）俱明确记载为梁武帝所撰。但据《梁书·吴均传》（卷四十九）载，吴均为实际的编纂者。

2. 萧纲《长春义记》。《隋书·经籍志（一）》（卷二十七）、《论语》类载梁简文帝萧纲撰《长春义记》一百卷。但据《南史·许懋传》（卷五十）载，皇太子萧纲召许懋与诸儒录《长春义记》一百卷。此书实以许懋为首的诸儒所撰，萧纲并未从事实际编务。

---

① 《学林》第3期，1984年7月30日；又载[日]清水凯夫著，韩基国编译：《六朝文学论文集》，重庆出版社1989年版。

② [日]清水凯夫著，韩基国编译：《六朝文学论文集》，重庆出版社1989年版，第4页。

3. 萧绎《西府新文》。《隋书·经籍志（四）》（卷三十五）载梁萧淑撰《西府新文》（并录）十一卷，但颜之推的《颜氏家训·文章篇》却记为萧绎在蕃邸时撰《西府新文》。

4. 萧绎的《金楼子·著书篇》（卷五）记载了《梁书·元帝纪》（卷五）、《隋书·经籍志》中萧绎著作的五种类型：（1）金楼（元帝号）自撰；（2）金楼撰；（3）金楼付某撰；（4）金楼自为序，付某撰；（5）金楼为序。

5. 宋玉《神女赋》的入选与萧统批评陶渊明《闲情赋》“白璧微瑕”的观点相左，故其入选非昭明所为。

清水关于《文选》实际编纂者为刘孝绰系列论文的主要观点已如上文所述。虽然其他论文亦兼或论及此点，但他的主要观点却集中表现在上述数篇文章之中。

与此相联系的是清水将此组文章及有关观点概括为“新文选学”。

“新文选学”一词在中国大陆学界首见于重庆师范学院韩基国《日本“新文选学”管窥》一文：“近十年来，‘文选学’之研究在日本出现了新动向，倡导‘新文选学’。京都立命馆大学研究六朝文学的后起之秀清水凯夫教授率先不循旧规，不拘往说，锐意光革，批判地总结了前人的研究成果，从新角度，用新的方法研究《文选》的总体形象，开始走出了历来的基础研究领域，在‘文选学’的研究上开拓出一条新的门径。”[①]文章将“新文选学”研究的范围概括为六个问题：1.《文选》的编者；2.《文选》的选录标准；3.《文选》与《文心雕龙》及《诗品》的相互关系；4. 沈约声律论；5. 简文帝萧纲《与湘东王书》；6. 对《文选》的评价。韩基国对“新文选学”的概括实际上是依据他编译的《六朝文学论文集》内容所进行的分类。

“新文选学”一词由于清水富有挑战性观点系列论文的巨大影响在中国大陆学界引起了强烈反响，许逸民于 1992 年“《文选》学国际学术研讨会”上发表《再谈〈文选〉学研究的新课题》[②]，将“新文选学”与“传统文选学”

---

① 《昭明文选研究论文集》，吉林文史出版社 1988 年版，第 305 页。

② 赵福海主编：《文选学论集》，时代文艺出版社 1992 年版。

相比，概括其特点有二：一是整体性研究，二是较高的理论造诣。同时，将“新文选学”的整体构架列为五项：1.《文选版本研究》。2.《文选学史》。3.《选学史料学》。4.《文选集注研究》。5.《选学大辞典》。

在韩基国、许逸民概括了清水的“新文选学”的内涵之后，他特意在《答顾农并论“新文选学”的课题与方法》[①]一文第四部分《新文选学的课题与方法》中将“新文选学”的内涵概括为四个方面。

第一，探明《文选》的真相。具体为：1. 齐梁时代总集编纂的具体情况。2.《文选》编纂时期的特定问题。3. 编者的特定问题。4. 有关编者的文学观、境遇、性格问题。5.《文选序》的基本思想与撰者问题。6.《文选》收录作品显示的内在规律问题。7.《文选》编纂的目的和选录标准问题。

第二，明确先行理论对《文选》的影响。具体为：1. 与《文心雕龙》的影响关系。2. 与《诗品》的影响关系。3. 与《宋书·谢灵运传论》(《四声谱》“沈约八病说”）的影响关系。4. 与陆机《文赋》、挚虞《文章流别论》、李充《翰林论》、裴子野《雕虫论》、萧子显《南齐书·文学传论》等的影响关系。

第三，清理各个时代对《文选》的接受、评价的变迁，即扩充和充实《文选》学史。具体为：1. 调查分析各个时代、不同的人对《文选》的批评、评价情况。2. 对历代注释（李注、五臣注）的再检讨。3. 各国、各时代的《文选》研究著作的研讨。

第四，彻底探讨版本、训诂学的历史，让古老的版本学、训诂学对揭示《文选》真相的研究发挥作用。

日本“新文选学”的得名，始自神田喜一郎博士《新的文选学》一文[②]，率先响应神田喜一郎博士的是清水。他于 1976 年发表的《文选编辑的周围》即是“新文选学”的尝试。

1995 年在郑州大学主办的“’95 文选学国际学术讨论会”上，许逸民又

---

① [日]清水凯夫著，周文海编译：《清水凯夫〈诗品〉〈文选〉论文集》，首都师范大学出版社 1995 年版。

② 《世界文学大系月报》，1963 年 12 月。

发表了《“新文选学”界说》[①]一文，将“新文选学”的内涵概括为八方面：1. 文选注释学。2. 文选校勘学。3. 文选评论学。4. 文选索引学。5. 文选版本学。6. 文选文献学。7. 文选编纂学。8. 文选文艺学。并对“新文选学”界定为：“要用新的研究范畴来规范，以新的理论观念来指导而达到新时代学术水准的‘选学’研究。”

从中不难看出，清水的“新文选学”原意是与传统《文选》学相对立，不过，在融合了当代诸多现代《文选》学家的观点后其“新文选学”概念演变得更为宽泛，更为包容，甚至连传统《文选》学的文献研究亦包容于其中。

在日本现代《文选》学界，清水的观点得到了冈村繁的全力支持。其《〈文选〉编纂的实际情况与成书初期所受到的评价》[②]认为清水关于刘孝绰为《文选》编纂主笔的结论是非凡的。“在《文选》的编纂中，很明显全是刘孝绰个人的恣意妄为，却看不到昭明太子本人介入该《文选》编纂的任何形迹。”冈村繁是日本著名学者，一向以见解独特闻名，但在《文选》成书研究中，他却破例地完全支持清水的刘孝绰编纂说。

清水在《〈文选〉中梁代作品的撰（选）录问题》[③]中提出因刘孝绰个人因素而入选《文选》的作品达三十一篇之多，实在令人咋舌。如果确如他所述，则《文选》简直是一部以刘孝绰个人意志、个人意气编纂的充分体现刘氏狷介个性的选集，它在中国古代文学史的重要地位实在值得怀疑。客观地讲，《文选》确有清水所指出的极少数作品可能因刘孝绰影响而入选的嫌疑，但这仅仅是一嫌疑，且其绝非《文选》入选作品的主体，入选作品的主体确是两汉魏晋以来历代公认的名篇名作。清水注意到刘孝绰的作用是极有见地的，但过分强调这一点，既不合乎《文选》成书的实际，又使清水个人的研究陷入了困境[④]。即以唐人记述为例，《文镜秘府论·南卷·定位》尚有论及《文

① 见《文选学新论》，中州古籍出版社 1997 年版。

② 《日本中国学会报》第 38 集，1986 年；又载《中外学者文选学论集》，中华书局 1998 年版，第 1046~1074 页。

③ 《学林》第 1 期，1983 年 1 月 30 日。

④ 傅刚：《〈昭明文选〉研究》，中国社会科学出版社 2000 年版，第 159 页。

选》成书时未提及刘孝绰的记载："梁昭明太子撰《文选》，后相效著述者十有余家，咸自尽善。"可见，《文镜秘府论》亦非提及《文选》编纂，必及刘孝绰，倒是萧统，每及《文选》，必称其撰。[①]

至于"新文选学"的内涵及其演变，前文已有详细的说明，本书《自序》中亦有专论。清水个人对"新文选学"的界定亦是不断变化的，这种变化的趋势是逐渐走向宽容，这一提法的名称虽未变革，但其内容与笔者所主张的现代《文选》学已无大别。

（二）《文选》的编纂者为萧统

清水关于《文选》的实际编纂者为刘孝绰的观点对传统的萧统编纂说极具挑战性，且建立在详尽的考证之上，并非空疏之论，因此它更具有强大的吸引力，理所当然地受到多方面关注。在现代《文选》学史上，几乎从未有过任何学术论争像《文选》编纂者一样受到异乎寻常的关注，并引发了中国大陆学者的激烈论争，屈守元、穆克宏、顾农与力之成为此项研究的典型代表。

屈守元的《"新文选学"刍议》[②]对清水教授的观点提出八点诘难：

一曰萧统主持编纂《文选》不容置疑。

二曰对刘孝绰以个人恩怨选录《文选》的论定实际上亦毁掉了以才名著称于世的刘孝绰。

三曰辨《刘先生夫人墓志铭》为六朝黄宗羲《金石要例》之《单铭例》。

四曰刘峻《广绝交论》亟叹世途之艰，为一佳作，《文选》录入，正当其时。

五曰王巾《头陀寺碑文》为传世名作，且依据刘绘字士章，刘暄（諠）字士穆，断二者为亲近之同族，亦非公论。

六曰萧统亲手编订《陶渊明集》，何至编《文选》竟完全假手于刘孝绰，且令他为自己编别集毫无隐晦，何必编《文选》用刘孝绰实操编务竟无一言交代？

七曰最早为《文选》注音者为追随萧绎在襄阳的萧修之子萧该，可见，

① 许逸民：《〈文选〉编撰年代新说》，《文学遗产》2000年第4期。
② 见《文选学新论》，中州古籍出版社1997年版。

萧氏兄弟子姓俱认可《文选》为萧统所编。

八曰刘孝绰撰《诗苑》与萧统《古今诗苑英华》非为一书。萧统《古今诗苑英华》只宜省称为《英华》，不宜省称为《诗苑》，故不得以刘孝绰编《诗苑》而推导出萧统编《古今诗苑英华》亦委之于刘，从而反证萧统只是挂名而已。何逊不入《文选》，当为时代公论，《诗品》即无何逊之名。

穆克宏《〈文选〉的编者问题》[①]明确指出："《文选》的主编者为昭明太子萧统，是毫无疑义的。""萧统主持《文选》的编选工作，刘孝绰参加此项工作是完全可能的。""当然，参加《文选》编选工作的绝不止刘孝绰一人。王筠亦可能参加了此项工作。"昭明太子身边的殷芸、到洽、张率、王规、殷钧、王锡、张缅、张缵、何思澄、陆襄、刘杳等均有可能参与《文选》的编选工作。

穆克宏并对清水提出的一些代表性论点进行了有针对性的批评。如清水认为萧统《答湘东王求文集及诗苑英华书》中"文质彬彬"的文学观与《文选》赋中选录《高唐赋》《神女赋》《登徒子好色赋》《洛神赋》相矛盾，因而，有可能是刘孝绰选录。穆克宏认为，萧统的文学思想除"文质彬彬"外，尚有"入耳之娱"与"悦目之玩"一类内容。《昭明太子集》中亦有《三妇艳》一类宫体之作，因此，不能据此即认为是刘孝绰所选。再如徐悱《古意酬到长史溉登琅玡城》一诗，文质兼备，诗中少年的英雄气概在有梁一代十分罕见。王士祯《古诗选》、陈祚明《采菽堂古诗选》、沈德潜《古诗源》皆入选此作。因而，绝非刘孝绰徇私情入选。何逊未入选，不仅是因为刘孝绰嫉妒，尚因为梁武帝"吴均不均，何逊不逊"的品评为刘氏嫉妒提供了借口。但是，即使如此，亦不能证明刘孝绰即是主编。《头陀寺碑文》入选亦非刘孝绰徇私，因为此篇确为佳作。李兆洛《骈体文钞》入选此作，著名《文选》学家谭献评此篇为"南朝有数名篇"，钱锺书亦评曰："按余所见六朝及初唐人为释氏所撰文字，驱遣佛典禅藻，无如此碑之妥适莹洁者。叙述教义，亦中肯不肤；窃谓欲知彼法要指，观此碑与魏收《魏书·释老志》便中，千经万纶，

① 见《文选学研究的几个问题》，载《文选学新论》，中州古籍出版社 1997 年版；后收入作者《昭明文选研究》，人民文学出版社 1998 年版。

待有馀力可耳。”[①]《刘先生夫人墓志》不仅选录《文选》，亦选入李兆洛《骈体文钞》。谭献评曰：“入昭明选者都无鄙词。”刘峻的《广绝交论》亦是一篇极为难得的好作品，《梁书》《南史》的《任昉传》都加以引用，《骈体文钞》亦选录。李兆洛、谭献且有美评。若认为上述诸作的入选是刘孝绰徇私情，从而证明《文选》的主编非昭明太子萧统而是刘孝绰难以成立。

顾农《与清水凯夫论〈文选〉编者问题》[②]是大陆学人中较早反驳清水关于《文选》编者为刘孝绰的重要论文。

顾农此文分为三部分。第一部分专论何逊不入选与王巾《头陀寺碑文》、刘峻《广绝交论》、徐悱《古意酬到长史溉登琅玡城诗》之入选。第二部分针对清水《文选》中诸多作品入选是出于刘孝绰的“自我表现”，出于“士之不遇感”而进行辩驳。第三部分针对清水认为有关《文选》中宋玉《高唐赋》《神女赋》《登徒子好色赋》及曹植《洛神赋》与萧统在《陶渊明集序》中对《闲情赋》的批评相左，故《文选》不可能为萧统所选的观点进行反驳。

顾农认为：何逊、吴均不入选《文选》源于梁武帝萧衍“何逊不逊，吴均不均”[③]的批评。“吴均不均”是指吴在其私撰的《齐春秋》中秉笔直书，“帝恶其实录”[④]，结果，书被焚，人被免官。至于“何逊不逊”，顾农以为：“不逊”是一极严重的问题。如《梁书·沈约传》云：“约尝侍宴，值豫州献栗，径寸半，帝奇之，问曰：‘栗事多少？’与约各疏所忆，少帝三事。出谓人曰：‘此公护前，不让即羞死。’帝以其言不逊，欲抵其罪，徐勉固谏乃止。及闻显章事，大怒，中使者谴者数焉，约惧遂卒。”[⑤]沈约与梁武帝为“竟陵八友”，关系极深，且为梁朝开国功臣之一，出言稍一“不逊”，即深触其痛处，以致虽因徐勉全力营救，暂时躲过一灾，终不免屡受痛谴，惊惧而死。可见，“不逊”之恶评问题严重。曹道衡、沈玉成则推测其当为“不愿像鲍照那样自污”，

① 钱锺书：《管锥编》，中华书局 1979 年版，第 4 册，第 1442 页。

② 《齐鲁学刊》1993 年第 1 期，后收入顾农《〈文选〉与〈文心〉》，贵州人民出版社 1998 年版。

③ （唐）李延寿：《南史·何逊传》，中华书局 1975 年标点本，第 871 页。

④ （唐）李延寿：《南史·吴均传》，中华书局 1975 年标点本，第 1781 页。

⑤ （唐）姚思廉：《梁书》，中华书局 1987 年标点本，第 243 页。

故此招来“不逊”之考语[1]。

顾农尚以为：王巾《头陀寺碑文》为一佳构。王巾深精佛典，萧统亦深精佛典。钱锺书曾言：“按余所见六朝及初唐人为释氏所撰文字，驱遣佛典禅藻，无如此碑之妥适莹洁者。”[2]故此碑文入选《文选》，理属自然。

顾农以为：《广绝交论》并非专对到氏兄弟而发，其主题在于感慨“世路险巇，一至于此”。立意相当高远，具有普遍意义。任昉旧交极多，刘孝绰亦在其列。若说讽刺对象，到氏兄弟与刘孝绰诸人皆于其中。此文入选，全在文质兼美。虽然刘峻其人，露才扬己，为梁武帝所恶，但一则问题尚不到“不逊”的严重程度，二则若萧统因梁武帝厌恶刘峻而不敢选录《广绝交论》，刘孝绰则更不敢选录。清水力主徐悱的《古意酬到长史溉登琅玡城诗》是因徐为刘孝绰妹婿而入选，但他只注意考察刘、徐之间的亲属关系，似已忘记他在论述《广绝交论》时所言刘孝绰借此文谴责到氏兄弟，而徐悱此诗恰恰表达了作者对到溉的深挚友情。故若认为《文选》完全出自一味徇私情的刘孝绰之手，徐悱表达对到溉深挚友情的此诗便不可能入选。

有关刘孝绰的“自我表现”，顾农首先从文理剖析，一部大型选本内含诸多内容不同之作，倘要逐一与选者的自我、身世心态联系考察，恐极难操作。且将《文选》七百馀篇作品的中心皆定为“士之不遇感”，亦难成立。其次，顾农认为刘孝绰的生平遭际并无太多士之不遇之感。尽管其在仕途上曾遭挫折，但萧衍、萧统父子对其多器重、夸奖、重用、保护，因此，刘孝绰当无借选录邹阳《于狱中上书自明》、江淹《诣建平王上书》“书”类文章表现自己不遇之感的理由，亦无须借选录王褒《圣主得贤臣颂》、史岑《出师颂》、刘伶《酒德颂》、陆机《汉高祖功臣颂》等“颂”类文章寄托自己虽有高才却未获其高位的不遇之感。

第三部分，顾农着重论述了所谓与萧统观点不同的情赋诸作，文章以为：萧统重风教，但对爱情题材文学的态度并不僵硬。萧统视陶渊明的人格极高、极纯，故对其有《闲情赋》之作而惋惜。但是，对古代大名流宋玉，标准自

---

① 曹道衡、沈玉成：《南北朝文学史》，人民文学出版社1998年版，第11页。

② 钱锺书：《管锥编》，中华书局1979年版，第4册，第1442页。

可放宽。且宋玉诸赋亦有讽谏，如《高唐赋》之“讽谏媱惑”，《神女赋》之“神女亦有教也”，《好色赋》之“讽于媱也”，故可入选。对于能维持讽喻门面且言情节制的“翰藻”美文，萧统尚较宽容。至于沈约的《宋书·谢灵运传论》，顾农以为：此文非刘孝绰一人之观点，萧统《文选》既选录其作，自然赞同其基本观点。萧统的《文选》与体现永明声律说的《谢灵运传论》的区别仅在于他未将声律看得特别重要。

顾农尚有《评清水凯夫“新文选学”》[①]一文，于《与清水凯夫论〈文选〉编者问题》之外，又做了若干补证。

第一，萧纲编《法宝联璧》，萧绎作序，将实际编纂者一一开列于世。萧衍编《华林遍略》，萧秀编《类苑》，萧绎编《碑集》《西府新文》，托之臣下，俱有明载，居高位者并未窃名。故萧统编《文选》的模式若同于《华林遍略》或《法宝联璧》，亦当应有文献明载。

第二，《文选》未选王羲之《兰亭集序》，确难解释，但清水将其归于《兰亭集序》因无士不遇之感而落选，似难成立。因为，“序”类之作，在《文选》中尚有子夏《毛诗序》、孔安国《尚书序》、杜预《春秋左氏传序》、皇甫谧《三都赋序》、石崇《思归引序》、陆机《豪士赋序》、颜延之《三月三日曲水诗序》、王融《三月三日曲水诗序》、任昉《王文宪集序》等九篇作品，皆与感士不遇无涉，何独王羲之《兰亭集序》因此落选？

第三，编纂时间。清水着重抓住两点：一是《文选》所录作家中下世最晚者为陆倕（普通七年，526），故《文选》编纂当在普通七年之后。二是普通七年正当萧统生母丁贵嫔之忧，居丧期不可能主持编务。故《文选》为刘孝绰实主选政。顾农以为：丁贵嫔之辞世在普通七年十一月，此年尚有十个月萧统处于正常情况之中，且服丧期满之后，亦有若干时间可以从事编纂。

第四，关于《文选》与《文心雕龙》的关系。清水以为《文选》基本上未受到《文心雕龙》的影响，顾农则认为：清水详细比较了《文选》的选目与《文心雕龙》“选文以定篇”之间的异同，用大量查明有据的实例证明二者有相

① 顾农：《〈文选〉与〈文心〉》，贵州人民出版社 1998 年版，第 41~52 页。

当大的差异，这对打破学界以往认为《文选》与《文心》往往相合的模糊印象大有好处。但清水片面强调了二者相异的一面，而对二者确有相合之处的一面关注不够，且往往将此种相合解释为其乃历来有定评之佳作。顾农以为不能排除萧统有受到刘勰启发和影响的一面。

顾农的反驳采用了追踪驳斥的做法，对清水的诸项论据进行了系统的辩驳。在一派颂扬、肯定清水学术观点的二十世纪九十年代的中国大陆现代《文选》学界，顾论虽与一片赞颂之声不甚和谐，却使中国大陆的现代《文选》学界在几近众口一词的情况下保持了应有的理智与冷静。

任昉的《刘先生夫人墓志》是否符合墓志的体制，程章灿《读任昉〈刘先生夫人墓志〉并论南朝墓志文体格——读〈文选〉札记》[①]进行了颇为到位的辨析。程章灿曾著有《石学论丛》[②]，对金石之学有精湛的研究。清水引用吴均《齐春秋》，认为墓志应记其人世系、名字、爵里、寿言、卒葬日月、其子孙大略等内容，形式上则应以散文作序，韵文撰铭。而《刘先生夫人墓志》并无记载世系、名字等序文，突然从押韵的铭文开始，因此，它不可能作为墓志体的代表入选。程章灿认为：《艺文类聚》引录的四十九篇墓志，题名有“墓志铭”“墓志”“墓铭”三类。凡以“墓志”为题者，一般都以叙述为主，或为散文，或为骈句，一般不押韵，实为墓志中的“志”或“序”。凡以“墓志铭”为题者，一般只是四言韵文，以咏叹为主，实为墓志中的铭词。只有极少数题为“墓志铭”的，兼有叙述的骈句和咏叹的铭文。以“墓铭”为题者最少，它只是“墓志”中的铭文部分，而与大多数“墓志铭”在文体上并无区别。据当时人的观念，墓志中的序与铭文两部分，各自有相当的独立性。故铭文可以脱离墓志这一文体的母体而独立存在。

《文选》选录《刘先生夫人墓志》中的铭文部分，按当时惯例，仍可题为“墓志”。如此节选的目的，当与《文选序》所揭示的“事出于沉思，义归乎翰藻”的别裁标准有密切关系。无论志（序）部分是散文抑或是骈文，

① 收赵福海、刘琦、吴晓峰：《〈昭明文选〉与中国传统文化》，吉林文史出版社2001年版，第433~440页。

② 程章灿：《石学论丛》，台湾大安出版社1999年版。

以“沉思”“翰藻”的标准来衡量，显然都不及铭文。

由于程章灿精于石学，故文章实际上回答了清水关于《文选》选录《刘先生夫人墓志》是否合乎萧统《文选》选录标准的质疑。

对于顾农的学术论争，清水做了认真的答辩。他的《就〈文选〉编者问题答顾农》一文[①]，答复了三项问题：1. 有关何逊诗不入选及《头陀寺碑文》《广绝交论》的采录问题；2. 有关“颂”“上书”的“士之不遇感”问题；3. 有关昭明太子的文学观和宋玉《高唐赋》《神女赋》的采录问题。

关于第一项，清水强调了如下数点：

1. 齐梁之际，总集的实际编纂几乎都是以身边的得力文士为中心进行的，完全没有根据将《文选》视为例外。

2.《颜氏家训》中有刘孝绰编《诗苑》（指史书载所谓昭明太子撰的《古今诗苑英华》），其书也忌避何逊诗，仅采用两首。

3.《梁书》本传有云：“孝绰辞藻为后进所宗，世重其文”，他是个有名气，多所“陵忽”，常泰然为独善之行，“多忤于物”的人物，史称“孝绰不拘言行，自踬身名，徒郁抑当年，非不遇也”。

4.《文镜秘府论》明载：“至如昭明太子萧统与刘孝绰等，撰集《文选》。”刘孝绰参加编纂《文选》是很清楚的。

5.《文选》编纂的时间是从普通七年开始，恰值昭明太子服丧期间，这时，他是不能积极地“主持”总集编纂的。

对于最能反映刘孝绰独操选政的王巾《头陀寺碑文》与刘峻《广绝交论》，清水坚持原说，并做了补充说明。

关于《广绝交论》，清水补充曰：到溉兄弟自青年时一直与任昉保持着最深的友谊，并靠任昉荐举得以晋升，显然受过莫大的恩惠，故而特别有义务照顾任昉的遗孤。刘孝绰虽幼年时即与父亲刘绘一党的任昉结下友谊，但这只是从事文学创作的忘年之交，而非受到任昉特别推奖而升进，故而不存

① 见《文选学新论》，中州古籍出版社 1997 年版，第 34~50 页。

在特别负有救济任昉遗孤的义务。刘孝绰[①]在《与诸弟书》中亦云："任既假以吹嘘，各登清贯。任云亡未几，子侄漂流沟渠。洽等视之攸然，不相存赡。平原刘峻疾其苟且，乃广朱公叔《绝交论》焉。"[②]

关于《古意酬到长史溉登琅玡城诗》，清水补充云：徐悱此诗只是酬答之作，并未表现对到溉的深厚友情。且到溉、到洽虽为兄弟，但孝绰对二人尚有亲疏之别。颜之推曰："江南诸宪司弹人事，事虽不重，而以教义见辱者，或被轻系而身死狱户者，皆为怨仇，子孙世不交通矣。到洽为御史中丞，初欲弹刘孝绰。其兄溉先与刘善，苦谏不得，乃诣刘涕泣，告别而去。"[③]故刘孝绰视到洽为仇敌，而对到溉则怀有很深的友情。

关于第二项，清水说明如下：

1. 将诗文集的编纂看做一种"自我表现"不应有错。刘孝绰通过《宋书·谢灵运传论》《圣主得贤臣颂》《诣建平王上书》等有意识地选入了反映自己的文学观、世界观、信念、心境等作品，此即《文选》为刘孝绰本人的"自我表现"。

2.《文选》的确选录了反映追求良好的君臣关系与慨叹不幸现实的诸多作品，结合刘孝绰因到洽弹劾而下狱的经历，可以见出刘氏个人意志在编纂《文选》中的强烈作用。

3. 刘孝绰的确存在着士之不遇之感，尤其是在晚年。

关于第三项，清水补充如下：

1. 宋玉《神女赋》《高唐赋》《登徒子好色赋》并无讽谏之意。刘孝绰认为曹植《洛神赋》有可能从音韵方面被《文选》选录。

2. 将《宋书·谢灵运传论》选入《文选》，是刘孝绰对父党沈约的声律

① （梁）萧统：《文选》，中华书局 1977 年影印本，第 972 页。胡克家《文选考异》曰："案：标当做绰，各本皆误。本传云：孝绰诸弟时随藩皆在荆雍，乃与书论共洽不平者十事，其辞皆鄙到氏云云。此所引即其一事也。孝绰，彭城人，故下称孝标云平原刘峻，不知者妄改，绝无可通，今特订正。"

② （梁）萧统：《文选》，中华书局 1977 年影印本，第 760 页。

③ （北齐）颜之推撰，王利器集解：《颜氏家训集解·风操篇》，上海古籍出版社 1992 年版，第 122 页。

谐和论持赞同态度的必然结果。

不赞成清水刘孝绰主编说者，除前言之屈守元、穆克宏、顾农外，尚有连续在《文学评论》1999年第1期与2002年第2期上发表文章的中国大陆学者力之，两篇分别为《关于〈文选〉的编者问题》与《关于〈文选序〉与〈文选〉之价值取向的差异问题》。二文的观点极为一致：《文选》纯出昭明太子一人之手。力之尚有《关于〈古今诗苑英华〉的编者问题——兼说无以动摇〈文选〉为昭明太子所独撰说》[①]一文，再次论证《文选》为萧统独撰。

力之在《关于〈文选〉的编者问题》中谈了四点：第一，关于帝王、诸王著书的署名问题。第二，《文选》为昭明一人在挚虞《流别集》等前贤总集基础之上选编的再选本，且所选多为向来已有定评的作品。第三，辩唐元兢《古今诗人秀句序》《中兴书目》与日本古抄卷子本旁注刘孝绰作《文选序》之说为非。第四，辩《广绝交论》入选非刘孝绰所为。

帝王、诸王命臣下修（编）类书、总集，并非皆由帝王署名。力之共举了四例：

1. 刘劭、桓范、王象等奉魏文帝曹丕之命所著《皇览》，《隋志》子部杂类著录为缪袭，而非曹丕。

2. 唐高祖诏命欧阳询等修《艺文类聚》，唐玄宗令徐坚等修《初学记》，宋太宗诏李昉等修《太平御览》，宋真宗命王钦若等修《册府元龟》等类书，清康熙命彭定求等编《全唐诗》等总集，署名者全是领修（编）者。

3. 梁安成王萧秀命刘孝标撰《类苑》，亦并未署萧秀之名，《隋志》子部杂类著录《类苑》，署名刘孝标。

4. 梁武帝敕徐勉领衔编纂《华林遍略》，勉推举何思澄、刘杳、顾协、王子云、锺屿等五学士参与。但是，《梁书》《南史》《隋志》并未署名梁武帝。

至于《长春义记》《法宝联璧》当另作别论。《梁书·许懋传》载萧纲“召诸儒参录《长春义记》”，《南史·儒林·沈文阿传》亦言萧纲撰《长春义记》时，“多使文阿撮异闻以广之”。《南史·陆罩传》云：“简文在雍州，撰《法

① 收《〈昭明文选〉与中国传统文化》，吉林文史出版社2001年版，第144~149页。

宝联璧》，罩与群贤并抄掇区分者数岁。”此与安成康王萧秀“使（刘孝标）撰《类苑》”和梁武帝“命诸学士撰《遍略》”不同，梁简文帝“在东宫……撰《长春义记》”“在雍州，撰《法宝联璧》”，诸儒只是“参录”，“群贤”亦仅是“抄掇区分”。故萧纲实为《长春义记》与《法宝联璧》的主编。

关于《文选》，力之以为，《梁书·刘孝绰传》记述甚详，昭明太子集亦为孝绰“集而序之”，但整部《梁书》《南史》的相应部分，未有半句涉及孝绰及其他人参加《文选》的选录。

萧绎在《金楼子序》中明确表白自己“常笑淮南之假手，每嗤不韦之托人”，并在《著书篇》中明确写出编纂诸书的实际情况。可见，萧氏兄弟并无埋没他人著书之功。

力之提出，萧统《文选》之编是在挚虞《文章流别集》等前贤总集的基础上编成的，且所选多为向来已有定评的作品，反映了齐梁文人普遍的审美趣味。力之的这一提法，在国内《文选》学界尚属第一次。虽然，他并未提到冈村繁1986年在《日本中国学会报》第38集的《〈文选〉编纂的实际情况与成书初期所受到的评价》[①]，亦未如冈村繁举出《隋志》所载的诸例加以论证。但是，这却是一个值得重视的思路。遗憾的是无论冈村繁，还是力之，对于这一崭新思路的重视与论述都略嫌用力不足。

关于《广绝交论》的入选，力之以为，此作乃讥任昉所有故交，并非仅为到洽一人。力之另举新证者四：第一，萧统对到洽不薄，《梁书·刘孝绰传》载绰将其与诸弟书论到洽不平者十事写别本封呈东宫，而昭明太子焚之，不开视。第二，昭明太子对绰并非事事听从。第三，到洽卒后，萧统《与晋安王纲令》对洽既有敬意又有忆念。第四，江淹曾弹劾刘孝绰伯父刘悛，使其收付廷尉治罪，但《文选》所收齐梁作家，江淹作品居诸家之冠，较刘孝绰“惟服”的谢朓尚多十二首。可见，刘孝绰并非能够左右《文选》诸作的入选。《广绝交论》之入选，完全是因为此作立意高远，文辞极丽。

《关于〈古今诗苑英华〉的编者问题——兼说无以动摇〈文选〉为昭明

① 《日本中国学会报》第38集，1986年；《中外学者文选学论集》，中华书局1998年版。

太子所独撰说》[1]，则再次论证了《文选》为萧统独撰。

力之二文，为屈守元、穆克宏、顾农之后，又一力驳刘孝绰中心说的重要文章。其文甚重思辨，对诸史的用语极为讲求，并在常人不甚注意之处，力排清水之说。

上述诸文均是对清水《文选》成书研究的响应。从现代《文选》学史的角度观之，其《文选》研究观点、研究方法、研究影响构成了一个独特的清水现象，这既是中国大陆现代《文选》学界非常独特的文学现象，亦是整个现代《文选》学史上非常独特的现象。清水及其系列论文所产生的学术聚集效应是现代《文选》学史上任何一位学者都难以匹敌的。

清水现象的产生，首先是其研究中具有合理性的一面。刘孝绰参加《文选》编纂见于日释空海的《文镜秘府论·南卷·集论》，亦见于宋王应麟《玉海》卷五十四引《中兴书目》，唐宋文献资料为刘孝绰参与《文选》编纂提供了重要文献佐证。《文选》中刘孝标、徐悱、陆倕等少数梁代作品入选以刘孝绰的作用加以阐释不无道理。其次，从研究方法而言，清水是一位执着而严谨的学者，不尚空谈，重视论证，重视文献，注重原创，成为其系列文章的共同特点。这是饱受空疏学风之害的大陆学人久违的严谨学风，亦是清水系列文章受到中国大陆现代《文选》学界极大青睐的重要原因之一。再次，清水现象出现于二十世纪九十年代。处于中国大陆的现代《文选》研究沉寂了近四十年之后刚刚复苏之时，清水关于《文选》研究的观点、方法对大陆现代《文选》学界是一个极大的冲击。这主要来自清水力主刘孝绰主编说所产生的巨大挑战性。对外封闭了近四十年之后，聆听到一衣带水的日本学者如此富有挑战性的观点自然使中国大陆现代《文选》学界耳目一新，信之、从之、颂之，顺理成章。但是，随着清水由关注刘孝绰在《文选》编纂中的作用到以追踪刘孝绰为研究的唯一线索，以及中国大陆现代《文选》学研究的深入发展，越来越多的研究者，已由对清水的首肯、颂扬转向客观评价，转向有扬弃有吸收，这表明中国大陆的现代《文选》学界正在走向成熟。

① 收赵福海等主编：《〈昭明文选〉与中国传统文化》，吉林文史出版社 2001 年版。

在分析清水现象的始末时，不应忽略其前期《文选》研究的成绩，不应忽略其在现代《文选》史上的学术史地位。无论现代《文选》学界最终对清水的学术观点认可到何种程度，都不能否定他是唯一一位使整个中国大陆现代《文选》学界集中关注的研究者，还有他对整个现代《文选》学研究的征实之风所起到的巨大的学术聚焦作用。围绕清水曾经出现过的激烈学术论辩使整个现代《文选》学界都感受到了他的存在与声音。学术史的地位既非凭借研究者个人的学术感觉而建立，亦非完全凭借研究者的学术贡献而擅场，一场空前热烈的学术论争的发起人亦应当在学术史上留下一道耀眼的光芒，清水凯夫在整个现代《文选》学史上即是这颗耀眼的新星。

（三）《文选》的编纂者为萧统与刘孝绰

在力排清水刘孝绰主编说的同时，部分学者汲取了其观点的合理内核，摒弃了其主观色彩甚浓的不尽合理的成分。其中，曹道衡、沈玉成的《有关〈文选〉编纂中几个问题的拟测》[①]认为：《文选》是按照萧统的文学观，并在他的实际主持下进行的，这与后代帝王的"御制""御撰"之类纯属沽名钓誉者不同。同时，刘孝绰参加了《文选》的编纂。

主张《文选》的编纂者为萧统与刘孝绰的另一位重要学者为傅刚，以《〈昭明文选〉研究》[②]详细阐述了他的基本观点。

傅刚是中国大陆《文选》学界中首位以《昭明〈文选〉研究》作为博士论文的学者，该书也是整个二十世纪中国大陆《文选》学界首部最为全面地研究《文选》的专著，国内诸多著名学者均给予了高度评价。[③]《导言》第五部分明确了作者的主要观点，其中与清水论点有关者是：1.《文选》的编者主要是萧统和刘孝绰；2.《文选》的编辑时代开始于普通三年（522）至六年（525），完成于大通元年（527）末至中大通元年（529）之间；3.《文选》

① 赵福海等主编：《〈昭明文选〉研究论文集》，吉林文史出版社 1988 年版，第 32~42 页。

② 傅刚：《〈昭明文选〉研究》，中国社会科学出版社 2000 年版。

③ 见《〈昭明文选〉研究》一书袁行霈、曹道衡之《序》与该书封底袁行霈、曹道衡、钱中文、董乃斌、许逸民诸评语。

最初的体例是以天监十二年（513）为下限，后因刘孝绰的原因增选了刘孝标、徐悱、陆倕的作品，故成书后的下限是普通七年（526）。

该书上编《〈文选〉编纂的背景研究》是全书的重要部分，亦是傅刚阐明其一系列重要观点的基本依据。此章各节实际是为论述《文选》是萧统与刘孝绰编纂，《文选》编纂的目的是为了辨体等一系列重要学术观点的背景论述。

第一章《汉魏六朝编撰考论》含三节：第一节《汉魏六朝著书、编集动因考》（以下简称《动因考》），第二节《汉魏六朝著书、编集体例述论》（以下简称《体例述论》），第三节《汉魏六朝著书、编集撰人例论》（以下简称《撰人例论》）。

首节《动因考》总论六朝著书、编集之动因种种。作者着重指出：辨明文体是魏晋南北朝总集编纂的主要动因。但当时编著典籍因编纂者身份不同亦有诸多不同。编纂者之身份大体可分为帝王、太子、诸王、文士四类。帝王躬自撰著始自萧衍，其自编《历代赋》在于显示其博学。太子著述始于曹丕，其《典论》之撰在于显示才华，为已延誉。后之太子，多效仿曹丕；后之诸王，多效仿曹植。立言，成为立功不成之后的一种人生选择。

次节《体例述论》。作者认为，总集的体例大致有四：一是以作品收集的时代划限；二是不录存者的体例；三是内容上采用“以类相从”的体例；四是书名之下系作者小传。

第三节《撰人例论》阐发魏晋南北朝署名现象有四：一是托名古人或名人，二是窃他人书为己书，三是诸王组织门客编书之例，四是帝王亲自撰述。

傅刚对第三节论述颇详。作者自吕不韦集门客编《吕氏春秋》始，论及汉淮南王刘安组织编辑《淮南子》，刘义庆主持门客辑《世说新语》与《集林》，直至清胡克家约请顾广圻、彭兆荪著《文选考异》。诸王编书多怀有政治目的，故多选部帙庞大者。秦汉编著，多选子部。魏晋之后，多集中于类书及小说。这就为论述《文选》的编纂者做了翔实的准备。

在第四类中，傅刚对帝王撰述做了具体分析，认为帝王亲自撰述始于曹魏父子。曹操亲撰兵法六种，曹丕亲撰《典论》，此皆帝王亲撰，非假手于人。

但亦有著述为门下学士所作，如梁武帝《通史》四百八十卷，主要为吴均所撰。傅刚的这种论述较之清水所述更为翔实。傅刚举萧绎为例，详列了《隋志》著录的萧绎之作十五种，并据史料将此十五种著作的撰述分为四种方式：1.萧绎自撰。2.萧绎付别人撰。3.萧绎为序，付别人撰。4.萧绎与人合撰。

从萧绎《金楼子》观之，其所著录之书目中，确有非萧绎所作者亦都著录于此书的现象，且《梁书》尽归于萧绎所作，如《补阙子》等。这反映出时人对有权位的组织者比较看重，常将组织者作为撰写者看待，此当为时人的普遍观念。故史书及史志往往将实际撰述者隐去，而署上组织者或实际撰人的府主。傅刚以大量实例详细分析了帝王撰述的种种复杂情况，为下文探讨《文选》的编纂者奠定了基础。

该书下编《〈文选〉的编纂及文本研究》含四章。其中，第一章《〈文选〉的编纂》是上编《〈文选〉编纂背景研究》的逻辑归宿。第一节《〈文选〉的编者及编纂年代考论》是对《文选》的编者问题进行了回答。

傅刚指出，《文选》的实际编纂者是刘孝绰这一观点为日本学者清水率先提出。刘孝绰参加《文选》编纂见于日释空海的《文镜秘府论·南卷·集论》，亦见于宋王应麟《玉海》卷五十四引《中兴书目》。萧绎在《金楼子·立言篇》中自言不愿让宾客代笔，即使如此，《梁书》本纪与《金楼子》记载的著作中仍有诸多非其所作。以之推论萧统，说《文选》有可能不完全是萧统手编，在当时的编撰背景中是可以成立的。署名萧统的《古今诗苑英华》据颜之推《颜氏家训·文章篇》的记载，为刘孝绰所编纂。其中，最为有力的证据是唐人刘孝孙有《沙门慧净〈诗苑英华〉序》[①]，称慧净“自刘廷尉所撰《诗苑》后，纂而续焉”。刘孝绰做过廷尉，故称。慧净所编称为《续古今诗苑英华》，故刘孝绰所编只能是《古今诗苑英华》。因此，颜之推《颜氏家训》所云刘孝绰所编《诗苑》当为署名萧统的《古今诗苑英华》。萧统在《答湘东王求文集及〈诗苑英华〉书》中明云：“又往年因暇，搜采《英华》，上下数十年间，未易详悉，犹有遗恨，而其书已传，虽未为精核，亦粗足讽览。”可

① 《全唐文》，上海古籍出版社1990年版影印本，第692~693页。

见萧统在该书的编辑中起了主导作用。经过一系列环环相扣的论证，傅刚认为《文选》的情况当亦如是：它既非屈守元、穆克宏、顾农所说纯为萧统手编，又非清水所云出自刘孝绰一人之手。《文镜秘府论》“萧统与刘孝绰等撰集《文选》”之说，当引起学林重视。《文选》的编纂除刘（孝标）、徐（悱）、陆（倕）的五首诗文外，馀皆为天监十二年之作。故刘、徐之作的补入，当为刘孝绰的作用。

傅刚吸收了清水《文选》作者研究中的合理部分，同时，亦舍弃了其不尽合理的成分，并对清水《文选》研究的贡献与局限进行了客观的评价。他指出：清水在其最初的《文选》研究中注意到刘孝标、徐悱之作入选《文选》与刘孝绰有关，值得称道。但清水研究的视角由确立刘孝绰为《文选》的实际操作者切入，因此，他后来的研究带有了过多的主观臆测，难免牵强附会以从己说。

总之，清水关于刘孝绰参与《文选》编纂的观点是正确的，但是，过于强调刘孝绰的作用则是不可取的。

三、《文选》为再选本说

在《文选》成书研究中，始终存在着另一种观点，即《文选》为再选本。这又可分为两种：一种以中国学者曹道衡、俞绍初为代表，一种以日本学者冈村繁与中国学者力之为代表。

曹道衡在《〈文选〉和辞赋》[①]一文中说：“《文选》一书，很可能是在几部其他选本的基础上重新改编定的。据《隋书·经籍志》记载，有‘《历代赋》十卷，梁武帝撰’。又有《古今诗苑英华》十九卷，梁昭明太子撰；在谢灵运《诗英》一书下，又有注说梁时有‘《文章英华》三十卷，梁昭明太子撰，亡’。”“现在看来，《文选》很可能是从梁武帝的《历代赋》，萧统自己的《诗苑英华》和《正序》三书中重新改编的。”

① 曹道衡：《汉魏六朝文学论文集》，广西师范大学出版社 1999 年版，第 46~62 页。

俞绍初《萧统年谱》[1]“普通四年”条曰：“盖《历代赋》十卷，《正序》十卷及《诗苑英华》二十卷，撰集既成，昭明更欲合赋、诗、文于一编，以集选文之大成，故受梁武帝之命特新置东宫学士以与旧学士共司其事。”大通三年、中大通元年条又曰：“昭明之撰《文选》，赋有梁武帝《历代赋》十卷可作依据，事不为难；诗有《诗苑英华》二十卷，以其‘未为精核’而‘犹有遗恨’，须再精选，删为十卷，并选取四言、七言若干首补入其间；文原有《正序》十卷，所选为‘古今典诰文言’，与《文选序》所标榜‘综缉辞采’‘错比文华’之选文标准颇有出入，故得重为辑集，费时最多。”两位著名的中国大陆《文选》学研究者的观点颇为相近，均认为《文选》是在梁武帝与昭明太子所编赋、诗、文选集的基础之上重加筛选而成。因此，《文选》必然是一再选本。

冈村繁是日本资深的中国古代文学史、中国古代文学批评史的研究者，他在《〈文选〉编纂的实际情况与成书初期所受到的评价》[2]中，对《文选》成书提出了极为大胆的观点，即萧统《文选》非初选本，而是一个再选本。在《文选》编纂之前，已有诸多先贤对古今诗文做过多次整理，并已编纂成集。冈村繁据《隋志》总集类的记载，抄录了其中距昭明太子并非遥远的宋齐以后几十年中所编纂的总集与选集如下：

《集林》一百八十一卷，（宋）临川王刘义庆撰。梁二百卷。《集林钞》十一卷。《集抄》十卷，（梁）沈约撰。《集抄》四十卷，（梁）丘迟撰。亡。《集略》二十卷。《文苑》一百卷，（南齐）孔逭撰。《文苑钞》三十卷。

冈村繁在列举了上述《隋志》著录的总集之后，以刘义庆的《集林》之后出现无名氏编纂的《集林抄》十一卷为例，推论出此无名氏编纂的《集林抄》十一卷当以刘义庆《集林》为底本选编而成。其后，沈约的《集抄》十卷，丘迟的《集钞》四十卷，另一无名氏的《集略》二十卷，据《隋志》的排列方法，均当为据刘义庆《集林》重编的同类选集。在这组例证之后，冈村繁又举《隋志》

---

① 见中州古籍出版社 2001 年版。

② 《日本中国学会报》第 38 集，1986 年版；又载《中外学者文选学论集》，中华书局 1998 年版。

总集类著录的南齐孔逭所撰《文苑》一百卷为例，此书编成后，接着出现了无名氏编纂的《文苑钞》三十卷。不仅如此，冈村繁尚以为，这种据前贤总集编纂选集的情况在当时相当普遍。《隋志》载《妇人集》二十卷，接着即有《妇人集钞》二卷；谢灵运编纂了《赋集》九十二卷，其后即出现《赋集钞》十卷；谢灵运编辑了《诗集》五十卷之后，又亲手编纂了《诗集钞》十卷。

《隋志》的这种记载曾为诸多学者所注意，但从未有学者由此推论出萧统《文选》亦是再选本的结论。傅刚《〈昭明文选〉研究》上编第二章《文体辨析与总集的编纂》之第四节《文体辨析与总集的编纂》亦论及刘义庆《集林》："《集林》问世后，因部帙庞大，苦于阅览，其受欢迎的程度并不高。但又因其搜集前代作品的完备，最适合从中再次集选了，沈、丘二书大概就是这样产生的。如果这个推测不错的话，那么沈、丘二书的体例也应该与《集林》相同，也当是'类聚区分'的诗文选集。"[①]此中的"沈、丘二书"是指《隋志》中排列在刘义庆《集林》之后的沈约的《集抄》十卷与丘迟的《集抄》四十卷（亡）。可见，傅刚对《隋志》的这段记载亦十分稔熟，但傅刚重在讨论总集编纂与辨体意识的关系，并未留意据总集进行再选编为选集与《文选》成书是否有关。

冈村繁提出的萧统《文选》并非先成长编，再行删选的二次成书，而是借鉴前贤总集进行再选编的二次选编本。此论与曹道衡、俞绍初的二次成书说同是一种拟测，且冈村繁并未就此观点进行深入的探讨，特别是未能举出《文选》一书的内证，来证明《文选》系二次成书的再选本，而非先成长编再行选编的初选本。在现代《文选》学史有关《文选》成书的诸说中，冈村繁这一富有创见的观点并未得到学林的关注。他本人在推测出《文选》当为再选编的总集后，却将再选编的作者送给了刘孝绰，成为支持清水的刘孝绰实操编务说的一种推论。

但是，这一观点至少说明，不能根据梁代有设置学士编纂典籍的史实，必然地推论出《文选》亦是设置学士进行选编的初选本。

---

① 傅刚：《〈昭明文选〉研究》，中国社会科学出版社 2000 年版，第 99 页。

冈村繁的文章写于1986年，其时中国大陆的现代《文选》学研究在度过了长达近四十年的冰封期后，刚刚进入启动阶段。1998年中华书局出版了郑州大学与“中国《文选》学研究会”选编的《中外学者文选学论集》，收入了冈村繁的这篇重要文章，使之为诸多中国学者所了解，但是，这一重要观点在中国大陆现代《文选》学界与海外现代《文选》学界却未受到应有的重视。

冈村繁的《文选》为再选本说虽然颇具挑战性，但同样潜藏着一个巨大的学术风险，即冈村繁所论仅仅是一种或然性因果推论。即使在《文选》编纂之前，已经有诸多文学总集问世，且有人据此再编成选集，如《集林抄》《集抄》诸书系据刘义庆《集林》再选编而成，我们也不能必然地由此推论出《文选》亦一定是再选本，《隋志》著录的情况仅仅说明《文选》的成书存在着据前贤总集进行再选编的可能性。

《文学评论》1999年第1期发表了力之的名文《关于〈文选〉的编者问题》，发表了与冈村繁相同的观点：“将昭明太子与其同时代或其前人比观时，我们便会发现，他完全可以凭一己之力编撰《文选》。他是依靠前人的‘帮助’来完成这项伟大工程的。”力之列举了两条论据证明：挚虞《流别集》即以一人之力独立完成，它应当是一部早期《文选》；此后总集不断问世，这为昭明太子提供了极大的方便。力之文中未提及冈村繁1986年发表的《〈文选〉编纂的实际情况与成书初期所受到的评价》，当是所见略同。其文一如冈村繁，仅仅列举了《文选》编纂之前出现了挚虞《流别集》一类总集，而未列举《文选》参考前贤诸总集而进行再选编的内证。

力之是一位介入《文选》研究较晚却极有特色的研究者，特点是善于思辨。在《关于〈文选〉的编者问题》中这一特点已经显现，即对史书用词进行了仔细分辨。如他认为安成康王萧秀“使（刘孝标）撰《类苑》”和梁武帝“命诸学士撰《遍略》”，而《陈书·儒林·沈文阿传》说的是梁简文帝“在东宫……撰《长春义记》”，《南史·陆罩传》说梁简文帝“在雍州，撰《法宝联璧》”，“诸儒”只是“参录”，“群贤”不外“抄掇区分”。由此认为帝、诸王命学士撰编与诸王亲自撰编、学士参编是不同的。力之也对“撰”“参录”“抄掇区分”诸词进行了认真、仔细的考辨。在《关于〈文选序〉与〈文选〉之价值取向的差异问题》[1]中，仍然保持了这种严谨的思辨能力。如对《文选》系仓促成书说的辨驳，首先引用了《文选序》有关文字，然后抓住“今之所撰”“今之所集”“都为三十卷”“诗赋体既不一，又以类分”诸句，断定萧统《文选》一定是编集在先，撰《序》在后。既然如此，既然《序》言“余监抚馀闲，居多暇日”，所以，仓促成书说难以成立，“腊鹅事件”对昭明太子编撰《文选》没有太大影响。这种论证纯以《文选序》的文本语言进行推理，这成为其《文选》研究的一大特色。但是，其说亦尚待完善。因为，《文选》中的确存在诸多问题，王晓东的《〈文选〉系仓促成书说》[2]所举各例是客观存在的。如果《文选》存在的上述诸问题非仓促成书所致，当作何解，亦应有所辨识，以释读者之疑。

四、《文选》成书与《类文》

《文选》与《类文》的关系最先见著于宋人吴棫《韵补·书目》。吴棫是南北宋之交人，在《韵补》书首开列的五十种书目中就有对《文选》与《类文》的注释。吴氏在《文选》一书下注曰：“梁昭明太子所集。赋、诗、乐府、歌、颂、赞、七、箴、铭、诔文、连珠，皆韵。”在《类文》下注曰：“此书本千卷，或云梁昭明太子作《文选》时所集，今所存止三十卷。本朝陶内翰穀所编。”[3]此后，朱彝尊《书〈玉台新咏〉后》对其做了发挥：“昭明《文选》初成，闻有千卷，既而略其芜秽，集其清英，存三十卷，择之可谓精矣。”[4]俞绍初的《文选》成书两阶段说即肇端于朱彝尊之说。但是，尽管俞绍初首肯朱彝尊之说，却并未将吴棫、朱彝尊提及的《类文》作为《文选》成书的基本依据。

① 见《文学评论》2002年第2期。

② 收《文选学新论》，中州古籍出版社1997年版。

③ 吴棫：《韵补》，中华书局1987年版。

④ 《曝书亭集》卷五十二，《四部丛刊》初编本。

许逸民《〈文选〉编撰年代新说》①就此确有新说：天监十五年（516）以后，萧统受敕修《华林遍略》的触动，有心撰集一部大型总集，结集后名为《类文》。天监末，《类文》大体成书，此时萧统又想编纂一个简约的选本，一两年后，即普通初年（元年或二年），成《文选》三十卷。在《文选》编撰中，萧统始终主其事，东宫参与者中何思澄、刘孝绰出力最多。

许论有两个重要观点：一是萧统受编纂《华林遍略》的影响编纂《类文》，二是何思澄与《文选》编纂关系密切。

关于《华林遍略》与《类文》的关系，《南史》与两《唐志》均记载天监十五年（516）太子詹事徐勉奉诏组织学士编纂《华林遍略》②，但《隋志》著录《华林遍略》为徐僧权等撰。但无论徐勉抑或徐僧权，俱与萧统东宫关系密切。许逸民据此认定：萧统撰集《类文》，当是受《华林遍略》编撰的影响。故自天监十五年始，在东宫学士辅佐下，辑成千卷《类文》稿本。

许逸民对此记载作出的有力论证是《韵补》卷二“夸”字下引陆机《感丘赋》的四句逸文：“或趋时以风发兮，或遗荣而婆娑。或冲淡以后己兮，或招世而自夸。”此四句既不见于唐代类书，又不见于今传宋本《陆士衡集》，故当是宋人吴棫从萧统所撰《类文》中摘出。此例说明《类文》至宋末尚有残本传世，陶穀在序跋中谈及此书的编撰及与《文选》的关系，当是应有之义。

关于何思澄与《文选》的关系，宋王应麟《玉海》卷五四引《中兴书目》著录《文选》六十卷，其释文谓萧统集汉迄梁文人才士所著诗赋等为三十卷，又有双行小注曰：“与何逊、刘孝绰等选集。”许逸民认为此注之“何逊”当为“何思澄”之误。理由有四：一是后世以何逊诗名特盛而不知有何思澄，故“何逊”二字当为“何思澄”之误。二是“思澄”二字快读成“逊”。三是《梁书·何思澄传》载，澄于天监十五年应徐勉之举撰《华林遍略》，且在天监末兼东宫通事舍人，直至中大通三年萧统死后才离开，故与萧统关系非同一般；思澄自视甚高，意谓“东海三何”，己才最盛。四是《南史·何

① 见《文学遗产》2000年第4期，又载赵福海等主编：《〈昭明文选〉与中国传统文化》，吉林文史出版社2001年版。

② 见《南史·何思澄传》，中华书局1983年标点本，第1782~1783页。

胤传》载澄奉萧统手令前往褒美高僧藏法师，可见萧统极为重视何思澄。故王应麟《玉海》引《中兴书目》所云“何逊”当为“何思澄”，他与刘孝绰同为纂集《文选》的主要成员。

五、《文选》成书与魏晋南北朝文学传统

清水所提出的《文选》主要由刘孝绰编纂的观点在二十世纪九十年代中期曾在中国大陆现代《文选》学界产生过一波相当大的震动，受此影响的论文、论著颇多。虽有学者如顾农曾屡屡撰文予以反驳，学界并未因此而减少对清水教授观点的继承。不过，这种风靡一时的观点在二十世纪末却受到了现代《文选》学界的严肃挑战。

《文学遗产》2000 年第 1 期发表了曹道衡《〈文选〉对魏晋以来文学传统的继承和发展》的长篇论文。这是一篇从根本上动摇清水论点的重要文献，亦是二十世纪中后期关于《文选》成书研究的重大创获之一。

该文从《文选》选录的赋、文、诗三个方面论述了《文选》选录的作品是对魏晋以来文学传统的继承。“从萧统选录的作品看来，应该说大部分是魏晋至梁代人们公认的好作品，尤其是其中赋和诗的部分，更是如此”。[①]

文章以为：《文选》选录的“京都”“田猎”诸赋，魏晋以来，即是传诵的名作。如西晋皇甫谧为左思所作《三都赋序》曰：“其中高者，至如相如《上林》、扬雄《甘泉》、班固《两都》、张衡《二京》、马融《广成》、王生《灵光》，初极宏伟之辞，终以约简之制，焕乎有文，蔚尔鳞集，皆近代辞赋之伟也。”皇甫谧列举的诸赋，除马融《广成赋》外，全为《文选》录入。刘逵《注左思蜀都吴都赋序》亦提及司马相如《子虚赋》、班固《两都赋》、张衡《二京赋》。左思在自作《三都赋序》中亦称：“余沃思摹《二京》而赋《三都》。”可见，他亦将司马相如、扬雄、班固、张衡诸大赋视为典范。与左思同时的潘岳，在其《西征赋》中亦曰：“班述‘陆珍海藏’，张叙‘神

① 曹道衡：《〈文选〉对魏晋以来文学传统的继承和发展》，载《文学遗产》2000年第1期。

皋隩区’。此西宾所以言于东主，安处所以听于凭虚也。”可见，潘岳对《两都赋》《二京赋》亦极推崇。《三国志·国渊传》载曹操时曾有人作谤书非议时政，国渊凭借谤书作者熟知《二京赋》这条线索而侦破此案。而《二京赋》最早的注家为吴人薛综，故曹道衡以为三国时代的魏吴两国均流行此赋。与《二京赋》同为《文选》所收录的《南都赋》，南朝时亦为名作。郦道元《水经注·湍水》引南朝杜彦达之说：“即《南都赋》所谓‘汤谷涌其后’者也。”郦道元予以严正驳斥，可见，郦氏极为熟悉《南都赋》。

《世说新语·文学》载庾阐作《扬都赋》，庾亮为他提高身价曰“可三《二京》四《三都》”，遭到谢安批驳。《世说》尚记载玄言诗人孙绰之语：“《三都》《二京》，五经鼓吹。”可见，东晋之世，《三都赋》《二京赋》地位之高。《南史·谢朓传》载南齐末江祏、江祀欲废东昏侯萧宝卷立江夏王萧宝玄，派刘沨、刘晏去见谢朓，谢朓嘲弄说：“可谓‘带二江之双流（刘）’。”语出左思《蜀都赋》，可知谢朓极熟《三都赋》，后来谢朓之死与此大有干系。

不仅司马相如、扬雄、班固、张衡所作京都、田猎诸大赋历来被视为典范，《文选》其他入选之赋亦多为名作，如王延寿《鲁灵光殿赋》、潘岳《秋兴赋》、木华《海赋》等。《世说新语·任诞》载阮咸与姑母的鲜卑婢私通而生阮孚，刘孝标注引《阮孚别传》曰：“（阮）咸与姑书曰：‘胡婢遂生胡儿。’姑答书曰：‘《鲁灵光殿赋》曰：“胡人遥集于上楹”，可字遥集也。’阮孚字遥集。”《世说新语·言语》载：“桓玄既篡位，将改置直馆，问左右，虎贲中郎省应在何处。有人答曰：‘无省’，当时绝忤旨，问：‘何以知无？’答曰：‘潘岳《秋兴赋》曰：“余兼虎贲中郎将寓直散骑之省。”’桓玄嗟称善。”从此例可知，《秋兴赋》至东晋已成人们传诵之作。

《文心雕龙·诠赋》举汉代以前赋家荀子《赋篇》、宋玉诸作、枚乘《菟园》、司马相如《上林》、贾谊《鹏鸟》、王褒《洞箫》、班固《两都》、张衡《二京》、扬雄《甘泉》、王文考《鲁灵光殿赋》等十家，除《荀子》中的《赋篇》因见于子书而《文选》未收外，唯枚乘《梁王菟园赋》未录，可见刘勰与萧统对汉代辞赋家的看法基本一致。刘勰《文心雕龙》对魏晋赋家，提及者有王粲、徐幹、左思、潘岳、陆机、成公绥、郭璞、袁宏凡八人。

萧统《文选》收录的有王粲《登楼赋》、左思《三都赋》、潘岳《籍田赋》等七篇，以及陆机《文赋》与《叹逝赋》，成公绥《啸赋》与郭璞《江赋》，唯徐幹、袁宏二人之作未入选。故知刘、萧二人对魏晋赋的评价亦大体相类。只有刘宋之后的辞赋，《文心雕龙》因论述一般止于东晋，故无从比较。《文心雕龙·比兴》篇中所举各种比兴之六例，全为辞赋之句，如宋玉《高唐》、枚乘《菟园》、贾谊《鹏鸟》、王褒《洞箫》、马融《长笛》、张衡《南都》，除枚乘《菟园》一例外，馀皆见于《文选》。刘勰举例，必然以其心中名作为例，二者的高度雷同，正说明刘、萧见解之雷同。

再如曹植之作，《文选》收录甚夥，但赋类仅收《洛神》一篇。《南齐书·文学·陆厥传》载陆厥《与沈约书》，唯提及曹植《洛神赋》《池雁赋》二篇，沈约的答书则只认为《洛神赋》一篇可称名作，馀皆不足取。故《文选》仅收曹植一篇《洛神赋》亦非萧统一人之见，而是时人之共见。

曹道衡论及《文选》对诗歌的选录，主要以江淹、沈约与锺嵘为例。

江淹的《杂体诗三十首》拟作三十家，《文选》收录了二十六家，唯孙绰、许询、谢庄、汤惠休四家未选。孙绰、许询为东晋玄言诗人，自刘宋以来屡遭批评。《世说新语·文学》篇刘孝标注引檀道鸾《续晋阳秋》已严厉批评孙绰、许询。其后沈约《宋书·谢灵运传论》、锺嵘《诗品序》、刘勰《文心雕龙》（《明诗》《时序》诸篇）无不对孙、许诸人的诗风予以尖锐批评。可见，孙绰、许询之诗未能入选，亦为时代共论。谢庄之诗，《诗品》列为下品，《诗品序》批评其作诗用典太多。汤惠休亦为《诗品》列为下品，颜延之早就批评过他的诗作[①]。且所拟江淹《杂体诗三十首》诸作，《文选》中大多可觅到。李陵、班姬自不必言，《魏文帝·游宴》仿曹植《芙蓉池作》，《陈思王·赠友》仿曹植赠徐幹、王粲、丁仪诸作，《刘文学·感遇》仿刘桢《赠从弟》，《王侍中·怀德》起首学王粲《七哀》末尾仿《公宴》，《陆平原·羁宦》仿陆机《赴洛》《赴洛道中》，《陶征君·田居》仿陶渊明《归田园居》，《颜特进·侍宴》仿颜延之《车驾幸京口游蒜山》及《三月三日游曲阿后湖

① 见《南史·颜延之传》。

作》等诗，《谢法曹·赠别》学谢惠连《西陵遇风献康乐》，《鲍参军·戎行》拟鲍照《出自蓟北门行》及《拟古》第一首，其他拟阮籍、张华、潘岳、左思、张协、刘琨、卢谌、郭璞、谢混、谢灵运诸人之作，在《文选》中亦可找到原作者的名篇。故萧统对前代作家的看法大都与江淹一致。据现有史料，江淹与萧统绝无联系，江淹谢世之时，萧统年仅五岁，不可能受到江淹指教，二人对前代诗人评价的一致，只能是受到南朝以来大多数人共识的影响。

萧统的文学观未必全同于沈约，如沈约提倡声律说，故特别看重谢朓，认为谢朓的诗上追曹植、陆机，较颜延之、谢灵运为高。但是，《文选》录谢灵运诗四十一首，远多于谢朓的二十二首，录颜延之的诗仅较谢朓少一首。且所录沈约、谢朓的诗亦多为篇幅较长，带有古气，未脱谢灵运影响的诸篇，真正代表"永明体"特色的诗所收无多。但是，比较《文选》与沈约的《宋书·谢灵运传论》，可以看到，沈约列举的前代作家的佳作四首，即曹植的《赠丁仪王粲》、王粲的《七哀诗》、孙楚的《征西官送于陟阳侯作诗》与王赞《杂诗》，《文选》均加选录。沈约《传论》肯定的曹植、王粲等建安诗人，潘岳、陆机等西晋诗人，颜延之、谢灵运等元嘉诗人，《文选》选录俱多。沈约对玄言诗人孙绰、许询持否定态度，《文选》亦不录其诗。沈约认为殷仲文、谢混开始改变玄言诗风，《文选》亦录殷仲文《南州桓公九井作》与谢混的《游西池》。沈约十分看重王融，曾作《怀旧诗》九首悼念亡友，其中既有《伤王融》，又有《伤谢朓》，因王、谢均为"永明体"的创始者。但是，《伤王融》仅说王融胸怀大志而命运乖舛，绝口不提其文学成就；《伤谢朓》却主要表彰他的诗才。两相比较，可知沈约抑王扬谢，并非出于个人恩怨，而是时人共论。钟嵘《诗品》亦认为王融有才但诗非其长，萧统《文选》未录王融之诗却录王融骈文，与沈约、锺嵘的观点颇为一致。

《诗品》与《文选》也颇多相似之处。第一，《诗品》列入"上品"的诗人，《文选》皆已入选，且录陆机、谢灵运与曹植诗更多。《诗品》列入"中品"的诗人凡三十八家（秦嘉、徐淑作一家计），作品收入《文选》者有三十二家，亦占绝大多数。唯所列"下品"诗人入选者较少。可见，锺嵘、萧统对自汉至梁的诗人评价大体相当。《诗品序》"陈思'赠弟'，仲宣《七哀》，公干'思友'"一段论述，列举了相当多的名篇，且大多收于《文选》，唯少数篇章有出入。锺嵘生平无任职东宫的记载，亦不当臆测萧统受到其影响，因为二人尚有不同，唯一的解释是二人均受传统与当时文学思潮的影响而见解相合。

曹道衡尚举出《文选》中萧统出生之前已为人传诵、模仿的诗作。如陆机《赴洛》二首之一"亹亹孤兽骋，嘤嘤思鸟吟"二句，出自王粲《登楼赋》"兽狂顾以求群兮，鸟相鸣而举翼"。陶渊明《归园田居》的"羁鸟恋旧林，池鱼思故渊"出自陆机《赠从兄车骑》的"孤鸟思故薮，离鸟悲旧林"；《始作镇军参军经曲阿作》中"望云惭高鸟，临水愧逝鱼"，出自陆机《赴洛》其二的"仰瞻陵霄鸟，羡尔归飞翼"。谢朓《酬王晋安》中"谁能久京洛，缁尘染素衣"出于陆机《为顾彦先赠妇》其一"京洛多风尘，素衣化为缁"；《京路夜发》中"行矣倦路长，无由税归鞅"，出于陆机《赠弟士龙》中"行矣怨路长，惄焉伤别促"。何逊《从镇江州与游故别诗》的"复如东注水，未有西归日"，出自陆机同诗的"我若西流水，予为东峙岳"。《文选》中此类诗例不胜枚举，说明所收皆为当时久已传诵之作。

关于《文选》中的文，亦有不少名篇是久已传诵之作。如贾谊《过秦论》，早为典范之作。左思《咏史》已有"著论准《过秦》"之句，与左思同时的陆机作《辨亡论》，即取法此文。故刘勰《文心雕龙·论说》云："陆机《辨亡》，效《过秦》而不及。"司马相如《难蜀父老》对后世影响极大。此文中名句为："盖世必有非常之人，然后有非常之事；有非常之事，然后有非常之功。夫非常者，固常人之所异也。"此段话曾被陈琳《为袁绍檄豫州》引用，可见司马相如之文，魏晋时已为名篇。《文选》所录宋齐人文章，亦为当时盛传之作。《南齐书·王融传》载接待北魏使者房景高、宋弁时，二人向他求看所作《三月三日曲水诗序》，并认为胜于颜延之同题之作。这说明颜延之、王融之文俱腾声南朝文坛，因此才会远播北方。

总之，《文选》中有很大一部分文章如果不是萧统或刘孝绰编纂，恐怕同样亦会为编选者收录，因为它们早已是当时人们心目中的古今名篇。

曹道衡此文在现代《文选》学史的成书诸说中最为晚出，但其意义却十分重大。因其道出了《文选》成书中一个十分重要的问题，即《文选》中有很大一部分文章为魏晋以来历代公认的名作佳构。如此文的观点成立，则《文选》成书则变得相当简易。因为，选录历代公认的名作并非一件工作量很大之事，是否尚需要诸多学士大量介入当值得重新审视。

六、《文选》成书时间研究

成书时间是《文选》成书研究中与《文选》的编者研究及成书过程研究鼎足而三的重大课题。《梁书》《南史》萧统本传一如《文选》编纂一样无载，被某些研究者奉为《文选》实际编纂者的刘孝绰本传亦无载。唐代《文选》学家如李善、五臣、公孙罗、陆善经均对此失语，传统《文选》学研究对此亦未关注。但是，作为第一部合赋、诗、文为一体的文学总集，它的成书时间理所应当地受到现代《文选》学家的重视，一直是一个与《文选》编纂相关联的看点。

对《文选》成书时间研究影响最大的，莫过于晁公武《郡斋读书志》中对李善注《文选》的一条注释："窦常谓统著《文选》，以何逊在世，不录其文。盖其人既往，而后其文克定，然而所录皆前人作也。"[①]窦常（747？~825）是中唐人，曾撰有《南熏集》三卷。作为中唐文士，窦常的不录存者之说，现代《文选》学研究者十分信奉。《文选》是否因何逊在世而不录，且存而不论。但是，《文选》不录存世者之作，却因窦常之言成为现代《文选》学史上研究其成书时间的一个重要前提。无独有偶，锺嵘《诗品》卷中《序》亦曰："又其人既往，其文克定；今所寓言，不录存者。"[②]锺嵘《诗品》的写作正遵循了这一原则。因而，这项规则被现代《文选》学家视为梁人著书的一种通例。所以，现代《文选》学史对成书时间的研究无不以此作为重要切入点。因为根据这项原则，《文选》中所收梁代作家的卒年即可成为判

① 晁公武：《郡斋读书志》，上海古籍出版社1987年版，《四库全书》影印本第674册，第296页。

② 曹旭：《诗品集注》，上海古籍出版社1994年版，第173页。

断《文选》成书上限的重要依据。

在现代《文选》学史上最早提出这一去取准则的是周贞亮与骆鸿凯。周贞亮《文选学》上册第三章《文选之封域》曰："若其文之入选，去取之间，尚有二义：一曰不录生存人。晁公武曰：窦常谓统著《文选》，以何逊在世，不录其文。盖其人既往，而后其文克定。"[①]骆鸿凯《文选学·义例第二》亦曰："其去取之准，尚有当知者二事。一曰不录生存。晁公武《郡斋读书志》曰：窦常谓统著《文选》，以何逊在世，不录其文。盖其人既往，而后其文克定，故所录皆前人作也。"[②]虽然周、骆均已论及《文选》不录生者之体例，但二氏皆未作深入研究。其后，缪钺开创了这一研究领域，但是，稍嫌简单，真正认真研究这一课题的是何融。

自缪钺开始，《文选》成书时间研究者大致可分为两类：

一类信奉窦常"其人既往，而后其文克定"之说，而对"以何逊在世，不录其文"二句则不予考虑。故把目光盯住了《文选》所录梁代十位作家的卒年，而以陆倕下世的普通七年作为《文选》成书的一个重要界碑：或认为《文选》编纂始于普通中，而终于普通末；或认为《文选》编纂始于普通七年，而终于中大通三年萧统去世。

一类不相信窦常所谓"其人既往，而后其文克定"说，故另觅新途，从《文选》所录梁代作品推断《文选》的成书时间。

前一类研究者有缪钺、何融、穆克宏、清水凯夫、傅刚等，后一类研究者有王运熙、杨明、曹道衡、许逸民等。

上述两类研究者虽然在《文选》成书研究中存有某些不同，但有一点却是完全相同的，即都默认《文选》成书于东宫诸学士之手。但是，这一为研究者不加论证即引用的前提亦存在一个自身需要先行论证的问题。不加任何论证即无条件地使用这一前提似亦失于粗疏。

① 周贞亮：《文选学》上编，国立武汉大学 1931 年版，第 31 页。
② 骆鸿凯：《文选学》，中华书局 1989 年版，第 34 页。

（一）赞成窦常说者的《文选》成书时间研究

1. 缪钺的《文选》成书时间研究

现代《文选》学史上相信窦常所言《文选》不录生者之作的研究者始于缪钺。缪钺的《文选》成书时间研究见于《〈文选〉与〈玉台新咏〉》①。虽该文旨在论述萧统、萧绎兄弟二人所编《文选》与《玉台新咏》之不同，并非专门研究《文选》的成书，但在论述二书体例宽严之不同时，却语及《文选》成书时间之考。缪钺考订《文选》成书时间的思路与何融完全一致，但更为简单，他仅以《文选》中收录的梁代作家卒年排序进行论定。缪氏考订《文选》中梁代作家卒年之序为：范云卒于武帝天监二年（503），江淹、王巾卒于天监四年（505），任昉、丘迟卒于天监七年（508），沈约卒于天监十二年（513），刘峻卒于普通二年（521），徐悱卒于普通五年（524），陆倕卒于普通七年（526）。据《文选》不录生存者之例，可知《文选》编纂于普通七年后的大通元年（527）至中大通三年（萧统逝世的531年）之间。

2. 何融的《文选》成书时间研究

缪钺的这一研究模式得到了何融的认可。

何融的《〈文选〉编撰时期及编者考略》②提出了第一类研究者解决《文选》编撰者问题的重要思路：欲知《文选》编撰时期，宜从《文选》所选录之梁代作者及作品求之。为此，何融排出了《文选》中梁代作家任昉、丘迟、沈约、陆倕、刘峻、徐悱六人的作品十五篇及编年的序列：

任昉七篇：《为范尚书让吏部封侯第一表》（天监元年）、《奉答七夕诗启》（天监元年或三年）、《出传舍哭范仆射》（天监二年）、《天监三年策秀才文》（天监三年）、《奏弹曹景宗》（天监三年）、《奏弹刘整》（天监三年）、《赠郭桐庐出溪口见侯诗》（天监六年）。丘迟一篇：《与陈伯之书》（天监四年）。

① 缪钺：《缪钺文论甲集》，成都路明书店1944年版；又载缪钺：《诗词散论》，上海古籍出版社1982年版。

② 《国文月刊》第76期，1949年2月；又载《中外学者文选学论集》，中华书局1998年版。

沈约一篇:《应诏乐游苑饯吕僧珍诗》(天监五年)。陆倕两篇:《新刻漏铭》(天监六年)、《石阙铭》(天监七年)。刘峻三篇:《广绝交论》(天监七年后)、《重答刘秣陵沼书》(天监? 年)、《辨命论》(天监十五年后)。徐悱一篇:《古意酬到长史溉登琅玡城诗》(天监十三年后)。

何融认为《文选》编纂的时间上限是天监十五年之后,论据是上述梁代作品中刘峻《辨命论》的写作时间他定为天监十五年后。

据《南史·刘峻传》载:"及峻《类苑》成,凡一百二十卷,帝即命诸学士撰《华林遍略》以高之,意不见用。乃著《辨命论》以寄其怀。论成,中山刘沼致书以难之,凡再反,峻并为申析以答之。会沼卒,不见峻后报者,峻乃为书序其事。"[1]何融据《南史》之刘峻本传,断《辨命论》作于峻之《类苑》成梁武帝命诸学士撰《华林遍略》后。而据《梁书·刘峻传》,峻撰《类苑》当安成王萧秀为荆州刺史之时,即天监七年至十一年间。[2]《华林遍略》的编纂,据《梁书》《南史·何思澄传》载,系天监十五年始编,历时八年方成。刘峻《辨命论》之作当不早于天监十五年,故可证《文选》编成必在天监十五年之后。同时,何融尚列出了《文选》编纂于普通七年之前的四条佐证:(1)普通七年以后,东宫学士已日渐凋落。(2)普通四年,东宫新置学士。(3)刘孝绰与到洽普通六年已交恶,洽弹劾孝绰免官。(4)从昭明太子使刘孝绰集序其一事,知昭明此时正爱好著述。

何融认为《文选》编纂的时间下限是普通七年,并为此排出了《文选》中梁代作家卒年的序列:范云卒于天监二年,江淹卒于天监四年,丘迟卒于天监七年,任昉约卒于天监七年,沈约卒于天监十二年,虞羲卒于天监中,刘峻卒于普通三年,徐悱卒于普通五年,陆倕卒于普通七年。因《文选》中所收梁代作家最晚者陆倕卒于普通七年,故编纂的时间下限不应早于普通七

---

① (唐)李延寿撰:《南史》,中华书局1983年标点本,第1220页。

② (唐)姚思廉:《梁书·刘峻传》:"安成王秀好峻学,及迁荆州,引为户曹参军,给其书籍,使抄录事类,名曰《类苑》。"《梁书·安成王秀传》:"(天监)七年……寻迁都督荆湘雍益宁南北梁南北秦州九州岛诸军事、平西将军、荆州刺史。……十一年,征为侍中、中卫将军,领宗正卿、石头戍事。"

年。

除了上述何氏自己考知的《文选》编纂的时间上限与时间下限外，其研究尚默认了另一个重要前提：《文选》成于诸学士之手。

何融深膺清人朱彝尊《书〈玉台新咏〉后》所谓“昭明《文选》初成，闻有千卷，既而略其芜秽，集其清英，存三十卷”[①]之言。故笃信卷帙如此繁重，年代如彼绵远的《文选》绝非一人之力可以完成。

何融根据考知的《文选》成书的时间上限与下限，结合默认了东宫学士最盛的普通三年至六年已开始着手编纂《文选》，普通七年后完成作为前提，参与编纂者有刘孝绰、王筠、王规、张缅、陆襄、何思澄诸人。

由于何融在整个现代《文选》学史上笃信窦常不录生者的基本编纂原则并且认真研究了《文选》编纂时间及作者，论文写作又极为重视文献资料与逻辑严密，故而受到诸多研究者的广泛注目，对现代《文选》学中的《萧统年谱》研究、《文选》成书研究均影响极大。

缪钺与何融的《文选》成书研究均产生于二十世纪前期，但是这一研究模式对此后的《文选》成书研究影响巨大。缪钺是现代《文选》学史上《文选》成书研究的开创者，何融在缪钺的基础上深入而认真地研究了这一课题，成为现代《文选》学史第一位专文研究成书的人。

3. 穆克宏的《文选》成书时间研究

穆克宏的《文选》成书时间研究，一见之于作者本人的《昭明文选研究》[②]，一见之于《萧统研究三题》[③]，二者的主要观点与论据基本相同。

穆克宏的研究思路与缪钺、何融一致，亦属于相信窦常《文选》不录生者说的研究者，故穆氏首先排出了《文选》中梁代十位作家的卒年：范云天监二年，江淹天监四年，王巾天监四年，丘迟天监七年，任昉天监七年，沈约天监十二年，虞羲天监五年至十八年之间，刘峻普通二年，徐悱普通五年，陆倕普通七年。并据陆倕的卒年普通七年与萧统之母丁贵嫔卒于普通七

① 见《曝书亭集》卷五十二，《四部丛刊》初编本。

② 见人民文学出版社 1998 年版，第七章第二节《〈文选〉编选的年代问题》，第 99~103 页。

③ 见《文学遗产》2002 年第 3 期。

年（526）十一月，定《文选》编纂的时间下限为普通七年。其成于普通七年十一月后可能性较小，原因有四：一是普通七年十一月十五日，萧统母丁贵嫔病逝，萧统服丧一年，心丧三年。即普通七年十一月十五日至大通三年（中大通元年）二月十五日，不能从事《文选》编选工作。大通三年刘孝绰又丁母忧，应服丧三年。待刘孝绰服阕，萧统已下世。二是“腊鹅事件”使萧统终身不安，无心编纂《文选》。三是普通七年后，东宫文士如陆倕、到洽、明山宾、殷芸、张缅等先后去世，东宫人才大不如前。四是《文选序》“余监抚馀闲，居多暇日，历观文囿，泛览辞林，未尝不心游目想，移晷忘倦”六句，写萧统编纂《文选》时心情悠闲自在，其母去世之后，绝不会再有此种心情。

《文选》成书的时间上限当是普通三年之前，原因有三：一是此期萧统对著述极感兴趣，如自编《诗苑英华》，委托刘孝绰编《昭明太子集》。二是《诗苑英华》编成后萧统并不满意。三是普通三年至普通七年，东宫人才济济，为编纂《文选》提供了条件。

穆克宏的研究基本思路与缪钺、何融一致，但是在解释《文选》成书的时间上限与下限时，虑及萧统的心境、心丧诸因素，使他的研究更趋于周密。

4. 清水凯夫的《文选》成书时间研究

日本学者清水凯夫的《文选》成书时间研究见于他的成名之作《〈文选〉编辑的周围》[①]第五节《〈文选〉的编辑时期》。其研究沿袭了多数现代《文选》研究者所遵循的两个基本原则：第一，不录存世者之作，故《文选》编纂当在陆倕卒年普通七年之后；第二，《文选》编成于昭明太子萧统下世的中大通三年（531）之前。

但是，因清水力主刘孝绰为《文选》的实际编纂者，故其《文选》成书时间研究重点考察了实际撰录《文选》的中心人物刘孝绰在普通七年（526）至中大通三年（531）间的活动，而任廷尉被御史中丞到洽弹劾罢官的时间为普通六年[②]。据《梁书》刘孝绰本传：“孝绰免职后，高祖数使仆射徐勉

① 见日本《立命馆文学》第377、378期，1976年11月12日；又载清水凯夫撰、韩基国译：《六朝文学论文集》，重庆出版社1989年版；复载《中外学者文选学论集》，中华书局1998年版。

② 《梁书·到洽传》载到洽“（普通）六年迁御史中丞”。

宣旨慰抚之，每朝宴常引与焉。及高祖为《籍田诗》，又使勉先示孝绰。时奉诏作者数十人，高祖以孝绰尤工，即日有敕，起为西中郎湘东王咨议。”[①]清水认为：普通七年刘孝绰出任湘东王萧绎咨议[②]，中大通元年以丁母忧去职守丧，直至中大通三年，故以刘孝绰为实际编纂中心人物的《文选》只能完成于大通元年到大通二年。

此论的学术风险是刘孝绰在《文选》编纂中的重要作用能否成立，否则，以刘孝绰的出处考定《文选》成书的时间亦将成为空谈。

5. 傅刚的《文选》成书时间研究

傅刚的《〈昭明文选〉研究》[③]下编第一章第一节《〈文选〉的编者及编纂年代考论》专文论及《文选》的成书时间。由于曹道衡、傅刚合著的《萧统评传》[④]下篇第十章《萧统与〈文选〉》第一节《〈文选〉的编纂》亦论及《文选》的成书时间，故傅刚的《文选》成书时间研究与曹道衡的《文选》成书研究颇多相合之处。

傅刚的《文选》成书研究有三个前提：第一，《文选》不录存者；第二，《文选》完成于萧统中大通三年下世之前；第三，《文选》成书于诸学士之手。据不录存者之前提，《文选》的编纂当完成于收录最晚的梁代作家陆倕卒年普通七年（526）之后；据第二前提，《文选》当成于萧统下世之中大通三年（531）之前。但是，傅刚主张《文选》的编者主要是萧统与刘孝绰，故其确定成书时间亦加上了两个主要编者丁母忧的服丧期。萧统母丁贵嫔病逝于普通七年（526）十一月，按礼制，其父尚在，萧统应服丧一年，即自普通七年（526）十一月至大通元年（527）十一月。刘孝绰中大通元年（529）底亦服母丧，至中大通四年（532）初才能服阕。故普通七年后，《文选》的实际编纂时间

---

① （唐）姚思廉：《梁书》，中华书局1983年标点本，第482页。

② 俞绍初《昭明太子萧统年谱》认为刘孝绰任湘东王咨议在普通八年，甚是。俞《谱》载《郑州大学学报》2000年第3期。

③ 傅刚：《〈昭明文选〉研究》，中国社会科学出版社2000年版。

④ 曹道衡、傅刚：《萧统评传》，南京大学出版社2001年版。

只能是大通元年（527）末至中大通元年（529）底这两年之间。

如此短暂的两年时间，且萧统在丁母忧之后的心境大不如前，故极难设想《文选》的编纂是从大通元年（527）底就开始进行的，而且是要从存世的数千篇作品中选出具有代表性的五百三十篇诗、文、赋等佳作，时间实在不够宽裕。普通三年（522）萧统在《答湘东王求文集及〈诗苑英华〉书》中仅提到自己编著的《古今诗苑英华》与刘孝绰为他编成的《昭明太子集》，完全未提及《文选》，可见在此之前，《文选》编纂尚未开始。普通六年（525），刘孝绰因到洽弹劾免官。且此期东宫学士云集，人才济济，王规、殷钧、王锡、张缅、明山宾及刘孝绰、到洽、王筠、殷芸俱会聚东宫，最适合编纂《文选》。故普通三年（522）至普通六年（525），《文选》初步编成。大通元年末之后，才由刘孝绰增加了刘孝标、徐悱、陆倕之作而得以最后编成。

（二）反对窦常说者对《文选》成书时间的研究

1. 王运熙、杨明的《文选》成书时间研究

王运熙、杨明在《中国文学批评通史》（贰）《魏晋南北朝卷》第二编《南北朝文学批评》第五节《萧统、萧纲、萧绎、徐陵、萧子显》中《萧统和〈文选〉》论及《文选》成书时间曰：

> 今人多据不录存者之通例，认为其成书在普通七年后。则其不录何逊之作，并不能以何氏尚在为解。不仅何逊，即卒于天监末或普通初的柳恽、吴均、王僧孺诸人，当时亦颇著名，但都无作品入选，此点颇不易解释。又其成书年代虽或在普通七年之后，但所选作品的写作年代，则大体不迟于天监年间。其中范云、江淹、任昉、丘迟、沈约、王巾诸人虽卒于天监中，但所录作品大多作于齐世。以沈约而言，录诗十三首，年代可考者约十首，其中只《应诏乐游苑饯吕僧珍》作于天监五年，《三月三日率尔成篇》大约也作于梁代，其馀均为萧齐时作。文四篇则全是齐代所作。又如任昉文十七篇，九篇作于齐世。总之，《文选》所录作

品大体止于梁天监年间，而梁代诗文总计不过二十首左右。[①]

文中谈及窦常说时云“其成书年代虽或在普通七年之后”，虽仅多用一“或”字，却可见杨明持存疑态度。通读上述引文可知，杨明认为《文选》收录诗文的下限只能取决于诗文的作年，与该作者的卒年其实并无太大关系，即《文选》收录梁代作品唯一的标准是天监十八年之前。普通之后的作品，无论作者已故或在世均不收录。这一研究思路是对窦常不录存者说的重大修正。研究者的视野已不仅仅限于《文选》所收作家的生卒，而是由《文选》所收录作品的时间推断该书的编纂时间了。这一研究思路显然较仅据《文选》中所录作家的卒年推断其书的编纂时间更为精确。这是王运熙、杨明对《文选》成书时间研究的重大贡献。

窦常不录存者之说长期为《文选》研究界所尊奉，成为研究《文选》成书时间中最具权威的标准之一，极少有研究者对此说存疑，甚或进行研究。杨明从实事求是的原则出发，具体考察了《文选》收录作品的时间下限，得出了自己的结论，实际上推翻了长期为现代《文选》学研究所奉为圭臬的窦常说，为实事求是地研究《文选》成书时间作出了重大贡献。其实，现代《文选》学研究的误区之一即是不加论证地使用成说，这种研究态度与方法使现代《文选》学研究在本来可以取得重大突破之处长期徘徊不前。

2. 曹道衡的《文选》成书时间研究

曹道衡的《文选》成书时间研究有一个发展的过程。

第一阶段：研究成果见于《南北朝文学史》（与沈玉成合著）[②]第十二章第一节《总集的出现和〈文选〉的编定》。他认定：《文选》最后成书当在普通末至中大通初的三四年时间内。其理由是《文选》的体例是不录生存的作家，收录最晚的陆倕卒于普通七年（526），故其编纂时间的上限当在普通末，下限当在中大通初的三四年（中大通三年萧统逝世）。此期，曹道衡

① 王运熙、杨明：《中国文学批评通史》（贰），上海古籍出版社1996年版，第271~272页。

② 曹道衡、沈玉成：《南北朝文学史》，人民文学出版社1993年版，第225页。

关于《文选》成书时间的研究受窦常说的影响尚较深。

第二阶段：在《有关〈文选〉编纂中几个问题的拟测》[①]中，曹道衡据萧统及刘孝绰先后遭母丧及刘孝绰重入东宫仍有协助萧统编纂《文选》的时间，推定《文选》的编纂当在梁武帝大通元年（527）至中大通元年（529）。推论的基础是《文镜秘府论》有关萧统、刘孝绰撰集《文选》的记载。

这较之第一类相信窦常说的《文选》成书时间研究有了突破，即确定《文选》的成书时间不仅应考虑萧统，而且应将刘孝绰列为研究《文选》成书时间的重要参数。因为，日释空海的《文镜秘府论·南卷·集论》明确提到"梁昭明太子萧统与刘孝绰等撰集《文选》"，因而，刘孝绰成为考定《文选》成书的又一要素。故确定《文选》的成书时间又加上了两个主要编者丁母忧的服丧期。第一，萧统的服丧期在普通七年（526）十一月至大通元年（527）十一月。第二，刘孝绰的服丧期为中大通元年（529）至中大通四年（532）。故普通七年后实际编纂《文选》的时间只能是大通元年（527）至中大通元年（529）的两年时间。

第三阶段：曹道衡《关于萧统和〈文选〉的几个问题》[②]之《关于〈文选〉的编定》一节，重申了作者《有关〈文选〉编纂中几个问题的拟测》的基本观点，即《文选》成书于大通元年初至中大通元年底的两年时间中。但该文首次提出《文选》的编纂有一个过程，即《文选》最初是以天监十二年（513）沈约逝世作为选录作者的下限。理由有二：一是《文选》中除刘孝标、徐悱、陆倕等三人五篇作品外，皆为天监十二年之前所作。二是梁人论诗文，如钟嵘《诗品》已有以天监十二年为限之先例。刘孝标等人之作是后来编定时加进去的，而非起始选录者。他与傅刚合著的《萧统评传》[③]下篇第十章《萧统与〈文选〉》第一节《〈文选〉的编纂》，重申了大通元年（527）末至中大通元年（529）

① 《〈昭明文选〉研究论文集》，吉林文史出版社 1988 年版。

② 《社会科学战线》1995 年第 5 期；又载曹道衡：《汉魏六朝文学论文集》，广西师范大学出版社 1999 年版。

③ 曹道衡、傅刚：《萧统评传》，南京大学出版社 2001 年版。

底的两年为《文选》的编纂时间。萧统前此编纂的《古今诗苑英华》《文章英华》《正序》，梁武帝编纂的《历代赋》则是两年之内迅速完成《文选》编撰的基础。

第四阶段：《关于〈文选〉中六篇作品的写作年代》①是他《文选》成书时间研究的一个重要转折点。该文在考察《文选》中梁代作品的年代问题后确认：《文选》所录作品，并非以作者卒年为限，而是以天监十二年或天监末为断。曹道衡认为：萧统《文选》中绝大多数作品为南朝梁天监十二年（513）沈约去世之前的作家所作。其中，唯有三人六篇作品例外，即刘孝标的《重答刘秣陵沼书》《辨命论》与《广绝交论》，徐悱的《古意酬到长史溉登琅玡城》，陆倕的《石阙铭》与《新漏刻铭》。此三人虽卒于普通年间，但入选之作似皆作于天监年间。

（1）对刘孝标之作的考订

关于《辨命论》的写作时间，曹道衡认为刘孝标上述三篇作品中写作时间最早的作品是《辨命论》。其根据有三：

其一，《梁书·刘峻传》言刘孝标写作《辨命论》的缘由是高祖颇嫌刘峻。

《梁书》本传载："高祖招文学之士，有高才者，多被引进，擢以不次。峻率性而动，不能随众沉浮，高祖颇嫌之，故不任用。峻乃著《辨命论》以寄其怀。"②

其二，触发梁武帝颇嫌刘峻的具体事件发生在天监元年至二年四月。

《南史·刘峻传》载："武帝每集文士策经史事，时范云、沈约之徒皆引短推长，帝乃悦，加其赏赉。会策锦被事，咸言已罄，帝试呼问峻，峻时贫悴冗散，忽请纸笔，疏十馀事，坐客皆惊，帝不觉失色。自是恶之，不复引见。"③因此事范云尚在，而据《梁书·武帝纪》范云卒于天监二年五月，且《梁书》亦载刘峻"入西省"在"天监初"，故此事当发生在天监元年至

① 见《文学遗产》1996年第2期；又载曹道衡：《汉魏六朝文学论文集》，广西师范大学出版社1999年版。

② （唐）姚思廉撰：《梁书》，中华书局1983年标点本，第702页。

③ （唐）李延寿撰：《南史》，中华书局1983年标点本，第1119~1220页。

二年四月间。

其三，《辨命论》写作时刘峻尚在建康。

《辨命论》开篇云："主上尝与诸名贤言及管辂，叹其有才而位不达。时有在赤墀之下，预闻斯议，归以告余。余谓士之穷通，无非命也，故谨述天旨，因言其略云。"[①]《辨命论》之作是为寄托其不遇之慨，且是在听到"赤墀之下，预闻斯议"的人告知他梁武帝论管辂之事后所作，故其时刘峻尚在建康。刘峻天监初在西省与贺踪共同校书，后，免官。天监七年安成王萧秀出任荆州刺史，刘峻随府出居荆州，故《辨命论》写作应在天监初至七年之前。

关于《重答刘秣陵沼书》。据《梁书·文学·刘沼传》，"天监初，拜后军临川王记室参军，秣陵令，卒"。临川王宏为后将军，据《梁书》本传为天监元年，三年即进号中军将军。详《梁书·文学传》口气，沼之卒距出任秣陵令时间不远，故《重答刘秣陵沼书》必作于《辨命论》之后，天监七年赴荆州之前。

关于《广绝交论》。此为刘峻的梁代三篇中写作时间最晚者。据《梁书》任昉本传，昉卒于天监七年，时为新安太守。死后，"诸子皆幼，人罕赡恤之"，故刘峻为此作论。新安治所在今浙江淳安西，近皖浙省界。东阳在今浙江金华。刘峻离荆州赴东阳，途经新安，见任昉诸子流离之状，当属昉死后不久。《广绝交论》曰："繐帐犹悬，门罕渍酒之彦；坟未宿草，时绝动轮之宾。藐尔诸孤，朝不谋夕。"读此数语可知此论作于昉死不久。最晚亦当在天监十一年（512）左右。因《梁书》本传载安成王萧秀于天监十一年，调回建康任侍中、中卫将军，领宗正卿、石头戍事。刘峻离开荆州，当在萧秀回建康之前。

（2）对徐悱之作的考订

曹道衡考订徐悱《古意酬到长史溉登琅琊城》诗的写作时间，抓住了两个关键问题：

其一，到溉为长史的时间。

据《梁书》到溉本传，"起家王国左常侍，转后军法曹行参军，历殿中

① （梁）萧统编：《文选》，中华书局1977年影印本，第747页。

郎。出为建安内史，迁中书郎，兼吏部，太子中庶子。湘东王绎为会稽太守，以溉为轻车长史、行府郡事。……遭母忧，居丧过礼，朝廷嘉之”。故到溉为轻车长史当在湘东王萧绎为会稽太守时，且在其丁母忧之前。萧绎为会稽太守的时间，史无明载。到溉丁母忧的时间，可据《梁书·到洽传》得知：“普通元年，以本官领博士。顷之，入为尚书吏部郎，请托一无所行。俄迁员外散骑常侍，复领博士，母忧去职。五年，复为太子中庶子。”洽为溉之亲弟，丁母忧离普通元年不久，且至普通五年又出仕，故其丁母忧当在普通二年左右。而《梁书》到溉本传载溉于丁母忧之前已任会稽太守属下的轻车长史，不可能登琅玡城（在建康东北），故其与徐悱同登琅玡城的时间只能在普通二年之前的天监年间。

其二，到溉任长史而徐悱在建康的时间。

据《梁书·徐勉传（附徐悱传）》：“起家著作佐郎，转太子舍人，掌书记之任。累迁太子洗马、中舍人，犹管书记，出入宫坊者历稔。以足疾出为湘东王友，迁晋安内史。”据《梁书》之《武帝纪（中）》《元帝纪》，萧绎于天监十三年七月立为湘东王，在此之前，徐悱一直在建康东宫任职。天监十三年萧绎立为湘东王后，徐悱即可能离开建康至湘东王处任“友”。

徐悱曾“出入宫坊者历稔”，到溉亦曾为太子中庶子，二人同登琅玡城的时间必在天监年间。故《古意酬到长史溉登琅玡城诗》可能作于天监十三年之前。

但是，此考亦有存疑之处。胡克家本《文选》卷二十二《古意酬到长史溉登琅玡城诗》李善注引何之元《梁典》曰：“到溉，字茂灌，为司徒长史。”[①]李善谓此长史为司徒长史，但今《梁书》《南史》俱无溉任司徒长史之载，上述考证乃建立在《梁书》本传所载任轻车长史的史实之上。

（3）对陆倕之作的考订

《梁书》本传载：“迁骠骑临川王东曹掾。是时礼乐制度，多所创革，高祖雅爱倕才，乃敕撰《新刻漏铭》，其文甚美。迁太子中舍人，管东宫管记。

① 见中华书局1977年影印本《文选》，第320页。

又诏为《石阙铭记》，奏之。敕曰：太子中舍人陆倕所制《石阙铭》，辞义典雅，足为佳作。……迁太子庶子、国子博士。”据《梁书·临川王宏传》，萧宏为骠骑将军在天监六年夏，当年即迁为司徒。故《新刻漏铭》当作于天监六年夏以后。笔者按：胡刻本《文选》李善注曰：“刘璠《梁典》曰：天监六年，帝以旧漏乖舛，乃敕员外郎祖暅治之，漏刻成，太子中舍人陆倕为文。”[①]此亦可证《新刻漏铭》作于天监六年之后。《石阙铭》的创作当在此后不久。《梁书·到洽传》：“（天监）七年，迁太子中舍人，与庶子陆倕对掌东宫管记。”此与《陆倕传》载陆倕作《石阙铭》后“迁太子庶子”相合。故《石阙铭》之作，当在天监六年冬到天监七年到洽任中舍人之前，因为到洽任中舍人时，陆倕已为庶子。

根据对《文选》中六篇梁代作品的考订，曹道衡认为，《文选》所录作品并非以作者的卒年为断限，而是以天监十二年或天监末产生的作品为断限。在缪钺、何融、杨明的《文选》成书研究之后，曹氏研究最富创见，最为可信。考察有关《文选》成书时间研究的几篇论文可知，当其他学者不加研究地使用窦常“其人既往，而后其文克定”这一结论时，曹道衡通过对《文选》中六篇梁代作品的考证，对窦说在《文选》成书研究中的使用提出了部分修正：“若论《文选》不录生人之作，这大约是对的，但如果以为何逊尚在而不录其文，则是疏于考证了。”[②]

曹道衡对《文选》中梁代作家作品的考证与何融对《文选》中梁代作家作品的考证大体一致，悬殊者唯刘峻《辨命论》的写作年代。何融定此作写于天监十五年之后，曹道衡定此作写于天监初至天监七年之前。这种差异与《南史》与《梁书》的记载相异有关。

据《南史·刘峻传》载：“及峻《类苑》成，凡一百二十卷，帝即命诸学士撰《华林遍略》以高之，意不见用。乃著《辨命论》以寄其怀。”[③]何融据此判断《辨命论》作于刘峻编成《类苑》及梁武帝命诸学士撰《华林遍略》

① 中华书局1977年影印本《文选》，第775页。
② 见《文学遗产》1996年第2期，第28页。
③ （唐）李延寿撰：《南史》，中华书局1983年标点本，第1220页。

后。《华林遍略》的编纂，据《梁书》《南史·何思澄传》载，系天监十五年始编，历时八年方成。故《辨命论》之作不早于天监十五年。

曹道衡据《梁书》刘峻本传载："高祖招文学之士，有高才者，多被引进，擢以不次。峻率性而动，不能随众沉浮，高祖颇嫌之，故不任用。峻乃著《辨命论》以寄其怀。"①而梁武帝颇嫌刘峻之因，又是因《南史·刘峻传》所载的"策锦被事"。结合《辨命论》原文起始一段，得出其文作于天监初至天监七年之前的结论。

《梁书》与《南史》所载往往互有出入，令研究者无所适从，此为一例。

何融、杨明、曹道衡的《文选》成书研究均发现了窦常不录存者之说与《文选》实际选录作品时间断限的矛盾。何融认为何逊之作未能入选《文选》，虽与窦常之说相抵牾，但是，不录生者之作仍是《文选》可信的原则之一。这样，何融首次发现了窦常说的问题，但却未能推翻之。杨明亦发现了《文选》实际撰录作品的情况与窦常说相矛盾，他基本上否定了，只是出言较谨慎。曹道衡在《关于〈文选〉中六篇作品的写作年代》②亦提出：若论《文选》不录生人之作，大约是对的；但如果认为何逊尚在而不录其文，则是疏于考证。因为，《文选》并非以作者卒年为断限，而是以天监十二年或天监末为收录作品的时间断限。何逊不入选，骆鸿凯云是萧统将柳恽、何逊、吴均诸人之作视为"纤靡之音"而"概从刊落"③。何融之解实际无补于对窦常说的接受，杨明之言实际上否定了窦常说。曹道衡对《文选》中六篇梁代作品的产生时间研究已经接触到窦常说是否具有普遍性的实质，但是，曹也并未公开否定窦常说，只是认为不适用于何逊，何逊作品未能入选，是萧统"崇雅黜靡"的选录标准所致。如果窦常所谓"其人既往，而后其文克定"是《文选》选录作品的基本原则，那么，无论哪一位作家的入选似乎都应当遵守这一共

---

① （唐）姚思廉撰：《梁书》，中华书局1983年标点本，第702页。

② 见《文学遗产》1996年第2期；又载曹道衡：《汉魏六朝文学论集》，广西师范大学出版社1999年版。

③ 骆鸿凯：《文选学》，中华书局1989年版，第32页曰："而齐梁名士若吴均、柳恽之流，概从刊落。崇雅黜靡，昭然可见。"

同规则。何逊的不入选，实际上已经否定了窦常说的普遍性。在论证了《文选》收录作品是以作品系年为准而非以作家卒年准之后继续承认窦常说，仅仅是一种抽象肯定而具体否定。

3. 许逸民的《文选》成书时间研究

真正敏锐地抓住窦常说与《文选》成书的矛盾之处，并公开指出不可靠者是在《文选》成书时间研究上立说最晚的许逸民，他认为窦常不录存者之说，只是窦常据锺嵘《诗品》卷中《序》“其人既往，其文克定，今所寓言，不录存者”的一种推测。他的《〈文选〉编撰年代新说》[①]认为：萧统受敕修《华林遍略》的触动，自天监十五年开始撰集诗文合集的《类文》，天监末成千卷巨帙。在《类文》初具规模时，又决定约略为适中的选本，在普通初年成《文选》三十卷。《文选》所录诗文的作年，严格限定在天监十八年之前，其完成当在普通初二三年间。

许逸民认为：生前诗名极盛的何逊卒年晚于陆倕而未能入选《文选》，与窦常所云《文选》不录生者的规则不符。因为据窦常不录生者之说将《文选》收录作家的下限定为普通七年（陆倕卒年），给相信窦常说的现代《文选》学研究者提出了一个无法自圆其说的难题：生前诗名极盛又卒于陆倕之前的何逊为何未能入选《文选》？何逊的卒年今有三说，一说在天监十七年[②]，一说在天监十八年[③]，一说在普通元年[④]，但是，无论如何均应早于陆倕的卒年普通七年。许逸民将现代《文选》学研究者破解这一难题的途径归纳为两种：一是从《文选》编撰者找原因，二是从晁公武《郡斋读书志》的引文上找原因。前者认为：《文选》的实际撰录者是刘孝绰，他挟私愤而有意不选何逊之作[⑤]。

---

① 见《文学遗产》2000 年第 4 期。

② 见中国科学院文学研究所：《中国文学史》，人民文学出版社 1979 年版，第 273 页；又见游国恩等：《中国文学史》，人民文学出版社 1979 年版，第 280 页。

③ 见曹道衡、沈玉成：《中国文学家大辞典》（先秦汉魏晋南北朝卷），中华书局 1996 年版，第 210 页。又见曹道衡、沈玉成：《南北朝文学史》，人民文学出版社 1998 年版，第 202 页。

④ 见俞绍初：《〈文选〉成书过程拟测》，载《文学遗产》1998 年第 1 期。

⑤ 见清水凯夫：《〈文选〉编辑的周围》，日本《立命馆文学》第 377、378 期，1976 年 11 月；又见清水凯夫著、韩基国译：《六朝文学论文集》，重庆出版社 1989 年版；复见《中外学者文选学论集》，中华书局 1998 年版。

后者认为：《郡斋读书志》引窦常之言出现文字错讹，“统著《文选》”当为“统著《文章英华》”[①]。

前一种破解方法，有悖于事实。《文选》若是刘孝绰逞臆徇私之作，则不可能在当时文苑中立足，并得到社会广泛的认同。后一种破解方法，亦缺乏版本依据，且与《颜氏家训·文章篇》中所载《诗苑》已收两首何逊诗相悖。

许逸民认为王运熙、顾易生《魏晋南北朝文学批评史》提出《文选》收录梁人之作，唯一的标准是以天监十八年画线，普通以后的作品，无论作者已故或在世均不收录的观点极为正确。[②]因为杨明的研究实际上破除了现代《文选》学界在《文选》成书研究中一直牢牢遵循的重要原则，即《文选》不录存者。破除了这一限制研究者视野的障碍，则《文选》成书时间研究便可以另辟蹊径，即从《文选》收录的作品时限上论定《文选》的成书时间。

许逸民对《文选》收录作品时间的研究相当有见地。此说虽由何融兆其端，杨明做了具体论证，曹道衡重点加以阐述，但专题论证这一问题者当为许逸民。

---

① 见俞绍初：《〈文选〉成书过程拟测》，载《文学遗产》1998年第1期。

② 王运熙、顾易生主编：《中国文学批评通史》（贰）《魏晋南北朝卷》第二编《南北朝文学批评》第五节《萧统、萧纲、萧绎、徐陵、萧子显》中《萧统和〈文选〉》，上海古籍出版社1996年版，第271~272页。据书前《说明》，此节文字实由杨明撰写。

第七章
《文选》与刘勰《文心雕龙》、锺嵘《诗品》、江淹《杂体诗三十首》、任昉《文章始》的相互关系

萧统《文选》与刘勰《文心雕龙》、锺嵘《诗品》、江淹《杂体诗三十首》、任昉《文章始》的相互关系研究是现代《文选》学史的重要内容。其实质是探讨《文选》成书与前代或当代诸文学批评著作的相互关系。《文选》的成书历来众说纷纭，诸多的观点之中，《文选》成书受到刘勰、锺嵘、江淹、任昉诸人诸作的影响成为一种有代表性的观点。辨清这一问题，对于理解《文选》的成书，探明萧统的贡献具有重要意义。

一、《文选》与《文心雕龙》的相互关系

《文选》与《文心雕龙》二书皆产生于南朝齐梁时期。据《梁书·刘勰传》载：刘勰曾兼任昭明太子萧统的东宫通事舍人，“昭明太子好文学，深爱之”。明人胡应麟《诗薮·内篇》卷三《古体中·五言》曰：“萧统之选，鉴别昭融；刘勰之评，议论精凿。”[1]胡氏之论已将二书相提并论，但尚未明言二书之关系。

① （明）胡应麟：《诗薮》，上海古籍出版社1979年版，第40页。

清人孙梅《四六丛话》卷三十三述及刘勰曰："案士衡《文赋》一篇，引而未发，旨趣跃如。彦和则探幽索隐，穷形尽状；五十篇之内，百代精华备矣。其时昭明太子纂集《文选》，为词宗标准。彦和此书，实总括大凡，妙抉其心，二书宜相辅而行者也。"孙氏则以为刘勰《文心》实囊括了萧统《文选》的文学观及选文尺度，首次论及了《文选》与《文心雕龙》的相互关系，使之成为二十世纪现代《文选》学研究中最为引人注目的课题之一。约略而言，现代《文选》学界关于《文选》与《文心雕龙》的相互关系研究大约可分为三种主要观点，即《文选》受到《文心雕龙》的重大影响，《文选》未受到《文心雕龙》的重大影响与《文选》既受到《文心雕龙》影响但又不可高估。

（一）《文选》受到《文心雕龙》的重大影响

持《文选》受到《文心雕龙》重大影响观点的现代《文选》研究者当首推黄侃，黄氏曰："读《文选》者，必须与《文心雕龙》所说能信受奉行，持观此书，乃有真解。"[①]又曰："若夫姬公之籍一段，此序选文宗旨条例皆具，宜细审绎，毋轻发难端。《金楼子》论文之语，刘彦和《文心》一书，皆其翼卫也。"[②]黄氏友人周贞亮《文选学》与黄氏高足骆鸿凯《文选学》皆持此观点。但是，二氏所论，较之黄氏提纲撮要之论更为周详。

第一，周、骆二氏对《文选》与《文心雕龙》所分文体进行了详细比勘，并列表以明之，意在从文体划分的雷同上论证二书的一致，并推演出《文选》的文体分类受到《文心雕龙》的影响。周氏《文选学》第四章末附《文心雕龙》与《文选》二书分类比较表[③]，骆鸿凯《文选学·读选导言第九》亦载有《文选》《文心》二书分体对照表。详观二表，大体相类。

第二，骆氏《文选学·体式第四》《读选导言第九》对《文选》与《文心雕龙》的关系多有论述。骆氏尚以《文选》篇目佐证《文心》"八体"之说，以《文心》诸家之评明《文选》诸家之文，列举《文心》诸篇论述辨明《文选》

① 黄侃著，黄焯整理：《文选平点》，上海古籍出版社1985年版，第1页。
② 黄侃著，黄焯整理：《文选平点》，上海古籍出版社1985年版，第3页。
③ 周贞亮：《文选学》上编，国立武汉大学1931年版，第40页。

诸体。周氏《文选学》下编第二章《文选之观察法》第二节《从文章体式上观察文选》，亦称："衡其体式，要莫备于《文心》。"[①]

二十世纪中期，王运熙《萧统的文学思想和〈文选〉》[②]再次论及《文选》与《文心》的相互关系。所述要在两点：一是二书文体分类的一致性，二是两书选文定篇所举篇目的一致性。前者周贞亮、骆鸿凯已述之在先，后者为王运熙所独创。王运熙以相当大的篇幅论证《文选》与《文心雕龙》的相同，并从辞赋、杂文两方面做了具体论证。其结论是：《文选》的选赋与刘勰《文心雕龙·诠赋》中所列举的作品有着相当大的一致性，《文选》杂文的选录与刘勰肯定的作品有着极大的一致性。

王运熙此文开1949年以来中国大陆现代《文选》学界有关《文选》与《文心雕龙》相互关系研究的先河，故在现代《文选》学史上具有极高的地位。

但这篇力作，虽提及《文选》与《文心雕龙》分体的一致，却未展开论证。因该文论证的重点是选文定篇。《文选》是一部文学选本，《文心雕龙》是一部理论著作。《文选》入选的作家、作品与《文心雕龙》论述各种文体时列举的作家、作品的确存在着较大的一致性。因此，这三个方面，即是王运熙首开并为后来学界认可的研究《文选》与《文心雕龙》相互关系的重要法门。

二十世纪后期，在中国大陆现代《文选》学复兴的背景下，《文选》与《文心》相互关系的讨论甚为热烈，但论者大多以二书在文体分类上的诸多一致来论定二书的相同。在二十世纪《文选》学史上，采用从二书文体分类的一致上论定二书相互关系这一独特路径，周贞亮、骆鸿凯亦为首肇其端者。这一研究方法几乎与二十世纪相终始！

《文史杂志》1991年第3~4期刊载屈守元《〈昭明文选〉产生的时代文学氛围漫谈》。第四部分《〈文选〉和当时文学理论与批评的关系》述及《文选》与《文心雕龙》相互关系时，即以刘勰《文心雕龙·诠赋》所举"辞赋之英杰"十家有九家入选为例，说明《文选》受到《文心雕龙》的影响。

---

① 周贞亮：《文选学》下编，国立武汉大学1931年版，第12页。

② 见1961年8月27日《光明日报》。

穆克宏《昭明文选研究》[①]一书亦肯定《文选》受到《文心雕龙》的影响，并认为表现为五个方面：

其一，梁武帝天监十一年（512）至十七年（518），刘勰兼任昭明太子东宫通事舍人，据《梁书·刘勰传》记载，昭明太子爱好文学，喜与刘勰交往，因此，不能说刘勰对萧统没有影响。

其二，《文心雕龙》文体论二十篇，分文体为三十三类，如果加上《辨骚》所论"骚"体，则为三十四类。《文选》之文体为三十七类，所分文体与《文心雕龙》大体相同，说明《文选》分类不能不受《文心雕龙》文体论的影响。

其三，齐梁时期注意文笔区分，《文心雕龙》文体论二十篇，前十篇论文，后十篇论笔。《文选》虽未明分文笔，但其所分各体中，骚、诗、赋、颂等，"文"也；论、说、序、书等，"笔"也；大都与《文心雕龙》相暗合。

其四，《文心雕龙》所论名家、名作，《文选》大都选录。如《诠赋》所论先秦两汉"辞赋之英杰"十家，荀卿赋因属子书，枚乘《菟园》可能为后人伪作，馀下八家全部入选，故不能排除《文心雕龙》"选文以定篇"对《文选》的影响。

其五，《文心雕龙·诠赋》曰："夫京殿苑猎，述行序志，并体国经野，义尚光大。……至于草区禽族，庶品杂类，则触兴致情，因变取会。"概举赋之内容。《文选》赋类以内容分为京都、郊祀、耕籍、畋猎、纪行、游览、宫殿、江海、物色、鸟兽、志、哀伤、论、音乐、情十五目，可能受到《文心雕龙》的影响。

（二）《文选》未受到《文心雕龙》重大影响

在现代《文选》学史上力主《文选》未受到《文心雕龙》影响学者的代表是清水凯夫。他关于《文选》与《文心雕龙》相互关系的研究见于《〈文选〉与〈文心雕龙〉的相互关系》[②]《〈文心雕龙〉对〈文选〉的影响——关于

---

① 穆克宏：《昭明文选研究》，人民文学出版社 1998 年版，第 114~115 页。

② 清水凯夫著，韩基国译：《六朝文学论文集》，重庆出版社 1989 年版，第 91~105 页。

散文的研讨》①《〈文选〉与〈文心雕龙〉的关系——关于韵文的研讨》②三篇论文。他的基本观点是：

第一,《文心雕龙》具有明确的祖述经书为主的复古思想,《文选》却是“踵其事而增华，变其本而加厉”的历史进化论。作为“文之枢纽”的《原道》《征圣》《宗经》认为：“文”是天地自然美的自然表现，将之表现为文章者是圣人。圣人的著作是经书，故为文者必须以经书为规范进行创作。

第二，比较刘勰与萧统的关系、《文心雕龙》“选文以定篇”的作品与《文选》收录的作品的关系，均无法得出受到《文心雕龙》影响的结论。

他以《文心雕龙·明诗》为例，以时代为序，仔细辨析《明诗》篇所论与《文选》所录诸诗。《文选》对于汉诗，除韦孟《讽谏诗》外，完全否定了《明诗》篇的见解，未采录其推荐的作品。因此，难以设想唯有《讽谏诗》的选录是受了《文心雕龙》的影响。至于建安诗歌，《文选》是据当时对建安诗歌已有的高度评价选录的。魏正始诗作，《文选》所录阮籍、嵇康、应璩之作虽与《文心雕龙》有一定的一致性，但并非受其影响，而是采录了世评高而有名的作品。《文心雕龙》并未特别看重的太康诗，《文选》却选录了九十二首，远胜于《文心雕龙》高度评价的建安诗。可见，对魏晋诗的看法《文选》并未受到《文心雕龙》的影响。东晋诗坛，刘勰只肯定了郭璞的《游仙诗》，但《文选》不仅选录了郭璞的《游仙诗》七首，尚选录了刘琨三首、卢谌五首、束皙《补亡诗》六首等，更接近于锺嵘《诗品》。对于宋诗，《文心雕龙》仅《通变》《养气》两篇有一笼统的批评，但《文选》却选录了九十四首诗，其中，谢灵运三十九首，颜延之二十一首，鲍照十首，陶渊明八首。故《文选》《文心雕龙》对两汉、魏晋及宋代诗文的观点极不相同。

他尚以《文心雕龙·书记》篇为例，考察了《文选》与《文心雕龙》的相互关系。

刘勰在《书记》篇中高度评价的四篇西汉书简是：司马迁《报任少卿书》、

① 清水凯夫著，韩基国译：《六朝文学论文集》，重庆出版社 1989 年版，第 107~123 页。
② 清水凯夫著，韩基国译：《六朝文学论文集》，重庆出版社 1989 年版，第 124~142 页。

东方朔《难公孙弘书》、杨恽《报孙会宗书》与扬雄《答刘歆书》。但是,《文选》仅选录了司马迁与杨恽的作品,而这两篇均已采录于《汉书》之中。东汉书简,《书记》篇称之为“尤善”的崔瑗之作,《文选》偏偏未加采录,反倒对“抑其次也”的元瑜、文举、休琏的书简,分别选录。因为元瑜、文举、休琏三人之作,是有定评的名作。嵇康的《与山巨源绝交书》、赵至的《与嵇茂齐书》录入《文选》亦同理。陈遵和祢衡的书简,备受《书记》篇好评,但《文选》却未采录。关于“奏记”和“笺”,刘勰在《书记》篇中高度评价的张敞、崔寔、黄香、徐幹、高廙、陆机六人之作,《文选》一篇未录,而选录了另外的作品。清水凯夫特别举出《文选》与《文心雕龙》对刘桢作品选录、评价的巨大差异。

关于散文的研讨,清水凯夫考察的重点是《文心雕龙·论说》篇与《文选》的关系。以“论”类而言,他认为二者之异有三:一是刘勰视为“论”之杰作的庄子《齐物论》、吕不韦《吕氏春秋》六论,《文选》根本不列入“文”的范畴。二是刘勰视为杰作的班彪《王命论》与严尤《三将论》,《文选》只录了班作。《文选》“论”类收录的十三篇作品,唯王褒《四子讲德论》、曹丕《典论·论文》、嵇康《养生论》、李康《运命论》四篇未录入史书,馀皆载史书之中。三是《文选》收录的“论”类多为《文心雕龙》未提及者:东方朔《非有论》,王褒《四子讲德论》,魏文帝《典论·论文》,曹冏《六代论》,韦曜《博弈论》,嵇康《养生论》,陆机《辨亡论》,刘峻《辨命论》、《广绝交论》。可见,《文选》选录“论”类之作并非受《文心雕龙》的影响而是受到历史定评的影响。他还考察了《论说》篇中的“说”类,以及《文心雕龙》之《诏策》《檄移》《封禅》《章表》《奏启》《议对》诸篇与《文选》的关系。结论是:二书的根本理念不同,对具体作品的评价不同,对文体分类的方法不同,故《文心雕龙》对《文选》没有影响。

关于韵文的探讨。他研究了“诗类”中的晋诗与宋诗,《文心雕龙》批评了西晋诗的“轻绮”与“文繁”,批评了宋诗求“新”追“奇”,而《文选》对西晋、宋诗(以谢灵运为代表)却选录极多。他对《乐府篇》《诠赋篇》《颂赞篇》《祝盟篇》《铭箴篇》《诔碑篇》《哀悼篇》均进行了认真翔实的考察,得出了二书差异极大，《文选》不可能受到《文心雕龙》影响的结论。

清水凯夫对《文心雕龙》与《文选》相互关系的研究在现代《文选》学史上值得重视。

首先，他是一位严肃的学者，对《文心雕龙》与《文选》相互关系所做的研究，无论结论是否可以接受，其严肃认真的研究态度非常值得珍视，较之某些研究者仅据表面现象轻率作出结论的做法，显然他的研究态度、方法更值得学界重视。傅刚曾在一篇题为《它山之石　可以攻玉——简评日本学者清水凯夫〈《诗品》《文选》论文集〉》①的书评中高度评价了其严谨的研究风格，笔者对此十分认同。

其次，他的研究虽极为严谨，但亦有走极端之倾向。他的三篇长文得出了《文选》与《文心雕龙》二者毫无关系的结论，似仍未安。

（三）《文选》与《文心雕龙》的关系具有双重性

与上述不同，也有不少现代《文选》学史的研究者则主张《文选》与《文心雕龙》的关系具有双重性，即《文选》既有受到《文心雕龙》影响的一面，又不应当将此影响不适当地加以夸大。首先提出此说者为郭绍虞的《〈文选〉的选录标准和它与〈文心雕龙〉的相互关系》②。该文虽提及萧统《文选》受到刘勰《文心雕龙》的影响，但是，其文的重点显然在强调二书的不一致：第一，《文心雕龙》反对“近附而远疏”，《文选》却“详近而略远”。第二，《文心雕龙》论文质关系，至少有两种含义：一是包括刘勰整个理论主张的，二是就一般所谓文质讲的。刘勰的“本乎道，师乎圣，体乎经，酌乎纬，变乎骚”才是他全部理论的基础，此与萧统的观念悬殊极大。而《情采篇》所谓“文附质”与“质待文”才与萧统的“文质彬彬”观较为接近。

王运熙、杨明在《魏晋南北朝文学批评》一书中认为：《文选》与《文心雕龙》的相互关系总的说来具有双重性，一方面，《文选》与《文心雕龙》

① 见《文学遗产》1996年第3期。

② 见1961年11月15日《光明日报》。

表现出相当的一致性；另一方面，《文选》与《文心雕龙》尚有不少不同之处。《文选》所录先秦至东晋的作家作品，与《文心雕龙》论文体诸篇及《才略》等篇中所肯定者相合者甚多。《明诗》论诗，《诠赋》论赋，均有诸多相合之处。但《文选》与《文心雕龙》相左者亦甚多。《文选》录入不少建安文人注重文采、富于抒情的书牍，而《文心雕龙》则未加论列。刘勰对魏晋玄学论文颇为赞赏，但《文选》未录。刘勰要求作家学习经书与《楚辞》，改变近附远疏的风气，但《文选》所录宋齐诸作相当多，并未反对近附远疏。再如对陶渊明、七言诗、建安诸家书笺、魏晋玄学家论文等，二书又表现出很大差异。这一观点与王运熙在二十世纪六十年代关于《萧统的文学思想和〈文选〉》一文着重论述二书的相同之处并不矛盾。二十世纪六十年代那篇名文重在为《文选》正名，且是在特殊年代为《文选》正名，因此，王运熙唯有充分肯定《文选》与《文心雕龙》的一致性，才能达到借《文心雕龙》之声望为《文选》恢复名誉的目的。《魏晋南北朝文学批评》的写作年代决定了作者可以比较客观地评价二书的异同，因此，该书论述了《文选》与《文心雕龙》相互关系的双重性。

王运熙、杨明在《魏晋南北朝文学批评史》有关萧统《文选》论述中提出了一个极为重要的观点："《文选》所录作家作品，多为历来有定评者，不少地方体现了南朝人对于诗文共同的审美要求。"[①]这一论断涵盖了相互关联的两个问题：一是《文选》所录多为有定评的作家作品，二是《文选》反映的是南朝人共同的审美要求。王运熙、杨明对这一极为重要的观点并未展开详细的论证，曹道衡《〈文选〉对魏晋南北朝文学传统的继承和发展》[②]对这一问题进行了翔实的论证。

王运熙、杨明对《文选》与《文心雕龙》相互关系的研究相当辩证，既看到了《文选》与《文心雕龙》的一致性，又看到了非一致性。与单纯强调二者或有密切联系，或绝无联系的观点相较，更为圆通，亦更符合实际。

① 王运熙、杨明：《魏晋南北朝文学批评史》，上海古籍出版社1996年版，第279~283页。
② 见《文学遗产》2000年第1期。

顾农关于《文选》与《文心雕龙》相互关系的研究相当客观[①]。他认为：全然否认《文心雕龙》对《文选》的影响，是偏颇之见，认为《文选》全据《文心雕龙》选篇亦为偏执之论。

首先，顾农对刘勰与萧统的个人交往做了一个相当客观的评估。他认为：《梁书·刘勰传》关于二人关系仅"深爱接之"一句，萧统最欣赏的文士是刘孝绰，其次是王筠，复次为陆倕、到洽、殷芸诸人，这在《梁书·刘孝绰传》《梁书·王筠传》中俱有明确记载。刘勰的名声在精研佛法，"博通经论""为文长于佛理"，故其虽奉职东宫，并未能进入萧统身边的近侍之圈。

其次，刘勰文学论的核心是原道→征圣→宗经，即以儒家经典为归宿。萧统提倡的典丽基本上同于刘勰的雅丽，这是他与刘勰的共同点，此与一味强调"典"的裴子野与只重视"丽"的萧纲鼎足而三。但是，萧统与刘勰在具体问题上的见解又颇为复杂。关于文体的分类，萧、刘有异同，表现为两个方面：一是刘勰对"文"持广义的理解，萧统对"文"的理解则较近于日后的文学观念。二是具体分类亦有差异。顾农认为，研究者往往看重《文选》的选目与《文心雕龙》的"选文以定篇"的相合一面，而忽略了萧统多处参考刘勰"敷理以举统"方面的研究成果。萧统受刘勰"论文叙笔"的影响，更多地表现为萧统选文的眼光多处接受刘勰总结的文体规范方面的启示，而选目的若干相同尚是馀事。《文心雕龙》对刘宋以下的文学基本持完全否定的态度，在选文定篇时根本不屑提及。萧统虽兼顾"典"与"丽"，重点却在"丽"，缺乏文采之作，无论如何典雅，《文选》一概不录。刘勰与萧统同为理论上的折中派，刘勰在右翼，萧统在左翼。故萧统对宋齐以来的文学作品高度重视，大量选入《文选》。所以，《文选》的选目与《文心雕龙》"选文以定篇"之间存在明显差异。在现代《文选》学史上，顾农对《文选》与《文心雕龙》相互关系的研究相当到位。

台湾学者齐益寿《〈文心雕龙〉与〈文选〉在选文定篇及评文标准上

① 《试论〈昭明文选〉与〈文心雕龙〉的相互关系》，载顾农：《文选与文心》，贵州人民出版社 1998 年版。

的比较》[①]亦详细研究了这一问题。齐文紧紧扣住三个问题，一是萧统与刘勰的关系，二是选文定篇上篇目的异同，三是萧统与刘勰评价标准的异同。他的研究克服了以往研究者定性研究的弱点，对《文选》与《文心雕龙》的相互关系首次采用了定量分析的方法。

关于萧统与刘勰的关系，他认为，昭明东宫的名才多出身于高门著姓或皇亲国戚。王筠、王规、王锡出于琅琊王氏，王锡尚为梁武帝妹义兴长公主之子；谢览、谢举出于陈郡谢氏；陆倕、陆杲、张率俱为吴郡著姓；刘孝绰、刘孺、刘苞均为彭城望族；萧子范、萧子显、萧子云皆是南齐宗室；萧渊藻为梁武帝兄子；殷钧尚永兴公主；张缵尚富阳公主。少数出身寒门者到溉、到洽、到沆亦皆少有盛名，为梁武帝所赏识，恩遇非常。在此众多光采奕奕的东宫僚属中，刘勰绝不可能与之并论。“昭明太子十学士”无刘勰，经常出入梁武帝“玄圃宴”者亦无之。故当日东宫僚属中，刘勰得到的礼遇无法与上述诸贤相比。

关于《文选》与《文心雕龙》在选文定篇上篇目的异同，齐益寿将《文选》与《文心雕龙》按体类进行了详细对比。他以《文选》收录最多的赋、诗、章表、奏启、论、书（含笺）等六体作为比较的对象。因其篇目超过《文选》的三分之二，作者超过全书的五分之四。他还给赋类中列有三表，即《两书共列的作者及其作品表》《〈文心〉所独列的作者及其作品表》与《〈文选〉所独列的作者及作品表》。并从作家与作品两个方面进行了统计。以作家言，《文心·诠赋篇》所列赋作者凡二十一人，其中十四人与《文选》同，七人为《文选》无。《文选》所列赋作者凡三十一人，其中十四人同于《文心》，十七人为《文心》所无。故两书相同作者不过十四人，不同作者则有二十四人。不同者为相同者的1.7倍。同理，他统计出《文选》与《文心》赋篇相同者仅九篇，不同者达五十篇，不同者为相同者的5.5倍。如果算上《风骨篇》《才略篇》的评价，《文选》与《文心》作者相同者仅有十五人，相异者则有二十六人，相异者为相同者的1.73倍。二书作品相同者仅十四篇，相异者则有五十一篇，

① 见《古典文学》第3期；又载《中外学者文选学论集》，中华书局1989年版。

相异者为相同者的 3.67 倍（当为 3.64 倍——笔者）。

他用同样的方法对诗体、论体、书笺体、章表奏启体进行比较，发现二书在诗体上作者相同者为二十二人，相异者为四十三人。二书在论体上作者相同者仅为四人，相异者达十九人；篇目相同者仅三篇，相异者达十八篇。书笺体中作者相同者唯七人，相异者二十六人；篇目相同者为四篇，相异者达三十五篇。章表奏启体中作者相同者不过六人，相异者达三十七人；篇目相同者为五篇，相异者多达四十六篇。这种全面统计式的列表分析，使《文选》与《文心雕龙》二书在选文定篇上的巨大差异不言自明。

齐氏对《文选》与《文心》二书在选文定篇上巨大差异的研究并未到此结束，他还对可能影响这一统计结果的因素进行了分析。因为《文心雕龙》所论作者作品至宋而止，《文选》选文则止于萧梁。但是，影响上述统计的并非两书选篇截止时间的差异所致。在赋体中，刘宋之后的作者仅江淹一人，作品两篇；即使不计江淹的《恨赋》《别赋》，《文选》与《文心雕龙》作者相同者仍为十四人，篇目相同者仍为九篇；作者相异者降为二十三人，篇目相异者降为四十四篇。在论体中，刘宋之后的作家作品仅刘峻《辨命论》与《广绝交论》，即使忽略不计，二书作者相同者仍为四人，相异者降为十八人；篇目相同者仍为三篇，相异者降为十六篇。书笺体中，刘宋之后作家作品为五人五篇，不计此五人五篇，作者相同者仍为七人，相异者降为二十一人；篇目相同者仍为四篇，相异者降为三十篇。章表奏启体中，宋以后的作者作品计三人十二篇。即使不计此数，作者相同者仍为六人，相异者降为三十三人。篇目上相同者仍为五篇，相异者降为三十四篇。因此，即使将《文选》中齐梁作家作品略去不计，《文选》与《文心》在选文定篇上仍有巨大差异。

关于《文选》与《文心》在评文标准上的差异，他认为刘勰的文学观是复古主义，刘勰对商周之后的文学发展皆有微辞，对晋宋之后的文学风更为不满，因为这种风尚是师承两汉辞赋家“为文而造情”的“淫丽烦滥”的特色所致。萧统的文学观却是后来居上，今胜于昔，这一基本观点集中表现于《文选序》中。“综缉辞采，错比文华”作为选文标准，表现了《文选》重辞采、尚复笔的基本倾向。刘勰虽然亦重辞采，尚复笔，对用典、对偶、声律等技巧多为肯定，但他却不像萧统那样仅以重辞采、尚复笔作为评价作品的标准，而将情性置于第一位，辞采只列第二位。此与萧统唯“综缉辞采，错比文华”是务大相径庭。

齐益寿的定量分析研究的方法与客观实际的论述，使他成为中国现代《文选》学史上研究《文选》与《文心雕龙》相互关系这一课题中最有成就的研究者之一。

傅刚对于《文选》与《文心雕龙》相互关系的研究，主要表述于《〈昭明文选〉研究》一书下编第三章《〈文选〉的比较研究》第二节《〈文选〉与〈诗品〉〈文心雕龙〉及〈文章缘起〉的比较》[①]。他认为：学界判定《文选》受到《文心雕龙》影响的依据主要有二：一是刘勰曾在萧统东宫任通事舍人，昭明太子“深爱接之”；二是《文选》与《文心雕龙》在诸多问题上（如文体分类、作家作品评价）十分相近。

前者据史料观之，刘勰以精研佛理著名，而非文学之士，他是因佛学知识而进入东宫者。刘勰入仕之后，仍与佛学界保持着密切联系，他参加的活动亦主要是佛学活动。刘勰著有《文心雕龙》，精于文体辨析，可能在萧统与刘孝绰编选诗文时参加过意见，但他对萧统的影响不可估计过高。

后者包含两点：一是分体，二是选篇。《文选》与《文心雕龙》在文体分类上大体相当，但这仅是就分类的数目而言，至于具体的文体名称、内容却有很大差异。第一，《文选》与《文心雕龙》有基本相同的文体，如诗、赋、骚、乐府、铭、箴、诔、哀、吊、檄、移、表、书等。第二，二书有名同而实异的文体，如赞。《文心雕龙》中的“赞”体包括了《文选》中的“赞”与“史述赞”两体。刘勰不赞成“史述赞”之名，但以此为“赞”之正体，而以《东方朔画赞》等为“赞”之变体。萧统却将它们作为两种文体，以变体充正体，而为正体另立一名。可见，二书文体区别相当明显。第三，两书尚各自拥有完全不同的文体，相异的文体有：祝盟、杂文、谐隐、史传、诸子；《文选》

① 傅刚：《〈昭明文选〉研究》，中国社会科学出版社 2000 年版，第 208~215 页。

有而《文心雕龙》没有单立文体名称者有：七、册、教、上书、启、弹事、笺、难、设论、辞、序、符命、史论、史述赞、连珠、墓志、行状、祭文。《文心雕龙》著录的文体中，史传与诸子为《文选序》公开声明不入选的文体。祝盟与杂文《文选》未立体，但《文心雕龙·祝盟》提及潘岳《祭庾妇文》，故《文心雕龙》之祝盟实包含了祭文。刘勰称杂文为“文章之枝派，暇豫之末造”，主要有对问、七、连珠三类，此外尚有典诰、誓、问、览、略、篇、章、曲、操、弄、引、吟、讽、谣、咏等。其中，对问、七、连珠三体，《文选》单独立体。《文选》不同于《文心雕龙》的文体，多在《文心雕龙》能找到对应的文体：七—杂文，册—诏，上书—说，难—移，对问—杂文，设问—杂文，连珠—杂文，符命—封禅文，祭—祝。因此，《文选》与《文心雕龙》的立体分类差异较大。

至于“选文定篇”。论者每每以《文心雕龙·诠赋》为例，认为刘勰所举辞赋之英杰十家，《文选》入选八家。但论者不能以此为据，证明《文选》的选篇受《文心雕龙》的影响，因为，英杰诸家均为历史上已有定评的作家。总之，除了历史已有定评的作家作品外，《文选》与《文心雕龙》二书在“选文定篇”上差距甚夥。

傅刚认为：《文选》与《文心雕龙》最根本的区别是二者的文学思想及对文的看法不同。刘勰是倒退的文学观，萧统则明确表示对“踵事增华”的肯定。萧统《文选》明确不收经、史、子，表明了他对文学独立的态度；刘勰不仅以经、史、子入文，而且以经作为衡文标准，这样势必导致他轻视文学特征，对文学的发展评价偏低。

二、《文选》与《诗品》的相互关系

《文选》与《诗品》的相互关系研究大体上可分为两种类别：第一种，重点关注《文选》与《诗品》的共性；第二种，既关注《文选》与《诗品》的共性，又关注《文选》与《诗品》的个性。

（一）重点关注《文选》与《诗品》的共性

《文选》与《文心雕龙》的相互关系在传统《文选》学阶段有清人孙梅《四六丛话》的判断，在现代《文选》学史上有黄侃的重要论述。萧统《文选》与锺嵘《诗品》之关系，似不如前者那样为《文选》学界所重视，前人论述较少。现代《文选》学史上首先注意二者之关系者当属骆鸿凯的《文选学》。其书第九章《读选导言》之《导言十》最早对《文选》与《诗品》之关系予以研究①，可分为两个方面。

第一，关注《诗品》之论与《文选》选录的关系。

如《诗品序》曰："东京二百载中，惟有班固《咏史》，质木无文。"观此可知，《诗品》对班固《咏史》评价甚低，骆鸿凯特加按语曰："此篇《文选》未录。"

再如《诗品序》论永嘉诗风时曰："永嘉时，贵黄老，稍尚虚谈，于时篇什，理过其辞，淡乎寡味。爰及江表，微波尚传。孙绰、许询、桓庾诸公，皆平典似道德论，建安之风尽矣。"骆鸿凯特加按语曰："孙、许诗《文选》未录。"骆氏之意谓：锺嵘肯定的太康作家，《文选》多加选录；而锺嵘批评的孙绰、许询，《文选》一首未录。

复如《诗品序》总论建安迄元嘉诗曰："陈思为建安之杰，公幹、仲宣为辅；陆机为太康之英，安仁、景阳为辅（"陆机"二句，骆氏脱，今据补——笔者）；谢客为元嘉之雄，颜延年为辅。此皆五言之冠冕，文词之命世。"骆鸿凯加按语曰："《文选》于陈思、陆机、谢客诸家诗甄录略备，精华具在。"

骆鸿凯率先关注锺嵘《诗品》的评价与萧统《文选》选诗的关系，这一研究思路对整个现代《文选》学史启发多多，后世研究《诗品》与《文选》的相互关系大多遵循之。

第二，重视《诗品》之评。

骆鸿凯《文选学》一书中征引了《诗品》关于《古诗》、晋诗、元嘉诗歌、

---

① 骆鸿凯：《文选学》，中华书局 1989 年版，第 322~324 页。

大明泰始诗歌、永明声律说的诸多具体评价。

不过，骆氏对《诗品》与《文选》相互关系的研究尚处于二者关系研究的草创阶段，虽其研究方法对后世影响甚巨，但是，骆氏对二者关系的研究仍显得较为粗疏。他对《诗品》与《文选》的关系之研究，总体看来是倾向于二者的共性之处。

与骆鸿凯的研究相比，顾农对《文选》与《诗品》相互关系的研究相当深入，且论述充分，翔实可信。

顾农在《萧统〈文选〉与钟嵘〈诗品〉》[①]中认为锺嵘《诗品》对萧统《文选》影响甚巨。

首先，锺嵘兼顾文质的文学批评思路，对萧统大有启迪与影响。《文选》以“风教”与“翰藻”为其选文的两大准绳，与锺嵘的态度十分接近。但是，锺嵘的“风力”与萧统的“风教”尚有差距。锺嵘强调的是艺术感染力，萧统重视的是伦理教化作用。

其次，《文选》诗类选目与《诗品》相较相通相近之处甚多。《诗品》论诗限于五言，《文选》选诗亦以五言为本，四言诗甚少。锺嵘高度评价古诗、建安诸作以及嵇康、阮籍、应璩等，萧统与之大体相符。西晋诗人中锺嵘高度评价左思，列入上品；《文选》录左思《咏史》八首、《招隐诗》二首和《杂诗》。锺嵘高度评价陆机，称为“太康之英”，《文选》选其诗居全部诗人之第二位。锺嵘称谢灵运为“元嘉之雄”，《文选》选谢灵运诗三十九首。锺嵘将陶渊明列为中品，萧统为陶渊明编集，并在《文选》中选录了锺嵘提及的九首诗；《读山海经》《拟古》均为组诗，萧统各选一首，恰恰为锺嵘予以好评者，这并非巧合，而是萧统吸收了锺嵘意见的结果。其他如刘琨、鲍照、谢朓、江淹诸人入选《文选》，亦受锺嵘的影响。《文选》在“杂诗类”选入《古诗十九首》、李陵《与苏武诗》三首、苏武诗四首和班婕妤《怨歌行》。这些诗的作者为何人在齐梁时代已有争议，萧统基本上采用了锺嵘的观点，如《古诗十九首》即选录了锺嵘提及的十五首。《诗品》列入下品的诗人，《文

① 顾农：《文选与文心》，贵州人民出版社 1998 年版，第 110~123 页。

选》大抵不选。

（二）既关注二者的共性，又关注二者的个性

1. 王运熙、杨明对《文选》与《诗品》相互关系的研究

王运熙是较早进行《文选》与《诗品》相互关系研究的学者，这有一个过程。1961年8月27日《光明日报》刊载其《萧统的文学思想和〈文选〉》[①]，该文论证了《文选》与《诗品》的密切关系，即《诗品》的见解与《文选》的选诗标准非常接近。

如《诗品》列为上品的十二家：古诗、李陵、班姬、曹植、刘桢、王粲、阮籍、陆机、潘岳、张协、左思、谢灵运，《文选》全部入选，而且入选作品较多。《诗品序》更推重建安时代的曹植、刘桢、王粲三家，太康时代的陆机、潘岳、张协三家，元嘉时代的谢灵运、颜延年两家，称为“五言之冠冕，文词之命世”。《文选》对以上八家采录颇多。

《诗品序》批评了晋代玄言诗和宋齐时代诗坛偏重用典、声律的风气。《诗品》批评东晋孙绰、许询、桓温、庾亮的玄言诗“皆平典似道德论”，同时赞美刘琨、郭璞、谢混的诗能拔出流俗；《文选》对孙绰、许询诸人之诗一概不选，而选了刘琨、郭璞、谢混三人之诗。《诗品》将陶渊明列入中品，萧统《文选》录陶诗八首。《诗品》批评刘宋时代诗歌喜欢隶事用典的风气，举出其代表作家颜延年、谢庄、任昉、王融，但仍列颜延年为中品。《文选》选颜延年之作较多，选任昉两首，谢庄、王融诗不选。《诗品》批评王融、谢朓、沈约强调四声八病的流弊，但二人的诗歌毕竟有成绩，故仍列入中品。《文选》采录二人诗作亦较多。这些方面，萧统、锺嵘二人的看法都较为接近。

王文关于《诗品》与《文选》相互关系的解读，在当时的时代环境中只是为《文选》争得一席之地，并非全面论述《诗品》与《文选》的相互关系，故较多地强调了二书的一致性。

王运熙的研究不仅是1949年后中国大陆在现代《文选》学史上对《文选》

---

① 此文后收入作者《中国古代文论管窥》，齐鲁书社1987年版。

与《诗品》相互关系的首次解读，而且为此后的研究开拓了一种研究方法。

在《魏晋南北朝文学批评史》[①]一书中，王运熙对《文选》与《诗品》相互关系的认识有了较大变化。王运熙、杨明认为，《文选》与《诗品》二书的关系是有同有异。关于二书之同，王运熙上述名文已有详述，即从二书对诗人、诗作的态度基本相同上可以看出二者的一致性。《文选》与《诗品》的相异之点，主要在于对齐梁诗人的态度上。《文选》重视谢灵运、颜延之、鲍照、谢朓、沈约，这与锺嵘《诗品》相差较大。

2. 傅刚对《文选》与《诗品》相互关系的研究

傅刚的《〈昭明文选〉研究》一书下编第三章《〈文选〉的比较研究》第二节《〈文选〉与〈诗品〉、〈文心雕龙〉及〈文章缘起〉的比较》[②]，专门探讨了《文选》与《诗品》二者的相互关系。

傅刚认为，《诗品》与《文选》的相同之处主要有二：

第一，体例上的一致性。首先是《诗品》评论、《文选》选录作家作品，均不录存者；只是《诗品》卷中《序》明确写入，《文选》却未写入《序》中。其次，是以世代为序的安排方法。《诗品》卷中《序》曰："一品之中，略以世代为先后，不以优劣为诠次。"《文选序》曰："凡次文之体，各以汇聚。诗赋体既不一，又以类分，类分之中，略以时代相次。"[③]复次，二书均将下限定于天监十二年（513），以沈约去世为标志，这当是锺嵘与萧统都希望对永明文学在内的前人文学进行总结。

第二，对作家、作品品评上的一致性。首先，从代表作家的认可上，两书基本一致。《诗品》上品共录十二人，《古诗》属无主名者除外，汉代作家有李陵和班姬，二人作品自属伪托，但在汉魏六朝多数人尚信其为真作，故《诗品》品评，《文选》选录，表明了锺嵘、萧统态度的一致性。尤其是班姬为《文选》仅录的一位女诗人，更可见出《诗品》《文选》的一致性。

---

① 见上海古籍出版社 1996 年版。

② 傅刚：《〈昭明文选〉研究》，中国社会科学出版社 2000 年版，第 202~208 页。

③ 日本古抄本上野精一氏藏《文选序》与九条家本《文选》均作"略以时代相次"，与今通行之宋刻诸本"各以时代相次"者不同。

魏晋、刘宋作家，《诗品》列为上品者有曹植、刘桢、王粲、阮籍、陆机、潘岳、张协、左思、谢灵运九人，其中，又分别以曹植、陆机、谢灵运为魏、晋、宋三个时期的主要代表。《诗品序》曰："故知陈思为建安之杰，公斡、仲宣为辅；陆机为太康之英，安仁、景阳为辅；谢客为元嘉之雄，颜延年为辅。"此一评价基本反映在《文选》之中。《文选》诗类于建安录七位作家、五十八首之多，其中曹植二十五首，王粲十三首，刘桢十首，是七位中最多的三位；正始诗人三位，诗歌二十五首，其中阮籍一人录十七首；西晋诗人二十四首，诗一百二十六首，其中陆机五十二首，潘岳十首，张协十一首，左思十一首，亦为西晋诗人中最多的四位。刘宋诗人十人，诗九十七首，其中谢灵运四十首，颜延年二十一首，为刘宋诗人中最多的两位。上述代表诗人中，曹植、陆机、谢灵运录诗最多，确与锺嵘所说"杰""英""雄"相符。其次，从作品评价观之，《诗品》上品明确论述之作品凡六目（类），《文选》入选者五目（类）；中品所论凡十九目（类），《文选》选入者十二目（类）；下品所论凡八目（类），《文选》选入一目（类）。再如《诗品序》明确提及之作品凡二十九目（班固《咏史》除外，因锺嵘是以批评的口吻提及），《文选》入选二十一目（类），故《诗品》《文选》对代表作家及优秀作品的确定也十分接近。

虽然代表作家的认定尚不足以判断两个批评家的文学思想和批评标准，但两书对代表作家的认定雷同之处如此之高，且对一些具体作品的评价如此一致，当能说明萧统、锺嵘的文学批评标准是相似的。

当然，两书亦有不大相近之处，主要反映在对当代作家的评价上。二书均以沈约为下限，皆涉及齐梁作家作品。从《诗品》观，它的上品至谢灵运止，齐梁时期的优秀作家谢朓、沈约俱置于中品。《诗品》赞扬的全部作品中，包括《诗品序》所论的警句、名篇，无一首为齐梁人所作，此当与锺嵘不赞成声律论有关。反观《文选》，萧齐作家选三人，凡二十四首，谢朓独占二十一首。萧梁选五人（徐悱除外），凡五十三首，其中沈约十三首，江淹三十二首；但江淹《杂体诗三十首》，此当与辨体有关，故萧梁选录最多者仍为沈约。从《文选》看，谢朓、沈约二人虽不如《诗品》列于上品之曹植、陆机、谢灵运，但较其他上品诗人，数量仍相当可观。此说明《文选》对当代作家的重视，强于锺嵘。

3. 曹道衡对《文选》与《诗品》相互关系的研究

曹道衡的《从乐府诗的选录看〈文选〉》[①]比较了《文选》与《诗品》二者的关系。他认为：《文选》与《诗品》的文学思想有许多共同之处。第一，《文选》所收谢朓、沈约诸人之诗，大体都较长。第二，沈、谢诸作较少用僻典，即使用亦较自然平易，此与沈约强调的"易见事"[②]相一致，亦与锺嵘反对讲求声病和不赞成作诗用典的主张相类。故《文选》选录南朝作家之诗时，对谢庄、王融之诗均未采录，对任昉之诗亦所取甚少。而锺嵘在《诗品》中对任昉、王融、谢庄俱有批评。

从《诗品》对某些作家所列等第观之，曹操列中品，《文选》仅在"乐府类"收其诗两篇；曹叡在当时与其父祖并称"魏三祖"，《诗品》却列其为下品，《文选》基本未收其作（《伤歌行》"昭昭素月明"是作为"古辞"入选者）。晋代傅玄在《诗品》中列为下品，虽其创作乐府诗颇多，且不乏佳作，但《文选》未录一首，仅"杂诗类"收其一篇。

曹植、陆机、谢灵运三人，《文选》收诗最多，在《诗品》中均属上品，且《诗品序》称："陈思为建安之杰""陆机为太康之英""谢客为元嘉之雄"。

曹道衡的研究突出表现在对二书相同之处较多的评价上。多数学者研究《文选》与《诗品》的相互关系仅止于二书的比较，或论其同，或论其异，或论其有同有异，但对二书或同或异的原因则多付阙如。曹氏认为：《文选》与《诗品》相同之处甚多的原因是萧统与锺嵘对诸多诗人的看法反映了齐末梁初文坛的共识。明确提出这一观点至为重要，因为仅仅论及二书的相同，会让人产生《诗品》对《文选》具有重大影响的错觉；而指出二书之同是时代共识，则在相当程度上排除了锺嵘《诗品》对萧统《文选》的重大影响。

---

① 曹道衡：《从乐府诗的选录看〈文选〉》，原载《文学遗产》1994 年第 4 期；后收入《汉魏六朝文学论文集》，广西师范大学出版社 1999 年版。

② 《颜氏家训 · 文章篇》，上海古籍出版社 1982 年版，第 253 页。

4. 胡大雷对《文选》与《诗品》相互关系的研究

胡大雷《文选诗研究》之《综论——〈文选〉诗类别之种种情况》[①]亦探讨了两书的相互关系。

胡大雷的《文选》研究重在分类研究，因第一个对象是《文选》诗类，故其对《文选》与《诗品》二者的关系论述得相当翔实具体，真实可信。胡大雷的研究有两点特别值得标示。

第一，一如曹道衡的研究，他特别指出《文选》与《诗品》的诸多相同，是二书作者所具有的时代共识。在讨论《诗品》所列代表诗人及代表作与《文选》的关系时，他以《诗品》的末尾举魏晋宋二十二位诗人的代表作为例，得出二书雷同比率极高的结论，作者解释说："这一比率说明锺嵘与萧统对历代代表诗人与代表作的看法基本相同。"[②]并在此节多处行文中表述之："萧统认为的大类，也就是锺嵘评价的重点。""锺嵘所赞赏的诗例一半以上亦被《文选》所录。"[③]以此说明萧统与锺嵘在对待前代诗歌的观点相似之处颇多，但这种相似主要是时代之共识，而非锺嵘《诗品》对萧统《文选》具有重大影响。这一解释颇为中肯。

第二，多角度地研判两书的相互关系。现代《文选》学研究者多集中于以下三点：一是或论二者关系亲密，或论二者关系非密，借以间接研讨锺嵘《诗品》对萧统《文选》是否有影响；二是通过对作家认可的比较，特别是通过二书对曹植、陆机、谢灵运三者的高度认可，来说明两书基本一致；三是通过对作品认可的比较，说明《文选》与《诗品》的一致。其中，尤以从《诗品》上品、中品、下品所论诸目入选《文选》之比率之高，肯定二书对优秀作品的认定极为一致。

胡大雷的研究则突破了这一传统窠臼，进行了多角度的考察：一是有诗存《文选》而未入《诗品》者，二是《诗品》所列代表诗人及代表作与《文选》

---

① 胡大雷：《文选诗研究》，广西师范大学出版社 2000 年版，第 449~450 页。

② 胡大雷：《文选诗研究》，广西师范大学出版社 2000 年版，第 450 页。

③ 胡大雷：《文选诗研究》，广西师范大学出版社 2000 年版，第 451 页。

的关系，三是《诗品序》所举诗例与《文选》的关系，四是《诗品》品评诗人时所举诗、诗句与《文选》诗的关系，五是《诗品序》所述诗歌史与《文选》诗的关系。每一角度之中又包含若干方面，从而将多角度的研究深化为全方位的研究。这种全方位的考察，对全面理解二书的相互关系具有重要意义。

在有诗存《文选》而未入《诗品》者中，胡氏又分为四个方面加以细化。

其一，《文选》诗作者未入《诗品》者凡十人，但有五人因所作为杂歌、骚体诗、四言诗、七言诗，不合《诗品》所论五言诗的范围而未能为锺记室所论。

其二，王康琚《反招隐》诗在整个魏晋南北朝仅此一首，《诗品》不入王康琚是仅以单首诗存人。

其三，两书称谓不同者。《文选》有苏李诗，但南朝宋人颜延年《庭诰》和《隋书·经籍志》均只称李陵诗。江淹《杂体诗三十首》只拟李陵，逯钦立称："流传晋、齐之李陵众作，至梁时始析出苏诗，然仍附《李陵集》，昭明即据此选篇也。"[①]故《诗品》不论苏武，是统称为李陵诗。

其四，应贞、司马彪、徐悱诸人不入《诗品》，当是锺嵘认为它们不入品。但《文选》诗公宴类应贞《晋武帝华林园集诗》、孙盛《晋阳秋》称之为众作最美。或因其作较少，故《诗品》视其不入品。

在论及《诗品》所列代表诗人及代表作与《文选》的关系时，胡大雷以《诗品》末尾锺嵘所称"五言之警策"的魏晋宋二十二位诗人的代表作为例，《文选》选录十八首，作家唯有何晏一人未入《文选》。这一比率说明锺嵘与萧统对历代代表诗人与代表作的看法基本相同。此十八首入选的诗占《文选》诗的十类，且大都为诗之大类。这说明萧统视为大类者，恰为锺嵘品评的重点。

在论述《诗品序》所举诗例与《文选》诗之关系时，胡大雷首先提出《诗品序》所赞赏的诗例，一半以上为《文选》所录。《诗品序》中锺嵘认为不及谢朓的诗句，《文选》未录。《诗品序》抨击"宫商之辨"，举前人之作二例，《文选》皆录。

① 逯钦立：《先秦汉魏晋南北朝诗·汉诗卷十二》，中华书局1983年版，第336~337页。

在论述《诗品》品评诗人时所举诗、诗句与《文选》诗的关系时，胡大雷以《诗品》的上品、中品、下品论析。上品内，《文选》杂诗类所录《古诗十九首》，锺嵘称赏者为十三首。锺嵘称赏班婕妤的《团扇》诗，《文选》录入。锺嵘对阮籍的称赏，皆为《咏怀》;《咏怀》八十二首，《文选》录十七首。中品内，锺嵘唯称赞“西北有浮云”诸首，《文选》杂诗类曹丕《杂诗》二首其二即此诗。锺嵘称赏“子荆‘零雨’”，即《文选》祖饯类孙楚《征西官属送于陟阳候作》；锺嵘称赏“正长‘朔风’”即王赞《杂诗》，此诗录《文选》杂诗类。关于张翰诗、潘尼诗，锺嵘称赏“‘黄华’之唱”与“‘绿蘩’之章”，实即《文选》杂诗类张翰《杂诗》与《文选》行旅类所录潘尼《迎大驾》。锺嵘称赏郭璞《游仙诗》，《文选》录郭璞《游仙诗》七首。其他如锺嵘称赏郭泰机诗，《文选》赠答类郭泰机《答傅咸》。陶渊明诗、谢惠连诗，锺嵘称赏者亦都为《文选》所录。下品内，锺嵘称赏的缪袭诗，被《文选》诗挽歌类收录。

在这一角度中，胡大雷不仅讨论了《诗品》品评的诗人、诗篇，尚专门讨论了《诗品》品评诗人时所举的诗篇、诗句不为《文选》诗诸类所收载的情况。这是诸多研究者所忽略的，但胡大雷对此进行了认真辨析。在《诗品》上品中，《古诗十九首》有六首未被锺嵘称赏。《诗品》中品所举诗人《文选》未载者五，虽录此人而非《文选》所举诗篇者二。《诗品》下品所举诗人未为《文选》所录者五。此十三例中，《古诗十九首》、应璩、郭璞虽为《文选》所录，但与《诗品》所举诗篇或诗句不符。其馀十例，即徐淑、何晏、袁宏、谢世基、顾迈、班固、郦炎、赵壹、区惠恭、释宝月，均为《文选》未载之诗人。《诗品》品评诗人时举其人之诗或诗句者凡二十六例[①]，其中十例为《文选》诗未录的诗人作品，剩馀十六例中十三例为《文选》所录之诗或诗句，由此可见，两书的看法基本相同。

在讨论《诗品序》所述诗歌史与《文选》诗的关系时，胡氏认为《诗品序》中述及五言诗的发展历程的“昔《南风》之词”一段，基本可与《文选》

① 《古诗》为二例。

诗类所录作品相印证。

如二者均称李陵为五言诗之第一人。《诗品序》对建安诗歌评价甚高，《文选》则载曹操诗二首，曹丕诗五首，曹植诗二十五首，刘桢诗十首，王粲诗十三首。《诗品序》盛赞的太康诸人，《文选》录陆机五十二首，潘岳十首，左思十一首。《诗品序》批评的玄言诗人，《文选》一人未录。《诗品序》称："逮义熙中，谢益寿斐然继作。"《文选》录谢混（益寿）《南州桓公九井作》一首。《诗品序》评述建安、太康、元嘉三代为雄为辅者，除晋代张协（景阳）录二首，其他诗人多则五十二首，少则十首以上，证明《诗品》所述诗篇与《文选》所录诗篇相互对应。

三、《文选》与江淹《杂体诗三十首》的相互关系

在现代《文选》学研究中，尚有一些学者注意到《文选》与江淹《杂体诗三十首》的关系非同一般。这就在《文选》与《文心雕龙》、《文选》与《诗品》相互关系之外，又提出了与江淹《杂体诗三十首》的关系问题。这就使《文选》成书研究的视野更为广阔，亦使《文选》成书研究在更为宽泛的基础之上得以展开。但是，这一研究课题也存在着观点相左的两种意见，或认为《文选》深受江淹《杂体诗三十首》的影响，或认为未受其影响，二者之同，当为时代共识所致。

率先提出二者关系者为中国大陆学者陈复兴。他在《江文通〈杂体诗三十首〉与萧统的文学批评》[①]中认为：《文选》在文学思想、取舍标准、选录范围、编排义例诸方面深受江淹《杂体诗三十首》的影响。如《文选》诗类之公宴、咏史、游仙、游览、咏怀、赠答、哀伤、行旅、杂诗诸次文类类目，皆承袭江淹《杂体诗三十首》。

台湾学者游志诚《〈杂体诗〉在文学史上的意义》[②]肯定了陈复兴的观点，

---

① 赵福海主编：《文选学论集》，吉林文史出版社 1992 年版，第 187~199 页。
② 游志诚：《昭明文选学术论考》，台北学生书局 1996 年版，第 179~209 页。

认为《文选》的诗类实多据江淹《杂体诗三十首》的体目分类。

曹道衡的《〈文选〉对魏晋以来文学传统的继承和发展》[①]则认为江淹《杂体诗》所拟三十家中，《文选》收录其诗者二十六家。且江淹《杂体诗》所拟之作，在《文选》中往往可以找到原作者的诗。这说明萧统对前代作家的看法大部分与江淹一致。不但如此，萧统心目中的某个作家其代表作应为哪篇，亦多数与江淹一致。根据现有史料，江淹与萧统并无联系。江淹下世之时，萧统年仅五岁，不可能受到江淹指授，故最大之可能当是二人都接受了南朝以来大多数人的共识。

四、《文选》与任昉《文章始》的相互关系

任昉是萧统《文选》特别看重的齐梁作家。《文选》所录梁代作家的作品凡二十九篇，任昉一人独占十七篇。任昉不仅入选的作品多，且其入选作品所占文体特广，令、启、墓志、行状四种文体为任昉独霸[②]。萧统《文选》对任昉的器重自不待言。任昉曾著有《文章始》，《隋志》著录称《文章始》，宋人王得臣《麈史》称《文章缘起》，其书分文体为八十四类。在现代《文选》学史上首次提出《文选》与《文章始》关系者为骆鸿凯："世传任昉《文章缘起》缕举八十五种（据《丛书集成》初编本《文章缘起》当为八十四种——笔者），杂碎尤甚。任以专书辨析众制，尚复如此，知昭明分体，亦因仍前规耳。"[③]但是，对于任昉《文选》如何承袭《文章始》，骆鸿凯并未详细论证。王存信《试论〈文选〉的分类》一文首次详细辨析了《文选》分体与任昉《文章始》的关系。他认为："《文选》的划类应该说是得到了《文章始》的极大帮助。如果将《文选》的分类同《文章始》的分类细细比较一下，就可以发现，《文章始》的大部分分类标目是被《文选》所继承的。"[④]

---

① 见《文学遗产》2000年第1期。

② 参傅刚：《〈昭明文选〉研究》，中国社会科学出版社2000年版，第291页。

③ 骆鸿凯：《文选学》，中华书局1998年版，第27页。

④ 见《江苏教育学院学报》1992年第2期，第76页；又载赵福海主编：《文选学论集》，吉林文史出版社1992年版，第351页。

游志诚的《论〈文选〉之难体》[①]在辨析《文选》分体与《文心雕龙》分体的关系时认为，与其说《文选》与《文心雕龙》的分体相类，倒不如说与《文章缘起》的分体高度吻合。游志诚此文与王存信彼文均为现代《文选》学史上支持骆鸿凯有关此说的重要文章。

傅刚《〈昭明文选〉研究》下编第二章第二节《〈文选序〉对文体的认识》[②]亦认为《文选》受《文章缘起》的影响极大。具体表现是：其一，任昉的《文章缘起》所分八十五种文体基本上包括了萧统《文选序》和《文选》所收录的，《文选》未收的六种文体全部见于《文章缘起》；其二，一些名异而实同的文体，如《文章缘起》的“解嘲”“封禅文”，分别是《文选》中的“设论”“符命”。以《文选序》为例，可以见出萧统多依据任昉的《文章缘起》。如说“又少则三字，多则九言，各体互兴，分镳并驱”。五臣吕向注引《文始》曰：“三字起夏侯湛，九言出高贵乡公。”《文始》即《文章始》，亦即《文章缘起》。故可知萧统对三言、九言的理解与任昉相合。再如对四言、五言的认识，萧统曰：“退傅有在邹之作，降将著河梁之篇，四言五言区以别矣。”在《文章缘起》中，任昉亦正以韦孟《诗楚夷王戊诗》作为四言的起源，以李陵《与苏武诗》作为五言的起源。

---

① 游志诚：《昭明文选学术论考》，台湾学生书局 1996 年版，第 141~178 页。

② 傅刚：《〈昭明文选〉研究》，中国社会科学出版社 2000 年版，第 181~184 页。

第八章
《文选》版本研究

现代《文选》学研究在绵延漫长的《文选》学史上的重大贡献之一是各种《文选》版本的相继发现问世，并随之出现较高质量的《文选》版本研究之作。有清一代为我国传统《文选》学研究史上的一座巍巍丰碑，清儒以朴学方法研治《文选》学，功勋卓著。但限于藏书者与研究者的相互隔膜，清儒《文选》学研究亦存有版本匮乏的重大缺憾。胡克家校刻尤本《文选》之时，当可觅到较好之底本，亦可寻到较好的参校本。但是，胡克家所见者并非尤刻本之善本，其所用之参校本亦不过为袁褧本（六家本）与茶陵本（六臣本）。这种客观条件极大地限制了有清一代的饫学之士，使他们在版本校勘方面远逊于现代《文选》学家。

一、日本古抄本研究

日本古抄本《文选》是写本时代重要的《文选》传本，目前保存在日本的古抄本《文选》数量不少，但公开出版者尚不多。

（一）无注三十卷本

日抄无注三十卷本是最重要的《文选》抄本之一。屈守元《文选导读》中《〈文选〉流传诸本述略》[①]一章，傅刚《关于近代发现的日本古抄无注三十卷本》[②]对此抄本均有研究。

日本所传古抄卷子无注三十卷本《文选》，最早著录于1856年日本学者森立之的《经籍访古志》，仅一卷。

1897年杨守敬《日本访书志》卷十二著录此本："古抄《文选》一卷，卷子本。"除此卷外，杨守敬尚得到此本的另外二十卷。杨氏曰："古抄无注《文选》三十卷，缺一、二、三、四、十一、十二、十三、十四、十七、十八十卷，存二十卷。"森立之著录的古抄无注三十卷本之一卷，加上杨氏所得另二十卷，计杨氏所得古抄无注本《文选》凡二十一卷。杨守敬著录于《日本访书志》中的无注三十卷残帙二十一卷，及其旁注、标记一并影写带回中国，今藏台北"故宫博物院"。1903年日本学者岛田翰《古文旧书考》卷一《旧抄本考》，亦著录了残卷子本《文选》三卷。

杨守敬纠正了森立之的误判，认为此本并非从李注本录出者："今细按之，此本若就李本所出，李本已分《西京》为二卷，则录之者亦必二卷。今合三赋为一卷，仍昭明之旧，未必抄胥者讲求古式如此。《东都赋》：事徒习秦阿房之造天。标记云：善本秦阿房无房字，五臣本秦阿房，或本又有房字。今以善本、五臣本合校此本，此不从善本出之切证也。又篇中文字固多与善本相合，然亦有绝不与善本合者。……盖日本抄古书，往往载后来之笺注序文，如《孝经》本是明皇初注本，亦载元行冲《孝经疏序》。其它经书，经注本，又往往载孔颖达之疏于栏格，盖为便于讲读也。抄此本者，固原于未注本，而善注已通行，故亦以其表冠之也。"杨氏认为此抄本出自李善注《文选》之前，所言极是。

此古抄无注三十卷本现存的五、六、七、八、九共五卷，即李善注本的

① 屈守元：《文选导读》，巴蜀书社1993年版，第122~135页。
② 傅刚：《〈文选〉版本研究》，北京大学出版社2000年版，第261~267页。

第九至十八卷，分别有“赋戊”“赋已”“赋庚”“赋辛”等题署。宋刻李善注本（如尤刻本——笔者）、六臣注本（如赣州本、建州本——笔者）卷一的“赋甲”下均有李善注曰：“赋甲者，旧题甲乙，所以纪卷先后，今卷既改，故甲乙并除。存其首题，以明旧式。”据此，日本古抄本既然存有戊、己、庚、辛等题署，可见其明显存留李善未注之前萧统三十卷本的原貌。①

现代《文选》学史上利用日本古抄本进行《文选》校勘者，唯高步瀛、黄季刚、向宗鲁三人。高氏利用日本古抄本校勘《文选》，计有《文选序》《唐李崇贤上文选注表》及卷一、卷二，俱存《文选李注义疏》。据笔者统计，《文选序》使用古抄本校勘者凡十条，《唐李崇贤上文选注表》用古抄本校勘凡七条，卷一用古抄本者凡五十一条。黄季刚用日本古抄本校勘者今有《文选平点》②。向宗鲁利用日本古抄本所校《文选》详校本，至今未见整理出版，具体情况不得而知。杨守敬、岛田翰、黄季刚、向宗鲁、屈守元诸家对日本古抄本的价值皆有或详或略之说明，概而言之，主要为校勘价值：此点各家皆有论述，其中唯黄季刚、屈守元论述最详。黄氏曰：“《海赋》多出十六字，不但六臣所无，何、余、孙、顾所未见，而杨翁藏此卷子于箧衍数十年，殆亦未发见矣。岂徒《神女》玉王互讹，证存中之妙解；《西京》戈弋不混，验屺瞻之善雠乎？且崇贤书在，北海解亡，此编原校引书，独有君臣之说，是则子避父讳，其为北海之作，焯尔无疑。陆善经见之，此卷子引之，逸珠盈椀，何珍如是！”③

黄氏此论，屈守元做了详细发挥。

黄侃发现古抄本《海赋》“腰眇蝉娟”下多出“珊瑚琥珀，群产相连。砗磲马瑙，渊积如山”十六字。上引黄季刚在徐行可藏卷子本六之末所题之跋，仅见屈守元《文选导读》所引，今上海古籍出版社《文选平点》有此条校语，但无屈氏所引跋语。《文选平点》第45页曰：“腰眇蝉娟句下抄本有‘珊瑚琥珀，群产相连，砗磲马瑙，渊积如山’十六字。”此十六字，尤刻本原有，

① 屈守元：《文选导读》，巴蜀书社1993年版，第124页。
② 黄侃著，黄焯整理：《文选平点》，上海古籍出版社1985年版。
③ 屈守元：《文选导读》，巴蜀书社1993年版，第126页。

胡刻本脱去。今北宋监本缺此卷，无考。奎章阁本、明州本、赣州本、建州本俱无，陈八郎本亦无。日本古抄本有此十六字，无疑为此十六字佚文的存在提供了重要依据。

《神女赋》“玉”“王”互讹。《文选·神女赋》序文“其夜王寝”“王异之”“王曰脯夕之后”三处，另加赋中“王览其状”一处，凡四处“王”字，古抄本皆作“玉”；序文“明日以告玉”“玉曰其梦若何”两处“玉”字，古抄本皆作“王”。沈括（存中）《补笔谈》卷一[①]，姚宽（令威）《西溪丛语》卷上，皆谓“玉”“王”当互换。张凤翼《文选纂注》，何焯《义门读书记》，陈景云《胡克家〈文选考异〉引》，余萧客《文选音义》四、《文选纪闻》十，许巽行《文选笔记》三，汪师韩《文选理学权舆》八，胡克家《文选考异》四，胡绍煐《文选笺证》二十一，张云璈《选学胶言》九，朱珔《文选集释》十五，梁章钜《文选旁证》十九皆主此说。今存尤刻本、胡刻本、奎章阁本、明州本、赣州本、建州本、陈八郎本皆讹，可知由来已久。古抄本之珍贵，可见一斑。今《文选平点》第 73 页所写校语却与此不同。黄氏曰：（1）其夜王寝句，或云当做玉寝。然则梦神女者其玉也耶？若以先王所幸，襄王不应梦，则宋玉应梦之耶？不知昔者先王、宋玉固未尝实指其为怀王。然则，朝云之庙，盖已远矣。（2）明日以白玉句。上告下亦可称白。白，犹报也。沈存中、姚宽之误，皆由不解此白字耳。赵举锡字为例，侃曰赣亦是也。（3）王曰状何如也，据别本王改玉。（4）玉曰茂矣美矣，据别本玉改王。下云他人莫睹，王览其状，正承此王言而说。（5）王曰若此盛矣。此王曰乃更端之词。赵曰，语孟中皆有之，惟上王玉二字互倒耳。盖梦与神遇者王也，以状告玉者亦王也。自下玉赋，乃承王之命因王之辞而赋之。诸校勘之家皆于此未能照了，故所说多误。前一白字，此一王字，是疑误之由。若知白本上下通文，等于诏赣。王曰更端常例，证在易书，则宜僚弄丸，两难俱解。若作玉梦神女，则试为寡人赋之及王见其状不可通。侃所说竟与赵曦明同。今夜览孙志祖《文选考异》，见之为之一快。（壬戌七夕记）赵未知先王之

① 见马氏重编本。

非怀王。（6）王览其状句，若作玉览其状，何云试为寡人赋之。上述六条校记，与前引黄侃于徐行可藏卷子本卷六之末所作题跋，大相径庭，观点迥异。《文选黄氏学》所云与此相类，仅文字稍减。[①]屈守元以为壬戌校语写在前，卷子本题跋书于后，当以卷子本题跋为准。

《西京赋》“戈”“弋”不混。尤刻本《西京赋》“建玄弋，树招摇”二句，黄侃《文选平点》曰：“何焯改弋为戈。今见日本抄本竟与之同。”[②]奎章阁本、明州本、赣州本、建州本、陈八郎本、尤刻本均作“弋”。何焯云：“杜牧诗：已建玄戈收相土，应回翠帽过离宫。疑即用此。今刻作玄弋者，恐非。”今按：《史记·天官书》“一外为盾”裴骃集解引晋灼曰：“外，远北斗也，在招摇南，一名玄戈。”《宋史·天文志二》：“天戈一星，又名玄戈，在招摇北，主北方。”何焯所引杜牡诗为其所作《洛阳》。余萧客《文选音义》一，许巽行《文选笔记》一，孙志祖《文选考异》一，胡绍煐《文选笺证》一，朱珔《文选集释》三，俱主改“弋”为“戈”。张云璈《选学胶言》二，梁章钜《文选旁证》三则依违两可。屈氏并举敦煌所出唐永隆写本《文选》残卷[③]“弋”正作“戈”为证，以明日本古抄本校勘价值之高。

向宗鲁对日本古抄卷子本的校勘价值亦有明确论述。据屈守元所引，向氏并举《离骚》“颇颔”古抄本作“减淫”为例，再证古抄本校勘价值之高。

屈守元论及日本古抄本的价值主要有两个方面。

一是校勘价值。如《西都赋》“众流之隈，汧涌其西”二句，古抄本无，正与范晔《后汉书》合。其实，胡克家《文选考异》已有考证在先：“何云《后汉书》无此二句。陈云善此八字无训释，疑与范《书》同。按：各本皆有，恐五臣多此二句，合并六家，失著校语，尤以之乱善也。”黄侃《文选平点》亦云：“众流二句不必有。《后汉书》无，抄本亦无此八字，善本当亦无之，故无训释。”[④]

---

① 黄季刚：《文选黄氏学》，台湾文史哲出版社 1977 年版，第 103 页。

② 黄侃著，黄焯整理：《文选平点》，上海古籍出版社 1985 年版，第 12 页。

③ 《鸣沙石室古籍丛残》影印本。

④ 黄侃著，黄焯整理：《文选平点》，上海古籍出版社 1985 年版，第 5 页。

二是古籍版本价值。古抄本第一卷《东都赋》的《明堂》《辟雍》《灵台》《宝鼎》《白雉》诸诗诗题在后，非如今之通行各本书于诗前。第十六卷《九歌》中《东皇太一》《云中君》《湘君》《湘夫人》诸小题在文后。今按：六家本的奎章阁本与明州本，六臣本的赣州本与建州本，李善注本的尤刻本与胡刻本的《东都赋》后《明堂》《辟雍》五诗，诗名皆列诗前，已非旧式。唯五臣注本的陈八郎本《明堂》等五篇诗名列诗后，同古抄本。《九歌》中《东皇太一》《云中君》《湘君》《湘夫人》诸篇小题，六家本之明州本、六臣本之赣州本、尤刻本、胡刻本皆置小题于前，唯六家本之奎章阁本、五臣注之陈八郎本列小题于篇后，版式一同古抄本。

屈守元对古抄本《三国名臣序赞》一文《序》末所记赞诸人名目次序的版式说明尤为经典。今六家本（奎章阁本与明州本）、六臣本（赣州本与建州本）、陈八郎本、尤刻本、胡刻本皆为：

《魏志》九人，《蜀志》四人，《吴志》七人。荀彧字文若，诸葛亮字孔明，周瑜字公瑾，荀攸字公达，庞统字士元，张昭字子布，袁焕字曜卿，蒋琬字公琰，鲁肃字子敬，崔琰字季珪，黄权字公衡，诸葛瑾字子瑜，徐邈字景山，陆逊字伯言，陈群字长文，顾雍字符叹，夏侯玄字泰初，虞翻字仲翔，王经字承宗，陈泰字玄伯。

明州本、赣州本、建州本、尤刻本、胡刻本皆作正文大字，明州本于后尚有“善本有此一段”六字校语。唯奎章阁本作注文列于《序》末，但未加校语。五臣注陈八郎本无此一段。日本古抄本版式如下（原直行从右至左，今改横排，从上到下）：

《魏志》九人	《蜀志》四人	《吴志》七人
荀彧字文若	诸葛亮字孔明	周瑜字公瑾
荀攸字公达	庞统字士元	张昭字子布
袁焕字曜卿	蒋琬字公琰	鲁肃字子敬
崔琰字季珪	黄权字公衡	诸葛瑾字子瑜
徐邈字景山		陆逊字伯言
陈群字长文		顾雍字符叹

夏侯玄字泰初　　　　　　　　虞翻字仲翔
王经字承宗
陈泰字玄伯

日本《文选集注》本第九十四卷与古抄本全同。此当先读《魏志》九人，下依次读《蜀志》四人，《吴志》七人。后人不懂“旁行”读书古例，依《魏志》九人、《蜀志》四人、《吴志》七人之序读之，即成今奎章阁本、明州本、赣州本、建州本、尤刻本、胡刻本的错乱状况。据明州本校语“善本有此一段”，五臣本当无此一段。今检陈八郎本五臣注，校语不虚。今陈八郎本五臣注本削去此段，大憾。幸有日本古抄本在，得以纠正大谬。此段若无古抄本存世，几不可辨识。屈氏此一发明，实为日本古抄本在保存古籍版式价值方面最有力的明证。

傅刚《关于近代发现的日本古抄无注三十卷本〈文选〉》[①]一文认为，日本古抄本的校勘价值甚高。关于篇目次序及格式等，李善《上文选注表》今存诸刻本均列于萧统《文选序》后，日抄却置于篇首。李善《上表》是呈送皇帝看的，故应列于全书之首。日本另一抄本九条家本《文选》残卷亦如是。尤刻本落款为“显庆三年九月　日上表”，日抄署为“显庆三年九月十七日文林郎守太子右内率府录事参军（提行）事崇贤馆直学士臣李善上注表”。北宋国子监本与日本古抄本相同。

宋刻诸本卷一篇题，由于李善将一卷分为两卷，故将萧统《文选》原卷一班孟坚《两都赋》、张平子《西京赋》三篇分开，仅存《两都赋》；卷首子目亦相应调整为“班孟坚两都赋二首”，故失去萧统《文选》原貌。今据古抄本，卷一题为：文选卷第一赋甲；次行，京都上班孟坚两都赋二首并序张平子西京赋一首。九条家本格式与之同。

《东都赋》末《明堂诗》《辟雍诗》《灵台诗》《宝鼎诗》《白雉诗》诸诗题均在各诗之后。杨守敬以为此与《诗经》古式相同，今各本诗题在前者，非。九条家本亦如是。《九歌》四首中《东皇太一》《云中君》《湘君》《湘

① 傅刚：《〈文选〉版本研究》，北京大学出版社2000年版。

夫人》诸题亦在诗后。

日本古抄本卷二十二刘子骏《移书让太常博士》一文上今本脱类目“移”字。胡克家《文选考异》引陈景云校语：“陈云，题前脱‘移’字一行，是也。各本皆脱。又卷首子目亦然。”[①]黄侃《文选平点》曰：“题前以意补‘移’字一行。”[②]日本古抄本卷二十二上当标有“移”字，卷中《移书让太常博士》题目前标出“移”类。

日本古抄本与今传刻本文字歧异之处甚夥，可正刻本之误者亦甚多。如班孟坚《西都赋》“众流之隈，汧涌其西”八字，古抄本、九条家本皆无，当是后人误添。胡克家归咎于尤袤，不妥。再如木玄虚《海赋》“腰眇蝉娟”下古抄本多出“珊瑚琥珀，群产相连。砗磲马瑙，渊积如山。其”十七字（黄侃、屈守元均称十六字，未注意尚有一“其”字），奎章阁本、明州本、赣州本、建州本、陈八郎本俱脱此十七字，唯中华书局1974年影印尤刻本未脱。复如宋玉《高唐赋》“当年遨游”句前，古抄本有“姊于万世”四字。李善注曰：“一本云，子当万年，万世遨游”，则古抄本近于善注之“一本”的八字，与古抄本之异当系传写之讹。另如宋玉《神女赋》“王”“玉”互讹。尤本“王果寝”“王异之”“王曰脯夕之后”“王览其状”四处之“王”字，古抄本皆作“玉”；序文“明日以告玉”“玉曰其梦如何”两处“玉”字，古抄本皆作“王”。谢玄晖《和王主簿怨情诗》，尤本作“故人心尚尔，故人心不正”，六臣本作“故人心尚尔，故心人不见”，五臣注亦然。古抄本作“故心人不见”，同六臣注。较之二例，古抄较妥。任彦升《奏弹刘整》，古抄本自“并已入众”至“并不分逡”三十四字及“整及母”至“整及主”六百九十馀字皆删略。李善注称：“昭明删此文大略，故引之，令与弹相应也。”可知古抄本所删文字即李善所增文字。古抄本于文末尚删“婢采音不款偷龙牵”至“请不足申尽”三十五字。袁彦伯《三国名臣序赞》“魏志九人，蜀志四人，吴志七人”以下人名排列，尤本竖排，魏、蜀、吴混乱无序。傅增湘案曰：“魏、蜀、吴各分三排。若列表式，魏九人九行，蜀四人四行，吴七人七行。”是谓《文

① （梁）萧统：《文选》，中华书局1977年影印本，第952页。

② 黄侃：《文选平点》，上海古籍出版社1985年版，第248页。

选》古式为每一行中分上、中、下三排，上排为《魏志》所载九人，中排为《蜀志》所载四人，下排为《吴志》所载七人。《文选集注》所列正如傅氏所言。司马相如《封禅文》“陛下谦让而弗发”前，古抄本有“上帝垂恩，储祉将以庆成”两句，尤本脱，五臣本有。有者是。干令升《晋纪总论》“世宗承基，太祖继业”二句，尤本误置“军旅屡动”句前，古抄本置“大象始构矣”句后，接“玄丰乱内”句。六臣本同。魏文帝《典论·论文》“至于孔气不齐”句，“孔”字尤刻、胡刻、建本均作“引”，故后人释义纷纭。日本另一抄本观智院本《文选》残卷第二十六亦作“孔”。

傅刚据傅增湘过录本论述日本古抄本的文献价值，最为翔实全面。

（二）其他日本古抄本《文选》

日本古抄本《文选》，除上文详论之无注三十卷本外，尚有属于李善注本系列者三：1. 古抄《文选》卷七，为杨守敬得之于日本，今藏北京大学图书馆。2. 九条家本。原系九条家藏，今为日本皇室御物，凡二十二卷。3. 观智院本《文选》卷第二十六，日本天理图书馆藏。属五臣注本系列者一：三条家本《五臣注文选》卷第二十，为日本古抄本中唯一一部五臣注本。所存虽仅有一卷，但颇具校勘价值。张寿林《唐写〈文选五臣注〉本残卷跋》[①]曾专文论之，甚详。饶宗颐《日本古抄文选五臣注残卷》[②]详加校勘，游志诚《五臣注原貌》[③]专文校证，傅刚《〈文选〉版本叙录》[④]中亦曾予介绍。

张寿林对此日本三条家本的研究创获颇丰。

首先，张氏率先发现《五臣注文选》与《李善注文选》正文的混淆始自唐写本时代。

三条家本《五臣注文选》为现存唐写本《五臣注文选》的唯一传世之本，

---

① 见《文林学报》第7期，1941年6月。

② 见《东方文化》第3卷第2期，香港大学1956年版；又载饶宗颐：《文辙》，台湾学生书局1991年版；复载《中外学者文选学论集》，中华书局1998年版。

③ 收游志诚：《昭明文选论考》，台湾学生书局1996年版；又载《文选学新论》，中州古籍出版社1997年版。

④ 见《国学研究》第5卷，北京大学出版社1998年版；又载《〈文选〉版本研究》，北京大学出版社2000年版。

但此本已明显表明李善与五臣的相互影响。如《狱中书自明》一文，“白圭显于中山，人恶之于魏文侯，文侯投以夜光之璧”三句，张寿林以为，“此李善注本也。五臣注本重‘中山’二字，少‘文侯’二字”[①]。今查奎章阁本《文选》作“白圭显于中山，中山人恶之于魏文侯”，并在第二个“中山”下双行小注曰：“善本无一中山字。”在“魏文侯”下双行小注曰：“善本有二‘文侯’字。”奎章阁本五臣注系采自以“平昌孟氏”本五臣注为底本的秀州州学本，故其存留了“平昌孟氏”五臣注的原貌，当为五臣注中极为可靠者。宋刊建阳陈八郎本五臣注则异于奎章阁本五臣注。陈八郎本此数句为：“白圭显食于中山，中山人恶之于魏文侯，文侯投以夜光之璧。”陈八郎本“食”为衍字，且“中山”二字两见，“文侯”亦两见。可见，陈八郎本虽为五臣注，但在此句中却显示出李善注本的文字特点。张寿林指出三条家本《狱中上书自明》篇中五臣注正文同于李善注者凡十条。

可见，李善注本与五臣注本的正文，在唐代写本中已出现混淆现象。据宋刻本李善注或五臣注笼统论定李善注与五臣注，极其危险，张寿林此文又证明据唐写本论定李善注与五臣注原貌，亦有极大风险。重视三条家本者非张寿林一人，但将之置于整个《文选》版本系统中进行研究者，张氏为第一人。

其次，关于五臣注原貌。三条家本虽有正文与李善注本相混之失，但因其仅载五臣注，故可补今六臣注本系列五臣注之失，恢复五臣注原貌。如江文通《诣建平王上书》：“昔者贱臣叩心，飞霜击于燕地。”《四部丛刊》本（建州本）注云：“翰曰：贱臣邹衍也。叩心言恨也。”但三条家本“衍”下有“事燕惠王，左右谮之，被系于狱，仰天而哭，盛夏天为之降霜”二十三字，该本因此显得意义更为完整。《四部丛刊》本对五臣注与李善注大致相同者往往以“某同善注”而大删五臣注，三条家本因其为五臣注单注本，故存留原貌甚夥。张寿林以大量篇幅罗列了此类情况，故对了解五臣注原貌帮助极大。

---

① 见《文学年报》第 7 期，1941 年；又载《中外学者文选学论集》，中华书局 1998 年版，第 62~63 页。

饶宗颐对三条家本《日本古钞〈文选〉五臣注残卷》的研究，重在详校。故用力之重点与张寿林相异。如邹阳《狱中书自明》中“白圭显于中山，人恶之于魏文侯，文侯投以夜光之璧”三句，饶宗颐列出了《四部丛刊》《史记》《新序》《汉书》诸本之异同，此于考校文字贡献颇大。但是，张寿林从异文看出了唐写本《五臣注文选》与《李善注文选》的混淆，对于研究《文选》诸本的相互关系亦贡献不菲。饶宗颐的研究重在使用诸本详校三条家本：饶氏所用参校诸本除《四部丛刊》本、胡刻本外，馀多善本，如唐钞《文选集注》本；邹阳、枚乘书、相如谏猎、江淹上书五篇又以北宋景祐本《史记》、南宋重刊淳化本《汉书》、绍兴重刊北宋监本《梁书》参校，《答临淄侯笺》以绍熙本《三国志》参校。

饶宗颐通过详细对校，认为三条家本可以证明如下六点：五臣袭改善注，五臣注有为人误改处，六臣本[①]割并五臣及李善注有两误之处，六臣本之误字，六臣本校语之歧异，尚可与《史记》《汉书》参校，与唐写本《文选集注》互校。但饶氏所云“日钞本扶桑学人知其可宝，既为印行，然尚未有人专作研究者”之言不确，因为1941年张寿林已研究在先。

游志诚的《五臣注原貌》研究重点与步骤迥异于上述二文。他从三条家本中选出《答临淄侯笺一首》《与魏文帝笺一首》《答东阿王笺一首》《答魏太子笺一首》《在元城与魏太子笺一首》等五篇完整的作品作为研究对象，但另外三篇完篇[②]与七篇残文均未列入考查之列。他认为，三条家本的最大贡献在于可据它辅证陈八郎本独见之正误，并由此考推五臣注原貌。他指出，该本的价值有十：一曰可校宋刻绍熙本《三国志》之误；二曰其独见之注可校今本五臣注之误；三曰有助旁证《文选》善注、五臣注之详略，以考旧说“释事忘义”之评；四曰该本以五臣本白文为据，故可校陈八郎本异文与善注本不同者；五曰该本偶有校笔，不见今存各本，故可证唐代《文选》版本非一；六曰该本所见五臣注有引书与释义并具者，可见出五臣注体例；七曰该本独见之五臣注有助于阅读《文选》白文；八曰该本有独存音注，据音切还原正

---

① 指《四部丛刊》本。

② 司马长卿《上书谏猎》、枚叔《上书谏吴王》与《上书重谏吴王》。

文作字，可校订今见各刻本白文之误；九曰陈八郎本独作之字，与六臣本校语不同，据该本可得有说；十曰该本系注位置与陈八郎本相同，可辅证陈八郎本确为五臣注之单注本。

二、敦煌吐鲁番写本研究

敦煌吐鲁番唐写本残卷《文选》的发现与研究为二十世纪《文选》学史上版本研究的重大创获之一。

中国学者利用敦煌吐鲁番本《文选》于现代《文选》研究经历了一个漫长的过程。[①]敦煌写本分藏于世界各地，中国学者限于客观条件制约，很难见到原卷。中国学者最早见到的敦煌写卷是由伯希和寄赠的几件法藏影件。在最早的一份敦煌文书目录——罗振玉《敦煌石室书目及发见之原始》[②]中，有《李善注文选》的著录，括注“存卷二十五、二十七”。这一写本即P.2525沈休文《恩幸传论》迄范蔚宗《光武纪赞》。1910年蒋斧曾撰有跋文和校记（校记今已不存）。影印本见于罗振玉《鸣沙石室古籍丛残》（1917），收入四件《文选》残卷，即P.2528张平子《西京赋》、P.2527东方曼倩《答客难》、P.2542任彦升《王文宪集序》、P.2525沈休文《恩幸传论》迄范蔚宗《光武纪赞》（比现存原卷少29行），并附蒋斧和罗振玉的跋文。此前此后，刘师培《敦煌新出唐写本提要》（1911）、高步瀛《文选李注义疏》（1929）等所及均不出此范围。

1937年印行的《敦煌秘籍留真》收录《文选》写本即P.3345王仲宝《褚渊碑文》、P.2658扬子云《剧秦美新》及P.2833《文选音》，影本均出神田喜一郎在巴黎亲自所摄，但每件仅收一拍。后神田又尽其所藏，编为《敦煌秘籍留真新编》[③]，所收《文选》写本始为完篇。上述七件写本即为敦煌遗

① 本节主要依据徐俊《书评》，载《敦煌吐鲁番学研究》第5卷，北京大学出版社2000年版。

② 见《东方杂志》第6卷第10期，1909年。

③ 见台湾大学1947年版。

书发现后前五十年中国多数学者所能见到的全部敦煌本《文选》。[①]

饶宗颐《敦煌吐鲁番本〈文选〉》[②]为全面收集敦煌吐鲁番《文选》写本影印出版的专著，所收图版计有：1.《昭明太子文选序》（中国历史博物馆藏吐鲁番本）。2. 张平子《西京赋》（法藏 P.2528）。3. 左太冲《吴都赋》（俄藏 L.1520）。4. 扬子云《羽猎赋》《长杨赋》。（以下德藏吐鲁番本）5. 潘安仁《射雉赋》。6. 班叔皮《北征赋》、曹大家《东征赋》。7. 江文通《恨赋》（英藏 S.9504）。8. 成公子安《啸赋》(英藏 S.3663)。9. 束广微《补亡诗》六首、谢灵运《述祖德诗》二首五言(以下俄藏 L.1452)。10. 韦孟《讽谏》一首四言并序(P.2554)。11. 张茂先《励志诗》一首四言。12. 曹子建《上责躬应诏诗表》。13. 陆士衡乐府十七首之《短歌行》、谢灵运乐府一首《会吟行》（以下法藏 P.2524）。14. 鲍明远乐府八首。15. 陆士衡乐府十七首之《吴趋行》及《塘上行》(英藏 S.10179)。16. 张景阳《七命》(德藏吐鲁番本 Ch.3164)。17. 张景阳《七命》(俄藏 Dx.1551)。18. 杨德祖《答临淄侯笺》(英藏 S.6150)。19. 东方曼倩《答客难》(以下法藏 P.2527)。20. 扬子云《解嘲》一首。21. 孔安国《尚书序》(法藏 P.4900)。22. 颜延年《三月三日曲水诗序》。23. 王元长《三月三日曲水诗序》（法藏 P.4884）。24. 王元长《三月三日曲水诗序》(法藏 P.2700)。25. 王元长《三月三日曲水诗序》(以下法藏 P.2543)。26. 任彦升《王文宪集序》(法藏 P.2542)。27. 任彦升《王文宪集序》(俄藏 L.2860)。28. 扬子云《剧秦美新》、班孟坚《典引》(法藏 P.2658)。29. 干令升《晋纪总论》(英藏 S.5550)。30. 沈休文《恩幸传论》(以下法藏 P.2525)。31. 班孟坚《述高纪》《述成纪》《述韩英彭卢吴传》。32. 范蔚宗《光武纪赞》。33. 李萧远《运命论》(法藏 P.2645)。34. 李萧远《运命论》（敦煌研究院藏 0356）。35. 陆士衡《辩亡论》(北京国家图书馆藏新 1543)。36. 陆士衡《演连珠》（法藏 P.2493）。37. 陆佐公《石阙铭并序》（法藏 P.5036）。38. 颜延年《阳给事诔并序》（法藏 P.3778）。39. 颜延年《阳给事诔并序》（英藏 S.5736）。40. 王仲宝《褚渊碑文》（法藏 P.3345）。另，附录有：1.《文

① 参徐俊：《书评》，载《敦煌吐鲁番学研究》第 5 卷，北京大学出版社 2000 年版。

② 中华书局 2000 年版。

选音》（法藏 P.2833）。2.《文选音》（英藏 S.8521）。3. 班孟坚《幽通赋》并注（德藏吐鲁番本 Ch.3693 + Ch.3699 + Ch.2400 + Ch.3865）。4. 王仲宣《登楼赋》（法藏 P.3480）。

饶宗颐《敦煌吐鲁番本〈文选〉》为二十世纪敦煌、吐鲁番本《文选》的集大成之作。

第一，搜罗完备。饶宗颐《敦煌本〈文选〉斠证》（1957）为第一篇对敦煌写本《文选》进行全面介绍与研究的重要论文。其著录写本十六号。金冈照光《敦煌出土文学文献分类目录附解说》[①]著录写本十三号，白化文《敦煌遗书中〈文选〉残卷综述》[②]著录写本二十四号，罗国威《敦煌本〈昭明文选〉研究》[③]校录写本二十一号，饶宗颐《敦煌吐鲁番本〈文选〉》收录敦煌写本三十一号，吐鲁番写本四件，计三十五件，远超此前人们的已知范围。

第二，吐鲁番本《文选》面世。本书首次将人们较少关注与了解的吐鲁番写本《文选》与敦煌写本并存，使今存唐及先唐《文选》写本面貌得以全面展示。其中，吐鲁番写本中国历史博物馆藏《昭明太子文选序》见于黄文弼《吐鲁番考古记》[④]、《中国历史博物馆藏法书大观》第十二卷[⑤]。德国柏林印度艺术博物馆藏扬子云《羽猎赋》迄潘安仁《西征赋》，见于《吐鲁番古写本展》图册[⑥]，均国内稀见。德藏班孟坚《幽通赋》注本，与今存诸注本不同，可能是古注单行本，为首次向世人公布，尤为难得。[⑦]

第三，影件清晰。饶氏所收影件较此前公布的缩微胶卷及《敦煌宝藏》等清晰程度大为提高。如 P.4884 + P.2707 + P.2543 + P.2542 卷，缩微胶卷及《敦煌宝藏》均严重模糊，《宝藏》采用深浅放大法，仍不能卒读。罗国威《敦煌本〈昭明文选〉研究》据此录文而出现阙录。但据《敦煌吐鲁番本〈文

---

① 见东洋文库 1971 年版。
② 《〈昭明文选〉研究论文集》，吉林文史出版社 1988 年版。
③ 黑龙江教育出版社 1999 年版。
④ 中国科学院 1954 年版。
⑤ 日本柳青书店 1994 年版。
⑥ 见日本朝日新闻社 1991 年版。
⑦ 参见荣新江《德国"吐鲁番收集品"中的汉文典籍与文书》，载《华学》第 3 辑，紫禁城出版社 1998 年版。

选〉》所收图版，均清晰可辨，可补罗书阙文及正误录五十馀字。但也有原卷在收藏过程中出现了新的残损，而在早期的图版中却保存了残损前的状态，如P.2568《剧秦美新》“海外暇方，信延颈企踵”“恶可以已乎，宜命贤哲”两段文字，《敦煌吐鲁番本〈文选〉》所收图版残去八字，而早期《敦煌秘籍留真新编》中却不残。类似者如P.2528张平子《西京赋》、P.2527东方曼倩《答客难》等，这反映了敦煌图版中早期图版的独特价值。

出于种种考虑，《敦煌吐鲁番本〈文选〉》尚有数件传世写本未尽载入。其中有日本永青文库本《文选注》与天津艺术博物馆藏本《文选注》，历史博物院本《五等论》，吐鲁番本《海赋》等。

历史博物院本《五等论》影印本见于《中国历史博物馆藏法书大观》第十二卷《战国秦汉唐宋元墨迹》①，据徐俊研究，它与今国家图书馆陆士衡《辨亡论》、敦煌研究院本李萧远《运命论》均为一人所抄。且敦煌研究院本《运命论》可与P.2648《运命论》先后衔接。

吐鲁番阿斯塔那二三〇号唐墓出土的木玄虚《海赋》残片，残存九行，录文见于《吐鲁番出土文书》第八册②，图版录文对照本见于新版《吐鲁番出土文书（肆）》③。

在现代《文选》学史上总结《文选》唐写本残卷者有饶宗颐《敦煌本〈文选〉斠证》④及《敦煌吐鲁番本〈文选〉叙录》⑤，屈守元《文选导读·〈文选〉流传诸本述略》⑥和白化文《敦煌遗书中〈文选〉残卷综述》⑦诸文。

屈守元《文选导读》流传较广，但限于体例，该书总结敦煌写本《文选》较为简略。笔者按其归类大致可分两途：一类为《文选》无注三十卷系列的写本，一类为《文选》李善注六十卷本系列的写本。前者有：1.《王文

① 见日本柳青书店1994年版。
② 见文物出版社1987年版。
③ 见文物出版社1996年版。
④ 《新亚学刊》第3卷第1期，1957年8月；第3卷第2期，1958年2月。
⑤ 饶宗颐编：《敦煌吐鲁番本〈文选〉》，中华书局2000年版。
⑥ 见巴蜀书社1993年版。
⑦ 《〈昭明文选〉研究论文集》，吉林文史出版社1988年版；又载《中外学者文选学论集》，中华书局1998年版。

宪集序》残帙（伯 2542）。2.《恩幸传论》《光武纪赞》及后题“《文选》卷第二十五”（伯 2525）。3. 谢灵运《乐府》及鲍明远《乐府》残帙（伯 2554）。4.《演连珠》残帙（伯 2493）。5.《运命论》残帙（伯 2645）。6.《剧秦美新》《典引》残帙（伯 2658）。7.《三月三日曲水诗序》残帙（伯 2707）。8.《三月三日曲水诗序》及《王文宪集序》残帙（伯 2543）。9.《阳给事诔》残帙（伯 3778）。10.《褚渊碑文》及后题“《文选》卷二十九”残帙（伯 3345）。11.《啸赋》及后题“《文选》卷第九”残帙（斯 3363）。后者有：1.《西京赋》残帙（伯 2528）。2.《答客难》及《解嘲》残帙（伯 2527）。共著录敦煌写本《文选》十三号。

白化文的《敦煌遗书中〈文选〉残卷综述》总结《文选》敦煌写卷较为全面，分为白文本、注本、《文选音》三类，共著录写本二十四号。

饶宗颐《敦煌本〈文选〉斠证》著录敦煌写本十六号，《敦煌吐鲁番本〈文选〉叙录》著录敦煌写本《文选》三十五号，远超其旧作，但《敦煌吐鲁番本〈文选〉》亦有当著录而未著录之憾。

永青文库与天津艺术博物馆藏《文选注》为未著者之一。饶氏说：“日本细川侯爵永青文库藏有注本《文选》古抄，据称出自敦煌，神田喜一郎已勒为专著，冈村繁考证，尤为缜密精细，具见所著《文选の研究》，故兹从略焉。”[①]

历史博物院本陆士衡《五等论》为未著者之二。据徐俊《书评》研究，该本陆士衡《五等论》，与北图本陆士衡《辩亡论》、敦研本李萧远《运命论》为一人所抄，且敦研本《运命论》恰可与 P.2648《运命论》后先缀接，故历史博物院本当属敦煌写卷无疑。

吐鲁番本《海赋》为未著录者三。吐鲁番阿斯塔那二三〇号唐墓出土的木玄虚《海赋》残片，饶宗颐《敦煌吐鲁番本〈文选〉·前言》已论及[②]。此写卷残存九行，录文本见《吐鲁番出土文书》第八册[③]，图版录文对照本

① 《敦煌吐鲁番本〈文选〉》，中华书局 2000 年版，第 9 页。

② 《敦煌吐鲁番本〈文选〉》，中华书局 2000 年版，第 16 页。

③ 见文物出版社 1987 年版。

见于新版《吐鲁番出土文书（肆）》[①]。

李木斋旧藏开元四年写《文选》注本（存217行）为未著录者四。饶宗颐《敦煌吐鲁番〈文选〉·叙录》提及，但原卷已佚。

法藏P.2541《文选》残卷为未著录者五。王重民目录初称无注，后改云有注，此卷现亦佚失。

上述五件敦煌吐鲁番写本《文选》未收入饶《敦煌吐鲁番本〈文选〉》，其馀今存敦煌吐鲁番写本《文选》饶氏已悉数收录。

敦煌写本《文选》第一个比较全面的校录本为罗国威《敦煌本〈昭明文选〉研究》[②]。全书为《敦煌本〈昭明文选〉校释》与《敦煌本〈昭明文选〉研究》两部分，附录《文选音》录文。取材范围主要为早期公布的英、法藏卷，英藏S.6981之后写本未能采用。另收俄藏Φ.242束广微《补亡诗》迄曹子建《上责躬应诏诗表》一件、中国国内敦煌研究院藏品一件。所收写本按今存《文选》卷次编排，共计写本二十一件、诗文作品三十四种。此前公开刊布的敦煌本《文选》的主要写本，基本搜罗完备。

其校释部分参校诸本凡六种：日本京都大学影印本《文选集注》，北京国家图书馆藏北宋刊李善注本《文选》，北京国家图书馆藏中华书局影印南宋淳熙八年贵池尤袤刊李善注本《文选》，台湾"中央图书馆"藏并影印南宋绍兴三十一年建刊五臣注本《文选》，日本汲古书院影印足利学校藏宋明州州学北宋末刊南宋初刷印之六家注本《文选》，《四部丛刊》初编影印南宋建阳刊本《六臣注文选》。罗著校勘用力甚勤，校释详列写本与传世诸本的文字异同，不仅订写本之讹，且纠参校诸本之失。

其研究部分，将敦煌写本《文选》分为无注白文本、李善注本和其他注本三类，并分析了它们的价值：可证今本《文选》之讹；异文可资参考；部分写本保存了善注原貌，如《西京赋》保存了薛综注原貌；俄藏Φ.242写本为李善、五臣之外的唐人佚注。

---

① 见文物出版社1996年版。

② 见黑龙江教育出版社1999年版。

徐俊对罗国威《敦煌本〈昭明文选〉研究》进行了细致全面的校订，指出罗著误录、漏录及阙字可补，原卷文字有倒乙符号间有未据改之处。罗著的阙失部分原因是所据黄永武《敦煌宝藏》难以辨认，徐俊的补订使读者得到一个更为完善可靠的敦煌写本《文选》的校录本。

罗国威的《敦煌本〈文选注〉笺证》[①]是对分藏于日本东京细川侯爵永青文库和天津艺术博物馆《文选》注本的笺证。因此写本未抄《文选》正文而仅抄有注文，故称之为《文选注》。分藏于两地的《文选注》原为一卷，可以缀接，共收录赵景真《与嵇茂齐书》、丘希范《与陈伯之书》、刘孝标《重答刘秣陵沼书》、刘子骏《移书让太常博士》、孔德璋《北山移文》（以上天津艺术博物馆藏本）、司马长卿《喻巴蜀檄》、陈孔璋《为袁绍檄豫州》《檄吴将校部曲文》、钟士季《檄蜀文》、司马长卿《难蜀父老》（以上永青文库本）等十篇的注文，相当于今胡刻本《文选》的第四十三、四十四卷。本书图版部分完整收录了两地所存写本的全卷，其中天津本已刊于《天津艺术博物馆藏敦煌文献》第二册[②]。永青文库本虽曾由神田喜一郎撰写解说，1965年东京影印出版，但中国大陆学者很少见到。笺证部分含冈村繁与罗国威两位学者对《文选注》所作的校订考释。

永青文库本《文选注》1965年由东京便利堂影印出版，题署《敦煌本〈文选〉》，末附神田喜一郎博士的解说。此卷的研究主要是冈村繁的两篇论文：《细川永青文库藏〈敦煌本文选注〉にいつて》[③]与《敦煌本〈文选注〉校释》[④]。1992年冈村繁又撰成《永青文库藏敦煌本〈文选注〉笺订》，分别发表于《久留米大学文学部纪要》第三号（1993）和第十一号（1997）。后由罗国威翻译发表于《学术集林》第十四卷、十五卷[⑤]，并收入罗国威《敦煌本〈文选注〉笺证》一书。

---

① 见巴蜀书社2000年版。

② 见上海古籍出版社1997年版。

③ 东北大学《集刊东洋学》第14号，1965年；又见《第一届中国域外汉籍国际学术会议论文集》，台北联经出版事业公司1987年版。

④ 《东北大学教养部纪要·人文科学篇》第四号国文汉文学特辑，1966年。

⑤ 见上海远东出版社1998年版、1999年版。

收入该书的罗氏两篇论文是《天津艺术博物馆藏敦煌本〈文选注〉笺证》和《永青文库藏敦煌本〈文选注〉补笺》。前者发表于《文史》第四九、五〇辑[①]，后者是对冈村繁论文的补充，曾发表于《新国学》第一集[②]。

敦煌本《文选注》既非李善注亦非五臣注，也不同于传世《文选》各种版本系统，写本中既无《文选》所收文章的正文，注文又不分篇章且无任何间隔标志地连续抄写，加之误夺衍倒，错讹满纸，整理工作相当困难。冈村繁与罗国威的整理，首先是为注文找到准确对应的原文，其次是对注文进行梳理，追溯注文的依据、来源，并有选择地用李善注、五臣注予以比勘。因原文讹漏较多，文字校录采用了与通常的敦煌写本校录略异的方式，即直接改正与补充原文错漏，以使文字达到可读程度。由此而来的弊端是难免有文字臆补的情况。即使如此，作者对《文选注》所作的考释亦极具开拓之功。

傅刚《〈文选〉版本研究》[③]涉及敦煌本《文选》研究者的是该书中篇《〈文选〉版本叙录》首章"写本"类、下篇《〈文选〉版本考论》中的三篇专论，即《永隆本〈西京赋〉非尽出李善本说》《俄藏敦煌写本Φ.242号〈文选注〉发覆》《〈文选〉敦煌写本研究》。

《〈文选〉版本叙录》是作者长篇同名论文[④]的修订稿，其"写本"部分包括十五种敦煌吐鲁番本与一种唐写本《文选集注》。重点在清理敦煌写本所显示的唐代流传的《文选》原貌，阐述写本与传世刻本之间传承演变的复杂关系。《〈文选〉敦煌写本研究》着重讨论其中十二种写本，虽然《〈文选〉敦煌写本研究》与《〈文选〉版本叙录》的"写本"部分有内容相同与论证方式相似之处，但论述则更为细致深入。作者将现存敦煌写本与传世重要宋代刻本，尤其是最为重要的北宋监本、尤刻本、陈八郎本、朝鲜刻本作为最重要的校注本，另外，还将日本抄本、《文选集注》本、奎章阁本、《艺

① 见中华书局1999年版、2000年版。
② 见巴蜀书社1999年版。
③ 见北京大学出版社2000年版。
④ 载袁行霈主编：《国学研究》第5卷，北京大学出版社1998年版。

文类聚》、《晋书》作为不同写本的重要参校本。

可以往《文选》学研究界关注敦煌写本与刻本时，多将视点集中于写本与刻本之间异文的校勘和文字优劣的比较。傅刚的《〈文选〉版本研究》则从细节的比较中探求写本与不同版本系统的远近亲疏关系，从而准确把握各个写本在整个《文选》版本系统中的定位，并以此阐明唐宋以来各种版本之间文字错综复杂的异文出现的原因。这是傅刚《文选》版本研究极为突出的特色。作者不满足于文字异同优劣的比较，坚持从整体上把握《文选》版本研究是形成这一特色的重要原因；作者对《文选》各种版本之间相互关系的熟悉，则是另一重要原因；对文本的细读，是形成这一特色的第三个原因。收录于《〈文选〉版本研究》一书下篇的九篇论文，是作者整体把握与研究《文选》各种版本的重要论文，亦是傅刚此书的精义所在。《论李善注〈文选〉版本》与《〈文选〉李善注原貌考论》《永隆本〈西京赋〉非尽出李善本说》《论韩国奎章阁本〈文选〉的文献价值》《俄藏敦煌写本 Φ.242 号〈文选注〉发覆》五篇论文是对李善注《文选》的整体考察。《关于现存几种五臣注〈文选〉》则是对五臣注《文选》的整体考察。《关于新近发现的日本古抄无注三十卷〈文选〉》则是对萧统《文选》原貌的探求。对李善注《文选》诸本的考察使作者认识到：原始李善注与北宋天圣监本李善注不尽相同，尤刻本《文选》与北宋天圣监本《文选》不尽相同，胡刻本不全同于尤刻本。《文选》版本研究应当分为写本与刻本两个阶段，对李善注与五臣注概念的使用必须加以界定。写本阶段的李善注与五臣注间的分歧较刻本阶段简单得多。刻本阶段诸家注本失传，仅馀李善注与五臣注两家，原非李善与五臣的观点和资料为后人当成李善与五臣之别。后世刻本李善本与五臣本常互相孱杂。

《永隆本〈西京赋〉非尽出李善本说》是作者研究敦煌写本《文选》的重要成果。永隆本《西京赋》自二十世纪初发现以来，蒋斧、罗振玉、刘师培、斯波六郎、饶宗颐、张锡厚、伏俊连诸先贤、时贤均将之视为李善注《文选》的原始注本。故白化文《敦煌遗书中〈文选〉残卷综述》[①]将此卷列为“李善注本”的第一篇。因此卷的抄写时间为永隆二年（681）二月十九日，上距李善奏《文选》注表的显庆三年（658）仅二十三年，下距李善卒年（689）尚有八年，故弘济寺僧抄写《西京赋》时，李善尚在世。唯其如此，才备受学界关注。由于学界将之视为《李善注文选》的早期写本，故《文选》版本研究常常作为李善注的早期注本而与后世诸刻本进行比勘。日本学者斯波六郎《〈文选〉诸本的研究》即将它与袁褧本、《四部丛刊》影宋本、胡刻本的正文和注文进行了认真的比勘。刘师培《敦煌新出唐写本提要》和饶宗颐研究敦煌写本《文选》的名作《敦煌本〈文选〉斠正》亦详细比勘了它与《四部丛刊》本、胡刻本的异同。台湾学者张月云《宋刊〈文选〉李善单注本考》在研究北宋天圣监本时，亦将它与监本进行了详尽比勘。总之，在诸多学者心目中，永隆本作为《李善注文选》的早期写本成为鉴别后世一切刻本的标准。但这一标准却并不准确，曾让现代《文选》学研究界极为尴尬。

虽然，有的学者在详细比勘它与诸传世刻本之异同时，发现永隆写本注文常有不合李善注注例之处，如“羡往昔之松乔”句注文是：“臣善曰：《列仙传》曰：赤松子者，神农时雨师也，服水玉。又曰：王子乔者，周灵王太子晋也，道人浮丘公接以上昆仑山。”赤松子与王子乔已见《西都赋》“庶松乔之群类”句下，故尤刻本《西京赋》此句即注“松乔已见《西都赋》”。尤刻本符合李善注注例而永隆本却有乖舛。张月云《宋刊〈文选〉李善单注本考》在将永隆本误认为是善注本的前提下对北宋监本进行了比勘后曰：“经持北宋本并永隆本互校后，可发现此二本于‘从省’之例，每见出入。经细审后乃知北宋本所存多能不违善所自明之体例，而永隆本之体例前后不一，非尽能存善注体例之旧观。”[②]对此，研究者或曰此卷为李善初注本，或曰此为未经紊乱之本。傅刚其文却从两个方面论述了永隆本《西京赋》非李善注本。第一，以十三处实例说明其正文非李善本，而是薛综本。第二，永隆

① 《〈昭明文选〉研究论文集》，吉林文史出版社 1988 年版；又载《中外学者文选学论集》，中华书局 1998 年版。

② 《中外学者文选学论集》，中华书局 1989 年版，第 787 页。

本注文兼具薛综注与李善注，且有明显弃薛从善之例。如“建玄戈”之“戈”字，薛注作“弋”，又用浓笔改为“戈”。再如“集隼归凫”的“集”字，薛注作“畬”，寺僧抄写时正文用的是善本，但又保留了薛注。傅文力纠近一个世纪的学人之误，对正确认识永隆本帮助极大。从此，永隆本不再作为鉴别后世一切刻本的标准，这就为研究后世诸写本、刻本排除了一个并非准确的标准。它不仅是作者细读文本的成果，而且是作者探究萧统《文选》原貌的一贯努力的逻辑归宿。“后人见有《文选》异文，或称五臣乱善，或称尤袤擅改，其实不知道这异文可能还产生于五臣和李善之前。”[①]“刻本时代的李善、五臣已经与唐代的李善、五臣产生了非常大的差异，而后人不知，仍然依据刻本讨论李善与五臣的异同优劣，结论自然是错误的。”[②]这是傅刚在《文选》版本研究中的独得之秘，对于《文选》版本研究具有巨大的指导意义。

《俄藏敦煌写本 Φ.242 号〈文选注〉发覆》是傅刚敦煌写本《文选》研究的另一篇重要文章。Φ.242 号《文选注》是最早公布于世的俄藏敦煌写本。早在二十世纪二十年代末，日本学者狩野直喜即在苏联学士院获读此卷，并撰有《唐抄本文选残篇跋》[③]。同年 12 月《国立中山大学语言历史研究所周刊》第 10 集第 109 期转载此文，1935 年《东洋学丛编》第一册再次收录。《俄藏敦煌文献》第四册[④]重新出版后，又引起学林注目。罗国威率先发表《俄藏敦煌本 Φ.242〈文选注〉的文献价值》[⑤]，论述此卷的文献价值。该文后收入《敦煌本〈昭明文选〉研究》一书中。罗国威认为此卷的文献价值有五：1. 可证今本之讹及文字与今本异者；2. 该注中保存了数种亡逸已久的典籍的遗文；3. 注文纠正了《文选》正文用典用事之误；4. 注文有较李善注及五臣注胜者；5. 该注有与李善注异曲同工者。罗国威的研究重在详细比勘 Φ.242《文选注》与今传北宋监本、尤本、陈八郎本、明州本、《四部丛刊》本、《文

① 傅刚：《〈文选〉版本研究》，北京大学出版社 2000 年版，第 248 页。
② 傅刚：《〈文选〉版本研究》，北京大学出版社 2000 年版，第 249 页。
③ 见《支那学》第 5 卷第 1 期，1929 年 3 月；又载《君山文》第 3 卷，1959 年版。
④ 见上海古籍出版社 1993 年版，内载 Φ. 242 号《文选注》。
⑤ 见《古籍整理学刊》1998 年第 2 期。

选集注》本的文字异同，探讨此写卷的文献价值，并得出此卷为不同于李善与五臣的唐人《文选注》的结论。这一结论并不意味着俄藏 Φ.242《文选注》研究的结束，对这一写本的研究较为复杂，尚有待继续进行探讨。

傅刚对此本亦进行了卓有成效的研究，但亦有偶失。如以 Φ.242 号《文选注》未引用颜师古《汉书注》而李善注引用颜师古注作为此本先于李善注的论据之一，徐俊《书评》一文已予以补正。颜注《讽谏诗》未被写本此篇引用，但同卷张茂先《励志诗》"如彼东亩，力耒既勤"句注却引用了颜注："颜监曰：耒，牛耕曲木。"可见，写本当完成于颜注《汉书》成书之后。Φ.242 号《文选注》的研究在罗国威、傅刚之后仍未终止，但傅刚的创造性研究仍是此写卷问世近百年来最为重要的研究文章之一。徐俊的补正，对于深入研究 Φ.242 号《文选注》及整个敦煌写本研究，具有极为重要的指导意义。

敦煌写本的宝贵价值已为学林所认知，但学者往往仅将写本视为一个个孤立的卷子，徐俊为现代《文选》学研究者正确利用敦煌写本提出了一个崭新的却更为重要的切入点，即将敦煌写本还原为一个个写本群进行整体研究。

关于今传敦煌各写本的相互关系。早在二十世纪三十年代，王重民《敦煌古籍叙录》即指出 P.2707、P.2543、P.3778、P.3345"此四卷笔迹相同，潢色无异，盖原为一书，裂为数截。又有 P.2542 一卷，为《王文宪文集序》残简，上接乙卷（P.2543），亦为同卷。"[①]在《伯希和劫经录》中，王又指出 P.4884 与 P.2707、P.2543 为同卷。在另一叙录中，还指出 P.2554、P.2493 两卷"与 P.2525 号《文选》残卷第二十五，笔迹相同，盖原为一书"[②]。1974 年王氏又最先推定 P.2645 与敦煌研究院藏 0365《运命论》之间的缀接关系[③]。

徐俊《书评》更提出：当一个个零散的写本被还原成一组组写本群的时候，对写本的认识无疑会更加丰富和准确。他还对可能为同书的写本做了归纳：

① 王重民：《敦煌古籍叙录》，中华书局 1979 年版，第 320 页。

② 王重民：《敦煌古籍叙录》，中华书局 1979 年版，第 316 页。

③ 《敦煌写本跋文四篇·敦煌本文选残卷跋》，载《敦煌吐鲁番文献研究论集》，中华书局 1982 年版。

1.P.4884 + P.2707 + P.2543 + P.2542 + P.3345 + P.3778，存颜延年《三月三日曲水诗序》、王元长《三月三日曲水诗序》、任彦升《王文宪集序》、王仲宝《褚渊碑文》、颜延年《阳给事诔并序》、颜延年《陶征士诔》（仅存题）。参见王重民《叙录》。

2.S.10179 + P.2554，存陆士衡乐府十七首之《吴趋行》《塘上行》《短歌行》谢灵运《会吟行》、鲍明远乐府八首。参见饶宗颐《敦煌吐鲁番本〈文选〉·叙录》[①]，荣新江《〈英藏敦煌文献〉定名商榷》[②]。

3.P.2525 + P.5036，存沈休文《恩幸传论》、班孟坚《述高纪》《述成纪》《述韩英彭卢吴传》、范蔚宗《光武纪赞》、陆佐公《石阙铭并序》。

4.P.2554 + P.2525 + P.2493，存陆士衡乐府十七首之《短歌行》、谢灵运《会吟行》、鲍明远乐府八首、沈休文《恩幸传论》、班孟坚《述高纪》《述成纪》《述韩英彭卢吴传》、范蔚宗《光武纪赞》、陆士衡《演连珠》。王重民《敦煌古籍叙录》最早提出此三卷原本一书，并谓三卷"无句读，无点识四声"，"于黄纸莹墨间，历历如赤珠"[③]。王氏为《续修四库全书提要》撰写的《〈文选〉残卷七卷（敦煌卷子本）》中也指出此三卷"书法颇佳，点识甚精，验其笔迹，盖当同为一书，其点识在句下者为句读，在字之中央者为四声"，"古人句读与四声之学，此为仅留于今者"。[④]但就写本影印件来看，三卷行款字体略有差异，具体字的典型结构亦多有差异（如"寡""权"等），是否原为一书，尚有疑问[⑤]。但王氏结论出自对原卷的亲自目验，当予十分重视。

5.P.2645 +敦研 0356 +北新 1543 +历史博物馆藏本，存李萧远《运命论》、陆士衡《辨亡论》《五等论》。三卷字体行款相同，并均有雌黄改字痕迹。据《辩亡论》《五等论》单篇首尾完具的特点，推测或为选钞《文选》部分名篇，

---

① 《敦煌吐鲁番文献研究论集》，中华书局 1982 年版，第 3 页。

② 见《文史》第 52 期。

③ 王重民：《敦煌古籍叙录》，中华书局 1979 年版，第 318~319 页。

④ 《续修四库全书》集部总集类，台北商务印书馆 1971 年版，第 673 页。所列三卷中无《恩幸传论》，而有《王文宪集序》，似是笔误。

⑤ 参见傅刚：《〈文选〉版本研究》，北京大学出版社 2000 年版，第 122 页。

而非整部《文选》抄本的残存。

6. 德藏吐鲁番 Ch.3164 + Dx.1551 张景阳《七命》，参见荣新江《德国“吐鲁番收集品”中的汉文典籍与文书》[①]、饶宗颐《敦煌吐鲁番本文选·叙录》。两卷格式、笔迹相同，两残片间仅相差约一行文字，因知俄藏 Dx.1551 非出于莫高窟而出自吐鲁番。

敦煌吐鲁番本《文选》写本的出现与研究，是现代《文选》学版本研究中最为亮丽的风景之一。它对萧统《文选》原貌、李善注原貌及来源、五臣注来源、《文选》版本研究等均有决定性意义。但这项研究尚待深入，如将其置于整个《文选》版本系统之中进行考察，或将其作为一组组写本群进行考察，必将会对《文选》研究产生更大的作用。

斯波六郎的敦煌本《文选》研究分为永隆本《西京赋》与法藏伯 2527（东方曼倩《答客难》与扬雄《解嘲》）研究。

关于永隆本《西京赋》的研究，斯波六郎因高步瀛已有研究而未做展开说明，但是，他与高氏沿袭了对永隆本《西京赋》的误解，视其为李善注最早形态。关于法藏伯 2527 东方朔的《答客难》与扬雄的《解嘲》，斯波六郎指出了以敦煌本校正板本[②]的七处说明。由于受所见敦煌本数量的限制，他对敦煌本《文选》的研究明显存在不足。

三、《文选集注》本研究

唐抄本《文选集注》（下简称《钞》）的发现、影印、流传是二十世纪现代《文选》学研究史上最为辉煌的篇章之一。此本是今存唐写本中保存《文选》诸注释中最为重要的史料。虽然仅为残卷，但是李善注、五臣注、陆善经注、《钞》等注释均有保存，甚至不为世人所知的仅存五条的綦毋邃注亦保存于其中。因此，它不仅是研究《文选》自唐写本演进至宋刻本最重要的资料，

① 见《华学》第 3 辑，紫禁城出版社 1998 年。
② 胡刻本、足利本、袁本、《四部丛刊》本、浅野本。

亦是研究《文选》注释由写本时代演进至刻本时代最重要的史料。虽然，它与今存最早的北宋监本关系尚不甚明，但是，它对研究唐写本到宋刻本的《文选》版本、注释演进具有无可替代的价值。

日本孝明天皇安政三年（1856）涩江全善、森立之撰《经籍访古志》，卷六“总类”中首次著录《文选集注》零本三卷：“见存第五十六、第百十五、第百十六，合三卷。每卷首题‘《文选》卷几’，下记‘昭明太子撰’及‘集注’二字。界长七寸三分，幅九分，每行十一字，注十三四字。笔迹沉著，墨光如漆。纸带黄色，质极坚厚。披览之际，古香袭人，实系七百许年旧抄。注中引李善及五臣、陆善经、《音决》《抄》诸书，注末往往有今案语，与温故堂藏旧抄本标记所引合。就今本考之，是书似分为百二十卷者。但《集注》不知出于何人，或疑皇国纪传儒流所编著者与？其所引陆善经、《音决》《抄》等书，逸亡已久（陆善经注《文选》，编检史志，不载其目。考见佐世《见在书目》，《文选音决》十卷，公孙罗撰。《文选抄》六十九卷，公孙罗撰。又载《文选抄》三十卷，缺名氏，未知孰书。第百十五卷首题云：今案《抄》为郭林宗）。今得藉以存其崖略，岂不可贵乎？小岛学古云：此书曾藏金泽称名寺，往岁狩谷卿云，清川吉人一阅，归来为余屡称其可贵。而近岁已归于赐芦之堂，故得纵览。此本曾在金泽，而无印记。当是昔时从他借留连者矣。近日小田切某又得是书零片二张于称名寺败簏中，一为第九十四卷，一不知卷第。今归僧彻定架中。闻某氏亦藏第百二卷，他日当访之。”[①]

周勋初《唐钞文选集注汇存·前言》记载[②]，光绪、宣统之际（1908 年前后）董康赴日时据涩江全善、森立之之书中记载，前往物色，尚得三十二卷。遂通过内滕虎次郎博士上达日本政府，将其书列为国宝。

罗振玉于清末东渡日本发现此书后，请人摹写，加之个人所藏二卷，共得残本十六卷。民国七年（1918）以“唐写文选集注残本”之名编入《嘉草轩丛书》。其《序》曰：

---

① 屈守元：《文选导读》第 142~143 页，上海古籍出版社 2000 年版。
② 周勋初：《唐钞文选集注汇存·前言》，江苏古籍出版社 2000 年版。

日本金泽文库藏古写本《文选集注》残卷，无撰人姓名，亦不能得其总卷数。卷中所引，于李善及五臣注外，有陆善经注，有《音决》，有《抄》，皆今日我国所无者也。于唐诸帝讳，或缺笔，或否。其写出自海东，抑出唐人手，不能知也。往在京师得一卷，珍如璆璧。宣统纪元，再游扶桑，欲往披览，匆匆未果。乃遣知好往彼移写，得残卷十有五。其本归武进董氏，予劝以授之梓，董君诺焉。予以与善注本详校，异同甚多。且知其析善注本一卷为二。盖昭明原本为三十卷，善注析为六十卷，此又析为百二十卷，卷第固可知矣，而作者卒不可知也。此书久已星散，予先后得二卷，东友小川简斋君得二卷，海盐张氏得二卷，楚中扬氏得一卷。今在文库者多短篇残纸而已。其海东藏书家尚存几许，则不可备知也。予所藏二卷，影写本无之。杨氏藏本，今不知在何许。小川君及张氏本则均已影写在十五卷中。予念此零卷者，虽所存不及什二，然不谋印行，异日求此且不可得。而刊行之事，予当任之。乃假而付之影印。予所藏二卷即就原本印之，不复传写，以存其真。张氏藏卷，闻将自印于上海，乃去此二卷，仍得十有六卷，乃稍稍可流传矣。然距离影写时则已十年，其卒得印行亦幸也。诸卷中其第百十六前半，据东友所藏誊写小字本抄补。小字本至《褚渊碑》元戎启行衣冠未缉注止。而原注本则自衣冠未缉二句起。此二句之注，两本详略互异。不知他注何如。惜无从比勘，似此书原本外，尚有誊写别本，且与此本有异同。而未闻东邦学者言及之。附记于此，俟他日访焉。[①]

罗振玉《唐写文选集注残本》所收诸卷是：卷四十八、卷五十九、卷六十二、卷六十三、卷六十六、卷六十八、卷七十一、卷七十三、卷七十九、卷八十五、卷八十八、卷九十一、卷九十三、卷九十四、卷一百零二、卷一百一十六（卷四十八、卷五十九系用罗振玉用唐抄本影印，馀十四卷据金泽文库京都小川氏尤藏抄本影写石印）。

---

① 骆鸿凯：《文选学》，中华书局 1989 年版，第 70~71 页。

1919年罗振玉离开日本时，将京都净土寺町一寓所捐给京都文科大学，以所得作为影印日本所藏中国古写卷子之费用。内滕虎次郎、狩野直喜二博士受罗氏之托，编成“京都帝国大学文学部影印旧抄本丛书”，《文选集注》列在本丛书第三集至第九集。

“京都帝国大学文学部影印旧抄本丛书”第三集至第九集所收诸卷（1935~1942年影印）是继罗振玉之后《文选集注》的第二次大规模影印①。较之罗氏原印，京都帝国大学影印本的质量提高极大。但若非罗振玉当年卖宅以筹措费用，此书之保存、面世当非易事。

日本京都帝国大学影印《文选集注》具体卷数如下：

第三集：卷四十七、卷六十一上、卷六十一下、卷六十二、卷六十六、卷七十一（影金泽文库藏本）

第四集：卷七十三上、卷七十三下、卷七十九、卷八十五上、卷八十五下（影金泽文库藏本）

第五集：卷五十六（影东京渡边氏藏本）、卷九十一（影金泽文库藏本）、卷九十四上（影长崎元山氏金泽文库本）

第六集：卷九十四中、卷九十四下、卷一百零二（影金泽文库藏本）、卷一百一十三（影东洋文库藏本）

第七集：卷八、卷九（影东京九条公藏本）、卷五十九（影东洋文库藏本）

第八集：卷六十三（影京都小川氏藏本）、卷八十八（影金泽文库京都小川氏东洋文库藏本）、卷一百一十六（影东京何阪氏金泽文库东京德富氏藏本）

第九集：卷四十三残一叶（影长崎元山氏藏本）、卷四十八上首残欠（影上野氏藏本）、卷四十八下残一叶（影佐佐木氏藏本）、卷四十八下首残欠（影东洋文库藏本）、卷六十一残二叶（影里见氏藏本）、卷九十三（影京都小川氏藏本）、卷一百一十六残一叶（影某氏藏本）

京都大学印本收罗氏所印卷四十八、卷五十九、卷六十二、卷六十三、

---

① ［日］横山弘：《旧钞〈文选集注〉传存（流传）概略》，载《〈昭明文选〉与中国传统文化》，吉林文史出版社2001年版。

卷六十六、卷六十八、卷七十一、卷七十三、卷七十九、卷八十五、卷八十八、卷九十一、卷九十三、卷九十四、卷一百零二、卷一百零六等十六卷，尚有罗氏未收的卷八、卷九、卷十三、卷四十七、卷五十六、卷六十一、卷一百一十三、卷一百一十六等八卷。凡二十四卷。

关于《文选集注》的作者，诸说不一。周勋初认为“当定为唐代某一《文选》学者参照经史著述中的合本子注体例汇编而成”，大体可信。

关于《文选集注》的产生时代，当断为唐代。根据有二：1. 此书遇高祖李渊、太宗李世民之名讳，大半缺笔；而遇中宗李显、玄宗隆基之名讳则无一字缺笔。宋代诸帝，无一字缺笔。2. 用字多唐代俗体。

由于《文选集注》存藏于日本，故此本被日本学者格外珍视。有关《文选集注》的研究文章、论著亦相当丰富。冈井慎吾《关于〈文选集注〉的零片》①，关靖《关于金泽文库本旧钞〈文选集注〉第百十六卷》②，新美宽《新获〈文选集注〉断简》③，斯波六郎《关于〈文选集注〉》④，狩野充德《关于〈文选集注〉所引〈音决〉撰者的考察》⑤，森野繁夫、富永一登《关于〈文选集注〉所引〈钞〉》⑥，藤井守《〈文选集注〉中所见的陆善经注》⑦，冈村繁《〈文选集注〉和宋明版本的李善注》⑧，森野繁夫《关于〈文选〉李善注——集注本李注和板本李注的关系》⑨，长谷川滋成《〈文选钞〉的引书》⑩，狩野充德《〈文选集注〉中所引〈音决〉中所见的诸注》⑪《〈文选集注〉中所引〈音决〉中所见的诸注（续）》⑫，东野治之《〈文选集注〉

① 见《书物展望》1933年第1~4期。
② 见《书志学》第4卷第1号，1935年。
③ 见《东方学报》第8册，1937年。
④ 见《支那学》第9卷第2号，1938年。
⑤ 见《小尾博士退休纪念中国文学论集》，第一学习社1976年。
⑥ 见《日本中国学会报》第29期，1977年。
⑦ 见《广岛大学文学部纪要》第37期，1977年。
⑧ 见《加贺博士退官纪念中国文史哲学论集》，讲谈社1979年。
⑨ 见《日本中国学会报》第31集，1979年。
⑩ 见《日本中国学会报》第32集，1980年。
⑪ 见《山阳女子短期大学研究纪要》第9号，1983年。
⑫ 见《山阳女子短期大学研究纪要》第10号，1983年。

所引〈文选钞〉》[1]。森野繁夫尚对《文选集注》与九条本（明州本）、袁本、《四部丛刊》本、尤本、胡刻本一一对校，写出校记、札记，分别于1981、1982、1984、1985、1986、1989年由第一学习社出版了《文选杂识》第一册至第六册。台湾学者邱棨鐊亦写有《关于〈文选集注〉所引〈文选钞〉》[2]《〈文选集注〉所引〈文选钞〉研究》[3]《唐写本〈文选集注〉第九十八卷跋》[4]等文。此类论文，周勋初《唐钞〈文选集注〉汇存》附录日本学者横山弘《〈文选集注〉研究论著目录》（1856~1999），凡著录七十五篇（部）。

中国大陆学者对日本金泽文库所藏《文选集注》的面世极为重视。骆鸿凯《文选学·源流第三》在《制言半月刊》1936年第11期发表，全文引述了罗振玉《〈文选集注〉序》。周贞亮《文选学》第七章《文选学之成立》亦全载罗《序》。周贞亮曰："今案日本金泽文库，藏有唐《文选集注》残本，所引李注、五臣注外，有陆善经注，有《文选钞》，有《文选音决》，上虞罗氏得之，特为影钞一部，影印以行，今录其序如左（下略——笔者）。"[5]横山弘的《〈文选集注〉研究论著目录》（1856~1999）独缺周贞亮《文选学》的记载，似亦偶疏。李庆富《〈文选〉解题及其读法》[6]述及隋唐《文选》诸注时曰："惜诸家（指萧该、曹宪、许淹等——笔者）著述均早亡失，惟公孙罗《文选注》十卷、《文选音》十卷，日本金泽文库唐写残本《集注》中略存片断耳。"向宗鲁《书陆善经事——题〈文选集注〉后》[7]开篇即曰："日人所传《文选集注》百二十卷本，其残卷罗叔言印行之。今又有倭方新印本，其中多引陆善经说。"向文专考《文选集注》之陆善经行事，亦为二十世纪前期现代《文选》学界关注《文选集注》之一例。周祖谟《论〈文选音〉残

---

① 《神田喜一郎博士追悼中国学论集》，二玄社1986年版。

② 《小尾博士退休纪念中国文学论集》，第一学习社1976年版。

③ 见《铭传学报》第13期，1976年3月；又载《中外学者文选学论集》，中华书局1998年版。

④ 见《华冈文科学报》第11期；又载《中外学者文选学论集》，中华书局1998年版。

⑤ 周贞亮：《文选学》上编，国立武汉大学1931年版，第83页。

⑥ 见《学风》第7卷第4期，1937年5月。

⑦ 《斯文半月刊》第3卷第2期，1943年1月。

卷之作者及其方音》[1]本为敦煌本《文选音》而作，但亦论及《文选集注》。周氏曰：“考唐代之精于《文选》学者，有李善、公孙罗、陆善经、五臣诸家。公孙、善经之注虽湮灭已久，而《集注》存其遗绪。千载之下，微言旧意，已有可征。”屈守元《文选导读》之《〈文选〉流传诸本述略——〈集注一百二十卷本〉》专节论述《文选集注》。与二十世纪前期周贞亮、骆鸿凯所著《文选学》相较，屈守元显然更为重视《文选集注》。

隽雪艳《日本抄本〈文选集注〉》，虞万里《〈唐写文选集注残本〉中陆善经行事考略》，周勋初《〈文选〉所载〈奏弹刘整〉一文诸注本之分析》，傅刚《〈文选〉版本叙录》第一节写本、十六《文选集注》，王德华《日本金泽文库〈文选集注〉骚类残卷〈离骚经小序〉解辨》，均将《文选集注》作为重要研究对象。

首先，《文选集注》的文献价值在于它的版本价值。该书保存了唐代写本李善注的原始面貌与唐代写本五臣注原始面貌。今可得知李善注的最早刻本是北宋天圣监本，而《文选集注》是唐代的抄本，故对研究李善注的发展演变具有重要的文献价值。日本学者冈村繁曾撰《〈文选集注〉与宋明版本的李善注》[2]，利用其研究唐写本《文选集注》本与宋刻本《文选》诸本李善注的同异即是一例。五臣注是刻本时代《文选》重要注释之一，且其所据底本与李善本不同，具有很高的文献价值。《文选集注》作为唐人写本，所保存的五臣注对于研究写本时代与刻本时代五臣注的形成、发展具有重要意义。冈村繁《宋代刊本〈李善注文选〉盗用了〈五臣注〉》[3]则据《文选集注》之五臣注与宋刊《李善注文选》做比较，认为宋代刊行的《李善注文选》露骨而有意识地剽窃和利用了《五臣注文选》，即宋代刊本李善注大量吸收了五臣注的注释成果。傅刚《俄藏敦煌写本 Φ.242 号〈文选注〉发覆》考证出李善注借鉴、吸收了前人的注释成果。周勋初《〈文选〉所载〈奏弹刘整〉一文诸注本之分析》则据诸本得出五臣注大量吸收了李善注、公孙罗注、《文

① 见《辅仁学志》第 8 卷第 1 期，1939 年 6 月。
② 赵福海主编：《文选学论集》，时代文艺出版社 1992 年版。
③ 《〈昭明文选〉与中国传统文化》，吉林文史出版社 2001 年版。

选钞》的注释成果。傅刚、冈村繁与周勋初的文章貌似相左，其实则一。因为，李善注与五臣注的形成都是一个历史的过程。李善注的出现、形成、发展都在不同阶段吸收了他人的研究成果，决非李善一人之力所为；同样，五臣注的出现、形成、发展也在不同阶段吸收了他人的研究成果，亦非五臣之力所为。李善注与五臣注的相互吸收、借鉴，李善注与五臣注对他人注释成果的吸收、借鉴尚值得学林深入研究。

其次，《文选集注》保存了今已失传的《文选钞》《文选音决》、陆善经注等珍贵文献。《文选钞》《文选音决》著录于《日本国见在书目录》"总集类"。其中，公孙罗《文选钞》六十九卷、《文选音决》十卷，中国古代各种书目对此均无记载。中国现存典籍中保存公孙罗注释者仅有《唐语林》卷二之一条[①]，但《文选集注》中尚存有公孙罗诸多注释。陆善经曾受萧嵩之命专注《文选》[②]，《新唐书·艺文志》著录陆氏其他著作却未有《文选钞》《文选音决》之记载。陆善经注体例完备，是唐代《文选》注释的重要资料，赖此集注本存留至今。对于《文选》注释学来说，该书是考察《文选》注释演变、发展的无可替代的文献资料。

唐写本的发现为今人研究《文选》版本提供了极大便捷，但是，迷信唐写本亦将导致失误。敦煌永隆本《西京赋》非尽出李善注[③]，却为诸多学者视为《李善注文选》的早期传本，延误《文选》版本研究几尽一个世纪。《文选集注》所集各家旧注，亦非原貌，编者可能在抄写时亦作了改动。如沈约《奏弹王源》"以彼行媒，同之抱布"二句，陈八郎本与三条家本李周翰注为："《礼》，男女非有行媒，不相知名。《诗》：'氓之蚩蚩，抱布贸丝。匪来贸丝，来即我谋。'言源以行媒之礼同抱布之事。"但《文选集注》引李周翰注却从"言源"始，凡十二字。因《文选集注》前李善注已引《礼记》与《毛诗》，故《文选集注》本的编者径将李周翰注删削了。[④]

---

① 周勋初：《唐语林校证》，（北京）中华书局1988年版。

② 《玉海》卷五四引《集贤注记》。

③ 傅刚：《〈文选〉版本研究》，北京大学出版社2000年版。

④ 见傅刚：《〈文选〉版本研究》，北京大学出版社2000年版，第150页。

四、北宋天圣监本研究

北宋天圣监本是天禧五年（1021）七月刘崇超上言首倡，天圣三年（1025）五月校勘完毕，天圣七年（1029）十一月刻成，天圣九年（1231）印成进呈的李善注单注本的刻印本。

北宋天圣监本是宋刻本李善注单注本之一，亦是今存《李善注文选》的唯一北宋刻本。此本刘启瑞曾收得十五叶半，傅增湘亦曾收得数叶①，台湾“故宫博物院”藏有十一卷②，北京国家图书馆藏有二十一卷③。

民国年间刘文兴曾撰《北宋本李善注〈文选〉校记》④一文，论及家藏此本为“昔年家君从京师书肆中得之”，并与胡刻本详加比勘。

台湾“故宫博物院”所藏北宋监本，据张月云《宋刊〈文选〉李善单注本考》介绍，存有两种。一种存十一卷，即卷一至卷六、卷八至卷十一、卷十六。另一种存二卷，即卷一、卷三共十一页。张月云据两种著录之诸页行款，疑其实为同一部书之残卷。细而言之，卷一存二页又四页，卷二存二十五页，卷三存九页又十九页又一页，卷四存九页又十三页，卷五存二十六页，卷六存二十页，卷八存三页又十页，卷九存二页，卷十存十七页，卷十一存四页，卷六存一页又一页。台湾“故宫博物院”共存残卷一六六页，除第五卷为完帙外，馀皆为残卷。台湾学者游志诚《〈文选〉综合学》⑤亦论及台湾“故宫博物院”藏北宋监本存留卷次、起迄。

北京国家图书馆所藏，据常思春《读北宋本〈李善注文选〉残卷》⑥介绍，卷十五存一叶半又半叶，卷十六存二叶，卷十七存五叶又半叶，卷十八

① 《藏园群书经眼录》，中华书局 1983 年版。

② 张月云：《宋刊〈文选〉李善单注本考》，载《故宫学术季刊》第 2 卷第 4 期，1985 年；又载《中外学者文选学论集》，中华书局 1989 年版。

③ 见傅刚：《〈文选〉版本叙录》、常思春《读北宋本〈李善注文选〉残卷》。

④ 见《国立北平图书馆馆刊》第 5 卷第 5 号，1931 年 9~10 月。

⑤ 《〈昭明文选〉与中国传统文化》，吉林文史出版社 2001 年版。

⑥ 《〈昭明文选〉与中国传统文化》，吉林文史出版社 2001 年版。

存十五叶，卷十九存十六叶半，卷三十存三十叶，卷三十一存二十八叶半，卷三十六存十三叶又六叶，卷三十七存三十一叶，卷三十八存十七叶半，卷四十六存十九叶，卷四十七存三十四叶半，卷四十九存十九叶，卷五十存二十一叶，卷五十一存十五叶，卷五十二存十九叶半，卷五十三存二十九叶半，卷五十四存十八叶，卷五十五存二十四叶半，卷五十六存三叶半又四叶，卷五十七存十四叶又十一叶，卷五十八存二叶又二十二叶，卷五十九存二叶又一叶，卷六存十二叶又五叶。北京国家图书馆共存二十四卷，四百三十八叶又十一叶半。卷三十七、卷五十完整；卷五十二仅缺卷首目录半叶，正文完整；卷三十一、卷三十六、卷四十七、卷五十三、卷五十五、卷五十七、卷五十八共七卷仅缺半叶或一叶。

刘文兴叙家藏北宋本版式为：每叶十行，行十七八字，注双行，行二十五字。黑线口，中题李善注《文选》第一，下记叶数。

张月云叙台湾“故宫博物院”藏宋刊《文选》的版式为：每卷卷首大题“文选卷第几”，次行低二格题“梁昭明太子撰”，第三行低三格小字题“文林郎守太子右内府率府录事参军事崇贤馆直学士臣李善注上”。再列每卷卷目，随即连属正文。左右双边，板心线口，无鱼尾，上下有横线，上横线下标“李善注文选第几”，在下横线标叶数。板框高 24.4 厘米，长 37.6 厘米，每半叶十行，行大字十七八，注文双行小字二十二至二十六字不等。每卷末隔行题“文选卷第几”，首叶及叶间均有“京师图书馆藏书之印”朱文长印。

常思春叙北京国家图书馆藏宋刊《文选》残卷版式为：每半叶十行，行正文大字十七字（间有十五、十六、十八、十九、二十二、二十三字，当是缮写版本后校改脱衍字重书之行）；夹注小字双行，行二十五字（间有二十三、二十四字）。板框高 24.6 厘米，长 39.2 厘米，左右双栏。版心无鱼尾，以横线分作五栏：一、三、五栏以竖线中分（为折叠线），二栏题“李善注文选第几”，四栏记当卷页数，五栏下间有标一字或二字，当是刻工姓名。卷首首行顶格大字题“文选卷第几”，二行低二字或三字，大字题“梁昭明太子撰”。三行低四字或五字（与二行“明”字相齐），小字题“唐文林郎守太子右率府录事参军事崇贤馆直学士臣李善注上”（或无首“唐”字）。

第四行起列当卷分类目录，类目占一行，篇目上贯作者姓字，同类一作者有二目以上则后目略作者姓字。目录及卷中篇题下皆有“一首”或“几首”字，卷中重出目录中类目。卷末隔行题“文选卷第几”。

据上述三家经眼者所记版式、卷数及篇目绝无重复者等综合判断，三家所记当为一本。此本原为清廷大内所藏，清末流出清宫，遂为书贾分为数本出售。刘文兴家藏本为“昔年家君从京师书肆中得之”。北京国家图书馆藏本为周叔弢所藏，后由周捐赠北京图书馆。台湾“故宫博物院”藏本，原为北平图书馆藏，现寄存台湾“故宫博物院”，但其流入北平图书馆之经过未见记载。

北宋监本《文选》虽为残卷，但在《文选》版本学上的历史地位极为重要。因其为李善注本的第一刻，故研究《文选》及李善注自唐写本至宋刻本的演变，非此本莫能理清其演变。但是，在整个现代《文选》版本学的历史上，对它的研究相当薄弱。此本残卷分居大陆与台湾两地，多数《文选》研究者不易同时一睹二本原貌，当是原因之一。

五、奎章阁本研究

理清各种版本的《六臣注文选》与《文选六家注》在整个《文选》版本流传过程中的地位，为现代《文选》学研究的重大创获之一。今传世《六臣注文选》实有两类：一类五臣注居前，善注居后；一类善注居前，五臣注居后。虽统称为六臣注，而版本实有重大区别。

陈振孙《直斋书录解题》卷十五[①]第一次著录“《六臣注文选》六十卷”，这是六臣注在目录学上的首次记载。今传世之六臣注中明袁褧嘉趣堂刻本与明丁觐刻本两种皆标明为《六家文选》。朱彝尊《曝书亭集》卷五十二《宋本〈六家注文选〉跋》云：“《六家注文选》六十卷，宋崇宁五年镂板至政和元年毕工。墨光如漆，纸坚致，全书完好。《序》尾识云：见在广都县北

① 见《聚珍丛书》本。

门裴宅印卖。盖宋时蜀笺若是也。每本有吴门徐贲私印，又有太仓王氏赐书堂印记。是书袁氏衰（当为“褧”之讹——笔者）曾仿宋本雕刻以行，故传世特多。然无镂板毕工年月，以此可辨伪真也。”①

朱彝尊所著录之《六家注文选》（书名实为《六家文选》——笔者），宋政和元年（1111）毕工行世。此即为北宋广都裴宅刊印本，亦为奎章阁本未发现之前文献记载中五臣注合并李善注之第一刻，即所谓今世传《六家注文选》之祖本。但是，朱氏这一广为人知的记载却因奎章阁本自韩国传入中国大陆《文选》学界而得到重要修正。

韩国奎章阁本《文选》为韩国正文社1983年影印缩小出版。首有“金学注识”，并附原书首页原大留真影一帧，内容为班固《两都赋序》结尾及《西都赋》开首数句，下注“汉城大学图书馆　奎章阁所藏”。次有朝鲜正德本五臣注留真影一帧，内容亦为《两都赋序》结尾及《西都赋》开首数句，但稍异于首页内容。下注“成大所藏　正德己巳（1509）刊　五臣注本”。据笔者细检，首页留真影为奎章阁本《六家注文选》，次页留真影明确标示为五臣注《文选》。笔者以台湾陈八郎本《五臣注文选》细加比勘，可确认此留真影确为五臣单注本，但因其明确标示为元正德己巳（1509）年刊印，且其版式与南宋绍兴辛巳（1161）建阳刊陈八郎本多有差异，故与陈八郎本虽同为五臣注单注本却非一本。朝鲜正德本半页十行，正文行十七字，《两都赋序》文则行十四字。陈八郎本半页十二行，行二十三字，正文与《序》文行字同。仅从此半页观之，二本异文亦颇多。正德本注文“怨天子之居各”，“各”，显为“洛”之讹，陈八郎本正作“洛”。“眩”字下朝鲜正德本仅注一直音“县”，陈八郎本则注为“音县”。朝鲜正德本注文“眩曜，犹惑乱也”，陈八郎本则无“也”字。朝鲜正德本注文“言先作《西都赋》极陈奢丽”，陈八郎本则误“西”为“两”，且《序》后题目亦误《西都赋》为《两都赋》。可见，陈八郎本五臣注为建阳书贾坊刻，错讹较多；朝鲜正德刊本《五臣注文选》为今存五臣注单注本中之佳刻。

① 见《四部丛刊》初编本。

奎章阁本《六家注文选》的文献价值在所保存的五个重要文献：国子监准敕节文，前进士沈严《五臣本后序》，校刻《李善注文选》记载，关于第一部《六家注文选》的有关资料，韩国于明永乐庚子（1420）至明宣德三年（1428）翻刻宋版《文选六家注》的卞季良跋。此五则文献均有重要价值，故分述于下。

第一，国子监准敕节文，存奎章阁本《文选序》与《上文选注表》之间。

> 国子监准敕节文。《五臣注文选》传行已久，窃见《李善文选》援引该赡，典故分明，若许雕印，必大段流布。欲乞差国子监说书官员校定净本后抄写板本，更切对读后上板，就三馆雕造，候敕旨。
>
> 奉敕：宜依所奏施行。

此段文字除奎章阁本外，各六家本皆存。清彭元瑞《知圣道斋读书跋》卷二载有此文。彭氏嘉庆朝任大学士，嘉庆二年（1797）清乾清宫之火，天禄琳琅藏书毁于一炬。同年，乾清宫复修，重命善本书补充其中。时任大学士的彭元瑞续编《天禄琳琅书目后编》，因此目睹清廷藏书。载于《六家本文选》的节文亦为彭氏所睹，故其《知圣斋读书跋》卷二载有此文。此文为批准国子监刻印《李善注文选》的原始记录，其文献价值在于能证明《五臣注文选》刊刻于前，《李善注文选》刊刻于后，故毋昭裔蜀刻《文选》当为《五臣注文选》。

第二，沈严《五臣本后序》。

1983年韩国正文社影印出版的奎章阁本末尚附有《五臣本后序》一篇，沈严《五臣本后序》，因其语涉《六家注文选》的产生时代及编著者，文献价值极高。

> 《文选》之行，其来旧矣。若夫变文之华实，匠意之工拙，梁昭明序之详矣。制作之端倪，引用之典故，唐五臣注之审矣。可以垂吾徒之宪则，须时文之揞摭，是为益也，不其博欤？虽有拉拾微缺，衔为己能

者（《兼明书》之类是也），所谓忘我大德而修我小怨，君子之所不取焉。二川两浙，先有印本，模字大而部帙重，较本粗而舛脱夥。舛脱夥则转迷豕亥，误后生之记诵；部帙重则难寘巾箱，劳游学之负挈。斯为用也，得尽善乎？今平昌孟氏，好事者也，访精当之本，命博洽之士，极加考核，弥用刊正（旧本或遗一联，或差一句，若成公绥《啸赋》云“走胡马之长嘶，迥寒风乎北朔”，又屈原《渔父》云“新沐者必弹冠”，如此之类。及文注中或脱一二字者，不可备举，咸较史传以续之。字有讹错不协今用者，皆考五经宋韵以正之）。小字楷书，深镂浓印，俾其帙轻可以致远，字明可以经久，其为利也，良可多矣。且国家于国子监雕印书籍，周鬻天下，岂所以规锥刀之末，为市井之事乎？盖以防传写之草率，惧儒学之因循耳。苟或书肆，悉如孟氏之用心，则五经子史，皆可得而流布，国家亦何所籍焉。孟氏之本新行，尚虑市之者未谅，请《后序》以志之。庶读者详焉，则识仆之言不为诬矣。时天圣四年九月二十七日，前进士沈严序。

沈严生平，《宋史》未载，今可考知其生平仕履之资料唯《范文正公集》卷十二《宁海军节度掌书记沈君墓志铭》所载：沈严，字叔宽，吴兴郡（今浙江湖州）人。“幼负器识，服亲之教，宗经属文，有声于江表。大中祥符七年秋，郡国敦遣，首送于礼部。明年春，礼部较天下之才，奏叔宽第四人，天子命试于庭，中甲科。……会故参政蔡公居守南郡，以同年之游，惜其沉俊，辟为留守推官。其年秋七月，以疾终于官所，享年五十。”[①]据《铭》中“某同年之列，最相知心”之句，范仲淹与沈严有同年之谊。范仲淹及第为真宗大中祥符八年（1015），故沈严及第亦当为此年。

五臣注因种种历史原因，历来不为学界所重，故有关五臣注的版刻著录甚少，其版刻流传亦甚少。今中国大陆传世的《五臣注文选》仅有宋杭州开笺纸马铺锺家刻本。此本十二行十八至十九字，小字双行十七字，白口，左

① 《范文正公集》，《四部丛刊》本第103页。

右双边。存二卷：卷二十九，卷三十。今分存北京国家图书馆与北京大学图书馆。宋代印本《五臣注文选》唯台湾陈八郎本为完帙，1981年影印出版。

奎章阁本《文选六家注》末的《五臣本后序》，在现代《文选》学界上已为学林广泛注目。其文献价值是：

宋代五臣本除今传杭州开笺纸马铺锺家刻本，建阳崇化陈八郎书坊刻本外，尚有“二川两浙”印本与“平昌孟氏”刻本。“平昌孟氏”五臣注本刊刻于天圣四年（1026），底本当是“二川两浙”本五臣注。“二川”本五臣注当是毋昭裔仕蜀所刻《五臣注文选》[①]，“两浙”本五臣注当以“二川”本为底本。“平昌孟氏”本的刊刻早于天圣七年（1029）宋监本《李善注文选》三年，亦早于南宋绍兴辛巳（1161）建阳崇化陈八郎书坊所刻《五臣注文选》一百三十六年。赖此《五臣本后序》与“平昌孟氏”五臣注本为底本的奎章阁本，俾使今人得知天壤间原有该本，且可睹其概貌。

据沈严《后序》可知“平昌孟氏”本成公绥《啸赋》有“走胡马之长嘶，迴寒风乎北朔”二句，屈原《渔父》有“新沐者必弹冠”一句。此为“平昌孟氏”本与“旧本”（“二川两浙”本）的重要区别，借此可以迅速查验出五臣注本中“平昌孟氏”一系与其他各系五臣注本的区别。

“平昌孟氏”本五臣注字音皆用五经宋韵正之，故今“平昌孟氏”一系五臣注之注音，实为宋音。

“平昌孟氏”刻本《五臣注文选》为宋代第一部《六臣注文选》合刻时的五臣注单注本。学界对《六臣注文选》与《六家注文选》的产生一向若明若暗，知之甚少。该《后序》的问世，可使学林得知奎章阁本《六家注文选》系由天圣四年“平昌孟氏”《五臣注文选》与天圣七年监本《李善注文选》合并所成。

第三，《李善注文选》的校刻记载。

奎章阁本在沈严为“平昌孟氏”撰写的《五臣本后序》之后，附有《李善注文选》的校刻记载，详细记录了北宋天圣监本《李善注文选》雕版、校勘、

① 见《宋史·西蜀孟氏世家》，中华书局1977年版，第13894页。

进呈的时间及诸执事官衔名，全文如下：

天圣三年五月校勘了毕

校勘官将仕郎守许州司法参军国学说书臣公孙觉

校勘官将仕郎守常州晋陵县主簿国学说书官臣贾昌朝

校勘官文林郎守宣州宁国县主簿国学说书臣张健

校勘官承务郎守彭州录事参军国学说书臣王式

校勘官文林郎守泗州录事参军国学说书臣王植

校勘官将仕郎守信州宝溪县令国学说书臣王畋

校勘官宣德郎守饶州军事判官国学说书臣黄鉴

天圣七年十一月　日雕造了毕

校勘印板承奉郎守大理寺丞克国子监直讲兼北宅故河州观察院教授臣公孙觉

校勘印板朝奉郎守秘书丞骑都尉臣黄鉴

天圣九年　月　日进呈

管勾雕造供备库副使银青光禄大夫检校太子宾客兼御史大夫同管勾景灵官公事并奉真殿兼同勾当三馆秘阁公事翰林司上骑都尉中山县开国子食邑五百户臣蓝元用

管勾雕造供备库副使带御器械银青光禄大夫检校工部尚书兼御史大夫同勾当三馆秘阁公事等兼管勾起居院兵吏部官告院提举国子监书籍库兼同勾当御前忠佐军头引见司上轻车都尉保定郡开国侯食邑一千五百户臣皇甫继明

金紫光禄大夫行尚书工部侍郎参知政事上护军太原郎开国侯食邑一千六百户食实封四百户臣王曙

正奉大夫给事中参知政事柱国河东郡开国公食邑二千五百户食实封八百户赐紫金鱼袋臣薛奎

金紫光禄大夫行公给事中参知政事柱国颍川郡开国公食邑二千五百户食实封一千户臣陈尧佐

推忠协谋同德佐理功臣光禄大夫行尚书吏部侍郎同中书门下平章事昭文馆大学士监修国史上柱国东平郡开国公食邑五千户食实封一千九百户臣吕夷简

在奎章阁本《六家注文选》卷六十后附载该文之前，学界对北宋监本《李善注文选》的版刻记载，唯存《宋会要辑稿》（下简称《宋会要》）的两条记载。《宋会要》第五十五册《崇儒四·勘书》曰："（景德）四年八月，诏三馆秘阁直馆校理，分校《文苑英华》《李善文选》，摹印颁行。……《李善文选》校勘毕，先令刻板，又命官覆勘。未几，宫城火，二书皆烬。至天圣中，监三馆书籍刘崇超上言：'《李善文选》，援引该赡，典故分明，欲集国子监官校定净本，送三馆雕印。'从之。天圣七年十一月，板成。又命直讲黄鉴、公孙觉校对焉。"①《宋会要》第七十五册《职官》二八："（天禧五年）七月，内殿承制兼管勾国子监刘崇超言：本监管经书六十六件印板内《孝经》《论语》《尔雅》《礼记》《春秋》《文选》《初学记》《六帖》《韵对》《尔雅释文》等十件，年深讹阙，字体不全，有妨印造。昨礼部贡院取到《孝经》《论语》《尔雅》《礼记》《春秋》，皆李鹗所书旧本，乞差直讲官重看榻本雕造。内《文选》只是五臣注本，切见李善所注该博，乞令直讲官校本，别雕李善注本。其《初学记》《六帖》《韵对》《尔雅释文》等四件须重写雕印，并从之。"②

《宋会要》的记载，涉及《李善注文选》两次雕板印刷的全过程，并有景德雕板与大中祥符八年（1015）荥王宫火灾之事。奎章阁本仅记载天圣重印本的过程，语不涉及景德雕板之事。此为其一。其二，《宋会要》所载虽涉及两次雕板《李善文选》全过程，却语焉不详。奎章阁本的附载，记录了参与此项工作的主要官员：公孙觉、贾昌明、张健、王式、王植、王畋、黄鉴参与了天圣三年的校勘，公孙觉、黄鉴尚为天圣三年雕板主持人，将其上达天廷者则为蓝元用、皇甫继明、王曙、薛奎、陈尧佐、吕夷简。故公孙觉、黄鉴实为天圣校刻《李善文选》的主要参与者。《宋会要》仅记录此二人，极是，

① 《宋会要辑稿》，中华书局 1957 年版，第 55 册，第 2231~2232 页。
② 《宋会要辑稿》，中华书局 1957 年版，第 75 册，第 2972~2973 页。

唯置黄鉴于公孙觉之前，似不妥。因据奎章阁本所载，无论校勘，抑或雕版，公孙觉均应居黄鉴之前。今别无他证，未知《宋会要》与奎章阁本所载，何者为是？不过，奎章阁本的附载保存了关于天圣雕板印制《李善文选》一书的重要资料，可补《宋会要》记载之简。

第四，关于第一部《六家注文选》的资料。

在《李善注文选》雕印过程记载之后，奎章阁本还记载了第一部《六家注文选》产生的重要资料：

> 秀州州学今将监本《文选》逐段诠次，编入李善并五臣注。其引用经史及五家之书并检元本出处对勘写入。凡改正舛错脱乖约二万馀处。二家注无详略，文意稍不同者皆备录无遗。其间文意重叠相同者，辄省去留一家。揔计六十卷。元祐九年二月 日。

奎章阁本《文选》末附“平昌孟氏”《五臣本后序》与天圣三年至天圣七年《李善注文选》的校刻记载，意在说明奎章阁本当以天圣四年“平昌孟氏”《五臣注文选》单注本与天圣七年《李善注文选》单注本为底本，“逐段诠次，编入”的。故于今传世之六臣注（含六家注）系列诸《文选》中，该本保存了北宋监本《文选》、平昌孟氏本《五臣注文选》与学界此前尚无从知晓的秀州州学本《六家本文选》的基本面貌。

第一部《六家注文选》是由秀州州学编次，所用底本分别是监本《李善注文选》与“平昌孟氏”本《五臣注文选》。编撰前改正“舛错脱乖约二万馀处”。《六家注文选》对李善、五臣并无轩轾，“二家注无详略，文意稍不同者皆备录无遗，其间文意重叠相同者，辄省去留一家”。后世《六家注文选》的基本体例亦由此而定。朱彝尊《曝书亭集》关于北宋广都裴氏刻本为《六臣注文选》祖本之说得以纠正。

第五，卞季良跋。

据奎章阁本《文选》书末之明宣德三年（1428）卞季良跋可知，此韩国藏《六家注文选》，铸字始于明永乐庚子（1420）年冬十一月，历七个月而功讫。故其印制当于1420~1428年，即明成祖永乐十八年至明宣宗宣德三年。今录其跋全文于下：

> 铸字之设，可印群书，以传永世，诚为无穷之利矣。然其始铸字样，有未尽善者，印书者病其功不易就。永乐庚子冬十有一月，我殿下发于宸衷，命工曹参判臣李藏，新铸字样，极为精致。命知申事臣金益精、左代言臣郑招等监掌具事，七阅月而功讫，印者便之。而一日所印，多至二十馀纸矣。恭惟我恭定大王作之于前，今我主上殿下述之于后，而条理之密又有加焉者。由是而无书不印，无人不学，文教之兴当日进，而世道之隆当益盛矣。视彼汉唐人主，规规于财利兵革，以为国家之先务者，不啻霄壤矣。实我朝鲜万世无疆之福也。宣德三年闰四月　日，崇政大夫判右军都总制府事，集贤殿大提学知经筵春秋馆事兼成均大司成世子贰师臣卞季良拜手稽首敬跋。

阅此跋可知，奎章阁本为韩国于明永乐庚子至宣德三年，以宋元祐九年秀州州学刻本《六家注文选》为底本的翻刻本。故以时代计之，仅为明本，但其以流布异国的宋元祐秀州州学本《六家注文选》精校仿刻，其文献价值当不减宋刻诸本。

日本学者由于客观条件的方便，较早注意到奎章阁本。如甲斐胜二《论五臣注〈文选〉的注释态度》即曰："当头一次刊定《六家注文选》时，五臣注是排在李善注之前的。"[①]并在注释中摘要征引了日本东京大学东洋文化研究所藏《朝鲜活字本文选》（奎章阁本——笔者）后记："秀州州学今将监本《文选》逐段铨次，编入李善注并五臣注。其引用经史及五家之书，并检原文出处对校写入。凡正舛错脱衍约二万馀处。二家注无详略，文意稍不同者，皆备录无遗。其间文意重叠相同者，辄省去留一家。总计六十卷。

① 见《文选学新论》，中州古籍出版社1997年版，第401页。

元祐九年。”[①]台湾学者游志诚《五臣注原貌》[②]在注释5中亦提及奎章阁本。

关于奎章阁本《文选》的文献价值，屈守元《〈文选六臣注〉跋》[③]、傅刚《论韩国奎章阁本〈文选〉的文献价值》[④]与常思春《读北宋本〈李善注文选〉残卷》[⑤]均有论述。

傅刚认为，奎章阁本《文选》的文献价值主要有三：

第一，秀州州学本为历史上第一部五臣注与李善注的合注本。

据奎章阁本后所附沈严为“平昌孟氏”撰写的《五臣本后序》，可知秀州州学本为五臣注与李善注的首次合注本，版刻时间为北宋元祐九年(1094)。此较史载朱彝尊所言宋徽宗崇宁五年（1106）镂版、政和元年（1111）毕工的蜀广都裴氏刻本为先。故秀州州学本实为六家注之祖本，亦是南宋后出诸六臣注本的祖本。它创立了六家注与六臣注的基本体例。

第二，保存了“平昌孟氏”五臣注本。

由于奎阁本是五臣注居前、李善注居后的合注本，依其所创体例，它完整地保存了“平昌孟氏”五臣注的基本风貌。“平昌孟氏”五臣本早已失传，赖奎章阁本所据，尚使此本完整保存至今。在“平昌孟氏”本五臣注之前，已有蜀毋昭裔所刻蜀本《五臣注文选》，秀州本书末附天圣四年（1026）沈严《五臣本后序》，称孟氏本前已有“二川两浙”刻本。“二川两浙”本五臣注当源自蜀本。孟氏访精当之本，请人考校，重新刊刻。与今传南宋陈八郎本和朝鲜正德刻本相较，秀州本所存五臣注多与朝鲜正德本相同而与陈八郎本相异，故朝鲜正德本底本当出自“平昌孟氏”本。

第三，保存了北宋国子监本《李善注文选》。

奎章阁本跋称“秀州州学今将监本《文选》逐段诠次，编入李善并五臣

① 见《文选学新论》，中州古籍出版社1997年版，第407页。

② 游志诚：《〈昭明文选〉学术论考》，台湾学生书局1996年版，第1~30页；又载《文选学新论》，中州古籍出版社1997年版，第409~431页。

③ 见《文学遗产》2000年第1期。

④ 傅刚：《〈文选〉版本研究》，北京大学出版社2000年版，第295~311页。

⑤ 《〈昭明文选〉与中国传统文化》，吉林文史出版社2001年版，第93~113页。

注”。故秀州本尚保留了北宋天圣七年（1029）国子监本李善注的基本面貌。今北京国家图书馆与台湾“故宫博物院”所存北宋监本皆为残卷，故奎章阁本所存北宋监本极具文献价值。

屈守元《〈文选六臣注〉跋》认为此本的文献价值：一是奎章阁本中所存五臣注为今存《五臣注文选》中质量最优者，远较今存台湾南宋建阳陈八郎本《五臣注文选》全帙为优；二是秀州州学本《六臣注文选》是已知文献中版刻最早的六臣注本，且州学刻书不同于书贾牟利，校勘精审，删节不多，故在六臣注诸本中，最详明精善。

常思春《读北宋本〈李善注文选〉残卷》[①]更为精细，他将北京国家图书馆北宋监本《文选》残卷与奎章阁本《文选》逐一校勘，并以卷十五张衡《思玄赋》中北宋本残卷所存一叶又半叶及卷十五《马汧督诔》与尤刻本、奎章阁本详加比勘。发现《思玄赋》校记中奎章阁本所出李善本正文校语九条，八条与北宋本合，仅“善本作冢”一条与北宋本不合，当是“五臣作冢”（塚、冢互为异体，善注作冢）。其校语之外正文与北宋本异者三字，其“欲巧笑而干媚”之“而”字，六臣注明州本、赣州本作“以”，与北宋本同，是“而”为奎章阁本字误；其“曾烦毒”之“曾”字、“思沈忧”之“沈”字，明州本、赣州本同，为从五臣本而漏失校语，宋刻五臣本（陈八郎本）可证。尤刻本注文异于北宋本者共十四条，奎章阁本与北宋本全同。奎章阁本“衡曰左氏传”一条，明州本、赣州本“衡曰”作“善曰”，与北宋本合，是“衡”亦奎章阁本字误。全部注文中奎章阁本与北宋本异者仅“刺不正也”条中一字而已。

《马汧督诔》校记中奎章阁本所出李善本正文校语十八条，皆与北宋本合；校语外正文与北宋本异者仅“显诛我师”之“师”字，此字明州本、赣州本作“帅”，与北宋本合，是“师”乃形近误字。奎章阁本注文仅“比六百石”脱“比”字，“其人五刑”之“人”字、“有如何”之“何”字为字误，明州本可校；不同者仅“士见危致命”“夫谋而鲜过”“以劝能者”三条中五字而已。

---

① 《〈昭明文选〉与中国传统文化》，吉林文史出版社2001年版，第93~113页。

常思春通过上述两篇的校读，发现奎章阁本所出李善本正文、注文与北宋本残卷仅有些许文字之异（或为奎章阁本翻印字误，或为所据原本漏失校语）。将全部北宋本残卷与奎章阁本相较，也与上两篇情形完全一致。

傅刚与常思春均对奎章阁本与北宋监本《文选》的关系进行了研究，但因常氏是校读今北京国家图书馆北宋监本《文选》与奎章阁本《文选》，故其对二本异同进行了全面考察，但他们的结论则大体相同。奎章阁本的确是以“平昌孟氏”《五臣注文选》单注本与天圣七年《李善注文选》单注本为底本，“将监本《文选》逐段诠次，编入李善并五臣注”的，故北宋监本《文选》与奎章阁本《文选》的高度趋同是必然的。因此，奎章阁本可视为北宋天圣监本。

除上述与傅刚基本相同之见解外，常思春尚提出了如下新解：

1. 北宋国子监本的称谓与版刻

据奎章阁本书前书末所附国子监准敕节文，沈严《五臣本后序》，天圣三年至天圣九年刻印过程，秀州州学元祐九年刊印合注本《文选》始末，与《宋会要·崇儒四》《职官二十八》等文献记载，北宋本应称作天圣国子监本，不当称为天圣、明道本。对此，屈守元《〈六臣注文选〉跋》已明确论及，常思春更进一步予以明确。《北京图书馆善本书目》称此北宋本为“北宋刻递修本”，常氏据其全部存卷字体及字画清晰无污漫，而断其非递修本，为初刻本。故今存北宋监本《文选》当是北宋监本的初刻本。笔者按：称北宋国子监本为天圣、明道本始于劳健在周叔弢收藏之北宋监本《李善注文选》所作之《跋》：“宋讳缺笔至‘祯’字止。‘通’字亦为字不成。天圣元年，章献太后临朝称制，令天下讳其父名。明道二年后崩，遂不复讳。知此书天圣、明道间刻。”民国年间的刘文兴撰有《北宋本李善注〈文选〉校记》[①]，此文据刘氏家藏北宋本《文选》避“通”字，而“通”为宋真宗刘后父名，至仁宗初年明道间，即不复讳，亦断此本为北宋天圣明道本。台湾学者张月云《宋刊〈文选〉李善单注本考》[①]相沿其称不革，屈、常的修正极是。

---

① 见《国立北平图书馆馆刊》第5卷第5号，1931年9~10月。

2. 韩国奎章阁本、广都裴氏本李善注的价值

韩国奎章阁本、广都裴氏本（含广都裴氏本之翻刻本明袁褧嘉趣堂本）李善注条段分明，与北宋国子监本残卷极相吻合。故此二本无“五臣乱善”，为校勘李善注的最可靠之珍本。

3. 明州本与赣州本的价值

《六臣注文选》明州本（日本足利学校影印本）颇删李善注与五臣注文意相重者。其删李注方式有二：一是删善注全条而标“善同某注”，实则所删善注多数仅与五臣注某注条中一节文意相重；一是删善注条中与五臣注条中文意相重之节而不标示，故有“五臣乱善”之嫌。《六臣注文选》赣州本（《四部丛刊》影宋本同）推尊李善注，改六家注五臣居前而李善注置后之例，置李善注于五臣注之前，但其所据之本删善注或标“善同某注”，或采五臣某注充善注；且将旧本同节注文中分引之善注合为一条，既造成“五臣乱善”，又取消了六家注所存善注条段。其标“善同某注”及采五臣某注充善注之条，皆在明州本所标“善同某注”范围之内。故明州本、赣州本所据底本当为同一刻，即秀州本的删削本（赣州本标“善同某注”及采五臣某注充善注之条，秀州本多存其善注）。赣州本存其所据底本全部善注，明州本则对其底本善注又加删削，故明州本所标“善同某注”外，赣州本多存其善注且同于秀州本善注。

4. 汲古阁本、尤刻本之祖本与天圣监本的关系

汲古阁本每两卷列目，尤刻本则各卷列目；汲古阁本萧统《文选序》无注，尤刻本则有三十多条注音；汲古阁本与尤刻本正文、注文相异文字，汲古阁本多同于天圣监本残卷。故汲古阁本所据之本早于尤刻本，尤刻本所据之本当是汲古阁本所据之本的递修本。天圣监本残卷音注无多，且多置于注文中，正文句中音注仅偶一见之。尤刻本、汲古阁本正文句中音注颇多（二本音注同），十之八九同于六臣注本。六臣注本校语所云李善本无而五臣本有之正文句节，尤刻本、汲古阁本皆有其句节；六臣注赣州本采五臣某注充善注之

① 见《故宫学术季刊》第2卷第4期，1985年；又载《中外学者文选学论集》，中华书局1998年版。

条及重出之善注，尤刻本、汲古阁本多同。故汲古阁本、尤刻本之祖本与天圣监本无直接关系，似为就六臣注赣州本删五臣注而于正文李善本、五臣本异文择善而从，并以当时所传《文选》别本校勘增补而来，当出于书贾之手。

5. 尤刻本（胡刻本同）、汲古阁本之注音

尤刻本、汲古阁本音注远较天圣监本为多，且其十之八九袭六臣注本。六臣注句中音注采自平昌孟氏五臣注本。平昌孟氏五臣本音注并非五臣原始之音，而是以宋韵做了更正，此可从奎章阁本沈严《五臣本后序》得知，故其音多同《集韵》《类编》。因此，尤刻本、汲古阁本、六臣注本句中音注亦非真五臣音，而多为宋音。黄季刚谓汲古阁本、胡刻本音注“多五臣，非真善音”之语甚当，但黄氏“意非五臣所能作，必萧该、许淹、曹宪、公孙罗、僧道淹之遗”之语则推测失当。

六、陈八郎本研究

陈八郎本为1981年台湾影印出版南宋绍兴三十一年（1181）建阳刊五臣注单注本。五臣注的价值向不为学界所重，故于陈八郎本《五臣注文选》亦多有疏忽。笔者认为，此本的发现为现代《文选》学版本研究的重大创获之一。此本卷尾有台湾学者郑骞的跋文一则，因国内学界尚未普及，且出于对五臣注之偏见，较少重视，现全录如下：

> 右五臣单注本《文选》三十卷，宋绍兴辛巳建阳刊。竹纸，纸色暗黄。卷一至卷四半页十二行，行二十三字。注文小字双行，行二十八字；自卷四以下半页十三行，行二十五字，注文行二十八至三十字不等。版心白口，双黑鱼尾；上象鼻有大小字数，偶或无之；无刻工姓名。今本分十六册，金镶玉装。卷二十一至二十五钞配，其馀各卷零星钞配约三十页。书前有戳记二，其文如下：
>
> 凡物久则弊，弊则新。《文选》之行尚矣！转相摹刻，不知几家，字经三写，误谬滋多，所谓久则弊也。琪谨将监本与古本参校考正，

的无舛错，其亦弊则新欤！收书君子，请将见行板本比对，便可概见。

绍兴辛巳，龟山江琪咨闻。

建阳崇化书坊陈八郎宅善本。

江、陈事迹无可考，观其文字，皆坊肆书贾也。书中避宋讳及嫌名，至高宗之构字为止，孝宗以下不避，可知确为绍兴刊本。又，宋讳及嫌名皆有读者所加红圈，止于宁宗之扩字，当即宁宗时人；且全书无漫漶处，盖不惟宋制，且是宋印、宋读。辛巳为绍兴三十一年。是岁，金主完颜亮大举南侵，朝野震动，虞允文败之于采石，保障东南，功侔淝水，奠定百馀年偏安之局。此书适于此际刊成，亦书林一佳话。其明年，高宗传位于孝宗，此书晚出年馀即须避孝宗之慎字矣。全书字体挺秀，清朗悦目，乃建刻之佳者。钞配字迹亦精整可观，版式行款与其他各卷一致。

此书不见藏家著录，钱遵王《读书敏求记》有之，今此本无钱氏印章或题识，知非也是园中故物。书中收藏印，最早者为明末汲古阁之毛表奏叔、清初传是楼之徐乾学健庵，最晚为近人元和王同愈胜之、吴县吴清湖帆，及乌程蒋祖诒谷孙。书前有胜之手书长跋，湖帆题记两行，二君皆近代苏州名士。谷孙富收藏，精鉴别，其先世藏书著声东南，世所称密韵楼者也。八年前殁于台北，炎方植物畅茂，墓木拱矣！此书今归国立中央图书馆典藏，谷孙何时转让，已不可考，当在渡海来台之前。中图藏宋元善本至夥，而以刊印时代论，以字体刻本论，以原书之学术价值论，此书可列上驷。并世公私藏家，国内则北京大学及北平图书馆各藏残帙一卷，北大卷二十九，北图卷三十，为绍兴时杭州猫儿桥锺家刊印，与此非一本。国外则日本三条家旧藏，天理图书馆现藏之平安写本，朝代虽早，而仅存二十之一卷；东京大学东洋文化研究所藏朝鲜正德四年刊本，虽全帙而时代甚晚。然则此书不仅为宋刊宋印宋读之佳椠，且为全帙具存之孤本，洵鸿宝也。

据《新唐书·曹宪传》记载，隋唐之际，江淮之间，萧统《文选》一书实为显学。然当时治此书而作音注者，曹宪、魏模、许淹、公孙罗诸家，亡佚已久；仅宪弟子李善及开元中之五臣得传于后。昭明原书三十卷，李善作注分每卷为二，故后世通行本皆六十卷，五臣则仍存三十卷之旧。两注各为一书，并行于世。自唐人李匡乂作《资暇集》，痛诋五臣，备摘其短，宋人姚宽《西溪丛话》、王懋《野客丛书》攻之于后，苏东坡又有“五臣乃俚儒之荒陋者，反不及善”之语。至南宋以后，五臣遂衰而善注盛行，于是有人合善注及五臣为一，而有所谓六臣合注之本。现存六臣本最早者亦刊印于绍兴时，观其避宋讳止于高宗可知，即《四部丛刊》初集所收之本也。历元明清三朝，善注及合注益盛，坊肆私家，竞相翻刻；五臣单注本，众皆习于李姚王苏之言，置而不问，渐致稀如星凤。号称淹雅之藏书家，自上文所述毛表、徐乾学、钱曾之外，未闻有藏弆之者，浅学之士甚至不知有其书。以视善注之遭遇，固有幸有不幸矣。

五臣之疏陋，诚有如前人所讥者，然绝非全不足取。《四库提要》卷一百八十六，既讥其“迂陋鄙倍”，而又云，“其疏通文意，亦间有可采，唐人著述，传世已稀，固不必竟废之也”，是为持平之论。予尝取六臣合注比而观之，颇觉五臣往往可与善注互为发挥，合读二者，文意益明，不止如《提要》所云“间有可采”而已。且五臣之注，并非尽出彼等，其中极可能有隋唐之际诸儒遗说，当时显学，流传仅此，《提要》所谓“唐人著述传世已稀”者，实不可废，岂仅不必废耶。抑有进者，日人阿部隆一撰《中央图书馆藏宋元版解题》云：“六臣注乃据两注分别删节按配而成，已非其旧形原貌。”予既见单注本全帙，欲求验证其说，乃取单注与六臣合注两本对读数卷，果发现合注之五臣部分，确经删节窜改，阿部之言，信而有征。学者倘能进一步取三十卷全书，逐篇逐条，细心勘对，于其详略异同必能多有所获，而使五臣原貌得以复显于世。然则此单注本之历劫偶存，其有关于《文选》学者实非浅鲜，又安得仅以寻常古董，等闲视之。

五臣本之重要，不仅与善注互为发挥，相得益彰，其所据正文，亦往往与李善所据者不同，且有时文义较胜。即如《登江中孤屿》诗，为康乐名篇，其五六两句，善注本作：“乱流趋正绝，孤屿媚中川。”五臣则云："乱流趋孤屿，孤屿媚中川。"善注本文义扞格难通，后代注谢诗者不得其解，每曲为之说。实乃昔人传写，以注语中《尔雅》云云混入正文，以致讹误。叠"孤屿"二字，正合康乐常用之联绵句法，文从字顺，涣然冰释矣。六臣合注本亦每有校记云，"五臣作某"；往昔甚恐其有遗珠，今既得五臣全帙，可能有更多发现，读此书者不可不注意及之也。

善本古籍之可贵，不惟年代之久远与夫刊印之精确，尤贵在其学术价值。故以欣赏言，原本虽已足，而分身无术，不能普及多士，籍虎贲以识中郎。以研究言，更必须影印，始得人手一编，便利研读。古人于此，惟恃影写或覆刻；现代则摄影制版，日趋精美，影印流布，奇书共赏，自为当务之急。中央图书馆馆长王振鹄，综理馆务之馀，留意词翰，尤热心致力于馆藏善本之流通，嘉惠士林，洵为盛举；乃取此书，付之影印，精装成帙，且将竣工。承蒙不弃，嘱予撰写数言，缀于简末。予不敏，于版本目录及萧统《文选》之学所知极少，何足以当此。既以雅命难违，又自幸以迟暮之年，获见此稀世秘籍化身千亿，欣忭之余，亦思有所陈说，附骥以传。遂忘其谫陋，不辞而作此跋，海内外《文选》学专家幸有以教之。中华民国七十年十月，郑骞识于台北寓庐之永嘉室。

郑氏此跋，对陈八郎本的版式、行款、题识、戳记、刊刻年代、藏书、流传、影印缘由、文献价值均有介绍，特别是"五臣之注，并非尽出彼等，其中极可能有隋唐之际诸儒遗说"之句，甚有见地。不仅五臣注的演变如是，就连陈八郎本五臣注亦非纯粹之五臣注，江琪刻印陈八郎本时即"将监本与古本参校考正"，可见，陈八郎本五臣注亦参考了北宋监本《李善注文选》。

但郑氏所识，亦有偶疏。1932 年《江苏省立苏州图书馆刊》第 3 号蒋镜寰《文选书录述要》对陈八郎本即有介绍文字："此书为吴中王胜之同愈所藏。半叶十二行，行二十二字。前有开元六年九月吕延祚所上表及高力士所宣口敕。又绍兴辛巳龟山江淇咨闻及建阳崇化书坊陈八郎家善本两木记。宋讳如……皆阙笔。原为汲古阁物，有毛奏叔收藏诸印，后归传是楼，有徐乾庵印。光绪癸卯王氏得之蒋香生家，又有蒋氏收藏诸印。钱遵王《读书敏求记》谓不失萧统之旧，《四库书目提要》谓未见。此本流传绝少，弥可珍贵也。”①郑氏之跋对之却未见说明，且郑氏对朝鲜正德四年刊本颇不以为然，实为误解。朝鲜正德四年刊本虽刊刻于明代，但其与秀州州学据以合刻的“平昌孟氏”五臣本血缘极近，颇具文献价值。

郑氏对该本的版本价值所言亦不详，但《登江中孤屿》一诗异文的解说，颇具说服力。其实，陈八郎本的校勘价值远非郑氏跋文所言及者。

据奎章阁本附沈严《五臣本后序》，“平昌孟氏”五臣注本曾进行过详细的校勘，发现旧本（即“二川两浙”本）成公绥《啸赋》脱“走胡马之长嘶，回寒风乎北朔”二句。今查陈八郎本卷九成公绥《啸赋》“逸气奋涌，缤纷交错，列列飙扬，啾啾响作”四句之后，果无此二句。可见，陈八郎本五臣注极有可能以“二川两浙”本为底本翻刻而成，而与以“平昌孟氏”本五臣注合监本李善注而成之秀州州学本不同。故亦与以秀州州学本为祖本而形成的后世六臣注本、六家注本相左。朝鲜正德本《五臣注文选》却有“走胡马之长嘶，回寒风乎北朔”二句。《四部丛刊》本、胡刻本成公绥《啸赋》“逸气奋涌，缤纷交错，列列飙扬，啾啾响作”四句之后均有“奏胡马之长嘶，回寒风乎北朔”二句。较之沈严所云，仅改“走”为“奏”，馀则全同。《四部丛刊》本尚在“奏”下加校语曰：“五臣作走。”今陈八郎本无此二句，当然更不会以“奏”为“走”。可见，《四部丛刊》本所云“五臣作走”显然不是指陈八郎本五臣注，当是指“平昌孟氏”本的五臣注。这也从一个角度说明今传六臣本皆据六家本祖本秀州州学本而来。陈八郎本的存在，为鉴别五臣注本的“二川两浙”本系列与“平昌孟氏”系列提供了参照。故陈八郎本在探求五臣注、六臣注、六家注诸注本方面具有重要价值，它对“二川两浙”本的保存亦功不可没。

沈严的《五臣本后序》尚提及屈原《渔父》“新沐者必弹冠”句。据沈氏所云，“旧本”（“二川两浙”本）脱此一句，“平昌孟氏”本校补了此句。

---

① 《江苏省立苏州图书馆馆刊》第3号，1932年4月。

今查陈八郎本五臣注，屈原《渔父》并未脱“新沐者必弹冠”一句。朝鲜正德本、赣州本、《四部丛刊》本、胡刻本均有此句。如此，陈八郎本此篇又同于“平昌孟氏”本。可见，刻本时代的五臣注两大系列（“二川两浙”与“平昌孟氏”）的界限并非那么明晰，往往是你中有我，我中有你。真正探讨清楚这一问题尚有待诸重要写本、抄本、刻本的辗转互校，并从中发现其演变轨迹。

由于唐人李匡乂《资暇集》专列一则抨击五臣注，开后世贬抑五臣注之先河。近世《文选》学研究虽不乏对五臣注的重新评价之文，但传统的力量仍然相当强大。屈守元《绍兴建阳陈八郎本〈文选五臣注〉跋》[①]即是代表。屈氏以为：陈本出于建阳，建阳坊刻为宋刊下驷。仅以《文选序》为例，可定为陈本之误者凡九处。

笔者以为，仅以五臣注而言，陈八郎本《五臣注文选》的确不如“平昌孟氏”《五臣注文选》，但今传世为宋刊全帙之五臣注单注本唯陈八郎本五臣注。朝鲜正德四年刻本《五臣注文选》虽据宋本翻刻，但其刊刻年代为明代正德年间，故陈八郎本在探讨五臣注的形成、发展过程中具有极为重要的文献价值，不可因其为建本坊刻，刻写较粗劣而将其排除于五臣注诸本形成、发展过程的研究之外。

七、朝鲜正德本研究

朝鲜正德四年刊本五臣注与存藏于台湾的陈八郎本《五臣注文选》，为今存世五臣注的两部单注本全帙。该书半叶十行，行十七字，小字双行，行三十四字。虽为明正德四年（1509）刊本，但由于其校刻严谨，且与陈八郎本参考北宋天圣监本不同，朝鲜正德可谓更纯粹的五臣注单注本。

其一，从版式上观之，朝鲜正德本第一卷首页首行为“文选卷第一”，下列“赋甲”，第二卷首页首行为“文选卷第二”，下列“赋乙”。馀卷皆仿此。陈八郎本无“赋甲”“赋乙”之记。胡刻本《文选》，《四部丛刊》影印建

---

① 《文学遗产》1999 年第 5 期。

州本《文选》第一卷卷首“赋甲”之下均有善注曰：“赋甲者旧题甲乙，所以纪卷先后。今卷既改，故甲乙并除，存其首题，以明旧式。”所谓“旧题”，当为昭明原本。昭明《文选》原本三十卷，每卷卷首均有“赋甲”“赋乙”“诗甲”“诗乙”之称以明其分体先后，此为昭明原书之旧，陈八郎本却将此重要之处悉数删削，故其版式已改昭明之旧。

其二，班固《两都赋序》“雍容揄扬，著于后嗣，抑亦雅颂之亚也”数句，陈八郎本与建州本、胡刻本俱同，但《四部丛刊》本在“抑”下夹校曰：“五臣有‘国家之遗美’五字。”朝鲜正德本有此五字。

其三，据前引奎章阁本附沈严《五臣本后序》，“平昌孟氏”五臣注本发现旧本（即“二川两浙”本）成公绥《啸赋》脱“走胡马之长嘶，回寒风乎北朔”二句。今陈八郎本卷九成公绥《啸赋》“逸气奋涌，缤纷交错，列列飙扬，啾啾响作”四句之后，无此二句，但朝鲜正德本五臣注《文选》却有，可见朝鲜正德本与秀州州学本相同，故亦与奎章阁本相同。陈八郎本由于在刊刻时参校了北宋监本《李善注文选》，故往往带有李善注本的版本特点，朝鲜正德本却是更为纯粹的五臣注本。

日本东京大学东洋文化研究所藏朝鲜正德本《五臣注文选》第十三卷陶渊明《始作镇军参军经曲阿作诗》《辛丑岁七月赴假还江陵夜行涂口作》诸诗均缺损甚重。故此本虽为完帙，亦存缺憾不少。

八、明州本研究

现代《文选》学《六家注文选》重要创获之一，为日本1974~1975年汲古书院影印“国宝《文选》”出版并传入中国大陆。此书题为“足利学校秘籍丛刊第三”“足利学校遗迹图书馆后援会刊”。原本出自日本“金泽文库”。首列五臣注，后列李善注，当为明州本系列的《六家注文选》。明州本书末例有右迪功郎明州司法参军兼卢钦之跋，此本无跋。与陈八郎本、朝鲜正德本不同，由于明州本全帙今存日本，较早为日本《文选》版本学家斯波六郎所关注，因此，现代《文选》学界对明州本的研究相当到位。

斯波六郎《〈文选〉诸本研究》对明州本有精到的研究。他认为：足利学校《秘本书目》定该本是宋绍兴中明州刊本的重印修补本，其所补刻见于板心的刻工姓名，施章、王仲、吴珪、方成等人多亦见于秘府的《尚书正义》及傅氏双鉴楼旧藏《白氏六帖》，由此推测，该本当为南宋光宗朝的补刻本。①

该本与明袁褧本、宋赣州本、《四部丛刊》本相较，特点有三：

第一，其五臣注、李善注之详略更接近明代袁褧翻刻宋广都裴氏本。

如卷二《西京赋》"翡翠火齐……缀隋珠以为烛"注，此本作"翰曰，翡翠鸟羽也……火齐珠也，悬黎璧也……以当夜烛。善曰：翡翠鸟名也，火齐玫瑰也。《六韬》曰……《列子》曰……穆王为中天之台，络以珠玉。综曰：明月大珠，夜则有光如烛也。善曰：悬黎夜光随珠已见《西都赋》"。袁本全同此本。《四部丛刊》本则无"善曰悬黎……已见《西都赋》"十三字。又善曰"络以珠玉"下有"《战国策》应侯谓秦王曰，梁有悬黎，楚有和璞，而为天下名器，馀见《西都赋》注"二十九字。此因足利本与袁本均属六家本《文选》系列，《四部丛刊》本则为六臣本《文选》系列所致。

第二，该本较袁本、赣州本、《四部丛刊》本有更接近李善注、五臣注的旧式之处。

接近李善注旧式例，如卷一《西都赋》"若乃观其四邻……七相五公，与乎州郡之豪杰……隆上都而睹万国"的善注，足利本作"善曰：郑玄《礼记注》曰：王国百里为郊……然其馀不在七相之数者，并以罪国除故也。善曰：《文子》曰：智过百人，谓之杰，十人谓之豪。……"两见"善曰"，袁本后一处"善曰"作"豪杰者"，赣州本、《四部丛刊》本无后一处"善曰"，"故也"下直接接"《文子》曰"。李善注单注本此处正文自"若乃观其四邻"至"七相五公"，又自"与乎州郡之豪杰"至"隆上都而睹万国"，分为两部，善注亦分隶各条。足利本正文连接虽非李善之旧，但注则两分，犹存旧式。袁本、赣州本、《四部丛刊》本则俱失善注旧式。

接近五臣注旧式例，如卷六《魏都赋》"旼旼率土……匪蘖形于亲戚"

---

① 《中外学者文选学论集》，中华书局 1998 年版，第 885~886 页。

的五臣注，足利本作“良曰：皎和乐貌……言歌谣满路，洋洋乎盈耳，翰曰：河洛出图书，开秘奥……鬼谋所序谓祥瑞。济曰：委弃也。……让于魏也。向曰：玉策所以记帝王之迹……帝王图籍于此藏也。良曰：五德五行也。……言察五行之行，所临相生也。铣曰：涓择也。……皆王者初受位之体也。翰曰：徽帜旌旗……革改之。济曰：翌明也。……守玄默而不言，而德化以著。良曰：文帝寡言厚行……莫不尽览。向曰：著明也。……言文帝非以私情而见于亲戚”。在五臣注单注本中，五臣各注皆各归其所释之句下，足利本一并移至“匪蘖形于亲戚”下，但叙次仍依五臣注旧式不改。然赣州本、《四部丛刊》本作“良曰……又曰……又曰……”“翰曰……又曰……”“济曰……又曰”“向曰……又曰”“铣曰……”，妄改五臣注叙次，以致与正文相乖。袁本不仅改五臣注叙次，且于良注“文帝寡言厚行”上加“菲言厚行，陶仕染学（此八字引正文）谓”九字，更失五臣本之旧。

第三，胡刻本、袁本、赣州本、《四部丛刊》本之李善注俱经后人窜改，独此本存其旧处不少。如卷三十八任彦升《为范始兴作求立太宰碑表》“五教以伦，百揆时序”注，足利本作“《尚书》，帝曰：契汝作司徒，敬敷五教，五教在宽”。胡刻本、赣州本、《四部丛刊》本均于“五教”二字不重出，袁本亦如是，且下空二格。唯足利本重“五教”者是。再如卷六十陆士衡《吊魏武帝文》“蹈镐京而不豫”注，足利本作“《尚书》曰既克商二年王有疾不悆”，赣州本、《四部丛刊》本、胡刻本俱将“悆”作“豫”，袁本则误为“念”，足利本作“悆”者是。

该本虽与袁本均属六家本系列，但亦不尽相同。其表现有二：其一，每卷列子目而袁本无。其二，该本较袁本于善注、五臣注皆有省略。省略善注例，如足利本省略善注可分为有说明与无说明二类。有说明者注明“善同某”而略善注。如卷一一《景福殿赋》“惟岷越之不静，寤征行之未宁”注，该本作“翰曰：岷越蜀吴也，不静犹未平也，寤觉也，征行谓戎马也，宁息也，言三公九卿大儒，皆知蜀吴未平，戎马未息也。善同翰注。”袁本作：“翰曰：岷越蜀吴也……戎马未息也，善曰：岷越吴蜀二境也，《尚书》曰：西土人，亦弗静也。”其实，所谓“善同某”，实未必全同，大体相同而已。无说明者如卷二八鲍明远《东吴吟》“顾垂晋主惠，不愧田子魂”注，其中善注“言己穷老而还，同夫弃席疲马……然田子久谢，故谓之魂”及引文“《韩诗》曰缟衣綦巾云云”间当有“韩子曰：文公玉河，令曰：笾豆损之……穷士闻之，知所归心矣”一百九十九字，足利本却删去而未作说明。

省略五臣注例，如卷四十四司马长卿《难蜀父老》“司马长卿”下良注“相如使蜀，蜀父老多言通西南夷，不为国用……令百姓知天子意”六十字，卷四十六王元长《三月三日曲水诗序》“王元长”下铣注“齐武帝永明九年……敕融为序”二十三字，足利本皆省略。

斯波六郎《六家注文选》对日本足利学校明州本《文选》所做的精到研究是对明州本与袁本相互关系的研究。

关于明州本《六家注文选》与袁褧刻本，他分为四个方面进行研究。

第一，明州本《六家注文选》的五臣注、善注详略多与袁褧刻本相同，如卷一《东都赋》“山灵护野……风伯清尘”注，此本作“良曰：山灵山神也，属御天子车也。方神（此下恐有脱文）雨师毕星精，风伯箕星精。善曰：山灵山神也，属御属车之御也。方神四方之神也。《韩子》曰……《风俗通》曰……”袁本与之全同。《四部丛刊》本略良注，唯作“良同善注”四字。

第二，明州本《六家注文选》列子目而袁本无子目。

第三，明州本《六家注文选》较袁本之李善注、五臣注皆有省略。明州本《六家注文选》省略善注、五臣注处不少，其中，又可分为做了说明与不做说明两种情况。例见上述，不赘言。

第四，明州本相对于赣州本、袁本之长有二：一是明州本虽删除了某些李善注与五臣注，但亦有相对于赣州本、袁本更接近李善注、五臣注原貌之处。如卷一《西都赋》“若乃观其四郊……七相五公，与乎州郡之豪杰……隆上都而睹万国”的李善注，明州本作“善曰：郑玄《周礼注》曰：王国百里为郊……然其馀不在七相之数者，并以罪国除故也。善曰：《文子》曰：智过百人，谓之杰，十人谓之豪……”明州本此段两见“善曰”，表明它是李善注单注本两处善注的合并。袁本仅有一处“善曰”作“豪杰者”，赣州本、《四部丛刊》本仅有一处“善曰”，“故也”下直接接“《文子》曰”，省略了《文子》

前的第二个“善曰”。李善注单注本（如尤刻本、胡刻本）此段正文分为两部分，第一部分自“若乃观其四郊”至“七相五公”，第二部分自“与乎州郡之豪杰”至“隆上都而睹万国”，李善注亦分隶各条。明州本正文虽不分李善之旧，但其注两分，犹存旧式。赣州本、《四部丛刊》本、袁本俱失旧式。二是凡善注文字，赣州本、《四部丛刊》本、胡刻本、袁本俱经后人窜改，独该本多存其旧式。如卷三十八任彦升《为范始兴作求立太宰碑表》“五教以伦，百揆时序”注，明州本作“《尚书》：帝曰：契汝作司徒，敬敷五教，五教在宽”。赣州本、《四部丛刊》本、袁本、胡刻本“五教”二字俱不重出，唯该本是。

斯波六郎的《六家注文选》版本研究限于版本匮乏而未能列出该系统的版本图，是为一憾。宋刻本《六家注文选》今传世者有明州本、赣州本、建州本、广都本，但他未见广都本。在翻宋刻《六家注文选》中，斯氏亦仅见到明袁褧的翻宋本，而未见到另一重要的韩国奎阁翻宋秀州本《六家注文选》[①]。故其对此系统版本的论述颇多谬误。如他误认为明州本为《六家注文选》的首刻，不知北宋秀州州学本方为《六家注文选》的首刻。但是，他通过观察诸家六臣注合注本合并李善注与五臣注暨保留李善注与五臣注的旧貌论证诸本的版本价值的方法对现代《文选》学的版本研究启示颇大。

九、赣州本研究

斯波六郎对于赣州本的研究是其《文选》版本研究的又一经典。

他对赣州本研究的最大贡献有三：一是确认赣州本并非以单行李善注本、单行五臣注本为底本合并而成，而是据一个五臣李善注本，颠倒李善注与五臣注的顺序而成；但赣州本所依据的并不是明州本，亦非袁本的祖本广都裴氏本。二是发明了研究六臣注本系列诸宋刊本的研究方法。三是研究了赣州本与明州本、袁本的相互关系。

① 据奎章阁本《文选》后所载文献，知此本刊于1428年（明宣德三年）。

斯波六郎提出的赣州本非以李善注单注本与五臣注单注本合并而成的这一重要观点，对研究《六臣注文选》与《六家注文选》的关系，进而理清宋刻《文选》诸本的关系贡献不菲。宋刻《文选》诸本的关系一直是困扰《文选》版本学的重要课题之一，他的研究使学林对赣州本的认识大大前进了一步；虽然赣州本据何而来这一重要问题他并未解决，但毕竟对最终解决这一问题迈出了重要一步。且斯波六郎的这一经典研究并非对二本进行抽样比勘而得出的结论，而是源自对赣州本全文对校。他认为赣州本为今存六臣注本中最早版本的观点，至今仍属正确。

他研究赣州本的方法对后世宋刊六家、六臣诸本研究具有极大的指导意义。其研究赣州本系据某六家本而来的方法有四：一是根据夹注位置研究，二是根据校语研究，三是根据正文中的音释研究，四是据个别作品的特殊情况研究。

第一，根据李善本与五臣本的作注位置不尽相同进行研究。

《文选》中同一篇文章，李善作注所选取的语辞与五臣作注选取的语辞未必完全一致，故李善本和五臣本作注不可能全在同一位置。如唐钞《文选集注》卷七十九、唐抄五臣注本卷二十（相当于六十卷的卷四十），同一正文而两本俱存者凡六篇，据此可知唐写本李善本作注与五臣本作注的旧式。赣州本既以李善注在前、五臣注在后，其卷四十夹注位置当与《文选集注》本合，但它恰与五臣注本合，与六家注本合者居十之八九。又敦煌出土唐抄本李善本残卷二种存《西京赋》《答客难》《解嘲》诸篇，赣州本亦多不合唐抄本李善作注位置，而合于《六家注文选》作注的位置。斯氏从李善注与五臣注的作注位置来研究赣州本的方法为其首创，他根据李善注与五臣注作注位置的互异来论定：赣州本非据李善注单注本与五臣注单注本刊刻而成，而是据某六家本而颠倒五臣注与李善注的位置而成。这个关于赣州本来历的论证极富说服力，原因正在于其方法十分独特，方法的胜出源于对研究对象的深入了解。若无对李善注本、五臣注本、六臣注本三者原貌的深入了解，若无对唐写本《文选集注》与宋刻本《五臣注文选》《六臣注文选》的透彻了解，则其研究方法亦必不能胜出。斯氏首创的这种研究《文选》版本系统方法至今仍不过时，这是他对《文选》版本研究的重大贡献之一。

第二，根据校语研究赣州本的来源。

赣州本既以李善注在前，五臣注在后，正文当从李善本，正文中夹注李善本与五臣本文字的异同当写作“五臣作某”。但赣州本有不少处正文却从五臣本，校语作“李善作某”。卷一《西都赋》、卷六《魏都赋》俱有此例。卷四十任彦升《奏弹刘整》“是以义（原注：五臣本义上无“是以”二字）士节夫，闻之有立”，书式既以李善本为主，校语却不在“是以”下而在“义”下，是原据六家本“义（善本“义”上有“是以”二字）士节夫……”改动而残留的痕迹。斯波六郎创造性地从赣州本校语入手，根据校语的位置、内容判断赣州本并非以李善注单注本与五臣注单注本合并而成，而是据某一六家注本，颠倒其李善注与五臣注的次序而成。这一发现不仅反映了作者阅读文本的细致，而且极为有力地证明了他的个人观点。

第三，根据音释研究赣州本的来源。

从唐抄李善本、唐抄五臣本可知李善注单注本正文不夹注音释，五臣本正文则夹注音释。赣州本正文中夹有音释，与六家本系列相同，而音释内容又多从五臣。此为斯波六郎研究《文选》版本创造的另一方法。李善注单注本的音释置于注中，五臣注单注本的音释置于正文该字之下，二者本来界限分明。但是，宋刊六臣注本皆从首部六家本秀州州学本而来，秀州本既以五臣注在先、李善注在后，故其正文当从五臣本，即亦从五臣注而夹注音释。后世六家本皆为秀州州学本系列，六臣本（如赣州本）又以六家本为基础颠倒五臣注与李善注的位置以成，故宋刊六家、六臣诸本正文中皆夹注音释。以唐写本五臣注残卷与《文选集注》本所引五臣音与赣州本相校，可知赣州本夹注音释与六家本相同，音释内容又多从五臣注。

第四，根据个别作品的特殊情况研究赣州本的来源。

斯波六郎除了使用上述三种方法研究赣州本外，尚对《文选》中部分作品进行了四项专题研究。

一是对《文选》卷二十八陆士衡《挽歌诗》三首的位置进行研究。赣州本陆机《挽歌诗》“流离亲友思”一首列序第二，但据《文选集注》本校语，列此诗为第二者是《音决》本、五家本、陆善经本而非李善本。赣州本虽为李善注在前的六臣本，但陆士衡《挽歌诗》三首的顺序却合于五臣本，由此证明六臣注本系列的赣州本是来自五臣本为主的六家本，且未能与李善本相校所致。

二是据《文选》卷七扬雄《甘泉赋》李善注注例之误。子云此赋“下阴潜以惨懔兮”注，赣州本作“善曰惨懔寒貌也，善本懔作廪”，又“徘徊招摇灵迟迟兮”注作“善曰……善本凄迟作迟迡”。此种注法见于六家本，如明州本、袁本，均为五臣注在前，李善注在后；并在李善注末记五臣本和李善本异同。但赣州本却误将李善注和校语相连，移至五臣注前。

三是据卷四十五扬子云《解嘲》“东南一尉”注证明赣州本源于六家本。赣州本“东南一尉”句注作：“向曰，一尉官名也。如淳曰，《地理志》云在会稽。”“如淳”以下九字是李善取《汉书》旧注，而非向注，据赣州本之体例，当作：“善曰，如淳曰，《地理志》云在会稽。向曰，一尉官名也。”但此本将“如淳”以下归向注，是由于原六家本以五臣注置第一，李善采旧注置第二，“善曰”下李善自注置第三（明州本、袁本如此），而此条偶无李善注，故亦无“善曰”二字，导致赣州本误以“如淳”下九字上属归向注。此误源自第一部六家本秀州州学本（奎章阁本可证）。赣州本因袭了六家本，故亦存此误。卷四十五《答客难》“语曰以管窥天，以蠡测海”铣注末接“张晏曰，蠡瓠瓢也”，卷四十七《圣主得贤臣颂》“劳筋苦骨，终日矻矻”翰注末接“如淳曰，矻矻健作貌”，皆因此而误。

四是据赣州本卷四《三都赋序》“左太冲”下注李善注混入五臣注辨赣州本源自六家本。《文选集注》本卷八善注“竞相传写”下有“遍于海内也”五字，但赣州本（建州本有此五字——笔者）脱此五字；“三都者”至“以辨众惑”的四十六字属吕向注，赣州本却列入善注，使赣州本李善注混入了五臣注。因赣州本所据底本首列吕向注，后注“善同向注”，赣州本改“向曰”为“善曰”，改“善同向注”为“向同善注”，因此造成五臣注掺入李善注之误。笔者今检奎章阁本，该本首列向注：“臧荣绪《晋书》云：左思字太冲，齐国人也。少博览史记，作《三都赋》，构思十稔，门庭藩溷，皆著纸笔，遇得一句，即疏之。征为秘书。赋成，张华见而谘嗟，都邑豪贵，竞相传写。三都者，刘备都益州，号蜀；孙权都建业，号吴；曹操都邺，号魏。思作赋时，吴蜀已平，见前贤文之是非，故作斯赋以辨众惑。”次列善注：“善曰：臧荣绪《晋书》曰：左思字太冲，齐国人，少博览文史，遂作《三都赋》。乃请著作郎张载访岷邛之事，遂构思十稔，门庭藩溷，皆著纸笔，遇得一句，即便疏之。征为秘书。赋成，张华见而咨嗟，都邑豪贵竞相传写，遍于海内。”若据奎章阁本，向注与善注的区别非常明显。但明州本已不同于奎章阁本，它将李善注悉数删去，代之以“善同向注”四字。虽赣州本非据明州本而来，但它据某六家本而来时，仅仅颠倒了五臣注与李善注的位置，具体到此篇即颠倒了吕向注与李善注的位置，如此一来，吕向注则变成了李善注，后缀以“向同善注”四字，五臣注即在这种演变中变为李善注了。赣州本卷五十四《辨命论》“宋公一言，法星三徙”注亦同此例。

斯波六郎研究了赣州本与明州本、袁本的相互关系。明州本为今存宋刊六家本，袁本虽为明刊但又是宋广都裴氏本的覆刻本，而广都裴氏本亦为六家本，故而赣州本为今存宋刊六臣本。赣州本与明州本、袁本的关系实际即宋刊六臣本与六家本二者的关系，学界对此从未进行过深入的研究。斯波六郎通过赣州本与明州本、袁本的详细互校，发现了其中的相互关系，对宋刊六家本与六臣本的相互关系研究作出了重要贡献。

第一，明州本、袁本未注明五臣、李善文字异同之处，赣州本往往出校。如明州本、袁本卷一《西都赋》“堤封五万，疆场绮纷”，“登降照烂”，“又有永明金马，著作之廷”，“混建章而连外属”，“内则别风嶕峣，眇丽巧而竦擢”。《东都赋》“萧公权宜而托其制”，“克己复礼，以奉终始”，“铺鸿藻，申景铄”，俱无校语。但赣州本《西京赋》却作“提（五臣本作堤字）”“～分（五臣本作纷字）”“～炤（五臣本作照字）～”“～庭（五臣本作廷字）”“掍（五臣本作混字）～”“～耸（五臣本作竦字）”。《东都赋》作“～拓（五臣本作托字）～”，“克（五臣本作剋字）～”，“～信（五臣本作申字）～”。

第二，明州本、袁本李善音释，赣州本往往删去。原因是正文中已夹注音释，故于善注中省略。

第三，明州本、袁本李善注“某已见上文”“某已见某篇”之处，赣州本几乎全部录出。

第四，赣州本、明州本与袁本对李善注、五臣注的取舍不尽相同。此类又分三种情况：一是李善注互有详略；二是李善注相同，五臣注互有详略要；三是李善注、五臣注俱有详略。

李善注互有详略。如卷二《西京赋》“尔乃览秦制……增九筵之迫胁”注，赣州本为：“综曰：跨越也，因秦制，故曰览，比周胜，故曰跨之也。《诗》曰：筑室百堵，今以为陋，《周礼》明堂九筵，今又增之也。善同综注。”明州本、袁本：“善曰：以九筵为迫胁，故广增之。《周礼》曰：明堂度九筵，东西九筵，各九尺。综曰：跨越也……今又增之。”卷三十六《永明九年策秀才文》“是以崆峒有顺风之请”句亦属此例。

李善注相同，五臣注互有详略。如卷二《西京赋》“度曲未终，云起雪飞，初若飘飘，后遂霏霏”，五臣注，赣州本作“翰曰：雪下貌，皆分为作之。铣曰：曲度谓曲之节度也”，明州本、袁本作“翰曰：飘飘霏霏，雪下貌，皆分为作之。班固《汉书》赞曰：元帝自度曲。臣瓒曰：度曲歌终，更授其次，谓之度次。（铣注无）”。

李善注、五臣注俱有详略者，则赣州本多善注详五臣注略，明州本多五臣注详善注略，袁本多五臣注善注皆详。如卷四十二应休琏《与从弟君苗君胄书》“昔伊尹辍耕……济蒸人于涂炭”注，此本“善曰：《孟子》曰：伊尹耕于有莘之野……《东观汉记》曰：郅恽字君章，汝南人也……《尚书》曰：民坠涂炭（二百零八字）。向曰：同善注。涂泥也，炭犹火也，言人如坠泥火，意欲济之令出难也”。明州本“向曰：伊尹耕于有莘之野……后汉郅恽郑次都隐于弋阳山……涂泥也，炭犹火也，言人如坠泥火，意欲济之令出其难也（一百零一字），善同向注”，袁本向注同明州本，善注同赣州本。

第五，注文的分合不尽相同。李善注单注本的李善注与五臣注单注本的五臣注作注的位置不尽相同，故宋刊六家本、六臣本在合并善注与五臣注时必然会遇到如何处理善本与五臣本作注的分合问题，其正确的做法是六家本正文当从五臣本，六臣本正文当从李善本。但实际情况却并非如此，出现了种种复杂的情况。如卷三《东京赋》“周姬之末，不能厥政，政用多僻，始于宫邻，卒于金虎”注。赣州本“综曰：姬周姓也，末谓幽厉二主，周末世之王，多邪僻之政也。邻近也……金白也。善曰：应劭《汉官仪》曰：不制之臣……谗谤之言，恶若虎也”。明州本、袁本：“综曰：姬周姓也……周末世之王，多邪僻之政也。善曰：《毛诗》曰：民之多僻也。综曰：邻近也……金白也。善曰：应劭《汉官仪》曰：不制之臣……谗谤之言，恶若虎也”。明州本、袁本将综注、善注分作两段，是随李善本正文分“周姬之末……政用多僻”和“始于宫邻，卒于金虎”两段，注亦从之的做法。赣州本则随五臣本正文“周姬之末……卒于金虎”一气连成，注亦从之的做法，但误脱善注“《毛诗》曰民之多僻”七字。笔者以为，明州本、袁本为六家本，正文当从五臣本，却反从善本；可见宋刊六家本、六臣本在处理善本与五臣本下注位置时皆有不尽合其体例之处。以此条为例，今存奎章阁本可证六家本首刻秀州州学本正文未误，但其后之明州本、覆刻广都裴氏本的袁本却有误；以某六家本颠倒其善注、五臣注位置而成的赣州本亦误。

第六，李善所引旧注位置有异。据李善自述其注释体例，《文选》之文有旧注或旧集注时，必先引用之，李善自注居其下并注“臣善曰”。唐抄李善本皆从其例。今《文选》存旧集注者有《甘泉赋》《子虚赋》《上林赋》《羽猎赋》《长杨赋》《鹏鸟赋》《讽谏诗》等二十馀篇及有旧注的《幽通赋》，明州本、袁本概以旧注置善自注之前，而赣州本则首起为善自注，全失旧式。

第七，文字讹误多有不同。此类又可分为两种：一是明州本、袁本不误，而赣州本误；二是赣州本不误，而明州本、袁本误。明州本、袁本不误而赣州本误者如卷二《西京赋》“于是采少君之端信，庶栾大之贞固”，向注“凡人姓名，及事易知而别卷重见者，云见某篇，亦从省也，他皆类此”，此当为善注，但该本却误作五臣注。赣州本不误而明州本、袁本误者如卷十四班孟坚《幽通赋》“巨滔天而泯夏兮”，（注）“善曰：……《尚书》曰：象恭滔天”，明州本、袁本脱“《尚书》曰”三字。

斯波六郎通过对赣州本与明州本、袁本相互比勘，据此本有善注或五臣注而明州本、袁本无的情况，断定此本并非仅据明州本或袁本之同一版本源流的本子并将五臣与李善互易的，其所据有两种可能：一是所据底本为明州本、袁本系统外的一种版本；二是以与明州本、袁本同系统的某一版本为底本，参照当时所存诸本，修订而成。

总之，赣州本虽李善注在前五臣注在后，但多失善注旧式；但赣州本较明州本、袁本保存善注往往更为精确，且明州本、袁本二本文字有误之处，该本不误。

十、建州本研究

涵芬楼影印《四部丛刊》本《六臣注文选》是现代《文选》学史上流传最广的六臣注本，该本是赣州本，抑或是建州本？学界称谓颇不一致。不少学者至今仍视其为赣州本，斯波六郎在二十世纪前期实际上已经将其予以解决。只是由于学界对其《文选诸本研究》过于漠视，才使之至今未得到学界的普遍认同。

斯波六郎对于建州本（《四部丛刊》本）的研究是其《文选》版本研究的又一经典。

首先是《四部丛刊》本的刊刻时间与补配。他据《四部丛刊》本《六臣注文选》慎（孝宗讳眘）、惇、敦（光宗讳惇）、廓（宁宗讳扩）诸字缺笔，断涵芬楼藏宋刻为宋末刻本。其中，卷三十至卷三十六，笔迹与全书异，且左栏外无篇题，此六卷注中空格亦甚多，故当为他本补配。补配本可能是茶陵本。

其次是考证赣州本与《四部丛刊》本的关系。他认为涵芬楼藏宋板《六臣注文选》属赣州本系统。二者的相同之处有三：一是《四部丛刊》本凡注者发凡起例之处，皆于其右旁施黑线，此当从所据赣州本阴文白字变化而来。二是赣州本原据六家注本而来，只是将其五臣与李善叙次互易。他研究赣州本据某六家本而来的七条证据皆适用于《四部丛刊》本。三是赣州本与明州本、袁本互异之七例，《四部丛刊》全合赣州本，不合明州本、袁本。

但《四部丛刊》本与赣州本亦非完全吻合，相异之处亦不少，且不同之处多似建州本改动所致。二本相异之处亦有四条：

第一，赣州本各卷首列子目，《四部丛刊》本不列[①]。

赣州本卷一开头先有“班孟坚两都赋二首”一行，次又题“两都赋序班孟坚”。前者是以作者名在前篇名在后，其他各篇是篇名在前作者名在后，且此篇篇题重复，当是赣州本校勘者误将所据底本子目当作标题所致。故《四部丛刊》本所用底本原有子目，赣州本被删去。笔者所见台湾今存赣州本（宋元明递修本）卷一开头确有“班孟坚两都赋二首”，次行为“两都赋序”，第三行为“班孟坚”[②]。但此种书式并非赣州本独有，奎章阁本、明州本、建州本、尤刻本俱同。奎章阁本的底本秀州州学本当亦如是。秀州本为宋刊六家本的首刻，其书式如此，非《四部丛刊》本独有。今存宋刊《文选》诸本卷首有子目者，唯五臣注本系列的陈八郎本。朝鲜正德本虽非宋刊，但其为宋刻递修本，卷首亦存子目。故五臣注本卷首有子目，今存六家本宋刻、六臣本宋刻俱无子目。

第二，赣州本正文从五臣，校注曰“善作某”，《四部丛刊》本或正文改从李善，校曰“五臣作某”。

如赣州本卷四十五《答客难》“苏秦张仪，一（善作壹）当万乘之主”，“讽诵诗书百家之言，不可胜数（善作记）”，“是故非子之所能备也（善无也字）”，“是遇其时（善有者字）也”。卷五十八《陈太丘碑文》“不迁怒（善本作贰字）以临下”，“禁锢（善本作固字）二十年”，《四部丛刊》本作“~壹（五臣本作一）~”，“~记（五臣本作数）”，“~备（五臣本‘备’后有也字）”，“~者（五臣本无者字）~”，“~贰（五臣本作怒字）~”，“~固（五臣本作锢字）~”。

斯波六郎认为：这种差异未必是因《四部丛刊》本的校勘者曾见到其他五臣注单注本，而似据所用六臣注本校语“善作某”改过而成。下例可证：

赣州本卷五八《褚渊碑文》“餐东野（善作杍古序字五臣作序）之

① 笔者所见郑州大学藏宋赣州本《六臣注文选》卷首未列子目。

② 同上。

> 秘宝”，《四部丛刊》本作“~抒（古序字五臣本作野亦作序）~”。案李善注云“东野未详”，又云“然野字当为杼，抒古序字”。五臣翰注亦云“野当为序，此云野者，当书写之误也”。李善本与五臣本俱当作“野”不作“杼”。但《四部丛刊》本正文作“抒（杼之主）”，校曰“五臣本作野，亦作序”，是根据原本的正文作“野”，校云“善作杼，古序字，五臣作序”（赣州本如此），改正文为“杼”，又改校语“善作杼”为“五臣本作野”，且据原本校语“五臣作序”，在“五臣本作野”下又添“亦作序”。

此例极富说服力。笔者今检奎章阁本、陈八郎本，果如其言。

第三，《四部丛刊》本往往在赣州本无校语处加入校语。

赣州本卷一《东都赋》“功有横而当天，讨有逆而顺民”，卷二《西京赋》“化俗之本，有与推移”，《四部丛刊》本作“功（五臣作攻）~”，“讨（五臣作计）~”，“化俗（五臣本作俗化）~”。此数处皆赣州本原无校记，但《四部丛刊》本新增校记，且此恐非另据别本，而是参酌注文而增。

第四，赣州本和《四部丛刊》本注文互有详略。

赣州本与《四部丛刊》本李善注、五臣注基本相同，但往往详略不一，似皆《四部丛刊》本据赣州本之原本避烦简化之故。

> 卷二《西京赋》“翡翠火齐，络以美玉，流悬黎之夜光，缀随珠以为燭”善注，赣州本作“善曰：翡翠鸟名也，火齐玫瑰珠也……《战国策》，应侯谓秦王曰：梁有悬黎，楚有和璞，而为天下名器。许慎《淮南子注》曰：夜光之珠，有似明月。《吴都赋》曰：随侯于是鄙其夜光。邹阳云：夜光之璧。刘琨云：夜光之珠。《尹文子》曰：田父得宝，径尺，置于庑上，其夜明照一室，然则夜光为通称，不系之于珠璧也。高诱曰：随侯汉中国，姬姓诸侯也。随侯见大蛇伤断，药傅而涂之，后蛇于夜中，衔大珠，以报之，因曰随侯之珠”。《四部丛刊》本自“许慎《淮南子注》曰”至“曰随侯之珠”的一百一十九字作“馀见《西都赋》注”六字（明

州本、袁本“战国策”以下至“曰随侯之珠”一百四十二字作“悬黎夜光随珠已见《西都赋》”十一字）。

总之，他以为，《四部丛刊》主要依据了赣州本，故：本相合之处甚多；但是，《四部丛刊》本又参酌了其他若干版本，并在赣州本的基础之上或改动正文，或省略注释。因此，《四部丛刊》本经过了非常明显的加工。这在极个别情况下纠正了赣州本的错误，但其笔误刻讹之处甚夥。

十一、尤刻本研究

今存宋刻本《文选》虽夥，但多为六家本或六臣本，真正以李善注单注本流传在世且为足本者唯尤刻本《李善注文选》，因此，在《文选》宋刻本研究中，尤刻本应占据十分显赫的位置。但是，由于胡克家在翻刻时误认为亦经由五臣注与李善注合并后抽出李善注而成[①]，故而，今人对尤刻本多不甚看重。在整个现代《文选》学史上对尤刻本《文选》进行版本研究者唯台湾学者张月云一人。他的《宋刊〈文选〉李善单注本考》[②]不仅研究了北宋监本，亦研究了尤刻本，皆因二者同属宋刊李善注单注本。

张月云将其尤刻本《文选》研究置于整个宋刊《李善注文选》单注本研究的背景之下，首先是将尤刻本与北宋监本相互比勘，其次与永隆本、广都本、赣州本、明州本相互比勘。从中发现，尤刻本既有诸多不合于北宋监本却合于广都本、赣州本、明州本之处，又有独合于永隆本、北宋监本之处。虽然他一如斯波六郎，在傅刚未发现永隆本非尽出李善本的情况下亦将之视为李善本的早期代表；但是，通过相互比勘，他认为尤氏极有可能见过北宋监本，并取之与宋刊他本兼并参校，取舍后付梓。通过认真比勘，张月云发现尤刻

① （清）胡克家《文选考异序》曰：“而尤本仍非未经合并也。何以言之？观其正文，则善与五臣已相羼杂。或沿前而有讹，或改旧而成误，悉心推究，莫不显然。”载（梁）萧统：《文选》，中华书局1977年影印本，第841页。

② 《故宫学术季刊》第2卷第4期，1985年；又载《中外学者文选学论集》，中华书局1989年版。

本李善注有与北宋监本及宋刊各本皆异者，有明显取自六臣注系统中赣州本者，亦有独合于北宋监本而异于宋刊其他各本者。这无异于是说尤本已出现兼采各本并进行自己补充的现象。

关于尤本独有之善注，张月云以《西京赋》为例，通过八例说明尤本独有之善注率皆尤氏以为各本未尽周详而据史传、他书或善注所引原书增补而成。胡克家《文选考异》已发现了这类问题，但统斥之为增窜、校改。

尤本明显取自六臣注系统中赣州本善注之论，为张氏对尤刻本研究的重要发现之一。他据尤跋“今四明、赣上虽各尝刊勒，往往裁截语句可恨”之句，断尤本刊刻之前已可见到赣州本与明州本。故特以卷四左太冲《三都赋序》、卷四十杨德祖《答临淄侯笺》与同卷吴季重《在元城与魏太子笺》三篇为例，详考了二本关系。如卷四《三都赋序》“左太冲”下的善注，尤本作“臧荣绪《晋书》曰左思字太冲……赋成，张华见而咨嗟，都邑豪贵竞相传写。三都者刘都益州号蜀……故作斯赋，以辨众惑”，凡一百二十一字。北宋监本，广都、明州二本之善注在“竞相传写”后有“遍于海内也”五字；“三都者”以下四十六字北宋监本无，广都、明州本虽有却在五臣之吕向注中，赣州本、《四部丛刊》本独合于尤本，唯在善注后写“向同善注”四字。笔者今检奎章阁本善注，同北宋监本；再检唐抄《文选集注》本，其善注同北宋监本。且据《文选集注》本可知，“三都者”以下四十六字的确为五臣之吕向所注；北宋监本因是李善注本，故无此四十六字。奎章阁本、广都本、明州本此四十六字均为吕向之注。赣州本刊刻时，仅采用某一六家本，颠倒其善注、五臣注的位置，并将原六家本吕向注“三都者”以下善注未有的四十六字，刻入李善注中。此即《文选》学界广为抨击的“五臣乱善”。尤刻本卷四《三都赋序》此段文字全同赣州本，胡刻本因之不革。尤本不仅将吕向“三都者”以下四十六字吸收入善注中，且亦同赣州本夺“遍于海内也”五字。这只能说明尤本刊刻时吸收了赣州本的内容。张月云的这一发现，揭开了尤刻本来历的部分原因。张月云并非仅此孤证，他尚举出卷四十杨德祖《答临淄侯笺》、吴季重《在元城与魏太子笺》诸篇为例。

张月云还发现了尤本独合于北宋监本而异于其他宋刊各本的特殊现象。

如张平子《西京赋》“集隼归凫”句下薛综注，尤刻本作“奋迅声也”，与北宋监本同，其他宋刊各本皆无。张氏之论尤本与北宋监本相合者，惜具体论述不足。其一，尤刻本薛综注不是仅作“奋迅声也”，而是作“奋迅声也隼小鹰也”。北宋监本善注为“奋迅声也鹰小隼也《周易》曰射隼高墉之上鞞芳耕切訇火宏切”。其二，所谓宋刊各本皆无，不确。因据北宋秀州州学本翻刻的奎章阁本有“奋迅声也”四字，但秀州本将此四字入五臣之吕延济注中。其实，此四字应属薛综注，法藏 P.2528 永隆本《西京赋》可证[①]。因秀州本为宋刊六家、六臣之首刻，故影响诸宋刊六家、六臣之注，赣州本、建州本、明州本皆沿秀州本之误，均将薛综此注入五臣吕延济注中，薛综注中反却删削此四字。尤本不仅独合北宋监本，且此句之薛综注仅“奋迅声也隼小鹰也”八字，基本合于永隆本《西京赋》薛综注“奋迅声也”四字；尤本善注为“《周易》曰射隼高墉之上鞞芳耕切訇火宏切”，敦煌本《西京赋》善注为“《周易》曰射隼高墉之上鞞芳耕切訇火宏反”，二注仅“切”与“反”一字之差，馀则全同。秀州本善注则洋洋洒洒达一百七十一字，内容不仅包括永隆本善注全文，且大大超出敦煌本李善注的全部内容。张月云发现，这种现象非一，他在《宋刊〈文选〉李善单注本考》列举了若干此类例证。这种现象当是尤本刊刻时参考了北宋监本所致。

尤本刊刻时不仅参校了北宋监本，且亦参校了六家本。此可从张平子《西京赋》正文夹注的位置上得以窥知。如“神明崛其特起井干迭而百增峙游极于浮柱结重栾以相承累层构而遂跻望北辰而高兴”三十六字，奎章阁本、赣州本、明州本、广都本皆作一句下注，北宋本、尤本则在“增”“承”二字下分三句作注。张月云所举例证非一。相反，亦有尤本夹注位置同而奎章阁本、赣州本、明州本、广都本却不同于北宋监本者，如《西京赋》“缭垣绵联四百馀里植物斯生动物斯止”十六字，北宋监本、唐钞本均在“里”字下分注，而尤本却同奎章阁本、赣州本、明州本、广都本作一句注。此种现象亦非一例。

---

① 饶宗颐：《敦煌吐鲁番本〈文选〉》，中华书局 2000 年版，第 9 页。

由善注从省之例观之，尤本在遵从北宋监本善注从省之例时，偶亦见重出现象，此当是尤本兼采六臣注本剔除未尽之痕迹。如《西京赋》之“横西洫而绝金塘”句，北宋本善注“洫”字为“洫已见上文”，永隆本、北宋监本并如是，尤本同北宋本，此为尤本同北宋监本善注从省之例。但亦有尤本不同于北宋监本反同于赣州本者，如《东京赋》“夏正三朝”句，北宋监本注作“三朝已见《东都赋》”，赣州本、尤本作“《东都赋》曰春王三朝岁首朔日也”。因《文选》卷一班固《东都赋》“春王三朝，会同汉京”句善注“三朝岁首朔日也”，依善注从省之例，列在班固《东都赋》之后的张平子《东京赋》再见“三朝”时，当如北宋监本注为“三朝已见《东都赋》”，但赣州本却将“三朝”重新注出，尤本同于赣州本，亦注出“三朝”在《东京赋》中的注释全文。此类不从善注从省之例亦非一。

善本音释位置，北宋监本与唐钞本皆置于注末，五臣注本、六臣注本则于正文夹注音释。尤本音释已夹注于正文之中，且音释多于北宋监本音释，且多见于六臣注本，故尤本实兼采六臣注本，非仅据李善注本。

十二、胡刻本研究

在现代《文选》学史上，日本学者斯波六郎的《文选诸本的研究》[①]是一个重要的里程碑。

他开展《文选》版本研究为1937~1938年，仅后于周贞亮《文选学》中的相关研究六年，但周氏《文选》版本研究尚处于根据各本序跋的说明与描述，而斯波六郎却首次对《文选》版本系统进行了严肃的学术研究。在他的《文选》版本研究中，调查了三十三种版本，并参考了唐写本《文选集注》与敦煌唐写本《西京赋》，开创了诸本辗转互校而非抽样调查的版本研究。堪称现代《文

① 首载《文选索引》，日本京都大学人文科学研究所1957年版；中译首载李庆译《文选索引》，上海古籍出版社1998年版；复载《中外学者文选学论集》，中华书局1998年版，戴燕译时将题目改为《对〈文选〉各种版本的研究》。

选》学史上采用这种严肃、科学的方法——诸本辗转互校法进行版本研究的第一人。

但是，现代《文选》学界对他的《文选》版本研究明显重视不足，或未提及其研究成果，或认为其所用宋刻本太少（仅赣州本与《四部丛刊》影宋本），或认为他重复了胡克家关于世传李善注本是从六臣本中抽出来的错误观点，或对其研究成果弃而不顾，故对其版本研究的学术评估一向甚低。

斯波六郎的《文选》诸本研究除前述赣州本、建州本研究为《文选》版本学的经典研究外，他对《李善注文选》的研究亦相当精到。其胡刻本《文选》研究是其《李善注文选》研究的一个组成部分，主要集中于两个方面：一是对于胡克家刻本《李善注文选》的研究，二是对以尤刻本为祖本的《李善注文选》版本系统的研究。

第一，胡克家刻本《李善注文选》研究。

斯波六郎的《李善注文选》版本研究由于客观条件的限制而受到严重制约，宋刊尤刻本、元刊张伯颜本俱未经其目验。他在《文选诸本研究》中提及尤刻本是因胡刻本据尤刻本而来，提及张伯颜本是因为翻张伯颜本与覆张伯颜本的存在。北宋监本《李善注文选》，他仅见到刘文兴在《北平图书馆馆刊》第 5 卷第 5 号上发表的北宋天圣本一叶与吉川幸次郎藏胶片六叶，未见今存北宋监本全貌，这使他的版本研究尚不能对宋刻《李善注文选》的全貌得出正确的结论。即使如此，他的胡刻本《李善注文选》研究仍然创获颇丰。

斯波六郎据陆心源《群书校补》、杨守敬《日本访书志》、阮元《南宋淳熙贵池尤氏本文选序》等资料，断今传胡刻本所据尤本并非原刻，此结论已为中华书局 1974 年影印出版尤刻本的早期印本而得到证实，最为精彩的是他对胡刻本与唐抄李善注本、唐抄五臣注本及袁本、《四部丛刊》本相互关系所展开的研究。

研究胡刻本与唐钞李善本、唐抄五臣本及袁本、《四部丛刊》本的关系，源于他版本研究的整体观。因此，选题的本身即极具现代学术意识。

胡刻本自清嘉庆十四年（1809）面世以来，因是宋代尤袤刻本《李善注文选》的唯一全帙覆刻本，在尤刻本鲜为人见的时代，一直被学林视为《李善注文选》的代表。斯波六郎选择了唐写本《文选集注》、唐写本五臣注本（三条家本）俱存的任彦升《奏弹曹景宗》之一部分、《奏弹刘整》的大部分，及杨德祖《答临淄侯笺》、繁伯休《与魏文帝笺》、陈孔璋《答东阿王笺》三篇全文，相互比勘，从中发现胡刻本凡二十一条或不合唐抄《文选集注》本，或不合唐抄五臣注本（三条家本），却有十八条合于袁褧本与《四部丛刊》本。

斯波六郎在未明永隆本《西京赋》非尽出李善注[①]的情况下，将之与胡刻本进行了详细比勘，尽管这种比勘对说明胡刻本与原始李善注本《文选》的关系用处不大，却由此再次证明了胡刻本与《六家注文选》的袁本、《四部丛刊》的《六臣注文选》关系密切，为我们今天研究胡刻本提供了某些启迪。

斯波六郎发现胡刻本正文、注释有与唐钞李善本相异而合于唐抄五臣本之处，又有与唐钞李善本和唐抄五臣本皆相异，而与袁本、《四部丛刊》本相合之处，还有胡刻本李善注夹注的位置往往与唐抄本李善本不合。通过对唐抄永隆本与《文选集注》第二十三卷的研究，他发现李善注每每置于句意完整的一句正文之后，而胡刻本夹注位置概从五臣，故其已乱李善旧式。胡刻本于正文间所夹音释与唐钞李善本书式不合。唐钞李善注本残卷李善注音释均置注末，不夹于正文之中；唐抄五臣注残卷五臣注音释不见于注末，而夹注于正文之中。今胡刻本正文中所夹音释颇多，且多与六臣注本正文中音释相合。且胡刻本李善注中往往混杂有五臣注。胡刻本卷四左太冲《三都赋序》，“左太冲”下善注有“臧荣绪《晋书》曰左思字太冲……赋成张华见而咨嗟都邑豪贵竞相传写三都者刘备都益州号蜀……故作斯赋以辨众惑”一百二十一字，然旧抄《文选集注》本则于“竞相传写”下有“遍于海内也”五字，以“三都者……故作斯赋以辨众惑”四十六字为吕向注（袁本与《文

① 见傅刚：《永隆本〈西京赋〉非尽出李善注说》，载《〈文选〉版本研究》，北京大学出版社 2000 年版。

选集注》本同）。观注文文意，《文选集注》本为是。此乃胡刻于善注中混入了向注。卷四十杨德祖《答临淄侯笺》“敢望惠施以忝庄氏”下善注有“曹植书曰其言之不惭恃惠子之知我也修言己岂敢望比惠施之德以忝于庄周之相知乎……故引之”五十三字。检旧抄《集注》本及旧抄五臣本，此五十三字属刘良注，而《集注》本善注不过“曹植书曰其言之不惭恃惠子之知我也”十六字（袁本同此），是胡刻本善注中混入了良注。卷四十吴季重《在元城与魏太子笺》“南望邯郸想廉蔺之风”注作“廉颇蔺相如赵国之贤将也故想其风邯郸赵所都也”二十一字，检旧抄五臣本，此二十一字为刘良注，胡刻本误入善注。

斯波六郎指出，上述三例中的李善注与《四部丛刊》本完全相同，且《四部丛刊》本于上述三条五臣注皆称“（五臣）某同善”。

关于宋刻本李善注（如胡刻本、《四部丛刊》本）中混有五臣注的研究是斯波六郎《李善注文选》研究中最为精彩的论断，但这一研究成果在相当长一段时间并不为现代《文选》学家所重视，不少研究者尚据宋刻《文选》，特别是据最为通行的胡刻本《李善注文选》研究李善注，这是现代《文选》学研究的一大失误。他的《文选诸本的研究》完成于 1937 年至 1938 年，直至 1978 年冈村繁《〈文选集注〉与宋明版本的李善注》[①]和 1979 年森野繁夫《关于〈文选〉李善注》[②]发表，才重新研究宋刻李善注与唐抄本李善注的关系，但此时距斯波六郎的《文选》李善注研究已过去了四十年。他此项研究的学术史意义在于揭示了两个重大问题：一是版本时代的李善注与写本时代的李善注差异较大，二是宋刻本李善注与唐写本李善注的差异较大。

胡刻本《李善注文选》虽然有上述诸项缺失，但仍保存了部分李善注原貌。

斯波六郎以唐抄《文选集注》李善注为原貌，将之与胡刻本《李善注文选》

① 《加贺博士退休纪念中国文史哲学论集》，日本讲习社 1978 年版；又载赵福海主编：《文选学论集》，时代文艺出版社 1992 年版；复载《中外学者文选学论集》，中华书局 1998 年版。

② 《日本中国学会报》第 31 集，1979 年；又载《中外学者文选学论集》，中华书局 1998 年版。

进行详细比勘，以大量实例说明胡刻本保存了部分李善注原貌。如卷三十一江文通《杂体诗三十首》，胡刻本题《杂体诗三十首》，其下李善注节引《杂体诗序》，而赣州本、《四部丛刊》本皆于《杂体诗三十首》下有小字“并序”而无李注，且以全《序》作为正文。今验之唐抄《文选集注》本，知篇题及其下李善注皆同胡刻本，而据其校语，知《音决》本、陆善经本均录全《序》作为正文。可见胡刻本此处保存者正为《李善注文选》的原貌。

斯波六郎上述有关胡刻本《李善注文选》的研究均相当精彩，但他对胡刻本研究的结论却走向了谬误。他认为胡刻本的底本尤刻本所传承的非唐代李善单注本，而是六臣注本，不过是从中抽出了李善注部分而已。因此，胡克家在《文选考异序》中的“夫袁本茶陵本，固合并者（谓五臣注与李善注合并），而尤本仍非未经合并也”结论是不易之论。他对胡刻本《李善注文选》所进行的卓有成效的研究，最终却成为印证胡克家错误结论的一个证据。但是，他关于胡刻本《李善注文选》结论的错误，并不应当贬低其对胡刻本《李善注文选》研究的方法、过程和部分结论的巨大启示意义。通观现代《文选》学史上的《文选》版本研究，他开创的通过比勘李善注、五臣注夹注的位置研究诸本异同的方法，为后世的《文选》版本研究者多所借鉴。科学研究的价值并不全在其结论的正误，科学研究的思路、方法、过程，皆为判定其学术史价值的重要参数。

第二，关于《李善注文选》版本系统的研究。

《文选》版本研究的重点无疑应当是宋刻本，虽然宋刻本的匮乏使他的研究未能以宋刻本《李善注文选》的全貌进行，但是，他对尤刻本以下的《李善注文选》的版本系统做出了正确的划分，并列出了《李善注文选》的版本系统图：

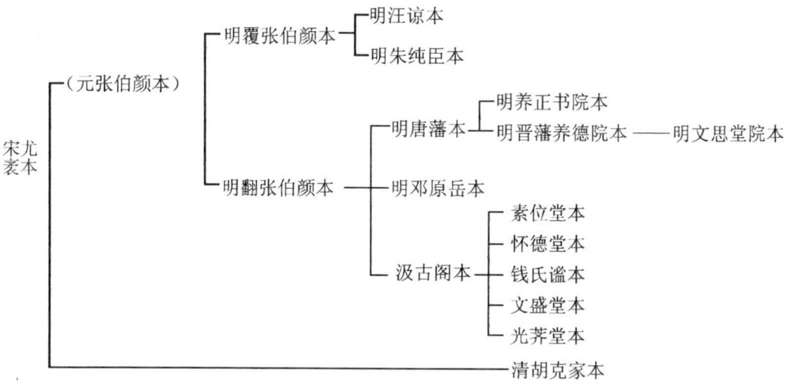

这个《李善注文选》版本系统图的学术史意义不仅在于他的结论，而且更重要的是开创了《文选》版本整体研究之先例。现代《文选》学的重要内涵之一是其研究视野的整体性，具体在《文选》版本研究之中，就是将《文选》诸本视为一个复杂的系统，进而研究这一系统内部各本之间的相互关系。唯其如此，方能理清今存《文选》诸本的真正价值。而其关于《李善注文选》版本系统图是迄今为止现代《文选》学史唯一一幅《李善注文选》版本系统最早最完整的说明图。

其《文选》版本系统的整体观并非仅仅表现在对《李善注文选》的研究上，他对《六臣注文选》版本系统的研究同样体现出来。通过对六臣本系统十二种版本的研究，列出了《六臣注文选》的版本系统图，确认赣州本为此系统的祖本，涵芬楼藏《四部丛刊》本的原本是以赣州本为底本，陈仁子本（茶陵本）与涵芬楼藏本同出一个系统。具体表述是：

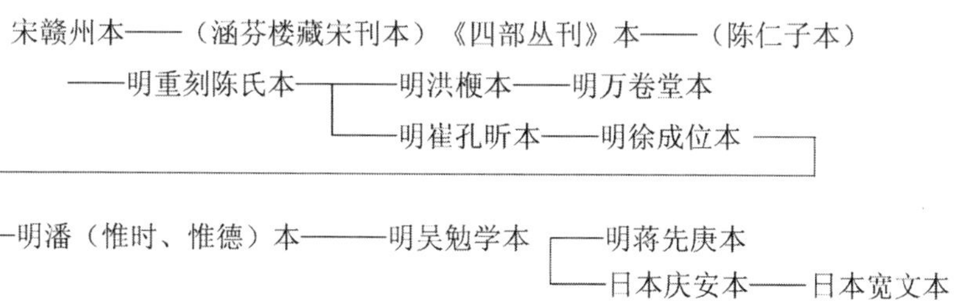

斯波六郎关于《六臣注文选》的版本系统图并非定论，但这种具有现代《文选》学意识的整体观仍然值得学林高度重视。

第九章
《文选》注释研究

《文选》注释研究，尤其是李善注注释研究一直是传统《文选》学中最为引人注目的课题。唐代《文选》学成立，即开始注《文选》释《文选》。颜师古《匡谬正俗》订补李注凡十三条，已开《文选》注释研究先河。宋代洪迈《容斋随笔》《续笔》考证《文选》注释凡数十条。王应麟《困学纪闻》继洪迈之后，考证《文选》注释亦达数十条。清人余萧客《文选纪闻》集宋世以来评论《文选》之说，其中，相当一部分篇目为《文选》注释考证文字。自余萧客起，清儒研究《文选》注释者不胜枚举。传统《文选》学的注释研究，主要是针对具体作品注释，其中，亦有涉及《文选》李善注注释体例的。二十世纪后期，尽管有关李善注与五臣注优劣的研究成为一时热点，但是，对具体作品注释的研究始终是重点。

一、对李善注与五臣注的总体评价

《文选》在唐代的流行使其注释的多元化格局出现，对各家注释的评价亦开始出现，李济翁的《资暇录》与丘光庭的《兼明书》对《文选》五臣注的严厉批评即是代表。至宋，苏轼力贬五臣注，赞美李善注。清代学术昌明，朴学兴盛，以追寻典源著称的《文选》李善注受到学林的一致夸赞，五臣注的地位一落千丈。自此，是李善而非五臣几成学林共论。

现代《文选》学史对李善注与五臣注的评论实际上是对传统《文选》学的延续，其基调一脉相承。许世瑛的《文选学考》[①]即这类评论的开山之作。许文中将李善派，或曰曹（宪）李（善）派戏称为《文选》汉学，将五臣派戏称为《文选》宋学。汉学家精训诂，与李善注《文选》的方法相同；宋学家尚义理，不主一字一句之探讨，正与五臣注《文选》的态度相同。这一戏称实已对李善注与五臣注的高下优劣定了基调。许世瑛认为：李善注解《文选》，态度非常客观，方法非常谨严，从未妄加乱注，杜撰故典。故可作校读古书、辑佚古书、订正目录学之用，亦可作考古学之用，其病唯在释事忘义。五臣注为李善注之反动，“以探讨义理相标榜，然一无长处可言。除吕延祚自表外，馀实无才，不能为之觅一长处也。渠辈虽以探讨义理自命，然其在义理上非特未能辟新境，且有无数劣点。盖渠辈喜附会穿凿，好奇妄测，背戾乖谬，尽失作者原意，较之‘释事忘义’之曹（宪）李（派），实更不如。渠辈注释之恶劣，实可云‘前无古人，后无来者’也”。许世瑛此文痛诋五臣而力褒李善，在现代《文选》学史上代表了继承前人之见的诸多研究者。但许文个人见解无多，而以集录前人，特别是清儒之言为主。

随着现代《文选》学的深入发展，特别是二十世纪后期中国大陆《文选》学研究的复兴，探讨李善注与五臣注的价值与地位的总体研究再次崭露生机。如果不能正确解决李善注与五臣注的学术价值与学术地位等基本问题，始终将目光集中于李善注研究，而将五臣注研究继续排除于《文选》注释研究之外，显然不利于现代《文选》学的深入发展。正是在此背景之下，对李善注与五臣注的整体评价开始集中出现。

1988年，在长春师范学院主办的第一届《文选》学国际学术研讨会上，孙钦善发表《论〈文选〉李善注与五臣注》[②]，褒扬李善注而批评五臣注。

① 许世瑛：《文选学考》，1937年3月15日《国闻周报》第14卷第10期。

② 赵福海等主编：《昭明文选论文集》，吉林文史出版社1988年版。

他认为：李善注的贡献有六：一曰集成而又有所开创，二曰详于释事，三曰精于辨字、注音、释义，四曰擅长校勘，五曰小传与解题精核简当，六曰征引博赡与体例严明。五臣注不同于李善注有三：一是注释体例不同。李注详于征引而略于训释；五臣注则疏于征引而繁于训释。二是注释质量不同。李善精于小学，博通群书，其注详核精审；五臣之学术远不逮李善，其注例多疏误。三是校勘方法不同。李善校勘，方法科学且态度谨慎，故多有创获；五臣凭臆轻改，随处可见。王宁向此次大会提交的论文《李善的〈昭明文选注〉与选学的新课题》[①]，亦盛赞李善注而批评五臣注。他认为：李善注所以能保持《文选》注释的权威地位除了其学识淹博外，从语言解释的角度看，还符合训诂史的科学规律。这些研究与唐末宋世以来是李善而非五臣的总体评价并无二致，不同者是论述的角度有所变化。

1989年牛贵琥、董国炎《〈文选〉六臣注议》[②]一文是一个重要的转折。这是现代《文选》学史首篇正面肯定五臣注的论文，故具有重要意义。《文选》注释的复杂性是由于李善注与五臣注在唐代写本时代即已开始混淆，宋代刻本特别是六臣注本出现之后，李善注与五臣注的关系问题更为复杂。因为宋刊六臣注本出现了李善注中混入诸多五臣注的现象，使简单肯定李善注与简单否定五臣注均不利于研究的深入。当然，他们的文章尚未达此深度，但是对唤起《文选》学界关注五臣注起了重要作用。

该文首次肯定五臣注的贡献有三：一曰解词析义，有助理解；二曰简而不繁，方便读者；三曰可补善注之不足。他们认为：李善注与五臣注是兼之则美，离之两伤。

屈守元《文选导读》第三章第五节《〈文选〉学的庸俗化——五臣集注》[③]则是现代《文选》学史上贬斥五臣注最为激烈的。作者详细征引了唐人李匡乂《资暇录》卷上《非五臣》一条，并加以发挥；又征引了与李匡乂几乎同时的丘光庭的《兼明书》。《兼明书》卷四专论五臣之失，凡

---

① 赵福海等主编：《昭明文选论文集》，吉林文史出版社1988年版。

② 靳极苍编：《古籍注释改革研究论文集》，山西人民出版社1989年版。

③ 屈守元：《文选导读》，巴蜀书社1993年版，第66~74页。

二十一题，且一题之中又含数条。宋人指斥五臣注的议论，因清人汪师韩《文选理学权舆·前贤评论》、孙志祖《文选理学权舆补》、余萧客《文选纪闻》已多采录，屈氏未加详征。至于五臣注的价值，屈氏认为，五臣注出现在唐代，距今已一千二百馀年，不管他是明偷还是暗袭，总还保留了点难得的资料。

1992 年长春师范学院主办的第二届《文选》学国际学术研讨会上，陈延嘉发表《论〈文选〉五臣注的重大贡献》①，详论五臣注贡献有三：一为解释词语方面，二为疏通文意方面，三为揭示“述作之由”“作者为志”方面。历代批评五臣注者多，褒扬五臣注者寡，故此文所论诸条皆为己出，不同于批评诸文，材料皆互引前人论述。该文论述颇详。如论述五臣注在解释词语方面的贡献，即分为五项：1. 应释而李善未释，五臣释之；2. 李善“未详”，五臣释之；3. 李善注误，五臣正之；4. 李善注而不足，五臣补之；5. 五臣注解说词语的引申义和特指义。论述五臣注揭示作者“述作之由”“作者之志”方面的贡献，亦分为两个方面：在题解方面的贡献与在分析写作特点方面的贡献。关于李善注与五臣注的评价文章接踵出现，引发了现代《文选》学界对相关评价的关注。

1995 年第三届《文选》学国际学术研讨会集中出现了四篇评论五臣注的论文：顾农的《关于〈文选〉五臣注》，甲裴胜二的《论五臣注〈文选〉的注释态度》，陈延嘉的《〈文选〉五臣注的纲领和实践——兼与屈守元先生商榷》与王立群的《从释词走向批评——试论〈文选〉五臣注的历史地位》②。同时，周勋初《〈文选〉所载〈奏弹刘整〉一文诸注本之分析》③亦语涉李善注与五臣注的评价。

顾文首先剖析了五臣注产生的背景：因为李善征引式注释无助于读者明白《文选》诸文的“述作之由”，故五臣抛开烦琐征引，直接诠释作者用意，释词注音亦力求简明实用，并以大量篇幅论证了五臣注的两点重大贡献：

一是对《文选》所选诸文做了简明扼要的注释，有助于读者特别是初学

① 赵福海主编：《文选学论集》，吉林文史出版社 1992 年版。

② 均载《文选学新论》，中州古籍出版社 1997 年版。

③ 载《文选学新论》，中州古籍出版社 1997 年版。

者读懂原文，较之李善注的繁征博引，此种注释方式更清晰。五臣作注之处多是李善有注在先，但仅作征引，词义晦涩，故五臣予以注明。五臣注较重视作品的具体背景，不少注释致力于此。这两种情况最为多见。尚有李善注虽已直接注明词义，而句意仍不够清晰，五臣注则进而注解并疏通句意。李善为词语作注时往往只注本义，对该词在某文本中的具体含义大多未注，水平高的读者固然可由本义而领悟之，但如能联系具体切实的注释，对一般读者帮助尤大。前人对五臣此类注释相当藐视，以为五臣之注尽出善注，其实五臣的劳绩不宜抹杀。《文选》中有些词语因无出处且较平易而李善无注，五臣认为有必要时补充了若干注释，特别是对李善注“未详”“未闻”之处，作了补注。但是，五臣意在普及，征引载籍无多，征引亦未交待出处，故在文献学上不及李善注。五臣注尚有若干处订正李善注之误，具有较高价值。五臣注为难字注音，直言与反切并用，绝大多数正确，亦是一大贡献。

二是它对作品句意篇旨、艺术技巧多有诠释发明，足以益人神志；李善注对此不够充分。在文献学上，李善注的价值高于五臣注，但在文学诠释上，远不如五臣注。李善虽亦疏通文意，但一则数量少，二则局限于个别句子。五臣较注意通观全篇，诠释发明。在个别句段的文意疏通方面，李善往往较迂腐，不及五臣能深入原作底蕴。李善注中题解型者较少，仅有二百九十篇，五臣注有五百馀篇。李善注在为数不多的题解中往往仅提供若干背景材料，较少涉及作品主题。而对李善注无题解处，五臣注亦每有深解，且善于将题解中通释大旨的文意贯穿落实于作品细部。

顾文对五臣注的缺失亦做了细致分析。首先，五臣做学问的态度不够严谨，不注意检核原书，有时相当随意，出现了一些常识性硬伤，如轻改文字。其次，五臣注释相当随意，考虑不够深入；有些注释相当荒谬，不能容忍。最大问题是对作品深层含意的阐释多有牵强附会之处，用汉儒说《诗》之法，诠释文学作品。但是，由于人们重李善而轻五臣，故在李善、五臣俱误之时，往往轻纵李善而痛诋五臣。

日本学者甲裴胜二更关注五臣注产生的时代背景。他认为，唐代永隆二年（681）以后，进士考试开始采用杂文与箴铭论表之类的文体。五臣注形成的开元年间，始以赋居其一，或以诗居其一。天宝之末，杂文始专用诗赋。李善作注之时，与科举考试关系并不密切；但五臣作注之时，社会情况已经发生变化，故特别关注科举考试的实用性。因而，文学修养不高的年轻学子，往往从五臣注开始学习《文选》，等文学修养提高了，再改用李善注欣赏读书。

周勋初的《〈文选〉所载〈奏弹刘整〉一文诸注本之分析》对李善注与五臣注的评价与甲裴胜二相类。认为：李善注借征典与溯源以疏通文字，便于对多用典实的骈文进行理解，得到学识水平高的读者欢迎。尽管中唐之后曾一度沉寂，但其高质量的学术水准在南宋之后终于确立了不可动摇的地位。五臣注属章句之学，虽然五家学识欠佳，时见舛误，但他们汲取了前人不少优点，又便于初学，因此逐渐取代了公孙罗等注本的地位；再加上唐玄宗在政治上加以支持，因而在唐代至宋初风行一时。

陈延嘉的《〈文选〉五臣注的纲领和实践》则继续对五臣注的贡献做了进一步阐释。首先重点剖析了吕延祚的《进五臣集注〈文选〉表》（以下简称吕《表》）在注释理论上的巨大贡献。其注释主张有三个重要方面：一是必须揭示“述作之由”，二是必须使读者对“作者为志，森乎可观”，三是必须揭示作品的写作特点。该文认为：吕《表》在此三个方面具有开创意义，亦抓住了文学作品注释的精髓。吕《表》的贡献不在于创立新的训诂体式，而在于提出了前人所未提出的注释文学作品的主张。吕延祚是明确提出注释文学作品纲领的第一人。吕《表》提出的三项注释主张对注释文学作品具有指导意义。揭示“述作之由”有两层含义：一是知古人之世，二是知古人之身处。知古人之身处，即了解作者创作该作品时的环境与心情。注释要揭示“作者为志”。此中之“志”，一是指全文的旨趣，二是指句子的深层含义。它对于一般读者与高水平读者同样重要，因为，对同一作品见仁见智的情况极为普遍。由于吕《表》揭示了文学作品的写作特点，揭示了文学语言的特点，这更是一种创造性的注释。

其次，该文对五臣注在注释实践上的贡献亦进行了翔实的论证。五臣注在揭示作者述作之由、写作特点诸方面，均胜出李善注。此部分作者写得相当充分。每述一条，即详征《文选》五臣注与李善注，并进行比较，详论五臣注何以胜出，极具说服力。文章对五臣注的缺点亦进行了剖析，即五臣注对作品主旨的揭示过于强调了作品的政治含义，牵强附会。

王立群《从释词走向批评——试论〈文选〉五臣注的历史地位》则认为：五臣注之失，要在释词训诂方面。今之学人，为了正确评价五臣注，则又在浩瀚的五臣注中寻找其功，即所谓释词之功，疏通文意之功等。此类文章，绝不可少。否则，学界终不会承认五臣有功。唯有摆出大量例证，如同李济翁、丘光庭所作那样，才会使学林清楚地知道，五臣亦非庸才。但此类文章亦面临一个难题，即人们可以用同样的方法，同样的篇幅，再列举出五臣在释词训诂方面的谬误。因为此类评价五臣注的文章并未真正解决五臣注的历史地位问题，且看问题之角度、思考问题之方式，和李济翁、丘光庭并无二致，均为举例而言。不同者，一举其所失之例，一举其所得之例，而五臣在释词训诂上的确是得失共存。这种文章即使做到极致，无非精确地统计出得失之比例而已，说明得占多少，失占多少，亦不能最终解决五臣注的历史地位问题。因为这种思维方式仅在同一层面上探讨五臣注之得失，只能同犯以偏概全之误。因为五臣注本身即为得失共存，是非并处。无论谈得谈失，均不能正确说明五臣注之历史地位。

李善注详注典出，寻渊探源，在文献学、训诂学上价值甚高。五臣注于释词方面有贡献有失误，历代对五臣注的批评亦大都集中在文字训诂方面。而五臣注却在疏通句义方面做了大量努力，这是五臣注有别于李善注的重要方面。

可贵的是五臣注对注事与释义有着自觉的认识，这集中表述在吕《表》中。吕氏认为李善注的弱点是只重典出，不重释义，即所谓“忽发章句，是征载籍。述作之由，何尝措词”。并自称五臣注可使“作者为志，森乎可观”，可使读者“豁若撤蒙，烂然见景”。能否达到这种程度，姑置而不论；但五臣向此方向的自觉努力，极其可贵。

李善注的重典出，忽略了语词在具体语境中的具体含义和特殊含义。这是导致人们读李善注而仍不明具体语义的重要原因。了解语词的典出，固然重要，但只知典出并不能解决语词在特定文章中的具体含义。文学创作是一种自由的创造。作者写作之时，驰骋想象，天上地下，须臾八极。故使用某些词汇时，往往并不深究其典出何方。读者在阅读文学作品时，固然应当了解作者用词之所出，但更应了解词语在具体语境中的含义。

五臣的自觉努力集中表现在揭示作者的“述作之由”上，即揭示作者的创作动机，为此付出了艰巨的努力。据中华书局影印《六臣注文选》（建州本）统计，《文选》共有作品七百一十四篇。其中未有题解者为一百六十七篇，有题解者为五百四十七篇。而在这些有题解者中，李善注与五臣注均有题解者为二百七十篇，其馀，李善注有题解而五臣注无者为十九篇，而五臣注有题解李善注无者为二百五十八篇[①]。文学作品的题解是揭示一篇作品写作动机的重要文字，它对于知人论世，加深对作品的理解的重要性是不言而喻的。五臣钟情于此，既有理论上的自觉认识，又有实践上的艰苦努力。

五臣的重解题是文学作品由注音释词走向文学批评的开始。对文学作品的注音释词，最终目的是要使读者能够顺利地欣赏作品；而揭示其“述作之由”，正是文学注释走向批评的具体表现。从《文选》研究的历史看，曹宪的《文选音义》重点是注音。这是《文选》研究第一阶段的奠基之作。其后，许淹的《文选音义》，公孙罗的《文选音》和《文选注》，重点亦是注音。以上诸作，为《文选》学研究的第一阶段。此期的《文选》研究，以注音为主。李善的《文选注》一方面继续注重注音，同时，重点由注音走向注事注典。这是《文选》研究的第二阶段。但是，读者阅读《文选》并不仅仅是达到会认会读，潜藏的期望是最终能够欣赏这部荟萃了周秦至齐梁的优秀文学作品总集中的窍要，这就不是单纯的注音释词所能解决了的。时代呼唤着新的《文选》研究著作的出现。《五臣注文选》恰恰适应了读者群体的这种要求。所谓李善注“不解文意”，对“述作之由，何尝措词”，都是对这种呼唤的反映。五臣注的真正贡献及历史地位正在于此。换言之，五臣注是《文选》研究第三阶段的产物。尽管五臣注在这方面存有诸多缺陷，但它的出现代表了一种方向，代表了一个新的阶段的到来。

---

① 陈延嘉：《论文选五臣注的重大贡献》，载赵福海主编：《文选学论集》，时代文艺出版社 1992 年版，第 82 页。

笔者当时这样划分《文选》研究的阶段，仅仅是一种勾勒，是一种大致地划分。实际的状况，远比这复杂得多。第一阶段的注重注音，并非没有释词，亦并非没有句解。第二阶段的注重释词，也并非没有注音和句解。同样，第三阶段的前批评，也并非没有注音和释词。笔者的勾勒，只是从其重点方面而言。

李善注的释词和五臣注的批评，各有其不可替代的价值。北宋以来，二书的合刻就在所难免了。四库馆臣所谓“偶与善注合刻”之论，显然是没有意识到五臣注的价值所在的臆言。

如此看待五臣注并非一笔抹杀其缺陷，五臣注在释词训诂方面存有的缺陷是无须回避的。笔者意在为五臣注的存在、流传，作出尽可能切合实际的解释，力图给五臣注以科学的历史地位，使现代《文选》研究，能够充分吸收前人的一切优秀成果。

游志诚在《〈昭明文选〉学术论考》之《文选学之文类评点方法》中也对传统《文选》学奉为神明的李善注进行了批评：“李善这种探源式注解，也是一种诠释策略，在吾国历代注疏传统上占有很大分量。旁征博引，演变成炫学夸博的权威主导意识。自宋代以后，这种征实引书的手法透过官方监本印行，全面体制化，逐渐跟正本解读背道而驰。读者只在词汇探源上下功夫，在文体与文学习俗上承受意义。对话的声音渐渺，主体的意识渐淡。这是李善一路下来的注解方式之弊端。”[①]如此尖锐地批评李善注弊端，在《文选》学史确不多见，但游志诚的见解无疑是正确的。遗憾的是，现代《文选》学界能如此率真而尖锐批评李善注者仍不多见。而游志诚的这种批评基于一个基本思路，即作者阅读《文选》的终极目的在于解读，而非欣赏注释者的学识渊博。

游志诚的评价并非抽象地批评李善注，而是以黄侃对《文选》“游仙类”郭璞《游仙诗》的解读阐释了自己的观点。如《文选》所录郭璞《游仙诗》第五首《逸翮思拂霄》一诗，李善注以为此诗无非表达求仙之想，盖因世俗

---

① 游志诚：《〈昭明文选〉学术论考》，台湾学生书局1996年版，第80页。

不容，求仙不得，不禁丹心悲恻，泪流沾缨。但黄侃却认为“此伤暮年无知音之辞”[①]。由于黄侃的解读与李善探源式注释的差异甚大，故李善注并非解读作品的万能之钥。

二、李善注注例研究

唐末以来，对五臣注的批评日多，故李善注受到学林的特别重视。但是，李善注在写本到刻本的演变中已经发生了某些变化；宋代刻本李善注常常凭借六臣注本而流传，而六臣注本又由六家本演进而来，演进中李善注亦产生了不少变化；宋代李善注单刻本，亦因其承传不一与受到通行六臣注本的影响而变化；加之李善注有初注与再注、三注之分，其原貌亦难确定。因此，全面恢复李善注原貌实不可能。但因李善作注体例严谨，故通过其注例研究李善注不失为一种可行的方法。在此背景之下，李善注注例研究成为现代《文选》学史上李善注研究的重要课题之一。

重视李善注的注释体例研究并非始于现代《文选》学，宋代赣州本《六臣注文选》在雕版印刷时就将李善注注例用阴文白字予以显示，反映了赣州州学对李善注注例的重视，即其不仅将秀州州学以五臣注为主的六家本改造成了以李善注为主的六臣本，还对李善注中自述其注释体例的文字予以特别标示。此后的建州本（涵芬楼影印《四部丛刊》本）继承了赣州本特别显示李善注注例的特点，采用在赣州本阴文白字刊刻的李善注自述注例文字右边加施黑线的方法予以标示。此为宋刻本重视李善注注例之始。这一现象说明，南宋以降学林形成了由重五臣注转向重李善注的社会氛围。

清代乾嘉朴学的兴盛使学林对《文选》李善注更加重视，不少学者希冀通过研究《文选》李善注注例来恢复李善注的原貌，此举导致了清代《文选》李善注注例研究的兴盛。清代学者张云璈的《选学胶言》与钱泰吉的《曝书杂记》“注例说”对现代《文选》学研究者启示多多，现代《文选》学中的

① 黄侃：《文选黄氏学》，台湾文史哲出版社 1977 年版，第 111 页。

李善注注例研究正是在清儒研究的基础之上得到了长足的发展。

（一）高步瀛、周贞亮、骆鸿凯的相关研究

高步瀛是现代《文选》学史上研究李善注注例的第一人。他的相关研究存于《选学举要》卷二《李注略例》，实际上他是全引钱泰吉《曝书杂记》卷下《李注略例》的十七条，个人并无任何发明。

周贞亮的《文选》有关研究著于周氏《文选学》之第七章《文选学之成立》。首先开列李善自明之注例凡十八条，然后发明其他注例：（1）以注订误者（以注订行文之误、因文以订他书之误、《文选》自误、别本之误）凡四十七类；（2）以注补阙者（《文选》中脱落之句、删节之文、互异之本）凡五类；（3）以注辨论者（史有不载之事、文有率成之篇、一事而说有数端、两说而义或并取）凡四十三类；（4）未详者一百十四类。周氏此说与下文骆鸿凯之说极为相似，二者俱注明源于清儒汪师韩《文选理学权舆》。

骆鸿凯的研究著于《文选学·源流第三》一章中。骆氏在“章句”李善《上文选注表》后开列了其注例二十二条[①]，并逐一注明了出处，明确表示此为李氏注例明白可寻者。但骆氏未将李善注注例仅限于李善自明注例之中，而是据清人汪师韩《文选理学权舆》又列出如下注例：（1）以注订误者四十七类（以注订行文之误，因文以订他书之误，《文选》自误，别本之误）；（2）以注补阙者五类（《文选》脱落之句，删节之文，互异之本）；（3）以注辨论者四十三类（史有不载之事，文有率成之篇，一事而说有数端而义并可取）；（4）未详者一百十四类。其他尚有：先释义后释事者，文外推意者，音义之例（直音者、古字通者、反切者、音义同者、音义通者、协韵者、合韵者、古字同者，或为某字者、古某字者）等。上述注例，大体囊括了《文选》李善注注例的诸方面，虽然骆氏对上述注例并未一一展开详述，但由于汲取了清儒（如汪师韩）、时贤（如高步瀛）的研究成果，所以，在现代《文选》学这一尚未得到详细展开的研究领域中亦取得了骄人的成绩。

---

① 骆鸿凯：《文选学》，中华书局1989年版，第56~61页。

（二）李详的有关研究

李详是中国现代《文选》学史上学养极为深厚的学者，他对《文选》诸作极为熟谂，在李善注注例研究中作出了重要贡献。他的研究载于《李善文选注例》[①]一文。该文有一小序：

> 古人注书，例即见于注中。李善《文选》注首举赋甲，存其旧式。《两都赋序》以下继之，皆例也。钱警石《曝书杂记》曾揭善注之例，而惜其未备。今广钱氏之采，加以案语，庶几备《文选》学之一称云。己巳十月，䵷叟李详。

据小序可知，该文写于1929年（己巳），作为遗著发表于1939年。该作明确提出钱泰吉《曝书杂记》所列善注注例，显示作者是在清儒《文选》李善注注例的基础之上进行的研究。

李详所列善注注例有存旧式例、举先以明后例、同卷再见从省例、人名本卷不重见例、异篇再见例、旧注例、人名别卷重见例、鱼鸟草木不重见例、引用旧注例、引后以明前例、未详例、各随所用例等二十一条。

（三）寿普暄的研究

寿普暄是现代《文选》学史上李善注注例的重要研究者，他的《胡克家文选考异叙例》[②]，探讨了《善注义例》《尤本误例》与《彭校用例》。其中，《善注义例》是专节讨论。他首先对李善自明之注例进行了归纳：（1）引文举先以明后例；（2）引文不必尽同例；（3）引书不题主名例；（4）同卷再见称已见上文例；（5）注人名例；（6）异卷再见称见某例；（7）引旧注例。

寿氏自明之善注注例有：（1）李注音释存于注中例。寿氏以为：六家注本中正文下所载为五臣音，注释中所载为李善音。（2）注中音释有尤所

① 《制言半月刊》第50期，1939年3月。

② 《女师学院期刊》第3卷第2期，1935年6月；此文又用吕方之名发表于《新东方杂志》第1卷第8期，1940年9月。

增例。此指尤袤刻本《李善注文选》在注中妄增善注注音。（3）善注用字有特式例。如“然则”只称“然”，善注音释例称“某某反”，不称“某某切”。善注引《庄子》称《庄子》，引《毛诗》称《毛诗》，但善所引旧注往往不用此例。（4）引旧注多非全文例。寿氏以为：李善于诸旧注多加删削，未必尽录全文。（5）引书但取意同不拘语倒例。如注《东京赋》“爰恭敬于明神”，善引《毛诗》“敬恭明神”作注，其义只在说明“恭敬”二字之典据，至于“敬恭”或“恭敬”，则无关也。（6）引书注字，字不必相同例。此指注字与被注之字，不必同体。（7）引书各随其用而不划一例。（8）引书取大义不取一字例。如潘岳《藉田赋》“宜其民和年登，而神降之吉也”，善注引《左传》“神降之福”作注。善取《左传》作注之意，在“神降之”，而不取“福”字。（9）采取《汉书》注而不称《汉书》例。《文选》录《汉书》之文颇多，善每取旧注以为注，但只称某某曰，不冠《汉书》二字。（10）引书可节其字句例。善注引经典有节其句之例，故原文冗长者往往予以删节，此非脱漏，亦未可据原文增补。（11）善本文句不必同于他书例。《文选》录文往往不与他书契合（如《汉书》《三国志》等），故李善所据之本不同于颜师古所据之本。故凡遇《文选》与他书文本不同，唯可取以参证，不得依彼校此。

寿文未能全面继承清人张云璈、钱泰吉、汪师韩、程先甲的研究成果，亦未能尽数搜觅今人（如高步瀛、周贞亮）的研究成果。该文发表之时（1935年6月），骆鸿凯的《文选学》尚未由中华书局公开出版，周贞亮的《文选学》①虽已出版而未为寿氏所知，故该文虽有专节论述《善注义例》，惜学术视野仍不够宽广，所论过于局促，清儒汪师韩《文选理学权舆》所论诸问题并未得到寿氏的认真清理。

（四）王礼卿的研究

王礼卿的《〈选〉注释例》②是现代《文选》学史上对李善注注例研究

---

① 国立武汉大学1931年版。

② 《幼狮学报》第7卷第2期，1968年4月；又载《中外学者文选学论集》，中华书局1998年版，第643页~694页。

最高水平的代表。该文载“赋类”五十五条，作者当另有“诗类”“文类”，皆未及见。王氏的李善注注例研究，既重视显标注例者，又特重未显标注例者。其最大特点有三：一曰搜罗完备，二曰考释精确，三曰分类得当。

一曰搜罗完备。

王礼卿的《文选》李善注注例研究，在李善未明之体例上进行了认真开掘，且搜罗相当完备。诸如解题、用事、释文、证词源、明音训、句末加也字、引《论语》冠子曰、文同意殊、通用字引证、以意缀引、引诗分著《韩诗》《毛诗》、摘训以释、引书约举、异文、明或字得失、重轻详略、约义自注、引《汉书》音义、辨各说得失、因释意而重注、引文不引训、易文取训、未详、订误、采用旧注、缀合诸书等数十项体例，一一发微抉择，考辨明析。其用意已超出恢复李善注这一目的，对阅读《李善注文选》亦具有极大的启示。

二曰考释精确。

王礼卿不仅对李善注注例分类搜罗，而且对善注体例做了精确的考释，此为王氏的独到贡献。

如“引注径称其书例”条，王氏以《西都赋》“脱角挫脰”为例，引梁章钜《文选旁证》之说：“按本书中似此者不一而足，校者皆以为脱字。然古人引书不甚拘，如《说文》引《易》：‘地可观者，莫可观于水。’引《虞书》：‘仁覆闵下。’又：‘怨匹曰逑。’皆系说经之语，非经正文，或李注亦用此例。”王礼卿以为梁章钜之说甚当。这正是李注引注径称其书例。虽此为古人引书惯例，自汉已然，李注亦如是；而同代的校勘家如胡克家等，率以为李善注脱注字，实未悟其为李注惯例。这一考释，相当精确。对清代校勘家之失，亦剖析得至为详赡。

再如“引书约举例”条，王礼卿以为：原文句多，故约其要义，以就简括，此亦为从渻之意。凡史文较详，约举其事；他书文长，约举其义；而与原文有出入者，皆属此例。但李善约举亦有疏误。如《东京赋》：“故蔽善而扬恶。”善注曰：“《说苑》：‘楚文侯曰：邑中豪好蔽善而扬恶，可亲问之。’”王氏认为李注约举此文有失，《说苑·政理》篇原文为：“魏文侯曰：无邑不有贤豪辨博者也。无邑不有好扬人之恶，蔽人之善者。往必问贤豪者，因而亲之；其辨博者，因而师之；问其好扬人之恶，蔽人之善者，因而察之。”但是，李注溷“蔽善扬恶”于“邑中豪”，讹“因而察之”为“可亲问之”，于原文之义踳误殊甚。王氏所论极是。李善引书约举固为其注例之一，但此注却因约举省略过多，使约举引文之意与原文之意差别殊甚。

王氏考释之精确尚表现为对高步瀛《文选李注义疏》（以下简称《义疏》）的纠谬。高氏《义疏》向被学林视为李注研究之翘楚，但认真研究高氏《义疏》且指出其不足者甚少。王氏对其著采取了相当理性的分析态度，既论其成就，亦论其不足。如“采用旧注例”条，高步瀛据敦煌永隆本《西京赋》论证李注“善曰”二字之上俱有“臣”字，王礼卿即认为：“案高说是也。”“以意缀引例”条对高步瀛“夫律二字不连，此以意缀引”之例极称其是，但“重早同卷再见从湝例”，又对高步瀛所标李善“再申注例”判为：“高氏之说非也。”清儒研究善注者甚夥，王氏充分汲取了清儒研究的成果，对胡克家《文选考异》、张云璈《选学胶言》、梁章钜《文选旁证》、朱珔《文选集释》、胡绍煐《文选笺证》、许巽行《文选笔记》等，皆辨证分析，取其所是，去其所非。

三曰分类得当。

王礼卿对李善注注例的抉择分类相当精审，如“解题例”一则，就分为四例：（1）注于题下。引书或自注，明所以作此文之故。（2）注于名下。亦引书或自注，明所以作此文之故，与第一例同，唯间有评骘之词。（3）注于题下。亦引书或自注，但训题义，或但释文意，不及所以作文之故。（4）注于篇中。亦引书或自注，明所以作此文之时。题下名则不注，与前三例异。再如李善注采用前人旧注例，王氏区分为采用旧注例、申补旧注例、与旧注异解并存例等三类。其中，采用旧注例又分为四类：一为李氏谓为是者始取之，一为并于篇首题其姓名，一为有乖谬者乃具释，一为并称臣善以别之。复如从湝例，李善注此例颇多，王礼卿将其区别为同卷再见从湝例、异篇再见从湝例、重申同卷再见从湝例、异卷再见从湝例四类，考释颇精。

（五）黄永武的研究

《〈昭明文选〉李善注摘例》[1]是黄永武的李善注注例研究专文，与王礼卿的研究相较，显得较为单薄，全文几无考释。据作者序言："余于癸卯之岁读《李善注文选》，札记其例之散见于全书者，爬疏抉摘，欲以略见善注之条例，非敢云读书之一得也。"知此文当写于1962年（癸卯）。黄文分善注为五类，其第一类即为《自明作注之例》，采李善自明其注例凡十二条。将黄氏所云李善《自明作注之例》与骆鸿凯《文选学·源流第三》所列善注义例相较，基本不出骆氏所列，且较骆氏发明者少。但黄文亦有其特点：一是对"释字审音之例"特别重视，黄氏凡开列此条六十六例。二是新增"校定篇次之例"二与"介绍作者之例"三。

三、主流注释研究

《文选》注释有主流注释与非主流注释之别，李善注与五臣注，以及合并李善注与五臣注的六臣注均属于主流注释。唐代注释《文选》者除李善注、五臣注外，尚有公孙罗、陆善经、綦毋邃、《钞》及其他无名氏《文选》注，尽管这些注本在由唐写本至宋刻本的演变中全部消失了。但它们亦是《文选》注释研究中不可或缺的组成部分。因其不为读者所熟知，故称为非主流注释。现代《文选》学史上的《文选》主流注释研究，又分为对《文选》注释的整体研究与对《文选》注释的具体研究两种。日本学者冈村繁与森野繁夫的《文选》注释研究属于整体研究，这是现代《文选》学与传统《文选》学在《文选》注释研究上的根本区别。就《文选》注释的具体研究而言，尚可细分为三种模式：一是训诂学研究，二是训诂与文义研究的结合，三是训诂学研究与理论研究相结合。采用训诂学研究的学者居多，如刘盼遂、李详、刘文典、段凌辰、祝廉先等；采用训诂与文义研究相结合进行《文选》注释研究者唯

① 见《中山学术文化集刊》；又载于大成、陈新雄编《昭明文选论文集》，台北木铎出版社1976年版；复载《中外学者文选学论集》，中华书局1998年版。

王礼卿一人；采用训诂学研究与理论研究相结合者亦仅钱锺书一人。

（一）《文选》具体注释研究

《文选》具体注释研究是指对李善注、五臣注等《文选》主流注释的具体条目的研究。这种研究肇始于唐代，历宋元明清而不衰。其中，尤以清儒于此用力最深。现代《文选》学史上不少研究者亦专力于此，他们的成果是现代《文选》学史《文选》注释研究者的必备知识。

1.《文选》注释的训诂学研究

（1）刘盼遂的《文选》注释研究

现代《文选》学史上的《文选》训诂学注释研究，始于罗根泽《〈文选〉校笺》[①]与刘盼遂《〈文选〉校笺》[②]二文。

刘盼遂的相关研究主要有《〈文选〉篇题考误》[③]与《〈文选〉校笺》二文。《〈文选〉篇题考误》因属文本研究，故置别章再述，《〈文选〉校笺》的内容主要为纠《文选》注释之失。

《文选》李善注或五臣注虽其注释有高下之分，但俱非完璧，其谬误在所不免。如胡刻本《文选》卷六十任昉《齐竟陵文宣王行状》曰："又授使持节都督扬州诸军事扬州刺史，本官悉如故。旧惟淮海，今则神牧。"李善注未及"神牧"二字，仅注"神州"："《地理书》曰：'昆仑东南，地万五千里，名曰神州。'"[④]建州本《六臣注文选》张铣曰："牧谓竟陵王治之如神明矣，即刺史也。"[⑤]刘盼遂认为李善、五臣之注皆未能观其会通，故举了宋、齐、梁三代文献对"神牧"二字的阐释。沈约《宋书·自序》曰："元嘉十七年，始兴王浚为扬州刺史，宠爱殊异，以（沈璞——笔者）为主簿。……在职八年，神州大治，民无谤黩，璞有力焉。"[⑥]此即宋人以扬州为"神州"

① 见《文哲月刊》第1卷第3期，1935年10月。

② 见《文哲月刊》第1卷第1期、第3期，1935年10月~12月。

③ 见《国学论丛》第1卷第4期，1928年10月。

④ （梁）萧统：《文选》，中华书局1977年影印本，第828页。

⑤ （梁）萧统选编、（唐）李善等注：《六臣注文选》，浙江古籍出版社1999年影印本，第1092页。

⑥ （梁）沈约：《宋书·自序》，中华书局1974年标点本，第2461页。

的明证。任彦升《为齐明帝作相让宣城郡公第一表》曰："被台司召，以臣为侍中中书监骠骑大将军开府仪同三司扬州刺史录尚书事。""骠骑上将之元勋，神州仪刑之列岳。尚书古称司会，中书实管王言。"[①]此四句承上文台召官命而言，"神州"恰为扬州刺史之命，故此条文献可视为南齐时人谓扬州为"神州"之证。梁元帝《金楼子·自叙》曰："粤以凡庸，早摄神州，晚居外相。"[②]《艺文类聚·人部》引梁元帝《怀旧志序》曰："中年承乏，摄牧神州，荫真长之弱柳，观茂弘之舞鹤。"[③]此二条文献是梁人视扬州为"神州"之明证。刘盼遂尚引司马光《资治通鉴》卷二百七则天皇后久视元年，太后擢张柬之为洛州司马，胡三省注云：自大州长史进神州司马，故云擢也。唐武后都洛阳，改为神都。故胡云"神州"。此大概古者以帝都为神州。六朝建都扬州，故扬州在六朝得有"神州"之称。因此，"神牧"当为"神州"之牧，即六朝人所云扬州之牧。"神牧"李善未注，六臣注虽指明"牧"为刺史，但不解缘何称为"神牧"。此条辨析，刘盼遂此文当为最精当的。笔者按：《南齐书·豫章文献王》"神牧总司王畿"句"校勘记"云："按时嶷为扬州刺史，扬州帝畿，所谓'京辇神皋'者，故称扬州刺史为'神牧'。同卷有'非止于带神州者''总牧神州'等语，'神州''神牧'，皆指扬州。《文选》任昉《齐竟陵王宣王行状》'旧唯淮海，今则神牧'，义并同此。"[④]傅亮《为宋公修楚元王墓教》"微管之叹，抚事弥深"二句之"微管"，善注与五臣注均只注至《论语》"微管仲吾其被发左衽矣"之典出，皆未深究。刘盼遂引《后汉书·明帝纪》《宋书·谢灵运传》，任昉《为范始兴作求立太宰碑表》诸文献，说明在傅亮之前，"微管"已成为"管仲"的代称。笔者按：以"微管"代"管仲"，不仅有刘盼遂所举三例，沈约《宋书·武帝本纪（中）》《宋

---

① （梁）萧统：《文选》，中华书局 1977 年影印本，第 535~536 页。

② （梁）萧绎：《金楼子》，中华书局影印《四库全书》本，第 848 册，第 793 页。

③ （唐）欧阳询：《艺文类聚》，中华书局 1982 年标点本，第 594 页引文与刘盼遂引文略有不同："吾自北守琅台，东探险禹穴。观涛广陵，而金汤之设险，方舟宛委。眺玉笥之干霄，临水登山，命俦啸侣。中年承乏，摄牧神州。戚里英贤，尚冠髦俊。荫真长之弱柳，观茂弘之舞鹤。"盖高氏节引所致。

④ （梁）萧子显：《南齐书》，中华书局 1972 年标点本，第 422 页。

书·武帝本纪（下）》《宋书·临川烈武王道规传》《宋书·彭城王义康传》均有此例。刘文指出此类注释者尚众，皆相当精妙。

（2）李详的研究

李详对《文选》李善注注释研究集中表现于《选学拾沉》[①]。其小序，该文写于其三十馀岁，而整理却在四十馀年之后。文后有李详之子李承祜一跋：

> 先君孤贫郁起，家尟藏书。早年酷爱萧统《文选》，昼夜讽诵，不忍去手。时年未逾冠，寄食姨祖母许太夫人邸中，授徒二三，聊遣永昼。值庭荷盛开，侵晓绕瓮狂走，以讽诵萧统《文选》为乐。久之，阶石为陷，人笑其迂，弗顾也。又以童摹字帖，反背谙记，百不失一。迨后晋接通人，所得益富。卅岁时，遂撰《选学拾沉》一卷，以之受知王益吾祭酒。中年曲证旁搜，《文选》理之学日精，而著述之事反废。嘉兴沈寐叟丈，每介先君谓座客曰："此《文选》学大师李也。"又曰："此我行秘书，大叩大鸣，小叩小鸣。"为世推重如此。后于南雍讲授萧统《文选》，有《文选萃精》之作，按篇笺释，惜未成书。晚年重览《拾沉》所记，后虽精思，亦不能过，遂加写定，附于全集。然斯书印本既劣，传布尤尟。昔时京中，有县数十金求之而未得者，海内学者，每询先君《文选》学著述，愧无以应，而原书眉评尾识，一时不易搜录付梓。因念《拾沉》之作，寓目者寡，值《制言》复刊，遂倩延国学兄介先露布，冀为海内学人尝鼎一脔之助云。戊寅腊月不肖男承祜敬跋。

故该文亦如其《李善文选注例》，由其子作为李详遗著刊布于世。正如李承祜跋所云，李详熟精《文选》，阅《选学拾沉》下例可知。

杨衒之《洛阳伽蓝记》卷二城东景宁寺曰："永安二年，萧衍遣主书陈庆之送北海入洛阳，僭帝位。庆之为侍中。景仁在南之日，与庆之有旧，遂

---

① 见《制言半月刊》第49期，1939年2月。

设酒引邀庆之过宅，司农卿萧彪、尚书右丞张嵩并在其坐。彪亦是南人，惟有中大夫杨元慎、给事中大夫王眴是中原士族。庆之因醉谓萧、张等曰：'魏朝甚盛，犹曰五胡。正朔相承，当在江左。秦皇玉玺，今在梁朝。'元慎正色曰：'江左假息，僻居一隅。地多湿蛰，攒育虫蚁，壃土瘴疠，蛙黾共穴，人鸟同群。短发之君，无杼首之貌；文身之民，禀蕞陋之质。浮于三江，棹于五湖。礼乐所不沾，宪章弗能革。虽复秦馀汉罪，杂以华音。复闽、楚难言，不可改变。'"今胡刻本《文选》卷四张平子《魏都赋》曰："搉惟唐蜀与鸲鹊同窠，句吴与鼃黾同穴。一自以为禽鸟，一自以为鱼鳖。山阜猥集而踦岖，泉流迸集而咉咽。隰壤瀸漏而沮洳，林薮石留而芜秽。日月恒翳，宅土熇暑，封疆障疠。蔡莽螫剌，昆虫毒噬。汉罪流御，秦馀徙帑。宵貌蕞陋，禀质遳脆。巷无杼首，里罕耇耋。"细绎二文，杨元慎责难陈庆之语实化用太冲《魏都赋》之辞，其中，"汉罪""秦馀""杼首""蕞陋"诸词皆运用妥帖，如同己出。

李详也有对《文选》正文的申述，如申述张衡《西京赋》"天梁之宫"数句出自贾山。但因非本章研究的重点，故不赘述。其《文选》注释研究大要有二：一为补《文选》注释之失，二为纠《文选》注释之误。其补《文选》注释之失，又可分为补善注之失、补善注未详、补五臣注之失、补他注之失四类。

补善注之失为其《文选》注释研究的主体，李详于此用功极深。如张衡《东京赋》曰："负斧扆，次席纷纯。左右玉几而南面以听矣。"[①]李善注曰："白与黑谓之斧。扆，屏风，树之坐后也。次席，竹席也。纷纯，谓以组为绿。善曰：《礼记》曰：天子负斧扆，南向而立。郑玄曰：负之言背也。《周礼》曰：大朝觐，王设黼依，设莞席纷纯，次席黼纯，左右玉几。次席纷纯，谓二席俱设，互言之。""《周礼》曰：天子左右玉几，郑玄曰：左右有几，优至尊也。善曰：《周易》曰：离者，明也，南方之卦也。圣人南面听天下，向明而治。盖取于此也。"[②]李详认为善注不确，故引《汉书·严助传》曰："负黼依，冯玉几，南面而听断。"师古注曰："负，背也。白与黑画为斧文，谓之黼也。依读曰扆，

---

① （梁）萧统：《文选》，中华书局 1977 年影印本，第 57 页。

② （梁）萧统：《文选》，第 57 页。

扆形如屏风而曲之，画以黼文，张于户牖之间。”[①]两相互较，李详所引《汉书》之注远胜于李善所引诸注。复如刘桢《杂诗》“回回自昏乱”句，善注曰：“《楚辞》曰：肠回回兮盘纡。”[②]李详按：“扬雄《甘泉赋》：徒徊徊以徨徨兮，魂眇眇而昏乱。”[③]显然善注未得其详，李详之注则极为准确。

补善注未详。如左思《三都赋》：“里燕巷集，飞觞举白。”李善注曰：“《汉书》曰：引满举白。”[④]李详则引《淮南子·道应训》高诱注：“举白，进酒也。”[⑤]显然更为明晰。再如木华《海赋》“剖卵成禽”，李善注：“郭璞曰：鸟子须母食也。剖犹破也。”[⑥]李详引《淮南子·泰族训》：“蛟龙伏寝于渊，而卵剖于陵。”《原道训》：“羽者妪伏。”高诱注：“妪伏，以气剖卵也。”李善仅注“剖”为“破”，未如李详所注见当。

补五臣注之失。如左思《三都赋》：“藏鍦于人，去戚自闾。”李详曰：“去亦藏也。《春秋左传》：卫侯不去其旗（闵二年），则去其肉而以其洎馈（襄二十四年），以度而去之（昭九十年）。陆氏《释文》并云：去，藏也。《汉书·苏武传》掘野鼠去中实而食之。颜注：去，谓藏之也。《三国志·华佗传》：无急，去药，以待不祥。裴松之注：古语以藏为去，皆其证。五臣注：去犹出也，谬甚。”[⑦]

补他注之失。如《两都赋序》曰：“孝成之世，论而录之，盖奏御者千有馀篇。”[⑧]李详引周中孚《郑堂札记（三）》：《汉志》载诗赋一千三百十八篇。除去歌诗三百十四篇，尚馀一千四篇，与《序》约略相同。《西京杂记》：或问扬雄为赋，雄曰：读千首赋，乃能为之。所云千首赋，当即指奏御者之千有馀篇。李详认为：周氏所引《西京杂记》为伪书，不如引桓谭《新论》。《文赋》注引桓谭《新论》曰：“桓谭尝欲从子云学赋，

① （汉）班固：《汉书》，中华书局1975年版标点本，第2785页。
② （梁）萧统：《文选》，中华书局1977年影印本，第415页。
③ 《制言月刊》第49期，1939年2月。
④ （梁）萧统：《文选》，中华书局1977年影印本，第88页。
⑤ 《制言月刊》第49期，第4页。
⑥ （梁）萧统：《文选》，中华书局1977年影印本，第182页。
⑦ 见《制言月刊》第49期，第4页。
⑧ （梁）萧统：《文选》，中华书局1977年影印本，第22页。

子云曰：能读千赋，则善为之矣。”[1]李言甚当，周引《西京杂记》确不如引桓谭《新论》妥帖。

（3）刘文典的研究

刘文典的《文选》注释研究见于《三馀札记》[2]，该书为其一生校理古籍之结晶，含《淮南子校补》《韩非子简端记》《庄子琐记》《吕氏春秋斠补》《论衡斠补》《读文选杂记》《淮南子校录拾遗》等。该书卷三为《读文选杂记》，凡三十八则。

刘文典熟悉音韵，精通英语，辛亥革命和“五四”前后，先后担任上海《民立报》翻译、孙中山秘书和《新青年》杂志英文编辑，故其《文选》注释研究得力于声韵训诂与外语颇多，如《子虚赋》“诸柘巴苴”之句，刘氏认为“柘”与“蔗”音同字通，柘，即甘蔗，并引洪迈《容斋四笔》“诸柘者，甘柘也”为佐证。

由于熟悉音韵，故刘氏对《文选》中诸多联绵词独有创见。如解《登楼赋》之“心凄怆以感发，意忉怛而潜恻”二句中的“忉怛”，颜师古《匡谬正俗》认为“忉”音“切”，刘氏认为“忉怛”双声，与“潜恻”相对，读“切”则与“怛”字不构成双声，故颜说未可从。再如以双声字可以倒转解《游天台山赋》“玲珑”与“珑玲”义无二致，解《海赋》摹拟波涛声、水石相击声多用双声叠韵字，此赋之“瀴溟”与《吴都赋》之“嶼冥”义同，状山则字从山，状水则字从水，双声叠韵字大抵如是。《七发》中解“衔枚檀桓”之“檀桓”即“澶湲”之声转，均为以音韵研究《文选》注释之佳例。

精通英语亦为刘氏《文选》注释研究增一新途。他在《上林赋》“仁频并闾”句的颜师古注“仁频即宾桹也”的注释中，以今马来语称宾桹为Pinang，爪哇语谓之Jambi，解仁频实为爪哇语的译音。“宾桹”“槟榔”则是马来语。解《上林赋》“欃檀木兰”之“欃檀”，刘氏以为此即梵文之Chandana。

从音训切入研究《文选》注释，并非舍弃其他研究方法，刘文典对传统

① （梁）萧统：《文选》，中华书局1977年影印本，第243页。

② 刘文典著、管锡华点校：《三馀札记》，安徽黄山书社1990年版。

的训诂法亦颇为精通，且每每辨其正误。王粲《登楼赋》“惧匏瓜之徒悬兮”，刘引黄侃《论语义疏》谓“匏瓜”为星名。刘氏引证罗愿《尔雅翼》、王褒《九怀》、曹植《洛神赋》、阮瑀《止欲赋》为义证，翔实可靠。再如《舞赋》“武毅不能隐其刚”句的“武毅”，刘氏以为当作“毅武”，此乃后人不解妄加乙之以与上句文字相对。刘文典引《史记·淮南衡山列传》“即遣辩武”《索隐》徐广之解，得出淮南人名“士”曰“武”的结论，又引《淮南子·齐俗篇》“为天下显武”许注“楚人谓‘士’为‘武’”，故“武”即“士”，枚乘《七发》“毅武孔猛”亦为此义。刘氏之说，言之凿凿，甚得其诣。《舞赋》中刘文典释“二八徐侍”之“二八”非“十六”，而是见其行列整齐之美，亦极有新意。

（4）段凌辰的研究

段凌辰的研究仅限于《文选》注中的旧注研究。其《文选注引汉书非袭用颜师古注本说》[①]一文，专题研究《文选》注引用《汉书》注释的问题。其结论是：李氏注《汉书》诸文，所引各家旧注，非袭用颜师古注本也。按李氏于《子虚赋》《上林赋》《讽谏诗》曾兼采司马彪注，《鹏鸟赋》《封禅文》兼采徐广注，《幽通赋》兼采曹大家注，《讽谏诗》兼采刘兆注，《幽通赋》《答宾戏》《述高纪第一》《述成纪第十》兼采项岳注，《圣主得贤臣颂》《吊屈原文》兼采胡广注，《报任少卿书》兼采顾野王注。自来治《文选》者多兼治《汉书》，因《文选》选作与《汉书》相合者甚夥，虽其并非自《汉书》中选录。因此，段氏的《文选》旧注研究集中于《汉书》颜注与《文选》兼采他家之注，颇别具一格。

（5）祝廉先的研究

现代《文选》学史上最见功力的《文选》具体注释研究，首推祝廉先（文白）的《〈文选〉六臣注订讹》[②]与《〈文选〉六臣注订讹续编》[③]二文。1954年，祝氏又将其订补修改后以《文选六臣注订讹》[④]之名发表，并于文后附一跋语：

---

① 见《儒效月刊》第2卷第2~3期，1946年6月。

② 见《浙江大学文学院集刊》第4集，1944年8月。

③ 见《学原》第1卷第12期，1948年5月。

④ 收《文史》第1辑，中华书局1962年10月版；后载入《中外学者文选学论集》，中华书局1998年版，第139~204页。

昔年避寇寓黔，著有《文选六臣注订讹》，先后就正于吴雷川、张阆声、邵裴子、沈士远、陈彦及、缪彦威诸师友，尤以阆声之匡益为多，并示意最好将全部《文选》再校一遍，凡昔日未经选为教材者，悉予订正，倘能将全书所有纰缪，一举而廓清之，岂非一大快事？当时因本此旨，竭半年之力，复订正六十馀事，并入前书，编为四卷，载入《浙江大学文学院集刊》第四集。惟是转徙流离之际，公私图籍散亡滋多，每苦无书足供参考，致纰缪仍所不免。及抗战胜利回浙，重理旧业，颇有改定。且于前书外，更补正百馀则，成续编两卷。逮壬辰岁，自浙大退休，端居多暇，辄以《文选》自娱。因复修改旧稿七则，订正二十馀事，合计三百五十馀则。先后费时十年，迹历西南五省，以成书之不易，故不辞委璅，备述其经过情形，以谂后之读者。

一九五四年四月祝廉先文白谨识，时年七十有二。

据此跋可知，祝氏于《文选》六臣注之纠缪前后历时十年，成此一文。因作者用力极勤，故其说多中肯綮。

祝文的特点是客观公允。是李善而非五臣为传统《文选》学的基本观点，自唐人李济翁的《资暇集》和丘光庭的《兼明书》始即不绝如缕，祝文却并非如此。祝氏论定是非并不以传统观点之是非为准，而是实事求是地考察，平等地看待，是者为是，非者为非，不论其为李善或为五臣。

如《文选》第一卷班孟坚《两都赋》“寔曰长安”句，五臣注曰：“汉称长安，言可长安子孙也。”祝氏批：“臆说。”并加按语：“长安之名，自古有之，不始于汉。据乐史《寰宇记》云：‘长安本古乡聚名，隔渭水对秦咸阳宫，汉于其地筑未央宫，置县，因以长安为名。’班氏此语，盖谓汉之西都，寔即古时长安之地也。”[1]祝氏所指极是。五臣此处望文生义，故祝氏以“臆说”二字给予严厉批评。但是，祝氏在此除了指出五臣之误之一

① 《中外学者文选学论集》，中华书局 1998 年版，第 139 页。

具体释义外，并未对整个五臣注大加挞伐。

第五卷左太冲《吴都赋》“勇若专诸”条。李善注：“《左传》曰，吴公子光享王，鱄诸寘剑于鱼中以进，抽剑刺王，遂杀阖闾。”祝氏批曰：“殊误。按王，谓吴王僚；阖闾，即公子光，鱄诸为公子光刺杀王僚，安得谓遂杀阖闾也。阖闾应作王僚。”①

前例批五臣注为“臆说”，后例评李善注为“殊误”，祝氏并未因世人皆是李善而掩其非，亦未因世人皆弃五臣而痛诋之，这固然值得称道。但是，祝氏并未完全摆脱唐末以来是李善而非五臣之偏见，下条即例。

第三十九卷枚叔《上书谏吴王》“足可搔而绝，手可擢而拔”条。祝氏引李善注曰：“《庄子》曰：‘橡樟初生，可抓而绝。’《广雅》曰：‘搔，抓也。’”并特别注明：“五臣本于‘手可擢而拔’句之‘拔’字下注云：‘善本作抓字。’”祝氏加按语曰：“按善注引《广雅》释搔为抓，绝无讹误，而五臣谓善本以‘拔’为‘抓’，何耶？尝读许巽行《文选笔记》，其玄孙嘉德识语云：‘五臣好奇，即同一意义，辄改易正文，以期取异于善，甚或故改李氏原文，以诬善作。’此岂一例欤？”②许巽行玄孙嘉德之识语显然荒谬，《五臣注文选》与《李善注文选》的版本差异较大，五臣并未因好奇而擅改《李善注文选》，已被诸多学者的版本研究得到证实。笔者今检核陈八郎本、朝鲜正德四年刊本《五臣注文选》，皆作“足可搔而绝，手可擢而拔”。祝氏未明言其所用《六臣注文选》为何本，但据其引文观之，似为《四部丛刊》本《六臣注文选》。此本为二十世纪初以来中国大陆学者所可看到的《六臣注文选》。若要查验许巽行玄孙嘉德之识语是否正确，唯一要做的即核对今存宋刊《李善注文选》，但今北宋监本《文选》亡佚第三十九卷，无考。但奎章阁本的李善注底本正是北宋监本，故可弥补北宋监本之缺憾。今查奎章阁本《六家注文选》卷三十九枚叔《上书谏吴王》亦作“足可搔而绝，手可抉而拔”，且“拔”下校曰：“善本作抓字。”因奎章阁本系北宋监本与五臣注的合注本，其底本为五臣注本，故其所云善本当为北宋监本。此可证许

① 《中外学者文选学论集》，中华书局1998年版，第145页。

② 《中外学者文选学论集》，中华书局1998年版，第183页。

嘉德之语当属想象之词。

祝氏考辨李善注、五臣注，善于用各种方法。如第四十七卷陆士衡《汉高祖功臣颂》“五侯允集”条，李善注引《史记》“汉部五诸侯兵，东伐楚”，释“五侯”为“五诸侯”；但祝认为李善注典有误。他从《汉高祖功臣颂》此句上文之“三王从风”，与下文之“霸楚实丧”观之，“五侯允集”当指会兵垓下合击项羽之事。祝氏再引《史记·项羽本纪》王翳与郎中骑杨喜、骑司马吕马童、郎中吕胜、杨武五人在项羽自刎后各夺得项羽身体之一部分，故五人同日皆封侯之事，指出“五侯”当指王翳等五人。此可谓不易之言，远较善注为优。此类辨证，文中不少。

据笔者统计，祝文纠正善注、五臣注之误凡357条。在现代《文选》学史的《文选》注释的具体研究中，从未有研究者如祝廉先如此用力，故亦无人在《文选》具体注释中创获有祝氏之丰。

2.《文选》注释的文义观研究

台湾学者王礼卿是现代《文选》学史上《文选》注释研究最有成就、最具特色的学者之一。他不仅对李善注注例研究成果丰硕，且其《文选》注释研究亦创获多多。《〈选〉赋考证》①是其《文选》注释研究的代表作。据王氏自言：“礼卿幼承家学，束发读《文选》。妄以蠡测所得，分为三纲讨论：曰文义考，曰注例考，曰注义考。文义考者：凡《文选》本文字句文义，有须考证辨释，及李善注踳误不当；或《文选》学家众说纷纭，莫衷一是者，皆为之征引钩稽，疏通辨证，而其要折中于文理，期使文义归于至当。兹编为赋类文义考，故题为《〈选〉赋考证》。”②可知王文虽以《文选》赋为研究范围，却针对《文选》文本字句文义、李注之误、诸说纷纭者一一辨析，故该文实为《文选》注释疑案研究。既曰《文选》注释疑案，当为莫衷一是者，故选题难度颇大。且王氏研究的方式独特，以文义为辨析诸家注释之最高标准，而不以音韵训诂为宗旨，故其辨析每每精确过人。如《西都赋》“周以

① 《幼狮学报》第6卷第4期，1976年；又载《中外学者文选学论集》，中华书局1998年版，第583~642页。

② 《中外学者文选学论集》，中华书局1998年版，第582页。

钩陈之位”条，王礼卿详细解析了该段文义：“盖本赋上一大段，皆写前殿之府署：‘左右庭中’十二句写朝堂，为辅政大臣所立之所。又有‘天禄石渠’六句写秘阁，为师儒诸臣所居之所。又有‘承明金马’八句写著作之庭，为文学诸臣所居之所。周以钩陈八句写宿卫之署，为宿卫诸臣所居之所。”这种精辟的文义解析，为作者阐释具体文句提供了大背景，故其文字训诂每每所得甚精。

第一，纠李注之失。

李善注向为学林奉为圭臬，王文却不以善注为准绳，而是一律折中于文义，故每纠李失。如《两都赋序》“外协乐府协律之事”条，王氏批评李善注不引《汉志》“采诗”，第引“乃立乐府”，殊疏。《西都赋》“翡翠火齐”条，李善引张揖《子虚赋》注，认为翡翠为鸟，大小如爵，雄赤曰翡，雌青曰翠。王礼卿据文义断之：“此段叙昭阳殿之特盛，故列举随侯明月、金钌衔璧、翡翠、火齐、悬黎、垂棘、夜光诸珍宝，以状其侈丽。文以翡翠火齐连文，火齐为珠，则翡翠亦当为硬玉属之宝，故下得言流耀含英也。若翡翠为鸟，既与火齐不伦；介于诸琛之间，与全段尤不类，大家文必不如是也。注引有误。”①此条辨证纯以文义立论，却极有说服力。《西都赋》“震震钥钥”条，批评李注于文义、训诂两失。

第二，纠清儒之失。

清儒治《文选》者甚夥，如何焯《义门读书记》、孙志祖《文选李注补正》、胡克家《文选考异》、张云璈《选学胶言》、梁章钜《文选旁证》、朱珔《文选集释》、胡绍煐《文选笺证》、许巽行《文选笔记》等，姚鼐、沈钦韩、王念孙等亦皆有考证辨析文字存世。正确继承清儒以朴学治《文选》之成果，仍为现代《文选》学的一大课题。

王文大量辨析清儒治《文选》成果，或吸收，或辨驳，或引申，或褒扬，亦以文义为折中。《两都赋序》“外协乐府协律之事”条批评张云璈，《西都赋》“桑麻铺菜”条驳朱珔之失；“增盘崔嵬”条，证梁章钜、胡绍煐疏于深考，

① 《中外学者文选学论集》，中华书局1998年版，第591页。

"乘茵步辇"条辨朱珔之误；"珊瑚碧树"条，王氏据文义断珊瑚、碧树为二物，再据此断张云璈之说有误，朱珔说出于臆测；"上觚棱而栖金爵"条，辨张云璈、朱珔二说为非；"于是乘銮舆备法驾"条，褒扬胡克家《文选考异》考证精审；"震震钥钥"条，表扬胡绍煐训义得当；"鸟则玄鹤白鹭"条，驳何焯、梁章钜、许巽行之解；"招白鹇"条，力斥何焯、梁章钜、许巽行诸说之误，同时又力举张云璈、胡绍煐二说之正。若此者甚众。

第三，纠高步瀛之失。

高步瀛《文选李注义疏》（下简称《义疏》）一向被视为现代《文选》史上李善注研究最具权威的代表，因此，几无人进行批评。证实与课虚兼赅、折中于文义的研究方式使王氏并不迷信任何权威，故在《〈选〉赋考证》对高氏《义疏》多处之失做了纠正。如《东京赋》"然尚过于周堂"条，高曰："《考工记·匠人》曰：夏曰世室，殷曰重屋，周曰明堂。周堂盖指此。"王礼卿对此注进行了辨驳："愚案：《说文》：'堂，殿也。'《初学记》引《仓颉篇》：'殿，大堂也。'《释名》：'堂，犹堂堂，高显貌也。'《急就篇》：'室宅庐舍楼殿堂。'颜注：'凡正室之有基者则谓之堂。'是'堂'与'殿'互训，又凡高显而有基鄂之正室皆曰堂，周堂但浑言周家之宫殿耳，非谓明堂也。观赋上言'目氥阿房'，下言'帝已讥其泰而弗康'，薛注谓旨起未央宫事。上下文既皆言宫殿，此不应中梗以明堂，文义可证。故薛注以周家之堂浑释之，意亦谓为宫殿是已。高氏谓指周明堂，失之。"[①] 王氏研究这种从整体文义断定文字训诂的方法，较之单纯从小学之文字、音韵、训诂进行具体注释更为合理。

再如《西都赋》"列肆侈于姬姜"条，"珊瑚碧树"条，"平原赤"条，《西京赋》"邪赢优而足恃"条，"杪木末四句"条，"穷身极欲"条，《东京赋》"始于宫邻二句"条，王氏均以此法辨高步瀛之失。

但他并非仅言其失，对高氏之得亦予表彰。如《东京赋》"天马泮汉"条，即据文义断高氏释"泮汉"为叠韵联绵词甚是。

① 《中外学者文选学论集》，中华书局 1998 年版，第 629 页。

第四，训诂与文义相悖，舍训诂而取文义。

《文选》注释研究者一向特重训诂，但王氏不依恃训诂，而是从文章全局定夺局部文字，这种独到的研究方式决定了其《文选》注释研究不同于他人。如《西都赋》“招白鹇”条：“招白鹇，下双鹄。揄文竿，出比目。”善注引《西京杂记》“闽越王献高帝白鹇黑鹇各一双”。《后汉书·班固传》“鹇”作“闲”。李贤注谓：“弩有黄闲之名。此言白闲，盖弩弓之属。本或作白鹇，谓鸟也。”由于李善注据《文选》原文作“鹇”，李贤注据《后汉书》作“闲”，因此，作“白鹇”者为鸟名，作“白闲”者为弓名，字形不同，意义相异。王应麟《困学纪闻》、梁章钜《文选旁证》、许巽行《文选笔记》赞同李贤说；张云璈《选学胶言》、胡绍煐《文选笺证》赞同李善注；朱珔《文选集释》则以为两说皆通。面对学林三说，王礼卿考辨曰：“愚谓《文选》本文注文俱作鹇，《雪赋》注亦引作招白鹇，当系昭明原本如是，故善因之。章怀注亦并存或作字及其训，当亦见原《文选》本者。闲字笔划简，无缘误作鹇，蔚宗、昭明，盖分据两本耳。就对偶工称言之，自以作白闲是。然贤注招字训举，惟《周语》下韦注偶一见之，衡文之义，《文选》文为长。（胡氏引《孟子》文及赵注招字训甚谛）盖声偶非古赋所必严，意义则文章所首重，两失相权，宁舍彼取此。”①由此可见，王氏取舍本之文义。作者在《西京赋》“镂槛文㮰”条亦有精当之论：“大抵精小学者，多长于名物训诂之考证，而疏于词章文理之研求，故其失不易自见，而诸家亦不能互察。李氏则考据词章兼胜，故能本文之义而为引释，其注多精确不移。此处引《声类》‘屋连绵’注‘㮰’字，深合赋义。顾出考据学者之意表，不误而疑以为误。是知治《文选》学者，必征实与课虚兼赅，庶乎得之。”②（着重号为笔者所加）

再如《东京赋》“始于宫邻”二句，王氏列举诸家注释后曰：“愚案：薛氏以‘宫邻’属幽王，以‘金虎’指秦，此一说也，胡、吴、高三氏主之。李氏以‘宫邻金虎’皆指小人，此一说也，五臣主之。叶氏以‘宫邻’指幽王，以‘金虎’指战国，此一说也，孙、梁二氏主之。朱氏以‘宫邻’指宣王，

---

① 《中外学者文选学论集》，中华书局1988年版，第602页。

② 《中外学者文选学论集》，中华书局1998年版，第616页。

而又并及幽王，以‘金虎’指骊山之祸乱，此又一说也。众说纷纭，惟当折中以文义。”（着重号为笔者所加）详细分析文义后，王氏得出如下结论：“故以文之次第证之，知‘金虎’指战国者是也。是‘宫邻’应如薛注，‘金虎’应如《星经》及叶说，庶合赋旨。薛注以‘金虎’指秦，失之时迟，与赋之次第戾。朱说指骊山之祸，失之过早，与卒字之史实戾。李氏引应说，其失尤甚，胡绍煐氏已纠之，胡说甚是。而李注陆诗‘金虎’引《星经》，固谛；王融《曲水诗序》之‘宫邻’似用应说，李引应劭亦谛；所谓言各有当也。‘宫邻’，此赋与‘金虎’对文，彼序与‘荒憬’对文，皆双字，朱氏释为‘宫府’，较薛以‘邻’训‘近’为长也。”

3. 钱锺书的比较法《文选》注释研究

钱锺书的《文选》李善注注释研究集中于《管锥编》。作为一代学术巨匠，其最为突出的特点是对李善注进行比较法研究。钱氏以学贯中西著称于当代学界，《管锥编》亦以擅长中西文学比较与文化比较而著名。陈复兴在《钱锺书与〈文选〉李善注》[①]中对钱氏以比较法研究李善注进行了精辟的分析。

钱锺书的比较法研究，主要是用西方典籍及佛家经卷与我国文学进行的。他悉心洞察西方典籍与佛家经卷及我国文学作品“齐心同声”“会心匪远”的窍要，并以前者疏解印证后者。如陆机的《文赋》一文，钱氏引用西方经典作家和作品约二十五见，先后提及的名家有达·芬奇、拉斐尔、莫扎特、莎士比亚、歌德、狄德罗、福楼拜等。钱氏擅以这些西方大师的理论与经验印证《文选》所饱含的美学精义。《文赋》论传统与革新的关系曰：“在有无而僶俛，当浅深而不让；虽离方而遁圆，期穷形而尽相。”李善注曰：“言文章在有方圆规矩也。”何焯评曰：“二句盖亦张融所谓‘文无定体，以有体为常’也。”钱锺书批评说：“‘离方遁圆’明谓偭规越矩，李注大误；张融意谓文有惯体而无定体，何评尚膜隔一重。”又引用韩愈《送无本师归范阳》、皎然《诗经·取境》、苏轼《书吴道子画后》，作出正解：“四句皆状文胆；‘僶俛不让’即勇于尝试，勉为其难”，“‘离方圆以穷形相’

① 赵福海、刘琦、吴晓峰主编：《〈昭明文选〉与中国传统文化》，吉林文史出版社2001年版，第1~22页。

即不囿陈规，力破馀地。”更引西典说：“西方古典主义以还，论文常语如：‘才气雄豪，不局趣于律度，迈越规矩，无法有法’（下引原文，从略）；‘规矩拘缚，不得尽才逞意，乃纵心放笔，及其至也，纵放即成规矩’（下引原文，从略）；‘破坏规矩乃精益求精之一术’（下引原文，从略）；均相发明。”[①]突破传统，力求创新，为中外文学的普遍规律，以西方典籍补正李注，诠释文本，尤为明畅。此种中西比较研究法是学贯中西的钱锺书独擅长妙诣，亦为他赢得极大的学术声誉。

陈文对钱锺书引用佛家经卷疏解《文选》本文、补正李注亦做了剖析。如钱氏特别赞赏陆机《演连珠》中蕴含的哲学思想，并对诸多义蕴深邃之章句做了精妙的疏解。其论“烟火情性”一章，则广征佛典以为疏证。诸如《杂阿含经》《楞伽经·一切佛语心品》《楞严经》《维摩诘所说经·观众生品》，谢灵运的《〈维摩经〉十譬赞》，僧肇的《宝藏论·广照空有品》，净觉《楞伽师资记》、智者《摩诃止经》，至清凉澄观的《华严经疏钞》等，皆加引用以与陆机之说比勘，大大弥补了李善注之不足。

除了上述比较法之外，钱氏用义证法研究李善注亦贡献不菲。所谓义证，即对本文之词语章句不予直接诠释，而是广征事理义蕴与其相近相通之文献予以印证沟通。义证法本是传统注释学之一，但是，钱锺书以其广博的中西文化学养大大拓展了义证法的内涵。他善于发现不同历史时代、不同社会经历的作者及其作品，在事理、心理上的相通相近，情思意绪的“接境交关”，从而达到“钩深致远”。因此，在对李善注的匡讹、补正、疏解之中，钱氏胪列的诗文小说或西典佛经，其理念、意境、情志、技巧，皆有其内在联系。或先后启承，或彼此冥契，或连类贯通。因此，以诗明诗，以赋诠赋，以文析文，或者诗文赋之间交互为释，始成可能。

钱锺书的李善注研究虽以中西比较而著名，但是，对于传统训诂学的研究方法，亦驾驭娴熟。他在对李善注充分认同的基础上，常常又作出补充，使其更加确凿、充实、圆备。或就李注之语典做词义辨析，或就李注发挥其

① 钱锺书：《管锥编》，中华书局1979年版，第3册，第1193~1194页。

义理或艺理，或为李注的准确性作出申说，或为李注校勘的精严做论证，或为李注之单书孤证增补事典。

（二）《文选》注释的整体研究

现代《文选》学区别于传统《文选》学的重要特征之一是其研究注重整体性。在《文选》注释研究中，日本学者冈村繁与森野繁夫即是整体性研究的杰出代表。他俩的《文选》注释研究与清儒之最大不同，在于其并非仅仅局限于《文选》李善注个别注释的研究，而是将抄本李善注与刻本李善注作为一个整体进行考证，力图以此阐释李善注的形成过程。

冈村繁代表了现代《文选》学注释研究的方向，其《文选》注释研究主要集中于《〈文选集注〉与宋明版本的李善注》[①]与《〈文选〉李善注的编修过程——以引用纬书的情形为例》[②]二文。而森野繁夫的相关研究主要见于《关于〈文选〉李善注——集注本李善注和刊本李善注的关系》[③]。

冈村繁颇具创新精神，他的两篇《文选》注释研究论文均极具创造性。《〈文选集注〉与宋明版本的李善注》是针对斯波六郎在《文选诸本的研究》[④]中关于《文选集注》（以下简称《集注》）拥有最多的旧李善注这一观点而撰写。斯波六郎发现：《集注》本卷八《三都赋序》《蜀都赋》等李善注相当详尽，而卷五十九《杂诗》以下的李善注却是最为精简的注释。他通过对《集注》袁宏《三国名臣序赞》与尤袤刻本、明州本、袁褧刻本、胡克家刻本比照，发现《集注》中的李善注，有时非常精密，有时非常精略。如袁宏该文“静乱庇人，抑亦其次。夫时方颠沛，则显不如隐”数句。“静乱”

① 《加贺博士退休纪念中国文史哲学论集》，日本讲谈社 1978 年版；又载《文选学论集》，时代文艺出版社 1992 年版，第 37~55 页；《中外学者文选学论集》，中华书局 1998 年版，第 978~999 页。

② 《东方学论集》，1987 年 6 月；又载《〈昭明文选〉研究论文集》，吉林文史出版社 1988 年版；复载《中外学者文选学论集》，中华书局 1998 年版，第 1073~1090 页。

③ 见《日本中国学会报》第 38 集，1986 年；又载《中外学者文选学论集》，中华书局 1998 年版，第 1001~1028 页。

④ [日]斯波六郎：《文选诸本的研究》，载《文选索引》，京都大学人文科学研究所 1957 年版，又，上海古籍出版社 1998 年版；复载《中外学者文选学论集》，中华书局 1998 年版。

一词，《集注》卷九十四上李善注完全未注其出典，尤本、明州本、袁本、《四部丛刊》本等重要现存宋明版《文选》李善注却一一明示其出典。如“颠沛”“隐显”二词，《集注》李善注均注明出典且予阐释，而现存宋明版本诸《文选》却未注明出典与训诂。再如“愔愔幕里，算无不精。亹亹通韵，迹不暂停。虽怀尺璧，顾哂连城”数句，《集注》对“愔愔”无注，而今存尤本、明州本、袁本、《四部丛刊》本皆有注释。“亹亹”四句，《集注》李善注为：“夫奔竞之流，徇名弃实。有德之士，韬迹遗名。故怀盈尺之珍，反笑连城之价也。”今存尤本、明州本、袁本、《四部丛刊》本却无此三十字阐释。复如“昂昂子敬，拔迹草莱。荷担吐奇，乃构云台”四句，尤本、明州本、袁本、《四部丛刊》本注出“拔迹”“草莱”二典，但对“荷担吐奇”却无释。《集注》卷九十四下李善注却注“荷担吐奇”为：谢承《后汉书序》曰：王婴荷担追业，周树遭变吐奇。这种现象是《集注》与尤本、明州本、袁本、《四部丛刊》本选取完全不同的注释对象所致，而非宋元刊本删减钞本《文选》所致。

冈村繁是将《文选集注》中注释最为详尽的《蜀都赋》与两组刊本（即明州本、袁本，尤本、胡刻本）· ·比勘。选取《蜀都赋》中“沟洫脉散，疆里绮错……虽星毕之滂沱，尚未齐其膏液”八句，“近则江汉炳灵，世载其英……是以游谈者为誉，造作者以为程也”十二句，“夫上图景宿，辨于天文者也。下料物土，析于地理者也”四句，经过详尽比较，认为：《文选集注》中的刘逵注、五臣注与明州本、袁本，尤本、胡刻本无明显差异，唯李善注较宋元刻本增加颇多。冈村繁推测：文中的李善注应是经过特别增补后第二次产生的李善注。《集注》本有而今刻本未有的诸注，非刻本脱漏所致，而是《集注》中李善注原来即比宋元刻本中的多。他又特别举出“合樽促席，引满相罚。乐饮今夕，一醉累月”四句，今存尤本、胡刻本与明州本、袁本诸刻本李善注皆为：《汉书》曰：赵李侍中皆引满举白。但是，《集注》李善注尚有《汉书》曰：陈平厚具，乐余太尉也。李善注的注例是同一典籍连续引用时，必首具书名，次则略书名而写作“又曰”，但是，《集注》却在引用《汉书》后又引《汉书》，而未写作“又曰”。这种情况显然不合李善注注例。只能视为《集注》李善注在追加引用《汉书·陆贾传》时，未注意到前者已引用《汉书》，故误将注例“又曰”书为《汉书》。

冈村繁还以《吴都赋》李善注为例，通过若干句例的比较，得出如下结论：《集注》本李善注较之明州本、袁本和尤本、胡刻本的李善注明显增多。可见，《集注》本与上述四种宋明版本李善注属于不同形态，二者在某一阶段已分属于不同系统。他认为：李善注的原始形态较为简素，后以这种简素的李善注为底本，分别定立系统，至少编纂了两种补订本李善注：一种是《文选集注》所收的李善注，一种是以宋明刊本为祖本的李善注。二者分属不同系统。总之，李善注由简素走向烦琐、增殖。

冈村繁对造成这一现象的原因做了阐释：据唐末李济翁《资暇录》之言，《文选》有初注本、覆注本、三注本、四注本等，为造成上述现象的原因之一。《新唐书·李邕传》所载，邕尝撰作补益李善之注，邕注与善注二书并行。此为造成上述现象的原因之二。

冈村繁的《〈文选〉李善注的编修过程——以引用纬书的情形为例》，选取了李善注引用纬书的情况作为考察对象，因为纬书在隋唐之际即遭焚毁之厄，至李善在世之唐初，纬书基本失传。冈村繁以罗振玉《古籍丛残》第六册所收二唐钞本《文选》李善注作为考察对象。李善注《文选》引用纬书之例不见于《答客难》与《解嘲》残卷，《西京赋》残卷有四条。“上飞闼而仰眺，正睹瑶光与玉绳”二句李善注引用了纬书《春秋运斗枢》与《春秋元命苞》，所引《春秋运斗枢》见于欧阳询等编《艺文类聚》卷一《天部上·星》，所引《春秋元命苞》之文见于虞世南编《北堂书钞》卷一五〇《天部二·星》之“玉绳”项。“再者方今圣上，同于号于帝皇”二句李善注引用了纬书《尚书刑德放》与《春秋元命苞》。《尚书刑德放》之文见于《艺文类聚》卷一一《帝王部一·总载帝王》，《春秋元命苞》之文初唐类书《艺文类聚》《北堂书钞》皆未见，却见于北宋李昉奉敕所编《太平御览》卷七六《皇王部·叙皇王上》。

但是，亦有唐钞本李善注完全未引纬书，今传刊本李善注却可见到纬书注文。如扬雄《解嘲》：“深者入黄泉，高者出苍天，大者含元气，细者入无间。”唐钞本无注，今刊本（如胡刻本）却引纬书《春秋命历序》为注。《解嘲》

之另一例为："士无常君，国无定臣。得士者富，失士者贫。"唐钞本无注，今刊本（如胡刻本）却引纬书《春秋保干图》为注。《春秋命历序》与《春秋保干图》俱不见于《艺文类聚》《北堂书钞》《太平御览》等唐宋类书。

上述六条纬书引文中的前四条，其前三条李善皆可在当时流行的《艺文类聚》《北堂书钞》等类书中看到，且仅查阅"天部"的"星"项及"帝王部"的"帝王总记"，即可检出。第四条《春秋元命苞》原文，今天虽在《太平御览》看到，但该书编纂实为综合《修文殿御览》《艺文类聚》《文思博要》而成，故崇贤查阅《修文殿御览》《文思博要》诸类书"帝王总记"部分即可。后两条，出自《春秋命历序》与《春秋何干图》，且"元气"与"得士者富，失士者贫"二典与传统类书的项目不合，故现存类书无载。尤其是"得士者富，失士者贫"之典出，翻检尤为不易。

冈村繁从唐钞本李善注引用纬书的情况推测《文选》注释是一逐步完成的过程。李匡乂《资暇集》所言"初注成者"即李善大量利用《修文殿御览》《艺文类聚》诸类书注释而成，并于显庆三年（658）上呈高宗。此后，在补订生涯中，李善逐一完成了"覆注""三注""四注"及"绝笔本"。由此证明《文选》李善注是一个逐步演进的过程，也是李善个人逐步完善、丰富的过程。

森野繁夫《关于〈文选〉李善注——集注本李善注和刊本李善注的关系》是现代《文选》学史上研究李善注的另一力作。他发现了宋刊本李善注较唐钞本（下简称《文选钞》）李善注增多的原因之一是吸收了《集注》中保存的《文选钞》与陆善经注。森野繁夫对唐钞《集注》有精湛的研究，故其研究李善注着重考察《集注》本与宋代刊本李注的关系，得到诸多重大发明。他将《集注》与尤刻本李善注相互比勘，参考胡刻本、明州本、《四部丛刊》本，发现《集注》中的《文选钞》在征引、释义两方面较李注增添了诸多内容，《文选钞》的施注方针之一是"补充李注"。刊本李注注释较多的第一项原因即其所增加与改动的李注与《集注》李注中的《文选钞》和陆善经注相同。

如左思《吴都赋》："于是乐只衎而欢饫无匮，都辇殷而四奥来暨。水陆浮行，方舟结驷，唱棹转毂，昧旦永日。"刊本李注增加了"《毛诗》曰：

且以永日”。《集注》中的《文选钞》恰有“《毛诗》云且以永日”数字。关于“辇”，《集注》李善注曰：“胡广《汉官解故》注曰：毂下，喻在辇毂之下，京城之中也。”森野认为：其实训释的是“毂下”而非“辇”，此言甚当。《集注》中的陆善经注曰：“辇，王者所乘，故京邑之地通曰辇。”刊本李注舍弃了《集注》本李注，采用了陆善经注。

再如任昉《宣德皇后令》“夫功在不赏，故庸勋之典盖阙”二句，《集注》李注曰：“《周书》曰：平州之臣，功大弗赏，谄臣日贵。”刊本李注则增加了“言功绩既高，在乎不赏。故庸勋之典，盖阙而不论”十九字和“《史记》蒯通说韩信曰：功盖天下者不赏”十五字。《集注》陆善经注曰：“《史记》蒯通曰：功盖天下者不赏。”虽然刊本李注增加的前十九字未知所据，但后十五字当出自陆善经注。且《集注》李注演变为李注时往往采用了更古的语例使内容更贴切，故刊本李注似乎有意改换了《集注》李注的引证。

总之，森野繁夫认为：刊本李注是对《集注》李注补充订正、加工而成。《集注》李注在注释、释义两方面内容较多者仅限于卷八的左思《三都赋序》《蜀都赋》与卷九的《吴都赋》。这是刊本在补订《集注》本李注时对保存有古注的《三都赋》等作品改动特多所致，也反映了《集注》本李注更接近其原貌。

该文最有价值者是第二部分《刊本李注和〈文选钞〉、〈陆善经注〉的关系》，深入论证了刊本李注与《文选钞》（以下简称《钞》）《陆善经注》的密切关系。列举了诸多例证，如曹植《求通亲亲表》“妃妾之家，膏沐之遗”二句，刊本李注为：“《毛诗》曰：岂无膏沐。”《集注》李注此处未引《毛诗》，但《钞》注为：“《诗》云：岂无膏沐，谁适为容。”颜延之《三月三日曲水诗序》，刊本李注征引了《风俗通》《韩诗》《续齐谐记》、裴子野《宋略》等解题。《集注》只引用了裴子野《宋略》和东阳无疑的《齐谐记》，《续齐谐记》仅为略引。但是，《集注》中的《钞》除裴子野《宋略》外，馀者与刊本解题征引的诸文献全无二致。《续齐谐记》之文《集注》仅为略引，《钞》却征引较完整，与刊本大类。可见，刊本李注对《宋略》之外的引证，当依据《钞》。陆善经注的情况与《钞》相类。如江淹《杂体诗·嵇中散》“朝食琅玕实，夕饮玉池津”二句，刊本引证《衡山记》曰：“空青冈有天津玉池。”《集注》本中的陆善经注与之全同。干宝《晋纪总论》“高贵冲人，不得复子明辟”二句，刊本注为：“《尚书》曰：惟予冲人，弗及知。”《集注》本陆善经注曰：“《书》云：惟予冲人，不及知。”释义情况亦如引证之例，如任昉《宣德皇后令》“要不得不强为之名，使茎宰有寄”二句，刊本为：“言德显功高，虽无酬谢之理，要不强为酬谢之名。庶使君主之情，微有所寄也。”《集注》陆善经注曰：“但要在不得不强为酬谢之名，使君主之情，微有所寄。”同篇“庶匪席之旨，不远而复”二句，刊本为：“梁王固让，同乎匪席之旨。百辟固请，庶王有不远而复之义也。”《集注》陆善经注曰：“梁公固让，旨意同乎匪席，百辟固请，庶其不远而复。”

森野由此得出了刊本李注增补的注解是将《集注》本的《钞》与陆善经注改编成刊本李注所致的结论，并列出了从唐钞《集注》到宋代刊本李注成书的关系图：

即：从《文选集注》中抽出李善注，利用《钞》《陆善经注》等补充订

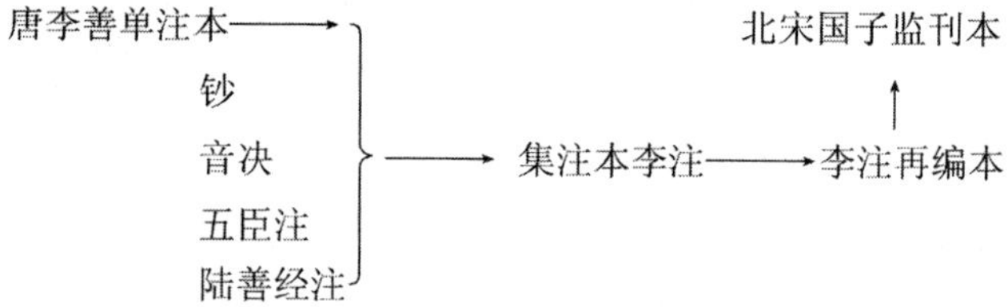

正成李注再编本，然后再编成北宋国子监本《文选》李善注。

该文亦存在重大错谬：首先是视永隆本《西京赋》为李善注本。傅刚的《永隆本〈西京赋〉非尽出李善本说》[①]已证明永隆本非李善本，而是永隆寺僧依据薛综和李善两种底本抄写而成。但是，森野却专节论述永隆抄本李注和《集注》本李注、刊本李注的关系，并认为永隆本李善注不是最初的就是最接近原始李善注的注本。其次，今存北京国家图书馆北宋监本李注（残卷）是从监本李注与五臣注合成的六臣注中再抽出李注编纂而成。但是，这不足

① 傅刚：《〈文选〉版本研究》，北京大学出版社2000年版。

以掩盖他在《文选》注释研究中独具的整体观，其研究虽未尽善尽美，但给予后人的启示却泽被后世，并为现代《文选》学的注释研究指明了方向。

傅刚《俄藏敦煌写本 Φ.242 号〈文选注〉发覆》是其敦煌写本《文选》研究的重要著作，亦是有关《文选》注释研究的一篇重要论文。虽然观点、材料不无商榷之处，但是，笔者极为欣赏该文所体现的整体观。Φ.242 号《文选注》是最早公布于世的俄藏敦煌写本。二十世纪二十年代末，日本学者狩野直喜博士即在苏联学士院获读此卷，并撰有《唐钞本〈文选〉残篇跋》[①]。同年 12 月《国立中山大学语言历史研究所周刊》第 10 集第 109 期转载，1935 年《东洋学丛编》第一册再次收录。《俄藏敦煌文献》第四册[②]重版后，再次引起学林注目。罗国威率先发表《俄藏敦煌本 Φ.242〈文选注〉的文献价值》[③]，论述此卷的文献价值，后收入《敦煌本〈昭明文选〉研究》。罗氏认为此卷的文献价值有五：1. 可证今本之讹及文字与今本异者；2. 该注中保存了数种亡逸已久的典籍的遗文；3. 注文纠正了《文选》正文用典用事之误；4. 注文有较李善注及五臣注胜者；5. 该注有与李善注异曲同工者。其研究重在详细比勘 Φ.242 号《文选注》与今传北宋监本、尤本、陈八郎本、明州本、《四部丛刊》本、《文选集注》本的文字异同，探讨其文献价值，并得出此卷为不同于李善与五臣的唐人《文选注》的结论。

傅刚则重在探明李善注与此写卷的相互关系，这是其过人之处，探讨各写卷、传世刻本在整个《文选》流传过程中的定位，是傅刚《文选》版本研究成果卓著的秘诀。作者对俄藏敦煌写本 Φ.242 号《文选注》正文与注文分别比勘。将写卷正文与北宋监本、尤本、奎章阁本、陈八郎本、朝鲜刻本相较达四十处发现：此写卷与李善本相近而与五臣本相差甚远。再从注文看，写卷注释极有特点。第一，具备规范严谨的校、注体例；第二，注释出典，指明出处；第三，多与善注相同。傅刚以尤刻本为主校本，将写卷与之比勘，详列二十二例注释。结论是：写卷与李善注基本相合。表现为：注文大致相合，

① 见《支那学》第 5 卷第 1 期，1929 年 3 月；又载《君山文》卷 3，1959 年。
② 见上海古籍出版社 1993 年版，内载 Φ. 242 号《文选注》。
③ 见《古籍整理学刊》1998 年第 2 期。

释典出处基本相合，释典出处不同但引文基本相同。应当说到此为止，这些研究尚未超出前贤的窠臼，狩野直喜在二十世纪二十年代末《唐钞本〈文选〉残卷跋》中已得出结论。按：此书与李善注本合者十八九，与五臣注本合或与两书均不合者十一二。所不同者，狩野直喜只是在文字上比勘Φ.242号《文选注》与李善注、五臣注刻本之同异，并未看出其底本是薛综注本。傅刚所做的论断较之狩野直喜更为重要，因其重在阐明此唐人注本为李善注本的重要渊源。

在正文、注文多数相合的情况下，傅刚进行了严密的推理论证：1. 写卷注文凡参考前代选本处均予说明，善注却只注明典故本身出处而不注明所用的前人注本。2. 李善对写本注例进行了补充、修正，故较写本更完整、更准确。3. 善注参考、改正写本注释留下了参考写本痕迹。如曹植《上责躬诗表》"抱舋归藩"句，写本用杜预《左传注》释"舋"为"瑕"，善注改"暇"为"兆"，并称此注出自杜预，但杜预《左传注》并无此注文，实出贾逵《国语注》。可见，李善不同意写本注释，故引贾逵注以正之，却误将贾注当作杜注，留下了善注参考写卷的蛛丝马迹。再如《上责躬诗表》"伏惟陛下"句注，写本与李善注均引用应劭之言，其实尚出于蔡邕《独断》。蔡邕与应劭大致同时而稍前，但写本、善注皆引应劭而不引蔡邕，只可释为善注参考写卷。4. 写本成于太宗朝且先于李善注。历来研究李善注者莫不视李善注为典范，将李善注与五臣注作对比时更是极力崇李善而抑五臣，但是，傅文却以大量事实说明《李善注文选》亦渊源有自，并非李善独创，而是在前人注释的基础之上创造性发展的逻辑归宿。这对正确认识李善注与五臣注意义极大。

傅文推理极为严密，但亦有偶失。如以Φ.242号《文选注》未引用颜师古《汉书注》而善注引用其作为写本先于善注的论据之一，徐俊在《书评》予以补正。颜注《讽谏诗》未被写本引用，但同卷张茂先《励志诗》"如彼东亩，力耒既勤"句注却引用了"颜监曰：耒，牛耕曲木"。可见，写本当完成于颜注《汉书》成书之后。这是傅刚专力于《西京赋》而未暇顾及其他所致，不过这尚不足以动摇作者写本先于李善注本的基本结论。Φ.242号《文选注》的研究并未终止，傅刚的创造性研究仍是此写卷问世近百年来最为重要的研究文章之一。徐俊的补正，对于深入研究 Φ.242 号《文选注》及整个敦煌写本研究，具有极为重要的指导意义。

四、非主流注释研究

《文选》注释的主流是唐代的李善注、五臣注与宋刻本合成的六臣注，但是，唐代《文选》注释并非仅有李善注与五臣注两家，特别是唐抄《文选集注》发现以来，《文选钞》、陆善经注等非主流注释研究也受到了《文选》学研究者的关注。

署名"重"的《文选钞文选音决》[①]在现代《文选》学史上首次研究了唐抄本《文选集注》（简称《集注》）中保存的《文选钞》（简称《钞》）与《文选音决》（简称《音决》）的作者。《集注》的发现，带来了诸多新的研究课题，其中保存的《钞》与《音决》的作者问题即是其一。该文极短，仅一百三十七字。作者据《日本国见在书目》（简称《见在目录》）载有"公孙罗《文选钞》五十九卷，又《文选音决》十卷"，且《旧唐志》载有公孙罗《文选注》六十卷（《新唐志》同），又《音》十卷（《新唐志》作《音义》），认为：两《唐志》所载公孙罗的《文选注》与《文选音义》，即为《文选集注》中的《文选钞》与《文选音决》。且《见在书目》为唐代日本人所作，著录了当时所得到的中国书，故《钞》与《音决》即是公孙罗著作之原名。

邱棨鐊的《〈文选集注〉所引〈文选钞〉研究》[②]是中国学者对《文选钞》进行精细研究的第一人。由于《文选集注》发现于日本国，故日本学者中不乏称《文选集注》出于日本学者之手者，邱棨鐊的研究首先辨清了《文选钞》为唐人所做。他从《钞》的避讳字入手，得出《钞》于唐帝讳如渊、世、民诸字大半缺笔，而对玄宗、中宗诸讳一无缺笔。宋帝讳如构（高宗）、恒（真宗）、祯、贞（仁宗）、慎（孝宗）、殷（宣祖）等，宋刻《文选》皆缺笔，而《钞》却不讳。邱棨鐊尚从《钞》之书写多用唐代俗体为另一视角，考证《文

---

① 见《学文》第1卷第1期，1930年11月。

② 见《铭传学报》第13期，1976年3月；又载《中外学者文选学论集》，中华书局1998年版。

选集注》为唐人所写，后流入日本。

邱棨鐊不同意《文选钞》为公孙罗所撰。他认为，如果《钞》与《音决》俱为公孙罗所撰，则两书原本正文应皆一致；但今本《集注》中的《钞》与《音决》正文却非一致。且《钞》与《音决》注释之有无、存缺颇多乖谬，故可证两者原非一帙，殆非同出一人之手。其作者当为扬州受业于李善的弟子。《钞》的写作成书当在李善之后、公孙罗之前或同时。其撰作意在补苴善注，使《文选》注深入浅出，上承李善之淹贯，下开义理之乡。所以名曰《钞》，且不署撰者之名，盖江都《文选》学各承师说，经年累月，荟萃众说，钞为一帙。

向宗鲁《书陆善经事——题〈文选集注〉后》[①]则详考了《集注》中陆善经的生平仕履。向氏据唐开成石刻集贤院学士、宰相李林甫等《进月令注表》，称同撰注人有直学士河南府仓曹参军陆善经。《新唐书·艺文志》载御刊定《礼记月令》一卷，其子注列集贤院学士李林甫诸人注解，其中有直学士三人，善经当为其一。又据日本古抄卷子本《蒙求》李良《荐蒙求表》的题识知陆善经天宝五年任国子司业。故善经前为河南府仓曹参军，入为集贤院直学士，至天宝五年始累迁至司业。两《唐志》并载陆善经注《孟子》七卷，《广韵》尚引善经著《新字林》，有近人黄右原汉学堂辑本。其所著他书，据日本滕原佐世《见在书目》，有《周易》八卷，《古文尚书》十卷，《周书》十六卷，"三礼"三十卷，"三传"三十卷，《论语》六卷，《列子》八卷等。

唐代的《文选》注释除李善、五臣、《钞》《音决》、陆善经等注释外，尚有无名氏的注本。罗国威的《敦煌本〈文选注〉笺证》[②]收载了冈村繁、罗国威两位学者对日本细川氏"永青文库"敦煌本《文选注》残卷与天津艺术博物馆藏敦煌本《文选注》的研究论文。这一敦煌本《文选注》于1965年4月由日本东京细川氏永青文库附上神田喜一郎博士的《解说》影印出版。

---

① 见《斯文半月刊》第3卷第2期，1943年；又载《中外学者文选学论集》，中华书局1998年版。

② 见巴蜀书社2000年版。

神田喜一郎博士将此敦煌本《文选注》残卷的司马相如《难蜀父老》与《集注》残卷的司马相如《难蜀父老》相对校，发现二者竟无一条相同，故可知此为《集注》所录唐代诸名家注释之外的无名氏《文选注》。1965 年 10 月，冈村繁发表《关于细川家永青文库藏〈敦煌本文选注〉》[①]的研究论文；1966 年 2 月，冈村繁又发表《敦煌本〈文选注〉校释》[②]，后又经作者补订更名为《永青文库藏敦煌本〈文选注〉笺订》[③]发表。

在日本永青文库《文选注》发现后，中国天津艺术博物馆又发现了该《文选注》的前半部分，二者对接后竟成完璧。中国学者罗国威将天津艺术博物馆与永青文库藏敦煌本《文选注》对接影印，附三篇考释文字（罗国威《天津艺术博物馆藏敦煌本〈文选注〉笺证》，冈村繁《永青文库藏敦煌本〈文选注〉笺订》与罗国威《永青文库藏敦煌本〈文选注〉补笺》）而编成《敦煌本〈文选注〉笺证》一书。经过中日两国学者的研究考订，今已知此《文选注》乃初唐非李善注的又一《文选》注本。此《文选注》既无正文，抄录又多舛误，但却是存留今日之非李善注、五臣注、陆善经注、《钞》《音决》之外的唐人注释，故为研究《文选》注释提供了又一重要参照。

《文选集注》卷八《三都赋序》尚存有綦毋邃注五条，罗国威《左思〈三都赋〉綦毋邃注发覆》[④]专文予以研究，发明了綦毋邃注对李善注的补充与完善。

---

① 《东北大学集刊》第 14 号，1965 年 10 月。

② 《东北大学教养部纪要》第 4 号，1966 年 2 月。

③ 《久留米大学文学部纪要》第 3 号，1993 年 6 月；第 11 号，1997 年 6 月。

④ 见《古籍整理研究学刊》1994 年第 6 期。

第十章
《文选》分体研究

《文选》分体研究是《文选》文本研究的一个重要方面。将其从文本研究单独列出是因为《文选》分体研究极为复杂，且文类研究是现代《文选》学中一个极为重要的课题。《文选》分体历来争议颇多，或认为萧统分体琐细，或认为萧统分体不尽合理。从具体文本出发，《文选》分体又有三十七体、三十八体、三十九体三说。

一、魏晋南北朝文体分类思想的发展

现代《文选》学史上的分体研究包含两个方面：一是对《文选》分体思想来源的研究，二是对《文选》一书具体分体的研究。前者始于现代《文选》学，后者清人已有研究。

《文选》分体选录作品是魏晋南北朝文体分类思想发展的必然结果。因此，探讨《文选》所体现的魏晋南北朝文体分类思想的产生、发展是研究《文选》分体的基础。二十世纪三十年代汪辟强的《与黄祖轩论〈文选〉

分类书》[1]是现代《文选》学史上最早论及《文选》分体与魏晋南北朝文体分类思想的重要文章。汪文认为："魏晋以前，集名未立，史传记述，文家撰著，多详举篇章，不嫌繁复。范晔在宋时撰《后汉书》，多本蔡邕、谢承、薛莹、袁山松、司马彪、华峤、张璠之旧。今试检范书文士列传，如班固、冯衍、张衡、蔡邕、孔融之伦，详纪撰著，但云所著诗、赋、论、议、箴、碑、铭、连珠、章表、书记凡若干篇传于世。单篇如班固之《典引》《宾戏》《应讥》，蔡邕之《释诲》《女诫》，亦列举之，不惮烦琐。据此，尤可证《昭明文选》以前类目纷繁已成习见，非惟挚太常《文章流别集》可征，即史传书文士之著作如《后汉书》者，亦可得其梗概矣。""鄙人籀绎来旨，详征往籍，知昭明实有所据，非由臆断，其详可得而知也。""至若综合众体，论列得失，建安而后，此风弥盛。魏文帝《典论》曰：'奏论宜雅，书论宜理，铭诔尚实，诗赋欲丽。'晋陆机《文赋》曰：'诗缘情而绮靡，赋体物而浏亮，碑披文以相质，诔缠绵而凄怆，铭博约而温润，箴顿挫而清壮，颂优游以彬蔚，论精微而朗畅，奏平彻以闲雅，说炜烨而谲诳。虽区分之在兹，亦禁邪而制放。要辞达而理举，故无取乎冗长。'凡此分别类目，远在昭明以前者也。至与昭明同时，区析文体，最为昭晰者，又莫如刘彦和氏。""总集之最古者，在晋有挚太常虞之《文章流别集》六十四卷，在宋有临川王刘义庆之《集林》二百卷，并皆杂集前贤沈思翰藻之文，为宋齐人士所诵悉。今《文章流别集》《集林》二书皆不可见，《集林》更无类例可征，惟挚太常《文章流别》序、论，唐宋类书如《艺文类聚》《北堂书钞》《太平御览》尚存概略。今就征引所存，稽其分类之法，则有颂、赋、诗歌、七、箴、铭、诔、哀辞、解嘲、碑、图谶诸类。序中详述源流，论列体制，书虽不存，分类之旨，犹可考见。"

综上可知，汪氏认为文体分类始于东汉，文学批评著作与文章总集均在辨体方面贡献不菲。曹丕《典论·论文》、陆机《文赋》、刘勰《文心雕龙》等文学批评著作即含有辨体内容，挚虞《文章流别集》、刘义庆《集林》等文学总集亦含有辨体内容。《昭明文选》之文体分类实际上继承了魏晋南北

① 见《制言半月刊》第18期，1936年版6月1日；又载《中外学者文选学论集》，中华书局1998年版，第42~44页。

朝在文学批评与总集编纂两方面文体辨析的成果，并非全由昭明己创。

汪氏对魏晋南北朝文体辨析观念的发展做了初步的清理，并从文学批评与文章总集两个方面探讨了《文选》的分体。在现代《文选》学史上，此作当不容忽视。

继汪辟强之后，李庆富《文选解题及其读法》[①]对《文选》的分体渊源亦进行了详细的论述。李庆富认为《文选》分体是“事有因循，非徒臆造”，如《论语·侍坐》之篇，则述志之体也；颛臾之对，则论议之文也；《孟子》大人之章，《七发》所始也；《韩非》外储之说，连珠所本也；记事《尚书》最古，赋物《荀子》已备；虞箴汤盘，为箴铭之源；而鲁哀公之悼尼父，郑子家之讯赵宣，则又为书诔最早者也。

二十世纪八十年代中期，现代《文选》学一个新的学术上升期正式开始。徐召勋的《评萧统的文体分类思想》[②]最先接触了这一课题。

同期，日本学者冈村繁在《〈文选〉编纂的实际情况与成书初期所受到的评价》[③]一文对魏晋南北朝文体辨析观念的产生、发展，文学评论、文章总集对文体辨析的状况进行了更为细致的分析。

第一，总集、选集中的文体观念更为清晰。冈村繁认为宋齐以后编纂的总集及选集，与《文选》的编集形式一样，都对文体进行了细致的区分，并依据这种细致的区分收列相应的诗文作品。以南齐孔逭《文苑》为例，南宋末王应麟《玉海》卷五十四《艺文类·总集文章》引《中兴书目》曰：“孔逭集汉以后诸儒文章，今存十九卷。赋、颂、骚、铭、诔、吊、典、书、表、论，凡十属。”故南齐孔逭所编纂的《文苑》一书实即分体编纂的文章总集，从宋代官修的《中兴书目》看，残存于宋代的《文苑》十九卷中已涉及文体十类，故全书绝不可能仅有此十种文体。

第二，文学批评著作中的文体辨析日趋细密。南齐末年刘勰《文心雕龙》

---

① 见《学风》第7卷第4期，1937年5月。

② 见《安徽大学学报》1984年第4期。

③ [日]冈村繁《〈文选〉编纂的实际情况与成书初期所受到的评价》，载《日本中国学会报》第38集，1986年；又载《中外学者文选学论集》，中华书局1998年版，第1051~1074页。

已将周汉以来的文体区分为“诗”“乐府”“赋”“颂”“赞”“祝”“盟”等三十三类。其中，“杂文”又区别为十馀种细目，“书”“记”细分为二十馀类。任昉《文章始》竟区分文体达八十四类：“六经素有歌、诗、诔、箴、铭……此等自秦汉以来，圣君贤士，沿著为文章名之始，故因暇录之，凡八十四题。聊以新好事者之目云尔。”

第三，关于文体分辨观念的产生。冈村繁以范晔《后汉书》部分列传中有关文体的记载为例，追溯了东汉以来文体分类思想的产生与发展。如《马融传》载录文体有赋、颂、碑、诔、书、记、表、奏、七言、琴歌、对策、遗令。《蔡邕传》载录文体有诗、赋、碑、诔、铭、赞、连珠、箴、吊、论议、独断、勸学、释诲、叙乐、女训、篆执、祝文、章表、书记。他认为，这种细密的文体分类在史书中是前所未闻的，它表明齐梁时期文体分类概念的共盛源于刘宋以来文学界对文体的强烈关心。

但是，他对魏晋南北朝文体辨析观念的研究尚未尽善尽美，作出总结性深入研究的是中国大陆学者傅刚。

傅刚在研究《文选》“难”体时考察了魏晋南北朝文体分类思想的发展，撰写了《魏晋南北朝文体分类思想的发展》①，后将此文扩展写入《〈昭明文选〉研究》②上编《〈文选〉编纂背景研究》之第二章《文体辨析与总集的编纂》。此章共分四节。

第一节《文体辨析的学术渊源》。论文体辨析始于汉末，其学术渊源当追溯至刘向《别录》、刘歆《七略》与班固《汉书·艺文志》。文体辨析的内容有三：一是辨文体的类别，二是辨文体的风格，三是辨文体的源流。文体类别的区分，源于《七略》。东汉之后，文体发展迅速。《后汉书》著录的文体有诗、赋、铭、诔、颂、书、论、奏、议、记、碑、箴、七、九、赞、连珠、吊、章表、说、嘲、策、教、哀策、檄、难、答、辩、祝文、荐、笺

① 见《文学遗产》1996年第6期。此文的主要观点成为袁行霈主编的《中国文学史》（高等教育出版社1999年版）第二卷第三编第一节《文学的自觉与文学批评的兴盛》中关于文学自觉的三大标志之一。

② 傅刚：《〈昭明文选〉研究》，中国社会科学出版社2000年版。

等三十馀种，《三国志》著录的文体亦有十三种之多，充分体现了东汉以来文体的迅速发展。在此背景之下的文体辨析亦表现为三个方面：第一，《文心雕龙》《诗品》等文论著作十分重视考镜源流，对文体、作家均无例外。第二，一些总集通过选编辨析文体，如挚虞《文章流别集》、李充《翰林论》在辨别文章体制风格的同时，亦追溯了各体文章的源流发展，体现了“考镜源流”的思想。至如任昉《文章始》，辨析文体达八十四种之多。第三，此期佛学家在整理佛学典籍时特重“考镜源流”，僧祐、慧皎所写诸佛典叙录即是明证。第四，史学家对文体辨析贡献不菲。对照冈村繁关于魏晋南北朝文体辨析观念的产生发展，可以见出傅刚的文体辨析观产生发展的研究显然要深入得多。

第二节《文体辨析的历史要求》。论立体源于作家，辨体源于评论家。立体之初，作者并未有辨体意识，因此，虽然作者创造了某种文体，但实际上已有了差讹。如辞赋二体，辞是以屈原为代表的楚辞体，赋是以司马相如为代表的流行于两汉的文体。但由于赋自辞发展而来，汉人遂以辞赋并称，导致两种文体混淆，如将屈辞称作屈赋。南北朝时期辨体水平提高，《文心雕龙》《文选》《文章始》《七录》等均将《楚辞》与汉赋分列。东汉之后，文体日繁，虽大作家亦常常混淆不同文体，故文体辨析遂成为一种历史要求，并且表现在文学创作与文学批评两个方面。

第三节《汉魏六朝文体辨析观念的产生与发展》。论汉魏六朝文体辨析观念的产生是在东汉末年文体增繁的基础之上，《后汉书》各人物传记记载传主著作之文体，即是文体辨析观念的具体体现。汉末文体辨析意识亦表现于蔡邕的《独断》之中。蔡邕《独断》从名称来源、本义分辨、使用对象、使用范围诸方面辨析了策书、制书、诏书、章、奏、表、驳议、上书等文体。但蔡文仅仅是考释事物名称之作，非以辨析文体为主要目的。汉末刘熙的《释名》亦为考释事物名称之作，但较《独断》更为系统，它考释了奏、檄、谒、符、传、券、策书、启、书、告、表、诗、赋、诏书、论、赞、铭、碑、词诸文体。建安末桓范《世要论》亦论及文体，是书批判了《赞象》《铭诔》《序作》诸文体的淆乱。上述三书均将文体作为一般事物看待，且主要辨析应用性文体。《后汉书·文苑传》多用“文章”一词指代诗赋等文体，并将“文章”与“笔疏”分别，实际已开启后世文笔之辨。三国时期文体辨析意识更为自觉。《三国志》著录文体多以文学体裁置前，且更为明晰地区分开了“文”与“笔”。曹丕《典论·论文》一文的主要目的是辨体，批评态度、作家个性、文章风格之论，俱与文体辨析相关。陆机《文赋》列叙十种文体，亦是在辨析文体的基础之上对作家写作进行指导。挚虞、李充更以编辑文章总集辨析文体。南朝时期文体辨析进入新阶段，此即对纯文学文体的认识更加深刻，更接近于文学本质。其文体辨析的重大事件是“文笔”之辨。“文笔”之辨以刘勰《文心雕龙·总术篇》所论最为系统，萧绎《金楼子·立言》对文学作品本质的认识远超同代作家。故南朝文学批评已不限于区分文体，而是在文体区分的基础之上深入讨论文体风格。

第四节《文体辨析与总集的编纂》。论述以总集编选文章进行文体辨析是挚虞《文章流别集》的一大贡献。此后，刘义庆《集林》、孔逭《文苑》均以文体分类达到辨体的目的。徐陵的《玉台新咏》并非以辨体为目的，但是书仍受到辨体意识的影响。

系统总结汉魏六朝文体辨析意识的发展，是傅刚的一大贡献，同时亦为全面研究《文选》分体做好了学术准备。由此可知，《文选》分体编纂作品是时代的产物，是魏晋南北朝文体辨析思想在总集编纂上的具体反映。

二、《文选》分体研究

《文选》的分体曾招致后人颇多非议，主要可分为两个方面，一曰琐细，二曰不当。骆鸿凯《文选学·义例第二》即详细辨析了诸种责难。

骆鸿凯认为《文选》分体，因仍前规，昭明分赋、骚为二类，当是。刘勰论文体，亦以《辨骚》与《诠赋》分篇，是亦别骚与赋。《文选》列赋于诗前，其例启于《汉志》。章学诚等认为《文选》分体琐碎，而是时刘勰《文心雕龙》列体亦繁，世传任昉《文章始》，缕举八十五体，烦琐尤甚。关于赋、诗二类的次文类划分，骆氏认为萧统亦仍前贯而作。据《文心雕龙·颂赞》，《文选》颇遭后人非议的“史述赞”之名，当继挚虞之误而来，非萧统首创。《三国志·吴志·阚泽传》有《过秦论》之称，则此篇称“论”已旧，非始于昭明，故章学诚对此篇称“论”的批评不当。

《文选》分体研究主要讨论《文选》一书的具体分体。

在《文选》具体分类研究中，有三十七体、三十八体与三十九体三说。

现代《文选》学史上三十七体说的代表是周贞亮、李庆富[①]与穆克宏。周贞亮在《文选学》上册第四章《文选之篇题》中明确列出《文选》的三十七种文体，并一一加以诠释。[②]这是现代《文选》学史首次对《文选》分体三十七进行的详细诠释。李庆富《文选解题及其读法》一文明确道出：“《文选》分体，凡三十有七：曰赋，曰诗，曰骚，曰七，曰诏，曰册，曰令，曰教，曰文，曰表，曰上书，曰启，曰弹事，曰笺，曰奏记，曰书，曰檄，曰对问，曰设论，曰辞，曰序，曰颂，曰赞，曰符命，曰史论，曰史述赞，曰论，曰连珠，曰箴，曰铭，曰诔，曰哀，曰碑文，曰墓志，曰行状，曰吊文，曰祭文。”穆克宏的研究首见于《萧统〈文选〉三体》[③]一文，其后，又在《昭明文选研究》[④]一书中给予肯定。三十七体说的版本依据是宋刻李善注单注本尤刻本《文选》、六家本明州本《六臣注文选》与六臣本赣州本《六臣注文选》及建州本《六臣注文选》等。因此，作为《文选》分体研究的一种重要观点，它的存在是合理的。

三十八体说源于清人陈景云的研究。陈景云为清初著名《文选》学家何焯的门人，精于《文选》学，著有《文选举正》六卷，已佚。但其著诸条赖胡克家《文选考异》与梁章钜《文选旁证》的大量征引得以保存。胡克家《文选考异》在《移书让太常博士》一文后，注云：“陈云，题前脱移字一行。”[⑤]梁章钜《文选旁证》卷第三十六刘子骏《移书让太常博士》[⑥]下注：“陈校：

① 李庆富：《文选解题及其读法》，载《学风》第7卷第4期，1937年版。
② 周贞亮：《文选学》，国立武汉大学1931年版，第32~40页。
③ 收《〈昭明文选〉研究论文集》，吉林文史出版社1988年版。
④ 穆克宏：《昭明文选研究》，人民文学出版社1998年版，第105~107页。
⑤ （梁）萧统：《文选》，中华书局1977年影印本，第952页。
⑥ （清）梁章钜撰、穆克宏点校：《文选旁证》，福建人民出版社2000年版，第992页。

题前脱‘移’字一行。”所谓“陈云”“陈校”，皆指陈景云而言。陈景云以为，在刘子骏《移书让太常博士》一文之前脱漏标明文类的“移”字。这一重要分体意见为胡克家、梁章钜所接受，得以留存后世。但是，陈景云、胡克家、梁章钜俱未道出补出“移”这种文类的根据何在。

傅刚《〈昭明文选〉研究》对此做了符合逻辑的推论：“细加揣测，估计他们的根据即是《文选序》所说：‘凡次文体，各以汇聚。诗、赋体既不一，又以类分，类分之中，各以时代相次。’就是说，《文选》编排体例是每一类文章各以时代先后为顺序排列，而据现存各版本，如尤刻本[①]、《四部丛刊》本[②]，刘子骏《移书让太常博士》一文居然排列在刘孝标《重答刘秣陵沼书》之后。刘歆（子骏）是西汉人，刘孝标是梁人，时代相差这么远，编者不可能不知道，可见此处的确是脱了一个标明类目的‘移’字。”[③]

胡克家在《文选考异》中又据此例考出李善注《文选》卷二十三欧阳坚石《临终诗》当另为一类。胡氏《考异》曰：“案：此不得在谢惠连下。当是‘临终’自为一类，尤、袁、茶陵各本皆不分，盖传写有误。又案：俗行汲古阁本反不误，乃毛自改之耳，非别有本也。”[④]胡克家对欧阳建《临终诗》的推论分析亦相当有理，虽然这一考证并非关涉《文选》全书的分体，而是局限于《文选》诗的二级分类，不过，它仍然是《文选》分体研究中的一大进步。

刘盼遂《文选篇题考误》[⑤]曰：“《移书让太常博士并序》按：上脱另行标题‘移’字。总目及宋刻善注本皆脱。此篇及《北山移文》二篇‘移’之属，非‘书’之属也。”刘盼遂此文辨《文选》分体当在通行之李善注本上另加“移”体，凡三十八体。这是现代《文选》学史上率先响应清人陈景云、胡克家、梁章钜诸人意见之文。

---

① 见中华书局 1974 年影印本。

② 见中华书局 1987 年影印本。

③ 傅刚：《〈昭明文选〉研究》，中国社会科学出版社 2000 年版，第 186 页。

④ （梁）萧统：《文选》，中华书局 1977 年影印本，第 913 页。

⑤ 见《国学论丛》第 1 卷第 4 期，1928 年版 10 月；又载《中外学者文选学论集》，中华书局 1998 年版，第 4~16 页。

刘盼遂虽对《文选》应立“移”类有所继承，但对《文选》应设“难”体却未能辨明：“《难蜀父老》司马长卿按《文选》无‘难’之类。此篇仍当是檄文，宜依《史记》本传之次，依此文于前《喻巴蜀檄》之后。此误或不出自昭明，殆钞胥所乱也。”可见，刘盼遂并不解司马长卿《难蜀父老》之“难”体当应单独立类，故主张将现行目录加以修改，即将明显不应排在钟士季《檄蜀文》之后的司马相如的《难蜀父老》提至该卷首篇司马相如《喻巴蜀檄》之后，以解决第四十四卷目录排序明显存在的不协调。

虽然刘盼遂未能从三十八体分类的研究中得出《文选》分体当为三十九体，但是，二十世纪二十年代王锡睿的《萧梁〈文选〉及〈古文辞类纂〉编例之比观》[①]第三部分《二书之分类及其组织》则明确言及：“萧统《文选》计分三十九类，共四百八十一篇。”在王锡睿所列的《文选》分体中，第十七类为“移”体，第十九类为“难”体。在现代《文选》学史上如此清晰地标明《文选》为三十九类者，此当为首次。

陈冠一《萧选姚纂曾钞在文学上之分析》（续）[②]的《昭明文选之分类》一节曰：“梁《昭明文选》分文体为三十九类。一赋二诗三骚四七五诏六册七令八教九策文十表十一上书十二启十三弹事十四笺十五奏记十六书十七移十八檄十九难二十对问二十一设论二十二辞二十三序二十四颂二十五赞二十六符命二十七史论二十八史述赞二十九论三十连珠三十一箴三十二铭三十三诔三十四哀文三十五碑文三十六墓志三十七行状三十八吊文三十九祭文。”陈冠一与王锡睿俱主张《文选》分体为三十九体，但是，陈冠一与王锡睿均未能就此展开论证，故不知二氏分《文选》为三十九体的依据为何。

二十世纪前期中国大陆的《文选》学研究者虽不乏如王、陈主张《文选》分体三十九类的研究者，但研究者亦有持三十七体、三十八体的。前者如李

① 见《国学丛刊》第3卷第3期，1926年版8月。

② 见《北平半月刊》第2期，1934年版7月。

庆富[①]与周贞亮[②]，后者如骆鸿凯[③]。但是，这些研究者或采用三十七体说，或采用三十八体说，或采用三十九体说，均未对采用诸体之理由进行论证，亦即未进入研究状态。

黄侃《文选平点》[④]目录校记中在第四十三卷“书下”列嵇叔夜《与山巨源绝交书》、孙子荆《为石仲容与孙皓书》、赵景真《与嵇茂齐书》、丘希范《与陈伯之书》、刘孝标《重答刘秣陵沼书》五篇目录后，明确标出“移”之类目，下注“意补一行”。后列刘子骏《移书让太常博士》、孔德璋《北山移文》二篇。正文校记在第四十三卷《移书让太常博士》后，亦注明“题前以意补‘移’字一行”。黄氏《文选平点》的出版虽在二十世纪八十年代，但观点却是二十世纪前期的成果。黄氏门人骆鸿凯《文选学》又承继了其业师的学术观点，在《文选学·义例第二》中曰：“《文选》次文之体凡三十有八：曰赋，曰诗，曰骚，曰七，曰诏，曰册，曰令，曰教，曰策文，曰表，曰上书，曰启，曰弹事，曰笺，曰奏记，曰书，曰移，曰檄，曰对问，曰设问，曰辞，曰叙，曰颂，曰赞，曰符命，曰史论，曰史述赞，曰论，曰连珠，曰箴，曰铭，曰诔，曰哀，曰碑文，曰墓志，曰行状，曰吊文，曰祭文。”[⑤]虽然骆氏于此一无解释，但其说本于黄侃当无疑义。

如果依照《文选序》每类文章俱以时代相次之观点诠衡《文选》，第四十四卷“檄”类中司马长卿《难蜀父老》亦不当排在钟士季《檄蜀文》之后。此卷录文有五：司马长卿《喻巴蜀檄》、陈孔璋《为袁绍檄豫州》《檄吴将校部曲》、钟士季《檄蜀文》与司马长卿《难蜀父老》。钟士季为三国魏人，司马长卿为西汉武帝时人，且此卷录司马长卿二文分列两处，《喻巴蜀檄》居全卷之首，《难蜀父老》列全卷之末，极不合《文选序》次文之例。虽清人陈景云、胡克家、梁章钜于此俱无说，但《难蜀父老》一文据理亦当标为“难”类。如果此说成立，则《文选》的分体当是三十九类。

① 李庆富：《文选解题及其读法》，载《学风》第7卷第4期，1937年版。
② 周贞亮：《文选学》第四章《文选之篇题》，国立武汉大学1931年版。
③ 骆鸿凯：《文选学》，中华书局1989年版之《义例第二》《体式第四》俱有此论。
④ 黄侃平点、黄焯编次：《文选平点》，上海古籍出版社1985年版，第46页。
⑤ 骆鸿凯：《文选学》，中华书局1989年版，第24页。

总之，《文选》当为三十九体这一问题在二十世纪前期并未得到科学的解决。

二十世纪后期，台湾著名现代《文选》学家游志诚率先于“台湾成功大学魏晋南北朝文学与思想学术讨论会”上发表《论文选之〈难体〉》，后收入作者《昭明文选学术论考》①一书。

该文分为十一部分：1. 问题的提出概述。2. 难体的开始。3. 版本之左证。4. 梁代以前文题难名已成立。5. 梁代文体之分合。6. 从辨体角度看难体宜分之理。7. 严可均分体之意义。8. 章学诚检讨难体。9. 檄难文体作法异同分析。10. 从文类学角度看难体之分立。11. 结论。

游文的要点是：

1.《文选》文类中有“难”体的版本依据是南宋绍兴三十一年（1161）陈八郎本五臣注《文选》。该本不仅证实了陈景云提出的“移”为《文选》之大类，且证实了欧阳建《临终诗》为“诗”类小类，亦证明司马长卿《难蜀父老》当独分为“难”体。

2.《文选序》“表记笺奏之列，书誓符檄之品”未表明《文选》是否当分“难”体，即不能从《文选》原书寻求是否有“难”体之文的根据。刘勰《文心雕龙·檄移》曰：“相如之《难蜀老》，文晓而喻博，有移檄之骨焉。”刘勰认为难文兼具移檄的神髓。李充《翰林论》“研求名理而论难生焉”与“在朝辩政而奏议出”二句相较，议（对）与奏（章）并举，论与难当亦分为两种文体为宜。任昉《文章缘起》分文体为八十四类，其中即有喻与难。

3. 梁代之前“难”题立类，既有其名，亦符其实，昭明据以类分，当无可疑。

4. 据宋人王得臣《麈史》转录任昉《文章缘起》的八十五种文体有“难”一体。《文章缘起》策文分对策与文策，书分上书，别立教为一类，移檄分立，对问单列，辞立一类，难立一类。此数种分法与《昭明文选》序目一一相契，可见，昭明分体与任昉分体之法基本相同。由陈八郎本五臣注《文选》来看，昭明原书三十卷本的目录题名与任氏《文章缘起》的文体名称完全一致，只

① 游志诚：《昭明文选学术论考》，台湾学生书局1996年版，第141~178页。

是由八十五类减为三十九类，再将封禅改为符命，增加设论、史论、史述赞三类而已。

5. 六朝文论有立体分体与辨体追源二途，立体是客观事实，辨体是文体学的认知、评价、解读、赏鉴。《文选》立“难”为一体当无可疑，《难蜀父老》当归之“难”体与否，方为《文选》可议之处。

6. 严可均《全上古三代秦汉三国六朝文》将先唐文分为七十类，其中“难”不仅列为一类，且又分出“释难”一体。严可均辑先唐文力求文体之全，且非以后世文体观念分体，亦不先立一己之标准，纯就所辑三千六百二十五家成文分体归类。完全是文先体后，而非体立文合。故严辑有“难”之一体，说明六朝有“难”体，《昭明文选》必选“难”体至为合理。

7. 章学诚《文史通义·诗教》[①]以为司马相如《难蜀父老》与扬雄《解嘲》、东方朔《答客难》、班固《答宾戏》是同一体制，不必再列一体。可见，章学诚所见《文选》版本必分“难”为一体。但清代流传之《文选》诸本唯五臣注本与俗本有“难”之一体，章氏未闻收藏有五臣注本，故其所见必为明清俗本。

8. 檄难文体作法不同。檄文之功用是明责，檄文之主旨是晓喻；难文之责求是委婉曲说，结构上多一问一答。故檄难二体是宜分之两种文类。

9. 从西方文类学角度来看，“难”文是在“笔”类中重新做创造性展示的结果；“檄”文在“笔”类中并无文类变创的展示，故“檄”与“难”当分为二体。在《文选》目录中增设“移”与“难”二目，遂使《文选》分体达到三十九体。

游文从版本学、文类学、作品分析、阅读接受的主体性领会等方面论证了《文选》当分体三十九类。作者熟谂中西文艺理论，又充分利用了南宋绍兴三十一年（1161）刊刻的陈八郎本作为版本依据，认真研究了《文选》的文体分类，从而提出了《文选》三十九体说。较之此前一些学者仅仅提及《文选》分体当为三十九类而无任何论证的状况，实在是一大进步。

---

① 见台北华世出版社 1980 年版，第 23 页。

游志诚不仅首次提出了《文选》当分为三十九体，而且率先指出《文选》分体三十九类当受到任昉《文章缘起》的影响。他的《论〈文选〉之难体》[①]是现代《文选》学史上第一篇反对将《文选》分体与《文心雕龙》分体相比较的文章。他认为，与其说《文选》与《文心雕龙》的分体相类，倒不如说《文选》的分体与《文章缘起》的分体高度吻合。在现代《文选》学史上首次提出《文选》与《文章始》（又名《文章缘起》）关系者为骆鸿凯[②]，但骆氏并未展开论述。游志诚此文是现代《文选》学史上支持骆鸿凯关于《文选》分体受到任昉《文章缘起》影响的重要文章。

王存信《试论〈文选〉的分类》[③]详细辨析了《文选》分体与任昉《文章始》的关系。王存信认为："《文选》的划类应该说是得到了《文章始》的极大帮助。如果将《文选》的分类同《文章始》的分类细细比较一下，就可以发现，《文章始》的大部分分类标目是被《文选》所继承的。"[④]

王文的价值并非仅仅在骆鸿凯《文选学》的基础之上对《文选》与《文章始》二者的关系做了深入的探讨，而在于探讨了古人为文体命名的一般规律：体类名称与篇名的紧密相联。即文体的体类名称必须在篇名中反映出来，如果个别文章在篇名上无法识其类别，而该文的影响又很大时，某些分类学家则径以篇名为体类名。任昉《文章始》曾将扬雄《解嘲》列为一类。"七发"曾为类名，后来演变为"七"。这种篇名必须反映体类名称的现象，是我国文体发展史中独有的。它在相当长一段历史时期中，对我国古代文体分类及命名产生过重大影响。王存信的这一发现对于解释《文选》及魏晋南北朝总集、文体论著作分体琐细的现象具有重大影响。如《尚书》中的"训"类源出《大训》《夏训》，"对问"类源出伊尹《对汤问》即例。

更为独特的是，在述及"难"类源出《韩非子》的《难篇》后，论及"难"

---

① 游志诚：《昭明文选学术论考》，台湾学生书局 1996 年版，第 141~178 页。

② 骆鸿凯：《文选学》，中华书局 1998 年版，第 27 页。

③ 见《江苏教育学院学报》1992 年第 2 期，第 76 页；又载赵福海主编：《文选学论集》。吉林文史出版社 1992 年版。

④ 参见《文选学论集》，第 351 页。

类之流时，王存信谈到（汉）扬子云《难盖天八事》、临硕《周礼难》、司马相如《难蜀父老》、范升《奏难费氏易左氏春秋立博士》、陈阮《奏难范升》等五篇文章。其中，最值得重视的是将《文选》的司马相如《难蜀父老》作为“难”类来看待。这种提法的本身实际是承认司马相如《难蜀父老》为“难”体。虽然王存信1992年发表的这篇文章并非专论《文选》“难”体的，但是，王存信实际上已视《文选》有“难”体了。

傅刚在下编第二章第二节《〈文选序〉对文体的认识》[①]中指出：任昉的《文章缘起》所分八十五种文体基本上包括了萧统《文选序》和《文选》所收录的文体，特别是《文选序》提到而《文选》未收的六种文体全部见于《文章缘起》。尚有一些名异而实同的文体，如《文章缘起》的“解嘲”“封禅文”，分别是《文选》中的“设论”“符命”。因此，说萧统的文体观受到任昉的影响，亦当有据。仅以《文选序》为例，就可见出萧统多依据任昉。如说：“又少则三字，多则九言，各体互兴，分镳并驱。”五臣吕向注引《文始》曰：“三字起夏侯湛，九言出高贵乡公。”《文始》即《文章始》，亦即《文章缘起》，《隋志》著录称《文章始》，宋人王得臣《麈史》称《文章缘起》。故可知萧统对三言、九言的理解与任昉相合。再如对四言、五言的认识，萧统曰：“退傅有在邹之作，降将著河梁之篇，四言五言区以别矣。”在《文章缘起》中，任昉亦正以韦孟《诗楚夷王戊诗》作为四言的起源，以李陵《与苏武诗》作为五言的起源。傅刚亦主张《文选》受《文章缘起》的影响极大，并做了极为细致的论证。

游志诚对《文选》“难”体进行的开创性研究，在现代《文选》学史上功莫大焉。继之而完成此项研究的是中国大陆学者傅刚[②]。傅刚对《文选》“难”体的论证相当充分，可以说完全证成了此说。傅刚对《文选》“难”体的论证首先是从版本学的角度为三十九体说提供了版本依据；其次，又举出了宋人有关“难”体的各种记载，详述了“难”体著录的历史依据；最后，傅刚

① 傅刚：《〈昭明文选〉研究》，中国社会科学出版社2000年版，第181~184页。

② 傅刚：《论〈文选〉“难”体》，《浙江学刊》1996年版第3期；其主要观点、论据后收入作者《〈昭明文选〉研究》下编第二章第三节《〈文选〉的分类》，中国社会科学出版社2000年版。

尚分析了今存宋刻诸本脱漏“难”体的原因。

傅刚为论证《文选》确有“难”体，列举了四种重要的版本：一是日本古抄白文二十一卷本，二是南宋绍兴三十一年陈八郎刻五臣注本，三是朝鲜正德刊五臣注本，四是唐钞《文选集注》本。同时尚举出明末毛晋汲古阁本《文选》。日本古抄白文二十一卷本、南宋绍兴三十一年陈八郎刻五臣注本、朝鲜正德刊本五臣注《文选》与唐钞《文选集注》本是二十世纪现代《文选》学的重大版本发现，清儒自然与其无缘。至于明末毛晋汲古阁本不为清儒所重，一如游志诚所论，傅刚认为这是清儒以为毛氏汲古阁本臆改太多，不足为据所致①。傅刚对《文选集注》本做了较为详尽的说明：“在《檄蜀文》的末句‘各具宣布，咸使知闻’下，连写一‘难’字，然后换行，题写《难蜀父老》，再换行，题‘司马长卿’，这分明表示‘难’体的确单独列类。”“《文选集注》所集为李善注、五臣注以及《文选钞》《文选音决》和陆善经注，但以李善注为底本。这个事实说明唐代的李善注也是以‘难’作为独立的文体的。”②周勋初辑《唐钞文选集注汇存》卷八十八，确证傅刚所言。③笔者尚须补充说明的是：《唐钞文选集注汇存》此页在“难”字下有：“陆善经曰：难，诘问之。”揆之唐钞《文选集注》体例，标明体类之下例均不有注释。故此标明体类之“难”字虽未单独另起一行，但其决非上文，陆善经的注释可证。

尽管上述版本依据较之游志诚之文已有长足的进展，但是，傅刚仍不满足，傅刚在列举了四种重要版本论证了《文选》分类有“难”体一类后，尚提出了如下重要论据：

第一，今存宋人记载中《文选》确有“难”体。如晁公武《郡斋读书志》卷二十著录《李善注文选》六十卷时曰：“右梁昭明太子萧统纂。前有序，述其所以作之意。盖选汉迄梁诸家所著赋、诗、骚、七、诏、册、令、教、策秀才文、表、上书、启、弹事、笺、记、书、移、檄、难、对问、议论、序、

① 游志诚：《昭明文选学术论考》，台北学生书局 1996 年版，第 156~157 页；傅刚：《〈昭明文选〉研究》，中国社会科学出版社 2000 年版，第 188 页。

② 傅刚：《〈昭明文选〉研究》，中国社会科学出版社 2000 年版，第 189 页。

③ 周勋初辑：《唐钞文选集注汇存》第二册，上海古籍出版社 2000 年版，第 685 页。

颂、赞、符命、史论、连珠、铭、箴、诔、哀辞、碑、志、行状、吊、祭文，类之为三十卷。”

再如南宋王应麟《玉海》卷五十四引《中兴书目》曰：“《文选》，昭明太子萧统集子夏、屈原、宋玉、李斯及汉迄梁文人才士所著赋、诗、骚、七、诏、册、令、教、表、书、启、笺、记、檄、难、问、议论、序、颂、赞、铭、诔、碑、志、行状等为三十卷（与何逊、刘孝绰等选集）。李善注析为六十卷。”[宋]章如愚《群书考索》前集卷十九《书目门》“文选”条亦有“难”体之记载，但因章氏记载当抄自《中兴书目》，价值不大。上述两种文献中，《郡斋读书志》的记载最为重要，因其所记为李善注本，可见宋代李善注本与五臣注均有“难”体。晁《志》著录仅脱漏“辞”“史述赞”“论”三体，其著录顺序亦基本与今本《文选》相符，应是依照宋刻善注《文选》抄录的目录，故最为可信。

傅刚认为，学界今日否定《文选》“移”“难”二体单列者，主要据宋版李善注、六家本、六臣本，如尤袤刻本、明州本、赣州本、建州本俱为三十七体而立论。故他又从《文选》版本系统的角度做了精到的解释：“尤袤刻本并不能如实反映李善本原貌，其可靠性还有待于查明它出自何种底本而定。至于六臣本和六家本，其实它们出自同一种底本，即北宋元祐九年（1094）二月秀州州学本。这是第一个五臣与李善合并注本，其后的六家本（即五臣在前李善在后）如广都裴氏刻本、明州本，即据其重雕；又其后，六臣本（即李善在前五臣在后）如赣州本、建州本，又据六家本重雕，只不过是将五臣李善的前后次序调换了一下。由此可知，是六家和六臣的底本秀州本在合并时漏掉了‘移’‘难’二体，因此其后依其重雕的各刻本也同样漏掉了这两类。这就是为什么现在所见各宋本都标出三十七类的原因。”[①]傅刚的这一观点首见于《文选版本叙录》[②]一文。

游志诚对“难”体的研究，具有发轫之功；傅刚的“难”体研究，可谓

① 傅刚：《〈昭明文选〉研究》，中国社会科学出版社 2000 年版，第 189~190 页。

② 见袁行霈主编：《国学研究》第五卷，北京大学出版社 1998 年版。此文后又收入作者《〈文选〉版本研究》，北京大学出版社 2000 年版。

已证成此说。经过游志诚与傅刚的研究，现代《文选》学史上关于《文选》“难”体的研究当可成为定论，这是现代《文选》学史上对于《文选》分类研究中最为重要的创获之一。

游志诚在《昭明文选学术论考》之《江淹〈杂拟〉三十首反映的文类学》，还提出《文选》当分为四十体：“《文选》当于三十九之外，再加一类曰乐府，总为四十类。”[①]又曰：“《文选》为一部总选各体之书。实当立乐府一类与五言诗分开。今竟不分，混杂古乐府于‘乐府’之下，以致分体不够精细，宜其章学诚之讥评。”[②]

游志诚是《文选》分体三十九类说的首倡者，颇有贡献，但其《文选》分体四十类之说，是从《文选》应当分体若何而言，而非讨论《文选》原书分体若何，二者不当混为一谈。

二十世纪中后期，不少现代《文选》学研究者在著作、文章中亦谈及《文选》的分体。穆克宏主张《文选》分类为三十七体[③]，曹道衡、沈玉成在《南北朝文学史》中亦主张《文选》分类为三十七体[④]。林聪明《昭明文选研究》主张《文选》分类三十八体[⑤]，王运熙、杨明《魏晋南北朝文学批评史》[⑥]主张《文选》分类为三十八体，赵建中主张《文选》分类三十八体[⑦]。主张《文选》分体三十九类者最少，唯有褚斌杰[⑧]。曹道衡《关于〈文选〉的篇目次第及文体分类》[⑨]一文修正了《南北朝文学史》的看法，主张《文选》分体当为三十九类。但是，上述诸说大多因种种限制未能展开详细论述，唯有穆克宏做了详细的论证。

---

① 游志诚：《昭明文选学术论考》，台北学生书局 1997 年版，第 217 页。

② 游志诚：《昭明文选学术论考》，台北学生书局 1997 年版，第 217~218 页。

③ 穆克宏：《萧统〈文选〉三题》，见《文学遗产》2002 年第 3 期；又载赵福海等编：《昭明文选研究论文集》，吉林文史出版社 1988 年版，第 142~148 页。后载入其《昭明文选研究》第七部分《〈文选〉研究的几个问题》，人民文学出版社 1998 年版，第 103~106 页。

④ 曹道衡、沈玉成：《南北朝文学史》，人民文学出版社 1991 年版，第 239 页。

⑤ 林聪明：《昭明文选研究》，文史哲出版社 1986 年版，第 19~20 页。

⑥ 见上海古籍出版社 1989 年版。

⑦ 赵建中：《文章体裁学》，南京大学出版社 1991 年版，第 65 页。

⑧ 褚斌杰：《中国古代文体概论》，北京大学出版社 1990 年版，第 20 页。

⑨ 曹道衡：《汉魏六朝文学论文集》，广西师范大学出版社 1999 年版。

第十一章
《文选》文本研究

《文选》是现存中国古代第一部文学总集，对唐代以降的文学影响颇巨。无论《文选》研究如何风云变幻，但《文选》文本研究始终应当是研究的主体。现代《文选》学于《文选》文本研究创获不少，但就整个现代《文选》学史而言，仍然是现代《文选》学研究中的薄弱环节。现代《文选》学史上的《文选》文本研究大要可分为三种主要模式：一是文献学的文本研究，二是文艺学的文本研究，三是文体学的文本研究。严格说来，文体学的文本研究亦属于文艺学研究的范畴，但是，本书宁愿将其划分为两类，目的只是想说得更清楚些。

一、文献学的文本研究

现代《文选》学史上以文献研究的模式研究《文选》文本，刘盼遂与曹道衡在此领域成绩不菲。

刘盼遂的《文选》文本研究集中于篇题，代表作为《文选篇题考误》①，这是周贞亮《文选学》、骆鸿凯《文选学》出版之前第一篇从文献角度研究《文选》篇题的论文，虽名为《篇题考误》，但作者并未局限于篇题，诸如《文选》部分作品之序文亦进入其考察范围。

第一，考证部分作品小序非序。

刘盼遂认为《两都赋序》是"赋之小引，不宜独自为篇"，对《三都赋序》的看法亦与之同；《甘泉赋》赋前五十三字为史臣之辞，未可目为赋序；《长杨赋序》为史文，非赋序；《鹏鸟赋序》为史臣之辞，非序；《鹦鹉赋序》亦非序；《长门赋序》非长卿所作，因其未可预知孝武帝庙号；《高唐赋序》出于后人或宋玉日后所纂，以纪作赋之由，非当时所写；《荆轲歌》之序非轲诗序，乃史文耳，《汉高祖歌》之序亦然；《移书让太常博士》篇首略节《汉书》，不宜题之曰序。刘盼遂的考证相当有说服力，不少内容在后来周贞亮、骆鸿凯的《文选学》均有论述。如骆鸿凯《文选学·义例第二》即有误析赋首或摘史辞为序、标题之误、叙次之失等项，与刘氏所论多有重合。此中，既有刘盼遂文章的影响，亦可见出此类问题素为诸多现代《文选》学研究者关注。

第二，考证部分作品篇题有误。

刘盼遂对《文选》篇题的考证可分三类：

其一，李善、五臣作注时已指出之错误。此类又可细分为两种情况，一是篇题之误，二是篇次之误。

篇题之误者有：《车驾幸京口侍游蒜山作》诗，张铣曰："观其诗意，乃不得从驾，恐题之误也。"《从冠军建平王登庐山香炉峰》诗，吕延济曰："观淹诗意，乃和王诗，此序不云应教，误也。"《又赠丁仪王粲》诗，李善曰："《集》云：《答丁敬礼王仲宣》，翼字敬礼，今云仪，误也。"《为顾彦先赠妇诗》，吕向曰："《集》云为顾彦先妇赠二首，为妇答亦二首。此为妇答而云赠妇，《集》者误也。"《赴洛诗两首》，李善曰："《集》云此篇赴太子洗马时作，下篇云东宫作，而此同云赴洛，误也。张铣曰：后

① 见《国学论丛》第1卷第4期，1928年10月。又载《中外学者文选学论集》，中华书局1998年版，第4~16页。

篇意乃在东宫作，盖撰者合也。”《和谢宣城》诗，刘盼遂曰：“按唐写本注引李善曰：‘《集》云《和谢宣城朓卧疾》。’今按：宋本敚此注。”《让中书令表》，刘盼遂曰：“按李善曰：诸《晋书》并云让中书监，此云令，恐误也。”

篇次之误者有：曹子建《七哀》诗，李善曰：“赠答子建在仲宣之后，而此在前，误也。”《答何劭二首》诗，刘良曰：“劭赠华诗，则此诗之下是也。赠答之诗，则赠诗当为先，今以答为先者，盖依前贤所编不及追改也。”《为顾彦先赠妇诗》，李善曰：“《集》云为令彦先作，今云顾彦先，误也。且此上篇赠妇，下篇答，而俱云赠妇，误矣。”何敬祖《杂诗》，李善曰：“赠答何在陆前，而此居陆后，误也。”《上书谏吴王》，李善曰：“《汉书》景帝时拜乘弘农都尉，卒。然乘之卒在相如之前，而今在后，误也。”朱叔元《为幽州牧与彭宠书》，刘盼遂曰：“按‘为幽州牧’四字宜删，于此文无用，而且嫌于代手。总目无此四字是也。又案：朱浮、彭宠为东汉建武时人，不宜置于孔文举之后，此昭明误也。宜移此篇于杨子幼《报孙会宗书》之后。”

《文选》中存的篇名、编次之误，唐代李善、五臣作注时俱已发现，传统《文选》学对其误亦多予指出。刘盼遂此文当属集前人纠谬之大成，这种指瑕在其后周贞亮与骆鸿凯的《文选学》俱有专节论述。《文选》存在的此类问题，绝非后世传抄所致，而是《文选》本身存在的问题，研究者应该做的只是如何解释这一现象。尽管刘盼遂、周贞亮、骆鸿凯均指出了这一问题，却未能深究其因。现代《文选》学研究者王晓东著文称其为仓促成书所致[①]。力之却认为：从《文选序》看来，《文选》成书相当从容，并非仓促成书[②]。二者的意见相左，但亦并非无法统一，关键是《文选》如何编成，据何本编成？王晓东认为《文选》纂集“别有所据”，相当有见地。只是这“别有所据”之本是何种性质的典籍，尚值得探讨。刘盼遂专文探讨之，虽然他并未予以作出合理阐释，但其贡献仍值得珍视。

其二，李善、五臣作注时未指出之误。

---

① 王晓东：《〈文选〉系仓促成书说》，《文选学新论》，中州古籍出版社1997年版。
② 力之：《关于〈文选序〉与〈文选〉之价值取向的差异问题》，《文学评论》2002年第2期。

刘氏《文选》篇题研究中尚有相当一部分为李善、五臣注《文选》时未明确指出的错误。如《上责躬应诏诗表》，他认为：“按表犹诗序也，于诗选中有表一篇，殊不类。宜改为《上责躬诗》，旁注‘四言并表’四字。删去下《责躬诗》题，则合矣。下刘越石《答卢谌诗》、卢子谅《赠刘琨诗》，皆有长函为之先容。昭明不以书特为篇，只注云‘四言并书’四字而已。则此处为误可知也。”[①]评《答兄机》诗曰：“按当是《答兄士衡》。二陆赠答诗例称字。何焯云：‘《文选》诗偶分为两卷耳，遂以为赠畣异时。固哉李叟之为诗也。’”[②]刘盼遂所言极是，陆氏兄弟赠诗例称字，此诗称名，显误。评《宣德皇后令》曰：“按此题不安。宜作为《宣德皇后劝进梁公令》，意乃完足，与任彦升《为齐明帝让宣城郡公表》同例。”[③]刘盼遂此节文字，讨论了李善、五臣作注时未曾指出过的《文选》篇题之误，殊为可贵。

其三，关于移、难二体。

对《移书让太常博士并序》，刘曰：“按上脱另行标题‘移’字，总目及宋刻善注本皆脱。此篇及《北山移文》二篇‘移’之属，非‘书’之属也。”评司马长卿《难蜀父老》曰：“按《文选》无‘难’之类。此篇仍当是檄文，宜依《史记》本传之次，依此文于前《喻巴蜀檄》之后。此误或不出自昭明，殆钞胥所乱也。”[④]刘盼遂对于“移”体的辨析当本于清人陈景云；对于“难”体的辨析，因清儒无考，刘氏则认为《难蜀父老》仍为檄文，但因无法解决其篇次问题，只能将其置于《喻巴蜀檄》之后，并将此误归于钞胥。刘盼遂关于“移”体的论断是正确的，关于“难”体的论断则是错误的。游志诚与傅刚正确地解决了这一问题，但这已是七十年之后的事了。

刘盼遂的《文选》篇题研究虽为现代《文选》学史上唯一一篇讨论《文选》篇题高水平的研究力作，但亦有偶疏之处。如《东征赋》，《六臣注文选》题下注“曹大家”三字。刘盼遂以为：“‘大家’乃尊号，非字也。本书于

---

① 见《国学论丛》第1卷第4号，1928年10月。
② 见《国学论丛》第1卷第4号，1928年10月。
③ 见《国学论丛》第1卷第4号，1928年10月。
④ 见《国学论丛》第1卷第4号，1928年10月。

作者例称字。《后汉书·列女传·曹世叔妻》班昭字惠姬，则此处宜题名班惠姬为是。”[①]此说貌合《文选》常例，实则不然。《文选》确实对绝大多数作家均以字著录，但并非没有例外，其前提是遵守多数人习惯称呼。班昭不称班惠姬，而称曹大家，是习惯之称，非由昭明个人好恶决定。范晔《后汉书·皇后纪第十·和熹邓皇后》载：“太后自入宫掖，从曹大家受经书，兼天文、筭数。”《隋书·经籍志（二）》[下简称《隋志（二）》]载：“彪卒，明帝命其子固续成其志。以为唐、虞、三代，世有典籍，史迁所记，乃以汉氏继于百王之末，非其义也。故断自高祖，终于孝平、王莽之诛，为十二纪、八表、十志、六十九传，潜心积思，二十馀年。建初中，始奏表及纪传，其十志竟不能就。固卒后，始命曹大家续成之。”[②]《隋志（二）》载：“《列女传》十五卷，刘向撰，曹大家注。”《隋志（三）》载：“曹大家《女诫》一卷。”《旧唐书·经籍志（下）》载：“《曹大家集》二卷。”又载：“《幽通赋》一卷，班固撰，曹大家注。”《旧唐书·后妃传（下）·女学士尚宫宋氏》曰：“女学士尚宫宋氏者，名若昭，贝州清阳人。父庭芬，世为儒学，至庭芬有词藻。生五女，皆聪惠，庭芬始教以经艺，既而课为诗赋，年未及笄，皆能属文。长曰若莘，次曰若昭、若伦、若宪、若荀。若莘、若昭文尤淡丽，性复贞素闲雅，不尚纷华之饰，尝白父母，誓不从人，愿以艺学扬名显亲。若莘教诲四妹，有如严师。著《女论语》十篇，其言模仿《论语》，以韦逞母宣文君宋氏代仲尼，以曹大家等代颜、闵，其间问答，悉以妇道所尚。”[③]《旧唐书·韦温传》曰：“初，温以杨、李与德裕交怨，及居位，温劝杨、李征用德裕，释憾解愠，二人不能用，故及祸。温无子，女适薛蒙，善著文，续曹大家《女训》十二章，士族传写，行于时。”[④]《旧唐书·列女传·宋庭瑜妻魏氏》曰：“宋庭瑜妻魏氏，定州鼓城人，隋著作郎彦泉之后也，世为山东士族。父克己，有词学，则天时为天官侍郎。魏氏善属文，先天中，

---

① 见《国学论丛》第1卷第4号，1928年10月。

② （唐）魏徵等撰：《隋书》，中华书局1973年版，第956~957页。

③ （后晋）刘昫等撰：《旧唐书》，中华书局1986年版，第2198页。

④ （后晋）刘昫等撰：《旧唐书》，中华书局1986年版，第4380页。

庭瑜自司农少卿左迁涪州别驾，魏氏随夫之任，中路作《南征赋》以抒志，词甚典美。开元中，庭瑜累迁庆州都督。初，中书令张说年少时为克己所重，魏氏恨其夫为外职，乃作书与说，叙亡父畴昔之事，并为庭瑜申理。乃录《南征赋》寄说，说叹曰：'曹大家《东征》之流也。'庭瑜寻转广州都督，道病卒。魏氏旬日亦殒，时人莫不伤之。"[①]上述文献皆说明称班昭为曹大家为历代世人习称，《文选》从众，称曹大家而非依刘书惯例称班惠姬，当不为过。

其评《古诗十九首》之篇次亦有误，刘氏按语曰："按《驱车上东门》《游戏宛与洛》诸首，实东汉之作。兹编于李陵、苏武之前，欠审。"[②]但此篇次之误，为今人发明。萧统所处之梁代中叶，多数人仍相信《古诗十九首》为西汉之作，故此组诗篇次之误当可理解。

其后的曹道衡虽不乏对《文选》文艺学进行研究，但在现代《文选》学史上更以精于文献研究而著称，故曹道衡有些《文选》文本研究带有极为鲜明的文献研究特点。《关于〈文选〉中六篇作品的写作年代》[③]，就是其文献学文本研究的代表作。该文考证了刘孝标《重答刘秣陵沼书》《辨命论》《广绝交论》，徐悱的《古意酬到长史溉登琅玡城》，陆倕的《石阙铭》《新刻漏铭》后认为：刘孝标的两篇"论"和一篇"书"，陆倕的两篇"铭"，皆作于沈约逝世之前；徐悱之诗，亦肯定作于天监年间，虽未能确定写于沈约死前，但亦不能排除。故《文选》所录作品，并非以作者卒年为断限，而是以天监十二年或天监末产生的作品为断限。《文选》未收何逊等人之作，并非其人尚在，而是如骆鸿凯《文选学》所说，将柳恽、何逊、吴均诸人之作视为"纤靡之音"，"概从刊落"。

笔者十分看重曹道衡此文的价值取向。南宋晁公武《郡斋读书志》曾谓："窦常谓统著《文选》，以何逊在世，不录其文。盖其人既往，而后其文克定，故所录皆前人作也。"曹道衡此文的精确考辨，虽意在证明《文选》并非因

---

① （后晋）刘煦等撰：《旧唐书》，中华书局 1986 年版，第 5146 页。

② 见《国学论丛》第 1 卷第 4 号，1928 年 10 月。

③ 见《文学遗产》1996 年第 2 期；后收入作者《汉魏六朝文学论文集》，广西师范大学出版社 1999 年版，第 163~167 页。

何逊在世而不录其文，而是出于“崇雅黜靡”的目的。但此文的研究思路对窦常不录生者之作的传统说法仍是一极大的挑战。尽管曹道衡引用骆鸿凯之言解释了何逊未能入选的原因，但是，证明《文选》选录作品并非以作者卒年为断限的本身已无可辩驳地证明了窦常说并不适用于《文选》。这是曹道衡文献学文本研究最重大的发明，亦是现代《文选》学史有关成书时间研究的重大突破。尽管本章并不论述《文选》的成书时间问题，但是，曹道衡这篇文献学文本研究的名文却在《文选》成书时间研究上具有十分重要的地位。

二、文艺学的文本研究

文艺学的文本研究堪称《文选》文本研究的主体。然而，现代《文选》学史上的文艺学文本研究并未成为《文选》文本研究的主体，这是一个极大的缺憾。不过，周贞亮的《文选学》，骆鸿凯的《文选学》，屈守元的《昭明文选讲读》与《文选导读》，游志诚的《昭明文选学术论考》①与其主编的《昭明文选斠读》②，赵福海的《昭明文选研读》③均是具有相当分量的文艺学文本研究佳刊。

（一）周贞亮、骆鸿凯、屈守元的文艺学文本研究

1. 周贞亮的文本研究

周贞亮对《文选》的文本研究集中于《文选学》下编；骆鸿凯的《文选学》文本首载于湖南大学出版的骆氏《文选学》附编，后载于中华书局1937年版《文选学》附编一；屈守元的《文选》文本研究集中于《昭明文选讲读》《文选导读》的讲读、选读部分。上述三家的《文选》文本研究均具有极为明确的指导阅读目的。

周贞亮《文选学》下编第三章《文选之读法》是其文艺学文本研究的主

① 游志诚：《昭明文选学术论考》，台湾学生书局1996年版。
② 游志诚主编：《昭明文选斠读》，台湾骆驼出版社1995年版。
③ 赵福海：《昭明文选研读》，时代文艺出版社2001年版。

要篇章。作者将《文选之读法》分为《文选入手读法》《文选单篇读法》《文选连篇读法》《文选专家读法》《文选两家比较读法》《文选分体读法》《文选两体比较读法》七节，并作专题论述。

《文选入手读法》专论连珠体。周氏首论连珠之起源，次论连珠之作用，复论连珠之文式，末述五十首之章旨。论述连珠文式时，周氏将陆机连珠五十篇的结构分为六类：先举事例，继明其理；先设喻，继举例，不及其理；先明其理，继举其例；先设喻以明理，终以断案；先言理，次设喻，终经断案；喻与理起结各具。其中，周又以为第四类先设喻以明理，终以断案者与因明吻合，最为完美。他对连珠体的研究相当细致，如论述其起源首先批驳任彦升《文章缘起》所言起于扬雄之论，力赞方密之起于韩子之说。周贞亮认为：《韩非子》之外储说、内储说诸条，皆先列其目，后著其解，与后世连珠相似。《韩非子》非有连珠之名，但其文辞为连珠所自出，则确然无疑。周氏并举《内储说》“参观”一篇为例，以此种文体先说理政，继举事实，后下断语，俨然为后世连珠之先河；至扬子云，遂仿其体，而作为连珠。周贞亮并从《艺文类聚》《太平御览》《文选》李善注辑得扬雄连珠四条，全录其中一篇完文。不过，周贞亮对连珠体的情有独钟，据其自述，是因业师谭献指引。但是在撰写《文选学》通史时，仍不放弃自文艺学角度对《文选》文本的研究，十分值得今人重视。

《文选单篇读法》专论赋之读法。周贞亮以为，读赋当明白以下诸项：一源流，二史实，三作意，四作法，五地理，六规制，七征典，八用字，九用韵，十博物，十一评骘。对素为《文选》学家所轻视的评骘，周贞亮亦不拒斥。如班孟坚《两都赋》，就引用了何义门对于《两都赋》前篇、后篇的论述与总评，以及孙月峰、孙执升诸人的评论。

《文选连篇读法》以设论中的《答客难》《解嘲》与《答宾戏》三篇为例，从三文成立之原因、用意之主脑、结构之摹拟，三文之作法、之校释、之评骘分别进行论述。如作者专以铺叙之法为解析对象，就铺排、陪衬、形容、譬喻诸项逐一细析。再以《解嘲》，详析其排偶、跌宕、回映之法，很能发人深省。

《文选专家读法》则首论应注重之数事，如考史传以明其生平，考遗文以知其作品，征文以评识其概略，溯其文之渊源所自，穷其文之流弊所至，考其文之创因与其尤长之体，究其文之作法，论其人等八项。继而以陆士衡、颜延年为例，从传略、文评两方面加以总论，再选名作示范。如对陆士衡，就以《豪士赋序》《辨亡论》《五等诸侯论》《谢平原内史表》《吊魏武帝文》五篇名作为例，逐一评析。对颜延年则以《陶征士诔》《祭屈原文》《三月三日曲水诗序》《庭诰》四篇为例，逐一评析。

《文选两家比较读法》一节，认为六代并世齐名，文章风力大体相似者，或经后人论定取以并称者，可取两家文比较读之。其时应注重数事：两家文体之渊源，两家文章之个性，两家文体之擅长处，两家天才与学力之观察，两家文章之流派。《文选》中可以比较而读的是：邹阳与枚乘，扬雄与班固，阮籍与嵇康，潘岳与陆机，谢灵运与颜延之，任昉与沈约。周贞亮以潘陆、沈任为例，分五个方面进行论述。并以任彦升《齐竟陵文宣王行状》与沈休文《齐故安陆昭王碑文》为例，细比详析。

《文选分体读法》则以书笺类为例，将《文选》书笺体的二十一位作家、三十一篇文章，悉数列出；再对上述作家作品加以甄别，区分出伪制、代作、误署撰人姓名、误以书序为书、其人不以文名而第取本篇、本以文著称而书记实非其长、本书著称诸项加以辨析；又从风格上区分为壮丽诣、雄健诣、繁缛诣、优柔诣体。对各篇之作法，周氏以司马迁《报任安书》、杨子幼《报孙会宗书》、朱叔元《为幽州牧与彭宠书》、马援《与隗嚣将杨广书》、孔文举《论盛孝章书》、阮元瑀《为曹公作书与孙权》、孙子荆《为石仲容与孙皓书》、魏文帝《与朝歌令吴质书》、吴质《答魏太子笺》《在元城与魏太子笺》、魏文帝《与钟大理书》、曹子建《与杨德祖书》、杨德祖《答临淄侯笺》、曹植《与吴季重书》、吴质《答东阿王书》、应休琏《与满公琰书》《与侍郎曹长思书》《与广川长岑文瑜书》、嵇叔夜《与山巨源绝交书》、赵景真《与嵇茂齐书》、丘希范《与陈伯之书》、刘孝标《重答刘秣陵沼书》、繁伯休《与魏文帝笺》、陈孔璋《答东阿王笺》、阮嗣宗《为郑冲劝晋王笺》、谢玄晖《拜中军记室辞隋王笺》、任彦升《到大司马记室笺》、《百辟轻进今上笺》为例，进行了详细论析。

《文选两体比较读法》又以《文选》中两体可通而实不同之颂与赞、箴与铭进行比较。颂、赞二体中以王子渊《圣主得贤臣颂》、扬子云《赵充国颂》、史孝山《出师颂》、刘伯伦《酒德颂》、陆士衡《汉高祖功臣颂》、夏侯孝若《东方朔画赞》、袁彦伯《三国名臣序赞》为例，箴、铭二体中以张茂先《女史箴》、班孟坚《封燕然山铭》、崔子玉《座右铭》、张孟阳《剑阁铭》、陆佐公《石阙铭》《新刻漏铭》为例，详列细析。

周贞亮的《文选》文本研究，由于受明清评点派与西方文艺学的双重影响，辅以周氏本人的文艺学修养，故其文艺学文本研究带有十分鲜明的中国传统色彩。更由于作者熟悉《文选》，又重视文本，故其文本研究论及的篇幅相当可观，数量达五十七篇之多。

2. 骆鸿凯的文本研究

骆鸿凯的《文选》文本研究分为专家研究与分体研究两部分。分体研究以《文选》“论”体文为主，并将入选的贾谊《过秦论》、东方曼倩《非有先生论》、王子渊《四子讲德论》、班叔皮《王命论》、魏文帝《典论·论文》、曹元首《六代论》、李萧远《运命论》、嵇叔夜《养生论》、韦弘嗣《博弈论》、陆士衡《辨亡论》《五等诸侯论》、刘孝标《辨命论》《广绝交论》等十三篇文章，分别以不同标准反复区分。或从内涵上分为史论、政论、论事、论理、论人、论文六类，或从性质上分为讽刺体、颂扬体、托喻体三类，或从学术上划分为儒家、道家神仙家、纵横家三类，或以问题分为论兴亡之属、论封建郡县之属、论运命之属三类。然后，对诸篇一一进行研究。其《文选》论体研究颇有特点：第一，重家法，故其文本研究，谨尊师义，每每称举“黄先生曰”，短短一篇《王命论》讲析，称引“黄先生曰”达六处之多。第二，不废章句评点之学，且每每于有感之处多加发挥。如李萧远《运命论》论析部分，骆氏举儒家、墨家、道家之论命，大加发挥。刘孝标《辨命论》，作者发挥之处亦不菲。陆士衡《五等诸侯论》一文，作者不仅自加发挥，甚或引述《通典·职官》十三《王侯总叙篇》论封建郡县之利弊，并全文引述李百药《封建论》相佐证。嵇叔夜《养生论》亦如《五等诸侯论》，全引向秀《难嵇叔夜养生论》《嵇叔夜答向子期难养生论》。《嵇叔夜答向子期难养生论》一文颇长，骆氏全引此文，不厌其详。第三，讲究作法。如研究刘孝标《广绝交论》，特列“本篇作法”段，下分“问答体”“宾主法”“分类叙述法”“刻画形容法”“取喻法”“本质语亦易法”六个方面，详加论析。《四子讲德论》一文亦如是。此篇特列“布局”一段，下分“问答体”“宾主法”“遣辞”“作法”诸项。每项之中，又时加细化。如“作法”中厘分为“比喻”与“事类”二项。第四，整体观。在诸篇细析之馀，尚有《文选论体文诸篇比观》一节，从整体上总述十三篇论体文的比较，将其分为“模拟例”“辨驳例”“论难例”“同事异文例”“推广例”“骈散比较例”“时代比较例”诸条，对十三篇论体文分类加以比较。如“同事异文例”一节，骆氏举出《运命论》与《辨命论》二文，细加比较：“《运命论》沿袭陈言，《辨命论》自抒新解，此见名理久而愈出，后生胜于前贤。《运命论》温然其词，《辨命论》意愤激无馀蕴，此由作者兴感之不同。《运命论》辞雄肆而气疏远，《辨命论》辞骏厉而气遒紧，此见文家风格之各殊。《运命论》笔势多排叠，《辨命论》文体尚整偶，此见齐梁与魏晋文格之蜕变。”①

骆鸿凯《文选学》文本研究的另一角度是其附编二的《文选专家研究举例》，选取了西晋作家陆机，进行专家研究。除《陆士衡传略》与《陆士衡文评》外，作者集中研究了陆机的《演连珠五十首》《豪士赋序》《谢平原内史表》《吊魏武帝文》《文赋》诸作。《演连珠五十首》则从体式、命意、校释三个方面进行了系统研究。除校释部分多采用“黄先生”的意见外，馀二部分充分显示了骆鸿凯文艺学《文选》文本研究的功力。如体式研究，骆鸿凯将陆机《演连珠五十首》分为先举事例次明理由、先设喻继举例略去理由、先明理由继举事例、先设喻次明理终以断案、先言理次设喻终经断案、喻与理起结各具六种模式，详加剖析。命意则将陆机《演连珠五十首》各首命意逐一列出，无一遗漏。其馀各篇，骆氏用力最勤者为《文赋》，首列诸家论《文赋》之文，自刘勰《文心雕龙》、锺嵘《诗品序》、杜甫《醉歌行》、庾信《哀

① 骆鸿凯《文选学》，中华书局 1989 年版，第 440~441 页。

江南赋序》、李翱《答王载言书》、王若虚《文辨》、葛立方《韵语阳秋》、杜牧《答庄充书》、黄庭坚《与王观复书》、汪师韩《诗学纂闻》、王闿运《湘绮楼论文》、刘熙载《赋概》等，并大量征引黄侃之论，以《文赋》分段及各段章旨。这对理解陆机《文赋》帮助甚大。

与周贞亮相较，骆氏文本研究的方法大体与之相类，但篇幅远少于周氏。周贞亮《文选学》几近一半的篇幅为文本研究，骆氏则明显减少了篇幅。

3. 屈守元的相关论述

屈守元《昭明文选杂述及选讲》中的《〈文选李注〉选讲》与《文选导读》中的《选读》部分，也用过半篇幅论析《文选》之作。如《昭明文选杂述及选讲》下编选录了十七位作家的二十二篇作品，且采取对“时流选本竞采之文姑从简汰”的编选目的，故其所选二十二篇作品多非一般读者熟悉之文。如祢正平《鹦鹉赋》、江文通《恨赋》、谢灵运《从斤竹涧越岭溪行》、曹子建《七哀诗》、谢灵运《过始宁墅》、乐府三首、班婕妤《怨歌行》、屈平《九歌·山鬼》、任彦升《天监三年策秀才文三首》、傅季友《为宋公至洛阳谒五陵表》、谢玄晖《拜中军记室辞隋王笺》、应休琏《与广川长岑文瑜书》、赵景真《与嵇茂齐书》、陆士衡《豪士赋序》、刘孝标《广绝交论》、潘安仁《马汧督诔并序》。《文选导读》的《选读》部分，选择了谢希逸《月赋》、祢正平《鹦鹉赋》《古诗十九首》、傅季友《为宋公修张良庙教》、任彦升《天监三年策秀才文三首》、江文通《诣建平王上书》、谢玄晖《拜中军记室辞隋王笺》、应休琏《与广川长岑文瑜书》、赵景真《与嵇茂齐书》、陆士衡《豪士赋序》、刘孝标《广绝交论》、陆士衡《演连珠》（选四首）、陆佐公《新刻漏铭》、潘安仁《马汧督诔》、王简栖《头陀寺碑文》、谢惠连《祭古冢文》等作品。不过，二书的选篇颇有相重之处。屈氏对入选之作，均详加校注，并辅以章句之解。其解读，非常重视诸篇之校，注释则以李善注为主，加以个人补充。

（二）游志诚的文类学文本研究

游志诚是台湾学者于《文选》研究中创获最多的。其研究领域视野广阔，涉猎颇丰，诸如《文选》版本研究、注释研究、文本研究等。

游氏《文选》研究师从台湾著名学者潘重规，既重《文选》，又重《文心雕龙》。作者熟谂西方文艺理论，故其文本研究带有鲜明的西方文学理论色彩。

同时，作者尚有用《文心雕龙》的相关理论进行《文选》文本研究的专文三篇：《试用物色理论分析〈文选〉行旅诗》《再用物色理论分析〈文选〉游览诗》与《〈文选·登江中孤屿〉一诗之归类问题》。

1. 游志诚对《文选》诗类次文类的分体研究

游志诚认为：文类学是西方学术的方法与观念，目前习见的文体论、文体学、类型学诸范畴皆应以文类学取而代之，因其涵盖的研究领域恰是中国古代文论所讲之体制、体貌与体性。易言之，凡文体源流、优劣、规范、风格、分类与创作之才性综合起来的问题皆是文类学之问题。①

《文选》是中国古代文论最完备的分体分类著作，分为三十九类（赋分十六类，诗分二十三类）。因此，现代《文选》学研究应当包括《文选》文类学这一新的分支。

基于这一根本认识，作者在《昭明文选学术论考》一书中，涉及《文选》文类学的专文有四：《〈文选〉学之文类评点方法》《〈选〉诗评点所见文类学方法——兼论山水诗归类问题》《〈杂体诗〉在文学史上的意义》与《江淹〈杂拟〉三十首反映的文类学》。

①《〈文选〉学之文类评点方法》是作者尝试以黄侃评点《文选》为材料，参考明清时期相关意见，对中国古典文学批评所做的考察。

游氏认为：《昭明文选》既是总集，又是当时最具体的文类分类范作，由此形成的《文选》学，必有涉及文类的内在与外在的课题，尤以明清以降的《文选》评点派的文献为最。而且，明清以来的中国文类理论对《文选》作品的解读中，保存了大量中国文类学研究的材料。

六朝文体，依《文心雕龙》《昭明文选》为代表的体类观念，当有四种实际体式：形式之体，风格之体，内容题材之体，以文章题名为分类的杂体。黄侃的贡献在于他对游仙、招隐、反招隐三体所做的评价。如胡刻本《文选》

① 游志诚：《昭明文选学术论考》，台湾学生书局1996年版，第134页。

李善注对“游仙”一体的说明是：“凡游仙之篇，皆所以滓秽尘网，锱铢缨绂，餐霞倒影，饵玉玄都。”这实际是以内容主题划分诗的次文类。

“然景纯斯篇，本类咏怀之作，聊以摅其忧平生愤世之情，其于仙道特寄耳。故曰：‘虽欲腾丹溪，云螭非我驾’，明仙不可求。又曰：‘燕昭无灵气，汉武非仙才’，明求仙皆妄也。首章，七章，俱有仙林之文，然则游仙特隐遁之别目耳。”[①]黄侃这段话饱含着有关《文选》次文类的见解，说明景纯《游仙》非列仙之趣，倒是《咏怀》之作。实即认为：咏怀是意义结构，游仙是形式工具。游仙实际是招隐。故游仙——咏怀——招隐，皆混然一物。次文类在形式、内容上具有依存关系。

《文选》“招隐类”第五首《逸翮思拂霄》一诗，李善注以为：全诗表达求仙之想，盖因世俗不容，求仙不得，不禁丹心悲恻，泪流沾缨。黄侃却认为：“此伤年暮无知音之辞。”[②]又如“符命类”录司马长卿《封禅文》、扬子云《剧秦美新》、班固《典引》三文，皆歌颂炎汉政权之天命正统，五行运作的顺应符命，故上言汉之功德，下言汉之瑞应即构成《封禅》一文的体制内涵。黄侃则提出质疑：“封禅亦托以讽谏，纷纷谤议，皆所谓张罗沮泽，不睹鸿雁云飞。”[③]意为封禅并非美颂，本意在反封禅，故其言历代凡封禅者“由此观之，自周而来，未有无德可以封禅者也，此讽其先治道而后鬼神，意极明白。”[④]故游志诚以为：文类是一不可捉摸的未定性书写，充满了解读的空间。

②《选诗评点所见文类学方法——兼论山水诗归类问题》则从《文选》“游览类”谢灵运《从游京口北固应诏》诗谈起，方回将之归入“应诏类”[⑤]，于光华《评注昭明文选》则归入“哲理类”[⑥]，又归入“山水类”[⑦]。一首诗的归属往往意见歧出，多见诸中国古代《文选》诗的评点，可证《文选》评

① 黄侃：《文选黄氏学》，台北文史哲出版社 1977 年版，第 110 页。
② 黄侃：《文选黄氏学》，台北文史哲出版社 1977 年版，第 225 页。
③ 黄侃：《文选黄氏学》，台北文史哲出版社 1977 年版，第 226 页。
④ 黄侃：《文选黄氏学》，台北文史哲出版社 1977 年版，第 226 页。
⑤ 方回：《文选颜鲍谢诗评》，台湾“商务印书馆”1986 年版，第 584 页。
⑥ 于光华：《评注昭明文选》，台北文史哲出版社 1977 年版，第 416 页。
⑦ 于光华：《评注昭明文选》，台北文史哲出版社 1977 年版，第 417 页。

点的材料颇为复杂，于文类学研究深具价值。所以，游志诚此文以《文选》诗的“公宴类”“游仙类”“百一类”“招隐类”“反招隐”“游览类”六类分体，运用评点家的评点进行解读。得出《文选》诗经评点家的评论，已由原有的归类演变为极不相同的归体解读的结论。

③《〈杂体诗〉在文学史上的意义》凡九节：杂体之问题，《杂》体的后出含义，杂诗判读例解，《文心雕龙》的杂体学，《定势》之势与文类空间，从题目学上看杂诗，《杂诗》类的和诗，重读杂诗，统计结果及意义。游志诚认为：“杂诗一体入列为《文选》之选目，主要当从诗题上取得。此缘于昭明编《文选》，分类作法体既不一，有径以诗题而归为一类者，像《百一》《连珠》《江赋》《海赋》等皆其例，而《杂诗》即因王仲宣诗题如此，乃立一类。否则，杂诗首编《古诗十九首》，次李陵与苏武诗，次苏武古诗四首，次张衡《四愁诗》四首，凡此皆有‘题’。至王仲宣始标《杂诗》一体而收之，遂立一名目。观此，有题与无题皆同编杂诗，可见杂诗一则就诗中内容主旨之‘杂’而言，正如李善注云：‘遇物即发，不拘流例。’二则就诗题原用杂，前径立杂体。”[①]另外，“《文选》于诗类细分之际，有无以尽分者，悉编入《杂诗》。然则，《杂诗》实在又与内容题材有关”[②]。复次，“‘杂诗’类除了前述或据题有杂诗名而立，或据内容题材不尽可归它类而立，别尚有一类，是‘和诗’，有如唐宋以后流行的唱和体。收有谢朓的五首，沈约的二首。其中，有五首诗题明标‘和’字，在《文选》二十三诗类中，不可谓不特别，当为‘殊例’。论其作法，主题，与诗体为有唱有和，实可另起一类。惜因《文选》不设和诗，乃悉编入‘杂诗’”[③]。

④《江淹〈杂拟〉三十首反映的文类学》则以江淹《杂拟》中的班婕妤、曹丕、嵇康、郭璞为例，讨论文类学的意义及归类定义的相关问题。

2. 游志诚的《昭明文选斠读》

游志诚《文选》文艺学文本研究的又一力作是其主编，并与大陆学者徐

① 游志诚：《昭明文选学术论考》，台北学生书局1997年版，第193~194页。
② 游志诚：《昭明文选学术论考》，台北学生书局1997年版，第194页。
③ 游志诚：《昭明文选学术论考》，台北学生书局1997年版，第195~196页。

正英合作的《昭明文选斠读》一书。此书两册，上册为游志诚撰。全书分为两部分，第一部分是《文选学概论》，第二部分是《昭明文选斠读篇目》。《文选学概论》是介绍《文选》学。《斠读》每篇有“白文校证”“注文校证”“今注”“集评”“总案”五部分。与周贞亮、骆鸿凯的《文选》研读相比，最突出的是作者对版本的校勘用力甚勤。这为保证文本解读的可靠性打下了坚实的基础。多数《文选》文艺学文本研究者在版本校勘上几乎未下过功夫，往往仅据通行胡刻本或建州本（《四部丛刊》本）进行解读，由于文本的可靠性难以保证，故其学术水准亦大打折扣。

游志诚的《昭明文选斠读》解析的文本相当可观，上册计有《汉武帝诏》《宣德皇后令》《为宋公修张良庙教》《永明九年策秀才文》《奉答七夕诗启》《为卞彬谢修卞忠贞墓启》《上萧太傅固辞夺礼启》《奏弹刘整》《奏记诣蒋公》《与广川长岑文瑜书》《与山巨源绝交书》《豪士赋序》《养生论》《辨命论并序》《广绝交论》《阳给事诔并序》《哀永逝文》《褚渊碑文并序》《刘先生夫人墓志》《祭古冢文并序》二十篇，下册计有《册魏公文》《让宣城郡公第一表》《诣建平王上书》《拜中军记室辞隋王笺》《北山移文》《檄蜀文》《宋玉对楚王问》《秋风辞》《三月三日曲水诗序》《封禅文》《后汉书光武纪赞》《陶征士诔》《宋孝武宣贵妃诔》《吊魏武帝文》十四篇。全书凡三十四篇。

该书封底曰：“本书分两部分，第一部分综述《文选》学的范畴、方法与相关层面。凡近世诸家有说者大抵述及，并在前人基础上，引出新见解、新诠释。可谓‘新《文选》学’的概论。第二部分直接解读《文选》作品，征实与课虚并重。先录正确白文，次校证之，再细审五臣注与善注之正误，悉纳《文选考异》所校，而又更辅证以新出版本。所用宋版《文选》，有奎章阁本、广都本、赣州本、丛刊本、尤本、陈八郎本、明州本等，均为前辈学者所未见，弥足珍贵。次殿以今注，详略得宜，并尽力切合当代处境。每篇之末收录各家集评，最后再附以精细之总案。有校有读，因名曰《昭明文选斠读》。为台湾中文学界首次精读《文选》的一本大学教科书。”这一自述反映了该书的主要内容与学术价值。

（三）曹道衡的文艺学文本研究

曹道衡的文艺学文本研究，主要体现于《从文学角度看〈文选〉所收齐梁应用文》[1]与《望今参古，参奇定法——读〈文选〉中的几篇骈文》[2]。二文虽皆为对《文选》部分作品的解读，但角度尚不尽相同。《从文学角度看〈文选〉所收齐梁应用文》重在阐述《文选》中齐梁应用文的文学价值。

由于声律说的出现，齐梁应用文多为骈文。其中，文人代帝王草拟的诏令、策文，尤为时人推重。此类文章不但要求风格典雅庄重，措辞更要得当。如王融《永明九年策秀才文》与任昉《天监三年策秀才文》，均言及农业与国用，却各具特色。王融之文曰：

> 朕式照前经，宝兹稼穑。祥正而青旗肃事，土膏而朱纮戒典。将使杏花菖叶，耕获不愆；清圳泠风，述遵无废，而释耒佩牛，相沿莫反；兼贫擅富，浸以成俗。若爰井开制，惧惊扰愚民；舄卤可腴，恐时无史白。兴废之术，矢陈厥谋。

此段几乎每句一典，“杏花菖叶”数句，颇有诗意。文中提及土地兼并、兴修水利诸问题，亦提出“爰井开制”“舄卤可腴”的设想，但同时又讲到实施的困难。将齐武帝装扮成励精图治又虚心征求意见之态，而这一切仅为冠冕堂皇之言，毫无实行之意。但这种措辞却极利于美化齐武帝。

任昉之文，则又是一种口气。他首先夸耀梁武帝起兵时“长驱樊邓，直指商郊”，将梁武帝比作周武王。斥责齐末之弊是“衣冠礼乐，扫地无馀”，当时的情势是“百度草创，仓禀未实”，把一切责任推给齐末。接着又发问：

> 若终亩不税，则国用靡资，百姓不足，则恻隐深虑。每时入刍稿，岁课田亩，愀然疚怀，如怜赤子。今欲使朕无满堂之念，民有家给之饶，

① 见《文学遗产》1993 年第 3 期，后收入作者《汉魏六朝文学论文集》，广西师范大学出版社 1999 年版。

② 见《〈昭明文选〉与中国传统文化》，吉林文史出版社 2001 年版，第 370~376 页。

渐登九年之富，稍去关市之赋。

一副悲天悯人之态，所提问题较王融更高，而内容则更空洞。因此文是代一位刚刚登基的帝王所言，故更要笼络人心。

这类“策秀才文”本是官样文章，它所提的问题并不要求切中时弊，而文字却要典雅严整，既能显示帝王之尊严，又要迎合帝王之心态。故要求作者既娴于文笔，又须审时度势，善于辞令。

任昉的《宣德皇后令》是以南齐文惠太子萧长懋之妻王氏的口吻颂扬梁武帝“功德”之文。此时南齐大权已落入萧衍之手，尊为“太后”的王氏不过是一傀儡。故此文实为萧衍吹嘘，但表面上又须装出一副太后褒奖大臣的架势。故任昉在文章中对梁武帝萧衍竭力称扬：

博通群籍，而让齿乎一卷之师；剑气凌云，而屈迹于万夫之下；辩析天口，而似不能言；文擅雕龙，而成辄削稿。

四十二个字将梁武帝学识、武略、口才、文章一一做了颂扬，且突出了他谦让之德。句句用典，却自然贴切，语气庄重而文字简洁，极符合太后口吻。

曹文尚详析了为统治者藻饰太平、歌功颂德的王融《三月三日曲水诗序》、陆倕《石阙铭》二文，对骈体碑志文中酬世名作王俭《褚渊碑文》、王巾《头陀寺碑》与沈约《齐故安陆昭王碑》的辞藻之美剖析精细。对任昉的《奏弹曹景宗》《为齐明帝让宣城公第一表》《为范始兴作求立太宰碑表》、谢朓《拜中军记室辞隋王笺》、丘迟《与陈伯之书》、刘峻《重答刘秣陵沼书》诸作的辞令之美亦辨析详尽。在现代《文选》学史上，从文学角度详析《文选》诸应用文，尚不多见。

《望今制奇，参古定法——读〈文选〉中的几篇骈文》重在解读《文选》收录的若干题材、内容十分相似之作。

《文选》编选的目的是让读者取法前人，模仿写作，故在一类作品之中，往往选取了题材、内容十分相似之作，让读者能加以比较。故曹氏以邹阳的

《狱中上书自明》与江淹的《诣建平王上书》，颜延之与王融的《三月三日曲水诗序》，潘岳的《马汧督诔》与颜延之的《阳给事诔》三组文章进行了对照，说明后者既参考前者，又能望今制奇，参古定法，既师法前人，又踵事增华。《文选》所录题材相近者之作颇多，但仔细阅读，手法又各各不同。并点明在同一文体中选录多篇作品，能使读者体会不同作者的各种风格及构思，这亦是《文选》为唐代以来文人奉为典范的原因之一。

（四）王运熙的文艺学文本研究

王运熙对《文选》的文艺学文本研究主要见于《〈文选〉所选论文的文学性》[①]一文，主要论述了《文选》中的“史论”“史述赞”“论”三种文体的文学性。王文对魏晋南北朝文人的文学观进行了深刻的分析。在萧统生活的南朝，文人对艺术性的认识主要是音韵和谐，对偶工整，辞藻美丽，典故精巧。在这样一种普遍性的认识下，重视骈文，重视具有骈文文采的某些文体，如论、史论、史述赞中一部分议论节段，当属必然。

基于这样一种基本认识，王运熙具体分析了汉代贾谊《过秦论》、王褒《四子讲德论》、班彪《王命论》，魏晋曹冏《六代论》、李康《运命论》、陆机《五等诸侯论》、干宝《晋纪总论》，南朝范晔《后汉书·宦者传论》、沈约《宋书·恩幸传论》、刘峻《广绝交论》，凡十篇文章，多有创意。

三、文体学的文本研究

（一）傅刚的《文选》文本研究

傅刚的文体学文本研究见诸其《〈昭明文选〉研究》下编第四章《〈文选〉文体论析》，又分为赋论、诗论与文论三部分。[②]其特点有四：第一，统计学的分析方法；第二，注重探讨萧统的赋学观、诗歌观、文章观；第三，

① 收《文选学新论》，中州古籍出版社1997年版。
② 傅刚：《〈昭明文选〉研究》，中国社会科学出版社2000年版。

注重辨体；第四，文学史观。

1. 统计学的分析方法

傅刚的《文选》文本研究非常注重研究方法的科学性，大量运用统计学的分析方法即其主要特色之一。如《诗论》一节，作者将《文选》诗类分为二十四小类,从人数、作品数两个方面进行定量分析。将收诗较多的“公宴”“祖饯”“咏史”“游览”“哀伤”“赠答”“行旅”“乐府”“杂诗”“杂拟”十类视为大类，并对其中所收作家、作品进行了统计，得出每类作家的代表。如“公宴”类以颜延之为首；“祖饯”类以曹植为首；“咏史”类以左思为首，颜延之为副；“游览”类以谢灵运为首，颜延之、沈约为副；“哀伤”类以潘岳为首，王粲、张载为副；“赠答”类以陆机为首，刘桢、曹植为副；“行旅”类以谢灵运为首，陆机、谢朓为副；“乐府”类以陆机为首，鲍照为副；“杂诗”类以张协为首，曹植、谢朓为副；“杂拟”类以江淹为首，陆机为副。进而得出了《文选》诗的十大类中占首选的诗人分别是陆机（2类）、谢灵运（2类）、曹植（1类）、左思（1类）、潘岳（1类）、张协（1类）、颜延之（1类）、江淹（1类）。其次是王粲、刘桢、张载、鲍照、沈约、谢朓。这即是萧统对汉魏以来诗人的评价。傅刚尚恐如此统计仍有疏漏，故又分三个方面以列类为首为据，以入选作品数量为据，以作家的类别分布为据做了补充统计。

如以入选作品数量的多寡为据进行分析，前贤已有运用；但对《文选》诗进行多角度的统计分析，在现代《文选》学史的文本研究中尚属首例。运用统计学的方法说明萧统的诗歌观是有现实依据的。如《隋书・经籍志》著录王粲别集十一卷，鲍照别集十卷，但《文选》录王粲诗十三首，录鲍照诗十八首。再如《隋书·经籍志》著录曹植别集三十卷，谢灵运别集十九卷，但《文选》录曹植诗二十五首，录谢灵运诗四十首。可见，《文选》录诗并非仅据作家存诗多寡选录，萧统的诗歌观是起了相当大作用的。

《赋论》一节傅刚亦进行了定量分析，将《文选》赋十五类、五十二篇作品列表，并在表后进行统计分析。在《赋论》《诗论》与《文论》中，列表进行统计分析最多者为《文论》，凡列表五：“文类三十五体收录作家作品表”“《文选》与《文心雕龙》所分文类文体比较表”“历代所收作家文体作品统计表”“历代作家作品文体统计表”“《文选》所收作家所占文类及作品数量序列表”。傅刚在每个表后又都有分析，得出了仅靠定性分析缺乏定量分析所未能得出的某些新颖见解。“文类三十五体收录作家作品表”，显示了《文选》按照文体题材性质，采取由高而下、由生及死的顺序。《文心雕龙》据文笔之辨，选取先文后笔的顺序。根据“《文选》与《文心雕龙》所分文类文体比较表”，可以见出《文选》文类十三体《文心雕龙》归纳为七体，显示出《文心雕龙》较《文选》对文体的区分更为概括。由此可知，《文选》较注重题材内容的性质，《文心雕龙》较注重文体的外延。“历代作家文体作品统计表”，展示了《文选》详近的一面，而非略远。对于赋与诗，详近的一面亦不能成立。笼统谈论《文选》选录作品是详近略远，并不准确。就文而言，从表中可知萧统对汉、三国、晋三代作家相当重视。就作家个人而言，文类中最受萧统重视的是任昉，《文选》收录他的作品十七篇，分占九类。通过《文选》所收作家所占文类及作品数量序列表，明显看到任昉作品占《文选》全部作品中的九类十七篇，排在第二位的班固（五类七篇）、陆机（六类七篇）与任昉相比，均相距甚远。

2. 注重探讨萧统的赋学观、诗歌观、文章观

傅刚十分重视通过具体文体探讨萧统的赋学观、诗歌观与文章观。由于这一研究是建立在统计学基础之上的，颇具说服力。在《文选》赋类中，傅刚发现潘岳一个独占赋之十五类的七类八篇，这反映了萧统认为在西晋赋家中潘岳较陆机要高，这是目前通行文学史未曾注意到的问题。隐语类型的荀赋未得入选，是因为它不合萧统“文”的要求。司马相如《大人赋》因刘勰《文心雕龙·风骨》篇的称赞而非常出名，但《大人赋》描写神仙之事的内容与萧统的思想不合，未将其选入《文选》，说明萧统的赋文学观与之稍有不同。东汉冯衍《显志赋》名气极高，但过多的牢骚不合萧统“君子之致”的思想，亦未能入选。在《文选》二十四类诗中，“游览”是最符合山水诗定义的，但今人认定的著名山水诗人谢朓却仅有一首入选。这说明萧统更多的是将谢朓视为行旅诗人，而非山水诗人。且萧统评价谢灵运较谢朓为高，此与萧纲、萧子显等人的诗歌观明显不同。可见，萧统的诗歌观首先是根据

题材的类别，说明在不同题材中作家的地位、作用并不相同；其次，通过各类作家作品数量及内容的安排，显示出题材的发展演变；再次，通过类别的分置，揭明诗歌各体的区别，达到辨体的目的。

3. 注重辨体

傅刚的《文选》文本研究既重视分辨萧统《文选》分体的正确与否，又重视辨体的特殊功用。如在《赋论》中对“志”与“情”两类赋的论析，说明萧统对这两类作品的辨体非常清楚。诗类潘岳《关中诗》属于“应诏诗”，萧统以之入“献诗类”，与辨体不符。在《诗论》中辨析“游览”与“行旅”两类的区别，辨析苏李诗为赠答诗，但《文选》却入“杂诗”类。尤其是对《文选》未能区分“诗”与“乐府”，傅氏也详加辨析。《文选》本应于“诗”之外别立“乐府”类，不应将“乐府”归属于“诗”。但是，齐梁时期正徘徊于“乐府”与“诗”的辨析期。刘勰《文心雕龙》第六为《明诗》，第七为《乐府》，明确区别二者；而锺嵘《诗品》与任昉《文章缘起》却将“乐府”与“诗”混一。但《文选》将“郊庙”与“乐府”分列，表现了其区分流别、辨体清源的用心。傅刚还对江淹的《杂拟》诗所拟三十类题材，《文选》将其归纳为十类的现象做了分析，肯定了江淹辨体思想对萧统的影响。在《文论》中，傅刚认为，《文选》所分文体多界限清楚，当属代表当时文体辨析最高成就之作。

4. 文学史观

傅刚还十分关注《文选》所体现出的文学史观。在《诗论》中，通过对西汉至齐梁所收作家作品的分析，见出《文选》注重的作家作品依次是西晋、刘宋、建安。这一排序与这三个阶段的代表诗人陆机、谢灵运、曹植的排序完全一致，说明萧统对晋宋诗歌的评价与同时代人并非一致，它体现了萧统的文学史观，对于今天研究这段诗史亦有重要参考价值。在“游仙”类中，《文选》收郭璞诗七首，充分表达了萧统对郭璞在“游仙”类诗史上的重要地位的认同。

（二）胡大雷的《文选》文本研究

胡大雷在现代《文选》学史的《文选》文本研究上独树一帜，他的《文选诗研究》[①]是现代《文选》学史上《文选》诗研究的唯一专著。胡著的出现标志着《文选》文本研究已进入全面、系统研究的阶段。

此书前有《导论》，后有《综论》，中间二十三章，每章论述《文选》诗之一类[②]，即补亡类、述德类、劝励类、献诗类、公宴类、祖饯类、咏史类、百一类、游仙类、招隐类、反招隐类、游览类、咏怀类、哀伤类、赠答类、行旅类、军戎类、郊庙类、挽歌类、杂歌类、杂诗类与杂拟类。

作者在《导论》五《本书的研究对象与途径》一节中明确提出："本书的研究对象是选诗。本书的研究是分体研究的扩展，是结合专家研究的分体研究。本书是类型学的选诗研究，又是文学史的选诗研究。"[③]可见作者将《文选》诗诸类分别作为一个独立整体进行研究。以某类中的作品为基准研究该类缘何命名，即命名的意义；研究该类中诸诗的主题、题材、结构、风格等，以探索其总体特点及在各时代的特点；并从该类所录诗作探索其发展线索。但是，作者并非仅仅局限于《文选》诗，往往将视线从《文选》诗扩展到整个魏晋南北朝诗歌。这一特点贯穿于全书。

1. 关于《文选》诗的命名

胡大雷此著的一大特点是，对《文选》二十三类诗歌中每类诗歌多探讨其命名之由来。但亦有少数诗类未作说明，如乐府、杂歌等。

补亡：所谓"补亡"，即对"有其义而亡其辞"的笙诗之"补亡"。

述德："述德"为"述祖德"之省称，即叙述祖上事迹，其中，"德"应兼有功业德行二义。

---

① 胡大雷：《文选诗研究》，广西师范大学出版社 2000 年版。

② 《文选》诗以胡克家本《文选》与中国大陆通行的中华书局影印本《六臣注文选》为据，《文选》诗分为二十三类；但今存陈八郎本《五臣注文选》与朝鲜正德刊本《五臣注文选》咏怀类均将欧阳建《临终诗》独列为临终类，故依此二本《五臣注文选》，《文选》诗当分为二十四类，故胡氏在其书第 10 页下特设一注，说明其著取二十四类说。

③ 胡大雷：《文选诗研究》，广西师范大学出版社 2000 年版，第 9 页。

劝励：此类诗有二义，一为劝告、劝说，一为勉励。

献诗：为某事上奏最高统治者而作之诗。

公宴：吟咏参加公卿或帝王所召集的宴会所作之诗。

祖饯：设宴为某人送行之作。

咏史：所咏历史人物在诗中是具有主体地位的诗歌。

百一：《文选》“百一”类诗歌的命名历来歧义颇多，作者将诸说概括为从内容着眼与从形式着眼两类。从内容着眼者再分为三：一是称当权者或百虑有一失，二是从诗歌吟咏者的角度取意，三是兼顾吟咏者与吟咏物件，称士有百行始终如一。从形式着眼者厘分为二：一称应璩之作五言诗有百一篇，二称每篇字数为百言。

游仙：即脱离尘俗，游身仙境。

招隐：狭义的“招隐”诗是“招人隐逸”，广义的“招隐”诗是就隐逸之事发表意见。

反招隐：不必就具体的隐逸与否纠缠不休，只要心存玄远、与物终始即可。

游览：诗题明确标明游览地点，所游景物或为园林景物，或为山水景物，或为名胜古迹，或为一般性景物，其中，以游览山水自然景物的诗作影响最大。

咏怀：吟咏情怀。

哀伤：哀痛伤感。

赠答：诗题中明确表明赠某人或答某人之诗。

行旅：出行、旅行。

军戎：不讳言从军之苦，又多述从军之乐；以战争述自己建功立业的豪情壮志，并流露出实现壮志的可能；实境实述；纪实性。

郊庙：祭祀天地神祇的郊乐与祭祀祖先宗庙的庙乐。

挽歌：送葬时执绋挽拉丧车者所唱悼念死者之歌。

杂诗：从个体而言为“不拘流例，遇物即言”之作，从群体而言为“兴致不一”之作。

杂拟：各种各样的模拟之作。

2. 关于某类《文选》诗与中古同类诗作

胡氏《文选诗研究》既然是《文选》诗的类型研究，故特重一类《文选》诗与他类《文选》诗的交叉互渗。因此，他的这部著作并不仅仅以《文选》诗作为研究对象，而多旁及其他同类型诗歌的比较。

第二章《述德类》第五节则专论“述德类”与“郊庙类”的区别。作者认为：中古“郊庙类”诗歌“咏祖宗”属祭祀天地、神灵、祖宗的雅歌，虽有“咏祖宗”之作，但其所咏为皇帝的祖宗而非自己的祖宗，且为祭祀所用，泛泛而言，《文选》“郊庙类”收颜延之《宋郊祀歌》二首即是。

第三章《劝勉类》第三节《中古其它“劝勉”之作》述及东汉韦玄成《自劾》、《戒子孙》，傅毅《迪志诗》，繁钦《远戍劝戒诗》，曹植《责躬》，谢混《诫族子》，陶渊明《责子》等。

第六章《祖饯类》第三节论《文选》中杂诗类关涉祖饯的作品，第四节论《文选》中公宴类关涉祖饯的作品，第五节论《文选》中赠答类关涉祖饯的作品，第六节分析未入《文选》的祖饯类诗作，均为祖饯诗与其他某类诗歌的论析。如辨析《文选》区分公宴与祖饯的核心与实质是：公宴诗以描摹最高统治者或公卿的宴饮为起始与最终目的，吟咏的对象是官方与远行者的关系，故出现对最高统治者或公卿的歌功颂德亦理所当然；祖饯诗则以描摹个人行为的饯别为起始和最终目的，吟咏的对象是送别的主客双方，故强调的是离别的感伤与依依不舍。这种辨体意识与标准均极为鲜明。

第十章《招隐诗》第三节《〈艺文类聚〉人部题名“招隐”的诗及分类》、第四节《〈艺文类聚〉人部“隐逸”类其它述隐居的诗作》、第九节《其它几首吟咏隐士之作》是将《文选》“招隐类”诗歌扩展到整个中古诗坛的招隐诗所作的研究。第八节《〈文选〉诗其它类中写隐居的作品》则讨论了赠答类、行旅类、杂诗类与招隐类的相互关系。

第十二章《游览类》第七节《与行旅类、公宴类之比较》、第八节《与〈文选〉赋游览类之比较》，是将《文选》“游览类”之诗歌与“公宴类”“行旅类”进行比较，并与《文选》赋游览类亦进行了比较。

第十四章《哀伤类》第五节《与〈文选〉诗挽歌模拟较》、第六节《〈文选〉诗其它类中的“哀伤”作品》、第七节《中古时期其它“哀伤”诗作》、第八节《与〈文选〉赋哀伤模拟较》亦属此类。

第十五章《赠答类》第十二节专门讨论未入《文选》的赠答诗作。

第十六章《行旅类》第九节研究杂诗类中泛写出游旅行而思乡之作与行旅类之比较，军戎类写因从军出游之作与行旅类之比较，游览类叙写以游览为目的诗作与行旅类之比较。

第十七章《从军类》第二节详析《乐府诗集·相和歌辞》的《从军行》系列诗歌，将《文选》“军戎类”仅收王粲《从军诗》五首拓展到整个《乐府诗集·相和歌辞》中的《从军行》系列的诗歌之中。再由《乐府诗集》中的《从军行》系列拓展到本章第三节讨论《乐府诗集》所载整个中古虚拟性“军戎”之作：1.《相和歌辞》中的“军戎”之作；2.《横吹曲辞》中的“军戎”之作；3.《杂曲歌辞》中的“军戎”之作。

第二十章《挽歌类》第五节讨论未收入《文选》的中古“挽歌”，亦将研究《文选》诗挽歌的视野拓展至整个魏晋南北朝。第八节将《文选》挽歌类诗与《文选》哀伤类诗进行比较，作者认为：哀伤类诗作叙写为某人死亡而哀伤的诗作与挽歌类写死者自述有相似之处，但为某人死亡而哀伤之作突出具体性与真实性，挽歌类则表现出虚拟性与概括性。

第二十一章《杂歌类》第五节研讨《文选》其他题名为“歌”的作品，亦是将研究视点从《文选》之杂歌扩展至其他题名为“歌”之诗作。

第二十二章《杂诗类》第四节研究中古时期其他题名为“杂诗”的作品，亦将《文选》杂诗类研究置于中古其他题名为“杂诗”之作的背景之中。

胡大雷的这类研究显示了作者对两汉魏晋南北朝诗歌的熟稔，唯其如此，方能将《文选》诗诸类与或收录或未收录的其他诗歌进行比较研究。

3. 关于《文选》诗的诗史研究

胡大雷的《文选诗研究》不仅是类型学的《文选》诗研究，同时亦是类型诗的诗史研究，故多有类型诗歌的溯源专节。

第二章《述德类》第三节《“述祖德”溯原》将“述祖德”诗上溯至《诗经·大雅》中歌咏周民族发展史的《生民》《公刘》《绵》《皇矣》《大明》

诸作与《周颂》中的《武》《酌》《桓》《赉》《般》等作。

第三章《劝勉类》第五节《“劝勉”诗作溯源》，又将“劝勉”之作从《诗经》的《周颂》中《闵予小子》《敬之》《敬毖》的自我勉励型诗歌，以及《大雅》《小雅》中部分作品的“讽谏”作为中国“劝勉类”诗歌之祖，并由此拓展到研究中古“劝勉类”中“讽谏”类诗作日益萎缩，诗歌成为抒情的工具而非“讽谏”的工具的原因。

第五章《公宴类》以第二、第三、第四节分述建安时期的“公宴”诗、西晋时期的“公宴”诗作、东晋末宋齐梁时期的“公宴”诗作，第五节论述中古“公宴”诗作的深化轨迹及特点，第六节为“公宴”诗溯源。作者将“公宴”诗上溯至《诗经》的《小雅》，并将《诗经》中宴饮之作分为三类：主待客之辞，客敬主之辞，泛言宴饮。

第六章《祖饯类》第七节《祖饯诗的独立》即《祖饯诗》的诗歌史。第七章《咏史类》第四节《中古咏史诗形态的发展趋势》称中古咏史诗既向内、又向外的扩张即中古咏史诗在形态方面的发展趋势，作者将研究的视野扩展到整个中古咏史类诗歌。第七节《从咏王昭君系列看咏史诗特征的凝固与变异》以咏昭君作为个案分析，实际上亦是对中古咏史类诗歌史的描述。

第九章《游仙类》勾勒游仙诗史，第十章《反招隐类》研究《反招隐类》诗的历史，第十二章《游览类》述魏晋南朝的游览诗史。第十三章《咏怀类》，十八章《郊庙类》亦如是。

4. 类型诗研究

胡大雷《文选诗研究》为《文选》诗的类型学研究，此为全书的研究范式，故其每章均贯穿这一宗旨。

第七章《咏史类》第二节研究中古咏史类作品的形态，将咏史类诗歌分为三种模式。第十二章《游览类》第三、四节研究游览类诗作的三种模式。第十三章《咏怀类》，将咏怀诗分为阮籍《咏怀》、以秋（春）咏怀与临终咏怀三种模式。第十四章《哀伤类》将哀伤类分为为人生、为社会而哀伤的诗作与为他人死亡而哀伤的诗作两大类型。第十五章《赠答类》将赠答诗分为六种类型：赠答以送行，赠答述所遇，赠答以咏怀，赠答以劝励赞赏，赠答以述相思述友情，赠答为办某事。第十六章《行旅类》亦为《文选》诗之大类，对其进行了多重类型的研究，第二节依“行旅”立足点将其分为旅居于某地写某地之景事，旅行至某地写某地之景事，旅行途中写途中之景事三类。第三、四、五节又依行旅类的情分类，将行旅类诗歌分为羁宦之情、忧世之情与欣喜之情三大类。每类之中，作者又进行了具体分析。羁宦之情的行旅诗，又分其为四类：1. 述当前的相思、倦旅又正面勉励自我；2. 以外出在途中的情景叙说诗人内心的焦虑；3. 以厌倦当前的行旅来叙说自己理想生活；4. 把行旅思乡与仕途失意结合起来，其抒情指向即为：行旅本身是因为仕途失意才产生的，而仕途失意感更增添了行旅中的种种难堪情思。第十七章《军戎类》将“军戎”之作类分为虚拟性与纪实性两大类，又将纪实性“军戎”之作类分为：1.《乐府诗集・鼓吹曲辞》中的纪实之作；2.《乐府诗集》之《近代曲辞》《杂歌谣辞》中的纪实之作；3. 非乐府系统的纪实之作。第二十二章《杂诗类》将“杂诗”之作类分为题名为“杂诗”与非题名为“杂诗”的两大类。非题名为“杂诗”者再厘分为三类：1.《古诗十九首》；2.“苏李”诗；3. 其他有确切题名之作。《古诗十九首》是以群体生活为基础的抒情诗，“苏李”诗是以个体的第一人称方式的抒情诗。第二十三章《杂拟类》将“杂拟”诗类分为二：1. 有确切摹拟作品的摹拟之作；2. 有确切摹拟作者的摹拟之作。在“有确切摹拟作者的摹拟之作”中，又分为：①摹拟古人整体风格创作之作品；②摹拟某人整体题材特征或独特情感的摹拟之作。

第十二章
现代《文选》学文献述略

《文选》学是中国古代文学传统学科之一，二十世纪前期，作为传统国学之一的《文选》学，亦伴随着整个国学现代化的进程步入现代学术。二十世纪后期，现代《文选》学步入一个新的学术上升周期。因此，现代《文选》学文献呈现出传统格调与现代精神并存的独特风貌，即对传统《文选》学文献的全面整理总结与现代《文选》学文献的不断建构同步发展。

作为最早传入日本、朝鲜的重要汉学典籍之一，《文选》学文献不仅在中国大陆与港台，且在日本、朝鲜、欧美都极为丰富。其中，既有日文、英文、法文等不同文字译本的《文选》出现，亦有大量研究著作问世，还有珍藏于法、英、德、俄诸国的敦煌本《文选》残卷，它们亦为现代《文选》学文献中不可或缺的组成部分。

一、传统《文选》学文献的总结整理

传统《文选》学文献的高峰一为唐代，一为清代。唐代《文选》学家如曹宪、许淹、公孙罗、陆善经、李善、五臣诸人，或注音，或释词，要为《文选》廓清阅读障碍。清代学术由宋明“尊德性”一变为“道问学”，诸家《文选》学文献，亦多以考证训诂之作为多。且清代处于中国封建社会末期，学术研究亦带有总结性。所以，传统《文选》学文献中清代传统《文选》学文献更为学界所注目。整理与总结清代传统《文选》学成就即成为现代《文选》学文献的重要内容之一。此中又包括两个方面：一为整理出版传统《文选》学文献，二为对传统《文选》学文献进行全面总结。

前者如胡绍煐《文选笺证》[①]，汪师韩《文选理学权舆》，孙志祖《文选理学权舆补》，赵晋《文选敂音》[②]，孙志祖《文选李注补正》[③]，孙志祖《文选考异》[④]，徐攀凤《选注规李》《选学纠何》[⑤]，李详《文选拾审》[⑥]。

台湾广文书局在出版清代传统《文选》学文献方面成果尤著，仅1974年一年出版清儒《文选》学论著即有许巽行《文选笔记》，孙志祖《文选考异》《文选李注补正》《文选理学权舆补》，张云璈《选学胶言》，朱兰坡《文选集释》，梁章钜《文选旁证》，胡绍煐《文选笺证》，汪师韩《文选理学权舆》凡九种。

大陆学者整理清代传统《文选》学专著者有李之亮的《昭明文选李善注拾遗笺识》[⑦]与《清代选学文献珍本丛刊（第一辑）》[⑧]。前者是对清人王煦《文选李注拾遗》的笺证，后者是清人王煦《昭明文选李善注拾遗》与清人徐攀凤《选注规李》《选注纠何》三种《文选》学著作的点校本。穆克宏点校的《文选旁证》[⑨]则是大陆学人对清代传统《文选》学专著进行整理的杰出代表。

后者如高步瀛的《文选李注义疏》[⑩]。虽然高氏于《李善注文选》六十

---

① 见江苏广陵古籍刻印社1982年、1990年影印本。

② 见中华书局1983年《丛书集成初编》标点本。

③ 见中华书局1983年《丛书集成初编》标点本。

④ 见中华书局1983年《丛书集成初编》标点本。

⑤ 见中华书局1983年《丛书集成初编》标点本。

⑥ 《李审言文集》，江苏古籍出版社1989年版。

⑦ 见台湾暨南出版社1996年版。

⑧ 见中州古籍出版社1998年版。

⑨ 见福建人民出版社2000年版。

⑩ 见1929年北平文化学社出版该书全4册，1934年再版。1929年北平和平印书局第1册出版，1934年该社再版第1册，1935年至1937年出版第2~8册。1985年中华书局出版曹道衡、沈玉成以北平文化学社1934年再版本为底本的点校本。

卷仅完成了八卷，但是，高氏此作对《李善注文选》的综合整理，代表了现代《文选》学踵继清儒，远超前贤的李注研究集大成，其成就地位丝毫不能以其未为全帙而有所贬抑。高氏《义疏》实际是现代《文选》学全面总结清儒传统《文选》学成就的集大成之作。

对于清儒传统《文选》学成果进行认真总结的另一重要学者为黄侃。黄氏评点，生前并未成书，唯手批胡刻本《文选》之上，在弟子中传抄。1977年台湾文史哲出版社出版黄氏之女黄念容辑录的《文选黄氏学》，1985年上海古籍出版社出版黄氏侄子黄焯所辑《文选评点》。二书内容互有同异。黄氏之作虽出版于二十世纪七十年代中期，但是，黄氏对《文选》的董理却是在二十世纪初。黄氏《评点》与高氏《义疏》之异，在于黄氏《评点》旁涉现代《文选》学若干重大课题，如《文选序》研究，《文选》与《文心雕龙》相互关系研究，《文选》分体研究与李善注体例研究。

丁福保《文选类诂》[①]亦属传统《文选》学文献整理之作。与高氏注重《李善注文选》相类，丁氏《类诂》则专以李注检索为务。丁氏此书以程一夔《选雅》二十卷为本，而尽变《选雅》之例，依笔画多少部居先后。略仿《骈字类编》之法，某诗某文，注于各字之下。三言五言，悉以首字为断。用检《文选李注》，莫便是书。又取薛传君《文选古字通疏证》、杜宗玉《文选通假字会》，一并辑入，成为现代《文选》学史上中国学者为《李善注文选》所做的最完备的释义索引。但此书向不为学界所重，周贞亮《文选学》，骆鸿凯《文选学》，屈守元《昭明文选杂述及选讲》《文选导读》，林聪明《昭明文选研究》[②]俱无一语涉及，实则大大低估了此类检索之作的学术价值。

与丁氏之作相类者尚有燕京大学图书馆引得编纂处1935年出版的《文选注引书引得》。此亦为《文选》检索之作，所不同者乃此书专检《李善注文选》所引诸书。

日本学者斯波六郎主编的《文选索引》一书为现代《文选》学史上《文

① 见医学书局1925年初版；中华书局1990年再版。

② 见台湾文史哲出版社1986年版。

选》检索的翘楚。此书1950年始创，1954年毕工。除主编斯波六郎外，西谷登七郎、白木直也、小尾郊一、高桥墩清、古田敬一、冈村繁诸亦皆参与。书成，始油印发行，1955年日本京都大学人文科学研究所正式出版，1971年中文出版社出版，同年，台湾正中书局影印出版。1998年上海古籍出版社出版李庆译中文版《文选索引》。斯波六郎此书以上海扫叶山房胡刻本《文选》为底本，将《文选》单字及含有此单字之词汇逐一制成索引，成为迄今为止唯一一部《文选》全书的单字索引，工程浩大而功在学林。

现代《文选》学的目录学专著大要有三：一为魏淑琴等主编的《中外昭明文选研究论著索引》[①]，二为日本学者牧角锐子主编的《文选研究论著目录》[②]，三为俞绍初、许逸民主编的《中外学者文选学论著索引》（下简称《索引》）[③]。其中，俞绍初、许逸民主编的《索引》最为完备，此书几乎囊括二十世纪中外《文选》学研究全部论文论著目录，完全涵盖了魏淑琴、牧角锐子主编的两部目录索引。但此书编辑于1995年，故1996年之后的《文选》学论文论著未能收入。台湾学者洪顺隆主编的《中外六朝文学研究文献目录》[④]收罗1900年至1983年八十多年间有关六朝文学的论文。洪氏《目录》虽不以《文选》名书，但此书包容了大量中国港台、日本《文选》学论文论著目录，故独具文献价值。

二、现代《文选》学文献的建构

二十世纪前期是传统国学走向现代国学的重要时期。周贞亮《文选学》与骆鸿凯《文选学》即此期现代《文选》学的奠基之作。周、骆二氏《文选学》的出现是二十世纪前期有关现代《文选》学史专题研究论文不断涌现的逻辑归宿。

---

① 见吉林文史出版社1988年版。

② 见日本九州岛大学文学部1988年版。

③ 见中华书局1998年版。

④ 见台湾汉学研究中心1992年版。

此期，关于《文选》分类、关于《文选》学源流、关于李善注体例、关于《文选》学书目、关于《文选》的选录标准等专题研究纷至沓来。现代《文选》学史的诸多论题多有专题论文的问世，表明撰写带有通论性质的学术史的条件业已成熟。

徐英的《文选类例正失》[①]与李庆富的《文选解题及其读法》[②]均为一简明《文选学》。诸多学者的各类专题学术史论文为全面总结现代《文选》学提供了极为宝贵的学术平台，在这一较高较广的平台之上，周贞亮与骆鸿凯各自完成了既具共性亦具个性的《文选学》。

二十世纪后期的《文选学》通论之作，当属屈守元《昭明文选杂述及选讲》[③]与《文选导读》[④]。二书基本体例一仍周氏、骆氏之旧，分通论与选读两部分，唯各种预备知识与读法俱未单列。且屈氏二作均十分注重《选讲》《选读》部分，其占全书之比例俱相当可观。台湾学者林聪明的《昭明文选研究》[⑤]亦为此期《文选学》通论之作，但林氏之作受骆鸿凯《文选学》影响更巨。

除上述《文选》研究的通论之作外，《文选》研究专著与《文选》研究论文集亦是建构现代《文选》学文献的重要组成。

华东师范大学与东方文化研究中心共同编译、上海古籍出版社出版的日本学者冈村繁的《冈村繁全集》第二卷即《文选之研究》[⑥]，这是中国大陆首次出版日本学者的中国古代文学研究全集。作为日本现代《文选》研究的杰出代表，冈村繁的《文选》版本研究、《文选》成书研究、《文选》注释研究，皆极具创见。中译本《文选之研究》收录了《〈文选〉的编纂实况与当时对它的评价》《〈文选〉与〈玉台新咏〉》《〈文选〉的沉浮——南北朝末期的文学动向与〈文选〉学的出现》《日本细川家永青文库藏〈敦煌本

① 见《安徽大学月刊》第2卷第5期，1935年3月。
② 见《学风》第7卷第4期，1937年5月。
③ 见天津古籍出版社1988年版。
④ 见巴蜀书社1993年版。
⑤ 见台湾文史哲出版社1986年版。
⑥ 见上海古籍出版社2002年版。

文选注〉——唐代初期〈文选〉注解的侧影》《永青文库藏〈敦煌本文选注〉笺订》《从〈文选〉李善注中的纬书引用看其编修过程》《〈文选集注〉与宋明版行的李善注》《宋刊〈李善注文选〉对〈五臣注〉的“盗用”》等重要论文。

日本学者清水凯夫《六朝文学论文集》[①]与《清水凯夫〈诗品〉〈文选〉论文集》[②]为日本近年来较有代表性的《文选》学研究论文集，其中，引起学界高度关注者为清水氏有关《文选》的实际编纂者为刘孝绰而非萧统之说，《文选》的选录标准为《宋书·谢灵运传论》与《文选》及《文心雕龙》二书无关的论述。这些观点曾引发了中国大陆不少学者的注意与讨论。

森野繁夫的《文选杂识》对《文选》版本、注释的研究亦极富创造性。富永一登的《文选李善注研究》[③]是作者多年研究《文选》李善注的成果。其中，关于宋刻本李善注的形成，李善注与陆善经注、《钞》、《汉书》颜师古注、《后汉书》李贤注的关系等专题的研究极富创见。

台湾出版《文选》论文集有三。一为台北学生书局1971年10月出版《昭明太子和他的文选》，此论文集为《近代文史论文类辑》中的一种，收录谢康《昭明太子评传》、周贞亮《梁昭明太子年谱》、何融《文选编纂时期及编者考略》、祝文白《文选六臣注订讹》、祝文仪《论文选注及其版本》、刘文兴《北宋本李善注文选校记》六篇论文，俱为二十世纪前期《文选》学论文名作。二为台北木铎出版社1976年《国学论文荟编》第一辑陈维新、于大成主编的《昭明文选论文集》，收录十二家十四篇论文。除周贞亮、刘文兴、何融三篇已见台湾学生书局《昭明太子和他的文选》外，余十一篇皆选自民国以来学术期刊。三为1996年台湾学生书局出版的游志诚的《昭明文选学术论考》，此书为游志诚个人的现代《文选》学论文集。凡收载论文十三篇，涵《文选》唐写本五臣注研究、《文选》“难”体研究、《文选》文类学研究等。游志诚是现代《文选》学史上创获最丰的台湾学者，他对《文选》文

---

① 见重庆出版社1989年版。

② 清水凯夫著、周文海编译，首都师范大学出版社1995年版。

③ 见研文出版社1999年版。

类学的研究，他应用《文心雕龙》物色理论对《文选》“行旅诗”“游览诗”的分析，他提出现代《文选》学研究应当由文献研究向文学研究的复归等问题，皆为大陆现代《文选》学研究者较少关注的重大问题。该论文集集文献研究与理论研究于一体，在现代《文选》学史上独具一格。

中国大陆的《文选》研究论文集为二十世纪后期现代《文选》学研究步入新的学术上升周期的产物。

1988 年长春师范学院召开了首届《昭明文选》国际学术讨论会，并在会议开始前出版了赵福海、陈宏文、陈复兴、王春茂、吴穷编纂的《昭明文选研究论文集》①。此论文集收录论文凡三十二篇。由于中、日、美及中国香港学者的参与，且与会者多于《文选》学有较好学养，故此论文集既为二十世纪后期《文选》学在中国大陆振兴的转折点，又对二十世纪九十年代的现代《文选》学研究热点的形成起了极大的推动作用。1992 年长春师范学院中文系主办了第二届《文选》学国际学术研讨会，并出版了赵福海主编的《文选学论集》②。此论文集辑录论文二十八篇，并附有四篇论文提要。

1995 年郑州大学古籍整理研究所与中国《文选》学研究会在郑州主办第三届《文选》学国际学术讨论会，主持者从与会的五十篇论文中精选出三十七篇，编辑成《文选学新论》③。此论文集集中研究三大问题，即关于“新文选学”，《文选》所录作品的解释与评价，关于李善注、五臣注与其他《文选》注本。

特别值得提出者为俞绍初、许逸民主编，郑州大学古籍所编辑，中华书局 1998 年 8 月出版的《中外学者文选学论集》。此论文集为《文选学研究集成》十二项课题之一。虽然编者未为明言，但就选编体例而言，此论文集实可称为二十世纪现代《文选》学论文集之代表。全书上下两册，厘分为六部分：中国大陆学者论文三十六篇，中国香港、台湾学者论文十篇，日本学者论文八篇，韩国学者论文一篇，欧美学者论文二篇，附录五篇。凡六十二篇，

① 见吉林文史出版社 1988 年版。
② 见时代文艺出版社 1992 年版。
③ 见中州古籍出版社 1997 年版。

八十六万字。所收论文上至二十世纪二十年代，下至二十世纪九十年代中叶，基本囊括了现代《文选》学研究论文的精萃。中国大陆、港台及日本、韩国、欧美皆有论文入选，而又以中国大陆为主，中国港台、日本为辅。附录五篇，分述中国大陆、中国港台、日本、韩国、欧美《文选》学研究概况。

1999年长春师范学院主办第四届《文选》学国际学术研讨会，会后出版了赵福海、刘琦、吴晓峰主编的《〈昭明文选〉与中国传统文化》①论文集，凡收中外学者论文五十九篇。

二十世纪有关《文选》研究著作，除前介绍的高步瀛、黄侃、周贞亮、骆鸿凯、屈守元诸人之作外，尚有刘文典的《读文选杂记》②，台湾学者谢康《昭明太子和他的文选》③，林聪明的《昭明文选研究初稿》④，游志诚《文选学新探索》⑤《昭明文选学术论考》⑥。

日本学者对现代《文选》学研究贡献不菲。日本《文选》学研究先驱斯波六郎《文选诸本的研究》⑦虽因客观条件所限尚不尽如人意，但此作仍不失为现代《文选》学版本研究中最具功力的专著之一。日本学者小尾郊一等《文选李善注引书考证》⑧亦颇具功力。

中国大陆学者顾农《文选与文心》⑨一书辑录了作者《文选》研究的论文十篇，虽其另收有五篇专论《文心雕龙》的文章，但称其为《文选》论文集亦不为过。

中国《文选》学研究会会长曹道衡的《汉魏六朝文学论文集》⑩收入《文

① 见吉林文史出版社2001年版。

② 见《三馀札记》，黄山书社1990年版。

③ 见台湾学生书局1971年版。

④ 见台湾文史哲出版社1986年版。

⑤ 见台湾骆驼出版社1990年版。

⑥ 见台湾学生书局1996年版。

⑦ 见广岛文理科大学内斯波博士退官纪念事业会1957年版；又载《文选索引》，京都大学人文科学研究所1957年版；复载《文选索引》，上海古籍出版社1998年版；《中外学者文选学论集》，中华书局1998年版。

⑧ 见日本研文出版社1990~1992年版。

⑨ 见贵州人民出版社1998年版。

⑩ 见广西师范大学出版社1999年版。

选》学论文十五篇，近十八万字。此论文集为中国大陆学者最有代表性的《文选》学论文集。其中，包括《文选》文本研究、《文选》注释研究、萧统文学思想研究、《文选》分体研究、《文选》的选录标准研究等热点问题，亦有研究者所忽略的昭明太子与梁武帝建储问题、南朝文风和《文选》等重要问题。

穆克宏的《昭明文选研究》[①]为二十世纪后期中国大陆学者第一部现代《文选》学研究的专著，该书对萧统的生平、著作、文学思想，《文选》产生的时代，《文选》的内容，《文选》研究学史，《文选》研究的若干热点，《文选》的文学价值等进行了全面研究，成为二十世纪现代《文选》学步入新的学术上升周期后最有代表性的研究著作之一。

傅刚的《〈昭明文选〉研究》[②]为二十世纪后期中国大陆学者第一部现代《文选》学博士论文，亦是一部现代《文选》学研究的力作。是书以《文选》编纂与文本研究为重点，对现代《文选》学诸热点进行了全面深入研究，尤以文体研究独擅胜场。傅刚另一力作《文选版本研究》[③]，为二十世纪《文选》版本研究的集大成之作，代表了现代《文选》学版本研究的最高成就。二者一着眼于现代《文选》学，一着眼于传统《文选》学，体现了传统格调与现代精神的完美结合。

曹道衡、傅刚的《萧统评传》[④]作为匡亚明主编的“中国思想家评传丛书”之一，是现代《文选》学史上唯一一部萧统评传。曹道衡、傅刚是中国大陆现代《文选》学研究界两代学人中《文选》学研究的专家，其作代表了中国大陆有关萧统与《文选》研究的最高水平。全书上下两篇，上篇《萧统的家世和生平》论述了兰陵萧氏的先世，梁武帝的一生，萧统的生平、与诸弟的关系及萧统后人。有关梁武帝与萧统的论述，此书资料最为翔实、可靠。下篇《萧统的文学活动和文学思想》，全面论述了萧统的创作、文学思想，并对《文选》的编纂宗旨、体例、选录标准、分类、流传、影响做了全面阐述。

---

① 见人民文学出版社 1998 年版。

② 见中国社会科学出版社 2000 年版。

③ 见北京大学出版社 2000 年版。

④ 见南京大学出版社 2001 年版。

同时，对二十世纪的现代《文选》学研究与《文选》版本亦做了论述。此书是曹道衡、傅刚《文选》研究重要成果的学术总结，大体涵盖了曹道衡、傅刚《文选》研究的主要成果。

胡大雷的《文选诗研究》[①]是现代《文选》学史上专力研究《文选》诗的唯一专著。胡著的出现标志着《文选》文本研究已进入全面、系统的研究阶段。此书前有《导论》，后有《综论》，中含二十三章，每章论述《文选》诗之一类。[②]作者在《导论》五《本书的研究对象与途径》一节中明确提出了此书的研究宗旨："本书的研究对象是选诗。本书的研究是分体研究的扩展，是结合专家研究的分体研究。本书是类型学的选诗研究，又是文学史的选诗研究。"[③]赵福海的《昭明文选研读》[④]是一部以《文选》文本研究为主的著作，上篇《文选精读》解析了萧统《文选序》、贾谊《鹏鸟赋》、江文通《别赋》、陆士衡《文赋》、傅武仲《舞赋》、宋玉《高唐赋》、曹子建《洛神赋》、左太冲《咏史诗八首》、郭景纯《游仙诗七首》、李斯《上秦始皇帝书》等二十八篇作品，下篇《文选论文》收论文七篇及一篇随感。

三、《文选》文本文献的发现、出版、整理、翻译、研究

现代《文选》学文本文献的重大创获为《文选》各种文本的发现、出版、整理、翻译与研究。

（一）写本

较为重要者有四：一为《文选》无注三十卷写本，二为敦煌唐写本残卷（含白文本与注本），三为《文选集注》一百二十卷本，四为五臣注单注本写本。

① 见广西师范大学出版社 2000 年版。

② 胡克家本《文选》与中国大陆通行的中华书局影印的建州本《六臣注文选》，《文选》诗俱分为二十三类；但今存陈八郎本《五臣注文选》与朝鲜正德刊本《五臣注文选》咏怀类均将欧阳建《临终诗》独列为临终类，故依此二《五臣注文选》，《文选》诗当分为二十四类，胡大雷在其书第 10 页下特设一注，说明其著取二十三类说。

③ 胡大雷：《文选诗研究》，广西师范大学出版社 2000 年版，第 9 页。

④ 见时代文艺出版社 2001 年版。

第一，无注三十卷本《文选》。1856 年由日本学者森立之《经籍访古志》率先著录，1892 年近代学者杨守敬《日本访书志》再次著录。此本为李善注《文选》之前流传的抄本。杨守敬将其残帙二十一卷，并其音注、标记一同影钞传世，今存台北“故宫博物院”。此本保留了萧统《文选》未加注释前的白文本原貌，另有颇具校勘价值的某些标记、旁注。

第二，敦煌唐写本残卷。汇集成册者有：罗振玉《鸣沙石室古籍丛残》，日本学者神田喜一郎《敦煌秘籍留真新编》，黄永武《敦煌宝藏》，饶宗颐《敦煌书法丛刊》第十七集，饶宗颐《敦煌吐鲁番本文选》。上述诸作以饶宗颐《敦煌吐鲁番本文选》所收较完备。此书 2000 年 5 月中华书局出版，“网罗世界各地收藏《昭明文选》古写本之残缣零简”[①]，为敦煌吐鲁番写本《文选》之集大成之作，且影印精良，装帧考究。

第三，《文选集注》本。《嘉草轩丛书》载其中十六卷残本，日本国立京都大学文学部有今存全部残卷影印本。《文选集注》发现于十九世纪末，但其版本价值为学界所重则在二十世纪。罗振玉 1918 年印行《文选集注》残本十六卷。1935 年至 1942 年，日本京都帝国大学文学部以《影印旧抄本》为名编入第三集及第九集，凡二十四卷。此本保存了今已失传的陆善经注、公孙罗《文选音决》《文选钞》等旧注，故极具校勘价值。日本学者斯波六郎、狩野充德、森野系夫、富永一登、冈村繁等日本学者并对《文选集注》本进行了详尽的研究。其中，森野系夫的《文选杂识》六册[②]将《集注》本与九条本（明州本）、袁本、《四部丛刊》本、尤本、胡刻本一一比勘，对各篇语汇做了详细札记，并有阅读心得，为迄今为止对《集注》本进行认真校勘的重要成果。中国大陆学者周勋初 1994 年赴日本国立奈良女子大学讲学时，复印《文选集注》，并征集新材料，重新编纂，命名《唐钞文选集注汇存》[③]，并由上海复旦大学陈尚军具体编纂，上海古籍出版社出版。唐钞《文选集注》

① 饶宗颐：《敦煌吐鲁番本文选·序》，中华书局 2000 年版。

② 见日本第一学习社 1981~1989 年版。

③ 周勋初：《唐钞文选集注汇存·导言》，上海古籍出版社 2000 年版；又载《魏晋南北朝文学论丛》，江苏古籍出版社 1999 年版，第 199 页。

得以迎归故土，嘉惠学林，实为现代《文选》学之幸事。此本对研究《文选》自唐写本至宋刻本的演变极为重要。

第四，日本东京三条氏所藏五臣注单注本抄本，1937 年由今日本京都大学人文科学研究所的前身东方文化学院作为《东方文化丛书》第九影印出版。三条本所存者为三十卷本《文选》之第二十卷邹阳《于狱中上书自明》的中间至阮籍《为郑冲劝晋王笺》的中间部分。但因该本系五臣注于唐开元时期完成不久之唐钞本的重抄，保存有唐代五臣注原貌，故极为珍贵。饶宗颐《日本古抄文选五臣注残卷》[①]，曾详考此本之价值。游志诚《五臣注原貌》[②]一文将其与南宋陈八郎本合校，探讨五臣注原貌。

（二）刻本

1.《李善注文选》

（1）北宋天圣七年（1029）国子监刊刻之李善注《文选》

台湾“故宫博物院”收藏此本前十五卷的十一卷残卷，北京国家图书馆存此本后四十五卷的二十四卷残卷。北宋监本《李善注文选》对于研究从唐抄本至宋刻本《李善注文选》的演变极具价值。台湾学者张月云《宋刊〈文选〉李善单注本考》[③]与中国大陆学者常思春《读北宋本〈李善注文选〉残卷》[④]均对其有介绍。

（2）南宋尤袤刻本《文选》

由于《四库全书总目》的作者认为今传《李善注文选》为删削《六臣注文选》中五臣注而成，故而长期以来，学林普遍认为今传李注本俱为六臣本摘出者，以致尤刻本亦不能幸免。程毅中、白化文《略谈李善注文选的尤刻本》[⑤]，屈守元《昭明太子杂述及选讲》，冈村繁《文选集注与宋明版本的李善注》[⑥]，

---

① 见《东方文化》第 3 卷第 2 期。

② 载游志诚：《昭明文选学术论考》，台湾学生书局 1996 年版。

③ 载《故宫学术季刊》第 2 卷第 4 期，1985 年；又载《中外学者文选学论集》，中华书局 1989 年版。

④ 载赵福海等主编：《〈昭明文选〉与中国传统文化》，吉林文史出版社 2001 年版。

⑤ 见《文物》1976 年第 11 期。

⑥ 赵福海主编：《文选学论集》，时代文艺出版社 1992 年版。

刘跃进《从〈洛神赋〉李善注看尤刻文选的版本系统》[①]，傅刚《文选版本研究》[②]均持反说。四库馆臣认定毛晋汲古阁所刻《李善注文选》为从六臣注中剔除五臣注者，但不能以此为据断定尤本亦非李注之单注本，此乃四库馆臣之失，亦迷误学林数百年。经今诸多学者考证，尤本虽受《六臣注文选》诸多影响，但仍为宋刻《文选》李善注唯一单注本全帙。中华书局1974年以今北京国家图书馆藏南宋池阳郡斋尤袤淳熙八年（1181）刻本影印出版，线装四函二十册。台北石门图书有限公司1976年亦印行出版。

（3）清胡克家刻本《文选》

胡克家于清代嘉庆十四年（1809）翻刻尤本，成为李善注《文选》最为通行之本。中华书局1977年将胡刻本影印出版，上海古籍出版社1986年又将胡刻本排印出版，中州古籍出版社1990年亦对其影印出版。与今北京国家图书馆藏早期尤刻本相较，胡刻本所用底本当为尤刻后期印本。胡刻本附有《文选考异》十卷，为清代传统《文选》学研究之重要著作。胡氏《考异》对于李善注《文选》的流传功不可没。中华书局影印本、上海古籍出版社标点本，均附有胡氏《考异》。其中，上海古籍出版社标点本《文选》将胡氏《考异》逐次分排于每篇之下，最便阅读。

2.《五臣注文选》

现存有残卷与全帙两类。

残卷仅有一部，北京大学图书馆藏该本第二十九卷，北京国家图书馆藏该本第三十卷。此二卷均为南宋建炎三年（1129）前“杭州猫儿桥东岸开笺纸马铺钟家印行”。

全帙有二：一为南宋绍兴三十一年（1161）建阳陈八郎宅刻五臣注本，现藏台北“中央图书馆”。1981年台湾“国立中央图书馆”影印陈八郎本三百册，使沉寂多年清儒亦未见之宋刻五臣注单注本重现学林，实为现代《文选》学之幸事。二为朝鲜正德刊本，此本当为杭州钟家刻本系列，虽非宋刻，但其版本价值颇高。

---

① 见《文学遗产》1994年第4期。

② 见北京大学出版社2000年版。

（1）陈八郎本《五臣注文选》。此书为南宋绍兴三十一年（1161）建阳崇化书坊陈八郎宅刻本五臣注，为今存宋刻五臣注唯一一部全本，弥足珍视。陈八郎本之褒贬莫衷一是[①]。台湾学者郑骞曾在陈八郎本影印出版时著有跋文，并以谢灵运《登江中孤屿》诗为例说明此本的版本价值。其实，陈八郎本的校勘价值远较郑氏跋文所言者高。从保存版式旧貌而观，《九歌》中《东皇太一》《云中君》《湘君》《湘夫人》诸篇小题，尤刻本、胡刻本、六臣本（赣州本）、六家本（明州本）皆置小题于前，五臣注之陈八郎本列小题于篇后，版式一同日本古抄本。从纠正现存六臣注、六家注之讹误言，陈八郎本亦具他本无可替代的价值。但陈八郎本为建本坊刻，个别篇章刊刻失误较重，如卷八张衡《思玄赋》："鸣鹤交颈，雎鸠相和。处子怀春，精魂回移。"此四句李周翰注曰："翰曰：雎鸠，鸟名也。处子，处女也。怀春，有所思。"陈八郎本脱"翰曰……有所思"十七字注文，复脱下正文"如何淑明，忘我实多"八字。此卷嵇康《琴赋》云："竦肃肃以静谧，密微微其清闲。"此二句李周翰注云："翰曰：竦，高也。肃肃，深也。谧，安也。密枝，叶密也。微微，幽邃也。"陈八郎本脱"翰曰……幽邃也"二十二字。又"性絜静以端理，含至德之和平"。吕向注曰："向曰：端理，犹正直也。谓感于人物之情，故云含至德也。和谓声柔也，平谓调中也。"陈八郎本不但全脱此二句正文，且连吕向之注文亦全部脱去，凡脱四十三字。陈八郎本为今传世宋刻《文选》中唯一一部五臣注单注本，文献价值颇高，但其刊刻之误亦夥，朝鲜正德刊本五臣注恰可正其阙失。陈八郎本的另一问题是其受李善注的影响，如卷四十四钟士季《檄蜀文》"今主上圣德钦明绍隆前绪"句，此句下唐钞《文选集注》本李善注为："李善曰：主上，陈留王奂也。尚书曰：放勋钦明。"奎章阁本、尤刻本李善注同唐钞《文选集注》本。陈八郎本为宋刻五臣注单注本，但此篇刘良注为："良曰：主上则陈留王奂。尚书曰：放勋钦明。绍继，绪业也。言有圣明之德而继先人之业。"其中，"尚书曰放勋钦明"七字，据唐钞《文选集注》本、奎章阁本、尤刻本、赣州本、

---

① 参见屈守元《绍兴建阳陈八郎本文选五臣注跋》，载《文学遗产》1998年第5期。

建州本，当为李善注。陈八郎本有此七字，说明陈八郎本已非纯粹的五臣注，其中已掺有李善注。朝鲜正德本《五臣注文选》，恰无此七字。证明朝鲜正德本较之陈八郎本，未受李善注的影响。

（2）朝鲜正德刊本《五臣注文选》。今藏韩国成均馆与日本东京大学东洋文化研究所。此本的刊刻时代为明代正德（1506~1521）年间，故陈八郎本所避宋讳如桓、恒、敬、殷、朗、祯、构诸字，此本不避。此本与陈八郎本相较，受李善注本影响较少，为更纯粹的五臣注。

3.《六臣注文选》

《六臣注文选》有李善、五臣注本（六臣本）与五臣、李善注本（六家本）之别。今存宋刊六家本有明州本、广都本，今存宋刊六臣本有赣州本、建州本。

（1）奎章阁本《文选》

现代《文选》学版本研究中最为重要的发现是韩国汉城大学所属奎章阁所藏《文选》的影印，此本由韩国正文社1983年影印出版。奎章阁本为李氏王朝世宗十年（1428）以“庚子字”印制的《六臣注文选》（实为《六家文选》，亦统称为《六臣注文选》）。韩国今藏《六臣注文选》多部，其中以奎章阁本最为完整，此本五臣注的底本为平昌（今山东安邱县）孟氏本，较南宋绍兴辛巳（1161）陈八郎本五臣注《文选》早百余年；此本李善注的底本为北宋监本，较淳熙辛丑（1181）刊尤刻本李善注早一百五十余年；将平昌孟氏五臣注与北宋监本李善注合刻者为北宋秀州州学，故此本为今已失传的六臣注第一本秀州州学本的翻刻本。所以，此书颇具校勘价值。

奎章阁本由于底本的特殊性，故其可作为今已残缺的北宋监本李善注本和今已失传的平昌孟氏五臣注本与秀州州学六臣注本来看待。屈守元、傅刚、常思春对此均有详述。

关于奎章阁本的版本校勘价值，笔者以为，至少在保存古籍旧式与校勘两方面俱为今日整理《文选》诸本所必不可少者。

第一，保存版式旧貌。《九歌》中《东皇太一》《云中君》《湘君》《湘夫人》诸篇小题，尤刻本、明州本、赣州本、建州本皆置小题于前，独奎章阁本与陈八郎本列小题于篇后，版式一同日本古抄本，保存了古籍原有版式。

第二，校勘价值。如《文选·西京赋》“集隼归凫”的“集”，《四部丛刊》本《六臣注文选》与胡刻本《李善注文选》作“奋”，《四部丛刊》本注曰：“五臣作集。”胡克家《文选考异》曰：“袁本‘奋’作‘集’，校语云善作‘奋’。茶陵本校语云五臣作‘集’。案：各本所见，皆非也。薛自作‘集’，‘集隼’与‘归凫’对文，承上四句而言，犹扬子云以‘雁集’与‘凫飞’对文也。善必与薛同，则与五臣亦无异，传写讹‘奋’耳。二本校语，但据所见而为之。凡如此例者，全书不少，详见每条下。”黄侃《文选平点》曰：“抄本‘奋’作‘集’。尤袤云：奋隼，五臣作‘集隼’。”[①]高步瀛曰：“朱珔曰：薛注奋迅声也，则正文作‘奋’不作‘集’。‘奋隼’与‘归凫’正对，一‘奋’一‘归’，与杨子云以‘集’对‘飞’相合。六臣本非。步瀛案：胡氏说是也。薛注奋迅声。注下‘沸卉軿訇’四字，传写者遂误以‘奋’字相乱。若以‘迅声’释‘奋’字，则不辞矣。古抄本、唐写本皆作‘集’，六臣本正合。今据改。”[②]今案：赣州本、胡刻本作“奋”，奎章阁本、明州本同陈八郎本作“集”。此字《四部丛刊》本与胡刻本同误，陈八郎本、朝鲜正德本、奎章阁本、明州本不误。由于诸家皆不解唐写本《西京赋》非尽出李善注[③]，故胡克家、朱珔、黄侃、高步瀛之解皆误。奎章阁本等保存五臣注本特色较多的版本为此字提供了版本依据。

（2）明州本《六家注文选》

今北京国家图书馆藏有两个残本，一本存二十四卷，一本存九卷。台湾“故宫博物院”藏有一残本，凡五十卷。1974~1975年日本汲古书院影印“国宝《文选》”出版并传入中国大陆现代《文选》学界。此书题为“足利学校秘籍丛刊第三”，“足利学校遗迹图书馆后援会刊”。原本出自日本“金泽文库”，为今存南宋明州本系列《六家注文选》较早刊本。

---

① 黄侃平点，黄焯编次：《文选平点》，上海古籍出版社1985年版，第11~12页。

② 高步瀛：《文选李注义疏》，中华书局1985年版，第382页。

③ 参见傅刚：《永隆本〈西京赋〉非尽出李善本说》，载《文选版本研究》，北京大学出版社2000年版，第245~246页。

（3）赣州本《六臣注文选》

今北京国家图书馆藏三种：其一为二十九卷凡三十册，其二为二十五卷凡二十一册，其三为十卷凡十册。台北“国立中央图书馆”藏本今存二十六册，凡五十三卷。缺卷一至卷三，卷二十九，卷三十，卷五十九，卷六十九，凡七卷。

（4）建州本《六臣注文选》

商务印书馆1919年据涵芬楼藏宋刊《六臣注文选》影印，收入《四部丛刊》初编，中华书局1987年又据此影印出版，此本即为今中国大陆《六臣注文选》之通行本。

（5）广都本《六家注文选》

朱彝尊《曝书亭集》卷五十二《宋本六家注文选跋》所著录之《六家文选》，宋政和元年（1111）毕工行世。此即为广都裴宅刊印本，它的底本当是秀州州学本。但是，朱彝尊所言北宋广都裴氏本今传世诸本皆未见。

今台湾“故宫博物院”图书馆藏有南宋末年刻裴氏广都本一帙。吴哲夫《故宫善本书志》言此本仅存二十六卷，馀皆以明袁褧本补配。游志诚《论广都本文选》[①]定台湾“故宫博物院”图书馆藏广都本为昭仁殿旧藏本，但此本非完帙。昔故宫著录此本误题开庆咸淳年间刊刻，今已改正为绍熙庆元间刊本。今存卷一至卷十七，卷二十七至卷二十八，卷五十一至卷五十七。缺者用袁褧本补配。

（三）译本

《文选》作为国际汉学界的重要研究对象，在日本、欧美、韩国均有大量译本问世，它们是构成现代《文选》文本文献的重要组成部分。

1. 日本汉学家对《文选》情有独钟，出版各种译本亦最多。[②]

① 1922年日本国民文库刊行会出版冈田正之、佐久节译注的“国译汉文大成”《文选》上中下三册。包括《文选》的国译（汉文训读）、脚注与译文，

---

① 见“第五届文选学国际学术研讨会”论文（中国·镇江），稿本。

② 参见日本佐竹保子《日本〈文选〉学研究概述》，载《中外学者文选学论集》，中华书局1998年版。

卷末附原文。译文与注释兼采李善注与五臣注中译者以为稳妥者。上册卷首有冈田正之所撰《文选》解题：（1）作者小传；（2）《文选》编次；（3）内容概述；（4）《文选》学来历；（5）《文选》流传。此译本为二十世纪日本最早的《文选》全译本。

② 1963 年日本筑摩书房出版斯波六郎、花房英树译写的《文选》选本一册。此书属“世界文学大系”第七十册。此选本不按《文选》原有文体分类，而是按时代顺序选录《文选》诗。每诗下有一简单解题，并将汉文改为训读式日文，再附原文，末为译文与注释。底本为胡刻本，注释用李善注。

③ 1963~1977 年日本明治书院出版内田泉之助、网佑次、中岛千秋译注《文选》。全书 5 册，属“新译汉文大系”第 14、15、79、82、83 册。此书首有总说：（1）关于《文选》；（2）昭明太子；（3）传来；（4）使用的底本；（5）参考书。各篇下分题意、通释、语释、余说等，兼采李善注与五臣注。卷末附有作者小传与作者作品表。此本将《文选》全部诗歌选入，其他文体则择当而选。

④ 1959 年日本明德出版社出版网佑茨译注《文选》一册，属“中国古典新书”之一。书首有解说：（1）《文选》的构成；（2）昭明太子；（3）梁代文人；（4）《文选》的传来；（5）《文选》的参考书。正文选取赋、诗、书、辞、论诸文体代表作，各篇俱有原文、训读式日文、作者解说、通释等。底本用上海着易堂胡刻本《文选》，部分文字据《四部丛刊》六臣注改动。

⑤ 1974~1976 年日本集英社出版小尾郊一、花房英树注译的《文选》七册，属“全释汉文大系”第 26 至 32 册。此书所据为胡刻本，译注以李注为主，兼采五臣注。第 1 册首有解说：（1）《文选》其书；（2）编者昭明太子传；（3）《文选》在中国的流传与《文选》学；（4）《文选》在日本的历史；（5）近时《文选》研究；（6）《文选》资料。各篇按内容分段，各段由原文、训读式日文、通释、注、补说组成。其注极为详尽，另附各种资料，故对《文选》研究影响极大。

⑥ 1985 年日本学习研究社出版高桥忠彦、神冢淑子翻译的《文选》上

下二册，属“中国的古典”第23、24册。此本为选本，底本为尤刻本，上下二册均另附原文一册。

2. 欧美《文选》译本在世界《文选》学译本中占有重要一席。[①]

1918年英国学者韦理出版《中文诗一百七十首》[②]，内含《文选》中宋玉《风赋》与《登徒子好色赋》的前半部分，另有《古诗十九首》中的十七首，李陵《与苏武诗》，苏武“结发为夫妇”诗，曹植《送应氏》第一首，缪袭《挽歌》，左思《咏史》二首。1923年韦氏出版《白居易游悟真寺诗和其它等诗》[③]，其中收译了《文选》中司马相如《子虚赋》序言部分的译文，王延寿《鲁灵光殿赋》及宋玉《高唐赋》全文。这是西方学者首次选译《文选》作品，但这些译本仅为部分单篇作品，尚未顾及《文选》全书。

德国汉学家何可思1926年在《亚洲专刊》第三期发表宋玉《风赋》与《神女赋》全文英语译文；后又在《中国古文》[④]翻译宋玉《对楚王问》。原籍俄国后移居法国巴黎的学者马古烈出版《文选辞赋译注》[⑤]，包括萧统《文选序》、班固《两都赋》、陆机《文赋》、江淹《别赋》等，这是二十世纪首次出版法文版《文选》选本，也是以译本形式首次译注《文选》。奥地利汉学家赞克自1929年始以德文翻译《文选》，并先后发表在《德国瞭望杂志》与《汉学文稿》，完成《文选》全部作品的百分之九十以上。哈佛燕京社后收集赞克译作，并重印出版《中国文选：文选[德文]译文》[⑥]两册。这是西方学者首次将《文选》大部分作品译介至欧洲。美国哈佛大学教授海陶玮1954年在《哈佛亚洲研究》第17期以英语翻译陶渊明《归去来辞》，后又在《中国文学选集》[⑦]翻译了司马迁《报任少卿书》、嵇康《与山巨源绝

① 参见美国康达维《欧美〈文选〉学研究概述》，载《中外学者文选学论集》，中华书局1998年版。

② 见康斯坦布公司1918年版。

③ 见纽约阿尔夫雷德·诺普夫出版社1923年版。

④ 见巴黎保尔·古特纳出版社1926年版。

⑤ 见巴黎Paul Geuthner1926年版。

⑥ 见哈佛大学出版社1958年版。

⑦ 见纽约格鲁出版社1965年版。

交书》、孔稚珪《北山移文》、张衡《归田赋》、贾谊《鹏鸟赋》等。1970年翻译了陶渊明的全部诗歌，其中亦含《文选》所收陶诗。美国明尼苏达州大学教授马瑞志曾译注了东晋孙绰的《游天台山赋》[①]与王巾《头陀寺碑文》[②]。吴德明教授1964年以法文写作了《汉宫廷的诗人：司马相如》[③]一书，司马相如大部分作品，含《子虚赋》《上林赋》《上疏谏猎》《喻巴蜀檄》《难蜀父老》《封禅书》，均译成法文，唯《长门赋》一篇因译者以为其非司马相如所作而未加翻译。陆机《文赋》亦曾受西方学界所重，先后出版有许士《文学之艺术：陆机文赋》[④]与陈世骧《陆机文赋》[⑤]。许士另有《中国两诗人[两都赋二京赋考]》[⑥]一书，翻译了《文选》中这两篇京都大赋。傅德山、程曦译注《汉魏晋南北朝诗选》[⑦]，内中亦有大量《文选》诗。原美国哥伦比亚大学教授华滋生《汉魏六朝赋选》[⑧]，共译《文选》赋作十二篇。他的《中国的抒情诗：第二到十二世纪的诗》[⑨]与《哥伦比亚中国诗集》[⑩]二书均有大量《文选》诗译作。法国巴黎高级研究院社会科学组侯思孟教授著有《嵇康生活与思想》[⑪]和《诗与政治：阮籍生活与思想》二书，对嵇、阮颇有研究，在其二书中还翻译了嵇康的《养生论》《赠秀才入军十五首》，阮籍《咏怀诗》，曹植《与杨德祖书》，曹丕《与吴质书》《典论·论文》。特别应予提出者为美国学者康达维教授自1970年始，撰写《文选》英译全本，全书凡八册，均由美国普林斯顿大学出版社出版，第一册1982年出版（含《文选》第1~6卷），第二册1987年出版（含《文选》第7~12卷），第三册1993年出版（含《文选》第13~19卷）。此书为二十世纪《文选》英译本中最完备、

① 见《里程碑系列丛书》第20集，1961年版。
② 见《美国东方社会研究》1963年版。
③ 见巴黎法国大学联合出版社1964年版。
④ 见普林斯顿大学出版社1951年版。
⑤ 见安斯民森出版社1953年版。
⑥ 见普林斯顿大学出版社1960年版。
⑦ 见牛津大学出版社1967年版。
⑧ 见哥伦比亚大学出版社1971年版。
⑨ 见哥伦比亚大学出版社1971年版。
⑩ 见哥伦比亚大学出版社1984年版。
⑪ 见布雷尔出版社1957年版。

最翔实的全译本。

3. 汉语《文选》译本

现代汉语《文选》译本三部：第一部是台湾李景荣译《昭明文选新解》①，此书是以一人之力独立完成的第一部现代汉语全译本《文选》。全书六册，有原文、原文注音、注释、语译等四部分。注释全用李善注。第二部是长春师范学院赵福海、陈复兴等主编的《昭明文选译注》②。全书六册，二十一人集体译注。每篇有题解、原文、注释、今译等四项。所据版本为胡克家刻本与《四部丛刊》六臣注本。第三部为贵州大学张启成、徐达等译注的《文选全译》③。全书五册，十四人集体译注。每篇有作者、题解、原文、注释、译文五项。

（四）研究

现代《文选》学版本研究首推大陆学者《文选版本研究》④，罗国威的《敦煌本文选研究》⑤《敦煌本〈文选注〉笺证》⑥。其次，为日本学者斯波六郎的《文选诸本的研究》⑦、冈村繁的《文选之研究》⑧。中国台湾学者游志诚的《昭明文选学术论考》⑨与邱棨鐊的《文选集注研究》⑩亦为《文选》版本研究的重要著作。傅刚的《文选版本研究》是对今传世全部版本的系统探索，发明尤多，为中国大陆学者《文选》版本研究的杰出代表。罗国威的《敦煌本文选研究》是对今存敦煌本《文选》的第一个比较全面的校录本。对敦煌写本《文选》进行全文校录与考释为全书重点，同时亦对敦煌本《文选》

① 见台南暨南出版社1990年版。
② 见吉林文史出版社1994年版。
③ 见贵州人民出版社1994年版。
④ 见北京大学出版社2000年版。
⑤ 见黑龙江教育出版社1999年版。
⑥ 见巴蜀书社2000年版。
⑦ 载《文选索引》，京都大学人文科学研究所1957年版；又载李庆译：《文选索引》，上海古籍出版社1998年版；复载《中外学者文选学论集》，中华书局1998年版。
⑧ 见研波书店1999年版；上海古籍出版社2002年版。
⑨ 游志诚：《昭明文选学术论考》，台湾学生书局1996年版。
⑩ 见台北文选学研究会1978年版。

的价值进行了认真研究。尤其是对非主流《文选》注释（李善注与五臣注之外的唐人其他《文选》注释）的敦煌本《文选注》研究，对于研究自《文选》唐写本诸注至宋刻本诸注极具价值。斯波六郎的《文选诸本的研究》是现代《文选》学史第一次对《文选》版本系统的认真清理。冈村繁的《文选之研究》对永青文库敦煌本《文选注》研究颇有创见，同时，冈村繁尚对《文选集注》与宋明刻本《李善注文选》进行了富有创造性的研究。游志诚的《昭明文选学术论考》是作者的论文集，内容相当广泛，其中，《五臣注原貌》与《敦煌古抄〈文选〉五臣注》二文通过对日本三条家本五臣注与敦煌古抄五臣注的研究，探索唐写本五臣注原貌。此论文集尚有大量依据西方文类学理论研究《文选》诸体的论文。唐抄本《文选集注》因发现于日本，故日本《文选》学家对它进行了系统的研究，成果亦较丰，邱棨鐊的《文选集注研究》是中国学者研究日本《文选集注》的杰出代表。

第十三章
现代《文选》学家流派与现代《文选》学研究分期

一、现代《文选》学家流派与现代《文选》学研究分期的划分标准

现代《文选》学家流派与现代《文选》学研究分期二者相关之处甚密。这一相关之处，即划分现代《文选》学家流派与划分现代《文选》学研究分期的标准完全相同。

《文选》学为中国传统国学中最为古老的学科之一。但是，从唐代曹宪创立《文选》学以来，隋唐《文选》学的具体内涵实际只有注音释义一项。宋元明清的《文选》学的主要内容，一为研究整理隋唐《文选》学的注音释义，二为研究整理《文选》版本。个中唯有极少数者例外，如宋人苏易简《双字类要》、王若《选腴》、清人汪师韩《文选理学权舆》（含孙志祖《文选理学权舆补》）。

二十世纪为传统《文选》学向现代《文选》学演进的时期。这一进程实为二十世纪整个传统国学现代化进程的一个有机组成部分。自十九世纪后期西方科学思想传入中国，至二十世纪初叶，经过西方科学思想与科学方法洗

礼的中国第一批知识分子，开始以新的视野、新的方法审视传统国学。1919年新潮社成立，旋倡导“整理国故”，陈独秀、李大钊、胡适、鲁迅等均支持新潮社的正确主张。以“整理”为名，研究“国故”，当为以现代思想与现代方法研究传统国学。其实，远在新潮社倡导“整理国故”之前，王国维的《红楼梦评论》(1904)即已出版。此书别“优美”与“壮美”，论《红楼梦》之精神，析《红楼梦》之美学价值，述《红楼梦》之伦理学价值，虽其结论未必处处精当，但作者从美学、伦理学角度剖析《红楼梦》，其研究模式有别于此前的任何一位中国古代文学研究者，振聋发聩，奏响了二十世纪传统国学现代化的第一乐章。因此，研究模式与研究方法的科学化与多样化为研究现代《文选》学与传统《文选》学的唯一尺度，亦为别析《文选》学流派的唯一标尺。

现代《文选》学界近年一直流传着一种提法，即将整个《文选》学史划分为“传统文选学”与“新文选学”。据日本学者清水凯夫转述，“新文选学”之称出于日本汉学家神田喜一郎。神田氏认为，“旧文选学”仅为版本研究、编制索引、译注等基础研究，“新文选学”则要从本质上研究《文选》。

笔者认为，划分《文选》学流派与《文选》学研究分期的标准并非为单一的时间。“新选学”之“新”，似亦无法确切界定。笔者以为，以传统《文选》学与现代《文选》学区分二者似更稳妥，且文献研究与文学研究两种研究模式才是区分传统《文选》学与现代《文选》学的唯一标准。

本书首次提出划分现代《文选》学流派与《文选》学研究分期的标准为研究模式。因为以研究模式为区分研究流派与研究分期的唯一标准具有普遍性，它不仅适用于现代《文选》学研究，亦适用于其他各种国学研究区分研究流派与研究分期。因此，它为现代国学研究提出了一种普遍性的标准。

二、现代《文选》学家流派

从上述标尺划分，现代《文选》学家约略可分三派，即传统派、转型派与现代派。

高步瀛代表了现代《文选》学中最为纯粹的一派，这一派恰恰又是中国传统文化中最为正统的一派。以朴学方法研治《文选》，以整理恢复李善注为终极目的，注疏考订繁征博引，不厌其详，为此派最显著的特色。表面看来，这一派的《文选》学研究极为传统，似与清儒治《文选》了无区别。但是，这一派又恰是现代《文选》学研究的重要组成部分。高氏的努力为现代《文选》学研究增添了极为亮丽的一道风景线，亦是任何一位总结现代《文选》学史的研究者所绝不可忽视的。因为，现代《文选》学并非以拒斥传统《文选》学研究为标志，现代《文选》学恰将传统《文选》学研究融入现代《文选》学研究之中，将现代精神与传统格调融为一体，将文献整理与文学研究融为一体。这不仅是现代《文选》学诞生演进之路，亦是传统国学在二十世纪走向现代科学的共同模式。

文明的脚步是在传统文明与现代文明的冲撞融合中体现出来的。割断传统，否定传统，并非传统国学现代化的内涵，亦非《文选》学现代化的必由之路。在承继传统中显现文明的进步，在文明的进步中承继传统，是二十世纪《文选》学现代化的重要标志。从国学传统一派观照现代《文选》学史，似乎是传统文明的延续。因为，某些《文选》学家所从事的《文选》学研究表面看来与清儒治《文选》——版本校勘、考证训诂并无二致。发掘李善注，整理李善注，恢复李善注原貌，构成了清代传统《文选》学研究的重中之重。其方法亦不外文字、音韵、训诂、版本、目录、校勘。高步瀛《文选李注义疏》[①]的学术价值恰在于此。但是，高氏的《文选李注义疏》毕竟出现在二十世纪，因此，它亦必不可免地面对新世纪提出的新课题。这在高步瀛的《文选李注义疏》中表现为自觉、全面整理继承清儒研究李善注的成果。此一世纪性总结正是现代《文选》学研究中传统派在貌似传统的《文选》学研究中所表现出来的有别于清儒的新质。

二十世纪为中国传统国学全面现代化的时期。不仅传统《选》学、《红》学如是，《诗经》学、《楚辞》学亦无不如是。如此众多的传统国学在二十

① 中华书局 1937 年初版，中华书局 1985 年再版。

世纪走向现代化的进程，均须面对一个极其艰难而又必须面对的事实，即对传统国学研究的全面总结。与高步瀛《文选李注义疏》相应者如《楚辞》学研究史上马茂元的《楚辞研究集成》，游国恩的《离骚纂义》《天问纂义》，姜亮夫的《楚辞通故》。当然，高氏《文选李注义疏》并非有闻必录的资料长编，而是精华之荟萃。高氏《文选李注义疏》是对清儒诸多《文选》学著作全面梳理吸收的结果。此其一。其二，高氏《文选李注义疏》大量运用了现代《文选》学版本研究中所取得的新成果。唐写本残卷与日本三十卷无注本的运用，使高步瀛的《文选》研究在整理李善注这一方面最为正统，最为纯粹的《文选》学研究领域中亦表现出迥异于清儒的崭新特点。现代《文选》学研究所透露出的文明进步亦正因为以高氏为代表的传统派所取得的巨大成就而显得更为璀璨夺目，显得更为多元丰富。文明的进步毕竟是传统文明与现代文明共同造就的，毕竟是传统格调与现代精神共同熔铸的。

传统格调与现代精神的相融有着其内在的必然性。十九世纪末自西方传入中国的现代科学，最重科学性，恰恰是在这一点上，现代科学与传统国学，特别是与清代朴学取得了和谐统一。清代朴学从研究模式观之，虽不外文字、音韵、训诂、版本、目录、校勘，但其研究方法最重实证性。此点正是清代朴学与西方科学的接合部。现代《文选》学之所以不拒传统《文选》学亦正为此。同时，传统《文选》学所独具的文献研究，并未因现代《文选》学的诞生而失去它们的研究价值。有关《文选》的文献研究，仍须在全面总结清儒成就的基础之上发扬光大。这是多数传统国学走向现代化之后，仍必须高度重视的一个研究领域。所以，传统《文选》学必须亦应当在现代《文选》学研究领域中占据重要一席。

黄侃与屈守元则处于传统文化与现代文明的接合部，他们均为现代《文选》学家中的转型派。他们的《文选》学研究具有高氏代表的最为正统、最为纯粹的传统派的色彩；又因现代文明对传统《文选》学的冲击而旁涉现代《文选》学中一些极为敏感的部分。黄氏《文选平点》开篇即曰："读《文选》者，必须于《文心雕龙》所说能信受奉行，持观此书，乃有真解。”[①]此语涉及《文选》与《文心雕龙》相互关系这一现代《文选》学中颇为重要的课题。在《文选序》中，黄氏亦评曰：“若夫姬公之籍一段，此序选文宗旨、选文体例皆具，宜细审绎，毋轻发难端。《金楼子》论文之语，刘彦和《文心》一书，皆其翼卫也。”[②]此又旁涉《文选》的选录标准这一现代《文选》学史上最为令人关切的热点。故而，黄氏《平点》虽不乏以日本古抄本及唐写本残卷校勘《文选》这一最为正统的《文选》学研究方法，但是，在诸多地方，黄氏的《文选》学研究又渗透着现代《文选》学研究的气息。对于清儒的《文选》学研究成果，高氏处处注意汲取，传统色彩极为浓厚。黄氏却直言不讳地说：“汪韩门、余仲林、孙颐谷、胡果泉、朱兰坡、梁茝林、张仲雅、薛子韵、胡枕泉诸家书于文义有关者，并已参校。其摭拾琐屑，支蔓牵缀之辞，以于文之工拙无与，只可谓之《文选》注，不可谓之《文选》学，亦不遑备录也。”[③]黄氏将《文选》注与《文选》学如此区分，妥当与否，尚可探讨。但是，相对于清儒之《文选》学观，黄氏《文选》学观显然迥异其趣。这种区别，正是在现代文明冲撞下对现代《文选》学的一种并非准确的诠释。无论这种诠释是否恰当，对《文选》学与《文选》注进行区分的本身即已将黄氏《文选》学与高氏《文选》学明确区分开来。后者充分体现了传统《文选》学的正统性与纯粹性，前者虽非完全精当却闪烁着经过现代文明洗礼的现代《文选》学的光芒。

屈守元为现代《文选》学史上另一位重要的《文选》学家。他的《昭明文选杂述及选讲》[④]及《文选导读》[⑤]，为二十世纪五十年代之后中国大陆学人中最早最系统的现代《文选》学概论。作为一位几乎与二十世纪相伴的学者，在1949年之后《文选》尚未为大陆学界所认同之际，却尽其所能地为现代《文选》学的复苏作出了巨大努力。正是由于屈守元开阔的学术眼界与持之以恒的努力，方使1949年至《文选》学步入新的学术上升周期之前的近三十年的

---

① 黄侃：《文选平点》，上海古籍出版社1985年版，第1页。

② 黄侃：《文选平点》，上海古籍出版社1985年版，第3页。

③ 黄侃：《文选平点》，上海古籍出版社1985年版，第2页。

④ 见天津古籍出版社1988年版。

⑤ 见巴蜀书社1993年版。

中国大陆现代《文选》学未留下一片学术空白。他的两本《文选》学概论集中反映了他研治《文选》方法、观点，屈氏在二书中大力倡导以研究、整理、恢复李善注作为研治《文选》学的终极目的：“李善的《文选注》是《文选》学史上无与伦比的权威著作。自从有了此书，《文选》学就应该是《文选李注》的文献学，《文选李注》的小学（文字、音韵、训诂之学），《文选李注》的文论学。”[①]这一切均说明屈氏对传统《文选》学研究的重视。屈氏又曰：“今天要谈《文选》学，首先是对《李善注〈文选〉》的董理和爬梳。”[②]但是，作为一位几乎贯穿二十世纪的《文选》学家，屈氏较之高氏、黄氏，更多地遇到了现代《文选》学的挑战，他无法对历史的挑战保持沉默。

面对挑战，屈氏《文选导读》一书涉及了现代《文选》学的诸多方面。

第一，关于《文选》的作者问题。屈氏为最早从日本抄本标记、旁注中看到《文选序》的标记有“太子令刘孝绰作之云云”记载的现代《文选》学家。此标记后来在二十世纪中后期，演绎为日本学者清水凯夫判定《文选》的编纂者为刘孝绰的重要依据之一。屈氏于此特予辩明：“刘孝绰代萧统写《序》，不能简单地就说《文选》的编辑，都是刘孝绰一人的主意，因而把昭明太子说成是挂名人物。”[③]屈氏此书第二章《〈文选〉的编辑》曾专设二节，即《“昭明太子十学士”和〈文选〉的编辑》，《关于〈文选〉编辑的谬说》，研究《文选》成书。

第二，关于《文选》产生的时代背景。屈氏此书第二章专设《关于〈文选〉产生时代的文化氛围》，这亦是传统《文选》学所不可能论及的现代《文选》学史上的一大问题。当然，这一问题的首开其端者为骆鸿凯《文选学》，但是，屈氏流传更为广泛的《昭明文选杂述及选讲》与《文选导读》无疑对揭示《文选》出现的社会背景与文学背景研究起到了更为积极的助推作用。

第三，关于《文选》学史。屈氏论述了自萧该《文选音》至清儒《文选》学专著等一系列《文选》学史上的重大问题。虽然，这一论述的先行者亦为

① 屈守元：《文选导读》，巴蜀书社 1993 年版，第 58 页。
② 屈守元：《文选导读》，巴蜀书社 1993 年版，第 101 页。
③ 屈守元：《文选导读》，巴蜀书社 1993 年版，第 133 页。

周贞亮《文选学》与骆鸿凯《文选学》。

上述诸端，皆为清儒所未论及者，亦为高步瀛《文选李注义疏》所排斥。可见，转型派的《文选》学研究与传统派的《文选》学研究的确存在着诸多重大区别。

骆鸿凯是现代《文选》学的代表之一，亦是现代《文选》学的奠基人之一。他的《文选学》全面系统地论述了现代《文选》学的诸多方面，体现了现代文明对传统《文选》学的丰富与发展。传统《文选》学或主版本，或纠谬误，或补李注，或作评论，要之，皆以文献整理与文献研究为纲。述及通论，则为空白。周贞亮《文选学》与骆鸿凯《文选学》，方为现代《文选》学以文学研究为模式全面研究《文选》的第一批现代《文选》学通论之作。

周、骆二氏《文选学》涉及现代《文选》学建立的若干主要问题。第一，对《文选》产生背景的探索。第二，对《文选》编纂者的研究。第三，对《文选序》的研究。第四，对《文选》学史的爬梳。第五，对《文选》与《文心雕龙》相互关系的研究。第六，对《李善注文选》与《五臣注文选》的研究。其中，前五类课题皆是传统《文选》学所未曾关注的领域。

高步瀛代表的传统派，黄侃代表的转型派，周贞亮、骆鸿凯、屈守元代表的现代派，构成了二十世纪前期现代《文选》学家的三大主派。他们的开拓性研究，为现代《文选》学研究拓宽了视野，成为建构现代《文选》学的三大主流板块。现代《文选》学的发展、演进基本上是沿袭着上述三大板块的轨迹前进的。文明的脚步亦正是在这三大板块交替前进与相互融合中构筑的。它们各自独立的发展与相互影响，成为传统文明与现代文明冲撞融合的独特模式，成为中国传统国学研究现代化进程的一个典型。同时，传统《文选》学的这一独特现代化模式亦揭示了东方文明融入世界文明之中的一条坦途。

二十世纪后期，伴随着《文选》学的升温，大陆著名学者曹道衡、王运熙、穆克宏、俞绍初、傅刚、罗国威、胡大雷，香港学者宗饶宗颐，台湾学者游志诚，日本学者冈村繁、森野繁夫、清水凯夫、富永一登等亦成为重要的现代《文选》学家。

曹道衡的《汉魏六朝文学论文集》①收录论文三十七篇，四十七万字，其中，约有近半数篇幅专论《文选》，实即一部《文选》学研究专著。此著熔文献研究与文学研究于一炉，旁及现代《文选》学诸多问题，但作者的研究态度、方法又极严谨，堪称二十世纪大陆学人治《文选》之楷模。

王运熙是大陆著名的《文心雕龙》《文选》研究家，他是二十世纪六十年代关于《文选》研究的四位学者之一，并第一次为《文选》正名，推动了中断二十余年的《文选》研究。在《文选序》研究、《文选》与《文心雕龙》相互关系研究、《文选》成书研究诸方面均有重大建树。

穆克宏亦是大陆著名的《文选》《文心雕龙》研究家，他的《昭明文选研究》②及点校整理的（清）梁章钜《文选旁证》③是传统《文选》学研究与现代《文选》学研究结合的典范。

俞绍初的《昭明太子萧统年谱》④是《萧统年谱》中最为重要的年谱之一，他的《萧统年谱》既论证了《文选》成书，又为萧统诸多作品系年。同时，俞绍初的名文《〈文选〉成书过程拟测》⑤提出了在《文选》成书研究中著名的“昭明太子十学士”编纂说。俞绍初尚为《中外学者文选学论集》⑥《中外学者文选学论著索引》⑦两部《文选》研究基础文献的编纂付出了巨大努力。

傅刚为大陆学者中首位以治《文选》获文学博士学位的学者。他的两本《文选》学专著《〈昭明文选〉研究》⑧与《文选版本研究》⑨分别是文学研究与文献研究两种模式的成果。傅刚的研究代表了大陆现代《文选》学的最新成果。傅刚尚与曹道衡共同完成了《萧统评传》⑩。

---

① 见广西师范大学出版社1999年版。
② 见人民文学出版社1998年版。
③ 见福建人民出版社2000年版。
④ 见《郑州大学学报》第33卷第2期，2000年3月。
⑤ 见《文学遗产》1998年第3期。
⑥ 见中华书局1998年版。
⑦ 见中华书局1998年版。
⑧ 见中国社会科学出版社2000年版。
⑨ 见北京大学出版社2000年版。
⑩ 见南京大学出版社2001年版。

罗国威的《敦煌本〈昭明文选〉研究》[①]与《敦煌本〈文选注〉笺证》[②]是大陆学者研究敦煌本《文选》的两部力作，亦是敦煌本《文选》面世以来，最为完备的录文。

胡大雷的《文选诗研究》是《文选》类型学研究的代表，亦是《文选》文本研究中分类研究的发端。

台湾学者游志诚亦是以《文选》学研究获得博士学位的学者。他的博士论文《文选学新探索》[③]是台湾首部综合研究《文选》之作。游氏与大陆学者徐正英又合著《昭明文选斠读》[④]，此书以《文选》文为限，精选各体文章佳制，校正正文及注文，加之今注评说。《昭明文选学术论考》[⑤]则是作者有关《文选》研究的学术论文集。

日本学者冈村繁是日本《文选》学研究的重要学者，他的《文选》研究新义迭出，极富创见。森野繁夫的《文选》研究则主要集中于唐写本《文选集注》的研究之上。清水凯夫更是为中国《文选》学研究界所极为熟谂的研究者。富永一登是日本《文选》学研究重镇广岛大学的杰出代表之一，他的《文选李善注研究》是现代《文选》学史上有关李善注研究的极有特色的专著。

从曹道衡、王运熙、穆克宏、俞绍初、傅刚、罗国威、胡大雷，香港学者饶宗颐，台湾学者游志诚，到日本学者冈村繁、森野繁夫、清水凯夫、富永一登，尽管各人的《文选》研究重点非一，不过，融文献研究与文学研究为一体却是相同的。

三、现代《文选》学研究的历史分期

中国大陆的现代《文选》学史约分为三期：开创期，时间为二十世纪初至四十年代末；间歇期，时间为二十世纪五十年代初至 1977 年；发展期，

① 见黑龙江教育出版社 1999 年版。
② 见巴蜀书社 2000 年版。
③ 见台湾骆驼出版社 1989 年版。
④ 见台湾骆驼出版社 1996 年版。
⑤ 见台湾学生书局 1996 年版。

1978年至今。

（一）开创期

周贞亮《文选学》[①]与骆鸿凯《文选学》[②]的出版，标志着现代《文选》学的正式登台。因为，周、骆二氏《文选学》的研究模式、研究角度与传统《文选》学相较均发生了重大变化。

但是，此期传统《文选》学的势力仍非常强大。对此期主要《文选》学论文做一扫描即可清楚地看出此期传统格调与现代精神共存的局面。在周贞亮、骆鸿凯等人以体现现代精神的文学研究模式研究《文选》的同时，传统《文选》学的文献研究模式仍占据《文选》研究的主导地位。刘盼遂《文选篇题考误》[③]、顾廷龙《读宋椠五臣注〈文选〉记》[④]、刘文兴《北宋本李善注〈文选〉校记》[⑤]、周贞亮《昭明太子年谱》[⑥]、胡宗楙《昭明太子年谱》[⑦]、罗根泽《〈文选〉校笺》[⑧]、刘盼遂《文选校笺》[⑨]、蒋镜寰《文选书录述要》[⑩]、普暄《文选书目》[⑪]、徐英《文选类例正失》[⑫]、普暄《胡克家文选考异叙例》[⑬]、董憨《文选李注引说文笺》[⑭]、祝文白《文选六臣注订讹续编》[⑮]、张寿林《唐写文选五臣注残卷跋》[⑯]等大量研究论文在研究模式上仍未出传统《文选》学以文献整理为唯一研究方法的窠臼。

---

① 见国立武汉大学1931年版。
② 见中华书局1937年版。
③ 见《国学论丛》第1卷第4期，1927年。
④ 见《国立中山大学语言历史研究所周刊》第5卷第5号，1931年。
⑤ 见《国立北平图书馆馆刊》第5卷第5号，1931年。
⑥ 见《武大文哲季刊》第2卷第1期，1931年。
⑦ 见《梦选楼丛稿》1932年版。
⑧ 见《文哲月刊》第1卷第3期，1935年。
⑨ 见《文哲月刊》第1卷第1期，1935年。
⑩ 见《江苏省立图书馆馆刊》第3号，1932年。
⑪ 见《女师学院期刊》第2卷第2期，1934年。
⑫ 见《安大月刊》第2卷第5期，1935年。
⑬ 见《女师学院期刊》第3卷第2期，1935年。
⑭ 见《天津益世报人文周刊》第10期，1937年。
⑮ 见《学原》第1卷第12期，1938年。
⑯ 见《文学年报》第7期，1941年。

但是，这类以文献整理为研究模式的论文产生的时代毕竟与清儒研治《文选》之作有所不同，西方现代文艺学的思想从十九世纪末传入中国，至二十世纪初，现代学术思想对中国传统国学已产生了很大影响。以文学批评为模式的研究方法深入学界，且已为诸多学者所采用。在《文选》学界，除周贞亮、骆鸿凯外，此期以文学批评为研究模式进行《文选》学研究的论作亦不在少数。王锡睿《萧梁文选及古文辞类纂编例之比观》①，谢康《萧统评传》②、骆鸿凯《文选学自序》③、家雁（李嘉言）《昭明文选流传之原因》④、陈冠一《萧选姚纂曾钞在文学上之分析》⑤、周贞亮《文选学》⑥、骆鸿凯《读选导言》⑦、汪辟疆《与黄祖轩论文选分类书》⑧等，均为以文学批评为模式进行《文选》学研究之文。其中，陈冠一对三种选本的“文学上之分析”，汪辟疆研讨《文选》分类，家雁（李嘉言）为《文选》区分了纯文学与广文学的界线，均可明显看到以文学批评作为研究模式进行现代《文选》学研究的魅力。

但是，真正标志现代《文选》学正式成立者为周贞亮《文选学》与骆鸿凯《文选学》的问世。周、骆二氏建立了以文学批评为研究模式的现代《文选》学，而且，周、骆二氏之作是二十世纪前期以文学批评模式进行《文选》学研究的集大成之作，并且给二十世纪后期的《文选》学研究以深刻的影响。

何融《文选编撰时期及编者考略》⑨为开创期的现代《文选》学研究画上了一个休止符。

在现代《文选》学史上，开创期的《文选》学研究成果卓著。其表现为两个方面：一是打破了传统《文选》学研究模式（文献研究）一统天下的局

① 见《国学丛刊》第3卷第1期，1926年。
② 见《小说月报》17卷号外，1926年。
③ 见《国学丛编》第1期第2册，1931年。
④ 见《清华周刊》第38卷第12期，1932年。
⑤ 见《北平半月刊》第1—3期，1934年。
⑥ 见《安雅月刊》第3期，1935年。
⑦ 见《学术世界》第1卷第7期，1935年。
⑧ 见《制言》第18期，1936年。
⑨ 见《国文月刊》第76期，1949年。

面，初步建立了现代《文选》学。二是创造了现代《文选》学两种研究模式（文献研究与文学研究）并存共荣的基本格局，为二十世纪后期《文选》学研究的繁荣奠定了坚实的基础。

（二）间歇期

1950年中华人民共和国的诞生至1977年“文化大革命”结束，为中国大陆现代《文选》学的间歇期。此期除六十年代初外，几无《文选》学研究论文、论著面世。二十世纪开创期的诸多研究者此期大都谢世，是中国大陆现代《文选》学研究进入间歇期的原因之一。但更为重要者乃是此期的整个中国大陆的古代文学研究界俱以批判唯心论为纲，几乎无暇顾及古代文学研究，且整个中国古代文学研究队伍处于连绵不断的批判运动之中。接踵而至的批判与短暂的间歇交替相续，且各种批判大都与古代文学研究相牵连。整个古代文学研究界尚且如此，作为其中一个部类的《文选》研究，其境遇当可想而知。在此近三十年中，《文选》收录最多的赋与骈文一直被视为“形式主义”文学而置于优秀民族遗产之外。大环境、小环境俱已如此，现代《文选》学研究进入间歇期当属自然。但是，间歇期的《文选》学研究亦并未完全沉寂。二十世纪六十年代初叶，国内连续三年的严重自然灾害，使国内的政治批判出现了少有的较长时间的中歇。面对严重自然灾害而采取的实事求是的经济工作作风，亦带来了学术研究界的实事求是之风。在此双重背景之下，出现了关于《文选序》的四篇研究文章。即李嘉言的《试谈萧统的文学批评》[①]、王运熙的《萧统的文学思想与〈文选〉》[②]、郭绍虞的《〈文选〉的选录标准和它与〈文心雕龙〉的相互关系》[③]与殷孟伦的《如何理解〈文选〉的编选标准》[④]。同时，尚有祝廉先的《〈文选〉五臣注订讹》[⑤]。相对于二十世纪开创期的现代《文选》学研究，寥寥四篇有关《文选序》的研究论文实

① 见《文学评论》1962年第2期。
② 见1961年8月27日《光明日报》。
③ 见1961年11月5日《光明日报》。
④ 见《文史哲》1963年第1期。
⑤ 见《文史》第1辑，中华书局1962年版。

在无关大雅。但是，除了祝廉先之文实是二十世纪前期作者有关《文选》文献研究之作的总结外，其余四篇文章出现的特殊背景，及其所触发的研讨却不可小觑。且此四篇论文，皆为以文学批评为研究模式的研究论文。这一现象，说明开创期的现代《文选》学研究在新的唯物史观的指导下，有了更进一步的开拓与发展。这四篇文学研究亦为发展期的现代《文选》学研究埋下了伏笔。

1976年程毅中、白化文联名在《文物》第11期发表《略谈李善注〈文选〉的尤刻本》一文，正式揭开了中国大陆现代《文选》学研究发展期的序幕。第二年屈守元亦在《文物》第7期发表《关于北宋刻印李善注〈文选〉的问题》一文。二者虽皆为文献研究之作，但却对此后的《文选》版本研究贡献不菲。

（三）发展期

1978年开始至今为中国大陆的现代《文选》学研究的发展期。

1978年顾复生在《江苏文艺》第6期发表《萧统的文选序》一文。颇为耐人寻味的是，这篇文章完全是承接间歇期有关《文选序》讨论的四篇文章而出现的。这正从一个侧面证明，六十年代间歇期的有关《文选序》的研讨，对发展期的影响颇为巨大。新时期的序幕恰恰是从上一个时期的问题延伸开来的。

此一时期现代《文选》学的两大研究模式——文献研究与文学研究，均出现了突破性进展。从传统《文选》学研究而言，1984年中华书局再版了高步瀛《文选李注义疏》四册一百三十五万字的皇皇巨著。高氏此书为现代《文选》学以文献整理为研究模式的传统《文选》学的集大成之作。同年，上海古籍出版社出版了黄焯整理的黄侃《文选平点》。此书亦为以文献整理为研究模式的二十世纪传统《文选》学研究名作，同时，黄著尚论及文学研究中的部分问题。1988年天津古籍出版社出版屈守元《昭明文选杂述及选讲》，1993年四川巴蜀书社又出版屈氏《文选导读》一书。从二书的研究模式观之，皆兼具文献研究与文学研究。

至于单篇的《文选》学研究论文，则更为壮观。从研究模式看来，此期《文选》学研究论文主要集中于以文学研究为主要模式的研究之中。其中，

《文选》的选录标准，萧统的文学思想，《文选》的分体，《文选》的编纂者，《文选》的编纂时间，《文选》与《文心雕龙》《诗品》的相互关系，《李善注文选》与《五臣注文选》的功过是非，皆为一时热点。当然，以文献整理为研究模式的传统《文选》学研究亦不甘寂寞。其中，《文选》的版本研究，包括二十世纪新出版的台湾陈八郎本《五臣注文选》，韩国成均馆与日本东京大学东洋文化研究所收藏的朝鲜正德四年（1509）刻本《五臣注文选》，韩国韩城大学奎章阁本《六家注文选》，敦煌、吐鲁番本《文选》，唐钞《文选集注》及多种写本亦都为现代《文选》学研究者所关注。

主要参考书目

1. 饶宗颐辑：《敦煌吐鲁番本文选》，中华书局 2000 年版。

2. 周勋初辑：《唐钞文选集注汇存》，上海古籍出版社 2000 年版。

3. 萧统编，李善注（残）：《文选》，北宋天圣监本，北京国家图书馆藏。

4. 萧统编，李善、五臣注：《文选》，南宋绍兴三十二年赣州州学刻宋元明递修本，北京国家图书馆藏。

5. 萧统编，李善、五臣注：《六臣注文选》，南宋建州本（《四部丛刊》影印本），中华书局 1987 年版。

6. 萧统编，李善、五臣注：《六臣注文选》，南宋建州本（《四部丛刊》影印本），浙江古籍出版社 1999 年版。

7. 李善注：《文选》，清嘉庆十年胡克家刻本，中华书局 1977 年影印本。

8. 司马迁撰：《史记》，中华书局 1975 年标点本。

9. 班固撰：《汉书》，中华书局 1983 年标点本。

10. 范晔撰：《后汉书》，中华书局 1965 年标点本。

11. 陈寿撰：《三国志》，中华书局 1982 年标点本。

12. 房玄龄等撰：《晋书》，中华书局 1982 年标点本。

13. 沈约撰：《宋书》，中华书局 1987 年标点本。

14. 萧子显撰：《南齐书》，中华书局 1983 年标点本。

15. 姚思廉撰：《梁书》，中华书局 1982 年标点本。

16. 姚思廉撰：《陈书》，中华书局 1982 年标点本。

17. 魏收撰：《魏书》，中华书局 1984 年标点本。

18. 李百药撰：《北齐书》，中华书局 1987 年标点本。

19. 令狐德棻撰：《周书》，中华书局 1987 年标点本。

20. 魏徵等撰：《隋书》，中华书局 1982 年标点本。

21. 李延寿撰：《南史》，中华书局 1987 年标点本。

22. 李延寿撰：《北史》，中华书局 1987 年标点本。

23. 刘昫等撰：《旧唐书》，中华书局 1986 年标点本。

24. 欧阳修、宋祁撰：《新唐书》，中华书局 1986 年标点本。

25. 脱脱等撰：《宋史》，中华书局 1977 年标点本。

26. 章宗源撰：《隋书经籍志考证》，中华书局 1955 年版 《二十五史补编本》。

27. 姚振宗撰：《隋书经籍志考征》，中华书局 1985 年版 《二十五史补编本》。

28. 虞世南编：《北堂书抄》，中国书店 1989 年影印本。

29. 欧阳询等编：《艺文类聚》，上海古籍出版社 1965 年版。

30. 徐坚等编：《初学记》，中华书局 1985 年版。

31. 李昉等编：《太平御览》，中华书局 1985 年影印本。

32. 吴棫撰：《宋本韵补》，中华书局 1987 年影印本。

33. 萧绎撰：《金楼子》，《丛书集成初编本》。

34. 颜之推撰，王利器集解：《颜氏家训集解》，上海古籍出版社 1982 年版。

35.[日] 释空海撰，王利器校注：《文镜秘府论校注》，中国社会科学出版社 1983 年版。

36. 郦道元撰，杨守敬、熊会贞疏：《水经注疏》，科学出版社 1955 年影印本。

37. 邵思撰：《姓解》，商务印书馆 1935 年版《丛书集成》初编本。

38. 沈括撰，胡道静校证：《梦溪笔谈校证》，上海古籍出版社 1987 年版。

39. 王应麟撰，翁元圻注：《困学纪闻》，《四部备要》本。

40. 章学诚著，叶瑛校注：《文史通义校注》，中华书局 1985 年版。

41. 郑樵撰：《通志略》，上海古籍出版社 1990 年版。

42. 马端临撰：《文献通考》，1935~1937 年商务印书馆“十通”合刊本。

43. 孙梅撰：《四六丛话》，光绪七年吴下重刊本。

44. 何焯撰：《义门读书记》，中华书局 1987 年版。

45.《四库全书总目》，中华书局 1963 年版。

46. 陈振孙撰：《直斋书录解题》，上海古籍出版社 1997~1998 年版《四库全书》本。

47. 傅增湘撰：《藏园群书题记》，上海古籍出版社 1989 年版。

48. 胡应麟撰：《诗薮》，上海古籍出版社 1958 年版。

49. 逯钦立辑校：《先秦汉魏晋南北朝诗》，中华书局 1983 年版。

50. 严可均编：《全上古三代秦汉三国六朝文》，中华书局 1985 年版。

51. 郭茂倩编：《乐府诗集》，中华书局 1982 年版。

52. 詹锳撰：《文心雕龙义证》，上海古籍出版社 1989 年版。

53. 范文澜注：《文心雕龙》，人民文学出版社 1978 年版。

54. 杨明照撰：《文心雕龙校注拾遗》，上海古籍出版社 1982 年版。

55. 黄侃撰：《文心雕龙札记》，中华书局 1962 年版。

56. 甫之、涂光社编：《文心雕龙研究论文集》，齐鲁书社 1988 年版。

57. 刘永济撰：《文心雕龙校释》，中华书局 1962 年版。

58. 兴膳宏撰，彭恩泽译：《兴膳宏〈文心雕龙〉论文集》，齐鲁书社 1988 年版。

59. 曹旭撰：《诗品集注》，上海古籍出版社 1994 年版。

60. 曹旭撰：《诗品研究》，上海古籍出版社 1998 年版。

61. 张伯伟撰：《诗品研究》，南京大学出版社 1993 年版。

62. 王发国撰：《诗品考索》，成都科技大学出版社 1986 年版。

63. 任昉撰，陈懋仁注：《文章缘起注》，《丛书集成》初编本。

64. 李详注：《李审言文集》，江苏古籍出版社 1988 年版。

65. 刘文典著：《三馀札记》，黄山书社 1990 年版。

66. 章太炎讲演、曹聚仁记录：《国学概论》，巴蜀书社 1987 年版。

67. 高步瀛撰：《选学举要》，萃升书院讲义。

68. 高步瀛撰：《文选李注义疏》，中华书局 1985 年版。

69. 黄侃平点，黄焯编次：《文选平点》，上海古籍出版社 1985 年版。

70. 黄季刚著：《文选黄氏学》，台湾文史哲出版社 1970 年版。

71. 周贞亮撰：《文选学》，国立武汉大学 1931 年版。

72. 骆鸿凯撰：《文选学》，湖南大学。

73. 骆鸿凯撰：《文选学》，中华书局 1989 年版。

74. 钱锺书著：《管锥编》，中华书局 1979 年版。

75. 屈守元撰：《昭明文选杂述及讲读》，天津古籍出版社 1988 年版。

76. 屈守元撰：《文选导读》，巴蜀书社 1993 年版。

77. 余嘉锡：《世说新语笺疏》，上海古籍出版社 1993 年版。

78. 杨明照撰：《抱朴子外篇校笺》，中华书局 1997 年版《新编诸子集成》本。

79.：《陆机集》，中华书局 1982 年版。

80. 范祥雍撰：《〈洛阳伽蓝记〉校注》，上海古籍出版社 1958 年版。

81. 范祥雍撰：《中国文学家大辞典》（先秦汉魏晋南北朝卷），中华书局 1996 年版。

82. 曹道衡、沈玉成编著：《南北朝文学史》，人民文学出版社 1993 年版。

83. 曹道衡、刘跃进著：《南北朝文学编年史》，人民文学出版社 2000 年版。

84. 曹道衡著：《中古文学史论文集》，中华书局 1986 年版。

85. 曹道衡著：《中古文学史论文集续编》，文津出版社 1994 年版。

86. 曹道衡著：《魏晋南北朝文学史论文集》，广西师范大学出版社 1999 年版。

87. 曹道衡著：《南朝文学与北朝文学研究》，江苏古籍出版社 1998 年版。

88. 曹道衡、傅刚著：《萧统评传》，南京大学出版社 2001 年版。

89. 刘跃进著：《中古文学文献学》，江苏古籍出版社 1997 年版。

90. 刘跃进、范子晔编著：《六朝作家年谱辑要》，黑龙江教育出版社 1999 年版。

91. 游志诚著：《昭明文选学术论考》，台湾学生书局 1996 年版。

92. 穆克宏著：《昭明文选研究》，人民文学出版社 1998 年版。

93. 俞绍初著：《昭明太子集校注》，中州古籍出版社 2001 年版。

94. 梁章钜撰，穆克宏点校：《文选旁证》，福建人民出版社 2000 年版。

95. 王运熙、杨明著：《中国文学文学批评通史》（魏晋南北朝卷），上海古籍出版社 1996 年版。

96. 傅刚著：《〈昭明文选〉研究》，中国社会科学出版社 2000 年版。

97. 傅刚著：《文选版本研究》，北京大学出版社 2000 年版。

98. 罗国威著:《敦煌本〈昭明文选〉研究》,黑龙江教育出版社 1999 年版。

99. 罗国威笺证：《敦煌本〈文选注〉笺证》，巴蜀书社 2000 年版。

100. 顾农著：《文选与文心》，贵州人民出版社 1998 年版。

101. 胡大雷著：《文选诗研究》，广西师范大学出版社 2000 年版。

102.[日]冈村繁著：《文选之研究》，上海古籍出版社 2002 年版。

103. 赵福海等编：《昭明文选研究论文集》，吉林文史出版社 1988 年版。

104. 赵福海主编：《文选学论集》，时代文艺出版社 1992 年版。

105.《文选学新论》，中州古籍出版社 1997 年版。

106. 赵福海等主编：《〈昭明文选〉与中国传统文化》，吉林文史出版社 2001 年版。

107. 俞绍初、许逸民主编:《中外学者文选学论集》,中华书局 1998 年版。

108. 俞绍初、许逸民主编：《中外学者文选学论著索引》，中华书局 1998 年版。

109. 赵福海著：《〈昭明文选〉研读》，时代文艺出版社 2001 年版。

110. 游志诚、徐正英著：《昭明文选斠读》，骆驼出版社 1995 年版。

111. 林聪明著：《昭明文选研究》，文史哲出版社 1986 年版。

112.[日]清水凯夫撰，韩基国译：《六朝文学论文集》，重庆出版社1989年版。

113.[日]清水凯夫撰，韩基国译：《清水凯夫〈诗品〉〈文选〉论文集》，首都师范大学出版社1995年版。

114.[日]斯波六郎编，李庆译：《文选索引》，上海古籍出版社1997年版。

后 记

笔者关心此课题缘于对现代《文选》学研究的全面关注。《文选》学自唐代诞生以来已历时一千馀年，若将二十世纪以来的《文选》学史定为现代《文选》学，则现代《文选》学亦历时百年。本书关注者虽为现代《文选》学史，但是，由于现代《文选》学研究涉及传统《文选》的全部内容且有诸多新的开拓，故对现代《文选》学史的总结必然涉及《文选》研究的方方面面。

现代《文选》学虽仅百年，但标志着现代《文选》学成立的周贞亮、骆鸿凯的《文选学》均产生于二十世纪三十年代，距今又是七十年。七十年来，现代《文选》学的研究取得了巨大的成就，亦存在若干亟待解决的问题。总结这一宝贵的文学遗产，是现代《文选》学研究深入的前提。由于现代《文选》学研究涉及面极广，即使是专注于现代《文选》学研究的学者，亦受精力之限，而未能将其研究视野投向现代《文选》学研究的各个方面。因此，总结百年现代《文选》学的学术史，对笔者是一学习的过程，同时亦是发现问题的重要过程。正是在总结百年现代《文选》学史的过程中笔者受到了诸多学者智慧的启迪。虽然笔者与不少专家学者未曾谋面，但他们对《文选》研究的睿智却永远凝聚在充满作者心血的研究著作之中了。笔者通过研读这些论文、论著，获得了极大的精神愉悦与学术启示。笔者近年来撰写的《先唐学士考》《〈文选〉成书考辩》《魏晋南北朝学士与魏晋南北朝文学》《昭明太子十学士与〈文选〉成书》《〈文选〉所录多历代名作说》《〈文选〉在中国古代文学批评史上的贡献》诸文均是在整理现代《文选》学史的过程中发现问题，并通过独立思考，提出己见的。

学术史的价值在于它为我们提供了总结历史、发现问题、展望未来的可能。学术史的研究重在有撰写者个人的独立见解。因此，笔者深感本书的写作艰难。且笔者所写为现代《文选》学史，研究的对象为诸多健在的学术前辈与学界同仁，评论笔者素所仰慕的前辈学者的现代《文选》学研究，评论诸位同仁学术研究的得失，显然非一己之力所能胜任，故误评误判之处，在所难免。好在笔者在行文中罗列了诸多研究者的详细论点论据与论证过程，诸前辈、同仁自可在不须更多翻检的材料中得出自己正确的结论，庶几不误视听。同时，笔者真诚地希望诸前辈、同仁以宽容的学术态度与广阔的学术视野看待当代学术史撰写中难以避免的个人局限性。

本书的写作得到了诸多前辈、同仁与我的研究生的大力帮助。曹道衡先生惠赠《汉魏六朝文学论集》，徐俊先生惠赠骆鸿凯《文选学》、《中国文学家大辞典》（先秦汉魏晋南北朝卷）、饶宗颐《敦煌吐鲁番写本文选》，赵福海先生惠赠《昭明文选研读》，陈延嘉先生惠赠《文选学论集》，顾农先生惠赠《〈文选〉与〈文心〉》，罗国威先生惠赠《敦煌本〈文选〉研究》，胡大雷先生惠赠《〈文选〉诗研究》，范子烨先生惠赠《六朝作者年谱辑要》，傅刚先生在提供资料、复印版本诸方面鼎力相助，并对我在京查阅资料给予热情款待。特别是炎炎夏日，傅刚先生陪同笔者奔波于北京大学校园内外的情景，至今历历在目，感念犹深。郑州大学古籍所俞绍初先生、陈飞先生、李之亮先生、段书伟先生、王庆梅女士，为本书写作查阅资料提供了诸多方便。力之先生来函纠正笔者关于骆鸿凯《文选学》的出版年代之误。我的研究生卢宁博士、张亚军博士、王保庆博士、李永贤博士、王书才博士，先后在上海、北京、郑州诸地不遗馀力地为我搜集资料，甚至为我亲笔抄写。没有如此众多的关心与支持，此书的写作将十分困难。

同时，笔者尚要着重提出，长春师范学院、郑州大学主办的四次国际《文选》学研讨会所编辑的四部会议论文集，郑州大学古籍所主编的《中外学者文选学论集》与《中外学者文选学论著索引》，为笔者撰写《现代〈文选〉学史》提供了大量资料及文献索引，使这本著作能较快完成。笔者深感，学术研究的基础工作做得越扎实，越充分，学术研究的前景越广阔。现代《文选》学的研究正处于一个新的学术上升周期之中，其中，基础文献工作的贡献不当轻视。没有这些基础文献，现代《文选》学研究将无法发挥其上升周期的巨大动力。同时，笔者亦深感，学术乃天下之公器，参与的研究者越多，研究成果越丰富，学术前景越广阔，相互切磋、相互交流的机会越多，研究水平的提高越快。

一部学术史著作，无论其学术水平高下，均无法离开对学术资料的掌握。本书研究的现代《文选》学史，涉及百年的学术资料，尤其是日本、港台的研究资料，民国年间的研究资料，搜集均颇为不易。笔者僻处开封古城，难以一一阅读，幸得上述诸贤相助，幸有如此众多的研究者做了大量基础文献工作，使我得以完成此作。在此，对所有直接、间接有助于笔者完成此项研究的人士表示真挚的谢意。

河南大学将本书列为2000年校内科学研究基金资助项目，并在出版时给予了巨大的支持。河南大学文学院一向支持中国古代文学专业的学科建设与学术发展，为此书的出版提供了极大的支持。所有这一切，均为本书写作、出版提供了极大方便，笔者在此特表谢忱。

王立群

2002年10月于河南大学（开封）

再版后记

《现代〈文选〉学史》一书已匆匆走过十年了。十年间，我又撰写了《〈文选〉成书研究》《〈文选〉李善注释版本综合研究》两部著作。十年，时间过得真快！时间到哪儿去了？时间在一天天的阅读写作中悄悄溜走了，时间在一部部新作问世的喜悦中溜走了，在一位位学术前辈离世的悲痛消息中溜走了，在一个个学生成长为《文选》研究新秀的过程中溜走了。

世界上最强大的力量是时间！它能带走一切，它能泯灭一切。

学术研究正是在时间的长河中一点点积累，一点点前进。

十年间，《文选》研究由冷转热，新的成果层出不穷。新的研究成果呼唤着新《文选》研究史问世。但是，我已无力再做此事了。不仅是年龄、体力不允许，而是它手中新的课题使我无力他顾。十年后重读此书，一种历史沧桑之感油然而生，毕竟，它为我们勾勒了一部百年《文选》研究史的过程、成就与问题。这就是此书在当下、在未来的意义。

感谢我的博士生钱振宇为此书再版认真核对原文所付出的艰苦劳动。

王立群

2014 年 8 月于北京